Gina Mayer
Das Lied meiner Schwester

aufbau taschenbuch

Gina Mayer, 1965 in Ellwangen geboren, lebt mit ihrer Familie in Düsseldorf. Bevor sie freie Autorin wurde, hat sie als Werbetexterin gearbeitet.

Im Aufbau Taschenbuch sind ihre Romane »Zitronen im Mondschein«, »Das Lied meiner Schwester« und »Leonore und ihre Töchter« lieferbar.

Mehr zur Autorin unter www.ginamayer.de

Orlanda hat ihre Anstellung an der Düsseldorfer Oper verloren und entdeckt als Sängerin die Swingmusik für sich. Sie steht zwischen zwei Männern, dem Jazzgeiger Leopold und dessen Freund Clemens. Als ihrem Quartett von den Nazis Auftrittsverbot erteilt wird, schließt sich Orlanda einer Widerstandsgruppe an, in der ihre Schwester Anna organisiert ist. Kurz nachdem Orlanda Leopold und Clemens in ihre Aktivitäten einweiht, wird eine der Schwestern verhaftet.

»›Das Lied meiner Schwester‹ ist ein spannendes, berührendes und zugleich überaus informatives Buch.«

Westdeutsche Zeitung

Gina Mayer

Das Lied meiner Schwester

Roman

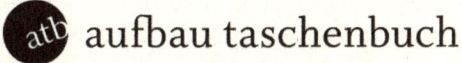 aufbau taschenbuch

ISBN 978-3-7466-2867-7

Aufbau Taschenbuch ist eine Marke
der Aufbau Verlag GmbH & Co. KG

3. Auflage 2020
Vollständige Taschenbuchausgabe
© Aufbau Verlag GmbH & Co. KG, Berlin 2010
Die Originalausgabe erschien 2010 bei Rütten & Loening,
einer Marke der Aufbau Verlag GmbH & Co. KG
Umschlaggestaltung U1 berlin, Patrizia Di Stefano
unter Verwendung eines Motivs
von © René Burri / Magnum / Agentur Focus
Druck und Binden CPI books GmbH, Leck, Germany
Printed in Germany

www.aufbau-verlag.de

*Lass alle ihre Bosheit vor dich kommen und richte sie zu,
wie du mich zugerichtet hast um aller meiner Missetat willen,
denn meiner Seufzer sind viel, und mein Herz ist betrübt.*

(Klagelieder 1, 22)

5. Juni 1964

Wie oft sie die Treppe zum Haus schon emporgestiegen war. Als kleines Kind an der Hand der Tante, später mit dem Geigenkasten unter dem Arm, dem Tornister auf dem Rücken. Die Stufen glänzten speckig wie ein altes Jackett. Sie waren flach, aber so tief, dass man unmöglich zwei auf einmal nehmen konnte. Bei Regen wurden sie glitschig, bei Frost spiegelglatt.

Heute schien die Sonne. Friederike ging trotzdem langsam, sie hatte keine Eile, oben anzukommen. Hin und wieder blieb sie sogar stehen und überlegte, ob sie umkehren sollte. Dann setzte sie sich doch wieder in Bewegung.

Es muss sein, dachte sie. Wir müssen reden.

Seit vorgestern war sie erwachsen. Einundzwanzig Jahre alt.

Thomas hatte sie zum Essen eingeladen und ihr einen Kompass geschenkt. »Damit du deinen Weg in die Zukunft findest.«

Noch zwölf Stufen bis zum Haus. Elf. Zehn. Wahrscheinlich hatte ihre Tante Kuchen gekauft und Tee gekocht.

Wie läuft das Studium, würde sie fragen.

Friederike blieb stehen. »Ich werde es abbrechen«, sagte sie halblaut. »Ich möchte nicht länger Musik studieren. Ich werde das Konservatorium verlassen.«

In der Luft zerplatzten die Worte wie Seifenblasen.

Ganz egal, wie sie es ausdrückte, es würde ihrer Tante nicht gefallen und ihrem Onkel auch nicht. Sie setzten so große Hoffnungen in Friederike. »Du kannst es richtig weit bringen«, sagten sie immer. »Wenn du nur willst.«

Aber Friederike wollte nicht mehr.

Sie war einundzwanzig Jahre alt. Sie studierte seit zwei Jahren an der Musikhochschule in Köln und würde als Violinistin immer mittelmäßig bleiben, egal, wie hart sie arbeitete.

Sie hatte es lange Zeit nicht wahrhaben wollen. Erst seit sie Thomas kannte, hatte sie den Mut, sich der Wahrheit zu stellen: Dass es der falsche Weg war.

Thomas und Friederike hatten sich vor einem halben Jahr auf der Geburtstagsfeier eines Kommilitonen kennengelernt. Thomas studierte Architektur und stand kurz vor seinem Abschluss. Neben seinem Studium arbeitete er bereits in einem großen Architekturbüro. Er wusste, was er wollte, er wusste, was er konnte.

Ganz im Gegensatz zu Friederike, die nur wusste, was sie *nicht* konnte. Sie würde niemals die Karriere machen, von der ihre Zieheltern träumten. Vermutlich würde sie später Geigenstunden geben, für kleine Kinder, die genauso unbegabt waren wie sie selbst.

»Warum veränderst du dich nicht einfach?«, fragte Thomas Friederike, als sie sich besser kannten. »Fang etwas Neues an. Mach etwas, das dich wirklich interessiert. Vielleicht macht dir die Musik dann plötzlich wieder Spaß.«

»Friederike.« Ihre Tante öffnete nach dem ersten Klingeln, als ob sie hinter der Haustür auf Friederike gewartet hätte. »Herzlichen Glückwunsch zum Geburtstag, mein Kind.«

Wie weich und vertraut sich ihre Umarmung anfühlte. Ich kann es ihr nicht sagen, dachte Friederike. Ich kann sie doch nicht so enttäuschen.

Ihre eigenen Eltern waren im Krieg ums Leben gekommen, Friederike konnte sich gar nicht mehr an sie erinnern. Sie war bei ihrer Tante und deren Mann aufgewachsen. Mit fünf hatten sie sie zum Geigenunterricht geschickt, mit sechs hatte sie ihr erstes eigenes Instrument bekommen. Deine Eltern wären so stolz auf dich gewesen, hatten sie ihr ein ums andere Mal versichert.

»Ist Onkel nicht da?« Im Wohnzimmer hing Friederikes Kindergeige an der Wand, das Griffbrett zerkratzt und abgespielt. Ein stummer Vorwurf.

»Er kommt gleich. Ich habe uns Tee gemacht.« Der Kuchen stand schon auf dem Tisch. Der Blumenstrauß in der Glasvase, das Kaffeegeschirr mit dem blau-weißen Zwiebelmuster, alles war genau wie immer und doch ganz anders. Sie nahmen Platz und plauderten über dies und das, während Friederikes Herz immer heftiger zu schlagen begann. Am Montag würde sie sich im Universitätsklinikum in Köln um einen Ausbildungsplatz als Hebamme bewerben. Worauf wartest du noch, hatte Thomas sie gefragt. Es ist dein Leben.

Sie holte tief Luft.

»Ich muss dir etwas sagen.«

Friederike und ihre Tante sprachen den Satz gleichzeitig aus. Sie lachten beide nervös.

»Du zuerst«, sagte Friederike.

Die Tante zögerte einen Moment lang, dann nickte sie. »Wir möchten dir zu deinem einundzwanzigsten Geburtstag etwas ganz Besonderes schenken. Ich wollte eigentlich auf deinen Onkel warten, bevor ich es dir gebe, aber nun …«

Bitte keine Geige, dachte Friederike. Lieber Gott, lass es keine neue Geige sein.

Ihre Tante räusperte sich. Dann stand sie auf und holte ein kleines Paket aus dem Buffet. Es war keine Geige, das erkannte Friederike sofort. Es war ein Stapel Papier, Briefumschläge, von einem Seidenband zusammengehalten.

»Sie sind von deiner Mutter. Für dich.«

»Von meiner … meine Mutter hat mir Briefe geschrieben? Wieso, ich …«

»Du wirst es verstehen, wenn du sie liest.«

»Ihr hattet sie die ganze Zeit? Warum gebt ihr sie mir erst jetzt?«

»Weil … wir waren beide der Meinung, dass … auch das wirst du verstehen.«

Wie aufgeregt ihre Tante war. Ihre Hände zitterten, als sie Friederike das Bündel reichte.

Friederikes Hände zitterten ebenfalls, als sie das hellblaue Seidenband löste und den ersten Brief aus dem Umschlag zog.

Sie begann zu lesen.

Erster Teil

Jonny spielt auf

Aus dem Schornstein der Lokomotive kam echter Qualm, er stieg in einer leuchtend weißen Wolke in den schwarzen Bühnenhimmel. Eine Dampflok auf der Bühne, das war neu, so etwas hatte man noch nicht gesehen.

Auf dem Perron stand Clemens Haupt und schwitzte unter seiner schwarzen Lockenperücke. Schwitzen war gefährlich, das hatte er schon in den Proben festgestellt. Wenn man zu sehr schwitzte, dann lösten die Schweißtropfen die schwarze Farbe und hinterließen rosa Linien in der Schminke. Deshalb hatte Liddy, die Maskenbildnerin, Puder auf die schwarze Schicht getupft. »Puder hält das Ganze zusammen«, erklärte sie ihm. Sein Gesicht juckte höllisch, aber an Kratzen war natürlich nicht zu denken.

Die Dampflok stieß ein grelles Tuten aus. Das Publikum jubelte. Technische Effekte auf der Bühne kamen an, eine tutende Dampflok, ein klingelndes Telefon, ein röhrender Staubsauger, das begeisterte die Leute viel mehr als fünfmal in Folge das hohe C.

»Die Stunde schlägt der alten Zeit«, sang der Chor. »Die neue Zeit bricht jetzt an. Versäumt den Anschluss nicht. Die Überfahrt beginnt ins unbekannte Land der Freiheit.«

Clemens hob seine Geige und spähte dabei nach oben. Die große Bahnhofsuhr senkte sich langsam zu ihm herab. Jetzt kam das Finale, der Höhepunkt, wenn er nun nur nicht stolperte wie neulich in der Probe. Er setzte mit einem eleganten Sprung auf die Uhr, die sich im selben Moment verwandelte. Das Ziffernblatt, das nur eine Filmprojektion gewesen war, verschwand, aus der Uhr wurde eine Weltkugel, die langsam zu rotieren begann, während Clemens oben auf dem Nordpol stand und auf seiner Geige fiedelte, ohne natürlich einen Ton zu produzieren, denn er konnte gar nicht Geige spielen.

Die Melodie, die man hörte, spielte in Wirklichkeit Leopold Ulrich, der erste Geiger im Orchester.

»Die Überfahrt beginnt, so spielt uns Jonny auf zum Tanz. Es kommt die neue Welt übers Meer gefahren mit Glanz und erbt das alte Europa durch den Tanz«, sang der Chor.

Clemens fiedelte, Leopold geigte, und die anderen Schauspieler, Max, Yvonne, der Manager, die Polizisten und Anita, tanzten um den Globus herum, in einer sich steigernden, wilden Ekstase. »Denn seht, er tritt unter euch, und Jonny spielt auf«, sangen sie.

Der Zwischenvorhang fiel. Clemens sprang von der Weltkugel, dann wurde er von den beiden Polizisten nach vorn geschoben, durch den Vorhang an die Rampe. Sänger und Orchester waren verstummt. Alles war still. Er war allein. Allein vor dem dunklen, bis auf den letzten Platz ausverkauften Zuschauerraum.

Während er die Geige hob und an die Wange legte, konnte er das Publikum dort unten atmen hören. Dann begannen sie beide zu spielen, Clemens und Leopold, eine einsame Melodie, hingebungsvoll und süß. Es ist zu Ende, schluchzte die Geige. Bis im Orchester der Trommelwirbel einsetzte und dann das Becken. Aus.

Im Zuschauerraum ging das Licht an. Clemens schloss die Augen. Einen Moment lang war alles möglich. Erfolg oder Niederlage, Triumph oder Versagen.

Dann donnerte der Applaus los, ein Tornado, der ihn fast umwarf. Er riss die Augen wieder auf und sah Zuschauer, die von ihren Sitzen aufgesprungen waren, die jubelten und klatschten und Rosen auf die Bühne warfen. Bravo, bravissimo! Er schwitzte, der Schweiß lief jetzt in Strömen über sein Gesicht, aber es war egal, die Sache war entschieden.

Es war der 18. Juni 1929.

Clemens Haupt. Dieser Name, den bislang keiner gekannt hatte, würde morgen in allen Zeitungen stehen. »Wenn du das schaffst, dann bist du wer«, hatte Leopold zu ihm gesagt. Und Leopold hatte recht.

Vor ihm lag die Zukunft und glänzte.

Hinter ihm lag die Vergangenheit, die dunkle, armselige, elende Vergangenheit, die endlich vorbei war. Die Tage, in denen er sich mit der Mütze in der Hand in den Opernhäusern zum Vorsingen eingefunden hatte. In denen er vier Takte aus dem Freischütz gesungen hatte und zwei aus dem Fidelio, nur damit der Regisseur ungeduldig in die Hände klatschte. »Danke sehr.« Weggetreten. Fast ein Jahr war er durch ganz Deutschland gereist, immer auf der Suche nach einem Engagement, nach einer Chance. Um Geld zu verdienen, hatte er Kohlen geschippt, Kartoffeln geklaubt und auf dem Bahnhof Koffer geschleppt, aber er hatte die Hoffnung nie aufgegeben.

In Duisburg hatten sie ihm dann endlich eine Rolle gegeben. Nicht den Jago, für den er vorgesungen hatte, sondern den Schankwirt, der nur ein paar Takte zu singen hatte. Aber immerhin gab es Geld, für jede der zwanzig Vorstellungen des Othello fünfzehn Mark und für die Premiere noch einmal zehn extra.

»Wenn man erst einmal den Fuß in der Tür hat, kommt es nur noch drauf an, mit dem Rest des Körpers nachzudrängen. Dann ist man drin«, sagte Leopold, der es wissen musste. Leopold war schon seit einem Jahr festes Mitglied im Opernorchester, obwohl er erst zweiundzwanzig war, ein Jahr jünger als Clemens. »Erste Geige«, sagte er. »Auch wenn es andere gibt, die es durchaus besser verstehen als ich und doch nur die zweite Geige spielen. Aber ich hab meinen Fuß zur richtigen Zeit an die richtige Stelle gesetzt.«

Leopold wusste, wie die Dinge an der Oper liefen. Wenn er Clemens damals nicht auf die Sprünge geholfen hätte, hätte Clemens es nie geschafft.

»Die wollen den Jonny wieder hierher nach Duisburg holen«, hatte er ihm im Januar erzählt.

»Den was?«

»Menschenskind, ›Jonny spielt auf‹ von Ernst Krenek. Das haben sie vor zwei Jahren schon einmal gebracht! War ein Riesenerfolg. Hast du nichts davon mitbekommen?«

Clemens zuckte mit den Schultern. Es gab so viele erfolgreiche Opern und Operetten, wer sollte da noch den Überblick behalten?

»Ist ja auch ganz egal. Auf jeden Fall ist das ein ganz dolles Ding, diese Oper. Ungeheuer modern, wenn du verstehst, was ich meine. Flotte Musik, ganz im Jazzstil.«

Clemens fragte sich, worauf Leopold hinauswollte.

»Die Besetzung steht schon mehr oder weniger fest.« Leopolds Stimme klang jetzt ungeduldig. »Willi soll wieder den Jonny spielen.«

»Der Willi? Na, hoffentlich packt er das.« Willibald Kroner war der Star der Duisburger Oper, ein begnadeter Sänger, wenn er nicht gerade betrunken war, was in letzter Zeit leider des Öfteren vorkam.

»Mensch, Clemens, das ist die falsche Haltung. Hoffentlich packt er das nicht, muss es heißen!«

»Was meinst du denn?«, fragte Clemens, obwohl er nun doch langsam zu begreifen begann. »Die lassen mich doch nie und nimmer ran.«

»Freiwillig bestimmt nicht. Du musst es eben richtig anstellen.«

Am Vorabend der ersten Probe besuchten Leopold und Clemens Willibald Kroner. Sie brachten vier Flaschen Champagner mit, zwei Flaschen Brandy und drei Mädels aus dem Opernchor, Fritzi, Elsa und Milly. Willibald wirkte irritiert, als er ihnen die Tür öffnete, aber dann hob Leopold die Tüten mit den Flaschen hoch, so dass sie sich mit einem leisen Klirren berührten, und das Geräusch räumte bei Willi sämtliche Bedenken aus. Er hatte ein möbliertes Zimmer unter dem Dach, erstaunlich klein und düster für einen so erfolgreichen Sänger wie ihn, aber vielleicht vertrank er seine Gage ja immer sofort.

»Wir wussten, dass man mit dir Spaß haben kann«, erklärte Leopold, nachdem vier der sechs Flaschen leer waren und Elsa bei Willi auf dem Schoß saß. Willibald hatte allein so viel getrunken wie sie alle zusammen. Er mischte sich Cocktails aus Brandy und Champagner, drei Viertel Brandy, ein Viertel

Champagner, und schüttete das Ganze in sich hinein, als wäre es Wasser.

»Nun ist es aber genug«, sagte Fritzi, als er sich am Korken der letzten Champagnerflasche zu schaffen machte.

»Was ist genug? Nichts ist genug.« Willis Replik war nicht brillant, aber überraschend klar und deutlich, wenn man bedachte, wie viel Schnaps er intus hatte.

»Du musst morgen auf die Bühne«, erklärte Fritzi. »Wenn du das vermasselst, dann wird der Reichmüller sauer.«

»Morgen ist ein anderer Tag«, entgegnete Willi bestimmt, und Leopold prostete ihm anerkennend zu, woraufhin Fritzi verächtlich schnaubte.

Fritzi Albrecht war Sopranistin im Opernchor, sie stand immer in der ersten Reihe, weil sie so klein und zierlich war, dass sie ansonsten den Dirigenten nicht gesehen hätte. Sie trug ihr rotbraunes Haar in einem Bubikopf, der auf ihren Wangen in zwei Kringeln auslief. Die vollen Lippen waren leuchtend rot geschminkt, und ihre Schuhe hatten hohe Absätze, aber trotzdem wirkte sie wie eine Vierzehnjährige, dabei war sie schon einundzwanzig.

Willi schenkte noch einmal nach, aber Fritzi gab jetzt keine Ruhe mehr, bis sie alle aufbrachen. Willibald versuchte Elsa aufzuhalten, zuerst mit Worten, und als das nicht funktionierte, mit seinen Händen, aber sie entkam ihm.

Für Willi waren die Dinge gelaufen, er wusste es nur noch nicht. Er erfuhr es jedoch in den nächsten Tagen.

Nachdem er am Morgen nicht zur Probe erschienen war, bekam Regisseur Reichmüller einen Tobsuchtsanfall. Als er sich wieder einigermaßen beruhigt hatte, machte Clemens, der den dritten Polizisten spielen sollte, den zaghaften Vorschlag, dass er doch selbst … Rein zufällig habe er die Rolle kürzlich für ein Vorsingen studiert.

»Ach, so habt ihr euch das also gedacht«, sagte Fritzi verächtlich, als Clemens zwei Wochen später die Rolle bekam und Willi im Büro seine Papiere abholen konnte. »Der arme Willibald. Ihr Schweine habt ihn reingelegt.«

»Wie kommst du denn darauf?«, fragte Clemens mit ehrlicher Empörung. Er sah wirklich keinen Grund, sich Vorwürfe zu machen. Indem Reichmüller ihm die Rolle gegeben hatte, hatte er ihm Absolution erteilt. Es war doch nun einmal so, dass Clemens niemals zum Zug gekommen wäre, wenn er sich nicht selbst geholfen hätte. Er hatte sich eine Chance verschafft, eine winzige Chance, die anderen Leuten in die Wiege gelegt oder in den Schoß geworfen wurde. War das ein Verbrechen? Sicherlich, der arme Willibald konnte einem leidtun, aber früher oder später wäre seine Karriere ohnehin zu Ende gewesen, so wie der soff.

»Das weißt du ganz genau«, sagte Fritzi abfällig, die von seiner Gedankenkette nichts mitbekommen hatte.

Von diesem Tag an ignorierte sie Clemens. Sie stakste auf ihren hohen Absätzen an ihm vorbei und schaute einfach durch ihn hindurch.

Auch jetzt starrte sie vermutlich voller Verachtung, denn der Zwischenvorhang hatte sich wieder gehoben, und der Chor stand hinter Clemens auf der Bühne. Aber was kümmerte ihn das, an diesem Tag, zu dieser Stunde, in diesem Moment? Er war jetzt ein Star.

Clemens bückte sich, hob eine der Papierrosen auf, die man zu ihm hochgeworfen hatte, roch scherzhaft daran und stellte zu seiner Überraschung fest, dass sie tatsächlich duftete, man hatte sie wohl mit Rosenöl parfümiert. Dann schleuderte er die Blume zurück ins Publikum, wo eine dicke Frau sie einem hübschen jungen Mädchen wegschnappte. Nimm sie, dachte er großzügig. Sollst auch etwas haben, worüber du dich freuen kannst.

Neben ihm stand auf einmal Marina Liebner, die die Yvonne gesungen hatte. Sie lächelte ihn an und reichte ihm die Hand, er brauchte einen Moment, bis er verstand, dass er sie greifen sollte, damit sie sich gemeinsam verbeugen konnten. Sie zählte leise, bei drei neigten sie sich nach vorn. Als Clemens den Oberkörper wieder hob, stand Marina schon wieder aufrecht da und winkte ins Publikum. Das ärgerte ihn, aber nur ganz kurz. Das nächste Mal würde er es geschickter anstellen.

»Acht Vorhänge«, sagte Reichmüller, der am Ende auch noch auf die Bühne gekommen war. »Das ist einfach grandios.«

Später wischte sich Clemens die schwarze Farbe aus dem Gesicht, in seiner eigenen Garderobe, die bis vor kurzem noch Willis Garderobe gewesen war. »Geht's, oder brauchst du Hilfe?« Liddy streckte ihren Kopf zur Tür herein.

»Ich komm schon zurecht.« Er rieb mit einem Wattebausch über seine Stirn. Die Farbe ging nicht ganz ab, in den Augenlidern und an den Nasenflügeln hing immer noch ein Hauch von Schwarz, als er auf der Premierenfeier auftauchte. Das machte aber nichts, im Gegenteil, diese Spur Jonny stand ihm hervorragend. »Bravo!«, schrien die Musiker und Sänger, die Beleuchter, Bühnenbildner und Handwerker, der Regisseur und die Garderobenfrau. Sie stellten ihre Sektgläser ab und applaudierten wie verrückt.

»Ein Autogramm!«, rief Leopold, und alle lachten über das Zitat aus der Oper.

»Oh, my dear, so ist gut! Oh, you know, I love you!«, sang Clemens, und das Lachen wurde noch lauter. Er musste einen kurzen Moment lang an Willi denken, vielleicht lag es an dem Glas Champagner, das man ihm jetzt in die Hand drückte.

Seine Karriere lag vor ihm und glitzerte verheißungsvoll wie ein unendlich langer, zugefrorener Fluss in der Wintersonne. Er bewegte sich auch wie auf Eis, als er durch den Raum ging. Der Applaus und die bewundernden Blicke, die ihm folgten, all dies war so ungewohnt.

Dass Reichmüller ihm auf die Schulter klopfte und nickte.

Dass Marina ihn anlächelte, die ihn sonst immer ignoriert hatte, sobald die Probe beendet war.

Seine Karriere war auf ihrem Höhepunkt, in dieser Nacht der Premiere. Er würde natürlich noch sehr viel berühmter werden, seine großen Erfolge lagen alle noch vor ihm. Aber niemals wieder wäre es so wie heute: Dass die Wirklichkeit seine Erwartungen übertraf. Von dieser Nacht an würden seine Hoffnungen langsam, ganz langsam ausschwingen. So wie eine

Schaukel, die keinen neuen Anschub mehr erhält, irgendwann zum Stillstand kommt.

In der Nacht seines ersten großen Erfolgs traf er Orlanda zum ersten Mal. Es passte zu ihrer Geschichte, dass sie ausgerechnet nach dieser Premiere begann.

Er sah sie, als er an die Bar trat, um sich ein Bier zu holen. Sie stand neben Fritzi Albrecht an der Theke und wartete darauf, ihre Bestellung aufzugeben. Er war sich ganz sicher, dass er ihr noch nie zuvor begegnet war, denn an ihr Gesicht hätte er sich erinnert. Ihre Züge waren scharf geschnitten, die Nase schmal und lang, der Mund sehr breit, die Wangenknochen hoch und weit. Ihr dunkelbraunes Haar trug sie nicht in einer Ponyfrisur wie die meisten anderen Frauen im Raum, sondern nach hinten gekämmt, was ihre Züge noch extremer erscheinen ließ. Sie war nicht besonders schön. Sie war außergewöhnlich.

»Bitte sehr, der Herr?« Der Kellner beugte sich mit einem servilen Lächeln so weit nach vorn, dass sein Oberkörper fast auf der Theke lag. Offensichtlich hatte er auch schon mitbekommen, dass Clemens der Star des Abends war.

»Ladies first«, sagte Clemens großzügig.

»Thank you, Jonny«, meinte Orlanda und lachte. Dieser Mund! Wenn sie lachte, wuchs er ins Unermessliche. Fritzi zog die Augenbrauen hoch und drehte sich in die andere Richtung.

»Willst du uns nicht vorstellen?«, fragte Clemens, nur um sie zu ärgern.

»Fräulein Mandel, Herr Haupt«, sagte Fritzi, ohne ihn dabei eines Blickes zu würdigen. »Zwei Gin-Fizz.« Die letzten beiden Worte waren an den Barmann gerichtet.

»Orlanda«, sagte Orlanda und lachte wieder.

Orlanda. Nicht Lissy oder Betsy oder Fritzi, sondern Orlanda. Ein Name, so außergewöhnlich wie eine Barockkirche mitten in einem Vergnügungsviertel. Der Name passte zu ihr, zu ihrem aufsehenerregenden Gesicht.

Der Kellner stellte zwei Gin-Fizz auf die Theke und wandte sich dann wieder Clemens zu. Während er sein Bier bestellte, fragte er sich noch, warum Orlanda hier war, aber dann kam ein Kollege und zog ihn weg, und Clemens vergaß die Frage wieder.

Orlanda trank ihren letzten Schluck Gin-Fizz aus und stellte das leere Glas zurück auf die Theke. Sie gähnte.

»Müde?«, fragte Fritzi, ohne die Augen von einem hochgewachsenen Mann zu wenden, der schon die ganze Zeit mit Marina Liebner schäkerte.

»Vergiss ihn«, sagte Orlanda. »Er ist viel zu groß für dich.«

Die Bemerkung tat ihr leid, kaum dass sie sie ausgesprochen hatte. Fritzi litt darunter, dass sie nur einen Meter vierundfünfzig groß war, auch wenn sie immer so tat, als ob es sie nicht kümmerte. »Die Männer übersehen einen einfach«, hatte sie Orlanda einmal anvertraut.

Orlanda und Fritzi waren Freundinnen, seit sie zusammen aufs Buths-Neitzel-Konservatorium in Düsseldorf gegangen waren, um Gesang zu studieren. Nach ihrem Abschluss hatte Fritzi ein Engagement in Duisburg bekommen, und Orlanda sang im Düsseldorfer Operettenhaus. Wenn eine von ihnen eine Premiere hatte, lud sie die andere ein, zur Vorstellung und hinterher zur Feier, auch wenn es von den Häusern nicht gern gesehen wurde, dass die Angestellten ihre Angehörigen und Freunde mitbrachten.

Der Mann, den Fritzi da anhimmelt, ist wirklich nichts für sie, dachte Orlanda. Nicht nur wegen seiner Größe, es war die Art, wie er dastand, die Hände in den Hüften, das Becken nach vorn. Es wirkte herausfordernd und arrogant.

»Ich will doch gar nichts von ihm«, sagte Fritzi und wandte endlich den Blick ab. »Das ist dieser Leopold, von dem ich dir erzählt habe«, fuhr sie mit gesenkter Stimme fort. Leopold, Leopold ... Orlanda versuchte sich zu erinnern, was Fritzi über den Kerl gesagt hatte. »Die Nummer mit Willibald«, half ihr Fritzi auf die Sprünge.

»Der Brandy und die verpasste Probe!«, rief Orlanda eine Spur zu laut. Hatte er sie gehört? Auf jeden Fall schaute er jetzt zu ihnen herüber. Sie spürte, wie sie rot wurde, aber sein Blick glitt nur über sie hinweg und wandte sich danach wieder der Liebner zu.

»Nicht so laut«, wisperte Fritzi, dabei war es ohnehin zu spät. »Ist das nicht erbärmlich? Ich meine, was er dem armen Willibald angetan hat?«

»Na, immerhin hat er es nicht zu seinem eigenen Nutzen getan. Er wollte seinem Freund zu einer Gelegenheit verhelfen, sich zu beweisen. Und der Jonny – also Clemens – hat seine Sache heute Abend richtig gut gemacht, das musst du zugeben.«

»Sicher. Aber ob es nur ein Freundschaftsdienst war – ich weiß es nicht.«

»Was denn sonst?«

Fritzi fuhr mit dem Zeigefinger auf dem oberen Rand ihres Cocktailglases entlang, bis es leise zu wimmern begann. »Aus Vergnügen«, sagte sie. Das Wimmern steigerte sich zu einem hellen Kreischen. Ihr Zeigefinger hielt an, das Glas verstummte. »Einfach so.«

»Weil er eifersüchtig auf Willibald war?«

Fritzi schüttelte den Kopf. »Einfach so«, wiederholte sie dann. »Weil es ihm gefiel. Weil er sehen wollte, ob funktionierte, was er sich ausgedacht hatte.«

Orlanda warf Leopold einen verstohlenen Blick zu. Er hatte wohl gerade einen Scherz gemacht, denn die Liebner lachte und konnte sich gar nicht mehr beruhigen. Er schaute ihr dabei zu, ein leises Lächeln auf den Lippen.

Fritzi interpretierte viel zu viel in die Sache hinein, dachte Orlanda. Es lag doch auf der Hand, warum dieser Leopold seinem Freund geholfen hatte. Clemens Haupt war jetzt in einer viel besseren Position, und bei nächster Gelegenheit würde er sich dafür revanchieren. So wusch eine Hand die andere.

Orlanda gähnte wieder. Ob Duisburg oder Düsseldorf, ob Musiker oder Sänger, an der Oper waren doch alle gleich. Man gab vor, dass man sich einen Dreck um Ruhm und Glanz und Ehre scherte – wahre Künstler stehen schließlich über diesen Dingen. Aber sobald sich eine Chance auftat, den anderen auf die Seite und sich selbst ins Rampenlicht zu befördern, fuhr man seine Ellenbogen aus wie Kämpfhähne ihre Flügel, warf sich in die Brust und ging zum Angriff über.

Der Barmann sah sie fragend an, aber sie schüttelte den Kopf. »Ich gehe nach Hause«, teilte sie Fritzi mit. »Es ist schon fast elf, und in einer halben Stunde fährt die letzte Bahn.«

»Ich könnte dich zur Station begleiten.« Fritzi hatte ganz offensichtlich noch keine Lust aufzubrechen.

»Nein, lass nur. Den Weg find ich schon allein.«

Der Himmel über dem Duisburger Opernhaus war aus schwarzem Samt, darunter hing ein zarter Schleier aus weißen Sternen. Orlanda hob das Gesicht und starrte in die weite Dunkelheit. Unendlichkeit, dachte sie. Ein Kollege hatte ihr vor kurzem erklärt, dass es das gar nicht gäbe. Er hatte ihr von Albert Einstein erzählt und von der Krümmung des Raums und der vierdimensionalen Raumzeit, aber sie hatte kein Wort verstanden. Es war ja auch nicht zu verstehen. Weil es nicht stimmte. Es geht immer weiter, dachte sie, hinter den Sternen liegen andere Sterne und Sonnen und Monde und neue Himmel und neue Welten. Es geht immer und immer weiter, und irgendwo in dieser Unendlichkeit gibt es vielleicht eine Welt, in der Menschen wohnen wie wir. In der eine Frau lebt wie ich, die in eben diesem Moment in die Unendlichkeit ihres Himmels schaut. Es machte sie ganz schwindlig, diese Vorstellung, sie hatte das Gefühl, dass sich der Boden unter ihren Füßen plötzlich nach oben kehrte und der Himmel nach unten, und sie stürzte in die Unendlichkeit des Universums hinein wie in ein tiefes Loch.

»Hoppla!« Eine Hand berührte ihre Schulter und brachte sie zum Stolpern. Oder war sie schon vorher gestolpert, und die Hand hatte sie gestützt?

»Lassen Sie das!« Sie wich einen Schritt zurück. Der Mann, der sie gerade berührt hatte, trat ebenfalls zurück, so dass sie nun in gebührendem Abstand zueinander standen. Es war dieser Leopold. Ausgerechnet.

»Sie!«

»Kennen wir uns?« Dasselbe leise Lächeln, mit dem er gerade noch die Liebner betrachtet hatte.

»Nein.« Mein Gott, warum war ihr nur so schwindlig? Sie hatte doch nur den Gin-Fizz getrunken und ein Glas Sekt.

»Ulrich«, sagte der Mann. Auf seiner Oberlippe saß ein dunkler Bart, der genau von einem Mundwinkel zum anderen reichte.

Ulrich. Hatte Fritzi nicht vorhin gesagt, dass er Leopold hieß? Was war denn nun richtig? Ulrich musste der Nachname sein, verstand sie dann, er hätte sich wohl kaum mit seinem Vornamen vorgestellt.

»Und ... Sie?«

»Orlanda Mandel.«

»Sie sind eine Bekannte von Fräulein Albrecht. Kann ich Sie nach Hause begleiten? Mein Automobil steht dort hinten.«

Du liebe Zeit, was fiel dem Mann ein? Als ob sie mit einem wildfremden Kerl in ein Automobil steigen würde, noch dazu mitten in der Nacht. »Ich muss nach Düsseldorf. Ich nehme die Schnellbahn.«

»Aber ich fahre Sie gerne.«

Der Kerl war wirklich hartnäckig. »Wirklich, ich ... Bemühen Sie sich nicht. Es ist auch nicht weit.« Das war gelogen. Von der Endstation der Schnellbahn auf der Graf-Adolf-Straße bis zu ihrer Wohnung in der Thalstraße brauchte man zu Fuß eine gute Viertelstunde. Nimm eine Taxe, sagte Anna immer, alles andere ist viel zu gefährlich. Aber Orlanda sparte sich das Geld lieber und ging zu Fuß.

»Das kommt gar nicht in Frage. Ich bringe Sie unter allen Umständen nach Hause. Bitte, vertrauen Sie mir.«

Hinterher fragte sie sich oft, warum sie nachgegeben hatte. Es war nicht ihre Art, sich überreden zu lassen. Auch Höflichkeit war nicht ihre Art. Dennoch war sie ihm zu seinem Automobil gefolgt und war eingestiegen.

Obwohl es ihr doch eigentlich widerstrebte.

Sein Automobil parkte direkt unter einer Straßenlaterne, in dem kalten Licht glänzte das Grün der Motorhaube wie nasses Gras. Die beiden Scheinwerfer machten Stielaugen, der quadratische Kühlergrill darunter war ein offenes Maul. »Ein Laubfrosch«, sagte sie.

»Sagen Sie das nicht so abfällig. Mein Opel ist mein ganzer Stolz. Ich habe ihn im letzten Jahr aus dritter Hand erworben.«

Er ließ sie auf der Beifahrerseite einsteigen. Dann kurbelte er den Wagen an, bis der Motor knatternd zum Leben erwachte, nahm auf dem Fahrersitz Platz und drückte den Gashebel neben dem Steuer.

Bevor er losfuhr, beugte er sich zu ihr hinüber und zog einen Seidenschal aus dem Fach über ihren Knien. »Hier. Legen Sie sich das Tuch um, damit Sie sich nicht verkühlen.«

Sie zögerte einen Moment lang. Wie seltsam, dass sie hier Seite an Seite in dem engen Automobil saßen, über dem offenen Verdeck nur der weite Nachthimmel und der kühle Fahrtwind, der jetzt an ihren Haaren zu zerren begann. Dabei kannten sie einander doch gar nicht.

»Legen Sie sich den Schal um«, beharrte er, ohne die Augen von der Straße zu nehmen. »Auf der Landstraße wird es noch viel stürmischer, und Sie sind nicht danach angezogen. Am Ende ist morgen Ihre Stimme weg. Sie sind doch auch vom Fach.«

Der letzte Satz war keine Frage, eher eine Feststellung. Sie fragte sich, wie er darauf kam, dass sie *vom Fach* war. Fritzi hatte es ihm bestimmt nicht verraten, und außer Fritzi kannte sie in Duisburg keiner.

»Damit liege ich doch richtig, oder?«

Sie legte das Seidentuch über die Haare, schlang es einmal um den Hals und band es unter ihrem Kinn fest. Der Stoff roch sanft nach Kölnischwasser. Sie versuchte sich die Frau vorzustellen, die den Schal vor ihr getragen hatte, und sah plötzlich Marina Liebner vor sich, die das Seidentuch über ihre rotgoldene Wasserwelle schlug und ein glockenklares Sopranlachen lachte.

Plötzlich hatte sie das Gefühl, dass er sie mit süffisantem Lächeln betrachtete, aber als sie sich ihm zuwandte, blickte er geradeaus auf die Straße.

»Zurück zu Ihrem Engagement«, sagte er, als ob sie inzwischen das Thema gewechselt hätten. »Wo, sagten Sie, sind Sie angestellt?«

»Ich singe nicht«, entgegnete sie. Warum sagte sie das? Warum log sie ihn an? Es gab überhaupt keinen Grund dafür. Außer dass sie ihm ungern recht geben wollte.

»Nein? Was sind Sie dann? Schauspielerin?«

»Nichts von all dem. Ich bin ... Krankenschwester«, hörte sie sich selbst sagen. Am Autofenster glitten hohe Stadthäuser mit Stuckverzierungen vorbei, im Wechsel mit Geschäften, deren Schaufenster auch zu dieser späten Stunde noch beleuchtet waren. »Kauft Erdal-Schuhwichse«, schrie eine gelbe Leuchtreklame in die Dunkelheit.

»Ach. Wohnen Sie im Schwesternheim?«

»Ich lebe mit meiner jüngeren Schwester zusammen. Unsere Eltern sind tot, also kümmere ich mich um sie.«

»Das ist vorbildlich von Ihnen.« Dieses Lächeln. Er glaubte ihr kein Wort, dabei stimmte die Geschichte doch. Nur dass sie selbst die kleine Schwester war.

Kurz nachdem ihr Vater gestorben war, hatte Anna sie von Saarn nach Düsseldorf geholt. Ihre Schwester hatte damals ihre Krankenschwesterausbildung im Evangelischen Krankenhaus schon beendet und aufgrund der besonderen Umstände die Erlaubnis erhalten, außerhalb des Krankenhauses eine Wohnung anzumieten. Orlanda war aufs Konservatorium gegangen, und Anna hatte im Evangelischen Krankenhaus gearbeitet, als eine der wenigen externen Schwestern. Am Anfang hatten ihre Kommilitonen am Konservatorium sie darum beneidet, dass sie mit ihrer Schwester zusammenlebte. »Da kannst du tun und lassen, wie es dir beliebt«, meinten sie, und ein paar schlugen sogar vor, dass man sich doch zum Feiern bei ihr treffen könne. Aber da kannten sie Anna schlecht. Als sie sich bereit erklärt hatte, Orlanda aufzunehmen, hatte sie ihrem Vormund versprochen, sich um die seelische und moralische Erziehung ihrer Schwester zu kümmern. Und dieses Versprechen löste sie nun gewissenhaft ein. Nach jedem Essen wurde die Küche gefegt, jeden Sonnabend das Treppenhaus gewischt und abends gebadet, Sonntagmorgen ging man in die Kirche, und alle vier Wochen schleppten sie ihre Teppiche in den Hof und klopften sie auf der Teppichstange aus. Wenn Orlanda abends im Operettenhaus auftrat, hielt sich Anna so lange wach, bis sie wieder zu Hause war. Auch heute war sie vermutlich aufgeblieben und wartete, obwohl sie morgen Frühdienst hatte und schon um halb fünf im Krankenhaus sein musste. Anna war wie eine Mutter, nur schlimmer.

Leopold Ulrich beschleunigte das Tempo. Die letzten Häuser und Lichter von Duisburg lagen inzwischen weit hinter ihnen, aber Düsseldorf war noch nicht in Sicht. Das Automobil ratterte durch die Dunkelheit, zwei schmale Lichtkegel vor sich herschiebend wie ein Kettentraktor seine Schaufel. Die Nadel auf dem runden Tachometer kletterte von vierzig auf fünfzig und zitterte dann in Richtung sechzig. Die Dunkelheit flog an ihnen vorbei, über sie hinweg. Der Fahrtwind dröhnte in ihren Ohren und riss an den Enden ihres Schals. Orlanda legte den Kopf in den Nacken. Über ihr lag der weiße Sternennebel, so ruhig und still. Ihre rasende Fahrt berührte ihn nicht, der ganze Erdball berührte ihn nicht.

»Geht es Ihnen zu schnell?« Er musste ihr die Frage zwei Mal zurufen, bis sie sie über den Fahrtwind hinweg verstand.

»Nein!«, rief sie zurück. »Es ist schön!«

Er lachte. »Sie sind anders als die anderen. Die meisten Damen steigen genau zwei Mal bei mir ein. Zum ersten und zum letzten Mal.«

Über diese Sätze dachte sie eine ganze Weile nach. Die meisten Damen, hatte er gesagt. Wie viele Damen er wohl schon in seinem Automobil mitgenommen hatte? Zehn, zwanzig oder noch mehr? Die meisten ließen sich kein zweites Mal auf ihn ein. Ob es wirklich nur daran lag, dass er ihnen zu schnell fuhr?

Und dann der erste Satz. *Sie sind anders als die anderen.* Was wollte er damit sagen? Dass sie im Gegensatz zu den anderen ganz ohne Zweifel wieder bei ihm einsteigen würde?

Sei dir da nur nicht zu sicher, dachte sie.

Die ersten Häuser von Düsseldorf tauchten am Straßenrand auf, wie eine Vorhut duckten sie sich in der Dunkelheit hinter Gartenzäunen aus Holz und Ziegelmauern. Je näher die Stadt kam, desto enger rückten die Gebäude zusammen. Auch die Straßenlaternen standen zuerst nur vereinzelt, sie warfen auf das Gefährt gelbe Lichtstreifen, die von der Motorhaube über die beiden Insassen bis zum Heck wanderten und hinter ihnen auf der Straße liegen blieben. Immer schneller folgten die Lichtstreifen aufeinander, obwohl Leopold jetzt viel langsamer fuhr.

Dann glitten sie die Königsallee entlang, links lag der Stadtgraben, rechts starrten Kleiderpuppen mit toten Augen aus den hell erleuchteten Schaufenstern in die Nacht.

Ihre Wohnung lag im vierten Stock, Orlanda sah das Licht im Fenster, sobald sie in die Thalstraße einbogen. »Nun haben Sie einen weiten Umweg für mich gemacht«, sagte sie, als das Automobil am Straßenrand hielt. Er schaltete den Motor aus und wandte sich ihr zu. Wie still es plötzlich war, so still, dass man deutlich hören konnte, wie sie schluckte. Sie wartete darauf, dass er ausstieg, um ihr die Autotür zu öffnen, aber er regte sich nicht. Er sah sie nur an. Sie griff also selbst nach dem Türhebel. Erst als sie schon einen Fuß auf dem Bürgersteig hatte, fiel ihr der Schal wieder ein. Als sie ihm das Tuch reichte, berührten sich ihre Finger.

»Orlanda!« Die vorwurfsvolle Frauenstimme kam von oben, direkt aus dem Himmel. Orlanda fuhr erschrocken zurück, auch Ulrich saß plötzlich in Habachtstellung hinter dem Steuer. »Es ist so spät«, rief die himmlische Stimme vorwurfsvoll. Orlanda schaute nach oben und blickte in die Augen ihrer Schwester, die sich aus dem offenen Fenster im vierten Stock lehnte.

»Ich komme ja schon«, murmelte sie, obwohl Anna sie unmöglich hören konnte.

»Ihre jüngere Schwester?«, fragte Ulrich spöttisch.

»Auf Wiedersehen.« Sie reichte ihm die Hand, aber kaum dass er sie ergriffen hatte, entzog sie sie ihm wieder. »Vielen Dank noch einmal.«

»Grüßen Sie Ihre Schwester von mir«, sagte er, als sie fast schon auf der Straße stand. »Und passen Sie gut auf sie auf.«

Sie schlug die Wagentür ins Schloss und ging zum Haus, ohne ihn noch einmal anzuschauen. Sie verwünschte sich selbst für ihre Lüge. Sie verwünschte Anna, die sie wie ein kleines Kind behandelte. Aber am allermeisten verwünschte sie Ulrich oder Leopold oder wie auch immer er heißen mochte. Dabei hatte sie gar keinen Grund dafür. Vielleicht verwünschte sie ihn ja genau deshalb.

Ulmer Höh', 7. Oktober 1942

Mein Kind,

mehr als eine halbe Stunde sitze ich nun schon hier, ein leeres Blatt vor mir. Anstatt zu schreiben, kaue ich an meinem Bleistift, er schmeckt bitter. Ich weiß nicht, wie ich meinen Brief beginnen soll. Ich schreibe an mein Kind. Mein unbekanntes Kind. Mein fremdes, fernes, nahes Kind. Mein liebes Kind.

Seit einer Woche weiß ich von Dir, geahnt habe ich es schon länger und wollte es doch nicht wahrhaben. Wenn ich nicht an Dich dächte, wenn ich Dich nicht erwähnte, wenn niemand von Dir wüsste, redete ich mir ein, dann würdest Du wieder verschwinden. Auf genauso stille und rätselhafte Weise, wie Du in mein Leben gekommen bist.

Ich weiß von Dir, ansonsten aber keiner. Es wird noch lange dauern, bevor irgendjemand etwas merken wird. Manchmal betrachte ich mich von oben herab. Man sieht nichts.

Ich werde niemandem von Dir erzählen. Du bist mein Geheimnis, und dieses Geheimnis werde ich besser bewahren als das andere. Du bist bei mir in Sicherheit, noch.

Es ist das einzig Richtige. Dennoch fühlt es sich an wie Betrug. Ich denke an meine Schwester, die keine Ahnung hat. Wie würde sie reagieren, wenn sie es wüsste? Ob sie sich freuen würde? Unter anderen Bedingungen vielleicht. Wahrscheinlich nicht.

Ich erwarte ein Kind. Ich erwarte Dich. Ich rechne nach, neun Monate ab dem Zeitpunkt, als mir bewusst wurde, dass ich schwanger bin. Die Geburt wird irgendwann in den Sommer fallen. Wo werde ich dann sein? Wenn ich darüber nachdenke, umfasst mich eine furchtbare Beklemmung, eine Panik, die in mir aufsteigt, die alles überschwemmt, mich selbst und Dich auch.

Du gehörst zu mir. Alles, was mir geschieht, wird auch Dir geschehen. Alles, was Dir geschieht, wird auch mir geschehen. Es ist furchtbar, und es ist ein Trost.

Deine Mutter

Präludium in g-Moll

Das schrille Geräusch des Weckers bohrte sich in einen Traum, in dem Anna über einen See ruderte. Ihr Vater saß im Bug des Bootes und faltete Schiffe aus Notenpapier, die er auf dem Wasser schwimmen ließ. Ohne die Augen zu öffnen, stellte Anna den Wecker aus. Ihr Kopf sank zurück auf das Kopfkissen, sie glitt wieder zurück in ihren Traum. Der See war noch da, aber ihr Vater war weg.

Dann fuhr sie erschrocken hoch. In einer halben Stunde begann ihr Dienst im Evangelischen Krankenhaus.

Im Dunkeln griff sie nach ihren Kleidern, schlüpfte in die Strümpfe und die graue Bluse. Es war jetzt schon warm im Zimmer, obwohl es erst vier Uhr war. Der Tag würde heiß werden. Als sie die weiße Schürze über ihrem Rock festband, hörte sie Orlanda leise seufzen. Ob sie auch von einem Ruderboot träumte? Mit wem sie wohl unterwegs war? Anna seufzte ebenfalls. Wegen Orlanda hatte sie stundenlang wach gelegen.

Gestern war sie erst um Mitternacht nach Hause gekommen. Ein Mann hatte sie begleitet, ein junger Mann, den Anna noch nie zuvor gesehen hatte. Anna hatte sich aus dem Fenster gelehnt und nach unten gerufen. Das war natürlich nicht richtig gewesen, das war ihr klargeworden, als Orlanda mit hochrotem Gesicht in die Wohnung gestürmt war. »Wie kannst du es wagen, mich so vorzuführen? Ich bin kein kleines Kind mehr!«

Sie hatten sich gestritten, danach war Orlanda ins Schlafzimmer gerannt und hatte die Tür hinter sich zugeknallt.

Seit sie auf dem Konservatorium war, sind ihre Gefühlsausbrüche noch schlimmer geworden, dachte Anna, während sie ihre dünnen, hellbraunen Haare zu einem kleinen Knoten zusammensteckte. Die strenge Frisur ließ ihr Gesicht noch runder erscheinen. Sie setzte ihr Schwesternhäubchen auf und befestigte es mit zwei Haarnadeln. Das war besser. Sie liebte diese Haube, die Schwesterntracht, die sie gediegen und erwachsen erscheinen ließ. Eine Respektsperson mit einem festen Platz im Leben.

Wenn Orlanda doch ebenfalls zuerst einmal eine Schwesternausbildung gemacht hätte. Im Krankenhaus kam man mit Launen und Allüren nicht durch, und als Schwesternschülerin hätte sich Orlanda zwangsläufig an Disziplin und Ordnung gewöhnen müssen. Aber es war der letzte Wunsch ihres Vaters gewesen, dass Orlanda Gesang studieren solle, und gegen letzte Wünsche kam man nun einmal genauso wenig an wie gegen Orlandas Dickkopf.

Dabei hatte ihr Vater sich die Sache bestimmt ganz anders vorgestellt. Die Leonore aus dem »Fidelio«, die Konstanze aus der »Entführung aus dem Serail«, das waren die Rollen, in denen er seine Orlanda gerne gesehen hätte, aber nun hatte sie eine Anstellung im Operettenchor und sang »Warum soll eine Frau kein Verhältnis haben?«. Die frivolen Inszenierungen kamen natürlich an, die anderen Krankenschwestern waren ganz wild auf billige Karten zur Generalprobe im Kleinen Haus. Deine Schwester ist ein richtiger Star, hatte Schwester Emmy nach der Uraufführung von der »Zirkusprinzessin« kürzlich noch zu Anna gesagt.

Aber wenn Anna im Dunkel des Zuschauerraums saß, im zweiten Rang auf den Plätzen für fünfzig Pfennige, wenn sie Orlanda auf der Bühne sah, wie sie ihre langen Beine schwang und mit den geschminkten Lidern klimperte, dann musste sie immer an ihren Vater denken. Manchmal saß er sogar neben ihr, seine Augen unter den buschigen weißgrauen Augenbrauen blickten irritiert zur Bühne. Wo ist sie denn, fragte er Anna, und wenn sie auf Orlanda zeigte, *in der zweiten Reihe ganz rechts*, dann erkannte er sie nicht.

Orlanda. Ihr Vater hatte sie nach dem Komponisten Orlando di Lasso benannt, den er sehr verehrt hatte. Anna verdankte ihren Vornamen dagegen Anna Magdalena Bach, der zweiten Frau von Johann Sebastian Bach. Manchmal fragte sie sich, ob ihre Namen vielleicht daran schuld waren, dass sie sich so unterschiedlich entwickelt hatten. Anna, die Vernünftige, Orlanda, die Künstlerin. Wie wäre ich geworden, wenn ich Giuseppa getauft worden wäre oder Giovanna?, überlegte sie.

Orlanda jedenfalls hatte ihren außergewöhnlichen Namen von Anfang an geliebt, obwohl sie in der Schule oft dafür verspottet worden war. »Es ist gut, wenn einen der Name von den anderen abhebt«, sagte sie.

Die Glocke der Dominikanerkirche schlug ein Mal. Viertel nach vier. Anna trank ihre Milch aus, während sie gleichzeitig nach ihrer Tasche griff.

Die Stadt lag um diese Zeit noch im Tiefschlaf, die Straßen waren menschenleer. In den Fenstern waren die Vorhänge zugezogen, schwere Eisengitter sicherten die Auslagen der Geschäfte. Oben auf den Hausdächern lag ein seidengrauer Schimmer, in weniger als einer Stunde würde die Sonne aufgehen, und dennoch würde es noch dauern, bis die Stadt ihre Augen aufschlug, denn es war Sonntag.

Ein Sonntag im Krankenhaus war ein Tag wie jeder andere. Auch sonntags mussten die Kranken gewaschen, die Betten gemacht, das Essen ausgeteilt, die Wunden verbunden werden. Nur für Anna war es ein ganz besonderer Tag. Jedenfalls seit vier Wochen. Seit sie sonntags im Gottesdienst die Orgel spielte. Vor etwas über einem Monat war der alte Organist ganz überraschend gestorben. Am Anfang hatte sich Anna gesträubt, als Schwester Afra sie gefragt hatte, ob sie nicht aushelfen könnte. Aber dann hatte sie es doch versucht, und nun übte sie dreimal in der Woche nach der Arbeit an der Orgel, und auch wenn sie es nicht zugab, nicht einmal sich selbst gegenüber, freute sie sich schon montags auf den nächsten Sonntag.

Die Absätze ihrer Schuhe hallten durch die Thalstraße. Eine gelbe Katze stolzierte vor ihr über den Bürgersteig, den Schwanz hoch erhoben. Ihr grüner Blick streifte Anna gelangweilt. Meine Stadt, sagte der Blick, um diese Zeit gehört die Stadt mir, und du bist nichts als ein Schatten in meiner Welt. Sie verschwand im

Hinterhof der Provinzial-Feuer-Sozietät, wo sie die nächsten Stunden auf einem Stapel Bretter verbringen würde.

Sobald Anna das Krankenhaus betrat, beschleunigten sich ihre Schritte. Sie durchquerte die Eingangshalle, eilte die Treppe zum ersten Stock hoch und dann nach links, zum Schwesternzimmer. In ihrem Kopf begann die Uhr zu ticken. *Ticktackticktack*, machte sie, verlier keine Zeit! Die Uhr im Kopf gehörte dazu, als Krankenschwester befand man sich den ganzen Tag in einem Wettlauf gegen Krankheit, Tod und die unerbittliche Tagesordnung im Krankenhaus.

Die anderen waren schon im Schwesternzimmer versammelt, als Anna eintraf. Die Nachtschwestern erstatteten Bericht von der Frühschicht. Dazu gab es eine Tasse Kaffee mit Milch und Zucker. »Bei den Frauen war alles ruhig heute Nacht, dafür gab es bei den Männern sechs Neuzugänge«, erklärte Schwester Gerlinde.

»Schlägerei auf der Friedrichstraße«, ergänzte Schwester Cordula.

»Was Politisches?«, fragte Anna, und Cordula nickte. Anna fragte nicht weiter. Es war klar, wie es abgelaufen war, die Kommunisten oder die Sozialdemokraten waren wieder einmal mit den Völkischen zusammengeraten. Jede Gruppierung hatte sich in ihrem Stammlokal Mut angetrunken, dann hatten die einen den anderen aufgelauert und sich gegenseitig die Köpfe eingeschlagen. Und am Ende schleppten sich die Männer dann ins Evangelische Krankenhaus und ließen sich zusammenflicken.

»Sie liegen allesamt in Saal vier«, erklärte Trude. »Es ist natürlich ungünstig, weil sie alle unterschiedliche politische Ansichten haben …«

»Wer Ärger macht, fliegt auf der Stelle raus«, unterbrach sie Schwester Else, die Oberin. »Pöbeleien sind in einem Krankenhaus unakzeptabel.« Sie musste es wissen, denn sie war eine Disselhoff, eine Enkelin des berühmten Pastors Theodor Fliedner, der vor einem knappen Jahrhundert die Kaiserswerther Diakonissenanstalt gegründet hatte.

Schwester Else leerte ihre Kaffeetasse in einem Zug. Nachdem sie ihre Diakonissenhaube zurechtgerückt hatte, legte sie ihre Handflächen auf den Tisch und stemmte ihren massigen Körper nach oben. Auch die übrigen Schwestern erhoben sich und tranken ihren restlichen Kaffee im Stehen. *Ticktackticktack*, machte die Uhr. Der Wettlauf ging weiter.

Um halb sechs wurden die Patienten geweckt und gewaschen. Nach dem Fiebermessen gab es Frühstück. Um sieben war Annas Schwesternuniform nass geschwitzt. Sie arbeitete im Haupthaus, in den Krankensälen der dritten Klasse. Die Oberin hatte Anna schon mehrfach angeboten, sie in den neuen Flügel zu versetzen, in dem die Patienten der ersten und zweiten Klasse untergebracht waren. Aber sie hatte jedes Mal abgelehnt. Im Neubau gab es zwar komfortable Ein- oder Zweibettzimmer mit doppelt verglasten Schiebefenstern und fließend warmem und kaltem Wasser, aber die Mehrzahl der Erste-Klasse-Patienten behandelte die Krankenschwestern wie Dienstpersonal.

Hier in der dritten Klasse waren die Leute geduldiger und dankbarer, auch wenn sie oft zu siebt oder zu acht in einem Raum lagen, in dem sich schon frühmorgens die Hitze staute, als wäre es Mittag. »Öffnen Sie doch bitte schön das Fenster, Schwester«, stöhnte eine dicke Patientin. »Man wird ja bei lebendigem Leib gekocht.«

»Draußen ist es auch nicht kühler«, erklärte Anna. Dennoch ging sie zum Fenster. Als sie die Arme hob, um die Vorhänge aufzuziehen, roch sie ihren eigenen süß-säuerlichen Geruch, der ihr schon vorher aufgefallen war, den sie aber den Patienten zugeschrieben hatte. Sie öffnete das Fenster weit und beugte sich über das Brett nach draußen, als könnte sie den Geruch auf diese Weise loswerden.

»Schwester, um Gottes willen.« Die Frau im Bett hinter ihr brach in konvulsivisches Husten aus. »Wollen Sie mich umbringen? Der Zug! So machen Sie doch das Fenster zu.«

Anna lehnte sich noch weiter vor. Mitten im Hof putzte sich die gelbe Katze, die der Hausmeister der Provinzial-Feuer-

Sozietät von ihrem Bretterstapel vertrieben hatte, weil er keine Katzen auf seinem Grundstück duldete.

Annas Hände umfassten das Holz des Fensterrahmens, das sich rissig und warm anfühlte wie alte Haut. In ein paar Stunden wäre es glühend heiß von der Sonne.

»Bitte, Schwester«, keuchte die Frau.

»Nun lassen Sie doch«, rief jetzt die Dicke wieder. »Frische Luft tut doch gut.«

»Sie liegen ja auch nicht am Fenster.«

»Wir können die Betten gerne wechseln, wenn Ihnen das lieber ist.«

»Ich bin auch dafür, dass das Fenster geschlossen wird«, mischte sich jetzt eine dritte ein.

Anna machte das Fenster wieder zu und verließ den Raum. *Ticktackticktack*, weiter, schnell weiter, nur keine Zeit verlieren. Um zehn Uhr würde sie in die Kapelle gehen und Orgel spielen. Dann würde die Uhr eine Stunde lang stillstehen. Aber bis dahin mussten alle Verbände gewechselt und Medikamente ausgeteilt sein.

»Schwester!«, rief eine Patientin aus einer halboffenen Tür. »Ich glaube, ich habe wieder Fieber, können Sie einmal messen.«

»Schwester, ich habe Durst!«

»Etwas gegen die Schmerzen, ich vergehe!«

»Reichen Sie mir die Krücken!«

»Schwester, ich brauche einen Doktor!«

»Schwester! Schwester!«

Die Uhr tickte. Anna schwitzte.

Die alte Frau auf Zimmer neun hatte kurz vor zehn Uhr noch einen Erstickungsanfall bekommen. Bis Schwester Ursula zur Stelle war, die während des Gottesdienstes die Aufsicht über die Station führte, hatten die Glocken bereits aufgehört zu läuten. Anna hastete die Treppe hinunter ins Erdgeschoss. Als sie die Krankenhauskapelle betrat, saßen die übrigen Schwestern schon in ihren Bänken vorn auf der linken Seite.

Vor Anna stauten sich die Gottesdienstbesucher. Die Spitze der Prozession bildete ein alter Mann, der seine Krücken zentimeterweise voranschob und sich selbst hinterher. Ihm folgte Schwester Elfriede mit einer Frau im Rollstuhl, an dem breiten Gefährt kam keiner vorbei. Danach eine Reihe Alter, Kranker, Gebrechlicher. Wie Wallfahrer in der Hoffnung auf eine wunderbare Heilung schleppten sie sich keuchend, hustend, ächzend in die Kirche, unendlich langsam verteilten sie sich in den Bänken. Die weiblichen Gottesdienstbesucher nahmen auf der linken Seite hinter den Schwestern Platz, die männlichen Besucher setzten sich in die rechten Reihen.

Anna stellte sich auf die Zehenspitzen. War Orlanda in der Kirche? Sie konnte sie nirgends sehen, vielleicht kam sie noch. Oder sie war schon um halb neun zum Gottesdienst in der Friedenskirche gegangen.

Nein, sie wollte jetzt nicht an Orlanda denken. Sie musste sich sammeln, vor allem musste sie endlich zur Orgel. Auf dem Spieltisch lag der Zettel mit den Liedangaben, die der Pastor ausgesucht hatte und die sie vor dem Gottesdienst noch in ihrem Buch markieren musste. Aber der Spieltisch der Orgel in der Krankenhauskapelle stand nicht auf einer Empore, sondern hinten im Raum, und die Gottesdienstbesucher versperrten ihr den Weg dorthin. Ungeduldig spreizte Anna ihre Finger und nahm sie dann wieder zusammen. In ihrem Magen spürte sie ein leichtes Kribbeln.

Gestern Abend, als Orlanda in der Oper gewesen war, war Anna hierher in die Kapelle gekommen und hatte das Vorspiel geübt, das Präludium in g-Moll von Buxtehude. Sie hatte das Stück zuletzt vor vielen Jahren gespielt und war überrascht, wie schnell sie sich wieder daran erinnert hatte. Wenn nur diese Stelle in der zweiten Hälfte des Stücks nicht wäre, der Pedaleinsatz, mit dem sie schon früher ihre Schwierigkeiten gehabt hatte.

Als der Weg zur Orgel endlich frei war, sah sie ihn.

Ein Mann saß auf der Orgelbank, auf ihrer Orgelbank. Wusste er denn nicht, dass dieser Platz dem Organisten vorbehalten war? Neben ihm stand Schwester Afra, die früher immer den Balg getreten hatte, bis die Orgel endlich elektrifiziert worden war. Warum sagte sie ihm nicht Bescheid?

Jetzt kam sie auf Anna zu. »Der Herr Bredelin«, flüsterte sie.

»Bitte?«, fragte Anna, obwohl sie schon verstanden hatte.

Herr Bredelin war der neue Organist, er würde ab sofort die Orgel spielen, und sie selbst, Anna, hatte ausgedient.

Schwester Afra hob beide Hände, begütigend und abwehrend zugleich, als habe sie Angst, dass Anna den neuen Organisten angreifen könnte. Anna drehte sich um und ging wortlos weg, und während sie durch den Mittelgang nach vorn lief, begann der Organist zu spielen.

Wenn man nur die Ohren schließen könnte wie die Augen, dachte Anna. Sie wollte den Neuen nicht hören, sie wollte überhaupt nichts hören. Am liebsten hätte sie die Kirche direkt wieder verlassen, aber das ging natürlich nicht, man hatte sie ja nun gesehen.

Woher kam der neue Organist? Warum hatte man ihr nicht gesagt, dass er heute spielen würde? Dass ihre Zeit vorbei war, genauso plötzlich, wie sie begonnen hatte.

Sie hatte ihn kaum angesehen, aber dass er recht jung war, das hatte sie bemerkt. Wahrscheinlich kam er frisch vom Konservatorium. Wie Orlanda. Vielleicht kannten sich die beiden sogar, schließlich hatte auch Orlanda ihr Studium erst vor kurzem beendet.

Wenn man nur die Ohren schließen könnte wie die Augen, dachte Anna wieder, aber das ging nicht, und deshalb blieb ihr nichts anderes übrig, als ihm zuzuhören. Sie wusste es sofort. Er war gut. Es ließ sich nicht leugnen. Er war hervorragend.

Herr Canet, der alte Organist, den Anna in Gedanken bereits *mein Vorgänger* genannt hatte, hatte erbärmlich gespielt. Genauso wie der Organist davor.

Anna hatte ihre Sache hingegen ganz gut gemacht, das hatten auch die anderen Schwestern bestätigt, sogar Schwester

Else hatte sie einmal gelobt. Allerdings musste man einräumen, dass die Oberin und die anderen Schwestern auch den alten Canet gelobt hatten. Es bedeutete also nichts.

Im Vergleich zu dem neuen Organisten, diesem Herrn Bredelin, war sie jedenfalls ein Nichts, genauso erbärmlich und lächerlich wie Canet. Wie dieser Bredelin mit der Orgel umging, als würde er schon jahrelang darauf spielen. Dabei hatte er doch höchstens ein oder zwei Stunden Zeit gehabt, das Instrument kennenzulernen. Wie gekonnt er die Register einsetzte. Die Stärke der Orgel waren die sanften Klänge, das hatte er offensichtlich sofort erkannt. Anna hatte sich in der letzten Woche an dem Choral »O Ewigkeit, du Donnerwort« von Johann Sebastian Bach versucht und war kläglich gescheitert, weil die Orgel eben nicht für Donnerworte taugte. Es gab nur zwei Prinzipale, die übrigen fünfzehn Register waren streichende Grundstimmen, Flötenregister und Aliquoten. Trost und Stärkung, Zuversicht und Hoffnung, darauf kam es in einem Krankenhaus an, und entsprechend war diese Orgel intoniert.

Pfarrer Sander sprach die Begrüßungsworte, danach schlug man Lied Nummer 374 auf. »Ich will dich lieben, meine Stärke«. Der alte Herr Canet, der ungeheuer stolz auf seine Fingerfertigkeit gewesen war, war dem Gesang immer vorausgeeilt. Als käme es darauf an, die Sache so schnell wie möglich hinter sich zu bringen. Sein Orgelspiel war keine Begleitung gewesen, sondern eine Vorhut.

Auch der neue Organist begleitete die Gemeinde nicht – er tanzte vielmehr um sie herum, flog über sie hinweg und fing sie doch im rechten Augenblick wieder auf, bevor sich ihr Gesang verlor.

Herr Bredelin. Er war sehr jung, das hatte Anna bemerkt, ansonsten erinnerte sie sich kaum daran, wie er aussah. Auf der Straße würde sie an ihm vorbeilaufen, ohne ihn zu erkennen. »Ich will dich lieben ohne Lohne auch in der allergrößten Not«, hörte sie die anderen singen, aber sie sang nicht mit.

Er spielte gut, der Neue, er spielte viel besser, als sie jemals spielen würde. Es war, als ob man sich an einen Tisch setzt, um ein Stück Torte zu essen, auf das man sich lange gefreut hat, nur um dann festzustellen, dass es sich ein anderer bereits genommen hat.

»Schwester Anna!« Als Anna sich umdrehte, sah sie Schwester Afra durch den langen Flur auf sie zueilen, gefolgt von dem neuen Organisten. »Wir haben Sie schon gesucht!«, rief Afra, wobei sie die Arme nach Anna ausstreckte, als wollte sie sie ergreifen und festhalten.

Anna hielt einen vollen Nachttopf in den Händen. Die Uhr tickte. Der Nachttopf musste geleert und ausgespült werden. Die Patientin von Nummer 34 wartete auf ein Abführmittel. In einer halben Stunde gab es Mittagessen.

»Bevor Herr Bredelin geht, wollte ich Sie einander doch einmal richtig vorstellen«, meinte Schwester Afra, als wären sie in einem Salon oder auf einem Ball und nicht in einem Krankenhausflur mit grünem zerkratztem Linoleum, auf das die Deckenlampen diffuse Lichtflecke warfen.

Es dauerte einen Moment, bis auch der Organist bei ihnen war. Er starrte zuerst auf den Nachttopf, auf dem glücklicherweise ein Deckel lag, und trotzdem konnte man den Inhalt riechen. Dann blickte er in ihr Gesicht.

»Das ist also unsere Schwester Anna«, erklärte Schwester Afra. »Sie hat vor Ihnen die Orgel bedient, aushilfsweise, und sie hat ganz wunderbar gespielt, ganz ausgezeichnet!«

Ganz ausgezeichnet, dachte Anna. Warum wurde dann überhaupt ein neuer Organist eingestellt, wenn sie so ausgezeichnet spielte?

»Herr Bredelin ist der neue Kantor der Friedenskirche, da betreut er unsere Kirche mit«, erläuterte Afra, als habe Anna ihre Gedanken laut ausgesprochen. »Wir haben ihn erst in der nächsten Woche erwartet, aber nun hat er es heute schon möglich gemacht, zu uns zu stoßen.«

Herr Bredelin öffnete den Mund, als wollte er etwas sagen, dann schloss er ihn wieder. Er war blass und schmal, nicht viel größer als Anna, die auch nicht gerade groß war. Dunkelbraune

Locken fielen in leichten Wellen in seine Stirn, über seine Ohren.

»Sehr erfreut«, sagte Anna »Ich muss nun aber ...« Zur Entschuldigung hob sie den Nachttopf ein Stück in die Höhe. Herr Bredelin nickte.

»Nun bleiben Sie doch wenigstens einen Moment.« Für Afra waren volle Nachttöpfe genauso normal wie blutige Tupfer und offene Wunden. Anna stellte den Nachttopf hinter sich an die Wand. »Unsere Schwester Anna ist sehr musikalisch«, sagte Afra so stolz, als wäre Anna ihre Tochter.

»Wo haben Sie das Orgelspielen gelernt?« Bredelins Stimme war weich und melodisch, sie klang genau so, wie er aussah.

»Mein Vater hat es mir beigebracht.«

»Die ganze Familie ist musisch begabt«, schwärmte Afra. »Die Schwester ist Opernsängerin.«

»Operette«, korrigierte Anna.

Herr Bredelin lächelte.

»Orlanda Mandel«, hörte Anna sich sagen. »Kennen Sie sie vielleicht?«

Das Lächeln verschwand wieder. »Nicht, dass ich wüsste. In der Operette bin ich, offen gestanden, nicht sehr bewandert.«

»Natürlich.« Anna hätte sich ohrfeigen können. Warum musste sie ihn fragen, ob er Orlanda kenne?

»Letztens hat sie die Mimi gesungen«, sagte Afra, die ein großer Operettenfan war und ein Stehplatzabonnement für das Kleine Haus hatte, obwohl das von der Krankenhausleitung nicht gerne gesehen wurde.

»Die ›Kameliendame‹?«

»Sie hat bei ›Adieu Mimi‹ mitgesungen«, erklärte Anna. »Von Benatzky«, fügte sie hinzu, als er sie nur verständnislos anstarrte.

»Tatsächlich?«, fragte er. »Nun, ich muss gestehen, in der Operette ...« Er verstummte. Dass er in der Operette nicht so bewandert war, hatte er ihr ja gerade eben schon erklärt.

»Jedenfalls muss Ihnen Schwester Anna einmal auf der Orgel vorspielen«, mischte sich nun Schwester Afra wieder in die Unterhaltung. »Sie werden ganz begeistert sein.«

Bredelin nickte erneut. Sein Blick wanderte unruhig durch den Flur, stolperte über den Nachttopf und blieb wieder auf Anna hängen.

»Ihre Noten«, sagte Herr Bredelin. »Sie haben Ihre Noten an der Orgel vergessen. Das Präludium in g-Moll von Buxtehude.«

»Ich hole sie später.«

»Ein sehr schönes Stück«, sagte Bredelin.

»Ich muss nun wieder an die Arbeit«, meinte Anna.

»Auf Wiedersehen.« Herr Bredelin wollte ihr die Hand geben, aber sie bückte sich schon nach dem Nachttopf. Sie erinnerte sich auch plötzlich wieder daran, wie verschwitzt sie war, also nickte sie ihm nur noch kurz zu und eilte davon.

Ulmer Höh', 20. Oktober 1942

Mein Kind,
ich hatte mir vorgenommen, jede Woche an Dich zu schreiben, aber nun sind dreizehn Tage vergangen, ohne dass ich auch nur eine Zeile zu Papier gebracht habe. Es erscheint mir so sinnlos. Du wirst diese Briefe nie zu lesen bekommen, sie werden sie an sich nehmen und vernichten, so wie sie auch mich vernichten werden. Sie werden jedes Wort lesen, das ich an Dich schreibe, ich werde also nichts über das schreiben, was geschehen ist, warum ich hier bin. Ich werde keine Namen nennen. Ich werde niemanden mehr verraten, auch wenn sie das von mir erwarten. Du wirst das Geschehene vielleicht irgendwann von irgendjemandem erfahren, wenn diese furchtbare Zeit vorüber ist und wenn dann noch jemand am Leben ist, der es Dir berichten kann. Vielleicht sogar von mir selbst?

Die Hoffnung, die Hoffnung, wie sollte ich aufhören zu hoffen, da ich doch in der Hoffnung bin?

Du wächst in mir. Ich meine, Dich in mir spüren zu können, winzige Finger, die meinen Leib von innen ertasten.

Die Wärterin, die früher für den Flur zuständig war, ist weg. Meinetwegen. Sie hat mir einen Apfel zugesteckt. Als Stärkung, flüsterte sie und zwinkerte mir zu, als ob sie von der Schwangerschaft wüsste. Dabei wurde sie von einer anderen Wärterin beobachtet, seitdem habe ich sie nicht mehr gesehen. Hoffentlich hat man sie nur versetzt.

Sie war eine der Weichen, aber die Weichen sind nicht zu gebrauchen in einem Gefängnis. Die Harten, das sind die Richtigen. Die neue Wärterin setzt das Tablett mit meinem Essen mit einer solchen Wucht auf den Tisch, dass das Wasser aus dem Becher schwappt. Als ob der Tisch ebenfalls schuldig wäre.

Bin ich schuldig?

Auch wenn Du nie erfahren solltest, warum ich hier bin, so weißt Du doch immerhin, auf welcher Seite ich gestanden habe.

Mein Prozess wurde für den 15. November angesetzt, die Sache werde vor dem Volksgerichtshof verhandelt, haben sie mir heute mitgeteilt. Die Anklage lautet auf Landesverrat, sie werden mir einen Verteidiger stellen, den ich erst am Morgen vor dem Prozess zu Gesicht bekommen werde. Wenn ich Glück habe, hat er meine Akten dann bereits gelesen.

Wenn ich Glück habe.

Die Hoffnung, die Hoffnung. Ich halte mich an die Hoffnung und an das Tasten in meinem Leib. An Dich. Halten Sie sich an Gott, flüsterte mir die Frau aus Zelle 17 gestern zu, als wir beim Hofgang nebeneinanderher gingen. Ich weiß nicht einmal ihren Namen, ich weiß nur, dass sie eine Zeugin Jehovas ist. Alle anderen auf unserem Flur sitzen aus politischen Gründen ein, ich frage mich, warum sie sie zu uns gesteckt haben.

Ich werde es vermutlich nie erfahren. Bis zum 15. November wird ihr Prozess längst vorbei sein. Bei ihr liegen die Dinge so klar, dass sie nicht vors Volksgericht muss, das für die Politischen anreist. Sie wird nicht exekutiert werden. Wenn alles gutgeht, lassen sie sie nach einem Jahr wieder frei. Ich dagegen …

Halten Sie sich an Gott, hat sie zu mir gesagt, aber ich spüre ihn schon lange nicht mehr. Und wie soll man sich an etwas halten, das man nicht spürt? Dich kann ich spüren, also halte ich mich an Dich und hoffe, dass wenigstens Du Dich an ihn halten kannst, in einer Zukunft, in der ich nicht mehr bei Dir bin.

Deine Mutter

Wer wird denn weinen,
wenn man auseinandergeht

Orlanda schwang das Kriegsbeil. Sie ließ es über ihrem Kopf durch die Luft sausen, dann schleuderte sie es quer über die Bühne. Einer der Statisten stieß einen markerschütternden Schrei aus und sackte zu Boden, dabei war er natürlich nicht getroffen worden, das Beil war in einen Korb gefallen, den man hinter dem Bühnenaufgang aufgestellt hatte.

Orlanda spielte eine Squaw in der Operette »Das Wildwestgirl«. Es war nur eine Nebenrolle, die kleinste Rolle von allen. Sie hatte vier Zeilen zu singen und den Auftritt mit dem Beil. Aber die Zuschauer jubelten ihr zu, als wäre sie ein Star.

Sie jubelten, weil Orlanda sich durchgesetzt hatte. Wäre es nach dem Regisseur Kamnitzer gegangen, hätten sie sie sicherlich ausgelacht. Kamnitzer hatte vorgehabt, sie in einem kurzen Lederkleid und mit buntem Federschmuck im Haar auftreten zu lassen. Der Auftritt mit dem Beil wäre zur Farce verkommen in einem so albernen Indianerkostüm. Orlanda hatte sich jedoch auf eigene Kosten weite Lederhosen mit seitlichen Fransen schneidern lassen. Über ihrem langen offenen Haar trug sie ein Stirnband mit einer einzelnen Feder. Kamnitzer hatte natürlich zuerst gemurrt, aber nicht lange. Es sah ja auch einfach besser aus.

Als sie abging, tanzten von links die Ballettmädchen auf die Bühne, sie waren als Police Women verkleidet. Sie warfen die Beine hoch bis zu den Schultern, rissen Theater-Pistolen aus ihren Halftern und schossen damit in die Luft. Dazu schlug der Paukist einen Wirbel, das Geräusch passte allerdings überhaupt nicht zu den Pistolen, es klang eher wie fernes Donnergrollen.

Orlanda stand inzwischen wieder in der vierten Reihe des Chors. Hinter der Bühne hatte sie ihr Stirnband abgenommen, stattdessen trug sie jetzt einen Köcher mit Pfeilen auf dem Rücken und einen Bogen über der Schulter, genau wie die übrigen Chorsänger. Gleich würden sie alle einen Pfeil in den Bogen legen und die Waffe auf den Wildwestmann richten, der daraufhin endlich, endlich sein Wildwestgirl küssen durfte.

Was für ein fürchterlicher Klamauk, dachte sie. Aber immerhin hatte sie ihren ersten Soloauftritt. Und wer achtete schon auf Inhalte, wenn er einmal die Gelegenheit bekam, aus der Masse der Chormädchen hervorzutreten. Allein auf der Bühne zu stehen. Nun ja, nicht ganz allein. Als sie ihre vier Zeilen gesungen und danach das Beil geschwungen hatte, war der Schauplatz voller Statisten gewesen, ganz abgesehen von dem Liebespaar und dem Indianerhäuptling. Aber ein Solo war ein Solo. Und die Nummer mit dem Kriegsbeil war zumindest spektakulär.

Zum Finale steppten die Ballettmädchen noch einmal auf die Bühne. Sie hatten ihre knapp geschnittenen Police-Uniformen gegen noch knappere Glitzerkleidchen getauscht, auf dem Kopf trugen sie Federbüsche. »Wir sind die flotten Broadway-Girls, wir tanzen uns in jedes Herz«, sangen die Sopranistinnen und Altistinnen, die Tänzerinnen bewegten dazu die rot geschminkten Münder und klapperten über die Bretter, dass die Pailletten nur so funkelten.

Sie bekamen drei Vorhänge. Das war keine Spitzenleistung, aber akzeptabel. Immerhin war es schon die achte Vorstellung, und das Haus war fast ausverkauft. »Menschenskind, ming Fööß dont mie wi«, jammerte Käthe aus dem Ballett, als sich der Vorhang zum letzten Mal vor ihnen schloss.

»Isch moät nur nohuss«, stimmte ihr Emma zu. Die beiden tanzten wie Elfen, aber wenn sie den Mund aufmachten, brachte einen das sofort wieder auf den Boden der Realität oder vielmehr der Düsseldorfer Altstadt zurück. Käthe hatte einmal eine winzige Sprechrolle angeboten bekommen. *Gnädige Frau, ich bringe den Tee*, hätte sie sagen sollen, aber sie war schon an dem ersten Wort so hoffnungslos gescheitert, dass Erika die Rolle bekam, die zwar nicht so hübsch war, aber Hochdeutsch konnte.

Als Orlanda aus der Garderobe trat, stand der Kerl am Ende des Flurs. Er lehnte lässig an der Wand, die Arme vor der Brust verschränkt. Büttinger, dachte sie. O nein. Karl Büttinger, der im »Wildwestgirl« den Sheriff gespielt hatte, war hinter Orlanda her wie der Teufel hinter der armen Seele. Als sie neu im Operettenhaus angefangen hatte, war sie geschmeichelt gewesen, dass sich einer der Solisten für sie interessierte. Dabei war Büttinger ein ganz kleines Licht und bekam nur unwichtige Nebenrollen. Dummerweise war sie einmal mit ihm ausgegangen, und während sie sich entsetzlich gelangweilt hatte, hatte er richtig Feuer gefangen und war nun überzeugt, dass sie zusammengehörten. Du, du liegst mir am Herzen, du, du liegst mir im Sinn, sang er ihr zu, wenn sie bei der Probe an ihm vorbeiging. Und als ob das nicht schon peinlich genug wäre, warf er ihr über die Bühne hinweg Kusshände zu, einmal sogar mitten in der Vorstellung.

Sie holte tief Luft und straffte ihre Schultern wie die Tänzerinnen, bevor sie auf die Bühne gingen. »Heute nicht, Herr Büttinger«, murmelte sie. Nach der heftigen Auseinandersetzung mit Anna hatte sie in der letzten Nacht schlecht geschlafen, und die Vorführung war anstrengend gewesen. Ihre Kraft war aufgebraucht und ihre Geduld auch. Sie würde die Sache nun ein für alle Mal klarstellen und reinen Tisch machen. Lassen Sie mich in Ruhe, Herr Büttinger, würde sie sagen, aus uns beiden wird nichts. Schlagen Sie sich das aus dem Kopf. Wie auf ein Stichwort begann ihr Schädel zu dröhnen.

»Guten Abend, Orlanda«, sagte der Kerl. So eine Frechheit, jetzt nannte er sie sogar schon beim Vornamen.

»Nun hören Sie mir einmal gut zu«, erwiderte Orlanda, wobei sie die Hände in die Hüften stemmte. Sie sah ihn mit festem Blick an und erkannte, dass es gar nicht Büttinger war.

»Gerne«, sagte Leopold Ulrich.

»Was wollen Sie denn hier? Wie kommen Sie überhaupt hinter die Bühne?«

Er legte den Zeigefinger auf die Lippen und sah sich verschwörerisch um. »Das ist mein Geheimnis. Aber seien Sie gewiss, ich komme überallhin, wenn ich es will.«

»Und warum sind Sie hier?«

»Ich wollte mich erkundigen, ob Ihre Schwester gestern Nacht gut eingeschlafen ist.«

»Meine Güte, nun lassen Sie doch meine Schwester aus dem Spiel.« Sie versuchte ihrer Stimme einen verächtlichen Klang zu geben, aber gleichzeitig merkte sie, wie ihr das Blut in den Kopf stieg.

»Man muss sich das nur einmal vorstellen, den ganzen Tag arbeiten Sie im Krankenhaus, abends in der Operette, und nebenher umsorgen Sie noch das arme Waisenkind.« Er schüttelte den Kopf. »Was sind Sie nur für ein fleißiges Mädchen. Ich bin beeindruckt.«

»Was wollen Sie denn nun von mir? Ich bin müde. Ich will nach Hause.«

»Wir wollten Sie gerne auf einen Cocktail einladen, aber wenn Sie lieber schlafen möchten …«

»Wir? Wer ist wir?« Warum fragte sie überhaupt? Warum ließ sie den Kerl nicht einfach stehen?

»Ich und mein Freund Clemens. Oder soll ich lieber Jonny sagen?«

Clemens Haupt war hier in Düsseldorf und hatte sich ihre Vorstellung angesehen? Hatte er nichts Besseres zu tun? Immerhin hatte er gestern den großen Durchbruch erzielt. Die Sonntagsausgabe der Düsseldorfer Zeitung hatte ihn heute Morgen als den »neuen Stern am Opernhimmel« bezeichnet. Auch in den überregionalen Blättern sei die Duisburger Aufführung in den höchsten Tönen gelobt worden, hatten die Mädchen vorhin in der Garderobe erzählt. Clemens Haupt hatte es geschafft, die Opernhäuser würden sich ab sofort um ihn reißen. Und trotzdem kam er nach Düsseldorf, um mit einem namenlosen Operettenmädel einen Cocktail zu trinken?

»Wir wollten uns die neue Vorstellung anschauen, und wen sehe ich da auf der Bühne? Eine Krankenschwester mit Kriegsbeil.«

Natürlich, dachte Orlanda, selbstverständlich ist Haupt nicht meinetwegen gekommen. Er hatte ja gar nicht wissen können, dass sie im Operettenhaus sang. Nein, Ulrich und er hatten sie ganz zufällig auf der Bühne gesehen und wiedererkannt, und nun wollten sie sich einen lustigen Abend mit ihr machen. Danke, so nicht, meine Herren, dachte Orlanda. Ich bin zwar nicht berühmt, aber so leicht bin ich nun auch wieder nicht zu haben.

»Also? Wie stehen unsere Aktien? Wenn Sie der Sache und uns nicht trauen, können wir natürlich auch das Fräulein Schwester mitnehmen.«

Das Fräulein Schwester. Anna. Wie wütend sie werden würde, wenn Orlanda heute Nacht wieder nicht pünktlich zu Hause wäre. Zu allem Überfluss war Orlanda am Morgen auch nicht in der Kirche gewesen. Den Gottesdienst in der Friedenskirche hatte sie verschlafen, und in die Krankenhauskirche wollte sie nicht gehen. Anna an der Orgel, nein, das war zu viel, nach der Szene, die sie Orlanda letzte Nacht gemacht hatte. Anna behandelte Orlanda wie ein kleines Mädchen, und das würde immer so weitergehen, bis sie beide alte Jungfern wären. So nicht, dachte Orlanda wieder, aber diesmal bezog sich der Gedanke auf Anna.

»*Einen* Cocktail würde ich mit Ihnen nehmen«, sagte sie.

»Würden Sie das? Dann folgen Sie mir schnell, bevor Sie Ihre Meinung wieder ändern.«

Die Bar befand sich im Kofferraum von Ulrichs Opel. Gin, Rum, Brandy, Sodawasser, Zitronensaft, einen Cocktailshaker, eine Thermosflasche mit Eis, Cocktailkirschen und grüne Oliven – sie hatten alles mitgebracht.

»Sie wünschen?« Haupt hatte eine weiße Serviette über seinen rechten Unterarm gelegt, den linken Unterarm hielt er hinter dem Rücken verschränkt.

»Whisky on the rocks«, sagte Orlanda, weil sie keine Whiskyflasche im Kofferraum sah und ihn in Verlegenheit bringen wollte.

»Whisky, bitte schön.« Haupt öffnete die Tür zum Beifahrersitz und fischte eine Whiskyflasche unter dem Sitz hervor.

Er schenkte ein Glas ein, tat Eiswürfel dazu, und Ulrich servierte. Orlanda hatte sich auf einen großen Stein gesetzt und blickte auf das schwarze Band des Rheins, das vor ihnen durch die Dunkelheit floss.

»Cheers«, sagte Ulrich. Sein Brandyschwenker berührte ihr Whiskyglas, so zart, dass das Klirren kaum zu hören war.

»Zum Wohl«, sagte Orlanda und nahm einen Schluck.

Der Alkohol explodierte in ihrem Kopf. Vor der Aufführung hatte sie kaum etwas gegessen, sie war auch jetzt nicht hungrig. Aber Whisky auf leeren Magen … sei um Gottes willen vorsichtig, warnte sie eine Stimme, die klang wie die von Anna. Orlanda trank noch einen Schluck.

»Rauchen Sie?« Ulrich streckte ihr sein Zigarettenetui entgegen, Haupt gab ihr Feuer. Er saß plötzlich neben ihr, sie hatte gar nicht gemerkt, wie er näher gekommen war. Sie inhalierte den Rauch und hatte das Gefühl, dass er sich langsam in ihrem Körper ausbreitete wie Nebel.

Sie legte den Kopf in den Nacken. Der Himmel war ein schwarzes Meer, auf dessen Wellen Leuchtkäfer trieben. Einige schlossen sich zu Sternbildern zusammen, Orlanda erkannte den großen Wagen und den Polarstern. Andere bildeten diffuse Wirbel, Glühwürmchenstrudel. Je länger man sie betrachtete, desto mehr lief man Gefahr, dass sie einen aufsaugten und in die Tiefe zogen.

»Wenn Sie mich nicht getroffen hätten«, sagte sie nachdenklich, »wen hätten Sie dann mit hierhergebracht? Irgendein Mädchen von der Straße?«

»Wir sind uns selbst genug«, entgegnete Ulrich gleichmütig. »Frauen sind charmant, aber nicht zwingend notwendig.«

»Sie dagegen sind nicht charmant«, erwiderte Orlanda.

»Nein«, sagte Ulrich. »Das habe ich auch nie behauptet.«

»Sie waren eine beachtliche Squaw«, mischte sich Haupt ein. »Wie Sie das Kriegsbeil geschwungen haben, Respekt.«

Sie lachte. »Sie waren als Neger auch nicht übel.«

Sie saßen jetzt nebeneinander auf dem großen Steinblock, so wie sie noch sehr oft zusammensitzen würden. Einer links, der andere rechts und Orlanda in der Mitte.

Orlanda hatte ihr Glas fast ausgetrunken. Ihr leerer Magen machte sie schwerelos, der Alkohol zertrennte die Reißleine, die sie am Boden hielt. Wenn Anna mich jetzt sehen könnte, dachte sie, während sie von oben auf sich selbst und die beiden Männer hinunterblickte. Mit einem Mal fühlte sie sich wild und mutig. Was ich alles erlebe, dachte sie, davon kann Anna noch nicht einmal träumen.

»Was machen Sie eigentlich, Herr Ulrich?«, erkundigte sie sich. »Sie spielen im Orchester, aber welches Instrument?«

»Das wurde ja auch einmal Zeit, dass Sie sich erkundigen. Immerhin kenne ich schon zwei Ihrer Berufe, und Sie wissen rein gar nichts von mir.«

»Was spielen Sie denn nun?«, fragte sie. »Ach nein, sagen Sie es nicht, lassen Sie mich raten.«

Trotz der Dunkelheit sah sie, wie sich seine Augenbrauen hoben.

»Die erste Geige«, schlug sie vor.

»Liege ich etwa richtig?«, fragte sie, als Haupt lachte.

»Was denn sonst?«, gab Ulrich zurück. Er verlagerte sein Gewicht von links nach rechts, und plötzlich berührte sein Oberschenkel Orlandas Bein. Es war nicht unangenehm, aber sie wich dennoch nach rechts aus und stieß dadurch gegen Haupts Bein.

»Ich denke darüber nach, vielleicht nach Düsseldorf zu wechseln«, sagte Haupt, als ob ihn erst die Berührung auf die Idee gebracht hätte.

Seine Stirn leuchtete weiß in der Dunkelheit, darunter zeichneten sich dunkel die Augen ab, die Lippen erschienen schwarz. Das Negativbild eines Negers.

»Wollen Sie zu uns ins Kleine Haus kommen? Oder an die Oper?«

»An die Operette«, sagte Haupt. »Es gibt eine Vakanz, aber ich habe mich noch nicht darum beworben.«

»Sie sind ja jetzt ein Star«, meinte Orlanda. »Da wird man Sie mit Handkuss nehmen.«

»Wenn sie dich in Duisburg weglassen«, sagte Ulrich.

»Ich werde natürlich bleiben, bis der Jonny abgelaufen ist. Danach wird neu verhandelt.«

Danach wird neu verhandelt. Wenn ich doch auch nur einmal in der Lage wäre, diesen Satz zu sagen, dachte Orlanda. Aber bei ihr verliefen die Vertragsverhandlungen nach dem Prinzip: Friss oder stirb. Als sie mit Tornauer, dem Chorleiter, nach der Wildwestgirl-Premiere über eine Gagenerhöhung gesprochen hatte, war sie ausgelacht worden. »Dafür, dass wir Ihnen die Solorolle gegeben haben, sollten *Sie* dem Theater etwas zahlen.«

Sie trank ihren Whisky und spürte, wie ihr Gesicht glühte, aber das machte nichts, es war ja dunkel. Neben ihr saßen Ulrich und Haupt und wärmten ihre linke und rechte Seite, nur ihr Rücken wurde langsam kalt.

»Und Sie?«, fragte sie Ulrich. »Wenn Ihr Freund nach Düsseldorf wechselt, kommen Sie dann auch zu uns?«

Seine Zigarette leuchtete auf wie ein rotes Auge. Er blies weißen Rauch aus und beobachtete, wie er sich in der Dunkelheit auflöste.

»Das hätten Sie wohl gerne«, meinte er dann.

Sie lachte spöttisch. Nein, charmant konnte man ihn wirklich nicht nennen. Er warf seinen Zigarettenstummel weg, der in einem glühenden Bogen in die Nacht flog.

»Noch einen Whisky?«, fragte Haupt und erhob sich. Ihre rechte Seite wurde von einer Sekunde auf die andere kalt.

Nein danke, wollte sie sagen, aber dann dachte sie, *zum Teufel*, während sie noch eine Zigarette aus dem Etui fischte, das Ulrich ihr anbot.

Seit jener Nacht liebte Clemens Orlanda. Es sollte aber noch eine Weile dauern, bis er sich dessen bewusst wurde. In jener Nacht spürte Clemens nur einen leichten Schmerz, eine dumpfe Enttäuschung, als Leopold ihn beiseitenahm und fragte, ob er nicht mit der Straßenbahn nach Hause fahren wolle. Es seien nur ein paar Schritte bis zur Station und Leopold würde währenddessen Orlanda nach Hause bringen.

Später würde Clemens sich fragen, warum er damals nicht darauf bestanden hatte, Orlanda selbst zu begleiten. Warum er Leopold nicht zur Seite geschoben, weggedrängt, niedergerungen hatte. Warum er nicht wenigstens mitgefahren war.

Vielleicht hätte es nichts geändert. Wer konnte schon sagen, wie die Dinge verlaufen wären, wenn ihre Geschichte anders begonnen hätte.

In jener Nacht aber erkannte er den Ernst der Lage überhaupt nicht. In Gedanken war er mit seiner Karriere beschäftigt, mit der lächerlichen Frage, ob er nun an der Duisburger Oper bleiben oder ins Operettenhaus nach Düsseldorf wechseln sollte. Während Orlanda am Rhein neben ihm saß, zum Greifen nah, dachte er über diese idiotischen Dinge nach.

Danach fuhr er mit der Schnellbahn nach Hause. Er starrte auf sein Spiegelbild in der Fensterscheibe des Zuges, und zur gleichen Zeit sah Leopold Orlanda an und Orlanda Leopold. Und als Clemens die Tür zu seiner kleinen Dachkammer aufschloss, die ihm die Witwe Schraubersteg für fünf Mark in der Woche vermietete, Frühstück inbegriffen, Damenbesuch ausgeschlossen, küssten sie sich zum ersten Mal.

Jedenfalls stellte Clemens sich das so vor. Er sprach nie mit Leopold über jene Nacht, sie redeten überhaupt so gut wie gar nicht über Orlanda.

Später würde es Clemens weh tun, wenn er sich den ersten Kuss zwischen Leopold und Orlanda vorstellte. In jener Nacht putzte er sich die Zähne und ging ins Bett, falls er dabei über Orlanda nachdachte, konnte er sich später nicht mehr daran erinnern.

Trotz allem war sie seitdem ständig in seinem Bewusstsein. Wie eine Melodie, die man einmal gesungen hat. Warum hatte er sich in sie verliebt? Weil sie anders war als alle Mädchen, die er kannte. Weil sie, ohne zu zögern, mit ihm und Leopold an den Rhein fuhr, als wäre das völlig normal. Weil sie keinen

Gedanken an ihren Ruf verschwendete. Weil sie drei Gläser Whisky trank. Weil sie keine Angst hatte.

Zuerst verliebte er sich wegen ihrer Furchtlosigkeit in Orlanda. Und am Ende würde er sie deshalb verlieren.

Vor ihm lag ein anstrengender Tag. Vormittags musste er zum Fotografen, weil er Autogrammkarten brauchte. Mittags wollte Reichmüller mit ihm essen gehen, vielleicht wollte er ihm eine neue Hauptrolle anbieten? Nachmittags wurde geprobt, abends war wieder Aufführung. Den ganzen Tag lang hatte er kaum eine freie Minute, er war deshalb sehr kurz angebunden, als Fritzi ihn nach der Probe ansprach. »Ich habe gestern Willi getroffen«, erklärte sie. »Willibald Kroner. Schon vergessen?«, fragte sie, als er nichts sagte.

Natürlich nicht. Immer wenn er Fritzi Albrecht sah, musste er sofort an Willibald Kroner denken.

»Was ist mit ihm?«

»Es geht ihm schlecht. Nachdem er sein Engagement verloren hat, hat ihn sein Hauswirt auf die Straße gesetzt. Keine Anstellung, keine neue Wohnung. Keine Wohnung, keine neue Anstellung.«

»Das ist übel«, sagte Clemens und blickte über Fritzis Kopf hinweg zur Tür, als könnte er sie dadurch dazu bewegen, ihn endlich in Ruhe zu lassen und zu verschwinden.

»Sehr schlecht sogar.«

»Aber was habe ich damit zu tun?«

»Das weißt du ganz genau«, zischte Fritzi so scharf, dass er unwillkürlich einen Schritt zurückwich. »Du und Ulrich, ihr habt Willi auf dem Gewissen. Wenn ihr mich damals wenigstens nicht mitgeschleppt hättet!«

Das dachte sich Clemens inzwischen auch. Aber was passiert war, war passiert und ließ sich nicht mehr rückgängig machen.

»Was erwartest du denn von mir?«

»Hilf ihm. Sieh zu, dass sie ihm wieder Arbeit geben.«

»Das kann ich nicht. Er säuft. Reichmüller hätte ihn ohnehin früher oder später rausgeworfen.«

Fritzi zog die Augenbrauen zusammen, sie war wütend. Nur war ihr Gesicht viel zu niedlich, um wütend zu wirken. Sie hatte große blaue Augen und einen kleinen Mund, die Oberlippe war geformt wie ein spitzes M. Und sie war so klein, sie reichte Clemens kaum bis zur Schulter. Sie würde es auf keinen Fall zu einer Solistenrolle bringen, mochte sie auch noch so gut singen. Man sah sie ja kaum auf der Bühne.

»Du hast Willi in die Bredouille gebracht, du musst ihn jetzt auch wieder herausholen«, sagte Fritzi, und dann ließ sie ihn einfach stehen.

Dafür, dass sie so klein war, war sie verdammt hochnäsig, fand Clemens.

Am nächsten Vormittag fuhr er zu Willis Wohnung. Erst als er vor dem Haus stand, fiel ihm ein, dass Willi ja auf die Straße gesetzt worden war. Also klingelte er im Parterre, wo ein Schild mit der vornehmen Aufschrift »Administration« hing.

»Kroner wohnt hier nicht mehr«, erklärte der Hauswirt, dessen schmutziges Unterhemd auf seinem dürren Körper Falten warf. »Sind Sie ein Verwandter?«

»Ein Kollege.«

»Und was wollen Sie von ihm? Wenn er Ihnen Geld schuldet, vergessen Sie's. Bei mir steht er noch mit der letzten Miete in der Kreide. Der hat kein Geld. Und wenn er welches hat, versäuft er's.« Er nieste laut, wischte sich mit dem Handrücken über die Nase und schaute Clemens dann so vorwurfsvoll an, als ob er schuld an seinem Schnupfen wäre.

»Wie viel?« Clemens zahlte dem Wirt die noch ausstehende Miete und acht Wochen im Voraus. Achtundvierzig Mark machten das, das war alles an Geld, das er hatte, und der Monat hatte gerade erst begonnen. Er würde sich etwas von Leopold leihen und darauf hoffen, dass seine Verhandlungen mit dem Verwaltungsdirektor erfolgreich verliefen.

»Willibald kann wieder zurück in seine Wohnung«, erklärte er Fritzi, als er sie abends vor der Aufführung sah. Clemens war schon schwarz geschminkt, seine Haut spannte, besonders um die Mundpartie, wenn er sprach.

»Ach, du meinst wohl, mit Geld lässt sich alles regeln«, gab Fritzi zurück und stolzierte mit hoch erhobenem Kopf an ihm vorbei.

Er kam sich dumm vor, als er ihr nachschaute, in seiner Negerverkleidung. In diesem Moment beschloss er, dass er sie von ihrem hohen Ross herunterstoßen würde.

Die Gelegenheit dazu ergab sich einige Abende später, als er Leopold nach der Vorstellung fragte, ob sie noch einen Abstecher in die Silberne Glocke machen sollten, und Leopold abwinkte. Er habe schon etwas anderes vor.

Clemens fragte nicht nach, aber er war überzeugt davon, dass Leopold nach Düsseldorf fahren würde, um Orlanda zu treffen. Er musste plötzlich an ihren schönen, großen Mund denken. Diesen Mund würde Leopold küssen, dachte Clemens und fühlte eine fürchterliche Wut in sich aufsteigen, er wusste nur nicht, auf wen.

Er holte Fritzi Albrecht ein, als sie gerade aus dem Bühnenausgang wollte. Sie steckte in einem gackernden Haufen von Sopranistinnen, die alle viel größer waren als sie, so dass sie nicht zu sehen war, man hörte nur ihre laute, helle Stimme.

»Fräulein Albrecht«, rief er ihr nach, obwohl sie sich schon lange beim Vornamen nannten und duzten. Die Sängerinnen verstummten sofort und reckten ruckartig ihre Köpfe zu ihm wie Hühner.

»Was ist denn?«, fragte Fritzi, deren Kopf jetzt zwischen zwei Schultern auftauchte.

Erstaunlicherweise musste er sie gar nicht lange dazu überreden, mit ihm auszugehen. Vielleicht lag es an den Blicken der anderen Mädchen, dass sie so schnell nachgab. Vielleicht war es ihr peinlich, dass ihr alle zuhörten. Vielleicht schmeichelte es ihr aber auch. Immerhin war Clemens jetzt ein Star.

Er ging mit ihr in die Rote Laterne, eine Tanzbar in der Schmalen Gasse, die er nur kannte, weil er genau gegenüber wohnte. Das Publikum in der Laterne war nämlich ziemlich gewöhnlich, Arbeiter und Handwerker mit ihren Mädchen. Wenn gelegentlich ein paar Tippfräulein auftauchten, galt das schon als Ereignis. Kollegen sah man hier niemals, obwohl das Opernhaus nur ein paar Straßen entfernt lag.

Clemens brachte Fritzi natürlich nicht ohne Grund ausgerechnet in dieses Etablissement. Sonst ging er mit seinen Mädchen in die Bar vom Steigenberger oder ins A La Mode auf der Börsenstraße. Aber im Gegensatz zu ihnen wollte er Fritzi nicht beeindrucken, er wollte sie verärgern. Und verunsichern. Eine Tanzbar wie die Rote Laterne, in der es statt Cocktails Bier und Schnaps gab, in der der Zigarettenrauch wie dicke Spinnweben von der Decke hing, das würde ihr nicht passen, weil es nicht zu ihr passte.

Dachte er. Aber so war es nicht. Fritzi tauchte in die Rote Laterne ein wie ein Goldfisch, den man aus seinem engen Glas in einen See entließ. »Das hätte ich dir gar nicht zugetraut«, sagte sie und nickte anerkennend, als habe er sie in den Petersdom geführt oder ins Capitol von Washington. Er kaufte ihnen ein Bier, sie stieß ihr Glas kraftvoll gegen seines, so dass der Schaum über den Rand schwappte und auf ihre Hand lief. Sie leckte ihn ab und lachte. Danach kletterte sie auf einen hohen Barhocker und baumelte wie ein Kind mit den Beinen. Er nahm neben ihr Platz und wusste plötzlich nicht mehr, was er sagen sollte.

»Lot jonn, wat jibbet?«, fragte sie dann. »Raus mit der Sprache. Zum Vergnügen hast du mich bestimmt nicht eingeladen.«

»Doch«, widersprach er. »Ich wollte die Dinge zwischen uns bereinigen.« Er hatte eigentlich etwas ganz anderes sagen wollen, etwas Bissiges, das sie verärgern oder zumindest irritieren würde.

Als ob sie es wüsste, lachte sie so laut, dass sich die Leute zu ihnen umwandten.

»Gut«, meinte sie, während sie wieder von ihrem Hocker herunterrutschte. »Dann lass uns auch damit anfangen.«

Sie nahm seine Hand und zog ihn zur Tanzfläche, neben der ein Klavierspieler auf ein verstimmtes Piano eindrosch, als wollte er es für etwas bestrafen. Außer ihnen tanzte nur noch ein anderes Paar, ein dürrer Mann mit einer unglaublich fetten

Frau. Das Lied, das der Mann am Klavier spielte, war Clemens völlig unbekannt, erst als Fritzi mit ihrem glockenklaren Sopran mitsang, erkannte er den Schlager.

Wer wird denn weinen, wenn man auseinandergeht
Wenn an der nächsten Ecke schon ein anderer steht
Man sagt auf Wiedersehen und denkt beim Glase Wein
Na schließlich wird der andere auch ganz reizend sein.

»Wer wird denn weinen, wenn man auseinandergeht«, fielen die dicke Frau und ihr Partner begeistert in den Refrain ein, auch der Mann am Klavier sang mit, nur Clemens brachte keinen Ton über die Lippen, dabei war Singen doch sein Beruf. Er starrte auf Fritzis Kopf, auf den weißen Scheitel, der sich wie ein Messerschnitt durch ihr glänzendes rotbraunes Haar zog.

Danach applaudierten alle, das ungleiche Tanzpaar, die Arbeiter und ihre Mädchen, der Barmann, sogar der Pianist klatschte Fritzi Beifall, die knickste und Kusshändchen in die Menge warf. Dann hüpfte sie zurück zu ihrem Bierglas, leerte es mit einem Zug und sah Clemens bedauernd an. »So, nun muss ich aber«, sagte sie. »Es ist schon nach Mitternacht, und die Stimme ist kein Gummiband, das man ziehen und zerren kann, wie es einem gefällt. Wenn ich jetzt nicht nach Hause gehe, ist sie morgen weg, und wer weiß, vielleicht ergeht es mir dann wie dem armen Willibald.«

Clemens suchte nach Worten und fand keine. Er brachte Fritzi noch nach Hause, sie wohnte ganz in seiner Nähe auf der Goldstraße.

»Un Jung? Wi is et nu?«, fragte sie, nachdem sie bereits die Haustür aufgeschlossen hatte. Das Licht im Flur umströmte ihre zierliche Figur und ließ sie noch zerbrechlicher erscheinen. »Ist die Sache jetzt bereinigt, oder was?«

Er brauchte eine ganze Weile, bis er begriff, dass sie auf seine Bemerkung in der Laterne anspielte. »Ich denke schon«, entgegnete er dann, viel zu spät, viel zu steif.

Sie lachte, und auf einmal hätte er sie gerne geküsst, aber er tat es nicht, weil er an Orlanda und Leopold denken musste, die sich in diesem Moment wahrscheinlich küssten, und das machte ihn wieder so wütend, dass er Fritzi kurz eine gute Nacht wünschte und fortging. Er spürte ihre Blicke in seinem Rücken, aber als er sich noch einmal nach ihr umdrehte, war sie verschwunden.

Er liebte Orlanda, jetzt war Clemens sich ganz sicher. Mit Fritzi Albrecht konnte er dagegen nichts anfangen. Wie sie in der Tanzbar gesungen hatte, wie sie den Schaum von ihren Fingern geleckt hatte, das allerdings hatte etwas. Und ihre Überheblichkeit, ihre freche Art, ihre hohen Stöckelschuhe.

Wenn man sie allerdings mit Orlanda verglich, schnitt sie schlecht ab.

Er liebte Orlanda und konnte mit Fritzi nichts anfangen, und dennoch fing er etwas mit ihr an. Vielleicht hätte sogar etwas aus ihnen werden können. Fritzi berührte ihn, er konnte sich nicht dagegen wehren. Aber Orlanda berührte ihn noch viel mehr. Außerdem war Fritzi viel zu klein für ihn.

Leopold war begeistert, als er hörte, dass Clemens mit Fritzi ausgegangen war. »Ein kluger Schachzug«, lobte er. »Wenn du sie nicht schlagen kannst, dann mach sie zu deiner Verbündeten.«

»Sie hätte dir enorm schaden können«, erklärte er, als Clemens ihn verständnislos ansah. »Sie hat ein Mundwerk wie eine Dampfmaschine, und ehe man sich versieht, macht sie einen platt. Es war natürlich ein Fehler, dass wir sie mit zu Willibald genommen haben, aber nun hast du die Sache wieder ausgemerzt. Gut gemacht!«

Clemens räusperte sich. »Das war doch gar nicht der Grund, warum ich sie ausgeführt habe.« Er hatte plötzlich das Gefühl, dass Fritzi ihnen zuhörte, dabei war sie in der Damengarderobe am anderen Ende des Flurs.

»Nicht? Aber dann ... interessierst du dich etwa ernsthaft für die Kleine?«

»Nein«, entgegnete Clemens so schnell, dass Leopold grinste.

»Ach, daher weht der Wind. Nun denn, umso besser.«

Es war typisch für Leopold, dass er den nächsten Schritt einfach machte, ohne Clemens vorher um seine Meinung zu fragen. »Morgen gehen wir ins Kino, ich habe Karten für die Matinee besorgt«, teilte er Clemens nach der Samstagabendvorstellung mit. »Ich hole dich um neun Uhr ab.«

Ich hole dich ab, sagte er, so dass Clemens annahm, dass es nur um sie beide ging. Vielleicht würde auch Orlanda dabei sein, überlegte er, hoffte er, denn die Vorstellung war in Düsseldorf, und ohne Orlanda hätten sie ja genauso gut in ein Duisburger Lichtspieltheater gehen können. Aber dass Leopold Fritzi gefragt hatte, darauf kam er überhaupt nicht. Er war so verblüfft, dass ihm die Kinnlade herunterfiel, als er sie am Sonntagmorgen bei Leopold im Auto sitzen sah. »Einsteigen und Mund schließen«, sagte Leopold. »Es zieht.«

»Da freust du dich, was?«, fragte Fritzi, obwohl es offensichtlich war, dass er sich nicht freute.

Orlanda war auch nicht gerade in bester Laune, als sie um kurz vor zehn vor dem Apollo auf der Graf-Adolf-Straße auftauchte. Ihre Wangen waren sehr rot, und auf ihrer Stirn glitzerten Schweißperlen, sie war wohl gerannt, um noch rechtzeitig anzukommen. »Ärger mit Anna?«, fragte Fritzi. Orlanda verdrehte die Augen und antwortete nicht.

Fritzi wusste, wer Anna war, und Leopold wusste es auch, seinem süffisanten Grinsen nach zu urteilen. Clemens hasste Fritzi plötzlich dafür, dass sie Orlanda so viel besser kannte als er.

Im Lichtspielhaus saß Orlanda wieder zwischen ihm und Leopold, er konnte ihr Parfüm riechen, ein blumiger und gleichzeitig strenger Geruch, aber vielleicht war es auch ihr Schweiß, der sich in den Duft mischte. Er konnte es kaum erwarten, bis endlich das Licht ausging. Fritzi saß zu seiner Linken, sie zündete sich gerade eine Zigarette an und blies den Rauch nach oben, wo er einen Moment lang im Silberlicht des Filmprojektors flirrte, der gerade die Wochenschau ausstrahlte. Dass sie immerzu rauchen musste, das war nun wirklich nicht gut für die Stimme.

»Drei Komma sieben Millionen Arbeitslose in Deutschland«, sagte Fritzi empört. »Wo soll das noch hinführen?«

»Der helle Wahnsinn«, stimmte Orlanda ihr zu und zündete sich ebenfalls eine Zigarette an. »Gut, dass wir unsere Anstellung haben.«

Einen Moment lang befürchtete Clemens, dass Fritzi nun wieder von Willibald Kroner anfangen würde, aber sie rauchte nur schweigend weiter.

Wehretat vom Reichstag gebilligt. Auszeichnungen für die deutschen Wissenschaftler Max Planck und Albert Einstein. Absolute Mehrheit für die NSDAP bei Stadtratswahlen in Coburg. Die Nachrichten rauschten an Clemens vorbei, ohne dass er sie richtig zur Kenntnis nahm. Stadtratswahlen in Coburg, was interessierte ihn das? Coburg, wo lag das überhaupt?

Nach der Wochenschau folgte ein Film über Negerstämme im afrikanischen Urwald. Mit seinem Jonny hatten die Wilden jedenfalls nichts zu tun, sie sahen vollkommen anders aus. Wenn man einmal von ihrer glänzend schwarzen Haut absah. Fritzi stieß ihn in die Seite. »Deine wilden Brüder«, spottete sie. »Ob sie auch so gut singen können?«

Er lachte leise und wollte gerade etwas zurückgeben, als er eine Hand an seiner rechten Schulter spürte. Orlanda, dachte er und zuckte zusammen, aber das war natürlich Blödsinn. Es war nicht Orlanda, die ihn berührte, es war Leopold, der Orlanda berührte. Er hatte seinen Arm um ihre Schulter gelegt und war mit der Hand versehentlich an Clemens' Schulter gestoßen.

Dann begann der Hauptfilm, »Ich küsse Ihre Hand, Madame«, eine Operette mit Harry Liedtke. Weil es aber nur eine Matinee war, hatte man kein Orchester bestellt, sondern spielte die Lieder auf einem Grammophon ab. Der Klang war abscheulich und lief zeitversetzt, viel zu spät. Wenn die Schauspieler auf der Leinwand ihre Münder schon längst geschlossen hatten, dann dudelte das Grammophon immer noch. Es gab jetzt Filme, bei denen die Lieder und sogar Sprechtexte zusammen mit den Bildern aufgenommen und synchron abgespielt wurden. Der

Stummfilm hatte ausgedient, und Clemens fragte sich, warum sie eigens nach Düsseldorf gefahren waren wegen eines so veralteten Spektakels.

Warum tue ich mir so etwas an, dachte er, aber er meinte damit nicht den Film. Er spürte Leopolds Hand auf Orlandas Schulter, obwohl Leopold ihn längst nicht mehr berührte. Er saß den Rest des Films ab, ohne der Handlung zu folgen, die über die Leinwand rauschte, ohne die Klänge wahrzunehmen, die aus dem Grammophontrichter plärrten. Er spürte die Wärme zu seiner Rechten und die wachsende Enttäuschung zu seiner Linken.

Ulmer Höh', 24. Oktober 1942

Mein liebes unbekanntes Kind,
es sind noch keine zwei Monate vergangen, dass ich hier einsitze, und doch habe ich das Gefühl, schon Jahre im Gefängnis verbracht zu haben. Die Zeit tropft in meinen Körper und lässt Dich wachsen, so wie ein ständiger Regenfluss eine Blume zum Wachsen bringt. Wenn ich ganz ruhig bin, kann ich spüren, wie sich Zelle um Zelle bildet, wie sich Deine inneren Organe formen, ein Herz, eine Lunge, zwei Nieren, Haut, Haare, Fingernägel. Ohren. Jede Stunde, jede Minute, jede Sekunde bringt mein Körper den Deinen weiter hervor. Mein Leib, der so viel klüger ist als mein Verstand, weiß genau, was er zu tun hat.

Das alles geschieht im Geheimen, während meine Tage im immergleichen Rhythmus verrinnen. Ich bin froh darüber, dass Dir diese äußere Welt noch verborgen bleibt, so wie für mich Deine innere Welt unsichtbar ist. Denn es ist ein erbärmliches Dasein, das ich hier führe. Um sechs werden wir geweckt, um acht gehen die Lichter aus. Am Sonntag ist Kirchgang, das ist eine furchtbare Abwechslung. Der Pastor bezeichnet sich selbst als Deutschen Christen, als ob die Nationalität eines Menschen für Gott einen Unterschied machte.

Heute Morgen beim Hofgang bin ich Elisabeth begegnet. Einen Moment lang trafen sich unsere Blicke. Sie lächelte mir zu. Ich fühlte mein Gesicht heiß werden. Wenn sie wüsste, dass ich schuld daran bin, dass die Sache gescheitert ist. Dass ich sie verraten habe. Ich würde es ihr so gerne beichten. Auch wenn sie mich dafür verachtete. Sie kann mich nicht mehr verachten, als ich mich selbst verachte.

Als die Wärterin unsere Blicke bemerkte, zog sie Elisabeth fort. Wahrscheinlich hat sie Order, dass wir uns nicht begegnen sollen.

Mein Kind, warum schreibe ich Dir all das? Du kannst es nicht verstehen. Ich verstehe es ja selbst nicht.
Deine Mutter

Honeysuckle Rose

»Bevor du nach Hause gehst, will die Oberin dich noch sprechen.« Schwester Cordula keuchte. Sie war Anna nachgerannt und hatte sie am Krankenhausausgang eingeholt.

Anna überlegte einen Moment lang, ob sie einfach weitergehen sollte. Als ob sie Cordula nicht gehört hätte. Sie war seit fünf Uhr morgens auf den Beinen, im ständigen Wettlauf mit der tickenden Uhr, jetzt war es halb zwei. Vermutlich war eine andere Schwester ausgefallen, und nun sollte Anna einspringen. Immer war es Anna, die in solchen Fällen angesprochen wurde, als wollte man sie dafür bestrafen, dass sie als Einzige nicht im Krankenhaus wohnte, sondern ihre eigene Wohnung hatte.

Aber natürlich ging Anna nicht weiter. Sie rückte ihre Haube gerade und schlug den Weg zum Seitenflügel ein, in dem die Oberin ihr Büro hatte.

Vielleicht geht es ja gar nicht um eine Vertretung, dachte sie plötzlich, während sie durch die Eingangshalle ging. Vielleicht geht es um Orlanda. Vielleicht hatte es sich bis ins Krankenhaus herumgesprochen, dass sie neuerdings außer Rand und Band war. Seit drei Wochen war Orlanda schon nicht mehr im Gottesdienst erschienen, stattdessen kam sie oft erst am frühen Morgen nach Hause. Sie hat einen Liebhaber, dachte Anna. Diesen jungen Mann, der sie vor drei Wochen nach Hause gefahren hat. Damit hat alles angefangen.

Sie bog in den langen Flur des Seitenflügels ein. Ihre Schuhsohlen quietschten auf dem frisch gebohnerten Linoleum. Nein, dachte sie, auch wenn Orlanda über die Stränge schlug, deswegen ließ die Oberin sie nicht zu sich rufen.

Vielleicht habe ich ja selbst etwas falsch gemacht, überlegte sie dann. Irgendein Versehen, irgendeine Nachlässigkeit. Anna durchforschte ihre Erinnerung. Aber da war nichts, sie hatte sich nichts vorzuwerfen. Gleißender Sonnenschein fiel durch die hohen, schmalen Fenster zu ihrer Linken.

Ihre Hand zitterte, als sie an die Bürotür klopfte. Was immer sie erwartete, es war in jedem Fall etwas Unangenehmes.

»Herein!«

Mit einem Ruck öffnete sie die Tür und betrat den Raum. Schwester Else saß an ihrem Schreibtisch, ihr gegenüber ein Mann im weißen Kittel, der sich zu Anna umdrehte. Sie hatte das Gesicht noch nie gesehen.

»Guten Tag.« Anna blieb unschlüssig mitten im Raum stehen.

»Schwester Anna.« Die Oberin wirkte ungehalten. Anna überlegte, ob es vielleicht ein Missverständnis sei, dass sie hier …

»Herr Doktor Müller, das ist also unsere Schwester Anna«, unterbrach Schwester Else ihre Gedanken. Der fremde Herr erhob sich halb von seinem Stuhl und reichte Anna die Hand. »Angenehm.«

»Setzen Sie sich«, sagte die Oberin, bevor Anna etwas erwidern konnte. »Doktor Müller beginnt morgen seinen Dienst als Chirurg in unserem Haus«, fuhr sie fort, als Anna neben dem Doktor Platz genommen hatte. »Der Herr Doktor sucht nun eine Schwester, die ihm bei seiner Arbeit im Operationssaal zur Hand geht.«

»Wir haben aber doch schon vier Schwestern im OP«, antwortete Anna verständnislos. Schwester Else hob beide Hände und seufzte wie eine Mutter, die sich für ihr unvernünftiges Kind entschuldigt.

»Ich weise meine Assistenten gern selbst in die Arbeit ein«, sagte Doktor Müller, wobei er mit der flachen Hand über sein kurzgeschnittenes braunes Haar strich. Er hatte leicht abstehende Ohren, das gab seinem Gesicht etwas Freches, Jungenhaftes. Wie lange mochte er wohl schon approbiert sein, fragte sich Anna. Er wirkte nicht älter als höchstens dreißig. »Im Operationssaal kommt es auf exzellente Kooperation an. Vertrauen ist erste Voraussetzung. Ich muss mich auf meine Leute verlassen können.«

»Selbstverständlich werden Sie den anderen OP-Schwestern zunächst nur zur Hand gehen.« Die Oberin nestelte an dem weißen Band ihrer Diakonissenhaube, die unter ihrem Kinn zu einer Schleife gebunden war. Sie sprach mit Anna, aber in Wirklichkeit richtete sie die Worte an Müller.

»Selbstverständlich.« Müller lächelte großzügig. Jetzt war er der Vater, und Schwester Else war das trotzige Kind.

»Sie werden sicherlich bestens zusammenarbeiten.« Schwester Else erhob sich, auch Anna stand auf, aber Doktor Müller verharrte an seinem Platz. Einen Moment lang blieb die Oberin unschlüssig stehen, dann ließ sie sich wieder auf ihren Stuhl sinken. Auch Anna setzte sich wieder. »Gibt es noch etwas?«, fragte Schwester Else.

»Die Dienstzeiten«, sagte Müller und betrachtete dabei seine Fingernägel.

»Ja, richtig. Ihr Dienst beginnt von nun an um acht und endet um fünf. Sie müssten keinen Schichtdienst mehr leisten, Sie haben jedoch fünf Nächte im Monat Dienstbereitschaft, das heißt, dass Sie im Krankenhaus übernachten.«

»Wann soll denn diese neue Ausbildung beginnen?«, fragte Anna.

»Sofort«, sagte Doktor Müller und lächelte.

»Morgen«, korrigierte Schwester Else ihn. Dann erhob sie sich wieder. »Herr Doktor, Schwester Anna, ich muss mich nun leider entschuldigen. Die Pflicht ruft.« Bis Anna und Doktor Müller aufgestanden waren, hatte sie schon die Tür geöffnet.

»Ich sehe Sie also morgen.« Doktor Müller reichte Anna die Hand.

Er lächelte immer noch, als er sich von der Oberin verabschiedete. Schwester Elses Gesicht dagegen war wie versteinert.

Erst als Anna das Krankenhaus verließ, fiel ihr auf, dass keiner der beiden sie gefragt hatte, ob sie die neue Aufgabe überhaupt annehmen wollte.

Orlanda war Marlene Dietrich. Sie trug eine weite Leinenhose, eine knappe, karierte Bluse. Schuhe mit Absätzen. Sie hatte sich die Augenbrauen gezupft, in eine stolze, geschwungene, hauchdünne Linie. Die Lippen waren dunkelrot geschminkt.

Seit sie »Ich küsse Ihre Hand, Madame« gesehen hatten, war die Dietrich ihr großes Vorbild. Orlanda fand sie tausendmal besser als Harry Liedtke, den eigentlichen Star des Films. »Sie ist atemberaubend«, schwärmte sie, als sie das Kino nach der Vorstellung verlassen hatten.

Leopold war ganz anderer Meinung. »Sie ist so steif«, sagte er. »Wie eine Puppe. Vielleicht wäre sie eine ganz ordentliche Schauspielerin, wenn sie damit aufhören würde, die Garbo zu imitieren.«

»Ich fand sie nicht übel«, meinte Clemens.

»Sie ist so lang und dünn. Wie eine Bohnenstange.« Das war natürlich Fritzi.

»Das ist doch blödsinnig«, schnaubte Orlanda. »Also, ich finde sie ganz wundervoll.«

»Ich finde *dich* ganz wundervoll«, entgegnete Leopold, und dann küsste er sie. Er küsste sie nicht auf die Wange, sondern mitten auf den Mund, wobei er ihr Gesicht mit beiden Händen festhielt. Mitten im Foyer, vor allen Leuten. Als Orlanda sich endlich freigemacht hatte, begegnete sie Clemens' Blick. Er wirkte angewidert. Sie spürte, wie sie rot wurde. »Ich muss los«, sagte sie. Aber Leopold bestand darauf, sie nach Hause zu fahren. Dabei wohnte sie doch nur einen Katzensprung von der Königsallee entfernt.

»Ich küsse Ihre Hand, Madame, und träum, es wär Ihr Mund«, sang Fritzi, als sie nebeneinander auf der Rückbank von Leopolds Opel saßen. Warum war sie überhaupt mitgekommen, fragte Orlanda sich. Ob Clemens sie eingeladen hatte? Aber wieso sollte er so etwas tun? Er war der Star der Duisburger Oper, und Fritzi war ein unbedeutendes Chormädel. Er war groß und gutaussehend, und sie war klein wie ein Kind. Fritzi und Clemens. Die Vorstellung war geradezu absurd.

»Woran denkst du?«, fragte Fritzi plötzlich.

»An nichts«, entgegnete Orlanda hastig, und Fritzi nickte wissend.

Das ist typisch, dachte Orlanda jetzt, während sie vor ihrem Spiegel stand, Auge in Auge mit Marlene Dietrich. Wenn ich einen Liebhaber habe, dann muss Fritzi natürlich auch einen haben. Und sucht sich ausgerechnet Clemens aus. Hoffentlich verliebt sie sich nicht ernsthaft in ihn. »Wenn du ihm dein Herz schenkst«, murmelte Orlanda, »wird er es brechen.«

Sie zog eine Grimasse, und Marlene Dietrich tat es ihr gleich. Es passte nicht zu ihrem hoheitlichen Gesichtsausdruck. »Lass mich in Ruhe«, sagte Orlanda und wandte sich ab.

Am Dienstagmorgen stand Anna erst um sieben Uhr auf. Es kam ihr komisch vor, weil sie in dieser Woche doch eigentlich Frühdienst hatte. Aber genau so war es vereinbart worden. *Ihr Dienst beginnt um acht und endet um fünf.*

Im anderen Bett lag Orlanda noch im Tiefschlaf. Wann sie wohl nach Hause gekommen war? Zu spät für Anna jedenfalls, die bereits geschlafen hatte. »Das ist mein Beruf«, hatte Orlanda protestiert, als Anna sich kürzlich über ihr spätes Nachhausekommen beklagt hatte. »Die Vorstellung endet erst kurz vor elf, bis ich mich abgeschminkt habe und nach Hause gegangen bin, ist es Mitternacht.«

»Du bist aber oft nicht einmal um Mitternacht zu Hause, sondern viel später«, hatte Anna entgegnet. Das war eine pure Mutmaßung. In letzter Zeit bekam sie höchstens noch an ihren freien Wochenenden mit, wann Orlanda wirklich nach Hause kam. Normalerweise war sie einfach zu erschöpft, um auf sie zu warten.

Orlanda hatte ihr nicht einmal widersprochen. Sie hatte nur ihre Unterlippe nach vorn geschoben, wie sie es als Kind schon immer getan hatte, wenn ihr die Argumente ausgegangen waren.

Anna betrachtete ihre schlafende Schwester. Die Augenlider zuckten leicht. Wenn ich nur wüsste, was in dir vorgeht, dachte Anna.

Vielleicht wollte sie es auch gar nicht wissen. Sie zog ihr Nachthemd über den Kopf und ließ Wasser ins Spülbecken laufen.

Am Operationstisch war kein Platz für Anna. »Sie sind unsteril«, hatte Schwester Auguste, die leitende OP-Schwester, vorhin erklärt, wobei sie Anna so missbilligend angesehen hatte, als wäre sie von Kopf bis Fuß verschmutzt. Schwester Auguste, Schwester Erna und Doktor Müller dagegen waren steril, sie trugen lange, weiße, desinfizierte Kittel über ihrer Kleidung, Mundschutz und Handschuhe. Im Moment wandten sie sich alle drei dem jungen Mann auf dem Operationstisch zu, dessen Körper ein weißes Tuch bedeckte. Er war noch nicht narkotisiert, aber man hatte ihm ein Beruhigungsmittel verabreicht, denn er sah sie mit glasigem Blick an.

Schwester Erna redete beruhigend auf ihn ein. Seine Augen weiteten sich dennoch vor Schreck, als sie seinen Kopf mit sanftem Druck auf die Unterlage drückte und ihm ein Metallgestell aufs Gesicht hielt. Über dem Metallrahmen breitete sie ein Mulltuch aus, das sie mit einer klaren Flüssigkeit beträufelte. Scharfer Äthergeruch durchdrang den Raum. »Die Schimmelbuschmaske«, erklärte Doktor Müller, wobei er sich halb zu Anna umwandte. Seine Stimme klang dumpf durch den Mundschutz. Seine dunklen Augen waren ganz schmal, er schien zu lächeln, aber sie war sich nicht sicher, sie konnte ja seinen Mund nicht sehen.

»Zählen Sie bitte laut«, forderte die Schwester den Patienten auf.

»Eins, zwei, drei ...«, begann der Mann mit schleppender Stimme. Bei zwölf war er eingeschlafen. Schwester Erna hob eines seiner Augenlider, fühlte den Puls und nickte Doktor Müller zu. Er beugte sich über den breiten Schlitz, den das Tuch über dem Bauch des Mannes freigab. Schwester Auguste reichte ihm ein Skalpell, aber er schüttelte den Kopf. Ihr Blick flog verunsichert über die blitzenden Instrumente, die vor ihr auf einem Tuch lagen. Doktor Müller dehnte seine Finger wie ein Pianist vor dem Auftritt. Eine fordernde Handbewegung, jetzt doch das Skalpell? Ja, nun war es richtig.

Das Messer zeichnete eine dünne rote Linie auf die weiße Haut, die Linie wurde zum Spalt, der Spalt zur klaffenden Öffnung. Anna reckte den Kopf, um alles sehen zu können. Schwester Auguste richtete sich sofort auf und sah sie misstrauisch an, als befürchtete sie, dass sich Anna in ihrer ganzen Unsterilität auf den Operationstisch werfen könnte.

»Ein Bauchtuch«, forderte Müllers dumpfe Stimme. Auguste zuckte zusammen und wandte sich wieder ihrer Arbeit zu.

Sie arbeiteten schweigend, Müller schnitt, Schwester Auguste reichte ihm die Instrumente an, Schwester Erna kontrollierte die Atmung und die Pupillen des Patienten.

Der Lichtkegel der Operationslampe warf einen hellen Kreis auf das grüne Tuch und die blutige Öffnung. Die Stelle, an der Doktor Müller arbeitete, lag unmittelbar außerhalb der runden Fläche. »Die Lampe muss verstellt werden«, sagte Anna. Schwester Auguste zog scharf die Luft ein und reagierte nicht.

Doktor Müller blickte auf. »Bitte schön.« Er nickte Schwester Auguste zu, die darauf die Lampe ein Stück nach vorn zog, in einer schroffen, unwilligen Bewegung.

Wieder schienen Doktor Müllers Augen zu lächeln, und diesmal lächelte Anna zurück.

Es gab drei Operationen an ihrem ersten Tag. Einen Leistenbruch, eine Gallenblase, ein Magengeschwür. Anna holte sterile Tücher, Instrumente, Binden, die in Tücher eingeschlagen waren. Sie öffnete die Tücher mit spitzen Fingern. Den Inhalt durfte sie nicht berühren, sie war ja unsteril. Ansonsten war ihr Blick auf den Tisch gerichtet. Doktor Müllers Hände, die unter dem Schein der Lampe operierten, waren wie kleine Tiere, die instinktiv ihren Weg fanden.

Nach der Operation schleppten sie die benutzten Instrumente in den Siebkörben und den Eimer mit den blutigen Tupfern in den Waschraum. Während Anna die Tupfer und Binden auswusch, packten die beiden Schwestern im Sterilisationsraum neue OP-Siebe zusammen, das ganze Instrumentarium aus Skalpellen, Scheren, Klemmen, um sie danach im Autoklaven zu erhitzen. Durch die halboffene Tür hörte Anna sie reden. Mit Anna sprachen sie kein Wort. Wenn sie etwas fragte, gaben sie ihr kurze Anweisungen, ohne sie dabei anzusehen. Als ob Anna sich ihnen aufgedrängt hätte.

Sie haben Angst, dachte Anna, als sie die noch nassen Mullbinden glättete und dann aufrollte. Auguste und Erna waren beide um die fünfzig, sie hatten jahrelang im OP gearbeitet. Schwester Auguste hatte sich ihre Stellung als leitende OP-Schwester mühsam erarbeitet. Nun kam ein neuer Chirurg mit ganz neuen Vorstellungen und Arbeitsweisen. Ein neuer Chirurg, den es gar nicht interessierte, wie die Abläufe im Operationssaal bisher organisiert worden waren. Der nicht einmal vor der Oberin buckelte. Ein neuer Chirurg, der neue Wege gehen würde. Und ich werde ihn dabei begleiten, dachte Anna.

Als sie den Rollwagen mit den sterilen Sieben zurück in den OP schob, kam ihr Bredelin entgegen.

»Schwester Anna«, sagte er lächelnd und blieb direkt vor ihr stehen, so dass sie anhalten musste, um ihn nicht zu überfahren. Es passte zu ihm, dass er sie einfach im Flur aufhielt, als befände sie sich auf einem Spaziergang und nicht mitten bei der Arbeit. Er war Organist, er hatte keine Uhr, die in seinem Hinterkopf tickte und ihm unerbittlich den Rhythmus für den Tag diktierte. Was machte er überhaupt heute hier, es war doch gar nicht Sonntag.

»Das ist aber schön«, sagte er.

Sie fand es nicht schön, sie wollte weiter und blickte ihn ungeduldig an.

»Ihre Noten. Das Präludium von Buxtehude. Es liegt immer noch auf der Orgel.«

»Ja richtig. Ich werde sie mir bei Gelegenheit einmal holen.«

»Ich bin jetzt in der Kapelle. Kommen Sie doch gleich mit.«

»Jetzt kann ich aber nicht.«

»Ich bin noch bis halb sechs hier.« Bredelin versuchte ein Lächeln, das erstarrte, als sich ihre Augen begegneten. Er trat zur

Seite und gab den Weg frei. Die Siebe auf dem Rollwagen klapperten vorwurfsvoll, als sie den Rollwagen wieder in Bewegung setzte.

Später tat ihr ihre Unfreundlichkeit leid. Bredelin konnte ja nichts dafür, dass sie nun nicht mehr Orgel spielte. Vermutlich hatte er sich genauso wenig um den Posten als Krankenhausorganist gerissen wie sie sich um die Ausbildung zur OP-Schwester.

Nachdem sie die letzten Instrumente gereinigt und desinfiziert hatte, machte sie sich auf den Weg zur Kapelle. Ein Punkt unter ihrem rechten Schulterblatt sandte Schmerzen in ihren Körper wie eine Telegraphenantenne, die elektrische Impulse ins Nichts funkt.

Sie gähnte laut und herzhaft, und im selben Moment bog Doktor Müller um die Ecke, sie konnte sich gerade noch die Hand vor den Mund schlagen.

»Müde?«, fragte er.

Sie zuckte mit den Schultern. Warum fühlte sie sich so erschlagen? Sie hatte doch kaum etwas getan, sondern die meiste Zeit nur zugesehen.

»Tut es Ihnen schon leid, dass Sie sich für die Ausbildung entschieden haben?«

Die Frage war natürlich ein Witz. Sie hatte sich ja gar nicht entschieden. Niemand hatte sie um ihre Meinung gefragt. Und dennoch. Tat es ihr leid, dass sie jetzt im OP angelernt wurde?

»Nein«, sagte sie laut. »Im Gegenteil. Es ist sehr interessant.«

Seine Augen wurden wieder ganz schmal, wie vorhin im OP. Diesmal lächelte er nicht. Vielleicht hatte er ja vorhin auch nicht gelächelt. »Sie gefallen mir gut«, sagte er. »Sie denken mit. Ich mag es, wenn meine Leute mitdenken.«

Eine angenehme Wärme breitete sich in ihrem Körper aus und stieg in ihren Kopf. Hoffentlich wurde sie jetzt nicht rot.

Er lächelte, spöttisch oder mitleidig, sie konnte ihn einfach nicht einschätzen. Sie fühlte sich plötzlich sehr unbehaglich.

»Ich muss jetzt los.«

»Auf Wiedersehen.« Er reichte ihr die Hand. Das war ungewöhnlich, dass man sich im Krankenhaus die Hand gab. Normalerweise war keine Zeit für solche Förmlichkeiten, und im Übrigen verteilten sich beim Händeschütteln nur die Bakterien. Obwohl Müller bestimmt keine Bakterien verbreitete. Seine Hand war so gepflegt, die Haut weich und zart, die Fingernägel perfekte rosa Ovale mit weißen Rändern.

Ihre Finger waren dagegen rau und rissig vom vielen Händewaschen.

»Auf Wiedersehen«, erwiderte sie, während sie ihre Hand zurückzog und rasch in der Schürzentasche verschwinden ließ.

Während sie weiterlief, überlegte sie, was Doktor Müller wohl an seinem Feierabend machte. Ob er in der Nähe des Krankenhauses wohnte? Ob er verheiratet war? Sie hatte keinen Ring an seiner Hand gesehen, aber das bedeutete ja nichts. Vielleicht störte ihn der Ehering beim Operieren. Und außerdem war es ja ganz egal.

Bredelin spielte noch, als Anna die Kapelle betrat, obwohl es inzwischen schon fast sechs war. Sie kannte das Stück, eine Toccata von Bruhns, sie hatte sie selbst einmal geübt. Oder zumindest hatte sie damit begonnen und sie dann wieder aufgegeben wie so viele Stücke, die ihr Vater für sie ausgesucht hatte.

Sie erinnerte sich plötzlich an den leichten Schimmelgeruch in der kleinen Dorfkirche von Saarn, in der sie immer geübt hatte. An die Kälte auf der Orgelempore. Im Winter waren ihre Finger ganz steif gefroren, bis ihr die alte Friedel Wollhandschuhe schenkte, bei denen sie die Fingerspitzen abgeschnitten hatte. Beim Üben ribbelten sich die Handschuhe immer weiter auf. Lange Fäden hingen aus dem zerstörten Maschenwerk und wickelten sich um ihre Finger, so dass sie noch schlechter spielte als sonst. Spinnwebenfinger, sagte ihr Vater missbilligend, wenn er sie mit den Handschuhen sah.

Ihr Vater. Julius Mandel. Er war ein hervorragender Organist gewesen. Wenn die Sache mit ihrer Mutter nicht gewesen wäre, die ihn für immer in Saarn festhielt, hätte er eine große Karriere gemacht. Damals hatte er sich um eine Anstellung als Kantor an der Sankt Michaelis in Hamburg beworben und war zu einem Vorspiel eingeladen worden, aber nach dem Unglück war an einen Umzug nicht mehr zu denken, also hatte er alles abgesagt. Sie hätten mich ohnehin nicht genommen, sagte er immer. In Wirklichkeit jedoch war er sich genauso sicher wie Anna, dass er die Anstellung auf jeden Fall bekommen hätte. Er spielte hinreißend. Jeder, der Ohren hatte, konnte es hören. Selbst Taube hätten es sehen können, man musste nur seine Finger betrachten, wie sie über die Manuale flogen, und die Füße, die auf den Pedalen tanzten.

Die Orgel der Dorfkirche war alt und verstimmt, eine Zumutung für jeden Organisten. Ständig lag Mandel dem Pfarrer in den Ohren, dass man sie auseinanderbauen und reinigen lassen müsste, viel besser wäre natürlich eine neue Orgel. Aber wo kein Wille war und keine Einsicht, da war auch kein Weg. Die Orgel wurde nicht renoviert. Sie wurde nicht einmal gestimmt. Glücklicherweise war Mandel aber gut mit dem Organisten von Sankt Mariä Himmelfahrt bekannt, der ihn dort die große Orgel auf der Nonnenempore spielen ließ. Pastor Köster von der evangelischen Dorfkirche sah es zwar gar nicht gerne, dass sein Kantor bei den Katholiken übte, aber das kümmerte nun wiederum Mandel nicht. Die Orgel von St. Mariä Himmelfahrt war seine feste Burg, sein einziger Halt in einem Leben, in dem alles andere in Unordnung war.

Manchmal hörte Anna ihrem Vater zu. Sie setzte sich in die letzte Reihe unter die Empore und lauschte dem Tosen der Orgelklänge, den sehnsuchtsvollen, verzweifelten Improvisationen ihres Vaters, die deutlicher als alle Worte zeigten, wie unglücklich er war. In diesen Momenten wünschte sie sich sehnlichst, dass sie die Orgel in der Dorfkirche mit ihren lächerlichen zwölf Registern endlich beherrschte. Dass ihr einmal ein Lauf gelänge, bei dem ihr Vater seine Stirn nicht in Falten legte, dass sie eines der Stücke zu Ende brächte, dass er ihr zuhörte und mit ihr zufrieden wäre.

Es war ein Traum. Es würde immer ein Traum bleiben. So angestrengt sie auch übte, so sehr sie sich auch bemühte, seinen hohen Erwartungen entsprach sie nicht. Niemals würde sie vollbringen, was ihr Vater hätte vollbringen können, und ließ ihn dadurch ein zweites Mal scheitern.

Wenn ihr Vater oben auf der Empore sein Spiel beendete, schlich Anna sich lautlos aus der Kirche und rannte nach Hause. Er erfuhr nie, dass sie da gewesen war.

Auch jetzt überlegte sie, ob sie sich einfach umdrehen und aus der Kapelle laufen sollte, Bredelins meisterhaftes Spiel brachte alles wieder zurück, was sie längst hinter sich gelassen hatte. Gedanken, die sie nicht mehr denken wollte, Gefühle, die tief in ihr begraben lagen, so tief, dass sie sie fast vergessen hatte. Sie war ja nun nicht mehr das kleine Mädchen mit den klammen Fingern auf der Orgelempore, sie war jetzt eine tüchtige Krankenschwester mit einer sicheren Anstellung und einem festen Einkommen, über das sie ganz allein verfügte. Wie Baron von Münchhausen hatte sie es geschafft, sich am eigenen Schopf aus ihrem Sumpf zu ziehen. Ich habe hier nichts zu suchen, dachte sie, aber im selben Augenblick hörte Bredelin auf zu spielen und drehte sich zu ihr um.

»Sie sind gekommen«, sagte er.

»Ich wollte mein Heft abholen«, erklärte sie.

Er reichte ihr die Noten. »Also dann«, begann sie, aber er unterbrach sie. »Würden Sie es mir vorspielen?«

»Bitte was?«

»Ob Sie mir das Präludium vorspielen würden. Schwester Afra hat Sie so gelobt, und auch Schwester Else hat mit einer solchen Begeisterung von Ihrem Spiel gesprochen, ich würde Sie gerne einmal anhören.«

»Das geht aber nicht. Ich spiele ganz erbärmlich. Schwester Afra ist sehr freundlich, aber sie ...«, hat keine Ahnung, wollte Anna sagen, aber das erschien ihr zu unhöflich, so dass sie mitten im Satz verstummte.

»Doch«, sagte Bredelin, als ob sie den Satz beendet hätte. »Schwester Afra hegt eine große Begeisterung für die Musik, das ist die Hauptsache. Bitte, spielen Sie mir etwas vor, Schwester Anna.«

Ich würde aber lieber sterben, als jetzt mein Gestümper zum Besten zu geben, dachte Anna. »Nein«, sagte sie laut. »Auf keinen Fall.«

»Nun gut.« Bredelin lächelte. »Wenn Sie sich vor mir fürchten.« Er griff nach seinen eigenen Noten und verstaute sie in seiner Tasche.

Was bildete er sich eigentlich ein? Sie hatte den ganzen Tag hart gearbeitet, ihre Schultern brannten, ihre Füße schmerzten, während er nur an seiner Orgel gesessen und gespielt hatte. Er war genau wie ihr Vater, so verbohrt in seiner Überzeugung, dass es allein auf die Musik ankäme, alles andere zählte nicht. Ihr Vater hatte damals das Gesicht verzogen, als sie ihm erzählt hatte, dass sie sich zur Krankenschwester ausbilden lassen wolle. *Krankenschwester willst du werden? Ja, das ist natürlich etwas Nützliches.* Danach ein Lachen, das klang wie ein Husten.

Er verachtete nützliche Dinge. Er verachtete Krankenschwestern genauso, wie er die alte Friedel verachtete und die anderen Frauen aus der Gemeinde, die in ihr Haus kamen, um ihnen das Essen zu kochen und bei der Wäsche zu helfen. Er verachtete Anna, die so viel Zeit an diese Aufgaben verschwendete, anstatt Orgel zu üben. Orlanda dagegen verachtete er nicht. Orlanda, die Unvernünftige, die Nutzlose, die ihm durch ihre Geburt einen Strich durch die Rechnung seines Lebens gemacht hatte, Orlanda war sein Liebling. Orlanda, die so von sich und ihrem Talent überzeugt war, dass sie keine Sekunde gezögert hätte, Bredelin auf der Orgel vorzuspielen, wenn sie denn Orgel spielen könnte.

Bredelin nahm seine Tasche unter den Arm und nickte ihr zu. »Nun denn ...«

»Also gut«, sagte Anna.

»Wie bitte?«

»Ich spiele das Präludium. Oder wollen Sie es nun nicht mehr hören?«

Er wies mit der Hand auf die Orgelbank. »Natürlich. Sehr gerne.«

Warum spielte sie ihm vor? Warum ließ sie sich darauf ein? Anna erwartete, dass ihr Herz zu rasen anfinge, dass ihre Finger feucht werden würden und ihr Kopf zu dröhnen begänne, als sie sich vor dem Spieltisch niederließ. Aber die Aufregung blieb aus. Stattdessen fühlte sie eine große Wut. Auf ihren Vater, auf Orlanda. Auf Bredelin.

Sie atmete tief ein und setzte sich sehr aufrecht. Danach zog sie ihre Register und begann zu spielen. Zuerst sehr zögerlich, mehr als drei Wochen hatte sie nicht mehr an der Orgel gesessen, sie musste sich erst wieder erinnern. Doch dann war es, als ob das Präludium Besitz von ihr ergriff. Lass deine Hände fließen, hatte ihr Vater ihr immer geraten, und jetzt waren die Manuale strömendes Wasser, und ihre Finger bewegten sich so sicher und schwerelos wie Fische.

Sie vergaß ihre Wut, sie vergaß alles, sie spielte das Präludium, und das Präludium spielte sie.

»Gar nicht so übel«, sagte Bredelin, als sie geendet hatte. Sie starrte ihn an. *Nicht übel*. Mehr fiel ihm dazu nicht ein?

»Allerdings etwas zu üppig registriert für meinen Geschmack«, ergänzte er.

»Wie würden Sie es denn machen?«, fragte sie gekränkt, während sie sich erhob.

Jetzt setzte er sich wieder auf die Orgelbank. Ein konzentrierter Blick auf die Noten, er zog die Register, viel weniger, als sie gewählt hatte. Dann begann er zu spielen, und sie verstand.

»Ja«, flüsterte sie, als er geendet hatte. »Das war natürlich sehr viel besser.«

»Was? Nein, nicht doch! Es war meine Interpretation. Sie haben Ihre.«

»Ihre ist besser.«

»Sie haben wirklich gut gespielt. Ihnen fehlt die Ausbildung, das ist alles.«

Ob er sie nur trösten wollte? Nein, dachte Anna, Bredelin war wie ihr Vater, er schmeichelte nicht, wenn es um so wichtige Dinge wie die Musik ging. Er meinte, was er sagte. Und er hatte recht. Sie hatte niemals eine richtige Ausbildung an der Orgel erhalten. Ihr Vater hatte sie nur noch sehr halbherzig unterrichtet, nachdem er festgestellt hatte, dass sie nie eine spektakuläre Organistin werden würde.

»Könnten Sie sich vorstellen, das zu übernehmen?«, hörte sie sich fragen.

»Bitte was?«

»Würden Sie mich an der Orgel unterrichten?«

Er sah sie nachdenklich an. In seinen Augen schwammen helle Sprenkel wie Sonnenreflexe auf einem dunklen See. »Warum nicht?«

Warum nicht, fragte sich Anna, als sie nach Hause ging. Sie würde also Orgelstunden bei Bredelin nehmen. All die Stücke, die sie einst zu üben begonnen und dann wieder abgebrochen hatte. Sie würde sie endlich zu Ende bringen.

Das Grab war völlig verwildert. Efeuranken webten einen dunkelgrün glänzenden Teppich, durch dessen Löcher sich Löwenzahn, Hahnenfuß und Disteln ans Licht kämpften. Orlanda stellte eine Vase mit Nelken in das Unkrautgewucher. Die gelben Blüten wirkten so unecht wie Kunstblumen.

Am Stein rankte sich eine Winde empor, mit langen, dünnen Armen umschlang und würgte sie den Stein. Bald wäre die Schrift nicht mehr zu lesen.

»Ottilie Mandel, geb. Hauff, 1879–1916, Julius Mandel, 1873–1924.«

Als der Vater gestorben war, war Orlanda noch zur Schule gegangen. Eigentlich hätte sie sich um die Grabpflege kümmern sollen, denn Anna lebte damals schon in Düsseldorf. Weil sie das Grab aber ständig vernachlässigte, beauftragte Anna schließlich einen Friedhofswärter. Am Jahresanfang übergab sie ihm eine beträchtliche Summe, damit er Blumen pflanzte und Unkraut jätete. Aber ganz offensichtlich hatte er das Geld nur eingesteckt und keinen Finger gerührt.

Orlanda hatte plötzlich das Gefühl, dass jemand sie beobachtete. Sie drehte sich um, aber da war niemand, nur ein kleiner Spatz, der auf einem Holzkreuz saß. »Requiescat in pace!« stand auf dem Balken unter ihm. Durch das Ausrufezeichen wirkte der Satz wie ein Befehl.

Der Spatz legte den Kopf schief und sah Orlanda neugierig an. Sie war auf einmal überzeugt davon, dass die Seele ihrer Mutter in diesem Vogel wohnte. Genau so wie der kleine Spatz hatte ihre Mutter sie immer angesehen. Mit dunklen, neugierigen, verständnislosen Augen.

»Mutter?«, flüsterte Orlanda atemlos.

»Was?«, fragte Anna.

»Nichts.«

Der Spatz pickte zweimal ins Leere, dann flatterte er davon.

»Ich muss ihn unbedingt sprechen.«

»Wen?«, fragte Orlanda.

»Den Friedhofswärter.« Annas Stimme klang ungeduldig.

»Das Grab passt doch zu Mutter. Unser Garten sah auch immer so aus.«

Anna verzog das Gesicht. Wahrscheinlich ärgerte sie sich über die Bemerkung. Genau wie früher. Wie sie es gehasst hatte, wenn jemand ihren Haushalt kritisierte. Wenn man die Unordnung und den Dreck auch nur erwähnte.

Ihr altes, großes, düsteres Haus. Sie hatten auf der Düsseldorfer Straße gewohnt, genau gegenüber der Lederfabrik Mink & Co. Der beißende Geruch der Gerbstoffe drang durch alle Ritzen, sie atmeten ihn ein und aus, Tag für Tag. Er war ein Teil von ihnen, sie nahmen ihn gar nicht mehr wahr. Die Mandels hatten so gut wie nie Besuch, aber das lag nicht an dem Gestank der Lederfabrik.

Das graue Licht. Wenn Orlanda an das Haus in der Düsseldorfer Straße dachte, fiel ihr zuerst das graue Licht ein, das durch blinde Fensterscheiben fiel, durch Vorhänge aus staubigen Spinnweben. Der Esstisch war mit einer dicken Schicht aus Fett und Essensresten überzogen, in die Orlanda mit dem Fingernagel Drudenfüße ritzte. Staubflocken huschten über die Holzböden wie kleine Tiere. Der Berg schmutziger Geschirrs wurde niemals kleiner. Teller, Töpfe, Gläser und Pfannen spülte man erst, wenn man sie wieder benötigte. Der Garten war ein Urwald aus Wildblumen und Unkraut.

Es war nicht so, dass man ihnen keine Hilfe angeboten hatte. Immer wieder schickte ihnen Pastor Köster Frauen aus der Gemeinde ins Haus, aber keine von ihnen hielt es lange aus. Vielleicht kapitulierten sie vor der Unordnung, vor dem Schmutz, der einfach zu tief in den Ecken und Fugen saß. Nur die alte Friedel war fast fünf Jahre bei ihnen geblieben, noch über den Tod der Mutter hinaus. Sie war keine große Hilfe gewesen, halb blind und steif, wie sie war, aber als sie plötzlich starb, ohne Vorwarnung von einem Tag auf den andern, hinterließ sie dennoch eine Lücke. Anna war damals fünfzehn gewesen. Von da an hatte sie den Haushalt allein geführt.

Das arme Mädchen ist ja völlig überfordert, hatte Orlanda einmal eine der Gemeindefrauen sagen hören. Aber so war es nicht. Zumindest fühlte sich Anna nicht überfordert, sie war ganz im Gegenteil der festen Überzeugung, dass sie die Dinge hervorragend im Griff hatte, und das war es auch, was sie hören wollte. Sie brauchte kein Mitleid und keine Ermahnungen, sie wollte keine Hilfe. Sie wollte Anerkennung. Aber die bekam sie nicht. Von den Frauen nicht und vom Vater schon gar nicht.

Wie gut, dass das alles vorbei ist, dachte Orlanda. Wie gut, dass wir Saarn hinter uns gelassen haben und dieses furchtbare Haus. Anna zupfte noch immer Unkraut vom Grab; Hahnenfuß, Storchschnabel, Kletten, Efeu. Orlanda bückte sich lustlos, um ihr zu helfen, und verbrannte sich sofort die Finger an einer Brennnesselstaude. Was tun wir hier, fragte sie sich plötzlich. Was soll das? Das Unkraut, das Anna ausjätete, würde in wenigen Wochen wieder genauso wuchern. Ihre Eltern würde es nicht stören. Sie waren nicht hier. Unter der Erde lagen nur ihre Knochen. Vielleicht war die Seele ihrer Mutter wirklich in jenem Spatz, und ihr Vater war zu einer der Tauben geworden, die oben im Kirchstuhl wohnten. Vielleicht waren sie auch im Himmel, bei Gott, und ihr Vater ärgerte sich bis in alle Ewigkeit darüber, dass es ihn gab, wo er seine Existenz doch immer bestritten hatte.

Neben ihnen erhob sich inzwischen ein frischer Grabhügel aus toten Pflanzen. Gerade exekutierte Anna einen Löwenzahn. Sie riss allerdings nur den Stiel und die Blüte ab, die Pfahlwurzel blieb sicher und fest in der Erde verhaftet. In wenigen Wochen würde sie eine neue Blüte hervorbringen, die sich nach ein paar Tagen in einen wolkigen Samenball verwandelte. An winzigen Fallschirmen würden sich die Samen ausbreiten, einer würde vom Wind über die Ruhr bis nach Mülheim getragen werden, wo er tief in einer Mauerspalte landete und ausharrte. Vier Jahre lang läge er da. Dann erst hätte der Wind genügend Erde in die Mauer geblasen, so dass der kleine Samen austreiben konnte, um seine schneeflockenzarten Samenkinder in eine stahlharte deutsche Wirklichkeit hineinzuschicken. Elf Jahre würde er immer wieder aufs Neue in der Mauerspalte erblühen, bis im Mai 1942 eine englische Wellington-Bombe die Mauer und die Löwenzahnpflanze komplett zerstörte.

Auf Orlandas Hand hatten sich rote Pusteln gebildet, jede einzelne war von einem weißen Hof umgeben und brannte wie Feuer. Diese verdammte Brennnessel! Plötzlich war es ihr gleichgültig, ob sie Anna verärgerte oder nicht. Sie suchte in ihrer Handtasche nach ihrem Zigarettenetui, schüttelte eine Zigarette heraus und zündete sie an.

»Orlanda«, sagte Anna vorwurfsvoll, immer noch vor dem Grab kniend.

»Was?«

»Wir sind auf einem Friedhof.«

»Ich weiß.«

»Mach deine Zigarette aus.«

Orlanda nahm einen tiefen Zug und blies den Rauch hörbar aus. »Ich habe genug. Ich will hier weg.«

Anna erhob sich. Ihre Hände starrten vor schwarzer Erde.

Das Grab sah jetzt noch viel schlimmer aus als vorher. Zwischen Efeuranken klaffte zerwühlte Erde. Eine lange Distel lag abgeknickt quer über dem Beet. Ein Schlachtfeld.

»Der Wärter muss sich darum kümmern«, sagte Anna, die Orlandas Blick gefolgt war.

Orlanda zog an ihrer Zigarette und schwieg.

»Komm mit, ich muss mir die Hände waschen.«

Orlanda klemmte die Zigarette zwischen ihre Lippen, während sie den Schwengel bediente. Aus der Pumpe kam rostiges Wasser.

»Können wir jetzt gehen?«, fragte Orlanda, nachdem Anna sich gereinigt hatte.

»Ich will noch zu Friedels Grab.« Anna rieb ihre Hände an einem Taschentuch trocken, das hinterher braun vor Rost und Erde war. Sie warf das Taschentuch auf das Pflanzengrab, dann ging sie los, ohne darauf zu achten, ob Orlanda ihr folgte.

Auf Friedels Grab wuchsen Stiefmütterchen und Geranien, kein Hälmchen Unkraut war zu sehen. Wer immer sich um das Grab kümmerte, es war bestimmt nicht der Friedhofswärter. Anna nahm ein paar verwelkte Lilien aus der Vase und stellte zwei gelbe Nelken hinein, die sie vom Grab der Eltern mitgenommen hatte. »Lass uns ein Gebet sprechen«, schlug sie vor. Bevor Orlanda etwas antworten konnte, hatte sie schon die Hände gefaltet.

»Vater unser im Himmel, geheiligt werde dein Name«, betete Anna. Sie betete für Friedel, die sie nur ein paar Jahre lang gekannt hatte, aber vorhin, am Grab ihrer Eltern, hatte sie nicht gebetet.

Ihr Vater hätte es auch nicht gewollt, dass sie für ihn beteten. *Lasst es bloß den Pfarrer nicht wissen, dass ich nicht an Gott glaube, sonst verliere ich meine Anstellung als Organist.* Woche für Woche spielte er die frommen Kirchenlieder, er liebte die Melodien, aber die Worte waren für ihn leer und nichtssagend. Und ihre Mutter? Wer konnte wissen, was in ihrer Mutter vorging.

»Denn dein ist das Reich und die Kraft und die Herrlichkeit, amen«, betete Anna. Dann nickte sie den Nelken zu, als wollte sie sich von ihnen verabschieden.

Zu Orlandas Erleichterung schlug sie nun endlich den Weg zum Ausgang ein. Sie mussten mit dem Autobus nach Mülheim, von dort ging es dann mit dem Zug zurück nach Düsseldorf. Erst am Abend wären sie wieder zu Hause, und sie musste sich doch noch umziehen und zurechtmachen, bis Leopold kam, um sie abzuholen.

»Heute Abend ist ein Orgelkonzert in der Friedenskirche«, sagte Anna. »Ich möchte, dass du mich begleitest.«

»Heute Abend?«, wiederholte Orlanda. Leopold wollte mit ihr in einen neuen Jazzclub, der vor kurzem in der Altstadt aufgemacht hatte. Sie wollten sich dort mit Clemens und Fritzi treffen. Clemens und Fritzi. So wie es aussah, waren die beiden nun ein Paar. Das war wirklich erstaunlich, wenn man bedachte, wie unerträglich Fritzi Clemens noch vor wenigen Wochen gefunden hatte.

»Um acht Uhr«, sagte Anna.

»Das geht leider nicht.« Orlanda blickte zu Boden, auf ihre schmutzigen Schuhe. Hoffentlich hinterließ die Graberde keine bleibenden Flecken.

»Wie bitte?«

»Ich bin ... ich habe eine Verabredung.«

»Mit diesem Mann?«

Orlanda hatte Anna Leopold immer noch nicht vorgestellt. Was hätte sie auch sagen sollen? *Das ist Leopold Ulrich, ein Kollege. Das ist Leopold Ulrich, mein Liebhaber.* Es klang beides gleichermaßen falsch.

Und ganz egal, was sie sagen würde: Anna würde Leopold nicht mögen. Und Leopold würde Anna nicht mögen. Sie waren einfach zu unterschiedlich. Tag und Nacht. Tugend und Leichtsinn. Und der Leichtsinn war um so vieles interessanter.

»Er heißt Leopold Ulrich«, erklärte Orlanda.

Anna sah sie an, sie wartete offensichtlich darauf, dass Orlanda weitersprach. Als nichts mehr kam, presste Anna ihre Lippen aufeinander und nickte düster, als hätte sie genau das befürchtet.

Sie zog das schmiedeeiserne Friedhofstor auf. »Ich möchte aber, dass du heute Abend mitkommst. Es ist ein sehr schönes

Konzert, und du hast dich wochenlang nicht mehr in der Kirche blicken lassen …«

Die alte Leier. *Ich bin für dich verantwortlich, du kannst nicht einfach tun und lassen, was dir gefällt. Ich weiß am besten, was gut für dich ist.* Das Blut rauschte in Orlandas Ohren wie kochendes Wasser. Annas Worte gingen in dem Tosen unter.

Lass sie reden, dachte Orlanda, ich tue dennoch, was ich will.

In der Blauen Ananas war die Hölle los. Die Negerin auf der Bühne trug nur ein Baströckchen, dazu ein glitzerndes Oberteil, unter dem ihre runden Brüste auf und ab hüpften. »You're much sweeter, goodness knows, you're my honeysuckle rose«, sang sie und wackelte mit den Hüften, während das Saxophon in schrilles Gelächter ausbrach. Das Publikum tobte.

»Sie heißt Anneliese Franken und kommt aus Neuss«, rief Leopold Orlanda über die Musik hinweg zu.

»Das hast du dir ausgedacht!«

»Keineswegs. Ich bin mit dem Pianisten bekannt. Das Mädel ist so deutsch wie du und ich.«

»Aber sie ist eine Negerin«, schrie Orlanda.

Leopold riss die Augen auf und schlug sich mit der Hand vor die Stirn. »Ja, richtig, jetzt sehe ich es auch!«

Er legte einen Arm um ihre Schulter, sein Mund war an ihrem Ohr. »Ihre Mutter war auf einer Expedition im afrikanischen Dschungel, wo sie von einem Tiger angefallen wurde. Ein mutiger junger Mann erschoss die Bestie und rettete sie, und aus lauter Dankbarkeit hat sie sich ihm hingegeben. Es passierte alles mitten in der Nacht, und erst am nächsten Morgen stellte sie fest, dass er kohlrabenschwarz war.« Er rollte mit den Augen und versuchte sie zu küssen, aber Orlanda riss sich los.

»Es gibt gar keine Tiger in Afrika.«

»Dann war es ein Löwe.«

»I don't buy sugar, you just have to touch my cup, you're my sugar, it's so sweet when you stir it up«, sang die Negerin, die Anneliese hieß.

»Tanz mit mir«, sagte Clemens, der plötzlich neben Orlanda stand. Sie reichte ihm ihre Hand und ließ sich von ihm zur Tanzfläche führen.

»Wo ist Fritzi?«, fragte sie, als er sie in seine Arme nahm, aber er hörte sie nicht, oder er wollte sie nicht hören. Sie wollte es auch gar nicht wissen.

Er braucht eine ganz andere Frau, dachte Orlanda, während Clemens sie mit sanftem Schwung in eine Drehung führte, sie glitt von ihm weg und dann wieder in seinen Arm. Was für eine Frau brauchte Clemens? Eine ungewöhnliche, starke, große Frau, dachte sie. Eine Frau wie mich.

Der Gedanke erschreckte sie so, dass sie aus dem Takt geriet und über ihre Füße stolperte. »Hoppla!« Clemens' Arme hielten sie, aber sobald sie das Gleichgewicht wiedergefunden hatte, ließ er sie los. Sie war ja Leopolds Mädchen, und er war Leopolds Freund.

Leopold holte sie zweimal in der Woche nach der Vorstellung ab, sie gingen sonntags zusammen ins Kino oder fuhren mit seinem Opel aufs Land. Sie lagen unter Trauerweiden am See und tranken Champagner aus Kaffeetassen. Er küsste sie, er wollte mehr, sie gab ihm mehr, er wollte alles.

Jedenfalls wollte er ihren Körper, *ihre Jungfräulichkeit*, wie Anna es ausgedrückt hätte. Orlanda war sich jedoch nicht sicher, ob er auch den Rest von ihr wollte. Ihre Sehnsüchte, ihre Wünsche, ihre Unarten, ihre Launen. Ihre Vergangenheit und ihre Zukunft. Immer wenn sie von der Zukunft anfing, brachte er sie schnell wieder nach Hause.

Und was will ich von ihm, fragte sich Orlanda, während sie mit Clemens tanzte. Aber um das beantworten zu können, müsste sie ihn richtig kennen, nicht nur seine Oberfläche. Sie müsste ihn kennen, wie Clemens ihn kannte.

»On the avenue, people look at you, and I know just why they do. You're much sweeter, goodness knows. My honeysuckle rose«, sang Anneliese, die deutsche Negerin.

Ulmer Höh', 29. Oktober 1942

Mein liebes Kind,

manchmal zweifle ich daran, dass es Dich überhaupt gibt. Vielleicht bilde ich mir ja nur ein, schwanger zu sein? Meine Blutungen sind direkt nach der Verhaftung ausgeblieben – nun gut, ist das ein Wunder? Und die übrigen Symptome, wer sagt mir, dass sie nicht den veränderten Lebensumständen zuzuschreiben sind? Kein Arzt hat mich je untersucht, und mein Bauch ist flach wie eh und je.

Vielleicht schreibe ich ins Leere. Diese Vorstellung macht mir Angst. Genauso wie ich mich am Anfang davor gefürchtet habe, schwanger zu sein, fürchte ich mich jetzt vor dem Ende der Illusion. Wenn meine Gedanken an Dich, meine Gefühle, Ängste, Sorgen sinnlos sind, dann hat mein Leben sein Ziel verloren.

Ich habe jetzt eine Zellennachbarin, sie heißt Margarete und hat vor einer Woche noch studiert. Als sie sich vorstellte, erklärte sie mir ganz munter, dass sie Volksschullehrerin werde. So als ob das Gefängnis hier nur ein Urlaub wäre, eine kurze Unterbrechung zwischen einem Seminar und dem anderen, danach ginge alles weiter wie gehabt. Nichts geht weiter. Alles bewegt sich in endlosen Kreisen, wenn man im Gefängnis sitzt, aber niemals auch nur einen Schritt weiter.

Margarete ist so jung. Sie ist sich so sicher, dass das alles hier nur eine kurzfristige Widrigkeit ist, die es auszusitzen gilt. Dass wir frei sein werden. Sie müssen ganz fest daran glauben, fordert sie mich auf.

Ich muss sofort an die Zeugin Jehovas denken, als sie das sagte. Ihre Verhandlung war Anfang letzter Woche, danach hat man sie weggebracht. Beim Hofgang habe ich gehört, dass man sie in ein Lager gesteckt habe, eines dieser Lager, die angeblich schlimmer sind als der Tod. Aber warum? Sie hat doch nichts verbrochen, außer dass sie ihren Gott über alles andere gestellt hat. Über den Staat und über das deutsche Volk.

Fester als sie kann keiner glauben, aber geholfen hat es ihr gar nichts. Im Gegenteil, ohne ihren Glauben wäre sie ohne Pro-

bleme geblieben. Sie war keine Landesverräterin, sie hatte nicht das geringste Interesse an Politik.

Natürlich hat ihr der Glaube geholfen, sagte Margarete, als ich ihr davon erzählte. Genauso wie er auch mir hilft. Versuchen Sie es einmal, forderte sie mich auf.

Als ob das so einfach wäre – zu glauben. Als ob man das ohne weiteres beschließen könnte. Ich glaube nun an Gott, ich glaube, dass der Terror bald zu Ende ist, ich glaube an mein Kind, weil ich daran glauben will.

Schauen Sie nach vorn, sagt Margarete. Ich schaue nach vorn und sehe nur Finsternis. Ich frage mich, woher sie ihre Zuversicht nimmt. Wahrscheinlich liegt es daran, dass sie so jung ist, neun Jahre jünger als ich. Wie anders war ich vor neun Jahren. Wie anders war die Welt vor neun Jahren. Arme Margarete, die in die Wirklichkeit von heute hineingestellt wurde, und dennoch – sie lässt sich nicht brechen.

Wir sind stärker als das hier, sagt sie.

Hoffentlich, denke ich.

Hoffentlich behält Margarete ihre Zuversicht. Auch sie ist eine »Politische« und wird sich vor dem Volksgerichtshof verantworten müssen, einen Tag später als wir. Unserem ganzen Flur wird innerhalb von drei Tagen der Prozess gemacht werden. Sie nehmen sich vier bis fünf Fälle pro Tag vor, auf diese Weise werden in drei Tagen vierzehn Urteile gesprochen. Das ist die gute deutsche Gründlichkeit.

Wir zählen die Tage, bis es so weit ist, Margarete hat zwanzig senkrechte Striche in die Wand über ihrem Bett gekratzt. Jeden Tag streicht sie einen Balken durch, so dass ein kleines Kreuz entsteht. Drei Kreuze haben wir schon, siebzehn Tage bleiben noch, dann ist der Friedhof vollständig.

Alles ist besser als diese Warterei, sagt Margarete. Ob die Zeugin Jehovas ihr wohl zustimmen würde?

Vielleicht werden wir uns bald schon nach dieser Zeit der Ungewissheit zurücksehnen.

Deine Mutter

Lamentationes Jeremiae Prophetae

Wilhelm – das wäre ein passender Vorname für ihn gewesen. Friedrich, Karl oder Otto. Ein klassischer deutscher Name, nicht zu ungewöhnlich, sachlich, bestimmt. Er hieß aber Felix, Anna hatte es neulich auf einem Personalzettel in Schwester Elses Büro gelesen. Dr. Felix Müller. Felix, der Glückliche.

Ob er glücklich war? Sie wusste im Grunde gar nichts über ihn. Er war nicht verheiratet, das hatte ihr Schwester Greta neulich erzählt, die ganz in seiner Nähe wohnte. Was wusste Anna noch? Er hielt sehr auf Disziplin und Ordnung im Operationssaal, seinen Anordnungen war bedingungslos Folge zu leisten. Doch das war nichts Ungewöhnliches für einen Arzt. Dabei konnte Müller auch lustig sein. Letztens, als sie nach dem Dienst mit einem Glas Sekt auf seinen Geburtstag angestoßen hatten, hatte er nicht aufgehört zu scherzen. »Nun schauen Sie mich doch nicht so streng an, Schwester Anna«, hatte er gesagt, als er die Sektflasche entkorkt hatte. »Sie sehen ja fast aus wie Schwester Else.«

Schwester Else mochte er nicht. Sie war ihm zu eigenmächtig, sie belegte die Betten und gab den Schwestern Anweisungen, wie es ihr in den Sinn kam, ohne sich mit ihm abzustimmen. »So ist es immer gewesen«, sagte sie. »Die Pflegedienstleitung hat in solchen Fällen mehr Überblick als die Ärzteschaft.«

»Wenn es immer so war, dann muss es sich ändern«, sagte Doktor Müller. »Der Arzt steht ganz oben im Krankenhausapparat.«

Im Krankenhausapparat. Als ob es eine Maschine wäre, die Schwestern waren die Hebel und Drähte und er der Maschinist.

»Die Nadel!« Doktor Müllers Finger zuckten, aber sie hatte die Nadel schon parat. Er nähte eine Kopfwunde, ein hässlicher Riss von der rechten Augenbraue bis zur Schläfe. Der Mann war nur örtlich betäubt und drehte ängstlich die Augen nach oben, als könne er dann sehen, was Doktor Müller machte.

Sonst redete Müller immer mit den Patienten, wenn sie bei Bewusstsein waren, um sie zu beruhigen. Aber jetzt sagte er gar nichts, nur hin und wieder gab er Anna eine kurze Anweisung. Der Mann ist ihm genauso widerlich wie mir, dachte Anna.

Seine Verletzung hatte er sich bei einer Prügelei geholt. Im Nachbarzimmer behandelten sie gerade seinen Gegner, den es nicht ganz so schlimm getroffen hatte.

»Ekelhaftes Kommunistenpack«, murmelte Müller, als er sich später die Hände wusch.

Anna fragte sich, woher er wusste, dass der Mann Kommunist war. Vielleicht hatte sich der Kerl ja gar nicht aus politischen Gründen geprügelt, vielleicht war er nur betrunken gewesen. Die Männer tranken alle zu viel in dieser Zeit der Weltwirtschaftskrise.

Vor ein paar Wochen waren die Börsen zusammengebrochen. Seitdem meldete täglich ein neues Unternehmen Konkurs an. Mehr und mehr Männer standen auf der Straße, warteten in langen Schlangen vor den Arbeitsämtern, ohne Aussicht auf eine neue Anstellung, ohne Rücklagen, ohne Zuversicht. Den Männern folgten die Frauen, sie reihten sich vor den öffentlichen Suppenküchen auf, nachts drängten sie sich auf der Rethelstraße, in weit ausgeschnittenen Kleidern, mit rot geschminkten Mündern. *Klickediklickediklick* machten ihre Absätze auf dem harten Kopfsteinpflaster. *Nimmmichbittebittenimmmich*.

»Haben Sie gleich Zeit? Ich brauche Sie noch«, sagte Müller.

Es war kurz nach fünf, Anna hatte Feierabend. Ihr Dienst geht von acht Uhr bis um fünf, hatte die Oberin gesagt, als sie ihre Ausbildung im Sommer begonnen hatte. Jetzt war es November, und Anna kam selten vor sieben Uhr nach Hause. Es war auch nicht schlimm, es machte keinen Unterschied, ob sie ihre Arbeit eine Stunde früher oder später beendete. Nur donnerstags, da machte es einen Unterschied, denn donnerstags um halb sieben hatte sie Orgelunterricht in der Friedenskirche bei Bredelin. Diese Orgelstunden waren der Höhepunkt ihrer Woche. Ihr war, als ob sie in den paar Monaten von Bredelin mehr gelernt hatte als in all den Jahren von ihrem Vater. Ihr Vater war fordernd gewesen und sehr streng. Sie hatte immer geglaubt, dass ein guter Lehrer eben so sein müsste. Aber inzwischen wusste sie, dass ein guter Lehrer seine eigenen Ansprüche nach dem Schüler richtete. Ein guter Lehrer erkannte das Talent, das in einem Schüler steckte, aber auch seine Grenzen.

Bredelin war ein guter Lehrer. In ihren ersten Unterrichtsstunden war Anna immer schweißgebadet gewesen, wenn sie sich an die Orgel gesetzt hatte. »Wovor fürchten Sie sich denn so?«, hatte er sie irgendwann gefragt. »Jeder macht Fehler. Fehler sind notwendig, damit man sie korrigieren und künftig vermeiden kann.«

»Aber ich mache immer wieder dieselben«, hatte Anna erwidert.

»Irgendwann nicht mehr.«

Und so war es. Irgendwann war jeder Fehler überwunden. Ob nach dem dritten, vierten oder nach dem zwanzigsten Mal. Bis dahin blieb Bredelin geduldig.

»Wer nicht genügend übt, der erreicht auch nichts«, hatte ihr Vater früher immer gesagt, wenn sie sich verspielt hatte.

»Ruhig«, sagte Bredelin dagegen. »Lassen Sie sich Zeit.«

Er wurde nur ärgerlich, wenn sie den Unterricht ausfallen ließ.

Aber manchmal ließ es sich eben nicht vermeiden. Schon in der letzten Woche hatte sie ihm absagen müssen, weil plötzlich noch ein Notfall hereingekommen war. Dabei hatte sie sich besonders gut vorbereitet. Sie hatte eine Improvisation über »Jesu, wahres Brot des Lebens« von Johann Sebastian Bach erarbeitet und war nun sehr begierig auf Bredelins Kritik.

»Wir haben gleich noch eine Bauchspeicheldrüse«, sagte Doktor Müller.

»Schwester Greta könnte doch vielleicht …«, begann Anna.

»Es ist ein schwieriger Eingriff.« Nein, dann war es natürlich nichts für Greta. Für schwierige Eingriffe war immer Anna zuständig. Greta war erst seit Ende Juli im Operationssaal und solchen Aufgaben noch nicht gewachsen. Die alten Schwestern dagegen mit ihrer jahrelangen Erfahrung im OP hätten Müller mit Leichtigkeit zur Hand gehen können. Aber die wollte er nicht, weil er sie nicht selbst ausgebildet hatte und weil ihre Kenntnisse nicht mehr zeitgemäß seien, wie er es ausdrückte. Selbst Schwester Auguste akzeptierte er nicht, obwohl sie doch leitende OP-Schwester war.

Aber Schwester Auguste kam Müller nicht entgegen, während sich die jüngeren Schwestern wie Anna, Greta, Eva und Hildegard ganz auf seine Ansprüche einstellten. Von den alten Schwestern arbeitete Doktor Müller nur noch mit Schwester Erna, weil keine der anderen bislang mit der Anästhesie vertraut war.

Anna war natürlich stolz darauf, dass Müller so große Stücke auf sie hielt. »Meine erste Kraft« hatte er sie letztens genannt. Aber gerade heute … Wenn sie jetzt noch in den OP musste, dann konnte sie Bredelin nicht einmal absagen. Es geht auf keinen Fall, dachte sie.

»Ich kann doch auf Sie zählen?«, fragte Müller.

»Selbstverständlich«, antwortete Anna.

Als sie das Krankenhaus verließ, schlugen die Glocken der Kapelle sieben Uhr. Sie hastete die Florastraße entlang, zur Friedenskirche, wo Bredelin seit einer halben Stunde auf sie wartete. Ob er wütend auf sie war? In der letzten Woche hatte sie ihm zumindest am Nachmittag Bescheid gegeben, dass sie abends nicht kommen könnte. Heute war es zu spät gewesen, jemanden zu ihm zu schicken.

Sie zog die schwere Kirchentür auf und trat ein. Der Raum legte sich um sie wie ein prachtvolles Gewand. Die hohen Wände waren mit zahlreichen Gemälden verziert. Auf der rechten Seite versammelten sich die Jünger in einer altdeutschen Stube zum letzten Abendmahl. Vorne neben dem Chorraum die Johannestaufe im Jordan. Ein Spruchband zierte den Triumphbogen vor dem Altarraum, »Ehre sei Gott in der Höhe und Friede auf Erden und den Menschen ein Wohlgefallen«.

Als sie die Kirche betreten hatte, war alles still gewesen, aber jetzt begann die Orgel zu ertönen. »Lobet den Herren, denn er ist sehr freundlich.« Bredelin war also noch da. Sie zog die schmale Tür unter der Seitenempore auf und eilte hinauf.

Er saß mit dem Rücken zu ihr, wobei er den Oberkörper sanft im Takt der Musik bewegte, es war wie ein leiser Tanz. Sie wollte ihn nicht erschrecken und blieb zögernd stehen. Er spielte seinen Choral zu Ende, dann drehte er sich zu ihr um. »Sie sind spät«, sagte er, bevor sie etwas sagen konnte.

»Es tut mir leid. Wir hatten noch eine Bauchspeicheldrüse. Ich meine – eine Operation.«

Er zog die Augenbrauen hoch, wahrscheinlich fragte er sich, wie sie eine Bauchspeicheldrüse wichtiger nehmen konnte als seinen Unterricht. »Ich muss gleich weg.«

Anna nickte. »Es tut mir leid«, sagte sie noch einmal. »Ich habe meine Improvisation vorbereitet«, fuhr sie fort, als er sie nur schweigend ansah.

Er erhob sich. »Also, bitte.«

Sie musste den Choral dreimal neu beginnen, weil sie sich gleich in den ersten Takten verspielte. Schließlich verlangsamte sie ihr Tempo, auf diese Weise brachte sie die Improvisation zu Ende, aber was sie voller Begeisterung und Inbrunst einstudiert hatte, klang nun schleppend und uninspiriert.

Er stand da und betrachtete seine Hände, nachdem sie geendet hatte. Sie starrte auf den Spieltisch, bis die schwarzen und weißen Tasten vor ihren Augen zu verschwimmen begannen. Zuerst schämte sie sich ihres schlechten Spiels, dann begann sie sich zu ärgern. Sie hatte den ganzen Tag im Operationssaal gestanden, ihre Beine schmerzten, ihr Rücken brannte, aber Bredelin behandelte sie, als ob sie aus reiner Faulheit und Nachlässigkeit nicht zum Unterricht erschienen sei. Er hat keine Ahnung, dachte Anna. Er kennt nur seine Orgel, seine Musikwelt, von den Anforderungen, denen ein normaler Mensch ausgesetzt ist, weiß er nichts.

»Ja«, sagte Bredelin. »So ist es dann wohl, wenn man zu vielen Belastungen ausgesetzt ist. Das verträgt sich nicht gut mit der Musik.« Seine Stimme klang ganz freundlich, als er das sagte, aber Anna empfand es dennoch als Vorwurf.

»Was wissen *Sie* denn.« Im Gegensatz zu ihm klang sie nicht freundlich.

»Nichts«, entgegnete Bredelin. »Von Ihnen weiß ich natürlich nichts. Ich kann nur sagen, wie es bei mir ist.« Er seufzte.

Sie war verwirrt. Wovon sprach er denn jetzt?

»Ich möchte Ihnen etwas vorspielen«, sagte er.

Wortlos stand sie auf und ließ ihn wieder Platz nehmen. Er zog seine Register, schloss einen Moment lang die Augen, dann begann er zu spielen.

Am Anfang pochte nur der Bass, dann begann die Sopranstimme wie ein krankes Kind zu fiepen. Das Winseln steigerte sich zu einem lauten Wehklagen. Es klang, als ob er zwei Tonarten miteinander mischte und einen Dreivierteltakt mit einem Zweihalbetakt kombinierte. Es klang scheußlich. Es klang, als ob die Orgel vollkommen verstimmt sei, aber das war sie nicht, Anna hatte ja eben selbst darauf gespielt. Jetzt wurde das laute Jammern wieder leiser, eine helle Stimme löste sich aus der Dissonanz, schwebte über dem Klanggewirr, klar und unendlich traurig. Während Anna die Melodie in sich aufnahm, griff die Pedalstimme das Motiv auf und wiederholte es. Schluchzend lehnten sich die beiden Weisen aneinander, stützten sich und brachten sich letztendlich doch zu Fall. Sämtliche Stimmen gerieten nun wieder in große Aufregung und fielen übereinander her. Tempo und Dynamik steigerten sich gleichermaßen, Bredelins Finger flogen über die Manuale, seine Füße jagten über die Pedale, die Orgel, die über der Empore angebracht war und vier Meter hoch zur Kirchendecke ragte, drohte zu zerbersten. Es war kein Frieden in der Friedenskirche, es herrschte Krieg, ein tobendes, tosendes Inferno, ein Sturm, der Anna ergriff und in die Zukunft schleuderte. In eine Zukunft, in der Bomben vom Himmel fielen, in der Häuser in Flammen aufgingen, in der die Mütter ihre Söhne verloren, die Frauen ihre Männer, die Kinder ihre Väter. Eine Welt, in der alles in Schutt und Asche lag.

Dort unten, wo Anna gerade noch gestanden hatte, würde sich in wenigen Jahren die Gemeinde versammeln. Sie würden auf den Triumphbogen starren, auf das Spruchband, in dem jetzt vier Worte fehlten, weil der Putz von der Mauer abgeplatzt wäre. »Ehre sei Gott in der Höhe und den Menschen ein Wohlgefallen« stand jetzt da, der Friede aber lag zerschmettert in den Trümmern. Der Triumphbogen reckte sich hilflos und anklagend in den blauen Frühsommerhimmel, denn die Kirche und alle Gebäude, die sie einst umgeben hatten, waren in der Nacht zum Pfingstmontag zerbombt worden. Während die Gemeinde stand und starrte, würde sich ein einsamer Ziegel von einem verkohlten Dachbalken lösen und zu Boden fallen. Es krachte, Staub stieg auf, wie bei einer kleinen Explosion. »O du gütiger Gott. Warum hast du uns das angetan?«, würde eine alte Frau schreien, die ihren ersten Sohn am Tag der Kircheneinweihung im Jahre 1899 geboren hatte, und nun war er im Krieg gefallen.

»Hör auf zu jammern. Es ist nicht meine Schuld«, gab Gott zurück. Dann würde er sein Antlitz verhüllen, weil er das Elend leid wäre.

Die Frau und der Rest der Gemeinde würden noch eine Weile lang wehklagen, über die zerstörte Kirche, die verlorenen Söhne, die verbrannten Häuser, dann würden sie mit dem Aufräumen beginnen und mit dem Vergessen.

Anna hätte sich am liebsten die Ohren zugehalten, aber es war zu spät, die Musik, die keine Musik war, war nun einmal in ihrem Kopf. Sie wollte sich einfach umdrehen und davonlaufen, aber in dem Moment hörte Bredelin auf zu spielen. Seine Finger glitten von den Manualen. Sein Kopf sank nach unten.

War das das Ende?

»Herr Bredelin?«, wisperte Anna.

»Weiter bin ich noch nicht«, flüsterte Bredelin. Er drehte sich auf dem Schemel zu ihr herum. Sie wartete darauf, dass er etwas sagte, aber er sah sie nur an.

»Was war das?«, fragte Anna leise. »Haben Sie das komponiert?«

»Es ist noch nicht fertig.«

Es ist noch nicht fertig. Und wie sollte es weitergehen? Wie wollte Bredelin das Stück beschließen? Gab es eine Antwort auf dieses Inferno? Einen Trost, eine Hoffnung?

»Wie fanden Sie es?«, fragte Bredelin.

»Ich weiß nicht.« Anna räusperte sich. »Ich bin ja nun kein Experte ...«

»Wie fanden Sie es?«, wiederholte Bredelin, als habe sie nichts gesagt.

»Es war furchtbar.«

Bredelin schien nicht gekränkt, er nickte nur langsam und nachdenklich.

»Wie heißt es denn?«, fragte Anna.

»Lamentationes Jeremiae Prophetae. Die Klagegesänge Jeremias.«

»Und was beklagt er?«

»Wie bitte? Ich verstehe nicht.«

»Worum geht es bei den Klageliedern Jeremias?«

»Um die Zerstörung Jerusalems.«

Also das war es, erkannte Anna erleichtert. Es ging um Jerusalem. Um längst Vergangenes. Um eine Bibelgeschichte. Die unfassbare Angst, die sich vorhin auf sie gelegt hatte, hob ihre Flügel und flatterte in die Dunkelheit des Kirchenschiffes.

Wie dumm von mir, dachte Anna.

Aber die Angst war nicht weg. Sie hing ganz in der Nähe an einer Stuckverzierung, baumelte mit dem Kopf nach unten wie eine Fledermaus. Aus bösen gelben Augen blickte sie zu Anna herüber. Ich bin hier, sagte die Angst. Was vorbei ist, ist nicht vorbei. Was vorbei ist, kommt wieder.

Als Anna den Schalter umdrehte, fiel das Licht der Küchenlampe wie ein schwerer Vorhang auf Orlanda. Sie kauerte auf einem Küchenstuhl, das Gesicht in die Hände gestützt.

»Was machst du denn hier!«, rief Anna erschrocken.

Orlanda starrte auf den Tisch und antwortete nicht.

»Ist etwas geschehen?«, fragte Anna.

»Ich bin gekündigt worden.«

Die Angst von vorhin, da war sie wieder. Ihre Vogelklauen krallten sich in Annas Schulter.

»Aber wie konnte das geschehen? Du warst dir doch so sicher ...« Orlanda hatte seit Wochen davon gesprochen, dass es nun endlich aufwärtsgehen würde mit ihrer Karriere. Im Kleinen Haus sollte »Gräfin Mariza« einstudiert werden, und Orlanda hatte darauf spekuliert, dass man ihr eine größere Rolle geben würde.

»Meine Nummer mit dem Kriegsbeil im Wildwestgirl war ein großer Erfolg«, hatte sie gesagt. »Und jetzt, wo Clemens bei uns ist ...«

Clemens. Das war der neue Startenor, der jetzt im Kleinen Haus sang. Schwester Afra sprach von nichts anderem mehr, sie konnte es kaum erwarten, ihn endlich zu hören. Orlanda hatte Anna erzählt, dass Clemens mit ihrer Freundin Fritzi Albrecht liiert gewesen sei, bevor er von Duisburg nach Düsseldorf gewechselt habe. Vermutlich war er genauso ein Leichtfuß wie Leopold Ulrich. Wenn er Orlanda wirklich zu einer größeren Rolle verhelfen würde, wie sähe dann ihre Gegenleistung aus?

Es hatte natürlich keinen Sinn, Orlanda zu warnen. Sie hörte weniger denn je auf Anna. Sie war so verschlossen, noch verschlossener als früher. Auch wenn sie jetzt wieder öfter zu Hause war. Ihr Violinist war seit Wochen fort. Er reise durch die Vereinigten Staaten, vier Monate lang, hatte Orlanda gesagt.

Wo immer er war, Orlanda schien sich nicht gerade nach ihm zu verzehren. Hin und wieder schrieb sie ihm einen Brief, aber sie brauchte lange, bis sie eine Viertelseite gefüllt hatte. Und seiner hatte neulich einen halben Tag auf dem Küchenbuffet gelegen, bis Orlanda ihn geöffnet hatte.

Nein, die Geschichte war zweifellos vorbei.

Vermutlich hatte bereits eine neue begonnen. Dabei hatte eine Liebschaft mit diesem Sänger nun wirklich überhaupt keine Aussichten. Haupt war ein Star, ein kleines Chormädchen wie Orlanda war für ihn doch nicht mehr als ein Zeitvertreib. Er würde ihr das Herz brechen wie ihrer Freundin und sie dann sitzenlassen.

Aber nun sahen die Dinge auf einmal ganz anders aus, erkannte Anna plötzlich. Nun hatte Orlanda ihre Anstellung im Operettenchor verloren. Vielleicht, dachte Anna, ist das ja gar nicht so schlecht.

»Tornauer hat mich heute Morgen zu sich rufen lassen«, sagte Orlanda, die immer noch auf den Tisch starrte. »Ich dachte, er gibt mir eine Rolle. Die Lisa, ich war mir so sicher, dass ich die Lisa spielen sollte. Ich hab sogar schon angefangen, die Lieder zu üben, ich dumme Kuh. Aber dann … *Wir sehen uns leider gezwungen, in der Zukunft auf Sie zu verzichten, Fräulein Mandel.* Er musste es zweimal sagen, bis ich es kapiert habe.«

»Aber warum entlassen sie denn ausgerechnet dich?«

»Ich bin ja nicht die Einzige. Sie haben den Chor um insgesamt vierzehn Sänger verkleinert. Auch vom Ballett müssen einige gehen.«

»Und wann ist es so weit?«

»Ende des Monats. Bei den Proben zur ›Mariza‹ muss ich gar nicht mehr mitmachen.«

Annas Gedanken überschlugen sich. Bredelin, dachte sie, Bredelin ist doch Musiker, er hat seine Verbindungen, vielleicht kann er irgendetwas für Orlanda ausfindig machen. Anna wollte ihn gleich morgen fragen. Vielleicht konnte er sie in irgendeiner Kirchengemeinde unterbringen. Als Chorleiterin, als Musiklehrerin für Kinder. Sie spielte doch ganz passabel Klavier. Das wäre fabelhaft, dachte Anna. Orlanda wäre endlich raus aus dem frivolen Operettenmilieu und doch wieder in Lohn und Brot.

Sie stellte sich Orlanda gerade vor, wie sie einen Kinderchor dirigierte, als es klingelte.

»Ich muss los.« Orlanda stand auf.

»Wohin willst du denn jetzt noch? Es ist fast neun.«

»Clemens holt mich ab. Vielleicht kann er mir ja irgendwie helfen.«

Ein schneller Griff zu ihrer Handtasche, ein kurzer Blick in den Spiegel neben der Tür, plötzlich hatte sie einen Lippenstift in der Hand und zog ihre Lippen nach. »Bis morgen.« Dann klappte die Wohnungstür. Orlanda war weg, sie hatte nur ihren Duft zurückgelassen, der Anna umschwebte wie ein Schwarm winziger Mücken. Es war ein prickelnder Duft. Ein fremder Duft. Orlanda wechselte ständig ihr Parfüm. Auf dem Fensterbrett im Schlafzimmer drängte sich eine ganze Batterie von verschnörkelten, bunten Glasflakons. Wenn Anna die Fenster putzte, öffnete sie manchmal ein Fläschchen und roch daran, und danach ein anderes. Sie rochen wie Orlanda, immer wieder anders.

Sie überraschte ihn jedes Mal aufs Neue. Einmal wirkte sie kindlich und schüchtern, dann wieder stark und abweisend. Es gab eine sehr weibliche Orlanda, eine schroffe, eine liebenswerte, eine abweisende, eine vernünftige und eine völlig verrückte. Es gab eine unendliche Zahl von Orlandas, und wenn er sich mit ihr traf, wusste er nie, was ihn erwartete. Aber egal, welche Orlanda er vor sich hatte, Clemens liebte sie.

Heute war sie sehr mondän. Sie trug ein rotes Kleid, das von innen heraus zu leuchten schien, wie ein Weinglas vor einer Kerze. Sie duftete auch wie ein junger, lieblicher Rotwein, als sie jetzt vor ihn trat.

»Guten Abend, Clemens.« Sie reichte ihm ihre Hand, er küsste sie, obwohl er wusste, dass sie keine Handküsse mochte.

»Hast du schon gegessen?«, fragte er.

Sie verzog das Gesicht. »Mir ist der Appetit heute Morgen gründlich vergangen. Lass uns in den Handschuh gehen.«

Der Handschuh war eine winzige Cocktailbar in der Altstadt, laut und verraucht. »Im Handschuh kann man sein eigenes Wort nicht verstehen«, sagte Clemens. Er hatte großen Hunger, und in der Goldenen Glocke neben dem Operettenhaus war auch schon ein Tisch für sie reserviert.

»Das ist mir ganz gleich«, gab Orlanda zurück. Dabei hatte sie heute Morgen nach der Probe noch gesagt, dass sie sich mit ihm unterhalten wolle.

Im Taxi schimpfte sie über Tornauer, über Inge van Heer, die die Gräfin singen sollte, obwohl sie nach Orlandas Meinung keinen Funken Begabung hatte, über Jascha Horenstein, den musikalischen Leiter der Opernhäuser. Wenn ich nicht neben ihr säße, würde sie auch über mich herziehen, dachte Clemens plötzlich, aber dann verdrängte er den Gedanken mit aller Kraft. Er war ja hier, er saß neben Orlanda und hörte ihr zu. Alles andere war vollkommen gleichgültig.

Seine Hand lag auf dem Polster des Rücksitzes, nur zwei Zentimeter von der ihren entfernt. Er konnte ihre Finger spüren, eine sanfte, prickelnde Wärme.

Leopold war weit weg. Das war das Beste, dass Leopold nun schon seit zwei Monaten in Amerika war und noch weitere neun Wochen bleiben würde. Er hatte sein Opern-Engagement auf Eis gelegt und reiste mit ein paar Musikerkollegen durch die Vereinigten Staaten. »Pass mir ein bisschen auf Orlanda auf«, hatte er Clemens gebeten, bevor er abgereist war. Und das machte Clemens auch. Er passte auf Orlanda auf, jeden Tag im Operettenhaus, am Wochenende, wenn sie zusammen aufs Land fuhren, in den Nächten, in denen er mit ihr ausging. Er war heute verliebter denn je.

Am selben Tag, an dem Leopold ihm von seiner geplanten Amerikareise erzählt hatte, hatte sich Clemens von Fritzi getrennt. Fritzi war aus allen Wolken gefallen. »Warum nur, warum?«, hatte sie ihn immer wieder gefragt. »Es ist doch alles gut zwischen uns.«

Es fiel ihm auch nicht leicht, Fritzi aufzugeben. Er war gerne mit ihr zusammen. Sie tanzte so gut. Sie sang ihm die neuesten frivolen Schlager vor, sie kannte sie alle auswendig, von der ersten bis zur letzten Strophe. Die Nächte, die sie gemeinsam verbracht hatten, waren gut. Kurz bevor die Wirtin die Haustür abschloss, schlich sie ins Haus, auf Strümpfen huschte sie in seine Dachwohnung, in jeder Hand einen Schuh.

Er war ihr erster Mann gewesen, das hatte ihn überrascht. »Warum hast du denn nichts gesagt?«, fragte er, als er am nächsten Morgen das Blut auf seinem Bettlaken sah.

Statt zu antworten, hatte sie ihn geküsst, vielleicht hatte sie sich geschämt, wo sie sich doch sonst immer so frech und frivol gab.

»Hab ich etwas falsch gemacht?«, fragte ihn Fritzi, als er sie fallenließ. Aber auch diese Frage blieb unbeantwortet.

Sie hatte ja auch nichts falsch gemacht. Sie war nur die Falsche. Orlanda war die Richtige.

Kurz nach der Trennung wechselte Clemens ans Kleine Haus in Düsseldorf. Seitdem hatte er Fritzi nicht wieder gesehen.

»Du wirst noch eine Menge Ärger mit ihr haben«, sagte jetzt Orlanda neben ihm. Einen Moment lang dachte er, sie spräche über Fritzi, sie war noch immer bei Inge van Heer.

»Das mag sein.« Vor dem Taxifenster flogen leuchtende Laternen vorbei. In einem Lichtkegel war ein Bettler zu sehen, er lag unter einer Decke aus Zeitungen. Sein Gesicht hatte er mit einem Hut bedeckt.

»Ich habe heute Mittag mit Wünschler telefoniert«, sagte Clemens. »Er sagt, dass du ihm einmal vorsingen sollst. Es ist nicht so, dass sie zurzeit jemanden suchen, aber vielleicht ergibt sich etwas, wenn ihm deine Stimme gefällt.«

»Wer ist Wünschler?«

»Der Chorleiter der Duisburger Oper. Ich habe dir doch erzählt, dass ich ihn anrufen würde.«

Sie zog die Nase kraus und wirkte mit einem Mal sehr unzufrieden. Vielleicht war es ihr nicht recht, dass Clemens sich in ihre Belange einmischte. Vielleicht ärgerte sie sich auch darüber, dass Wünschler nicht auf der Stelle zugesagt hatte. Vielleicht war sie mit ihren Gedanken ganz woanders.

»Was Leopold wohl dazu sagen wird, dass sie mir gekündigt haben.«

Clemens zuckte mit den Schultern. Er hatte keine Ahnung, was Leopold dazu sagen würde. Er wollte es auch nicht wissen.

Clemens drängte sich durch die Menschenmenge vor der Bar. Der Handschuh war zum Brechen voll, dabei war Mittwoch.

Aber die Leute wollten ihr Leben genießen, vielleicht wäre man am nächsten Tag schon arbeitslos oder tot.

Neben der Bar veranstalteten drei Musiker einen Höllenlärm und waren dennoch kaum zu hören. Die Gäste waren viel zu laut. Einer überbrüllte den anderen, es war wie ein gigantisches Wortgefecht, bei dem es allein auf die Lautstärke der Argumente anzukommen schien. »Das ist ja unerhört!«, brüllte ein Kerl neben Clemens und brachte die Sache auf den Punkt.

Clemens bestellte einen Highball für Orlanda und Whisky für sich selbst. Der erste Schluck traf seinen leeren Magen wie ein Faustschlag. Er sog die Luft durch die Zähne, zündete sich eine Zigarette an und nahm noch einen Schluck. Schon besser. Morgen früh um zehn war die erste Probe mit Inge van Heer angesetzt. Wenn sie wirklich so unangenehm war, wie Orlanda sagte, dann sollte er jetzt lieber nicht trinken. Dann sollte er auch nicht rauchen, sondern schleunigst nach Hause gehen.

»…ut …äee …omm sind«, schrie Orlanda, jedenfalls war es das, was Clemens verstand.

Er nickte, und sie lachte und nickte ebenfalls. Ich sollte nach Hause gehen, dachte Clemens wieder. Aber stattdessen trank er noch einen Schluck Whisky.

Orlanda nahm ihm seine Zigarette aus der Hand, steckte sie zwischen ihre eigenen Lippen und zog ihn zur Tanzfläche. Die Musiker spielten einen Shimmy. Orlanda begann sofort wie elektrifiziert mit den Hüften zu vibrieren. Clemens tanzte gerne, seit es ihm Fritzi beigebracht hatte, aber den Shimmy hasste er. Dieses Hüftgewackel, dieses Beckenstoßen, diese albernen Verrenkungen, er kam sich ausgesprochen dumm dabei vor. Man blieb die ganze Zeit auf einem Fleck stehen und schlotterte wie ein Geisteskranker aus dem Irrenhaus. Das Schlimmste war, dass er Orlanda nicht berühren konnte, während sie direkt vor ihm stand und verführerisch mit dem Becken zuckte. Er überlegte, ob er den Musikern Geld geben sollte, damit sie etwas anderes spielten, einen Tango, einen Foxtrott, einen Wiener Walzer, irgendeinen Tanz, bei dem man sich in den Armen lag, anstatt sich zum Narren zu machen.

Er fischte in seiner Hosentasche nach Münzen, als er Fritzi sah. Am Anfang hielt er es für eine Sinnestäuschung. Nur weil er vorhin an sie gedacht hatte, glaubte er sie nun zu sehen. Es war absurd. Fritzi war nicht in Düsseldorf. Sie konnte nicht hier sein.

Es war Fritzi.

Sie war im Handschuh, ausgerechnet an diesem Abend. Sie stand an der Bar, in einem schmal geschnittenen, dunklen Kleid mit einem Ausschnitt, der einen Großteil ihrer hübschen Brüste zeigte. Sie trug ein Haarband mit einer Rose in ihrem kurzgeschnittenen Haar, rauchte und sah ihm dabei zu, wie er würdelos auf der Tanzfläche herumzappelte. Er blieb abrupt stehen.

Warum war Fritzi hier? Das war kein Zufall, das konnte kein Zufall sein. Orlanda hatte Fritzi Bescheid gegeben, dass sie hierherkommen wollten. Aber warum hatte sie ihm nichts davon gesagt?

»Warum ist Fritzi hier?«, schrie er Orlanda zu.

Sie zog die Augenbrauen hoch und sah ihn fragend an, während sie nicht aufhörte, ihre Glieder zu schütteln.

»Fritzi!«, schrie er. In der Sekunde, da er das brüllte, wurde es plötzlich leise im Handschuh, als ob alle anderen gemeinsam Luft holten. Der Name gellte durch den Raum, so laut, dass auch Orlanda stehen blieb. Sie folgte seinem Blick.

Fritzi hob ihr Sektglas und prostete ihnen zu.

»...a owa«, rief Orlanda, denn jetzt war es wieder laut.

Entweder sie war eine grandiose Lügnerin, oder sie war wirklich überrascht.

»Ich wohne jetzt hier«, erklärte Fritzi, als sie vorne am Eingang standen, wo es etwas leiser war.

Clemens' Herz raste. Sie will mich vernichten, dachte er. Sie ist mir gefolgt, um mich zu ruinieren. Das ist ja lächerlich. Ich bin ein Star, und sie ist ein Nichts.

»Wirklich?«, erkundigte sich Orlanda. »Warum hast du dich nicht bei mir gemeldet? Hast du dein Engagement aufgegeben?«

»Ich singe jetzt in der Düsseldorfer Oper. Im Großen Haus.«

»Warum bist du weg aus Duisburg?«, fragte Orlanda.

»Alle Welt geht doch heutzutage nach Düsseldorf«, meinte Fritzi mit einem spöttischen Seitenblick auf Clemens.

Er zuckte mit den Schultern, als ginge es ihn nichts an.

»Mir haben sie heute Morgen gekündigt«, sagte Orlanda.

Fritzi reagierte kein bisschen überrascht, sie nickte nur, als habe sie das schon gehört oder zumindest schon lange geahnt.

»Findest du das nicht unglaublich?«, fragte Orlanda empört.

Fritzi zündete sich eine Zigarette an und blies den Rauch aus, direkt in Clemens' Gesicht. »In Duisburg haben sie auch die Hälfte des Ensembles auf die Straße gesetzt. Ich bin rechtzeitig abgehauen, das war mein Glück.«

»Wie hast du denn die Anstellung in Düsseldorf gefunden?«

»Beziehungen«, sagte Fritzi und blies einen neuen Rauchring zu Clemens. »Vielleicht kann ich ja auch was für dich tun.«

»Die Oper kann mir gestohlen bleiben«, meinte Orlanda verächtlich.

»Was willst du denn stattdessen anfangen?«, fragte Clemens, es war das erste Mal, dass er sich zu Wort meldete.

»Ich habe vielleicht was für dich«, meinte Fritzi, als habe Clemens nichts gesagt.

»Was denn?«

»Das Rosenland-Swingorchester.«

»Eine Jazzband? Soll ich nun auch Jazz machen wie Leopold?«

»Hör sie dir einmal an. Sie spielen morgen im Apollo. Und sie suchen einen Sänger.«

»Einen Sänger. Ich bin aber kein Sänger, ich bin eine Sängerin. Woher kennst du die Band überhaupt?«

»Mein Bruder spielt die Tuba.«

Clemens wollte nicht, dass Orlanda in einer Jazzband sang. Leopold machte Jazz, wenn Orlanda jetzt Jazzsängerin wurde, dann würde sie das verbinden. Und ihn selbst ausschließen. Das könnte Fritzi so passen, dachte er wütend.

»Wenn sie so toll sind, wie du sagst, warum singst *du* dann nicht für sie?«, fragte er scharf.

»Weil mir nicht nach fröhlicher Musik zumute ist.« Fritzi blies einen letzten Rauchring mitten in Clemens' Gesicht, dann ließ sie die Zigarette fallen und trat sie mit der Fußspitze aus. Er verzog das Gesicht und wandte den Blick ab und sah im letzten Moment noch, dass sie triumphierend lächelte.

»Morgen im Apollo«, sagte Orlanda nachdenklich. »Na gut, anhören kann ich sie mir ja mal.«

Eine Jazzband. Das war etwas ganz Neues. Etwas Aufregendes, Schillerndes, Modernes in dieser düsteren Zeit der Depression.

Das Rosenland-Swingorchester war hervorragend, wenn man einmal von ihrem bisherigen Sänger absah, der alt und glatzköpfig war. Die übrigen Musiker mit ihren hellen Strohhüten und den weißen Fräcken waren dagegen jung und lustig. Ein Pianist, ein Saxophonist, ein Trompeter, ein Gitarrist, ein Schlagzeuger und Fritzis Bruder, der die Tuba spielte, das war die ganze Besetzung. Alles, was hier noch fehlte, war eine flotte Sängerin.

Eine flotte Sängerin, dachte Orlanda nervös. Ob ich wohl flott genug für sie bin?

Sie musste plötzlich wieder an Büttinger denken. Büttinger, der ihr bei den Proben Kusshändchen zugeworfen hatte, der in sie verliebt gewesen war. Sie war ihm im Flur begegnet, als sie aus Tornauers Büro gekommen war. Er hatte sofort gewusst, was los war, weil er schon seit geraumer Zeit im Flur gestanden und die heulenden Chormädchen beobachtet hatte, die aus dem Büro gekommen waren. »Ist alles halb so schlimm«, rief er ihr zu. »Kopf hoch. Es geht schon weiter.« Leere Floskeln, die dennoch guttaten. Sie hatte Büttinger angelächelt, er hatte zurückgelächelt, und dann war er einfach gegangen. Ohne einen Liebesschwur, ohne eine Einladung zum Kaffee, ohne ein einziges Kusshändchen. Orlanda war entlassen, Orlanda hatte ausgespielt. Nicht einmal Büttinger interessierte sich mehr für sie.

Am Nachmittag vor dem Vorsingen übte sie mit Fritzi und Clemens. »Deutsch geht nicht«, sagte Fritzi. »Wenn du ihnen vorsingst, muss es auf Englisch sein.«

»Ich spreche aber gar kein Englisch«, protestierte Orlanda.

»Du sollst es ja auch singen und nicht sprechen.«

Sie begannen mit »Making whopee«. Fritzi sang es Orlanda vor, und Clemens spielte dabei auf dem Klavier. Es irritierte Orlanda, dass Clemens Fritzi begleitete. Es irritierte sie überhaupt, dass er da war, aber ohne Klavierbegleitung ging es nun einmal nicht. Außerdem wären sie ohne ihn nicht in den Probenraum gekommen.

Orlanda war überrascht darüber, wie gut Fritzi war. Als ob sie ihr Leben lang nichts anderes gesungen hätte. »Vergiss die affektierten Operettenposen«, sagte sie gleich zu Beginn. »Das ist Jazz. Sei natürlich. Sei verführerisch.« Dabei schwang sie ein Bein über eine Stuhllehne und beugte ihren Oberkörper so weit nach hinten Richtung Klavier, dass Clemens in ihren Ausschnitt blicken konnte. Er verspielte sich auf der Stelle.

> *Another bride, another groom,*
> *The countryside is all in bloom;*
> *The flow'rs 'n trees is,*
> *The birds and bees is*
> *Making whoopee.*

Fritzi sang, während Orlanda Clemens beobachtete, wie Clemens Fritzi beobachtete.

Er liebt sie immer noch, dachte sie. Aber wenn er sie liebt, warum hat er sie dann verlassen? Bis jetzt hatte sie sich eingeredet, dass es ihretwegen geschehen sei. Aber das war Unsinn, erkannte sie nun.

Sie war selbst überrascht darüber, wie wütend sie das machte. Und wie immer, wenn sie wütend war, fiel ihr Leopold ein. Wie sie ihn zum Bahnhof gebracht hatte, als er mit seinen Freunden nach Amerika aufgebrochen war. Orlanda war die einzige Frau, die anderen Musiker waren entweder nicht liiert oder hatten sich schon zu Hause verabschiedet. Sie merkte sofort, dass es Leopold peinlich war, dass sie mitgekommen war. Das ärgerte sie so, dass sie die Arme um seinen Hals schlang und ihn küsste, was ihm noch viel peinlicher war.

»So schön kann nur die Liebe sein«, spottete einer der Männer.

»Auf Wiedersehen, Orlanda«, sagte Leopold und hoffte, dass sie ginge, und das tat sie auch. Sie hatte erwartet, dass er ihr noch aus Bremerhaven einen Brief schreiben und sich entschuldigen würde, oder auf der Überfahrt, zumindest nach seiner Ankunft in New York, aber sie hörte erst fünf Wochen später wieder von ihm, da war er schon in New Orleans. Er schrieb eine Postkarte: *Wir haben Anschluss an eine Bigband gefunden und werden für ein paar Wochen hierbleiben.* Den Vorfall auf dem Bahnhof erwähnte er mit keinem Wort.

Leopold war weg, aber Clemens kümmerte sich um Orlanda. Er verehrte und umsorgte und umschwärmte sie, wie Leopold sie niemals umschwärmt hatte. Er liebte sie abgöttisch. Zumindest hatte sie das geglaubt. Aber jetzt geriet Clemens aus der Fassung, nur weil Fritzi ihr kurzes Bein über eine Stuhllehne schwang und in der Luft baumeln ließ. Nur weil sie mit heller Stimme sang und ihre Augenlider dabei halb geschlossen hielt.

> *Down through the countless ages*
> *You'll find it ev'rywhere:*
> *Somebody makes good wages*
> *Somebody wants her share.*

Nach Fritzi versuchte sich Orlanda an dem Song, es gelang ihr natürlich längst nicht so gut, und sie konnte auch ihre Beine nicht durch die Luft schwingen, weil sie ja ein Textblatt in den Händen hielt.

»Nicht übel«, sagte Fritzi. »Ein bisschen steif, aber das wird schon.«

»Woher kannst du das so gut?«, fragte Orlanda sie.

»Mein Bruder hat es mir beigebracht.«

»Und das Englisch?«

»Mein Vater. Er sagt immer, dass man als Jude gar nicht genug Sprachen beherrschen kann.«

»Du bist Jüdin?«, fragte Clemens überrascht.

Fritzi bückte sich rasch und nestelte an ihrem Schuh, dabei trug sie gar keine Schnürsenkel. Sie sprach niemals davon, dass sie aus einer jüdischen Familie kam. Es bringt nur Nachteile, hatte sie Orlanda einmal erklärt.

Als sie sich auf dem Konservatorium kennengelernt hatten, hatte Fritzi sich noch Abendroth geschrieben. Kurz darauf hatte sie ihren Nachnamen in Albrecht ändern lassen, fünfundzwanzig Mark hatte sie für die Umschreibung auf dem Standesamt gezahlt. »Meiner Mutter hat es fast das Herz gebrochen«, hatte sie Orlanda später erzählt. »Aber es musste sein. Man kann doch nicht ständig die Last seiner Vorfahren mit sich herumschleppen, wenn einem die Sache selbst rein gar nichts mehr bedeutet.«

»Lern die Texte auswendig, dann wird es schon werden«, ermutigte Fritzi Orlanda, nachdem sie noch ein weiteres Stück geprobt hatten.

»Schuster, bleib bei deinen Leisten«, sagte Clemens. »Die Operette ist dein Fach und deine Stärke, das solltest du nicht vergessen.«

»Deshalb haben sie mich ja auch rausgeworfen«, gab Orlanda wütend zurück.

Dann verabschiedete sie sich schnell und ließ die beiden stehen. Nun muss er wenigstens keinen Vorwand finden, damit er Fritzi nach Hause begleiten kann, dachte sie.

Ulmer Höh', 3. November 1942

Mein geliebtes Kind,

in den letzten Tagen kam die Übelkeit mit aller Macht zurück, die mich nach der Verhaftung so furchtbar gequält hat. Kurz nach dem Aufwachen muss ich mich übergeben. Nach dem Frühstück geht es meist besser, aber manchmal quäle ich mich bis zum Mittag.

Was ist denn los mit Ihnen, fragte mich die Wärterin gestern misstrauisch.

Nichts ist los, sagte ich.

Ich fühle mich so erbärmlich und werde immer dünner, aber dennoch bin ich froh. Ich bin schwanger. Du bist keine Einbildung.

Du lebst.
Deine Mutter

Stille Nacht, heilige Nacht

Doktor Teitelbaums Hände zitterten. Es war Anna schon vorhin aufgefallen, als er den ersten Schnitt mit dem Skalpell gemacht hatte. Bei Doktor Müller verlief der Mittelbauchschnitt schnurgerade vom Brustbein in Richtung Bauchnabel. Doktor Teitelbaum dagegen hatte das Skalpell zuerst zu weit nach rechts gezogen, dann seinen Irrtum bemerkt und nach links korrigiert, aber jetzt ging es zu stark in diese Richtung. Anstatt einer geraden Strecke hatte er eine blutige Zickzacklinie auf dem Bauch des Patienten hinterlassen.

Es war das erste Mal, dass Anna Doktor Teitelbaum assistierte. Sie arbeitete hauptsächlich mit Doktor Müller, während Teitelbaum die alten OP-Schwestern zugeteilt bekam.

Doktor Teitelbaum konsumierte Laudanum. Es war ein offenes Geheimnis, alle im Krankenhaus wussten und duldeten es, denn bislang hatte seine Sucht die Arbeit nicht beeinträchtigt. »Es ist ja auch keine Sucht«, sagte Schwester Cordula, die schon ihre Ausbildung bei ihm gemacht hatte. »Es ist eine Hilfe. Das Laudanum hilft ihm, sich zu konzentrieren.«

»Laudanum ist ein Betäubungsmittel«, hatte Anna ihr widersprochen.

»Nicht, wenn man es richtig dosiert«, hatte Schwester Cordula geantwortet und den Kopf nach hinten geworfen, als habe Anna etwas ungeheuer Freches und Dummes gesagt.

Ganz offensichtlich hatte Doktor Teitelbaum das Laudanum heute nicht richtig dosiert. Seine Hände zitterten noch stärker, als er den Kirschner-Rahmen platzierte. Anna befestigte die Wundhaken, sie hängte sie so in den Rahmen, dass sie die Bauchdecke des Patienten auseinanderzogen. Es dauerte eine ganze Weile, weil Teitelbaums Finger ständig im Weg waren. Danach reichte sie ihm die Tupferklemme, er ließ sie fallen.

»Passen Sie doch auf!«, zischte er Anna an, obwohl es sein Fehler gewesen war.

Anna schaute zu Schwester Ursula, die ihr gegenüberstand. Einen Moment lang begegneten sich ihre Blicke, dann senkte Ursula die Augen auf den Operationstisch. Als wäre alles in Ordnung. Aber nichts war in Ordnung, Doktor Teitelbaum war berauscht, die Operation musste abgebrochen werden.

Ursula reichte Teitelbaum einen neuen Tupfer, danach gab ihm Anna das Bauchtuch.

»Pinzette«, sagte er in diesem Moment. Dann sah er das Tuch und nahm es entgegen, mit einer unwirschen, ungeduldigen Bewegung, als täte er Anna einen Gefallen damit. Sie half ihm, das Tuch im Bauchraum zu platzieren, und während Ursula schon eine Gefäßklemme bereithielt, versuchte Anna ihre Gedanken zu ordnen. Das kann nicht gutgehen, dachte sie, er schafft es ja nicht einmal, die Blutgefäße richtig abzuklemmen, wie soll er da eine Bandwurmzyste aus der Leber entfernen.

Doktor Teitelbaum schwitzte. Anna schwitzte auch. Die Zyste musste sorgfältig samt Außen- und Innenwand gelöst werden, verletzte man sie versehentlich mit dem Skalpell, dann platzte sie auf, und der Inhalt an Eiern und Würmern verbreitete sich im ganzen Bauchraum.

Wieder blickte Anna hilfesuchend zu Schwester Ursula, wieder begegnete Ursula ihrem Blick. Ihre Augen über dem Mundschutz waren völlig ausdruckslos. War sie unsicher, ungeduldig, irritiert, oder war ihr Doktor Teitelbaums Benommenheit gar nicht aufgefallen? Vielleicht hatte sie sich ja schon daran gewöhnt, dass Doktor Teitelbaum unter Drogeneinfluss operiert, dachte Anna, aber Anna war nicht daran gewöhnt, sie kannte nur die Arbeit mit Doktor Müller, der präzise und zuverlässig und absolut nüchtern war. Was soll ich nur tun, dachte Anna. Was würde Doktor Müller an meiner Stelle tun?

Doktor Teitelbaum beugte sich tiefer über den Operationstisch, sein Gesicht war ganz dicht am Bauch des Patienten, als wollte er daran riechen. Doktor Müller würde die Operation auf der Stelle abbrechen, dachte Anna.

Teitelbaum griff nach dem Skalpell. Aufhören, dachte Anna, sofort aufhören. Die zitternden Arztfinger verschwanden im Leib des Patienten, der Kopf des Doktors senkte sich noch tiefer, Teitelbaum schien die Zyste zu wittern wie ein Hund, der eine Fährte aufnimmt. Er sog die Luft ein und hielt den Atem an. Zu spät, dachte Anna, wenn ich ihn jetzt unterbreche, erschrickt er und rutscht aus.

»Verdammt«, murmelte Teitelbaum, ein Schweißtropfen drohte von seiner Stirn in die Wunde zu fallen. Im letzten Moment tupfte ihn Schwester Gerlinde ab. Teitelbaum stöhnte, als wäre er es, dem man eine mit Wurmlarven gefüllte Zyste aus dem Bauch schnitt.

Es geht schief, dachte Anna, aber Teitelbaum zog das Skalpell zurück, griff zu einer Pinzette und holte die Zyste hervor. Er warf den blutigen Klumpen in eine Schale auf dem Tisch, dabei keuchte er laut, als wäre es ein schwerer Felsblock.

»Gut gemacht, Doktor«, sagte Ursula, dann reckte sie ihren Kopf zu Gerlinde, damit sie ihr ebenfalls den Schweiß abwischen konnte.

Schwester Else war eine romanische Madonnenskulptur, der Blick ernst und starr, die Züge wie in Stein gemeißelt. Ohne eine Miene zu verziehen, hörte sie sich Annas Beschwerde über Doktor Teitelbaum an. »Es ist unverantwortlich, den Doktor weiter operieren zu lassen«, schloss Anna ihre Ausführungen.

Die Oberin nickte.

»Ich war der Meinung, dass Sie das wissen sollten«, sagte Anna.

Noch ein Nicken.

»Was gedenken Sie zu unternehmen?«, fragte Anna.

Diesmal zog die Oberin die Brauen zusammen, so dass sich eine steile Falte auf ihrer steinernen Stirn bildete. Anna erschrak selbst über ihren fordernden Ton. Als wäre die Oberin ihr Rechenschaft schuldig.

»Nicht, dass es mich etwas angeht«, schob sie hastig hinterher. Aber es ging sie etwas an. Sie tat nur das, was die Oberin den Schwestern immer predigte: In Ihren Händen liegt das Leben Ihrer Patienten, sagte sie. Vergessen Sie niemals diese Verantwortung.

Es war Annas Pflicht, ihre Stimme zu erheben.

Schwester Else räusperte sich. »Ich werde mich beraten und die Sache bedenken.«

Sie verzog die Lippen zu einem dünnen Lächeln. »Gehen Sie nun, und lassen Sie das Übrige ruhig meine Sorge sein.«

Anna zögerte einen Moment lang, aber Schwester Elses Gesicht war wieder hart und steinern und unnahbar. Sie würde von ihr nicht mehr erfahren.

Als sie durch die Eingangshalle zum Treppenhaus lief, sah sie Doktor Müller. Er stand mit Pastor Groß zusammen, einem der beiden Pfarrer der Friedenskirche, die sonntags immer abwechselnd den Gottesdienst in der Krankenhauskapelle abhielten. Die Männer wirkten ernst und angeregt, es wäre Anna niemals in den Sinn gekommen, ihr Gespräch zu stören, aber als sie an ihnen vorbeiging, unterbrach Doktor Müller sich selbst. »Machen Sie doch kein so finsteres Gesicht, Schwester Anna!«, rief er ihr zu.

Sie blieb abrupt stehen.

»Gibt es etwas?«, fragte Müller.

Ich müsste wohl später einmal mit Ihnen sprechen, wollte Anna gerade sagen, aber dann fiel ihr ein, dass die Angelegenheit Pfarrer Groß mindestens genauso anging wie Müller, denn Groß gehörte zum Kuratorium des Evangelischen Krankenhauses. Es war geradezu ihre Pflicht, ihn von den erschreckenden Zuständen im Haus zu unterrichten.

Also erzählte sie den Herren, was sie gerade eben auch Schwester Else erzählt hatte.

»Teitelbaum«, sagte Doktor Müller zu Pfarrer Groß, als sie fertig war. »Das ist der Jude.«

Seine Bemerkung und der Blick, den er nun mit Groß wechselte, legten nahe, dass sie sich schon des Öfteren über Teitelbaum unterhalten hatten, dass das Problem bekannt war. Obwohl er natürlich unrecht hatte, Teitelbaum war gar kein Jude, er war evangelischer Christ wie alle Ärzte und Krankenschwestern im Haus, ansonsten hätte er niemals eine Anstellung bekommen.

»Das ist ein Skandal«, sagte Müller zu Anna. »Sie müssen den Vorfall natürlich der Pflegedienstleitung melden.«

»Das habe ich bereits getan«, sagte Anna.

»Was gedenkt man zu tun?«, erkundigte sich Pastor Groß.

»Schwester Else will sich beraten und die Sache bedenken«, sagte Anna, worauf die beiden Herren wieder einen bedeutungsschweren Blick wechselten.

Doktor Müller streckte ihr so plötzlich die Hand hin, dass Anna unwillkürlich zurückzuckte. »Ich danke Ihnen, Schwester Anna«, erklärte er mit warmer Stimme. »Sie haben das Richtige getan.«

»Verantwortungsbewusstsein und die richtige Gesinnung, das tut Not in diesen Tagen«, stimmte der Pfarrer zu.

Anna schüttelte Doktor Müllers Hand, danach die des Pastors.

Sie hatte plötzlich den Eindruck, dass die Oberin hinter ihr stand und sie ansah. Das Gefühl war so stark, dass sie sich umdrehte, aber da war niemand.

Im Orgelunterricht übte sie Choräle. »Wie seh ich dich, mein Jesu, bluten« von Franck und »Aus meines Herzens Grunde« von Schütz, nichts Schweres, denn im Gegensatz zu Annas Vater war Bredelin der Meinung, dass man das Leichte richtig beherrschen musste, um am Anspruchsvollen zu wachsen. Aber auch mit dem Leichten hatte Anna heute ihre Schwierigkeiten. Als Bredelin nach dem Grund ihrer Unkonzentriertheit fragte, erzählte sie ihm von Teitelbaum. »Wenn er so weitermacht, wird er bald einem Patienten ernsthaften Schaden zufügen«, erklärte Anna. »Man kann doch nicht tatenlos zusehen.«

»Nein«, sagte Bredelin. »Man möchte sich das nicht ausmalen, wie das sei, wenn man selbst einmal betroffen wäre.«

»Ich musste mich beschweren«, sagte Anna, erleichtert darüber, dass er ihr zustimmte und ihr so das schlechte Gewissen nahm. »Doktor Müller war mir dankbar. Und auch Pastor Groß war der Meinung, dass ich ganz richtig gehandelt habe.«

»Pastor Groß. Was hat Pastor Groß damit zu tun?«

»Er sitzt dem Kuratorium des Evangelischen Krankenhauses vor«, erklärte Anna. »Ich habe ihn zufällig auf dem Flur getroffen, und ich denke, er ist ...«

»Teitelbaum«, unterbrach Bredelin sie. »Ist das ein jüdischer Name?«

Sie musste plötzlich an den Blick denken, den Müller und Groß ausgetauscht hatten, an Müllers Bemerkung. *Das ist der Jude.*

»Vermutlich«, gab sie zurück, wobei ihre Stimme eine Spur zu laut war. »Aber was spielt das für eine Rolle? Inzwischen ist er getauft.«

»Wenn er kein Jude ist, hat er eine Chance, sich zu bessern, mit einem jüdischen Stammbaum wird man ihn entlassen, das ist der Unterschied.«

»Ach, kommen Sie! Das ist doch lächerlich«, protestierte Anna und erinnerte sich im selben Moment an eine Predigt, die Groß vor ein paar Wochen in der Krankenhauskapelle gehalten hatte. Der Gott des jüdischen Volkes ist nicht unser Gott, hatte er mit donnernder Stimme von der Kanzel verkündigt. Als ob es nicht nur einen, sondern mehrere Götter gäbe wie bei den alten Griechen und Römern, einen für die Juden, einen für die Christen, einen für die Gläubigen und einen für die Ungläubigen, und jeder Gott war wie ein König oder Herzog nur für seine Untertanen zuständig.

»Dieser Pfarrer ist durch und durch verbohrt«, sagte Bredelin mit düsterer Stimme.

»Ja, aber Teitelbaum konnte man doch nicht einfach so weitermachen lassen, Jude oder Nicht-Jude«, verteidigte sich Anna. Bredelin nickte gedankenverloren, während er gleichzeitig in seinen Orgelnoten zu blättern begann.

»Mendelssohn«, sagte er nach einer Weile. »Haben Sie schon einmal Mendelssohn gespielt? Auch ein getaufter Jude und ganz anders als die alten Meister. Ich denke, es ist an der Zeit, dass wir uns einmal Mendelssohn zuwenden.«

Jazz war etwas ganz anderes als die Operette. In der Operette begann man morgens um halb zehn mit der Probe, um halb eins war Mittagspause. Und um drei Uhr hatte man Feierabend, wenn man am Abend noch auftreten musste. Man probte nie länger, auch dann nicht, wenn die Lieder noch nicht saßen, um Punkt drei nahm der Korrepetitor die Noten vom Klavier und schlug den Deckel zu.

Auch die Generalprobe endete immer um halb elf, und wenn es ein Regisseur gewagt hätte zu überziehen, wäre vermutlich das gesamte Ensemble am nächsten Tag nicht zur Aufführung erschienen. Man akzeptierte allerhöchstens zähneknirschend, dass eine Sonderprobe angesetzt wurde, die dann allerdings auch gesondert entlohnt werden musste.

So war es in der Operette, aber in einer Jazzband war es anders. Das Rosenland-Swingorchester probte vom späten Nachmittag bis tief in die Nacht, man spielte ein Lied so lange, bis man es *drin* hatte, wie Harry Rosenland, der Bandleader und Pianist, sich ausdrückte.

Beim Rosenland-Swingorchester fragte niemand nach einer Mittagspause oder nach Überstundenzuschlag, man überlegte auch nie, wie ein Stück *gemeint* war, was der Komponist damit ausdrücken wollte. Wir sind so frei, sagten die Musiker und drehten jedes Stück von innen nach außen, stellten es auf den Kopf, warfen es zu Boden, bis es in tausend Stücke zerbrach, und setzten es dann neu zusammen. Sie feilten und polierten und schraubten an den Stücken, sie synkopierten und improvisierten und interagierten, sie machten immer und ausschließlich, was sie wollten. Und sie sahen dabei niemals auf die Uhr.

So hatte Orlanda Musik noch nie erlebt. Das erste Vorsingen war fürchterlich verlaufen, weil sie in ihrer Aufregung automatisch in die vertrauten manierierten Operettenposen gefallen war, die beim Jazz keiner sehen wollte, wie ihr Fritzi schon erklärt hatte. Rosenland gab Orlanda dennoch eine

Chance. »Fritzi sagt, du bist gut«, sagte er bloß und trug ihr auf, am nächsten Tag wiederzukommen. Sie war die Jüngste in der Band und die einzige Frau. Rosenland selbst war dreißig, ein dunkler, muskulöser Typ, der eher wie ein Sportler aussah als wie ein Musiker. Den Rest schätzte sie auf Mitte zwanzig.

Keiner von ihnen lebte von der Musik. Rosenland war Drucker, der Gitarrist arbeitete als Kellner, der Saxophonist verdiente sein Geld als Bäcker, der Trompeter und der Schlagzeuger studierten, und Fritzis Bruder, der die Tuba spielte, handelte mit Wertpapieren an der Börse.

Für ihre Auftritte in Jazzbars, Kneipen und auf Festen bekamen sie nur ein paar Mark, viel zu wenig, um davon zu leben. »Als Trio kämen wir besser zurecht«, klagte Rosenland immer. Aber als Septett machte es mehr Spaß, und das war es, was für sie alle am meisten zählte.

»Und die Miete?«, fragte Anna, als Orlanda ihr voller Begeisterung von den ersten Proben erzählten. »Soll ich die nun allein bezahlen, wenn du nichts mehr dazuverdienst?«

Ja, die Miete. Wie um alles in der Welt sollte Orlanda in diesen Zeiten eine bezahlte Arbeit finden? In Deutschland gab es inzwischen fast drei Millionen Arbeitslose. Und sie hatte außer Singen nichts gelernt.

Anfang Dezember erfuhr sie von Fritzi, dass die Wäscherei des Opernhauses eine Hilfskraft suchte, sie sprach vor und bügelte nun von acht bis fünf Kostüme und Ballettröckchen, Fräcke und Oberhemden. »Vierzehn Oberhemden in der Stunde ist die Richtschnur«, teilte ihr Frau Ammergau am ersten Tag mit. Orlanda arbeitete in einem Hinterzimmer, in dem sich die feuchte Hitze bis unter die Decke staute. Manchmal stand sie vorne an der Theke und nahm von ehemaligen Kollegen Säcke mit schmutziger Wäsche entgegen. »Du ärmes Dier dees eenem so leed«, sagte Käthe aus dem Ballett, als sie Orlanda ihr Tutu reichte. Aber Orlanda war stolz.

Tagsüber schwitzte sie, abends und nachts sang sie. Freitags, samstags und sonntags traten sie meistens auf, dienstags und donnerstags probten sie.

Sie hatte kaum noch Zeit, mit Clemens auszugehen. Sie hatte kaum noch Lust, mit Clemens auszugehen. Clemens und Orlanda, das waren jetzt verschiedene Welten, er stand mit geschwellter Brust auf der Bühne und sang Operette, sie hatte eine Flüstertüte in der Hand und machte Jazz. Sein Leben war so eng, ihres war weit und frei. Sie musste sich nach keinem Dirigenten richten, der ihr sagte, wann sie ihre Stimme zu erheben hatte und wann sie sie senken sollte. Sie hielt sich nur an die anderen Musiker und an ihr inneres Gefühl. Wenn ihnen danach war, dann ließen sie die Noten Noten sein und den Text Text und improvisierten frei nach Schnauze. »Dubiduah«, sang Orlanda. »Wiebwiebidu.«

Orlanda dachte jetzt wieder öfter an Leopold, und Leopold schien auch wieder mehr an sie zu denken. Er schrieb lange Briefe aus New Orleans und San Francisco. Sie suchte die Städte auf der Weltkarte und versuchte sich vorzustellen, wie es wäre, selbst dort aufzutreten.

Clemens unternahm alles, um Orlanda in seiner Welt zu halten.

»Ich habe mit Tornauer gesprochen«, sagte er im Dezember, eine Woche vor Weihnachten. »Im nächsten Jahr wird vielleicht wieder eingestellt. Du hast die besten Chancen.«

»Vielen Dank«, sagte Orlanda. »Ich bin versorgt.«

Sie dachte nicht im Traum daran, den Jazz aufzugeben. Sie würde als Jazzsängerin berühmt werden, sie würde mit dem Rosenland-Swingorchester den großen Durchbruch schaffen.

Aber dann kam der Heilige Abend 1929.

Am Heiligen Abend hatten sie einen Auftritt in Gerresheim. »Im Pöhlen auf der Ferdinand-Heye-Straße«, erklärte Rosenland. »Wir treffen uns um sieben da. Seid pünktlich, die Bezahlung ist erstklassig.«

Das Pöhlen hieß eigentlich »An den neuen Pöhlen« und war das Stammlokal der Glashüttenarbeiter. Den Auftritt hatten sie Schlauwein zu verdanken, der dort manchmal kellnerte.

»Wer feiert denn Weihnachten in einem Wirtshaus?«, fragte Anna missbilligend, als Orlanda erklärte, dass sie den Weihnachtsabend zum ersten Mal nicht gemeinsam verbringen würden.

»Es ist eine Feier für Junggesellen«, antwortete Orlanda ausweichend, wobei sie allerdings verschwieg, dass es sich um eine Veranstaltung der KPD handelte. Sie nannten das Ganze auch nicht Weihnachtsfeier, sondern Weltliches Winterfest, denn Religion und Kommunismus passten nicht zusammen. Das war natürlich lächerlich, aber Anna hätte es nicht lächerlich gefunden, sondern unerhört.

»Eine Weihnachtsfeier für Junggesellen!«, schnaubte Anna. »Da kann man sich ja vorstellen, was der Sinn und Zweck ist.«

Jazz. Das war für Orlanda der Sinn und Zweck der Weihnachtsfeier, das war für sie der Sinn und Zweck ihres Lebens. Jedenfalls bis zum Heiligen Abend.

Sie hatten die unterschiedlichsten Stücke einstudiert. Amerikanische Jazzstücke und deutsche Schlager, Rosenland hatte sogar darauf bestanden, dass sie drei Weihnachtslieder verjazzten. »Stille Nacht, heilige Nacht« mit einem Saxophonsolo, Orlanda versuchte sich gar nicht erst vorzustellen, was Anna dazu gesagt hätte. Vor allem dazu, dass Martin Schlauwein, der Gitarrist, der auch das Kunstpfeifen beherrschte, die letzte Strophe pfeifend begleitete.

Es wäre ein besonderer Auftritt an einem besonderen Abend. »Macht euch auf alles gefasst«, sagte Rosenland, aber auf das, was dann kam, war er selbst nicht gefasst.

Amerikanische Lieder waren nicht nach dem Geschmack der Kommunisten. Als Orlanda »Oh, Lady be good« sang, murrten sie leise, bei »Little jazz bird« begannen sie laut zu pfeifen. »Aufhören«, schrie ein Kerl mit Schiebermütze und Walrossbart. »Man versteht ja kein Wort!«

Orlanda blickte nervös zu Rosenland, der grinste und dann »Schau nie zu tief in schöne Augen« anstimmte. »Geht doch«, brüllte der Walrossbart. Das Publikum begann mit den Füßen zu trampeln. Sie spielten ihr ganzes Repertoire an deutschen Liedern, und als sie damit zu Ende waren, fingen sie wieder von vorne an.

»Ich kauf mir 'ne Rakete und fliege auf den Mars. Und fall ich wieder runter, fragt jeder mich: Wie war's?«, sang Orlanda, und als sie den Kehrvers wiederholte, stimmten alle mit ein. Die Stimmung war grandios, der Saal tobte, auch bei den Weihnachtsliedern, gerade bei den Weihnachtsliedern. Da sangen die Leute bereits von Anfang an mit, weil sie die Texte kannten.

Als die Stimmung auf dem Höhepunkt war, sah Orlanda plötzlich Clemens im Publikum und neben ihm Fritzi. Sie fragte sich, ob die beiden nun wieder ein Paar seien, und versang sich prompt. Nach dem Lied gab sie Rosenland ein Zeichen, dass sie eine Pause machen wollte, er nickte und sang dann selbst noch einmal das Lied von der Rakete. Orlanda holte sich ein Bier.

»Ganz fabelhaft hast du gesungen«, krähte Fritzi, die plötzlich neben ihr stand.

Auf Orlandas anderer Seite erschien Clemens und küsste sie halb auf die Wange und halb auf den Mund. »Frohe Weihnachten«, sagte er.

Dann musste sie wieder zurück ans Mikrophon. »Kling, Glöckchen«, »Jackass blue«, »Seite an Seite mit dir«, inzwischen war es vollkommen egal, was sie sangen, Weihnachtslied oder Schlager, englisch oder deutsch, das Publikum war gleichermaßen begeistert. Während Orlanda auf der Bühne stand, verbeugte sich Clemens vor Fritzi und forderte sie zum Tanzen auf. Er war so groß, und Fritzi war so klein, und dennoch passten sie perfekt zusammen. Also doch, dachte Orlanda, aber anders als zuvor irritierte sie der Gedanke nicht mehr.

Zwischen zwei Liedern dachte Orlanda an Anna, die sich freiwillig zum Bereitschaftsdienst gemeldet hatte, nur um den Heiligen Abend nicht alleine verbringen zu müssen, aber dann vergaß sie sie wieder. Sie trank ein Bier und noch ein Bier und war etwas betrunken, als sie ihr Konzert endlich beendeten und im Hinterzimmer Sauerbraten mit Knödeln serviert bekamen. Der Kerl mit dem Walrossbart überreichte Rosenland ein Kuvert.

»Prost«, rief Rosenland und hob sein Bierglas. »Frohe Weihnachten euch allen.«

Er wollte noch etwas hinzufügen, aber plötzlich hörten sie draußen Schreie, und Fritzi und Clemens stürzten ins Hinterzimmer. »Die Völkischen«, schrie Fritzi. »Draußen! Alles voll!«

»Ein Hinterhalt«, keuchte Clemens. »Wir müssen hier raus.«

Die Musiker sprangen auf und stießen dabei ihre Stühle um. Auf dem Tisch dampfte der Braten. Sie standen neben den Fenstern und linsten durch die Vorhänge nach draußen. Hier drin kann uns nichts geschehen, dachte Orlanda, als im selben Moment eine Scheibe zersplitterte, ein Stein landete auf dem Boden. Jemand hatte ihn mit einem Stück Papier umwickelt, auf das sie ein Hakenkreuz geschmiert hatten.

Ein paar Sekunden starrten sie alle darauf, als wäre der Stein eine Handgranate, die jeden Moment explodieren könnte.

»Die Polizei«, schrie Rosenland. »Wo bleibt denn nur die Polizei, verdammt noch mal!«

»Seht ihn euch an, die feige Judensau. Pisst sich gleich in die Hose, die Judensau.« Plötzlich stand ein Kerl in der Tür und hielt ein Stuhlbein in der Hand, mit dem er langsam immer wieder in seine linke Handfläche schlug. Seine Haare waren kurzgeschoren, auf der Nase trug er eine Nickelbrille, er war nicht groß, dafür aber fett. Lächerlich, dachte Orlanda, aber es war nicht lächerlich.

Sie waren plötzlich überall. Einer hieb mit einer Eisenstange auf den Tisch, dass die Bratensoße durch den Raum spritzte. Einer schlug auf Rosenland ein, dass das Blut gegen das Fenster spritzte.

Orlanda sah den Kerl mit der Eisenstange auf sich zukommen, er grinste, an der Stange klebte frisches Blut, oder war es Bratensoße? Sie schrie, aber ihr Geschrei ging in dem Lärm vollkommen unter. Vielleicht schrie sie ja auch gar nicht, vielleicht wollte sie nur schreien, denn der Mann mit der Stange stand jetzt genau vor ihr und holte aus. Die Eisenstange flog durch die Luft, Orlanda krümmte sich, obwohl sie gar nicht getroffen worden war, stattdessen sackte neben ihr Schlauwein zusammen. Als er in die Knie ging, stieß er ein letztes Pfeifen aus. Danach sprang ihm der kleine fette Kerl mit der Nickelbrille mit beiden Füßen zugleich auf die rechte Hand. Einmal, zweimal, dreimal, so dass es mit dem Gitarrespielen für Schlauwein ein für alle Mal vorbei war. Auch seine Stelle als Kellner würde er verlieren, weil er kein Tablett mehr stemmen und kein Bier mehr zapfen konnte. Im Grunde ging am Heiligen Abend 1929 Schlauweins Leben zu Ende, auch wenn er sich danach noch eine ganze Weile weiterschleppte, bis 1944 in Auschwitz endgültig Schluss war.

»Aufhören«, schrie Orlanda und gab dabei wieder keinen Ton von sich.

»Juda, verrecke«, brüllten die Völkischen, und Orlanda fragte sich, woher sie wussten, dass die Musiker Juden waren, man sah es ihnen doch nicht an. Der kleine Dicke war fertig mit Schlauwein, jetzt kam er auf Orlanda zu. Ich muss weg hier, dachte sie, aber stattdessen blieb sie wie angewurzelt stehen. Der Dicke kam langsam näher, er hatte Orlanda fast erreicht, da riss jemand sie am Arm und zog sie fort.

Draußen schneite es. Lautlos schwebten die Flocken vom Himmel zur Erde, schmiegten sich auf die Hausdächer und nahmen den Zaunpfählen die Spitze. Sie breiteten eine weiche Decke über dem Pflaster aus und kühlten die blutenden Wunden der Männer, die aus dem Wirtshaus getorkelt kamen. Sie machten dabei keinen Unterschied zwischen Kommunisten oder Nationalsozialisten, Juden oder Christen, Tätern oder Opfern. Sie bedachten alle gleichermaßen, so wie Gott der Allmächtige alle Menschen gleichermaßen liebt.

Die Männer bemerkten den Schnee gar nicht. Eng umschlungen wie leidenschaftliche Liebende fielen sie auf die blütenweiße Decke und wälzten sich keuchend darauf herum. Das Weiß verfärbte sich zuerst blutrot, und dann wurde es braun.

Braun wie Schlamm, wie Lehm, wie Kot, braun, wie sich das ganze Deutsche Reich in ein paar Jahren färben würde.

Clemens zog Orlanda über die Straße. Ohne darüber nachzudenken, wohin sie gingen, zerrte er sie in Richtung der Gustav-Adolf-Kirche, und das war ihr Glück. Denn einer der Schläger sah sie, wie sie flüchteten, aber weil sich hinter ihnen die Silhouette der Kirche mahnend in den Nachthimmel reckte, erinnerte er sich plötzlich an seine Mutter, die ihn im christlichen Glauben erzogen hatte, und folgte ihnen nicht, obwohl er längst nichts mehr auf Gott und die Kirche gab.

Clemens hielt Orlanda fest, sein Arm umfasste ihre Schulter, er schleppte sie mit sich. Ohne ihn wäre sie gefallen, ohne ihn hätte sie der kleine Dicke erwischt, ohne ihn hätte man sie zerschmettert. Wie die anderen, die nicht entkommen waren, Schlauwein, Rosenland.

»Fritzi«, fiel ihr plötzlich ein. »Wir haben Fritzi zurückgelassen!«

Sie drängte zurück, aber Clemens hielt sie fest. »Sie ist in Sicherheit«, sagte er. »Sie ist raus, bevor die Völkischen das Wirtshaus gestürmt haben.«

Orlanda versuchte sich zu erinnern. Aber es gelang ihr nicht, in ihrer Vorstellung sah sie nur Blut und Sauerbratendampf und das Gesicht des Dicken mit der Nickelbrille.

»Wir müssen die Polizei alarmieren«, sagte sie.

Wie auf ein Stichwort knatterte ein Einsatzwagen an ihnen vorbei, am Steuer ein Schutzpolizist mit Tschako und ernster Miene.

»Siehst du«, sagte Clemens.

Sie starrte dem Polizeiauto nach und fragte sich, ob das ausreiche, ein einziger Wagen mit ein, zwei Beamten gegen eine Horde Wilde.

»Ich bringe dich jetzt nach Hause«, sagte Clemens.

Ulmer Höh', 7. November 1942

Mein Kind,
abends wird das Fenster unserer Zelle mit schwarzer Pappe verkleidet, als wollte man die Finsternis daran hindern, zu uns einzudringen. Über mir flackert warnend die Glühbirne. Das Licht kann jeden Moment ausgehen.

In der Ferne ein dumpfes Dröhnen. Ein Jagdbomber? Jetzt ist alles wieder still. Bei einem Bombenalarm letzte Woche haben sie unseren gesamten Flur viel zu spät in den Luftschutzkeller evakuiert. Die Kommunistin aus Zelle 16 sagte, dass sie uns absichtlich vergessen hätten. Wenn uns die Bomben auslöschten, habe der Volksgerichtshof weniger Arbeit. Die Frau aus Zelle 9 geriet daraufhin völlig außer sich. Halten Sie doch den Mund, schrie sie immer wieder. Aber dafür ist es jetzt für uns alle zu spät.

Deine Tante hat mir einen Brief geschrieben. Zwei Seiten, von denen die Zensoren weniger als sechs Sätze durchgehen ließen. Den Rest haben sie mit schwarzem Balken unkenntlich gemacht. Wie ein Bretterzaun, der einem den Blick verstellt. Was sie mir wohl geschrieben hat? Vielleicht haben sie die Stellen nur geschwärzt, um mich zu quälen.

Bis zur Verhandlung darf ich keinen Besuch empfangen. Und danach, fragte ich die Wärterin, wie sieht es danach aus?

Das bestimme ich doch nicht, gab sie zurück.

Ich stelle mir einen Wolkenkratzer voller Schreibstuben vor, in jedem Büro reiht sich Schreibtisch an Schreibtisch, auf jedem Schreibtisch türmen sich Aktenordner, und in einem der Aktenordner ist meine Akte.

Dort wird über unser Schicksal entschieden. Dort werden Dein und mein Leben zerstört oder gerettet werden.

Ich muss aufhören, sie löschen das Licht.
Deine Mutter

Zweiter Teil

Ein Freund, ein guter Freund

»Hunde, die bellen, beißen nicht«, sagte Anna. »Der Spruch gilt auch für die NSDAP.«

»Hitler bellt nicht nur. Kaum dass sie ihn zum Reichskanzler gemacht haben, hat er den Reichstag auflösen lassen«, sagte Johannes. »Er will die absolute Mehrheit bei den Neuwahlen im März. So schnell werden wir den nicht wieder los.«

»Wart's ab. Nach den Wahlen kommt der Alltag. An der harten Wirklichkeit beißen sich auch die Nazis die Zähne aus. Glaub mir, die Sache ist so schnell zu Ende, wie sie begonnen hat.«

Johannes antwortete nicht, er blickte in Annas Notenheft. Eine Passacaglia von Reger, die Anna nun schon seit Wochen übte.

»Pastor Groß ist in die Partei eingetreten«, sagte Anna. »Müller hat es mir heute Morgen erzählt.«

»Überrascht dich das?«, fragte Johannes, ohne den Blick von den Noten abzuwenden. »Er hat den Nazis doch schon vorher das Wort geredet. Und dein Müller hat jetzt bestimmt richtig Oberwasser.«

Dein Müller. Anna hasste es, wenn Johannes den Oberarzt so nannte. Als ob Müller ihr spezieller Freund wäre oder gar ihr Liebhaber, dabei war da nichts zwischen ihnen, was über das normale Verhältnis einer Angestellten zu ihrem Vorgesetzten hinausging.

Müller war ihr Chef, Johannes war ihr Verlobter, so klar und einfach war die Sache für Anna. Aber für Johannes war es nicht einfach, er hasste Müller und hätte es wahrscheinlich am liebsten gesehen, wenn Anna sich aus dem Operationssaal auf die Station hätte zurückversetzen lassen. Dabei war er Müller nicht öfter als ein oder zwei Mal begegnet. Johannes kam so gut wie nie ins Krankenhaus, seit Anna bei den Gottesdiensten wieder die Orgel spielte. Und Doktor Müller war kein Kirchgänger. »Das viele Beten und Singen macht mich unruhig«, hatte er Schwester Else einmal erklärt. »Ich bin ein Mann der Tat.«

Das war natürlich unerhört, so etwas gegenüber der Oberin zu sagen. »Dies ist ein evangelisches Haus«, hatte sie empört entgegnet, aber daraufhin hatte Müller nur gegrinst, als wäre es ein Scherz.

Seine Kirchenfeindlichkeit hätte Johannes ihm vielleicht noch verziehen, aber die rechtsnationale Gesinnung ertrug er nicht. Die Nationaldemokraten waren ihm aufs äußerste zuwider. »Ich verstehe nicht, wie er diesen nationalen Dreck mit seinem Christentum zusammenbringt«, schimpfte er immer nach den Predigten von Pastor Groß. Trotzdem musste er genauso für Groß orgeln wie für Pastor Brugge, der der Naziideologie kritisch gegenüberstand.

Johannes müsste nun wirklich Verständnis dafür haben, dass man sich seine Vorgesetzten nicht aussuchen kann, dachte Anna oft. Was Pastor Groß für Johannes ist, ist Doktor Müller für mich.

Aber der Vergleich hinkte, denn im Gegensatz zu Johannes arbeitete Anna gerne mit Doktor Müller.

»Denk doch nur an die Sache mit dem armen Teitelbaum«, sagte Johannes jedes Mal, wenn Anna Müller wieder einmal zu verteidigen versuchte. Schließlich hatte Müller dafür gesorgt, dass Teitelbaum gekündigt worden war, kurz vor seinem sechzigsten Geburtstag. »Er stellte ja auch wirklich eine Gefahr für die Patienten dar, wegen seiner Laudanumsucht«, wandte Anna dann ein.

»Er ist Jude, deshalb musste er gehen.«

Aber das war Unsinn. Doktor Müller war zwar ein glühender Nazi, das war unbestreitbar, aber es war nicht so, dass seine politische Überzeugung seine Arbeit beeinflusste. Er war Arzt mit Leib und Seele, er hatte sicher aus Sorge um seine Patienten darauf gedrängt, dass Teitelbaum gehen musste. Die jüngeren Schwestern waren allesamt auf seiner Seite. Die älteren hingegen, die zum Großteil unter Teitelbaum gelernt hatten, unterstützten Schwester Else, die alles versucht hatte, um Teitelbaum zu halten.

»Doktor Müller hat die Schwesternschaft gespalten«, sagte Schwester Erna und wackelte mit dem Kopf, wie sie es immer tat, wenn sie sich über etwas erregte. Ihr Kopfwackeln war viel schlimmer geworden, seit man Schwester Hildegard statt ihrer die Narkose im OP übertragen hatte. Teitelbaum hatte bis zuletzt mit Erna gearbeitet, aber nun war Teitelbaum weg, und Erna wusch nur noch Tupfer aus und sterilisierte Siebe.

Jude oder nicht, wenn Teitelbaum weitergemacht hätte, wäre ein Unglück geschehen. Aber das verstand Johannes nicht, weil er die Abläufe in einem Krankenhaus nicht kannte. Er wusste nicht, dass jeder Handgriff über Leben und Tod entscheiden konnte, dass einer sich auf den anderen verlassen musste. Felsenfest. Und im Gegensatz zu Doktor Teitelbaum konnte man sich auf Doktor Müller verlassen, genauso wie man sich auf Anna verlassen konnte, und deshalb schätzten sie einander.

»Die Passacaglia«, sagte Johannes. »Bist du damit weitergekommen?«

Anna seufzte. »Es war schwer.«

»Lass hören.«

Sie nahm vor dem Spieltisch Platz. Das Stück begann mit der Pedalstimme, der Einsatz erforderte einen raschen Wechsel zwischen Fußspitze und Absatz, meistens verspielte sich Anna spätestens, wenn die Hände dazukamen, aber diesmal war es nicht so. Diesmal gelang ihr alles sehr gut, ihre Füße spielten das Ostinato der Bassstimme wie von selbst, sie tanzten förmlich, und ihre Finger tanzten auch …

»Danke«, sagte Johannes. »Das genügt.«

Sie nahm die Finger von den Tasten, als hätte sie sich daran verbrannt. »Wie bitte?«

»Zu schnell«, sagte er. »Viel zu schnell. Und viel zu gefühllos.«

»Es war nicht zu schnell. Ich habe es mit dem Metronom geübt …«

»Das mag ja sein. Aber es war zu schnell. Merkst du es denn

nicht selbst, dass es zu schnell ist?« Nein, das hatte sie nicht gemerkt. Es stimmte auch nicht. Sie hatte sich genau an die Anweisungen des Komponisten gehalten.

»Es war auch viel zu laut registriert«, meinte Johannes jetzt, aber das war ebenfalls nicht wahr. Seine Stimme war dagegen wirklich zu laut, und der Tonfall, in dem er mit ihr sprach, war feindselig und hart.

»Was ist los mit dir?«, fragte sie.

»Das ist doch nicht das erste Mal, dass du Reger spielst. Seine Angaben zur Dynamik sind immer unzuverlässig. Man muss es mit Gefühl und Verständnis angehen, sonst lässt man es besser bleiben.«

»Aber ich habe doch ...«

»Wenn dir die Musik zuwider ist, dann wählen wir lieber etwas anderes aus.«

Wenn dir die Musik zuwider ist. Warum sagte er das? Anna liebte Reger, und Johannes wusste das, denn er hatte ihr Reger nahegebracht. Mit Reger hatte alles zwischen ihnen angefangen.

Annas Vater hatte Max Reger gehasst. »Dieser Reger«, hatte er ihr erklärt. »Das ist ein Wirrkopf, der abstoßende Musik komponiert. Eine solch freche Willkürlichkeit, wie er sie sich leistet, sollte polizeilich verboten werden.« Damit war die Sache klar. Danach brauchte Anna Reger gar nicht mehr anzuhören, sie wusste ja nun, was von ihm zu halten war. In musikalischen Fragen war ihr Vater die letzte, die alles entscheidende Instanz.

Bis sie Johannes traf. Bredelin, wie sie ihn damals noch genannt hatte, als er ihr Regers Choralphantasie »Wachet auf, ruft uns die Stimme« zum ersten Mal vorgespielt hatte.

Am Anfang war sie befremdet, wie immer, wenn Johannes ihr eines seiner Lieblingsstücke vorstellte, sie waren alle seltsam. Sie versuchte die komplizierte Harmonik nachzuvollziehen, die Art, wie zuerst der Sopran, danach die zweite und dritte Stimme und schließlich der Bass das Thema aufgriffen und auseinanderpflückten wie einen Tupfer aus feinem Mull.

Wie das vertraute Bach'sche Motiv in einzelne Schichten zerlegt wurde, bis sich zum Schluss alles wieder zu einem grandiosen, strahlend hellen Akkordgewebe zusammenfügte.

»Das war Reger?«, fragte sie erstaunt, als er ihr danach die Noten zeigte, und wunderte sich, wie ihr Vater die Schönheit dieser Musik hatte überhören können.

Später waren sie zu ihm auf sein Zimmer in der Florastraße gegangen. Dort hatte er ein Grammophon und eine erstaunliche Sammlung an Schellackplatten. Er legte ein paar davon auf, danach setzte er sich ans Klavier und spielte Strawinsky, Dupré und Hindemith. Mit Hindemith konnte Anna damals noch nichts anfangen. Mit Bredelin konnte sie dafür umso mehr anfangen. In jener Nacht küssten sie sich zum ersten Mal, aus Bredelin wurde Johannes, aus ihrem Sie wurde ein Du.

In jener Nacht begann ihre Liebe. Und weil Anna Johannes liebte, wollte sie auch seine Musik lieben. Sie ging mit Johannes in Konzerte, wann immer sich die Gelegenheit bot. Sie hörten Mendelssohn und Liszt, Mahler und Milhaud. Anna verlor sich in Regers verästelten Kompositionen und in Bartóks hämmernden ungarischen Rhythmen. Einmal besuchten sie in der Tonhalle ein Kammerkonzert von Schönberg, danach schwirrte ihr tagelang der Kopf.

Je mehr sie hörte, desto mehr verstand sie. Je mehr sie verstand, desto näher kam sie Johannes.

Als er ihr am Abend ihrer Verlobung die Hindemith-Platte noch einmal vorspielte, fand sie die Töne plötzlich nicht mehr scheußlich, sondern sehr vertraut.

Und jetzt tat er so, als ob sie mit Reger nichts anzufangen wüsste, nur weil sie die Passacaglia nicht ganz nach seinen Vorstellungen gespielt hatte. Anna nahm ihre Noten vom Spieltisch und erhob sich.

»Hast du schon genug?«, fragte Johannes und zog die Mundwinkel nach oben, aber es war kein Lächeln.

»Genau.« Als sie sich an ihm vorbeidrängte, zog sie den Bauch ein und die Schultern hoch, um ihn nicht zu berühren.

»Was ist denn los mit dir?«

»Das frage ich dich! Wie du mit mir umgehst. Noch bin ich nicht deine Frau!«

Sie sah, wie er den Mund öffnete, um etwas zu entgegnen, aber sie war schon an der Treppe. Bevor er etwas sagen konnte, fiel hinter ihr die Tür ins Wort und trennte sie.

Als sie nach Hause lief, versuchte sie sich ein Leben ohne Johannes vorzustellen. Es gelang ihr nicht. Sie traf ihn täglich nach der Arbeit, am Wochenende gingen sie zusammen spazieren oder ins Konzert, es gab niemanden, mit dem sie mehr Zeit verbrachte. Es gab niemanden, mit dem sie lieber zusammen war.

Aber in letzter Zeit war er vollkommen verändert. Wenn Anna Müller auch nur erwähnte, ging er in die Luft. Ob er eifersüchtig war? Das ist ja lächerlich, dachte Anna.

Vielleicht hat er einfach nur die Geduld verloren, hörte sie plötzlich Orlanda sagen. Immerhin zieht sich die Sache nun schon seit einer Ewigkeit hin.

Das war natürlich nicht von der Hand zu weisen. Anna und Johannes waren seit fünfzehn Monaten verlobt, sie hätten längst verheiratet sein können. Wenn Anna die Hochzeit nicht wieder und wieder aufgeschoben hätte.

»Ich hatte meine Gründe«, murmelte sie halblaut.

Irgendwo tief im Bauch eines Mietshauses hörte sie ein Kind schreien. Anna beschleunigte ihre Schritte. Sie rannte jetzt fast, weg vor ihren Gedanken. Weg vor Johannes.

Noch kann ich zurück, dachte sie. Aber das stimmt nicht. Sie konnte nicht zurück. Sie liebte ihn viel zu sehr.

Manchmal hielt er ihr Gesicht in seinen Händen, seine Finger berührten sie, als wäre er blind und wollte ihre Züge ertasten. Manchmal streichelte er ihre Arme und Schultern und umfasste sie mit einer solchen Leidenschaft, dass sie ihn zurückweisen musste.

Ob es daran lag? Ob er es leid war, dass sie ihn wieder und wieder zurückwies? Andere Frauen waren in dieser Beziehung bestimmt freizügiger. Orlanda zum Beispiel. Orlanda hatte sicherlich nicht lange gezögert, bevor sie sich Clemens Haupt hingegeben hatte. Vielleicht war es ja auch bereits mit diesem Violinisten aus der Duisburger Oper passiert.

Es war nicht die Moral, die Anna zurückhielt, und auch nicht die Religion. Sie wollte mehr von Johannes, sie wollte alles von ihm. Nur kein Kind. Vor ihrer Heirat nicht und danach auch nicht.

Wenn es doch nur so weitergehen könnte wie bisher. Sie würde im Evangelischen Krankenhaus arbeiten und sonntags in der Krankenhauskapelle die Orgel spielen. Johannes und sie wären verheiratet und würden zusammenwohnen, das wäre der einzige Unterschied. Aber das war natürlich undenkbar. Sobald sie verheiratet wären, müsste sie ihren Beruf aufgeben, denn eine Ehefrau arbeitete nicht.

Auf der Kirchfeldstraße hörte sie Schritte hinter sich. Schnelle, schwere Schritte. Männerschritte. Sie warf einen nervösen Blick über die Schulter. Die Straße war menschenleer, der schwarze Asphalt glänzte regennass.

»Es gibt heutzutage so viel Verbrechen in der Stadt«, hatte heute Morgen eine Patientin zu ihr gesagt. »Man wagt sich ja kaum mehr vor die Tür. Höchste Zeit, dass einmal mit harter Hand durchgegriffen und gründlich aufgeräumt wird.«

Heute Morgen hatte Anna noch heftig widersprochen. Sie für ihren Teil könnte gut darauf verzichten, dass mit harter Hand durchgegriffen und aufgeräumt werde, hatte sie entgegnet. Aber nun, da die Schritte immer näher kamen, sahen die Dinge plötzlich anders aus.

Klippklippklipp machten ihre Absätze auf dem Trottoir. Ein lächerlicher, hilfloser Klang. *Kloppkloppklopp* antwortete ihr Verfolger, männlich und hart. Anna trat mit dem Fuß in eine tiefe Pfütze, Nässe zog in ihren Schuh, sie stolperte.

»Anna.«

Es war Johannes. Er war ihr gefolgt.

»Du! Ich dachte ...« Mitten im Satz versagte ihr die Stimme.

»Habe ich dich erschreckt?« Johannes wirkte selbst verschreckt. Auf seiner nassgeschwitzten Stirn spiegelte sich das Licht der Straßenlaterne. »Es tut mir leid. Bitte verzeih mir.«

Sie starrte ihn an und fand noch immer keine Worte.

Er legte einen Arm um ihre Schulter und zog sie an sich.

Ihr Puls raste wie das Klavier zu Beginn des »Allegro Barbaro« von Bartók.

»Ich will, dass du mich heiratest«, flüsterte er.

Er war ihr so nahe. Sie sah die Schweißperlen auf seiner Stirn, die wie feine Glassplitter funkelten. Sie spürte seinen Atem an ihrer Wange und sein Herz, das gegen ihren Brustkorb hämmerte, oder war es ihr eigenes, das gegen seine Brust schlug? Seine Hand an ihrem Rücken, genau an der Stelle, an der ihre Wirbelsäule eine Biegung machte, am fünften Lendenwirbel vor der Bandscheibe. Das darunter liegende Kreuzbein hatte sie sich als Kind einmal gebrochen, als sie beim Schlittschuhlaufen ausgerutscht war, seitdem schmerzte es bei jedem Wetterumschwung.

Ich will, dass du mich heiratest. Seine Hand glitt jetzt nach oben, zwölfter, elfter, zehnter Brustwirbel, weiter und weiter, bis zu den Halswirbeln, dann lag sie in ihrem Nacken. Atlas, dachte Anna. So hieß der oberste Wirbel, der besonders kräftig geformt war, das hatte Doktor Müller ihr kürzlich erklärt, aber in diesem Moment spielte das natürlich überhaupt keine Rolle. Johannes wartete auf eine Antwort, und dieses Mal, das wusste sie ganz genau, dieses Mal konnte sie ihn nicht hinhalten.

Ich will, dass du mich heiratest. Der Wirbel, der unter dem Atlas lag, wurde Axis genannt. Auch das war vollkommen ohne Bedeutung. Das Einzige, was zählte, war ihre Entscheidung. Was sie jetzt sagte, galt.

»Willst du mich heiraten?«, fragte er.

Die Schweißperlen auf seiner Stirn glitzerten. Schweiß besteht zum Großteil aus Wasser und zu einem kleinen Prozentsatz aus Kochsalz und Harnstoff, dachte Anna. Tränen enthalten eine schleimige Substanz, die das Auge vor Austrocknung schützt. Wieder etwas, das sie von Müller gelernt hatte. All die Dinge, die es noch zu erfahren gab. All die Fragen, die sie noch hatte.

»Anna?«, fragte Johannes.
»Ich kann nicht«, sagte Anna.

Rita schlug vor, die Melody Girls umzubenennen. »Der englische Name macht uns nur Probleme«, erklärte sie. »Wir verzichten darauf, und sie lassen uns in Ruhe.«

»Sie lassen uns nie in Ruhe«, widersprach Orlanda. »Schon gar nicht, wenn wir von vornherein klein beigeben. Und wie sollten wir uns auch nennen? *Die melodischen Mädchen? Die schwingenden Schwestern?* Nein, das klingt zu sehr nach betrunkenen Krankenschwestern.«

»Die swingenden Fräuleins«, schlug Rita vor.

»Ist das dein Ernst?«, rief Ilse.

»Swing ist im Übrigen immer noch englisch«, sagte Orlanda.

»Das fidele Tanzquartett.« Rita gab nicht auf.

»Warum muss es denn unbedingt ein deutscher Name sein?«, fragte Betty. »Jazz ist amerikanisch, das weiß doch jedes Kind. Und außerdem wird Hitler es nicht wagen, unsere Musik zu verbieten. Wir sind doch viel zu populär.«

Das gab den Ausschlag. Die Melody Girls waren populär, das ließ sich nun wirklich nicht bestreiten, und sie würden noch viel populärer werden, auch das stand für keine von ihnen in Frage. Sie stimmten mit vier zu drei Stimmen dafür, dass sie ihren Namen behalten wollten. »Faschisten oder Nicht-Faschisten, der Jazz wird bestehen«, rief Betty übermütig und reckte eine Faust in die Höhe.

»Vielleicht können wir zumindest unser Repertoire anpassen«, sagte Rita. »Wenn wir mehr deutsche Stücke ins Programm nehmen, das könnte uns zuträglich sein, in Anbetracht der neuen Verhältnisse.«

Das wurde ihr zugestanden, weil man sie im ersten Punkt überstimmt hatte. Und weil es eine Menge neuer Schlager gab, die sie alle gerne singen wollten.

»Ein Freund, ein guter Freund«, rief Ilse.

»Das gibt's nur einmal«, schlug Orlanda vor.

»Zwei Herzen im Dreivierteltakt«, ergänzte Rita.

Die anderen stöhnten im Dreiklang. »Der Walzer ist tot«, sagte Betty. »Dass du das nicht verstehen willst.«

»Wart's ab«, meinte Rita düster. »Ich will ja nicht schwarzsehen. Aber mit den neuen Machthabern kommen Dinge auf uns zu ...«

»Komm, lass uns mit dem Trübsinn in Ruhe«, unterbrach Betty sie. »Auf Regen folgt Sonnenschein. Bis zum Sommer haben sich die Nazis selbst demontiert. Schaut ihn doch einmal an, diesen Hitler. Dieser lächerliche Zwerg will Reichskanzler sein? Davon muss man sich nun wirklich nicht bange machen lassen.«

»Wart's ab«, sagte Rita noch einmal, aber die anderen hörten gar nicht mehr hin. Seit einem knappen Jahr traten sie nun zusammen auf, und jeden Monat, jede Woche, jeden Tag war ihr Stern am Jazzhimmel höher gestiegen. Sie waren mittlerweile vier Abende in der Woche ausgebucht, Jazzclubs und Revuen rissen sich um sie. Sie reisten nach Duisburg, Krefeld, Köln und Wuppertal, im November waren sie in Dortmund gewesen und im Dezember sogar in Berlin. Mit der Anzahl der Auftritte stieg auch ihre Gage, inzwischen kassierte jede von ihnen acht Mark pro Auftritt. Anfang Mai würden sie auf der großen Bühne im Düsseldorfer Apollo-Theater auftreten, nein, sie mussten sich wirklich keine Sorgen machen, das Publikum liebte sie, und solange man sie liebte, konnte ihnen nichts geschehen.

Es hatte lange gedauert, bis Orlanda sich wieder auf eine Jazzband eingelassen hatte. Nach dem Heiligen Abend im Pöhlen war alles zu Ende gewesen. Das Rosenland-Swingorchester hatte sich aufgelöst, Rosenland war auf dem linken Ohr taub, Schlauweins Hand war zertrümmert, und Fritzis Bruder hatte einen Schädelbruch und würde sein Leben lang unter Kopfschmerzen leiden.

Fürs Erste hatte Clemens Orlanda wieder in der Operette untergebracht. Von Februar bis zum Dezember 1930 sang sie im Chor, als ob sie nie weg gewesen wäre. Sie sang die »Csárdásfürstin« und die »Blume von Hawaii«. Im »Dreimäderlhaus« hatte sie sogar eine kleine Solorolle, aber diesmal fragte sie Tornauer nicht nach einer Gehaltserhöhung und wurde auch nicht gekündigt. Sie war pünktlich, zuverlässig, stimmsicher und vollkommen gleichgültig. Selbst am Premierenabend ging sie nach der Aufführung sofort nach Hause.

»So wird das nichts«, sagte Leopold zu ihr. »Wenn du so weitermachst, gehst du ein.«

Leopold war kurz nach dem Desaster im Pöhlen nach Deutschland zurückgekehrt. Orlanda hatte vorher noch versucht, ihm mitzuteilen, dass sie und Clemens jetzt ein Paar waren. Sie hatte es ihm nach New York geschrieben, aber der Brief hatte ihn nicht mehr erreicht. So erfuhr er es, als er sie nach seiner Rückkehr aufsuchte. Zu ihrer Erleichterung reagierte er vollkommen gelassen. »Eine gute Partie«, meinte er nur spöttisch.

»Darum geht es nicht«, erwiderte Orlanda scharf. »Und das weißt du auch.«

»Weiß ich das?«, fragte er. »Nun, auf jeden Fall hat er dich zurück in die Operette gebracht. Das ist doch immerhin ein Anfang.«

Da erzählte sie ihm von dem Konzert an Heiligabend. Als sie dazu kam, wie die Völkischen in die Gaststätte gestürmt waren, hatte sie plötzlich wieder den Sauerbratengeruch in der Nase. Sie würgte, versuchte weiterzuerzählen, verschluckte sich und begann zu weinen.

Er nahm sie in die Arme und streichelte ihr Haar. Er hielt sie fest, genau wie früher, als ob sich zwischen ihnen nichts geändert hätte, und sie weinte einen großen, ovalen Fleck auf seine weiße Hemdbrust.

Danach kauften sie eine Flasche Brandy und fuhren zu Clemens in seine Wohnung auf der Reichsstraße. Leopold benahm sich auch ihm gegenüber, als wäre nichts geschehen. Clemens war so nervös, dass er sich seinen Brandy auf die Hose schüttete. Orlanda war so nervös, dass sie mit ihrer Zigarette ein Loch in Clemens' Chaiselongue brannte. Leopold war ganz ruhig. »Auf uns drei«, sagte er und hob sein Glas, und nach kurzem Zögern prosteten sie ihm beide zu.

Orlandas anfängliche Erleichterung wich einer tiefen Kränkung. Wie leicht Leopold es nahm, dass sie nun Clemens liebte. Wie wenig ich ihm bedeutet haben muss, dachte sie. Dabei konnte sie ihm nicht einmal einen Vorwurf machen. Immerhin hatte sie ihn verlassen und nicht er sie. Andererseits war es aber auch seine Schuld. Wenn er nicht nach Amerika gegangen wäre, wäre sie ihm ja auch treu geblieben. Höchstwahrscheinlich.

Sie dachte viel über Leopold nach, viel mehr als damals, als sie noch mit ihm zusammen gewesen war. Wenn er doch um mich kämpfen würde, dachte sie. Wenn er doch wegen mir leiden würde. Aber er zeigte keine Wut, keine Trauer, kein Gefühl.

Sie gingen jetzt wieder wie früher gemeinsam aus, in Jazzkonzerte, ins Kino, zum Picknicken an den Rhein. Und genau wie früher saß Clemens auf der einen Seite, Leopold saß auf der anderen, und Orlanda saß in der Mitte. Zwischen den beiden Männern. Das war ihr Platz.

Als sie wieder im Operettenchor sang, versuchte sie, den Jazz zu vergessen. Es gelang ihr nicht, es konnte nicht gelingen, sie war ja längst infiziert. Der Jazz saß in ihr, wie ein Tuberkelbazillus, wie ein Gelbfieber- oder Diphtherieerreger, wie ein Influenzavirus. Gegen die Krankheit Jazz gab es keine Impfung, und wer sie sich einmal eingefangen hatte, der musste sie ausleben, oder er ging daran zugrunde.

Der Erreger saß in Orlandas Herzen, das ihn langsam, ganz langsam über die Blutbahnen, in ihren ganzen Körper pumpte. Und während sie im Operettenchor ihre Beine schwang und von der traumschönen Perle der Südsee sang, setzte er sich in ihrem Leib fest, in ihren Gedärmen, in ihren Armen, in den schwingenden Beinen, den Füßen und im Gehirn.

Sie wusste nicht, was mit ihr los war. Sie merkte nur, dass ihr etwas fehlte.

Orlanda lernte Betty und Rita im Handschuh kennen. Betty spielte Geige, Rita zupfte das Banjo und sang dazu. Sie sang laut und schrill. Wenn sie einen Ton nicht genau traf, schraubte sie ihre Stimme so lange nach oben oder nach unten, bis sie ihn hatte. Es klang furchtbar.

»Ich stell dir die beiden vor«, sagte Leopold, als die Musikerinnen eine Pause machten. Bevor Orlanda protestieren konnte, hatte er sie schon hinter die Bühne gezerrt, wo Betty Altbier aus der Flasche trank.

»Betty, Rita, Orlanda«, sagte Leopold und schaute so stolz in die Runde, als wären sie Schwestern und er der Vater.

»Du willst also bei uns mitmachen?«, fragte Betty, ohne ihre Flasche dabei richtig abzusetzen.

»Wie kommst du denn darauf?« Orlanda blickte sich vorwurfsvoll zu Leopold um, aber er hatte sich schon wieder abgewendet.

»Leopold sagt, du singst richtig gut«, fuhr Betty fort, ohne ihren Einwand zu beachten. »Wir brauchen dringend eine Sängerin. Nichts für ungut, Rita.«

Rita verzog das Gesicht. »Ich spiele erst seit ein paar Wochen Banjo«, meinte sie, als wäre das eine Erklärung dafür, dass sie nicht singen konnte.

»Sonst ist immer noch Ilse dabei, sie spielt Kontrabass.« Betty hatte ihr Bier inzwischen ausgetrunken und zündete sich eine Zigarette an. »Wir proben jeden Dienstagabend.«

Ich weiß nicht, wollte Orlanda gerade sagen, aber da stand plötzlich wieder Leopold neben ihr, er reichte ihr einen Whisky und Betty und Rita ein neues Bier.

»Probier es einfach mal aus«, sagte er.

Betty und Rita sahen Orlanda erwartungsvoll an. Bettys Zigarette schien einen leichten Geruch von Sauerbraten zu verströmen. Orlanda trank einen großen Schluck, der Geruch verflog.

»Suitbertusstraße drei«, sagte Rita. »Bei Hintzsche klingeln. Wir proben im Keller.«

Nach dem Überfall der Völkischen am Heiligen Abend hatte Clemens Orlanda nach Hause gebracht. Aber als sie in der

Thalstraße ankamen, war ihr eingefallen, dass Anna Bereitschaftsdienst hatte. Sie dachte an den vertrockneten Adventskranz in der Küche, an die vier roten Kerzen, von denen eine einen weißen Docht hatte. An die Stille in der Wohnung.

»Nein«, sagte Orlanda. »Ich kann das nicht ertragen.«

Also nahm Clemens sie mit zu sich nach Hause.

Sie hatte ein sehr schlechtes Gewissen, dass sie seinem Drängen gleich nachgab, Leopold hatte sie monatelang hingehalten. Aber es waren besondere Umstände, und sie hatte alle Kraft aufgebraucht, die sie ihm hätte entgegensetzen können.

Danach schlief sie neben ihm ein und träumte von Fritzi, die auf einem Felsen am Meer saß und ihr kurzes braunrotes Haar kämmte. »Was tust du denn da? Spielst du die Lorelei?«, fragte Orlanda.

Fritzi drehte sich nicht zu ihr um, stattdessen wies sie mit der Hand nach unten aufs Meer. »Sie sind alle tot«, sagte sie anklagend, und jetzt erst sah Orlanda die Schiffe und Boote, die zerschmettert an dem Ufer unter dem Felsen trieben. Leichen bedeckten den Sand, ihr Blut floss in kleinen Bächen ins Meer.

»Ist das deinetwegen geschehen?«, fragte Orlanda erschrocken.

»Groß ist der Herr«, sagte Fritzi. »Rosse und Reiter warf er ins Meer.« Dann sprang sie selbst vom Felsen in die Tiefe. Lautlos verschwand sie aus Orlandas Blickfeld, als wäre sie nie da gewesen.

Als Orlanda aufwachte, saß Clemens neben ihr und sah sie erschrocken an.

»Was ist denn?« Sie zog hastig die Decke über ihren nackten Körper.

»Du hast geschrien.«

»Fritzi. Ich habe von Fritzi geträumt«, sagte Orlanda. »Etwas Furchtbares ist geschehen.«

»Leise«, sagte Clemens und berührte sanft ihre Wange. »Ganz still. Es ist ihr nichts passiert. Sie hat die Wirtschaft vor uns verlassen.«

Er war ihr jetzt wieder ganz nahe, sie spürte seine Haut an ihrer Haut, und kurz darauf schlief sie wieder ein. Am Weihnachtsmorgen schickte sie den Sohn der Vermieterin mit einem Brief zu Anna. *Es geht mir gut, aber ich komme erst am Donnerstag nach Hause. Alles Weitere später*, schrieb Orlanda. Sie blieb drei Tage bei ihm. Es war natürlich gemein, immerhin war Weihnachten, und Anna wartete auf sie.

Aber es ging nicht anders. Sie konnte noch nicht zurück. Sie verbrachte die ganze Zeit im Bett, als wäre sie krank. Clemens brachte ihr Tee und Suppe und Cocktails, ansonsten lag er neben ihr und hielt sie fest. Solange sie seine Haut spürte, war alles gut.

Fritzi hinkte. Ihr rechtes Bein war fast steif und etwas kürzer als das linke, seit es an jenem Abend im Pöhlen dreifach gebrochen worden war. Nachdem Clemens und Orlanda entkommen waren, hatte einer der Völkischen Fritzi in die Ecke geschleudert, mit einer solchen Wucht, dass ihr Schienbein zersplitterte. Als sie vor Schmerz aufheulte, fühlte er sich provoziert, also trat er ihr zuerst mit dem Nagelstiefel gegen den Oberschenkel und dann gegen das Wadenbein. Sie hatte Glück, dass sie mit ihrem Kopf in der Ecke kauerte, sonst hätte er ihr auch den Schädel zertreten. Es ist so leicht, über jemanden herzufallen, der am Boden liegt, viel leichter, als wenn man sich gegenübersteht und in die Augen blickt. Erst nachdem er Fritzis Bein dreimal gebrochen hatte, merkte der Kerl, wie klein sie war, zierlich wie ein Kind, nicht viel größer als seine Schwester, die dreizehn war, vier Jahre jünger als er selbst. Er streckte ihr die Hand hin, um ihr hoch zu helfen, als sie sie nicht ergriff, weil sie halb ohnmächtig vor Schmerzen war, wandte er sich ab. Um ihn herum droschen Faschisten auf Kommunisten und Jazzmusiker ein, die einen drängten nach vorn, die anderen wichen zurück, und dann ging es wieder in die andere Richtung, als hätten es die Kämpfenden miteinander abgesprochen. Als wäre es ein Volkstanz, den sie alle im Blut hatten, linksherum, rechtsherum, nach vorne und zurück. Aber dem jungen Kerl, der Fritzi zusammengeschlagen hatte, war nicht nach Tanzen zumute. Vor dem Überfall hatten sie sich betrunken, jetzt merkte er, wie sich die Trunkenheit, die ihn mutig und stark gemacht hatte, in Übelkeit verkehrte. Er bahnte sich einen Weg nach draußen und übergab sich in den frisch gefallenen Schnee. Dann ging er nach Hause, schlich sich ins Zimmer seiner Schwester und saß bis zum Morgengrauen neben der Schlafenden. Bis er 1988 in Halle als Ehemann, Vater von vier Kindern, Großvater von sechs Enkeln und pensionierter Direktor eines volkseigenen Betriebs der Landmaschinenproduktion sterben sollte, würde er die Erinnerung an diesen Heiligabend und an die zusammengekrümmte Fritzi nicht mehr loswerden. Das Weihnachtsfest war für ihn verdorben, ein für alle Mal.

Während der junge Mann neben seiner Schwester saß, lag Fritzi im Hinterzimmer des Pöhlen in der Ecke und blutete. Man fand sie erst, nachdem alle anderen verletzten Kommunisten und Musiker und Nazis ins Krankenhaus gebracht worden waren. Weil das Gerresheimer Krankenhaus überfüllt war, brachte ein Polizist sie ins Evangelische Krankenhaus, wo sie noch in derselben Nacht operiert wurde. Doktor Müller nagelte ihre Knochen zusammen und schiente das Bein, und danach legte Anna den Gips an. Sie erkannte Fritzi aber erst, als sie sie aus dem Operationssaal ins Aufwachzimmer schob. Beiläufig warf sie einen Blick auf die Fieberkurve der Patientin. Es war noch keine Temperatur verzeichnet, aber der Name. *Albrecht, Friederike.* Den Namen kannte sie und auch wieder nicht.

»Sie ist Opernsängerin, wie deine Schwester«, sagte Schwester Hildegard, die die Patientin aufgenommen hatte. Da war es Anna klar.

Nach der Operation blieb Anna neben Fritzis Bett sitzen, so lange, bis Fritzi wieder aufwachte. Warum sie das tat, hätte sie selbst nicht sagen können, schließlich kannten sie einander kaum. Irgendetwas hielt Anna an Fritzis Bett und würde sie von nun an immer an Fritzis Seite halten.

Ulmer Höh', 12. November 1942

Mein liebes Kind,
  Margarete ist überzeugt davon, dass sie mich nicht töten werden. Das können sie gar nicht tun, sagt sie. Selbst die Nationalsozialisten würden ein unschuldiges Kind im Mutterleib verschonen.
  Ich habe ihr alles erzählt, sie ist die Erste, die von Dir weiß. Vor Deinem Vater, vor allen anderen, Margarete, die ich noch nicht einmal zwei Wochen kenne. Warum habe ich mich ihr anvertraut? Weil wir auf ein paar Quadratmetern zusammengepfercht sind wie Tiere, in einer solchen Enge kann man kein Geheimnis bewahren. Weil die Wahrheit früher oder später ohnehin ans Licht kommen wird. Weil Margarete mir Mut macht, vor allem deswegen habe ich ihr alles erzählt.
  Ich war mir ganz sicher, dass sie sich freuen würde, und so war es auch. Wenn sie das erfahren, sagt sie, dann wird man Sie ganz gewiss nicht zum Tode verurteilen.
  Natürlich zweifelt auch sie nicht daran, dass man Dich mir wegnehmen wird. Na und, sagt sie. Wenn alles vorüber ist, holen Sie sich Ihr Kind einfach zurück. Bald ist der Terror aus und vorbei. Wenn Ihr Kind dann in die Schule kommt, werde ich es unterrichten, verspricht sie mir. Wenn sie lächelt, sieht man die Spalte zwischen ihren großen Schneidezähnen, die ist so breit, dass ihre Zungenspitze dazwischen passt.
  Ich bin in der Hoffnung, und sie ist voller Hoffnung. Vielleicht hat sie ja recht, und ich habe unrecht, mit meinen kleinlichen Zweifeln. Vielleicht sitzen wir in ein paar Jahren zusammen an einem Tisch, Du und Margarete und ich, wir lesen diese Briefe und lachen über die Angst, die ich hatte, die dumme unnötige Angst.
  Alles ist doch ganz anders gekommen, als du gedacht hast, sagt Du. Mutter, Mama, Mutti, wie würdest Du mich nennen?
  Ich kann es mir einfach nicht vorstellen. Sosehr ich es mir auch wünsche, es bleibt doch nur ein Traum. Die Wirklichkeit ist diese Zelle, mein Bett zur Linken, Margaretes Bett zur Rechten, ein

Tisch, zwei Stühle, ein Eimer für die Notdurft. Die Gitter vor dem Fenster und die dröhnenden Flugzeuge in der Nacht.

Noch fünf Tage bis zu meiner Verhandlung, sechs Tage bis zu Margaretes Prozess. Siebzehn Kreuze an der Wand. Bevor sie abends schlafen geht, kniet sich Margarete vor ihr Bett wie ein kleines Mädchen, faltet die Hände und spricht ein Nachtgebet. Bestimmt betet sie auch für mich, und nun, da sie von Dir weiß, wird sie auch für Dich beten. Schlafen Sie gut, und träumen Sie von der Freiheit, sagt sie, bevor sie in ihr Bett schlüpft, als wäre es ein weiches Federbett und keine harte Pritsche, durchtränkt vom Angstschweiß unzähliger Inhaftierter. Aber manchmal, wenn ich nachts aufwache, höre ich sie leise weinen. Dann weiß ich, dass auch ihre Hoffnung Risse und Löcher hat, durch die die Zweifel hereinziehen.

Wenn sie weint, liege ich wach in meinem Bett und horche. Da ist nichts, kein Satz, kein Wort, mit dem ich sie trösten könnte. Ich stelle mir vor, dass ich zu ihr ins Bett schlüpfe wie früher zu meiner Schwester, dass ich sie festhalte, mein runder Bauch an ihrem dünnen Körper, aber natürlich würde sie das nur erschrecken.

Das Licht geht aus. Schlaf ein, mein Kind, hab keine Angst.
Deine Mutter

Schwarzwaldmädel

Die Melody Girls probten heute nicht, sie trafen sich, um ihr neues Programm zu besprechen und die Nummern für die künftigen Auftritte festzulegen. Sie hatten nämlich in Kürze ein Engagement in Oberhausen und zwei Konzerte in Duisburg.

»Kommen wir zur Sache«, sagte Ilse, die ihre Mittagspause für das Treffen geopfert hatte. In einer Dreiviertelstunde musste sie wieder an ihrem Schreibtisch im Büro sitzen.

»Dass du deine Anstellung nicht endlich kündigst«, sagte Betty befremdet, die ihre eigene Stelle als Verkäuferin schon vor einem halben Jahr aufgegeben hatte.

»Jeder, wie er will«, sagte Orlanda. Genau wie Ilse fiel es ihr schwer, sich auf den Erfolg des Damenquartetts zu verlassen. Nachdem sie in der Operette gekündigt hatte, hatte sie ihre Stellung in der Operettenwäscherei wiederaufgenommen, und auch jetzt arbeitete sie noch dreimal die Woche dort. Es kam ihr alles vor wie ein Traum, die vielen Auftrittsangebote, die gute Bezahlung, die Zuschauer, der Applaus.

»Lass dir noch ein wenig Zeit mit der Kündigung«, sagte Rita. »Das Revuetheater in Oberhausen hat unseren Termin wieder abgesagt.« Sie wedelte mit einem Blatt Papier.

»Gib her.« Betty schnappte sich das Schreiben. Zuerst überflog sie die Zeilen leise, dann begann sie laut vorzulesen. »... sehen wir uns nach einer genaueren Überprüfung Ihres Programms gezwungen, unsere Vereinbarung zu widerrufen. Im Interesse eines reinen deutschen Kulturempfindens können wir die Verseuchung des deutschen Volkstums durch die Einflüsse fremdrassiger Jazz- und Schlagzeugmusik nicht tolerieren. Mit deutschem Gruß, Walter von Volmerswill, Verwaltungsdirektor.«

»Mit deutschem Gruß«, wiederholte Rita sarkastisch.

»Dieser Einfaltspinsel«, sagte Betty und warf das Schreiben auf den Tisch, es segelte aber über die Tischkante und landete auf dem Fensterbrett. »Das wird ihm noch leidtun.«

Rita seufzte. »Wir sollten die englischen Nummern aufgeben. Das ist meine Meinung.«

»Unsinn«, rief Betty.

»Rita hat recht«, meinte nun auch Ilse. »Wir streichen die englischen Stücke, zumindest vorläufig. Wenn wir uns richtig durchgesetzt haben, dann können wir tun und lassen, was wir wollen. Aber bis dahin …«

Die anderen schwiegen. Betty drehte verdrossen an einem Blusenknopf, der nur noch an drei Fäden hing. »Ich muss dann auch wieder los«, sagte Ilse. »Die Termine in Duisburg hab ich mir notiert.« Sie erhob sich. Die anderen schwiegen immer noch.

»Wenn wir die englischen Stücke rausnehmen«, überlegte Orlanda, »was bleibt dann noch übrig? ›Lieber, guter Herr Gerichtsvollzieher‹ und ›Mein Gorilla hat 'ne Villa‹. Reicht uns das? Ist uns das wirklich genug?«

»Es gibt doch noch mehr deutsche Stücke, die wir einstudieren können«, wandte Rita ein. »Das ist doch erst der Anfang.«

Bettys Knopf löste sich von der Bluse. Sie steckte ihn in die Tasche und stand ebenfalls auf. »Das ist es ja gerade«, sagte sie. »Das ist nur der Anfang. Wenn wir jetzt einknicken, können wir einpacken. Nein, wir müssen mutig und aufrecht bleiben. So schlimm wird's schon nicht werden.«

»So schlimm wird's schon nicht werden?«, echote Rita spöttisch.

»Hitler wird die Wirtschaft wieder in Schwung bringen. Wird ja auch mal Zeit, dass da was passiert. Dass die Arbeitslosen von der Straße kommen und die Betriebe laufen. Dass der kleine Mann endlich wieder mehr Geld in der Tasche hat. Das wird passieren, und das ist gut so, und der Rest ist nur Getöse. Dieses Geschrei gegen die Jazzmusik ist doch die reine Albernheit. Die Leute lieben unsere Musik, das wissen die Nazis so gut wie wir. Sie werden den Teufel tun und den Swing verbieten, sie würden sich doch nur ins eigene Fleisch schneiden.« Betty redete und redete. Es geht aufwärts, sagte sie, mit ganz Deutschland und damit auch mit uns. Ihr werdet schon sehen, versprach sie, und ihre Argumente waren so schlüssig, oder ihre Versprechungen klangen so verlockend, dass sie die anderen überzeugte.

»Also gut«, sagte sogar Rita. »Dann machen wir es so, wie wir es besprochen haben. Wir nehmen einige deutsche Stücke ins Programm ...«

»... und behalten die englischen bei«, schloss Betty.

Anna hatte sich zwei Sätze zurechtgelegt, damit wollte sie das Gespräch beginnen. Zwei Sätze, die sie nun schon seit drei Wochen mit sich herumschleppte, denn es fand sich einfach keine Gelegenheit zu einer persönlichen Unterredung mit Doktor Müller.

Ob sie ihn jetzt darauf ansprechen sollte? Sie hatten gerade eine Gallensteinoperation abgeschlossen, für die eine halbe Stunde veranschlagt gewesen war und für die sie über eine Stunde gebraucht hatten. Draußen wartete die Schwester schon mit dem nächsten Patienten, vielleicht war die Narkose sogar schon eingeleitet. An manchen Tagen ähnelte der Operationssaal einer Fabrik, wie am Fließband wurden die Kranken hereingeschoben und operiert, kaum war einer weg, rollte auch schon der nächste heran.

»Ich hätte da eine Frage«, begann Anna. *Ich hätte.* Als ob die Frage an irgendwelche Voraussetzungen geknüpft wäre.

Doktor Müller zog den weißen Kittel aus und warf ihn zusammen mit Mundschutz und Handschuhen in einen Wäschesack. »Was gibt es denn?«

»Ich müsste einmal mit Ihnen reden«, sagte Anna wieder im Konjunktiv.

»Dann tun Sie es doch.« Müller drehte den Wasserhahn auf und begann sich die Hände zu waschen. Wenigstens sah er sie dabei nicht an.

Anna räusperte sich und stürzte sich in den ersten ihrer beiden vorbereiteten Sätze. »Ich möchte mich gerne verheiraten.« Bevor sie ihren zweiten Satz hinzufügen konnte, drehte Müller den Wasserhahn ab und wedelte ungeduldig mit einer nassen Hand. Wassertropfen zeichneten ein Tupfenmuster auf das grüne Linoleum. Sie reichte ihm ein Handtuch. »Meinen Glückwunsch«, sagte er, während er sich die Hände abtrocknete. War er überrascht, enttäuscht, betroffen, verärgert? Hatte er die Nachricht längst erwartet? Seine Miene verriet nichts. Dabei war sie doch seine Lieblingsschwester, seine beste Kraft, es konnte ihm doch nicht gleichgültig sein …

»Aber Sie wollen mich deshalb doch nicht verlassen?«, unterbrach er ihren Gedankengang.

»Nein«, sagte sie hastig, verblüfft und erfreut zugleich. Denn das war der zweite Satz gewesen, den sie vorbereitet hatte. *Ich möchte das Krankenhaus jedoch keinesfalls verlassen.* »Ich möchte weiterhin arbeiten«, sagte Anna. »Wenn es Ihnen recht ist.«

»Natürlich«, erklärte Müller. »Nun habe ich Sie angelernt, nun bleiben Sie auch hier. Also, jedenfalls so lange, bis Kinder kommen.«

Ich will keine Kinder, hätte sie fast gesagt, im letzten Moment schluckte sie die Worte hinunter. »Schwester Else«, flüsterte sie stattdessen.

»Was ist mit ihr?« Müller warf das Handtuch ins Waschbecken, da lag es nun wie ein großes, schlaffes Organ in einer Nierenschale.

»Sie wird bestimmt nicht einverstanden sein, dass ich nach meiner Heirat …«

»Nein.« Müller blickte auf die Uhr. »Sicherlich nicht. Aber in diesem Fall geht es nicht nach ihrem Willen. Lassen Sie das ruhig meine Sorge sein.«

Anna nickte. In diesem Fall ging es nicht nach Schwester Elses Willen. Und in den meisten anderen Fällen auch nicht. Moderne Zeiten, sagte Doktor Müller immer, erfordern moderne Arbeitsabläufe. Der Arzt bestimmt, und die Schwestern arbeiten ihm zu. Alle, auch die Oberin.

Denn das Evangelische Krankenhaus war heute nicht mehr das, was es einmal gewesen war. 1932 war das alte Haus renoviert und um einen großen Erweiterungsbau ergänzt worden.

Nun verfügte man über fünfhundert Krankenbetten, fünf Operationssäle, drei Röntgenapparate, eine hydrotherapeutische Anlage, vier Aufzüge, sechs Waschmaschinen, und in allen 1-a-Krankenzimmern gab es Telefon.

Nur mit Schwester Else gab es ständig Probleme, weil sie einfach nicht einsehen wollte, dass jetzt andere Regeln galten. Christliche Tugenden und Werte sind schön und gut, sagte Doktor Müller. Aber die Patienten brauchen vor allem exzellente Ärzte und tüchtige Pflegerinnen. Beten heilt kein Geschwür, sonst könnte man ja den Pfarrer in den Operationssaal stellen. Oder Schwester Else, fügte er hinzu, wenn die Oberin nicht im Raum war. Anna tat in solchen Fällen immer, als habe sie die Bemerkung nicht gehört.

Jetzt war sie natürlich froh, dass Müller ihr Anliegen für sie durchsetzen wollte. Denn sie wollte nicht nur weiter arbeiten, sie musste es sogar. Johannes verdiente als Organist und Leiter des Kirchenchors so wenig Geld, dass er keine Familie ernähren konnte, nicht einmal eine Frau. »Ich will dich aber dennoch heiraten«, hatte er Anna erklärt. »Wir gehören zusammen, und du sollst meine Frau werden, auch wenn ich dafür Stahlkocher werden müsste oder Fabrikarbeiter.«

Stahlkocher oder Fabrikarbeiter. Das war natürlich undenkbar. In einem solchen Beruf würde Johannes keine Woche überstehen. Für körperliche Arbeit war er nicht gemacht. Er war Kirchenmusiker und würde immer Kirchenmusiker bleiben. Und Anna war Krankenschwester, OP-Krankenschwester, und auch sie würde ihren Beruf nicht aufgeben. Auch wenn Johannes der Gedanke überhaupt nicht gefiel.

»Wir wollen doch ein Kind«, sagte er, als ob sie schon hundert Mal darüber gesprochen hätten, dabei hatten sie das Thema bisher nie erwähnt.

»Es muss ja nicht sofort sein«, wandte Anna ein.

Er verzog das Gesicht, während er über ihren Vorschlag nachdachte, aber dann sah er ein, dass es keine Alternative gab. »Also gut. Zumindest fürs Erste können wir es so versuchen. Wenn deine Oberin damit einverstanden ist.«

Aber Schwester Else wäre niemals einverstanden, das war Anna von vornherein klar gewesen. Eine verheiratete Krankenschwester hatte es im Evangelischen Krankenhaus noch nie gegeben, und das mit gutem Grund. Eine verheiratete Frau brauchte keinen Beruf, sondern blieb zu Hause, wo sie Essen kochte, Wäsche wusch, Strümpfe stopfte und schwanger wurde.

Aus diesem Grund hatte Anna sich direkt an Doktor Müller gewandt, der modern und offen für neue Ideen war. Vor allem, wenn es seiner Arbeit dienlich war.

»Machen Sie sich keine Sorgen«, erklärte er jetzt, während Schwester Ingeborg schon den nächsten Patienten in den Operationssaal schob. »Verheiratet oder nicht, wir beide bleiben auch in Zukunft ein Paar.« Er zwinkerte ihr zu, dann trat Schwester Ingeborg hinter ihn und band ihm den Mundschutz über sein Lächeln.

Wir bleiben auch in Zukunft ein Paar. Ob Ingeborg das gehört hatte? Egal, dachte Anna. Hauptsache, alles bleibt, wie es ist. Am besten, für immer.

Anna erzählte Johannes nichts davon, dass sie die Oberin übergangen hatte. Sie erzählte nur, dass sie aller Voraussicht nach die Erlaubnis erhalten würde, auch nach der Hochzeit im Krankenhaus zu arbeiten. »Wir können also heiraten.«

»Das ist ...«, begann Johannes, und dann verstummte er wieder. »... wunderbar«, fuhr er nach einer kleinen Pause fort. »Ich werde sofort mit Pastor Brugge reden und das Aufgebot bestellen ...«

»Ich muss zuvor mit Orlanda sprechen«, fiel Anna ihm ins Wort. »Wir brauchen ja nun eine größere Wohnung. Für uns drei ist die Wohnung auf der Thalstraße zu klein.«

Sein Adamsapfel wanderte nach oben und dann wieder nach unten, als ob er etwas schluckte.

»Orlanda muss natürlich bei uns wohnen«, erklärte Anna. »Ich kann sie ja nun nicht auf die Straße ... ich meine, sie ist meine Schwester.«

»Natürlich.« Er nickte hastig. »Das ist selbstverständlich.« »Ich werde mich gleich heute Abend mit ihr unterhalten.«

Dieses Gespräch war ihr mindestens so unangenehm wie die lang aufgeschobene Unterhaltung mit Doktor Müller. In den letzten Wochen hatte sie Orlanda gegenüber mehrfach angedeutet, dass sie und Johannes bald heiraten wollten und man dann über einen Wohnungswechsel nachdenken müsse, aber Orlanda hatte die Bemerkungen einfach ignoriert. Aber nun würde sie sich damit auseinandersetzen müssen, auch wenn es ihr nicht gefiel. Mir gefällt es ja auch nicht, dachte Anna. Und Johannes gefällt es noch weniger.

Orlanda und Johannes mochten sich nicht. Obwohl sie beide Musiker waren. Oder vielleicht gerade deshalb. Ihre Metiers waren einfach zu unterschiedlich. Johannes' spröde Kirchenmusik und Orlandas frivole Jazzlieder – *das hat doch nichts mit Musik zu tun*, sagten sie beide, wenn sie von der Arbeit des anderen sprachen.

Es war nicht so, dass sie es nicht versucht hätten. Johannes war mit Anna zu einem Auftritt der Melody Girls gegangen. Und Orlanda hatte Anna zu einem Orgelkonzert begleitet und zu einem Chorkonzert, die von Johannes dirigiert worden waren. »Wirklich nett«, sagten sie beide hinterher und unterdrückten ein Gähnen.

Johannes und Orlanda in einer Wohnung. Das war wirklich unvorstellbar. Genauso unvorstellbar wie der Gedanke, dass Anna dann zu Hause bleiben würde. Kochend, klavierspielend, Orlandas und Johannes' Unordnung beseitigend. Wartend auf ein Kind, das niemals käme.

Fast jeden Abend ging Johannes in die Friedenskirche und spielte Orgel, und Anna begleitete ihn. Er saß oben auf der Orgelempore und sie unten im dunklen Kirchenschiff, so wie früher bei ihrem Vater in Saarn.

Johannes begann stets mit ein paar Chorälen, nach einer Weile lösten sich die vertrauten Melodien der Kirchenlieder mehr und mehr auf, bis nur noch einzelne Tonfolgen an die ursprüngliche Form erinnerten. In diesen Momenten verstand Anna Johannes am besten, viel besser, als wenn er versuchte, seine Gefühle mit Worten auszudrücken. Viel besser, als er sie je verstehen würde. Sie verstand seine Zerrissenheit, seine Angst, sich selbst und seine Musik zu verlieren in einem Alltag, der ihn mehr und mehr erdrückte. Seine Angst, ganz und gar in seiner Arbeit als Kantor zu ertrinken, Chorleiter, Dirigent und Organist bei Taufen, Hochzeiten und Begräbnissen, bei Gemeindekonzerten, Kirchfesten und Jubiläen.

Am Ende kehrte er unweigerlich zu dem einen Stück zurück, das er immer noch nicht zu Ende gebracht hatte. »Lamentationes Jeremiae Prophetae.« Anna hatte das Fragment inzwischen so oft gehört, und dennoch ergriff es sie jedes Mal auf eine ganz unvergleichliche Weise. Ein tiefes Unbehagen erfüllte sie, wenn sie die vertrauten Klagen hörte, die schluchzenden Stimmen, die sich gegeneinander auflehnten und aneinander wund rieben. Wenn ich es doch nur fertigbekäme, sagte Johannes, der in den letzten drei Jahren höchstens vier oder fünf Takte komponiert hatte. Anna dagegen beunruhigte der Gedanke, dass er das Stück vollenden könnte. Es ist nicht die Zeit, die ihm fehlt, dachte sie, es ist die Erfahrung. Er muss die zerstörte Welt, die er beklagt, zuerst erlebt haben, so wie der Jeremia die Zerstörung Jerusalems erlebt hatte, bevor er seine Klagelieder schrieb.

Mit dieser Überlegung wurde das Unbehagen zur unbezwingbaren Angst. Meist verließ Anna die Kirche, bevor er aufhörte zu spielen. Sie schloss die schwere Tür, errichtete einen Damm zwischen sich und den unheilvollen Klängen, aber es nützte nichts, in ihrem Inneren rauschten und tosten sie noch lange weiter. Wenn sie dann endlich verstummten, wich die Erleichterung rasch einer großen Leere, und dann saß sie wieder auf der vorletzten Bank in der Friedenskirche und hörte Johannes spielen, und alles begann von neuem.

Als Anna nach Hause kam, wusste sie sofort, dass Orlanda nicht da war. Orlanda streifte ihre Schuhe immer mitten im Flur von den Füßen und ließ sie liegen, den einen hier, den anderen da. Ordnung ist etwas für Kleingeister, sagte Orlanda, wenn Anna sie zurechtwies. Oder war es Johannes, der das gesagt hatte? Bezüglich der Unordnung konnte Orlanda ihm jedenfalls nichts vormachen, da war er ihr weit voraus. Zumindest in dieser Beziehung würden sie hervorragend zusammenpassen.

Anna zog ihre Handschuhe aus, zupfte die Fingerspitzen gerade und legte sie dann sorgsam übereinander. Ihr selbst lag die Ordnung im Blut, nicht erst seit sie die Ausbildung zur Krankenschwester gemacht hatte. Schon in ihrer Kindheit hatte sie den Schmutz und das Durcheinander gehasst, die Zustände, gegen die sie Tag für Tag vergeblich anzukämpfen versucht hatte. Heute fand sie es unerträglich, wenn sich benutztes Geschirr auf dem Spültisch stapelte oder schmutzige Wäsche neben Orlandas Bett. Es war ein Gefühl, als ob das Chaos nach ihr griffe, um sie wieder zurückzureißen und für immer festzuhalten.

»Orlanda?«, rief Anna, obwohl sie genau wusste, dass sie keine Antwort bekommen würde. Dann klingelte es, und sie fuhr zusammen.

Es war Fritzi, die völlig außer Atem war, nachdem sie mit ihrem steifen, kurzen Bein vier Stockwerke hochgestiegen war.

»Wo kommst du denn her, um diese Zeit?«, fragte Anna. »Ist etwas mit Orlanda?«

»Nicht, dass ich wüsste«, keuchte Fritzi. »Kann ich reinkommen?«

»Natürlich. Möchtest du eine Tasse Tee?«

»E Bierke wör misch leewer«, sagte Fritzi, die genau wusste, dass Anna kein Bier hatte. »Oder ein Glas Wasser.«

Sie lehnte ihren Stock gegen den Tisch, setzte sich und stöhnte leise. »Dieses verdammte feuchtkalte Wetter setzt mir fürchterlich zu. Und in der Bücherei sparen sie an der Heizung.« Seitdem man sie im Opernhaus gekündigt hatte, arbeitete sie in einer Arbeiterbibliothek in Wersten. Von neun bis fünf füllte sie Leseausweise aus, stempelte Ausleihscheine und ordnete die zurückgegebenen Bücher in alphabetischer Reihenfolge in die Regale ein, nur die oberen Fächer überließ sie ihrer Kollegin, weil sie nicht auf die Leiter steigen konnte.

Anna füllte Wasser in den Kessel, obwohl Fritzi gerade noch gesagt hatte, dass sie keinen Tee wolle. »Ich frage mich, wo Orlanda steckt.«

»Sie hat einen Auftritt«, mutmaßte Fritzi. »Oder sie ist mit ihrem Clemens unterwegs.«

Richtig, dachte Anna. Orlanda hatte heute Morgen noch erwähnt, dass sie den Abend mit Haupt verbringen wollte. Wahrscheinlich blieb sie die ganze Nacht fort.

»Hast du gehört, was in Berlin geschehen ist?«, fragte Fritzi.

»Was meinst du? Den Brand im Reichstag? Sie haben doch alles wieder gelöscht.« Anna blickte auf die Uhr über der Tür. Halb zehn. Orlanda würde bestimmt nicht mehr nach Hause kommen. Anna spürte plötzlich eine Welle der Wut in sich aufsteigen, vermischt mit Neid. Alles war immer so einfach für Orlanda.

»Hörst du kein Radio? Hitler und seine Leute haben die Sache prompt den Kommunisten in die Schuhe geschoben und die Grundrechte außer Kraft gesetzt.«

»Wie bitte?« Vor lauter Arbeit hatte Anna keine Zeit zum Zeitunglesen gehabt. Außerdem war sie mit ihrer eigenen Angelegenheit beschäftigt gewesen. Aber Doktor Müller hatte mit Schwester Hildegard über den Reichstagsbrand gesprochen. Daran erinnerte sich Anna jetzt. »Sie haben doch einen Kommunisten auf frischer Tat ertappt.«

»Wer sagt das?«, fragte Fritzi

Anna zuckte mit den Schultern. Statt über Politik zu reden, hätte sie Fritzi viel lieber von ihrer Hochzeit erzählt und von ihrem Gespräch mit Müller. »Warum sollten die Kommunisten den Reichstag anzünden? Sechs Tage vor den Wahlen. Das ist doch hirnrissig.«

»Vielleicht ging es darum, eine Revolution anzuzetteln. Wie damals nach dem Krieg.«

»Unsinn. Meiner Meinung nach hat sich Hitler die Sache nur ausgedacht. Etwas Besseres konnte ihm doch überhaupt nicht passieren. Jetzt steht er in der Öffentlichkeit hervorragend da. Und kann künftig noch härter gegen die Kommunisten vorgehen. Die Notstandsgesetze von heute waren doch nur ein erster Schritt.«

»Meinst du, die Nazis haben den Brand selbst gelegt?«

Fritzi zuckte mit den Schultern. »Zuzutrauen ist denen alles. Auf jeden Fall ist das erst die Spitze des Eisbergs.«

»Von welchem Eisberg? Wovon sprichst du?«

»Von noch schlimmeren Repressionen und Verfolgungen. Von Terror. Und Krieg.«

Der Wasserkessel auf der Gasflamme begann zu singen, und in dem Singen hörte Anna plötzlich die helle, traurige Sopranstimme aus Johannes' Orgelstück. Plötzlich standen ihr Tränen in den Augen.

Wenn jetzt nicht mit harter Hand durchgegriffen wird, dann tanzt uns das Bolschewistenpack bald auf der Nase herum, hörte Anna Doktor Müller sagen. Das neue Deutschland muss sich gegen seine Feinde erwehren. Sie hörte Schwester Ingeborg kichern und Schwester Greta applaudieren. Das ist der falsche Weg, sagte Schwester Else, aber die Oberin hatte nichts mehr zu sagen, denn die Zeiten hatten sich geändert.

Johannes' Klagelied hing unter der Küchendecke und weinte auf Anna herab.

Fritzi versuchte aufzustehen, sie griff nach ihrem Stock, der Stock fiel zu Boden, und sie selbst wäre auch beinahe gefallen bei dem Versuch, ihn aufzufangen.

»Warum weinst du denn, Anna?«, fragte sie, während sie sich an der Tischkante festhielt.

»Bredelin und ich werden heiraten«, schluchzte Anna. »Wir haben es heute beschlossen.«

Orlanda kochte vor Wut. Ihre Schwester und der Organist wollten heiraten, und Orlanda sollte nach der Hochzeit bei ihnen einziehen. »Als wäre ich ihr Kind oder die alte Tante, die keinen Mann gefunden hat«, erklärte sie Clemens aufgebracht. »Vielleicht sollte ich ja bei dir einziehen, allein um sie zu ärgern.«

Sie lag neben ihm im Bett, als sie das vorschlug. Ihr langes, braunes Haar floss auf ihre nackten Schultern wie Mokka in Milch.

»Lass uns ebenfalls heiraten«, sagte er.

Danach klopfte sein Herz wild und aufgeregt wie ein begeistert applaudierendes Publikum nach einem gelungenen Solo. Er hatte es getan. Er hatte sie endlich gefragt. Er war schon so oft kurz davor gewesen. Im letzten Moment hatte ihn der Mut immer wieder verlassen. Die Angst, dass sie ihn zurückweisen könnte, war zu groß. Aber jetzt war es heraus, jetzt musste sie sich entscheiden.

Vielleicht hatte sie ja nur darauf gewartet, dass er sie endlich fragte. Vielleicht sehnte sie sich genauso danach wie er selbst, dass sie endlich Mann und Frau würden, vor dem Gesetz und vor Gott, oder seinetwegen auch nur vor dem Gesetz, wenn ihr eine kirchliche Trauung widerstrebte.

Wie würde sie reagieren?

Sie schnaubte. »Ha, das könnte Anna so passen! Eine Doppelhochzeit in der Friedenskirche«, sagte sie verächtlich.

Sie wies ihn nicht zurück. Es war viel schlimmer. Sie nahm seinen Antrag nicht ernst. Sie nahm ihn nicht ernst.

Clemens schlug die seidene Decke zurück und stand ohne ein weiteres Wort auf.

In dem goldgerahmten Spiegel, der die ganze gegenüberliegende Schlafzimmerwand einnahm, erschien ein hochgewachsener, schlanker Mann mit breiten Schultern, markanten Gesichtszügen und vollem, glänzendem Haar. Ein erfolgreicher Mann. Ein umjubelter Tenor, um den sich die Opernhäuser rissen, allein wegen Orlanda war er bislang in Düsseldorf geblieben, obwohl sich ihm in Berlin, Wien oder Mailand die weitaus besseren Möglichkeiten geboten hätten.

Nach seinen Auftritten fand er Blumenbouquets in seiner Garderobe und Briefumschläge in zarten Farben, die verheißungsvoll dufteten. Ich gäbe alles für eine Nacht mit Ihnen, mon amour, hatte ihm erst kürzlich eine Dame geschrieben, und zum Beweis dafür, dass sie einen solchen Vorschlag nicht aus Verzweiflung machte, hatte sie ihm eine Fotografie dazugelegt. Das Bild zeigte eine üppige Blondine in einem Negligé, das ihre glänzenden weißen Brüste nur unzulänglich bedeckte. Anita, so hieß die Dame, war bereit für ihn, aber Clemens hatte Anitas Bild weggeworfen, und ihren Strauß aus gelben Lilien und roten Rosen hatte er Orlanda geschenkt.

Orlanda, die ihn zurückwies.

»Wo willst du denn hin?«, fragte sie jetzt.

»Ich muss zur Probe.« Er verschwand im Badezimmer, um sich zu rasieren. Vielleicht würde sie ihm nachkommen. Vielleicht würde sie hinter ihn treten und ihre langen Arme um seinen nackten Oberkörper schlingen. Ist das dein Ernst? Würdest du mich wirklich heiraten?, würde sie ihm zuflüstern, so leise, dass er die Worte gar nicht hörte, sondern vielmehr als einen Hauch im Rücken spürte. Er stellte sich vor, wie ihr Zeigefinger ihren neuen Namen in den beschlagenen Badezimmerspiegel schrieb. Orlanda Haupt. Der Schriftzug würde nach dem Lüften verschwinden, aber jedes Mal, wenn sich der Spiegel wieder beschlüge, träte er aufs Neue hervor.

Er wartete einen Moment lang, die Schüssel mit dem Rasierschaum in der einen Hand, den Pinsel in der anderen. Aber Orlanda kam nicht. Er pinselte sich Schaum ins Gesicht, nur der Mund blieb frei, er wirkte klein und rot und seltsam fremd.

Er wollte nicht mehr an Orlanda denken. Er musste sich auf seine Arbeit konzentrieren. Im Operettenhaus war heute die Hauptprobe für Jessels »Schwarzwaldmädel« angesetzt. Clemens sang den Wandermusiker Hans, es war eine seiner Paraderollen, der jugendliche Liebhaber, dem am Ende die weibliche Hauptdarstellerin in den Armen liegt. Dennoch bereitete ihm das Stück Schwierigkeiten. Vielleicht lag es an Margot Wendland, der neuen Sopranistin im Operettenhaus, die das Bärbele sang. Die Wendland trieb Clemens zum Wahnsinn mit ihren Allüren. Sie ertrug keine Berührungen, sie ließ sich nicht einmal die Hand geben, aus Angst vor Krankheitserregern. Weil nun aber in dem Stück zwei Kussszenen vorkamen, hatte sie sich vertraglich zusichern lassen, dass man die Küsse bei den Proben nur andeuten sollte, erst bei der Aufführung würden sie dann ausgeführt werden. Jetzt veranstaltete sie jedes Mal, wenn Clemens' Mund ihr zu nahe kam, einen Aufstand, als ob er sie auf offener Bühne vergewaltigen wollte. Dabei lag ihm nichts ferner.

Vielleicht sollte ich mich auch einmal so aufführen, dachte Clemens, während er das Rasiermesser durch den Rasierschaum zog und sich dabei in die Wange schnitt. Er sah das Blut, bevor er den Schmerz spürte. Wässrig rot vermischte es sich mit dem Weiß des Rasierschaums. Eine hässliche Scharte würde seine Wange verunzieren, ausgerechnet heute, einen Tag vor der Premiere.

»Verdammt«, schrie er laut und warf das Rasiermesser ins Waschbecken, wo es klirrte und dann liegen blieb. »Verdammter Mist!«

Er wartete darauf, dass Orlanda sich erkundigte, warum er so schrie. Aber im Schlafzimmer blieb alles still.

Sie war wohl wieder eingeschlafen.

Die Hauptprobe war ein Desaster. Nach jeder Berührung lief die Wendland zum Bühnenausgang und tupfte sich Gesicht und Hände mit Franzbranntwein ab. Bei der zweiten Kussszene riss Clemens der Geduldsfaden. »Sie benimmt sich, als ob ich eine ansteckende Krankheit hätte«, brüllte er ins Publikum, das aus dem Regisseur Florenz, einer Handvoll Bühnentechniker und der Maskenbildnerin bestand. Florenz saß in der vierten Reihe. Als Clemens zu schreien begann, schlug er die Hände vors Gesicht und wiegte den Kopf hin und her, als habe er Zahnschmerzen.

»Jetzt regen Sie sich doch nicht so auf«, sagte die Wendland, die nun wieder auf der Bühne stand, zu Clemens. »Machen wir weiter.«

»So kann ich nicht arbeiten«, rief Clemens Florenz zu.

»Genau dasselbe wollte ich auch sagen«, brüllte Florenz zurück. »Hört auf, euch wie kleine Kinder aufzuführen.«

Clemens lachte kurz und böse, schließlich war nicht er es gewesen, der sich wie ein Kind aufgeführt hatte. »Ich hab dich doch so vermisst, mein Bärbele«, rief er dann übergangslos mit seiner zarten Operettenstimme, wobei er das R kunstvoll über die Zunge rollen ließ.

»Ich dich doch auch, mein lieber Hans«, gab die Wendland glockenklar zurück. Von einer Sekunde auf die andere wurden ihre Züge so weich wie Marzipan, ihre Lider mit den langen Wimpern sanken schmachtend über die Augen. »Ich dich doch auch«, säuselte sie.

Clemens lächelte sie verliebt an. Dann küsste er sie noch einmal mitten auf den Mund.

Sie kreischte auf und rannte zum Bühnenausgang.

»Du lieber Herrgott, Haupt!«, schrie Florenz.

»Ich konnte einfach nicht widerstehen«, gab er achselzuckend zurück.

Danach ging Clemens mit Leopold essen.

»In Duisburg haben sie die Wendland rausgeworfen, weil sie sich so aufgeführt hat«, erklärte Leopold, nachdem er die Geschichte gehört hatte. »Sie ist überall verschrien.«

»Aber in Düsseldorf nehmen sie sie dennoch mit Kusshand.«

»Du musst da weg«, sagte Leopold.

»Wie bitte?«

»Du musst weg aus Düsseldorf. Du bist schon viel zu lange im Kleinen Haus.«

Clemens nahm einen Schluck Rheinwein und dachte an Orlanda, die heute Morgen seinen Heiratsantrag auf so abscheuliche Art zurückgewiesen hatte. Vielleicht hatte Leopold recht.

»Ich habe ein Angebot aus Wuppertal«, sagte er nachdenklich.

»Wuppertal!« Leopold lachte. »Das ist nicht dein Ernst. Du kannst doch nicht von Düsseldorf nach Wuppertal wechseln.«

»Nein«, sagte Clemens. »Das hab ich mir natürlich auch schon gedacht.«

»Was sagt dein Agent?«, fragte Leopold.

Jetzt kam das Essen, so dass Clemens nicht antworten musste. Er fuhr mit dem Fischmesser in die Seite der Forelle und klappte sie schwungvoll um. Ein filigranes Streifenmuster aus weißen Rippen bedeckte das Innere des Fisches. Von der Wirbelsäule aus verliefen die Rippen in sanftem Schwung nach unten und endeten im Muskelfleisch. Die Forelle war ganz frisch, noch gestern war sie in einem Teich in Hubbelrath geschwommen. Heute Morgen hatte der Züchter sie gefangen und zusammen mit zehn anderen in die Küche des Schwans nach Düsseldorf angeliefert, wo der Koch am Nachmittag sechs von ihnen getötet und ausgenommen hatte. Die vier restlichen Forellen schwammen in einem großen Aquarium in der Mitte des Restaurants und starrten die speisenden Gäste mit entsetzten Fischaugen an. Wenn Fische nicht stumm wären, wäre ihr Geschrei unerträglich gewesen.

Clemens salzte seine Forelle, ohne sie vorher gekostet zu haben. Eine schlechte Angewohnheit, das hatte Orlanda ihm schon oft erklärt.

»Nun?«, fragte Leopold.

»Was? Ach so. Nichts. Ich ... wir haben über das Thema noch nicht gesprochen.«

»Ihr habt über das Thema noch nicht gesprochen?«, wiederholte Leopold ungläubig. »Worüber redet ihr denn sonst so miteinander? Über das Wetter? Über die Weltpolitik?«

Natürlich sagte Clemens' Agent genau dasselbe wie Leopold und wie Clemens' gesunder Menschenverstand. Es war höchste Zeit, die Düsseldorfer Oper zu verlassen und an ein wirklich großes Opernhaus zu gehen. Angebote gab es schließlich en masse.

»Es ist wegen Orlanda«, sagte Leopold. »Sie will nicht mit, ist es nicht so?«

Clemens aß seine versalzene Forelle und antwortete nicht.

»Bei mir war es damals dasselbe. Als ich nach Amerika gegangen bin, vor drei Jahren. Ich wollte, dass sie mich begleitete, aber sie wollte partout nicht weg. Ihre Anstellung, ihre Wohnung, ihre Schwester – tausend Gründe hat sie vorgebracht, warum sie nicht mitreisen könne.«

Clemens nahm einen Schluck Wein.

»Also bin ich allein gefahren. Ich muss dir nicht erklären, was das für meine Karriere bedeutet hat.«

Nein, das musste er wirklich nicht erklären. Seit seiner Reise durch die Vereinigten Staaten hatte sich Leopold als Jazzgeiger etabliert, er spielte in zwei namhaften Jazzbands und wurde ein- bis zweimal im Monat von Tonstudios für Schallplattenaufnahmen engagiert. Er arbeitete halb so viel wie Clemens und verdiente um einiges mehr.

Aber andererseits, wenn Leopold damals nicht nach Amerika gefahren wäre, wenn er Orlanda nicht alleine in Düsseldorf gelassen hätte, dann wären Clemens und sie nie ein Paar geworden. Das wusste Clemens, und Leopold wusste es auch.

»Man muss sich natürlich im Klaren darüber sein, was man will«, meinte Leopold jetzt, dessen Gedanken vermutlich genau an demselben Punkt angekommen waren. Jetzt klappte auch er seine Forelle auf und entfernte die Gräten. Schwanz, Grätenstrang und Kopf legte er in einem Halbkreis auf den Tellerrand, die dunklen Fischaugen sahen Clemens trübe an.

»Alles kann man jedenfalls nicht bekommen, so viel ist gewiss«, sagte Leopold.

Florenz schwitzte. Er herrschte einen Statisten an, der ihm im Weg stand. Er wies einen Beleuchter zurecht, der noch gar keine Gelegenheit gehabt hatte, irgendetwas falsch zu machen. Er scheuchte die Ballettmädchen von links nach rechts und wieder nach links. »Geh nach vorn und setz dich ins Publikum«, sagte Kranzler, der Ballettmeister. »Die Sache läuft. Auch ohne dich.«

Aber das ertrug Florenz nicht. Er setzte sich nicht in den Zuschauerraum. Er blieb hinter der Bühne, bei seiner Mannschaft und trieb alle zum Wahnsinn. Wer noch kein Lampenfieber hatte, bekam es jetzt. »Wenn nur die Wendland nicht die Nerven verliert«, sagte Florenz zu Clemens, wobei er sich mit der flachen Hand über die Stirn wischte, denn sein Taschentuch war schon völlig durchnässt.

»Alles wird gut«, gab Clemens zurück, dann schob er den Regisseur aus seiner Garderobe. »Ich muss mich einsingen.«

Er trällerte, kicherte und hechelte, um seine Stimmbänder zu lockern, danach sang er ein paar Koloraturen, von unten nach oben und von oben nach unten. Ob Orlanda im Publikum wäre? Die letzte Premiere hatte sie verpasst, sie war erst hinterher zur Premierenfeier gekommen. »Wir hatten doch Probe«, hatte sie ihm erklärt.

Probe. An seinem Premierenabend. Das war natürlich ein starkes Stück, aber er hatte es hingenommen, wie er alles von Orlanda hinnahm. Aber damit muss jetzt ein für alle Mal Schluss sein, dachte er, während er einen letzten Blick in seinen Spiegel warf und die Garderobe verließ. Ich werde mein Leben verändern. Ob es ihr passt oder nicht.

Die Bühne war ein hell erleuchteter Kasten im Dunkel des Zuschauerraums, ein Aquarium, in dem die Darsteller schwammen wie die Hubbelrather Forellen im Restaurant.

Als Clemens und Karl Lommer ins Licht der Scheinwerfer traten, prasselte Applaus auf sie ein. Mein Applaus, dachte Clemens. Man liebte ihn in Düsseldorf, man vergötterte ihn hier. Womöglich würde man ihn an einem anderen Haus nicht so verehren. Vielleicht wäre er in Berlin nur eine Nummer unter vielen. Vielleicht wäre er in Wien eine Null.

Aus dem Orchestergraben erklangen die Hörner, die Flöten und das Fagott setzten ein. »Wir sind auf der Walz«, sangen Clemens und Karl, der den Richard spielte, während die Wendland als Bärbele begehrliche Blicke auf sie warf, obwohl sie in Wirklichkeit wahrscheinlich schon mit Grausen an die Kussszene dachte, die sie unweigerlich erwartete und nach der sie sich den Mund nicht waschen könnte, sondern einfach weiterspielen müsste.

»Wir sind auf der Walz, vom Rhein bis zur Pfalz«, sangen Clemens und Karl, »und suchen nach freundlichen Gaben.«

Das Publikum war unruhig, wollte man etwa schon wieder applaudieren, mitten im ersten Lied? Das war ungewöhnlich und unpassend, die Leute wollten schließlich die Schlager hören und nicht den Beifall. »Wir sind auf der Walz vom Rhein bis zur Pfalz, durch Bayern, durch Sachsen, durch Schwaben.«

»Aufhören«, schrie eine helle Stimme. Einen Moment lang dachte Clemens unsinnigerweise, dass es die Wendland sei, die geschrien habe, aber der Ruf kam aus dem Publikum. Entgegen der Aufforderung hörten sie natürlich nicht auf zu singen, aber nun wurden die Schreie lauter. Ein gellender Pfiff aus einer Trillerpfeife. Clemens versuchte zu verstehen, was da gebrüllt wurde, aber es ging nicht, seine eigene Stimme war viel zu laut.

»Wir singen, wie man es haben will«, schmetterten Clemens und Karl, als im Parkett das Licht anging. Vorne saßen die Leute, hinten standen sie, zwei ganze Reihen, oder waren es drei? Es waren junge Männer, fast noch Kinder, die sich von ihren Sitzen erhoben hatten und ihre rechten Arme zum Hitlergruß reckten. Sie trugen helle Hemden, schwarze Halstücher, um die Oberarme rotweiße Binden mit dem Hakenkreuz. Hitlerjugend. »Juden raus«, brüllten sie, und jetzt verstand auch Clemens sie. »Deutschland muss gesäubert werden!«

Juden raus, dachte ein Teil von Clemens, während der andere Teil aus voller Kehle sang. Wen meinen die Hitlerjungen? Karl Lommer oder Margot Wendland oder ihn selbst? Keiner von ihnen war jüdisch. Genauso wenig wie Florenz oder Kranzler oder der Kapellmeister Lachs. Ob er die Burschen über den Irrtum aufklären sollte? Und dann? Sie würden bestimmt nicht einfach kehrtmachen und abmarschieren.

»Deutschland sei judenfrei!«, grölten die Nazis.

»Wir singen, wie man es haben will, wir singen manchmal zur Laute still und dann zur Stille laut«, hielten Clemens und Karl dagegen. Dann hörte das Orchester auf zu spielen. Clemens und Karl sangen noch ein paar Takte ins Leere hinein. Danach verstummte zuerst Clemens, schließlich auch Karl.

Der Saal war jetzt hell erleuchtet, die Kronleuchter strahlten auf die gescheitelten Köpfe in den letzten Parkettreihen, die inzwischen das Deutschlandlied brüllten. Die übrigen Besucher, die ondulierten Damen im Abendkleid, die parfümierten und manikürten Herren im Frack, sie alle hörten atemlos zu, als wären sie allein deswegen ins Operettenhaus gekommen. Warum sagt denn keiner was, dachte Clemens, der ebenfalls schwieg. Es sind doch nur Jungen, ungezogene Kinder. Man müsste ihnen die Ohren langziehen, man müsste sie übers Knie legen, man müsste ihnen den Hosenboden versohlen, dann wäre die Sache vorbei, genauso schnell, wie sie begonnen hat.

Aber keiner machte dazu die geringsten Anstalten.

Es war höhere Gewalt. Denn die Nazis hatten seit dem 5. März die Macht über Deutschland. Bei den Reichstagswahlen hatten sie über vierzig Prozent der Stimmen erzielt, ein mäßiges Ergebnis, wenn man bedachte, dass es im Grunde keinen Wahlkampf gegeben hatte, weil die Hälfte der Kommunisten und der Sozialdemokraten nach dem Reichstagsbrand im Gefängnis saß und ein weiteres Viertel ins Ausland geflüchtet war. Aber Sieg ist Sieg, und die Nazis hatten ihn erzielt.

»Terror«, murmelte Clemens. »Das ist abscheulicher Terror.« Die Wendland nickte enthusiastisch. Hatte sie ihn gehört? Sie stand weit entfernt von ihm, auf der anderen Seite der Bühne. Vielleicht konnte sie Lippen lesen, vielleicht war sie unabhängig von Clemens zum selben Schluss gekommen, auf jeden Fall war sie die Einzige im Saal, die sich dazu entschloss, Widerstand zu leisten.

»Herr Domkapellmeister«, fragte sie mit lauter Stimme. »Wer, bitte schön, sind diese Leut'?«

In der Operette galt diese Frage natürlich Hans und Richard, aber jetzt bezog sie jeder im Saal auf die Ruhestörer, und alle warteten mit atemloser Spannung auf die Antwort. Aber bevor Anton Huppertz, der den Domkapellmeister spielte, etwas erwidern konnte, schleuderte einer der Naziburschen ein faules Ei auf die Bühne. Weil er jahrelang im Arbeiter-, Turn- und Sportbund Diskus- und Weitwurf trainiert hatte, traf er über die beträchtliche Entfernung genau ins Dekolleté der Wendland. Das faulige Ei zerbrach, lief in die dunkle Spalte zwischen ihren Brüsten und begann auf der Stelle zu stinken. Die Wendland starrte ungläubig in ihren eigenen Ausschnitt.

Dann begannen die Hitlerjungen zu applaudieren und zu grölen, und die Wendland rannte von der Bühne.

Die Vorstellung war beendet.

Die Premierenfeier fiel aus. Schließlich war auch die Premiere ausgefallen. Man hatte die Vorstellung abgebrochen und die Polizei alarmiert, aber als die Schutzmänner auftauchten, waren die Hitlerjungen weg. Die Beamten befragten ein paar Leute, machten sich Notizen und gingen wieder nach Hause.

»Warum?«, fragte Karl Lommer, als sie wieder unter sich waren, nur die Wendland war nicht mehr dabei, weil sie einen Nervenzusammenbruch erlitten hatte und ins Krankenhaus eingeliefert werden musste. »Warum sind die Hitlerburschen aufmarschiert? Wegen der paar Juden im Chor und im Orchester?«

»Du Riesenhornochse«, sagte Florenz. »Es ging natürlich um Jessel.«

»Um wen?«, fragte Karl. Aber zumindest Clemens hatte jetzt verstanden. Leon Jessel, der Komponist des »Schwarzwaldmädel«, war Jude. Und jüdische Komponisten waren nicht mehr erwünscht im Deutschen Reich. Genauso wenig wie jüdische Schriftsteller und Maler und Prokuristen und Bierkutscher. Vor zwei Wochen, das erzählte Florenz jetzt, hatte man in Hannover eine Aufführung der »Blume von Hawaii« gestört, in Berlin mussten sowohl die »Gräfin Mariza« abgebrochen werden als auch das »Dreimäderlhaus«. Jessel, Abraham, K·lm·n und Berté, alle vier Komponisten waren Juden, und bei der »Blume von Hawaii« und der »Gräfin Mariza« waren auch noch die Librettisten jüdisch.

»Die müssen vollkommen verrückt sein«, stöhnte Florenz.

»Allerdings«, sagte Kranzler. »Wenn sie alle jüdischen Komponisten verbieten wollen, wer bleibt dann noch übrig? Spoliansky ist Jude, Gilbert ist Jude, Abraham, sogar Hollaender.«

»Und die Künstler selbst«, ergänzte Florenz. »Wohin man auch schaut: Juden, Juden, Juden. Wenn man auf sie verzichten müsste, wären die größten und begabtesten allesamt weg.«

»So weit wird es doch wohl nicht kommen«, sagte Clemens, der sich darüber ärgerte, dass Florenz ihn selbst ganz offensichtlich nicht zu den größten und begabtesten rechnete.

»Hättest du gedacht, dass sie die Premiere auffliegen lassen?«, fragte Florenz. »Wir werden ganz schön überrascht sein, wozu es noch kommen wird.«

»Aber wir lassen uns doch nicht ins Bockshorn jagen«, rief Karl. »Morgen wird das ›Schwarzwaldmädel‹ gespielt, als ob nichts gewesen wäre. Das wäre ansonsten ja noch schöner.«

»Morgen beginnen wir mit den Proben zur ›Lustigen Witwe‹«, erklärte Kapellmeister Lachs. »Entscheidung des Intendanten. Das Risiko eines neuerlichen Aufruhrs wäre zu groß.«

»Wir knicken also ein«, stellte Karl fest. »Und die ›Lustige Witwe‹ soll uns retten! Wusstet ihr, dass Léhars Frau ebenfalls Jüdin ist?«

»Die Religion der Ehepartner kann man ja nun niemandem zum Vorwurf machen. So weit würden denn auch die Nazis nicht gehen«, sagte Florenz.

Karl zuckte mit den Schultern, und Clemens erinnerte sich plötzlich daran, dass auch er mit einer Jüdin verheiratet war. Hertha Gold, eine ehemalige Soubrette aus Duisburg. Jetzt schrieb sie sich natürlich Lommer.

»Schade, jammerschade um das ›Schwarzwaldmädel‹. Es wäre ein Triumph geworden«, klagte Florenz.

»Dennoch ist der Vorschlag des Intendanten mehr als nur vernünftig«, sagte Lachs. »Lassen wir erst einmal Gras über die Sache wachsen. Wenn sich die Nazis beruhigt haben, geht doch alles wieder seinen gewohnten Gang. Auf Dauer können sie die jüdischen Künstler gar nicht verdrängen. Kranzler hat recht: Wer bliebe denn dann noch übrig?«

»Aber es wurde doch wohl Anzeige erstattet wegen der Pöbelei von vorhin?«, fragte Karl.

»Selbstverständlich«, beruhigte ihn Lachs. »Auch wenn vermutlich nicht viel dabei herauskommen wird. Die Burschen sind längst untergetaucht, und es sind so viele.«

Den letzten Satz hörte Clemens gar nicht mehr. Er war auf dem Weg in die Garderobe. Er hatte genug. Diese feigen Taktierer, das war typisch, dass sie die Sache so kampflos aufgaben. Ausgerechnet die ›Lustige Witwe‹ sollte nun wieder auf die Bühne gebracht werden, dabei war es höchstens zwei Jahre her, dass die Operette im Kleinen Haus aufgeführt worden war. Clemens hasste das Stück. Beim letzten Mal war er gesundheitlich so angeschlagen gewesen, dass er die männliche Hauptrolle nicht hatte übernehmen können, stattdessen hatte er den Rosillon gesungen, einen lächerlichen Part. Den Grafen Danilo hatte Karl gespielt, der damals ganz neu im Ensemble gewesen war. Vermutlich würde es bei der damaligen Rollenverteilung bleiben.

Aber das wäre ein Skandal, dachte Clemens. Eine Demütigung.

Ich werde das nicht akzeptieren, dachte er, während er sich mit einem öligen Wattebausch übers Gesicht fuhr. Die weiße Watte wurde graubraun, eine hässliche tote Farbe.

Ich muss hier weg.

Was gestern noch ein vager Gedanke gewesen war, eine Möglichkeit unter vielen, schien auf einmal die einzige Lösung.

Er riss sich das alberne Wanderhütchen vom Kopf und warf es zu Boden. Er wand sich aus seinem Kostüm, ließ Jacke und Hose ebenfalls fallen. Er betrachtete sich selbst im Spiegel. Sein zweigeteiltes Gesicht, die linke Hälfte weiß, die andere braun geschminkt.

Nein, dachte Clemens. Er würde nicht den Schwanz einziehen, er würde nicht klein beigeben wie die anderen. Er würde seinen Weg machen und den Nazis die Stirn bieten. Er würde kämpfen. Schließlich war er ein Star, sein Publikum stand hinter ihm, das musste er sich zunutze machen.

Nein, in Zukunft würde er auf niemanden mehr Rücksicht nehmen, auch nicht auf Orlanda.

Erst jetzt fiel ihm auf, dass sie nicht gekommen war.

Gleich am nächsten Morgen rief er seinen Agenten an, obwohl es ein Sonntag war. Er teilte ihm mit, dass er nun bereit sei, Düsseldorf zu verlassen, und sein Agent, der gerade noch geschlafen hatte, war mit einem Mal hellwach. »Berlin«, sagte Clemens. »Ich will nach Berlin.«

»Ich habe ein Angebot aus München«, sagte sein Agent. »Und Dresden ist ebenfalls interessiert.«

Aber für Clemens kam nur Berlin in Frage. Er wollte ins Zentrum der Macht.

Er würde es den Nazis zeigen. Und Orlanda auch.

Ulmer Höh', 16. November 1942

Elisabeth, Fritz, Hans.
Und Margarete.
Der Volksgerichtshof hat sie verurteilt und das Urteil vollstreckt. Drei Tage, vom Prozess bis zum Fallbeil.
Elisabeth, Fritz und Hans habe ich nur bei der Verhandlung gesehen. Elisabeth und ich konnten kein einziges Wort miteinander wechseln.
Margarete habe ich noch einmal auf dem Flur getroffen, kurz vor dem Ende. Ihre Haare waren geschoren. Ihr Nacken war ganz weiß, es wirkte so seltsam, der weiße, zerbrechliche Nacken oberhalb der braunen Haut des Rückens.
Ihr Kind wird leben!, rief sie mir zu, bevor sie sie weiterzerrten.
Mein Kind wird leben. Du wirst leben.
Ich werde sterben.

Ain't we got fun

Schwester Gerlinde hatte Geburtstag. Weil sie sechzig wurde, gab es nach Dienstschluss einen kleinen Umtrunk im Schwesternzimmer. Als Anna den Raum betrat, kam Doktor Müller direkt auf sie zu, zwei Becher Punsch in den Händen. Er hatte seinen weißen Kittel abgelegt und trug jetzt einen schwarzen Anzug. Aber kurz bevor er sie erreicht hatte, steuerte er an ihr vorbei und auf Schwester Greta zu.

»Das ist aber aufmerksam«, hörte Anna sie zwitschern.

Doktor Müller entgegnete etwas, das Anna nicht verstehen konnte. Seine abstehenden Ohren leuchteten rot. Jetzt blickte er zu ihr herüber. Anna lächelte ihm zu, aber er sah schon wieder Schwester Greta an.

»Schwester Anna!« Schwester Gerlinde stand plötzlich neben ihr. »Damit hätte ich gar nicht gerechnet, dass Sie mir heute Abend die Ehre geben. Warten Sie, ich hole Ihnen ein Tässchen Punsch.«

Gerlinde verschwand, kehrte wieder und drückte Anna eine dampfende Tasse in die Hand. Dann ließ sie sie stehen und wandte sich dem nächsten Gast zu. Anna hielt sich an dem heißen Punsch fest. Sie sah, wie Doktor Müller seinen Becher hob und Greta zuprostete. Unwillkürlich nahm Anna selbst einen großen Schluck.

»Vorsicht!« Schwester Cordula trat neben sie, ihre eigene Tasse fest umklammernd. »Das Zeug ist kochend heiß.«

Zu spät. Annas Zunge fühlte sich an, als hätte man Novocain injiziert. Sie lag wie ein Fremdkörper in ihrem Mund.

»Schauen Sie sich den Pastor an«, begann Cordula und kam dabei noch ein Stück näher. »Jetzt ist er ganz fröhlich, aber heute Morgen hat er sich ungeheuer echauffiert.« Sie wies mit dem Kinn auf Pastor Groß, der sich auf der anderen Seite des Raums mit der Oberin unterhielt.

»Hat er daf?« Annas taube Zunge stieß gegen ihre Zähne, so dass sie lispelte. Warum fragte sie überhaupt nach? Sie wollte nicht mit Cordula reden. Sie wollte wissen, worüber sich Müller und Greta so angeregt unterhielten.

»Er hat sich mit Pastor Brugge gestritten.« Cordulas Gesicht war jetzt ihrem so nahe, dass Anna den süßen Punsch in ihrem Atem riechen konnte.

Was wollte Schwester Cordula überhaupt von ihr? Es war ein offenes Geheimnis, dass sich die Pastoren Groß und Brugge nicht mochten. Pastor Groß war ein Deutscher Christ, ein begeisterter Anhänger und Verfechter der nationalen Erhebung. Pastor Brugge dagegen verabscheute die Völkischen. Die Pfarrer bekämpften sich natürlich nicht offen. Schließlich waren sie Brüder im selben Glauben und darüber hinaus auch noch beide in der Friedenskirche angestellt. Wenn sie sich begegneten, reichten sie einander die Hand und wechselten höfliche Worte.

Sie trugen ihren Krieg in ihren Predigten aus. Sonntags wechselten sie sich in der Krankenhauskapelle ab. In der einen Woche sprach Pastor Groß über Luthers Zwei-Reiche-Lehre und bezeichnete die Obrigkeit als gottgesetzte, unantastbare Ordnung. Am nächsten Sonntag verkündete Brugge, allein das Wort Gottes habe letzte Gültigkeit für die Gemeinde. Dann predigte Groß vom auserwählten deutschen Volk, und Brugge konterte mit der Äußerung, dass es nur ein Evangelium für alle Menschen gäbe.

Die große Zeitenwende, die Groß bejubelte und die Brugge fürchtete, spaltete nicht nur die Pastoren, sondern die ganze Parochie. Einige hielten zu Groß, andere folgten Brugge, die Mehrheit der Gemeindeglieder stimmte allerdings immer demjenigen Pastor zu, der gerade auf der Kanzel stand.

»So schlimm wie heute Morgen sind sie noch nie aneinandergeraten«, sagte Schwester Cordula und leckte sich die Lippen.

»Was war denn los?«, fragte Anna, wobei sie den Kopf nach Müller und Greta reckte, vergeblich. Drei Lernschwestern standen im Weg.

»Sie haben zufälligerweise beide denselben Kranken besucht, den alten Amtsrat Frolich, der gestern am Magen operiert worden ist. Den Besuch haben sie noch einigermaßen beherrscht über die Bühne gebracht, aber sobald sie danach im Flur standen, ging es los, und wie.« Schwester Cordula lachte laut und fröhlich auf, dann schlug sie sich erschrocken die Hand vor den Mund. »Es war fürchterlich«, fuhr sie mit vertraulicher Stimme fort. »Am Anfang ging es nur um eine Sache, die Brugge für Groß übernehmen sollte, einen Gottesdienst oder einen Frauenkreis. Aber dann gab ein Wort das andere, und am Ende beschuldigte Groß Pastor Brugge, dass er den Bolschewisten das Wort rede. Er hat so laut gesprochen, dass man es auf der ganzen Station hörte, es ließ sich gar nicht verhindern. Und Brugge …« Schwester Cordulas Lippen glänzten feucht. Anna fühlte sich plötzlich sehr unbehaglich. Es war Tratsch, übelster Tratsch, den Cordula aufgeschnappt hatte und jetzt weitergab.

Tratsch ist das Ende der guten Zusammenarbeit, sagte Schwester Else immer, und in diesem Punkt stimmte ihr wahrscheinlich auch Doktor Müller ausnahmsweise einmal zu. Ich will das alles auch gar nicht wissen, dachte Anna, aber natürlich wollte sie es doch wissen.

»Brugge sagte laut und deutlich, dass er die Bolschewisten wohl verabscheue, aber so wie sich die Dinge entwickelten, wären ihm die Völkischen und ihre Vertreter bald noch widerlicher.« Cordula warf einen raschen Blick in ihre Punschtasse, die bedauerlicherweise leer war. »Die Völkischen und ihre Vertreter – das hat er wirklich gesagt. Es war ja ganz klar, wen er damit meinte. Groß geriet auch prompt außer sich und bezeichnete Brugge als Freidenker und Kirchenfeind. Einen Moment lang dachte ich wirklich, die Herren wollten sich prügeln, ich dachte wahrhaftig, dass Brugge Pfarrer Groß …«

Anna wich einen Schritt zurück, aber Schwester Cordula folgte ihr. »Um ein Haar wären sie aufeinander losgegangen«, zischte sie, wobei sie Anna anspuckte, ohne es zu bemerken.

»Ich muss …« Anna hätte sich gerne das Gesicht abgetupft, aber das wäre zu unhöflich. »Ich muss jetzt leider los.«

Schwester Cordula nickte, bedauernd und geistesabwesend zugleich. Ihre Augen wanderten durch den Raum, auf der Suche nach dem Nächsten, dem sie ihre Geschichte erzählen konnte.

Anna hielt nach Müller Ausschau, aber er war weg. Genau wie Schwester Greta.

Am nächsten Morgen erwachte Anna mit Kopfschmerzen. Orlanda bot an, sie im Krankenhaus zu entschuldigen, aber Anna winkte ab. Stattdessen entfernte sie gemeinsam mit Doktor Müller und Schwester Hildegard einen Blinddarm, zwei Zysten, ein Magengeschwür und eine Wucherung an der Leber. Sie arbeiteten Seite an Seite, wie zwei Räder einer Maschine, die perfekt ineinandergriffen.

Abends wusch sie sich im Desinfektionsraum die Hände, als Doktor Müller hereinkam. »Hier sind Sie! Gut, dass ich Sie noch treffe.«

»Was gibt es denn?«, fragte Anna. Hoffentlich war es kein Notfall, sie hatte um sieben Orgelunterricht.

»Ich wollte mich nur bedanken.« Doktor Müller lehnte sich lässig an den Geräteschrank neben dem Waschbecken. Sie musste plötzlich wieder an Schwester Greta denken, die er am Abend zuvor genauso angesehen hatte, wie er jetzt sie ansah.

»Bedanken? Wofür?«

»Die Einladung zu Ihrer Hochzeit. Ich habe sie gestern erhalten. Ich komme natürlich gerne.«

Die Hochzeitsfeier war für den 29. Juni angesetzt, Pastor Brugge sollte die Trauung vornehmen, darauf hatte Johannes bestanden. Anna wäre Pastor Groß lieber gewesen, weil sie wusste, dass er sich gemeinsam mit Doktor Müller für ihren Verbleib im Evangelischen Krankenhaus eingesetzt hatte. Außerdem saß er im Gegensatz zu Brugge im Kuratorium des Krankenhauses, es war also geradezu ein Affront, dass sie sich für Brugge entschieden hatten.

Es würde eine kleine Hochzeitsfeier werden, sie hatten ja kein Geld. Und kaum Freunde, wie Anna mit einer gewissen

Überraschung gemerkt hatte, als sie die Gästeliste erstellt hatten. Johannes lud seine Eltern ein, die aus der Eifel kamen und denen Anna in all den Jahren nur zweimal begegnet war. Außerdem Fräulein Ammerberg, die den Kinderchor leitete, und den Kantor der Johanneskirche. Anna setzte natürlich Orlanda auf die Liste und nach kurzem Zögern auch Clemens Haupt, danach hatte sie aber von Orlanda erfahren, dass Clemens Düsseldorf verlassen würde. »Er geht nach Berlin. Der Karriere wegen.« Da Orlanda ihn nicht begleiten wollte, war die Sache zwischen ihnen offensichtlich beendet, und Orlanda schien darüber genauso wenig traurig zu sein wie Anna. Ein Gast weniger, das war natürlich bedauerlich.

Neben Orlanda lud Anna auch Fritzi und Doktor Müller ein. »Er ist mein Vorgesetzter«, erklärte sie, als Johannes das Gesicht verzog. »Wenn ich ihn nicht einlade, stoße ich ihn vor den Kopf wie Pastor Groß.« Damit Doktor Müller sich nicht so einsam fühlte, kamen auch Schwester Eva und Schwester Hildegard auf die Liste. Obwohl ihm Schwester Greta bestimmt lieber gewesen wäre, aber Anna mochte Greta nicht.

»Das wird ein großer Tag für Sie«, sagte Müller jetzt gönnerhaft.

Sie trocknete sich die Hände ab.

»Die Oberin ist der Ansicht, dass eine verheiratete Frau nicht in ein Krankenhaus gehört«, fuhr er unvermittelt fort. »Und die Mehrzahl meiner Parteigenossen denkt genauso. Ganz zu schweigen von meinen Herren Kollegen.«

Die Sache war doch geklärt, warum fing er jetzt wieder damit an? Sie suchte seinen Blick, aber er schaute über ihren Kopf hinweg ins Leere.

»Ich will unbedingt weiter arbeiten«, sagte sie unsicher.

Er nickte, immer noch ohne sie anzusehen. »Das hoffe ich doch. Ich habe einiges für Sie in Bewegung gesetzt.«

Als er gegangen war, warf sie das Handtuch in den Wäschesack und ließ sich auf einen Stuhl fallen. Es war zum Verrücktwerden. Sie war eine gute OP-Schwester und wollte nach ihrer Hochzeit in ihrer Stellung bleiben. Nicht mehr und nicht weniger. Aber man behandelte sie, als habe sie öffentlich verkündet, dass sie zum Mond fliegen wollte.

Der Einzige, der sie unterstützte, war Doktor Müller. Sie durfte ihn nicht enttäuschen.

Anna und Johannes hatten eine kleine Wohnung auf der Florastraße angemietet, gegenüber der Kirche. Zwei Zimmer mit einer winzigen Küche. »Wenn Kinder kommen, wird es natürlich eng«, hatte die Hauswirtin bei der Besichtigung gesagt und auf Annas Bauch geschielt.

»Das hat noch Zeit«, entgegnete Anna, bevor Johannes antworten konnte.

»Wir können mit dem Kinderkriegen doch nicht warten, bis wir beide dreißig sind«, sagte er hinterher zu ihr.

»Nein«, erwiderte sie. »Aber überstürzen müssen wir die Sache auch nicht. Wie sollten wir unser Kind denn ernähren?«

Dagegen ließ sich nun einmal nichts sagen, auch wenn es Johannes nicht gefiel. Mit seinem Gehalt allein hätten sie nicht einmal die Miete bezahlen können. Zusammen mit Orlanda wäre es vielleicht gegangen. Aber Orlanda dachte nicht im Traum daran, mit Anna und Johannes zusammenzuziehen. Sie werde die Wohnung auf der Thalstraße erst einmal behalten, hatte sie Anna erklärt. »Für uns beide war sie doch immer zu eng, aber für einen allein ist es ideal.« Wie sie das Geld für die Miete aufbringen wollte, war Anna ein Rätsel. Denn die große Zeit der Melody Girls war vorbei, bevor sie richtig angefangen hatte. Nach der Machtübernahme bekamen sie kaum noch Auftritte, obwohl sie ihr Programm gründlich auf den Kopf gestellt hatten. Mittlerweile hatten sie alle englischen Lieder aus ihrem Repertoire gestrichen, hatte Orlanda kürzlich noch erzählt.

Vielleicht unterstützt ihr Liebhaber sie, dachte Anna, während sie ihr Hochzeitskleid vom Bügel nahm. Es war aus weißer Kunstseide, bodenlang und weit. Vierzehn kleine, stoffbezogene Knöpfe zogen sich vom Ausschnitt zur Taille. »Das gibt dem Kleid den gewissen Pfiff«, hatte die Schneiderin erklärt, als sie und Anna den Schnitt ausgesucht hatten.

»Noch biederer ging es wohl nicht«, meinte Orlanda, die hinter Anna stand, um ihr beim Ankleiden zu helfen. »Dieser Faltenwurf! Warum heiratest du nicht gleich im OP-Kittel?«

Anna hielt das Kleid zwischen sich und den Spiegel und runzelte die Stirn. Die Ähnlichkeit mit einem weißen Krankenhauskittel war tatsächlich unverkennbar. »Es ist schlicht«, verteidigte sie sich. »Das passt zu mir.«

Orlanda seufzte und schwieg. Sie selbst trug ein rotes Sommerkleid mit winzigen weißen Tupfen, ein schmaler Ledergürtel betonte ihre schlanke Taille und ließ ihre Beine noch länger erscheinen. Sie standen jetzt nebeneinander, links Orlanda, rechts Anna. Die große, schöne Orlanda mit ihren dunklen Locken. Und die kleine Anna mit dem runden Gesicht, dem hellbraunen strähnigen Haar, das bei bestimmten Lichtverhältnissen fast grau wirkte. Orlanda, die keiner übersah. Anna, die niemandem in Erinnerung blieb.

Anna wandte die Augen ab. Ihr Blick schweifte durch das fremde Schlafzimmer. Ihr Schlafzimmer. Johannes wohnte schon seit drei Wochen hier, sie selbst würde heute Abend einziehen. Nach der Hochzeit. Vor der Hochzeitsnacht.

Sie blickte auf das breite Ehebett aus Walnussholz, das einzige Möbelstück, das Johannes und sie neu erworben hatten. Neunzig Mark hatten sie dafür bezahlt, im Kaufhaus Tietz an der Königsallee, das Hertie-Warenhaus hieß, seit die neuen Machthaber den jüdischen Besitzer enteignet hatten.

Johannes hatte das Bett frisch bezogen, die Daunendecken leuchteten weiß, so einladend wie Eisberge. Anna wurde plötzlich schwindlig.

»Was ist los?«, fragte Orlanda sofort.

»Schon gut.« Anna riss ihre Augen von dem Bett los, aber es war zu spät. Orlanda war ihrem Blick längst gefolgt.

»Hast du Angst?«

Wovor sollte ich denn Angst haben, wollte Anna entgegnen, aber sie brachte keinen Ton heraus.

»Das erste Mal«, fuhr Orlanda fort. »Es ist das erste Mal für dich, ist es nicht so?«

Das war vollkommen verkehrt. Dass Orlanda ein solches Gespräch mit Anna führte, dabei war Anna doch die Ältere, sie hätte Orlanda anweisen und anleiten sollen, nicht umgekehrt.

»Und für Johannes? Hat er es schon einmal getan?«, bohrte Orlanda weiter.

Du liebe Zeit, was fiel ihr denn nur ein? Über solche Dinge redete man doch nicht mit einem Mann, selbst wenn man mit ihm verlobt war.

»Du weißt es nicht.« Orlanda nickte düster. »Na, das kann ja heiter werden.«

Genug, dachte Anna. Es reicht. Ich muss mein Kleid anziehen, die Schuhe und die Handschuhe, wir müssen mein Haar hochstecken und den Schleier befestigen. In zwei Stunden trete ich vor den Traualtar. Orlanda muss jetzt aufhören mit diesem Unsinn. Aber noch während sie das dachte, hörte sie ihre eigene Stimme.

Sie sagte: »Wie kann man verhindern, dass man empfängt?«

Orlanda antwortete nicht sofort. Vielleicht war sie genauso befremdet wie Anna selbst. Vielleicht hatte sie die Frage nicht verstanden.

»Johannes wird schon wissen, was zu tun ist.« Also hatte sie es doch gehört.

»Johannes … er … ich weiß nicht.«

Orlanda sah Anna an, Anna sah Orlanda an.

»Du brauchst ein Diaphragma«, sagte Orlanda.

Anna seufzte. »Man muss es sich vom Arzt anpassen lassen.«

»Ganz genau. Ärzte kennst du doch genug.«

Dass sie sich mit so einem Anliegen an den Frauenarzt im Evangelischen Krankenhaus wendete, war natürlich unvorstellbar. Und zu einem fremden Arzt hatte sie sich nicht gewagt. Sie hatte die Angelegenheit einfach aufgeschoben, Tag um Tag um Tag, während die Hochzeit immer näher gerückt und ihre Angst immer größer geworden war.

»Hier.« Orlanda klappte ihre Handtasche auf und holte eine kleine schwarze Schachtel heraus. »Nimm fürs Erste meins. Es ist zumindest besser als nichts. Aber du musst einen Arzt aufsuchen. Meine Güte, Anna, du bist doch Krankenschwester!«

Die Schachtel war aus schwarzem Lackpapier gefertigt. Als Anna sie entgegennahm, spiegelte sich ihr Gesicht einen Moment lang in der glänzenden Oberfläche, sie sah bleich und erschrocken aus. Im Inneren wölbte sich ihr ein goldbrauner Gummiring entgegen.

»Weißt du, wie man es anwendet?«, fragte Orlanda.

Anna zog die oberste Schublade ihrer Kommode auf und ließ die Schachtel unter ihrer Unterwäsche verschwinden.

»Natürlich«, sagte sie.

Zur Hochzeit kamen dann doch mehr Gäste, als sie erwartet hatten.

Orlanda hatte darauf bestanden, Leopold Ulrich einzuladen, mit dem sie nun wieder liiert war, nachdem sie dem Sänger den Laufpass gegeben hatte. Außerdem brachte sie die anderen drei Melody Girls mit. »Wir wollen euch doch ein schönes Ständchen bringen«, sagte sie. »Damit ihr mit ein bisschen Schwung in die Ehe kommt.«

Doktor Müller brachte Schwester Greta mit, die jetzt seine Verlobte war. Im April hatten sie ihre Verlobung bekanntgegeben, und im August sollte die Hochzeit sein. Seit die Sache öffentlich war, schwebte Greta nur noch durchs Krankenhaus und war zu nichts mehr zu gebrauchen. »Ich weiß gar nicht, wo mir der Kopf steht«, sagte sie zu Anna, wenn sie wieder einmal vergessen hatte, neue Mulltupfer zu bestellen oder die Siebe zu packen. »Es gibt so viel vorzubereiten für die Hochzeit. Und Felix ist so unpraktisch.«

Natürlich konnte man sich bei Doktor Müller nicht mehr über Greta beschweren. Und Schwester Else waren die Hände gebunden. »In ein paar Wochen ist sie ja weg«, seufzte sie nur, wenn die anderen Schwestern über Gretas Unzuverlässigkeit klagten.

Denn im Gegensatz zu Anna wollte Greta ihren Beruf natürlich aufgeben, sobald sie verheiratet wäre. »Ich werde auch so alle Hände voll zu tun haben«, erklärte sie. »Felix ist ja so nachlässig seinem eigenen Körper gegenüber. Er braucht jemanden, der sich um ihn kümmert.«

Anna dachte an Johannes, der noch viel nachlässiger und unvernünftiger war als Doktor Müller. Ihm würde niemand das Mittagessen kochen und die Pantoffeln reichen, wenn er nach Hause kam.

»Wir werden es auch bald so gut haben«, sagte Johannes, als sie ihn darauf ansprach. »Ich werde noch mehr Privatschüler annehmen, wenn die Sache läuft, musst du bald nicht mehr ins Krankenhaus.«

Sie küsste ihn. Er wusste so wenig von ihr.

Aber das würde sich nun ändern, denn in weniger als einer Stunde wären sie verheiratet. Anna und Orlanda gingen zu Fuß zur Kirche, es waren ja nur ein paar Schritte von der neuen Wohnung bis zur Friedenskirche. Es war ein komisches Gefühl, im Hochzeitskleid die Straße zu überqueren. Anna fühlte sich wie ein kleines Mädchen, das sich als Braut verkleidet hatte. Glücklicherweise war die Straße menschenleer.

Orlanda riss von hinten an ihrem Kleid.

»Was machst du da?«, rief Anna.

»Ich will dir doch nur helfen.«

»Es geht schon, Orlanda, vielen Dank. Siehst du Johannes irgendwo?« Aber bevor Orlanda antworten konnte, entdeckte Anna ihn selbst. Er stand vor dem Portal der Friedenskirche und klammerte sich an seinem schwarzen Zylinder fest. Wie fremd er aussah in dem glänzenden Frack, den er sich zur Feier des Tages ausgeliehen hatte, obwohl Anna der Meinung gewesen war, dass sein Sonntagsanzug der Sache genauso dienlich gewesen wäre. Er wirkte sehr jung und so hilflos, dass Anna ihre Schritte unwillkürlich beschleunigte. Als sie durch die kleine Pforte ging, die zur Kirche führte, spürte sie einen leichten Druck in ihrem Unterleib. Das Diaphragma. Bevor sie das Haus verlassen hatte, hatte sie es noch eingeführt.

Orlanda wusste nichts davon, und Johannes, der sie ebenfalls erblickt hatte und ihr entgegeneilte, ahnte es nicht einmal.

Jetzt standen sie sich gegenüber, ein wenig unsicher. Sollten sie sich küssen? Hinter Johannes' rechter Schulter tauchte ein älterer Herr auf. Johannes' Vater.

»Guten Morgen.« Johannes reichte Anna die Hand.

Orlanda kicherte. Zum Teufel mit ihr, dachte Anna.

»Herr Bredelin.« Anna schüttelte Johannes' Vater die Hand, während Johannes Orlanda begrüßte.

»Ich werde Anna zum Traualtar führen«, verkündete Orlanda stolz, nachdem sie Herrn Bredelin vorgestellt worden war.

Herr Bredelin zog irritiert die Augenbrauen hoch. Er und Johannes sahen sich nicht im Geringsten ähnlich. Johannes war schmal und dunkelhaarig wie seine Mutter, Herr Bredelin dagegen war kräftig, er hatte eine Glatze und einen mächtigen weißen Bart. Es sah aus, als sei sein Haupthaar zu seinem Kinn herabgerutscht.

»Unser Vater ist tot«, erklärte Orlanda.

»Mein Beileid«, sagte Bredelin unwillkürlich, obwohl er natürlich längst wusste, dass Anna keine Eltern mehr hatte.

»Danke«, erwiderte Orlanda würdevoll.

Dann nahm sie Annas Arm und lächelte Johannes an.

Er fuhr sich nervös durchs Haar, setzte den Zylinder auf und nahm ihn gleich darauf wieder ab. »Ich gehe nun also hinein«, sagte er.

Erstaunlicherweise war die Kirche gut zur Hälfte gefüllt. Viele Gemeindemitglieder waren gekommen, um die Hochzeit ihres Organisten mitzuerleben, aus dem Krankenhaus waren eine Handvoll Schwestern erschienen, sogar die Oberin war da, und auf der Orgelempore saß der Kirchenchor und wartete auf seinen Einsatz.

Zu Annas Erleichterung hielt Pastor Brugge seine Predigt kurz. Zu ihrer noch größeren Erleichterung verzichtete er größtenteils auf politische Anspielungen. »Und darum liebet einander, wie Gott alle Menschen liebt, egal, welcher Nation und Rasse sie angehören mögen«, sagte er nur. Das konnte man als Anspielung auf die neuen Machthaber verstehen oder einfach überhören, je nach Gesinnung.

Doktor Müller überhörte es wohl, jedenfalls ließ er sich nichts anmerken, als er Anna und Johannes nach der Trauung gratulierte. »Alles Gute, Frau Bredelin!«, sagte er, während er Anna die Hand schüttelte. Es war das erste und einzige Mal, dass er sie bei ihrem neuen Nachnamen nannte. Dann zwinkerte er ihr zu. Sie war froh, dass Johannes gerade in die andere Richtung schaute, obwohl sie nichts vor ihm zu verbergen hatte.

»Bald ist es bei uns auch so weit«, zwitscherte Greta, die nach Müller kam. »Ich bin schon ganz verrückt vor Freude!« Vor lauter Aufregung vergaß sie, Anna zu gratulieren.

Die Hochzeitsfeier fand im Lokal Zur alten Fähre statt, das direkt am Rhein lag. Weil die Sonne schien, waren die Tische im Garten gedeckt worden. Wespen summten erwartungsvoll über den blütenweißen Tischdecken, in der Hoffnung auf Schweinswürste, Speckknödel, Limonade, Bratensoße, Schinkenröllchen, Preiselbeermarmelade, Vanillepudding, Apfelmus und Kassler. Nahrung für die Larven. Die Wespen selbst ernährten sich ausschließlich von Pollen.

Sie hatten ihr Nest oben in den Dachfirst des Gasthauses gebaut. Das halbrunde Wabengebilde aus zerkauten Holzfasern hing unter dem Dach, an einer Stelle, die man vom Haus aus nicht erreichen konnte, weder von innen noch von außen, der Wirt hatte bereits alles versucht. Nun ließ er die Wespen einfach gewähren, und im Gegenzug fingen sie ihm die Fliegen, Maden, Raupen und Stechmücken weg und bestäubten im Frühling seine Obstbäume.

Sie waren ein perfekt organisierter Staat, jede einzelne Wespe hatte ihre Aufgabe und ihren Zweck, die Drohnen hatten den ihren bereits erfüllt, deshalb waren sie alle tot.

Im ersten Frost würde auch der Rest des Staates sterben. Neue Königinnen würden kurz davor geboren werden und im nächsten Frühjahr an anderen Orten ihre eigenen Staaten bilden.

Das Nest unter dem Dachfirst wäre im Herbst leer. Wie ein morsches, altes Haus würde es dennoch weitere vierzig Jahre unter dem Dachfirst hängen, bis im Jahre 1973 der Enkel des heutigen Wirts den Dachstuhl erneuerte und das spinnwebenüberzogene Nest im Bauschutt endete. Von der Hochzeitsgesellschaft im Garten, die jetzt das Brautpaar hochleben ließ, wären dann noch acht Personen am Leben, die restlichen neun ruhten unter der Erde, drei von ihnen in einem Massengrab.

»Gottes Segen für euch und eure Nachkommen«, sagte Pfarrer Brugge und hob sein Weinglas.

»Gottes Segen«, fiel Johannes' Mutter ein, die während der Trauungszeremonie zu weinen begonnen hatte, erst im Restaurant hatte sie damit aufgehört. Sie aß langsam und konzentriert. Als die Bedienung die Dessertteller abräumte, begannen ihre Augen wieder bedenklich zu glänzen.

»Musik«, rief Orlanda und stand auf, und auch die anderen drei Melody Girls sprangen von ihren Stühlen und griffen zu ihren Instrumenten.

Sie sangen all die Lieder, die sie aus ihrem Repertoire verbannt hatten, um es den Nationalsozialisten recht zu machen. Aber obwohl ihr Programm nun weder englische Songs noch frivole deutsche Texte enthielt, war ihnen seit Mai kein einziger Auftritt mehr angetragen worden. »Ihr müsst euch nicht von den Liedern trennen, sondern von uns, wenn ihr Erfolg haben wollt«, hatte Ilse kürzlich bitter bemerkt. Denn ihre Mutter war Jüdin, und Betty war ebenfalls jüdischer Abstammung. Eine Trennung kam für die anderen natürlich nicht in Frage. »Dann wären wir ja kein Quartett mehr«, sagte Rita.

»Wir bleiben zusammen, bis die Sache ausgestanden ist«, sagte auch Orlanda, die nun sehr froh war, dass sie ihre Stellung in der Opernwäscherei nicht aufgegeben hatte. Damit verdiente sie ihre Miete. Was sie darüber hinaus noch brauchte, steckte Leopold ihr zu. Im Gegensatz zu den Melody Girls war er gefragt wie nie zuvor, auch wenn er aus seiner Abneigung gegen die Nazis keinen Hehl machte. »Sie haben so vielen jüdischen Musikern den Laufpass gegeben, da können sie auf den Rest nicht mehr verzichten. Auch die Nationalsozialisten wollen schließlich mehr als nur Marschmusik«, erklärte er Orlanda.

Sein Erfolg war natürlich nichts im Vergleich zu Clemens' Ruhm. Clemens war vom Düsseldorfer Operettenhaus an die Berliner Staatsoper gegangen und war dort mit offenen Armen empfangen worden. Er sang den Florestan aus Beethovens »Fidelio«. Das Publikum jubelte. Der *Stürmer* jubelte. Die Wochenschau brachte einen dreiminütigen Ausschnitt aus seiner Arie »Gott! Welch Dunkel hier«. Der musikalische Leiter der Staatsoper, Wilhelm Furtwängler, ließ sich mit Clemens Haupt fotografieren. Propagandaminister Joseph Goebbels ließ sich mit Clemens Haupt fotografieren. Der preußische Innenminister Hermann Göring ließ sich mit Clemens Haupt fotografieren. Adolf Hitler besuchte zwei seiner Aufführungen.

»Ein erbärmlicher Opportunist«, sagte Orlanda, wenn sie von Clemens' Erfolg las oder hörte. Es klang wie Neid, aber es war kein Neid. Nein, sie neidete Clemens seinen Ruhm nicht. Sie verabscheute ihn dafür.

Nur deshalb hatte sie sich so schnell wieder mit Leopold eingelassen. Weil sie sich schämte, dass sie jemals mit Clemens liiert gewesen war. In der Opernwäscherei wurde sie ständig auf ihn angesprochen. »Wer hätte gedacht, dass er einmal so berühmt wird«, sagte Mia, die die Mangel bediente. »Dass ihn sogar der Führer kennt! Wer hätte so etwas bloß gedacht!«

»Ich«, entgegnete Orlanda finster. Aber das stimmte nicht. Sie hatte Clemens immer für ein wenig naiv gehalten und seinen Erfolg am Kleinen Haus für einen Zufall. Dabei hatte er alles von langer Hand geplant. Wie damals in Duisburg, als er diesen armen Sänger um seine Hauptrolle gebracht hatte, indem er ihn am Abend vor der ersten Probe betrunken gemacht hatte.

»Er war schon immer so«, sagte sie. »Intrigant und skrupellos.«

»Mach ihn nicht schlimmer, als er ist«, verteidigte Leopold ihn. »Clemens hat eben Glück gehabt. Er war zur richtigen Zeit am richtigen Ort. Sein Erfolg ist ihm zugefallen.«

Aber das nahm ihm Orlanda nicht ab. Dazu war alles viel zu schnell und viel zu glatt gegangen.

Wie bedenkenlos Clemens Düsseldorf aufgegeben hatte. Wie bedenkenlos er Orlanda aufgegeben hatte. Ob er in Berlin schon eine neue Geliebte hatte? Trude Karcher, die die Leonore gesungen hatte, ob mit ihr etwas im Gange war? Orlanda hatte Bilder von Trude gesehen, sie war blond und groß und üppig. Ein nordisches Rasseweib, hatte die *Deutsche Illustrierte* über sie geschrieben. Ob Clemens jetzt mit dem nordischen Rasseweib ins Bett ging?

Orlanda war fertig mit Clemens. Sie hatte sich von ihm getrennt, sie war ihm nicht gefolgt, als er sie gebeten hatte, ihn nach Berlin zu begleiten. Es gab keinen Grund, ihm nachzutrauern. Dennoch kreisten ihre Gedanken ständig um ihn. Während Leopold neben ihr schlief, dachte Orlanda über Clemens nach. So wie sie früher über Leopold nachgedacht hatte, während Clemens neben ihr geschlafen hatte.

Genau genommen hatte sich nichts verändert.

> *Every morning*
> *Every evening*
> *Ain't we got fun?*
> *Not much money*
> *Oh, but honey*
> *Ain't we got fun?*

Die Melody Girls sangen. Zu Orlandas Erstaunen kam die Jazzmusik an. Der Organist der Johanneskirche wippte mit dem Fuß, Fritzi und die Krankenschwestern sangen mit, Johannes' Vater trommelte mit den Fingern auf dem Tisch, und Fräulein Ammerberg lächelte. Nur Pastor Brugge und Frau Bredelin waren auf ihren Stühlen eingenickt.

Mitten im Lied stand Johannes plötzlich auf, einen Moment lang befürchtete Orlanda, er würde weggehen, aber stattdessen verbeugte er sich vor Anna. Er führte sie auf die Kiesfläche vor dem Restaurant und tanzte mit ihr, und über ihnen tanzten die Wespen. Nach und nach erhoben sich auch die übrigen Gäste. Leopold tanzte mit Schwester Eva, der Kantor der Johanneskirche führte die humpelnde Fritzi zur Tanzfläche,

Herr Bredelin rüttelte Frau Bredelin wach, und nach kurzem Zögern forderte Doktor Müller Schwester Greta auf. Zum Schluss tanzte sogar Pastor Brugge mit Fräulein Ammerberg, die gar nicht wusste, wie ihr geschah.

> *In the winter*
> *In the summer*
> *Don't we have fun?*
> *Times are bum and getting bummer*
> *Still we have fun.*

»Eine unsägliche Negermusik«, flüsterte Doktor Müller Schwester Greta zu, die pflichtschuldig nickte und ihr Lächeln ausknipste wie eine Glühbirne.

Dennoch tanzten auch sie weiter, so lange, bis die Bedienung Kaffee und Apfelkuchen mit Schlagsahne servierte und alle wieder zur Vernunft brachte. Als sie sich setzten, schnappte Frau Bredelin nach Luft, und Fräulein Ammerberg tastete nervös über ihre Frisur, als habe man sie bei etwas Unzüchtigem ertappt. Herr Bredelin schlug nach einer Wespe und wurde prompt gestochen.

Die Melody Girls spielten weiter, alle Stücke, die sie sonst nicht mehr spielen durften, weil sie dem Zeitgeist nicht mehr entsprachen. Rita schlug das Banjo, Ilse zupfte den Kontrabass, Betty spielte Geige, und Orlanda sang. Nach den ersten Strophen kümmerte es sie nicht mehr, ob die Gäste tanzten oder Kuchen aßen oder nach Hause gingen, sie spielten, als wäre es das letzte Mal.

Sie spielten, bis Doktor Müller sich erhob und mit dem Kaffeelöffel gegen seine Tasse schlug.

»Ich möchte nun doch auch die Gelegenheit ergreifen und einen Toast ausbringen auf das verehrte Hochzeitspaar«, sagte er. »Es sind große Zeiten, in denen wir leben. Wunderbares ist in den letzten Wochen vollbracht worden, noch viel Herrlicheres wird errungen werden. Ich möchte an diesem schönen Tag gewiss nicht politisieren«, er bedachte Pastor Brugge mit einem bedeutungsschweren Blick, »nur so viel soll gesagt sein: Möge euer eheliches Glück unter der Sonne des neuen deutschen Reiches erblühen und gedeihen.«

»Heil Hitler!«, rief Schwester Greta. Herr und Frau Bredelin, Schwester Hildegard, Schwester Eva und Fräulein Ammerberg applaudierten, nach kurzem Zögern klatschte auch Pastor Brugge.

Betty fiedelte einen Tusch.

»Das gibt's nur einmal«, sang Orlanda.

»Das kommt nicht wieder«, fielen Leopold und Fritzi ein.

»Das ist vielleicht nur Träumerei«, sangen sie alle. »Das kann das Leben nur einmal geben, denn jeder Frühling hat nur einen Mai.«

Und damit hatten sie recht.

Ulmer Höh', 5. Dezember 1942

Mein liebes Kind,

es ist Advent. Die Frau, die seit einer Woche die Zelle mit mir teilt, hat einen Zweig ans Fenster gehängt, den sie mit Sternen geschmückt hat. Die Sterne hat sie aus silbernem Zigarettenpapier ausgerissen, am Anfang habe ich nur zugesehen, dann fing auch ich an zu falten und zu reißen.

Es ist mein letzter Advent auf dieser Welt, und ich bastle Silbersterne, als ob es nichts Wichtigeres gäbe. Aber es gibt ja auch nichts Wichtigeres für mich. Es gibt gar nichts mehr für mich.

Die neue Frau heißt Rosa Weihbrecht. Sie hat sich mir vorgestellt, aber ich habe ihr meinen Namen nicht genannt. Ich unterhalte mich so gut wie gar nicht mit ihr.

Was sollte ich ihr auch sagen? Sie werden dich töten, wie sie die anderen getötet haben, wie sie mich töten werden, sobald ich mein Kind geboren habe. Kein Gefangener, der diese Zelle betritt, kommt lebendig hier heraus. Mach dir keine Hoffnung.

Ich könnte ihr von meiner Verhandlung erzählen, von dem Richter in der roten Robe, dessen Name ich genauso vergessen habe wie den des Verteidigers, den ich eine Stunde vor Prozessbeginn zum ersten Mal gesehen habe. Die Lage ist ernst, flüsterte er mir zu, während er seine Akten aufschlug und die Anklage las, die er wahrscheinlich ebenfalls zum ersten Mal zu Gesicht bekam. Zeigen Sie Reue, riet er mir, kurz bevor der Richter den Saal betrat.

Ich zeigte Reue. Ich habe es versucht, Deinetwegen habe ich es wirklich versucht. Und für meine Schwester, Deine Tante, die in der ersten Reihe saß, bleich wie ein Gespenst. Als wäre sie die ganze Zeit eingesperrt gewesen und nicht ich.

Euretwegen will ich leben. Nein, nicht nur Euretwegen. Auch meinetwegen.

Aber ich war nicht überzeugend genug. Vielleicht hatte ich auch keine Chance, weil sie sich schon vor Prozessbeginn ihre Meinung gebildet und ihr Urteil gefällt hatten.

Bei der Gerichtsverhandlung habe ich Elisabeth und die beiden Männer zum letzten Mal gesehen. Nun sind sie tot, genau wie Margarete. Ich schreibe die Worte auf, lese sie wieder und wieder, und doch dringen sie nicht zu mir durch. Ich kann mir einfach nicht vorstellen, dass sie Elisabeth wirklich getötet haben. Tod durch das Beil. Man sagt, dass es eine gute Art der Exekution ist, weil man nichts davon mitbekommt. Aber wer will das sagen, niemand, der es erlebt hat, kann darüber Auskunft geben. Ich werde es aber bald am eigenen Leib erfahren.

Auch das bleiben Worte, die ich niederschreibe, ohne sie zu begreifen.

Hätte ich nur noch einmal mit Elisabeth sprechen können. Wenn sie mir vergeben hätte, dass ich sie verraten habe ... alles wäre so viel leichter zu ertragen.

Meine Zellennachbarin weiß nicht, wie sie mit mir umgehen soll. Sie fragt sich, was mit mir los ist. Sie würde sich gerne mit mir unterhalten, aber ich will sie nicht kennenlernen.

Ich will niemanden mehr kennenlernen. Wenn man sie zum Tode verurteilt, dann geht sie vor mir. Dann bleibe ich wieder alleine zurück.

Advent ist die Zeit der Zuversicht, aber in mir ist nur Angst.
Deine Mutter

Selig sind, die Verfolgung leiden

Walter Flock hatte nichts gegen Juden. Ob getauft oder ungetauft, dem Personaldirektor der Berliner Staatsoper waren Religion und Rasse völlig einerlei, für ihn zählte allein das Talent. Ein Musiker musste sein Instrument beherrschen, ein Sänger seine Stimme. Wenn ihn das Talent überzeugte, dann fragte Flock nicht nach Ausbildung, Herkunft und Familie. Walter Flock vertrat sogar die Ansicht, dass Juden im Allgemeinen die besseren Künstler, die überzeugenderen Interpreten seien. »Das Genialische steckt ihnen im Blut« – das hatte er schon früher immer gesagt, und das würde er auch nach 1945 wieder erklären, doch zurzeit tat er sich ein wenig schwer mit dieser Aussage.

Wenn er seine Überzeugung auch nicht laut äußerte, so stand er dazu. Er schätzte die Juden und hätte sie auch jederzeit beschäftigt. Bedauerlicherweise waren ihm jedoch die Hände gebunden. Denn seit vor einigen Wochen die Reichsmusikkammer gegründet worden war, durften die Veranstalter – egal, ob Revuetheater, Konzertagentur oder Opernhaus – nur noch Künstler beschäftigen, die dort Mitglieder waren. Und Mitglied in der Reichsmusikkammer wurde man nur mit gültigem Ariernachweis. Wer auch nur eine jüdische Großtante im Familienstammbaum hatte, der konnte seine künstlerische Karriere in Zukunft vergessen.

Seit es die Reichsmusikkammer gab, klafften in der Staatsoper große Lücken. Im Opernchor fehlten Sänger, im Orchester mehrere Streicher, Schlagwerker und Bläser, die halbe erste Geige war weggefallen, es war eine Katastrophe. Dann sollten auf nationalsozialistische Order auch noch vier Mitglieder des Ensembles gehen, unter ihnen Trude Karcher. Trude Karcher, die blonde Walküre, der Inbegriff der Arierin, hatte nämlich einen jüdischen Vater. Als er den Namen Trude Karcher auf dem Schreiben der Reichsmusikkammer las, da platzte dem sonst so geduldigen Flock der Kragen. »Schluss!«, schrie er laut. »Wie soll denn da ein vernünftiger Mensch ein Programm zusammenstellen, wie soll einer arbeiten, wenn man ihm ständig in den Arm fällt?« Er knüllte den Brief zusammen und warf ihn auf den Boden, seine Sekretärin würde ihn später aufheben, zu Hause bügeln und dann zu den anderen Schreiben der Kammer heften, weil Nachlässigkeit in solchen Dingen leicht ins Auge gehen konnte.

Flock aber ließ sich auf der Stelle einen Termin bei Wilhelm Furtwängler geben.

Furtwängler war nicht nur der Leiter der Deutschen Staatsoper, Chefdirigent der Berliner Philharmoniker und Komponist, sondern neuerdings auch der stellvertretende Direktor der Reichsmusikkammer. Warum er sich allerdings dazu hatte ernennen lassen, blieb ein Rätsel, die neue Stellung entzweite ihn mit sich selbst. Als stellvertretender Direktor der Reichsmusikkammer forderte er die sofortige Entlassung aller jüdischen Musiker, als Dirigent der Philharmoniker drohte er mit der Niederlegung aller Ämter, sollte er auch nur ein Ensemblemitglied verlieren.

In jedem Fall hatte Wilhelm Furtwängler ein offenes Ohr für die Klagen des Personaldirektors.

»Er ist ganz auf unserer Seite«, berichtete Flock Clemens, den er beim Mittagessen in der Kantine traf. »Er findet die Rassenpolitik der neuen Herrschaft auch übertrieben, vollkommen übertrieben.« Er sprach mit gedämpfter Stimme, weil er verhindern wollte, dass man ihn an den Nebentischen verstand. Diskretion und Haltung, hatte Furtwängler vorhin noch zu ihm gesagt, diese Tugenden seien jetzt entscheidend.

Diese Tugenden kennzeichneten auch Furtwängler selbst. Direkt nach der Machtübernahme der Nazis hatte er in einem offenen Brief erklärt, dass er nur einen einzigen Trennungsstrich anerkenne – den zwischen guter und schlechter Musik. In einer großartigen Geste hatte er jüdische Musiker aus London, Paris und New York zu Konzertveranstaltungen nach

Berlin eingeladen. Es reiste aber kein einziger Künstler nach Deutschland. Stattdessen reisten die jüdischen Musiker in Scharen aus.

»Natürlich werden wir die Karcher behalten«, fuhr Flock fort. »Sie ist ja unverzichtbar für unser Ensemble, das werden die Herren einsehen müssen. Auch Frenz wird bleiben können, immerhin ist er nur im dritten Glied mütterlicherseits belastet, das lässt sich hinbiegen. Ob wir die Weidling halten können ... –, nun, man wird sehen. Wir werden sicherlich alles Mögliche versuchen. Erwin Tafel wird sich allerdings von seiner Frau trennen müssen, wenn er bleiben will. Die Kammer erwartet natürlich auch von uns ein Zeichen des Entgegenkommens. Sie ist Jüdin, er muss sich entweder scheiden lassen oder einen neuen Beruf finden.« Flock machte sich über seine sauren Nierchen her, das Gespräch mit Furtwängler hatte ihn hungrig gemacht.

»Tafel soll seine Frau verlassen?«, fragte Clemens. »Das wird er nicht tun.« Tafel hatte ihm kürzlich noch erzählt, dass er und seine Frau bald goldene Hochzeit feiern würden. Oder war es die eiserne? Auf jeden Fall waren die beiden schon eine Ewigkeit verheiratet. Orlanda war nur vier Jahre lang Clemens' Geliebte gewesen, und dennoch kam es ihm vor wie ein halbes Leben.

»Die Kammer erwartet ein Zeichen des Entgegenkommens«, wiederholte Flock mit vollem Mund. »Das muss Tafel einsehen.«

Clemens schob seinen Teller weg, obwohl er sein Essen kaum angerührt hatte. Diese Unterhaltung widerte ihn an. Die ganze Thematik widerte ihn an.

»Tafel kann doch mit ihr zusammenbleiben.« Flock wischte sich mit der Serviette die Soße vom Kinn. »Es ist nur eine formale Angelegenheit. Damit die Kammer zufrieden ist.«

»Aber das ist doch ein Skandal!« Clemens hätte am liebsten auf den Tisch gehauen oder noch lieber in Flocks Teller, dass die Bratensoße in sein Gesicht spritzte. Natürlich beherrschte er sich. Man musste ruhig bleiben, sonst erreichte man gar nichts.

Erwin Tafel war Tenor wie Clemens. Er hatte aber keine besondere Stimme, und auch sein Aussehen war alles andere als umwerfend. Er bekam die kleinen Rollen, die keinem in Erinnerung blieben, er sang den zweiten Gralsritter in Wagners Parsifal oder den Gastwirt in Lortzings Waffenschmied. Er war nicht gut, er war nicht schlecht, wenn er nicht mehr da wäre, würde ihn keiner vermissen. Und trotzdem. Man konnte ihn doch nicht einfach hinauswerfen, nur weil er mit einer jüdischen Frau verheiratet war. Nein, diese abscheuliche Willkür konnte und wollte Clemens nicht hinnehmen. Er würde, das beschloss er in dem Moment, da Flock das letzte Stück Niere von seinem Teller in seinem Mund verschwinden ließ, er würde Tafel beschützen.

Er würde Tafels Stellung verteidigen. Wenn sie ihn hinauswerfen, dachte Clemens, dann müssen sie auch mich kündigen. Er würde alles aufs Spiel setzen. Nicht aus Mitleid oder Sympathie. Tafel war ihm egal, er kannte ihn ja kaum.

Es ging ihm ums Prinzip.

Clemens klopfte gleich am nächsten Vormittag an Tafels Garderobentür. Er war sich ganz sicher, dass Flock noch nicht mit ihm gesprochen hatte. Auch wenn Flock sich gestern Clemens gegenüber so forsch gegeben hatte, so war ihm die Angelegenheit doch zutiefst unangenehm, und er würde sie hinauszögern, bis es sich nicht mehr vermeiden ließ. »Ich habe gehört, dass es Probleme mit der Reichsmusikkammer gibt«, sagte Clemens.

Tafel suchte etwas in seiner Tasche, jetzt richtete er sich überrascht auf und sah Clemens an. »Mit der Reichsmusikkammer?«, fragte er so verständnislos, als habe er das Wort noch nie gehört.

Clemens trat in den Raum und schloss die Tür hinter sich. Tafel hatte keine Einzelgarderobe wie Clemens, er teilte sich den Raum mit vier Sängern, von denen aber keiner zugegen war. »Es ist noch nicht offiziell.«

»Was gibt es denn?« Tafel hatte sich inzwischen wieder seiner Tasche zugewandt. Er wühlte mit beiden Händen darin herum.

»Ich habe es von Flock.« Clemens hätte es wirklich vorgezogen, wenn Tafel ihn angesehen hätte, anstatt seine Tasche zu durchforsten. »Sie wollen Sie hier raushaben. Wegen Ihrer Frau.« Tafel nahm die Hände aus der Tasche. Er ließ den Klemmverschluss zuschnappen und stellte sie auf den Boden. »Wie bitte, was?«

»Man will Sie feuern. Wegen Ihrer Frau. Und Flock will Ihnen nun vorschlagen ...« Clemens wollte alles der Reihe nach erklären. Flocks Vorschlag, seine eigene Empörung darüber und die Lösung, die er sich ausgedacht hatte, die Lösung, die Tafels Ehe retten würde, wofür er Clemens ewig dankbar wäre. Ich werde Ihren Fall zu einem Präzedenzfall machen, würde er Tafel versprechen. Wenn Sie gehen müssen, dann gehe ich auch. Aber Tafel ließ ihn gar nicht ausreden.

»Was hat meine Frau damit zu tun?«, fragte er wütend, wobei er einen Schritt auf Clemens zutrat und unwillkürlich die Fäuste ballte. Bevor Tafel zur Probe gekommen war, hatte er sich mit seiner Frau gestritten, genau aus demselben Grund. Als er Gertrud gegenüber beiläufig erwähnt hatte, dass er wegen ihrer Religion immer mehr Schwierigkeiten bekäme, war sie gleich in die Luft gegangen. Ob er ihr ihre Herkunft zum Vorwurf machen wolle, schrie sie ihn an. Oder gar ihre Familie, von der er weiß Gott genug profitiert habe. Er wollte weder das eine noch das andere, aber er kam nicht mehr zu Wort. Dann war er aus dem Haus gestürmt und hatte in der Aufregung seine Butterbrote auf dem Küchenbuffet liegenlassen, wie er soeben festgestellt hatte. Und jetzt kam ihm dieser Schnösel aus Düsseldorf mit dummen Sprüchen, nein danke, darauf konnte er gut verzichten.

»Beruhigen Sie sich doch bitte«, sagte Clemens betreten, während er einen Schritt zurückwich. Er stand jetzt mit dem Rücken zur Tür, und Tafel stand so dicht vor ihm, dass er seinen Atem riechen konnte, er musste Zwiebeln zum Frühstück gegessen haben. »Ich möchte Ihnen meine Hilfe anbieten.« Mitten im Satz musste er schlucken, wodurch er auch noch seinen letzten Rest an Würde verlor.

»Ihre Hilfe, aha«, zischte Tafel. »Wollen Sie meine Frau heiraten, ist es das? Oder wie gedenken Sie mir sonst zu helfen?«

Clemens griff hinter sich und öffnete die Tür, ohne dabei den Blick von Tafel abzuwenden. Das war ja abscheulich, wie Tafel sich echauffierte. Als ob Clemens Haupt schuld an dem ganzen Schlamassel wäre, dabei war er doch auf Tafels Seite. Aber wenn man wild um sich schlug und dabei Freund und Feind gleichermaßen traf, dann war man nicht mehr zu retten. Er schob die Tür auf und drängte sich durch den Spalt nach draußen in den Flur, wie schlechte Luft, die aus einem Zimmer entwich.

»Nichts für ungut.« Er bemühte sich um ein überlegenes Lächeln, aber es wurde nur ein schiefes Grinsen.

»Ha!«, machte Tafel, das war lächerlich, aber Clemens zuckte dennoch zusammen.

Tafel knallte die Tür von innen zu.

Als Flock Erwin Tafel ein paar Tage später in sein Büro holen ließ und das Gespräch – mit äußerster Vorsicht und größtem Fingerspitzengefühl – auf seine Frau brachte, da reagierte Tafel auf der Stelle so aggressiv und uneinsichtig, dass Flock gar nichts anderes übrigblieb, als ihn zu kündigen.

»Er will sich ja nicht helfen lassen«, sagte er später zu Clemens, und Clemens war ganz seiner Meinung. Tafel war nicht zu helfen. Er beschloss, ihn aus seinem Gedächtnis zu tilgen. Doch wie der Rotwein, den er neulich auf seinem weißen Bettvorleger verschüttet hatte, hinterließ auch Tafel Flecken, die mit der Zeit zwar verblassten, aber niemals ganz verschwinden würden.

Tafel war das Bauernopfer, mit dem sich die Reichsmusikkammer zufriedengab, zumindest vorläufig. Nachdem er weg war, waren die anderen sicher – Trude Karcher, Herbert Frenz, sogar Veronika Weidling, die man ja eigentlich schon aufgegeben hatte, weil sie sowohl von väterlicher als auch von mütterlicher Seite her belastet war.

Veronika Weidling fühlte sich aber alles andere als sicher. Im Gegenteil, nachdem Tafel gekündigt worden war, rechnete sie jede Minute mit ihrer eigenen Entlassung. Ihre Nerven waren gespannt wie das Fell einer hohen Pauke, die auf das eingestrichene C gestimmt war. Aber keiner bemerkte es. Schließlich standen sie alle unter Druck, wenn auch nicht ganz so wie die Weidling.

Man probte den Evangelimann von Kienzl. Anfang Dezember sollte die Premiere stattfinden, bis dahin waren es nur noch drei Wochen, und durch den ganzen Ärger mit der Reichsmusikkammer, die vielen Entlassungen und Neueinstellungen, war man deutlich im Verzug. Statt fünf Mal die Woche wurde nun auch am Samstagvormittag geprobt, und bei einer dieser Samstagvormittagsproben passierte es.

Clemens sang den Johannes, die Karcher spielte die Martha und Veronika Weidling ihre Freundin Magdalena. Als Clemens seine große Schlussarie »Selig sind, die Verfolgung leiden« sang, bekam Veronika einen Nervenzusammenbruch.

Er merkte es zuerst gar nicht, weil er ganz im Pathos des Gesangs aufging. »Selig sind, die Verfolgung leiden um der Gerechtigkeit willen«, sang er, »denn ihrer ist das Himmelreich.« Er dachte dabei nicht an Tafel oder einen anderen aus dem Ensemble, der wegen der unsinnigen Rassenpolitik der neuen Machthaber verfolgt wurde. Er war ganz auf das Piano ab Takt 128 konzentriert, das ihm immer viel zu laut geriet, und darauf, dass der Kapellmeister Heger danach ein Ritardando wünschte, das in der Partitur nicht verzeichnet war. Ab Takt 58 begann Veronika leise zu schluchzen, bei Takt 73 weinte sie laut, bei Takt 103 hatten sich alle anderen Darsteller und der Chor zu ihr umgewandt, nur Clemens hatte immer noch nichts gemerkt. »Freuet euch und frohlocket«, schmetterte er. Danach kam das Piano, seine Stimme klang jetzt wie geschmolzenes Vanilleeis, noch nie zuvor war ihm die Stelle so gut gelungen, auch das Ritardando vergaß er nicht, und trotzdem begann Heger entnervt zu winken und mit den Armen zu fuchteln. Der Korrepetitor hörte zu spielen auf, und auch Clemens brach ab. Jetzt bemerkte auch er die Weidling.

»Was ist denn los?«, fragte er irritiert.

»Fräulein Weidling!«, rief Heger. »So beruhigen Sie sich doch bitte!«

Aber Veronika Weidling beruhigte sich nicht. Sie war Jüdin, und Clemens hatte von den Verfolgten gesungen, denen das Himmelreich gehörte. Auch wenn das eine Prophezeiung aus der Bergpredigt war und mit dem jüdischen Volk gar nichts zu tun hatte, so trafen die Worte sie doch.

Der Kapellmeister schickte die Weidling nach Hause, die daraufhin noch überzeugter war, dass man sie loswerden wollte. »Vielleicht gehen Sie einmal bei ihr vorbei und reden ihr gut zu«, sagte er nach der Probe zu Trude Karcher, die allerdings schon etwas anderes vorhatte.

»Ich kann das übernehmen«, bot sich Clemens an, worauf man ihm die Adresse gab.

Veronika Weidling wohnte am Prenzlauer Berg, in einer abscheulichen Kellerwohnung im Hinterhaus. Als Clemens durch den dunklen Hinterhof ging, in dem es nach Müll und Kohlsuppe stank, fragte er sich, warum sie sich nichts Besseres leistete. Sie war schließlich kein Chormädchen wie Orlanda, die mit einem Hungerlohn zurechtkommen musste, Veronika Weidling war Solistin und recht bekannt dazu. Clemens hatte immer hohe Stücke auf sie gehalten, aber als er jetzt von dem stinkenden Hinterhof in ein noch übelriechenderes Treppenhaus trat, merkte er, wie seine Achtung immer tiefer sank. Wie kann man nur so hausen, dachte er angewidert.

»Was wollen Sie?«, fragte die Weidling, als sie die Tür öffnete. Ihre Augen waren geschwollen, ein roter Ring umrahmte die hellblaue Iris.

»Darf ich hereinkommen?«

Sie trat wortlos zur Seite.

Er ging durch einen schrankgroßen Flur in ein kleines, stickiges Zimmer. Das Sofa, auf dem er Platz nahm, war gleichzeitig ihr Bett, ein Gaskocher in der Ecke war die Küche, im Waschbecken wusch sie ihr Geschirr und auch sich selbst. Eine halbleere Flasche Kräuterlikör stand auf dem kleinen Tisch, daneben ein grünlich verschmiertes Glas. In seinen schlimmsten Zeiten habe er nicht so erbärmlich gewohnt, dachte Clemens. Aber das stimmte nicht, in seinen schlimmsten Zeiten hatte sich Clemens überhaupt keine Wohnung leisten können, stattdessen hatte er bei Bekannten auf dem Fußboden geschlafen, manchmal sogar auf Parkbänken, aber das waren Erinnerungen, die ihm zutiefst zuwider waren, und deshalb hatte er sie vergraben.

»Elend, nicht war?«, fragte die Weidling.

Er zuckte mit den Schultern, als wären ihm solche Dinge gleichgültig.

»Ich musste umziehen«, erklärte Veronika Weidling. »Anfang des Jahres war ich noch in Charlottenburg. Dann ging's für ein halbes Jahr nach Schöneberg, und jetzt bin ich hier gelandet.« Ihre Augen wirkten, als wären sie von einer dünnen Lackschicht überzogen.

»Warum?« Er rieb sich mit der Hand über Mund, Wangen, Kinn, aber ihr klebriger Blick ließ sich nicht abstreifen.

»Sie haben mir jeden Monat den Lohn gekürzt. Als Hitler Reichskanzler wurde, gab es ein paar Zehner weniger, nach dem Reichstagsbrand hundert, nach dem Wahlsieg der NSDAP ging es noch einmal runter, bald ist es so weit, dass ich der Oper Geld geben muss, damit sie mich überhaupt noch singen lassen. Aber was rede ich, bestimmt ist es längst vorbei. Deshalb sind Sie doch hier, um mich schonend darauf vorzubereiten, ist es nicht so?«

»Unsinn«, sagte Clemens. »Wie kommen Sie denn darauf? Ganz im Gegenteil. Flock lässt ausrichten, dass Sie ganz ruhig bleiben können. Wir brauchen Sie für die Premiere.«

Sie lachte spöttisch.

»Und danach auch«, fügte Clemens hastig hinzu.

Veronika Weidling nickte gleichgültig. Sie glaubte ihm kein Wort.

»Wirklich«, beharrte er.

»Sie wissen ja gar nicht, wie das ist«, flüsterte sie. »Wenn man ganz oben war und die Rollen spielen durfte, von denen man immer geträumt hatte, und in allen Zeitungen der eigene Name gedruckt wurde, mein Name. Und von einem Tag auf den anderen ist alles vorbei. Nur wegen diesen ...« Sie verschluckte, was immer sie auch sagen wollte. »Ich bin doch ein unpolitischer Mensch, ob Nationalsozialisten oder Zentrum oder Kommunisten, das alles ist mir völlig egal. Ich will nur singen, ich will, dass sie mich in Ruhe lassen.«

»Ja«, sagte Clemens. »Ich verstehe Sie.« Und es stimmte. In diesem Moment verstand er die Weidling vollkommen. Wenn man die Religion einmal beiseitetat, wenn man sich auf die Menschen konzentrierte, die mit ihrem Judentum genauso wenig zu schaffen hatten wie Clemens selbst mit dem Christentum, Menschen wie die Weidling oder die Karcher oder die kleine Fritzi, dann wurde der ganze Antisemitismus der Nazis wirklich zur schreienden Ungerechtigkeit. Die orthodoxen Juden mit den schmutzigen Bärten, das waren seltsame Typen, für die er seine Hand nicht ins Feuer gelegt hätte. Aber diejenigen, die das Judentum vernünftig betrieben oder ihm längst abgeschworen hatten wie die Weidling oder Fritzi, solchen Leuten konnte man doch keinen Vorwurf daraus machen.

»Es ist im Blut, und man kann sich dagegen nicht erwehren«, hatte Minister Goebbels kürzlich noch in einer Rundfunkansprache verkündet. Aber wenn Clemens jetzt Veronika Weidling ansah, mit ihren verheulten Augen, in ihrem ganzen Elend, dann erschienen ihm diese Sprüche wie eine böswillige Verleumdung. Veronika Weidlings Blut war so rot und warm und dickflüssig wie sein eigenes Blut auch, kein Arzt und auch kein Nazi hätte einen großartigen Unterschied gefunden, wenn er sie beide untersucht hätte.

Die Nationalsozialisten taten immer so groß damit, wie modern und fortschrittlich sie waren. Aber wenn man ihre Ideologie näher betrachtete, wenn man ein bisschen daran kratzte und die oberste Schicht entfernte, dann quoll darunter das finsterste Mittelalter zutage. *Es ist in ihrem Blut. Sie vergiften unsere Brunnen. Sie fressen kleine Kinder.*

Was für ein bodenloser Unsinn. Ein kluger, gebildeter Mann wie Dr. Joseph Goebbels, mit dem sich Clemens nun schon zweimal angeregt unterhalten hatte, konnte doch so etwas nicht glauben. Es ist eine Farce, dachte Clemens. Goebbels weiß das, und Adolf Hitler weiß es auch. Meinethalben sollen sie es verkünden, meinethalben sollen sie auch ihre Reichsmusikkammer entsprechend instruieren, aber ich für meinen Teil werde das Spiel nicht mitspielen. Ich werde zumindest die Juden in meiner Umgebung schützen.

»Wirklich«, sagte Clemens. »Wenn man Sie hinauswirft, dann gehe ich auch.«

Das Versprechen, das er schon Tafel hatte geben wollen, jetzt bekam es eben die Weidling.

»Warum sagen Sie das?«, fragte sie misstrauisch.

»Ich finde, es ist ein Skandal, was heutzutage mit den Juden geschieht. Es ist ein Skandal, dass man Ihnen den Lohn kürzt, und die Umstände, in denen Sie hier leben, sind ebenfalls ein Skandal.« Mit jedem Satz wurde seine Stimme lauter. »Ich werde das nicht hinnehmen.«

»Schschsch!«, machte die Weidling. »Die Wände hier sind dünn wie Papier.«

»Und wenn? Sollen es alle hören! Es ist eine Zumutung, so kann es doch nicht weitergehen. Ich habe Kontakte, und ich gedenke sie zu nutzen!«

Veronika Weidlings Augen glänzten jetzt noch stärker. Sie blinzelte einmal, zweimal, dreimal, immer schneller und konnte die Tränen doch nicht zurückhalten. Es sah aus, als ob ihre hellblauen Iris ausliefen.

»Sie wissen ja gar nicht, was Sie reden«, flüsterte sie. »Sie bringen sich selbst in Gefahr, wenn Sie sich für mich einsetzen.«

»Nun beruhigen Sie sich erst einmal«, sagte Clemens. »Sie werden sehen, dass alles halb so schlimm ist.« Daraufhin lud er sie zum Essen ein.

Die Weidling tat zuerst so, als müsste sie überlegen, ob sie nicht schon etwas anderes vorhätte. Dann sprang sie auf und zerrte ein paar Kleidungsstücke aus ihrem Schrank. Sie wollte sich ein wenig frisch machen, erklärte sie Clemens, bevor sie aus der Wohnung rannte. Vielleicht zog sie sich bei einer Nachbarin um oder auf dem Abort.

Als sie draußen war, betrachtete er die Fotografien und gerahmten Zeitungsausschnitte an den schmutzigen Wänden. »Ein neuer Stern an Berlins Opernhimmel!«, jubelte ein Artikel. »Berliner Nachrichten, 19. Januar 1930«, hatte jemand mit Bleistift an den oberen Rand geschrieben.

Im Januar 1930 waren Clemens und Orlanda gerade ein Paar geworden. Und jetzt war Clemens der neue Stern an Berlins Opernhimmel, die Weidling war Vergangenheit und Orlanda ebenfalls, zumindest für Clemens.

Seit Monaten hatte er nichts mehr von ihr gehört. Ihr Brief im Juni, das war die letzte Nachricht gewesen, die er von ihr erhalten hatte. Liebster Clemens, hatte sie geschrieben, nach reiflicher Überlegung habe ich mich dazu entschlossen, Dir nicht nach Berlin zu folgen. Sie hatte davon geschrieben, dass ihre Liebe in eine Sackgasse geraten sei, dass sie eine Pause brauche und er auch und dass mit der Zeit alles wieder gut werden würde oder auch nicht.

Clemens hatte den Brief nur ein einziges Mal gelesen, bevor er ihn zerknüllt und verbrannt hatte. Er wollte ihn vergessen, aber er konnte ihn nicht vergessen, genauso wenig, wie er Orlanda selbst vergessen konnte. Sie hatte sich so gewählt ausgedrückt, aber die Botschaft, die hinter den wohldurchdachten Worten stand, war kurz und grausam: Es ist aus.

Und diese drei Worte waren unerträglich. Denn Orlanda war die Frau seines Lebens, das hatte Clemens damals schon gewusst, als sie noch mit Leopold zusammen gewesen war. Er hatte alles darangesetzt, sie für sich zu gewinnen, aber als Orlanda dann endlich seine Geliebte geworden war, da war Clemens so blöd, sie wieder aufzugeben.

Inzwischen hatte Orlanda einen anderen. Er wusste es von Mädi Schweikert, einer alten Bekannten aus Düsseldorf, die vor zwei Wochen ebenfalls an die Staatsoper gekommen war. Sie hatte Clemens beiläufig erzählt, dass sie Orlanda und ihren Verlobten bei einem Konzert getroffen habe. Wie der Verlobte hieß, konnte sie nicht sagen, sie konnte ihn nicht einmal richtig beschreiben, sosehr Clemens sie auch drängte. »Ich weiß ja nicht einmal, ob es überhaupt ihr Verlobter war«, meinte sie hilflos.

In seiner Verzweiflung hatte Clemens an Leopold geschrieben und sich nach Orlanda und ihrem neuen Liebhaber erkundigt. Zurzeit sehen wir einander kaum, hatte Leopold ihm geantwortet. Ich weiß nicht, mit wem sie sich trifft. Dann hatte er lang und breit von seiner eigenen Arbeit berichtet und von irgendwelchen alten Bekannten, die Clemens nicht einen Deut interessierten. Vermutlich war Leopold die Ironie der Geschichte nicht entgangen: Clemens wandte sich an ihn um Hilfe, obwohl er selbst seinem Freund in genau derselben Situation die Geliebte ausgespannt hatte.

»Huhu!« Die Weidling war wieder zurück. Sie hatte ihr Haar hochgesteckt und trug ein knielanges grünes Seidenkleid mit großem Ausschnitt, dazu hohe Schuhe. Sie sah ganz verändert aus, so mondän, als wäre sie aus einem der Zeitungsausschnitte ins Zimmer gesprungen.

»Donnerwetter!« Clemens bot ihr seinen Arm. Ein schmaler Streifen blütenweißer Spitze lugte aus ihrem Dekolleté. Ob das ihr Mieder war? Sah er etwas, das er eigentlich nicht sehen sollte?

»Wo soll es denn hingehen?«

Mit letzter Willenskraft riss er den Blick von ihren Brüsten. »Wie wär es mit dem Adlon? Ich habe zwar nichts reserviert, aber so wie Sie aussehen, wird man uns gegebenenfalls einen Tisch freiräumen.«

»Solange man dort keinen Arierpass verlangt.« Die Weidling hängte sich bei ihm ein. Das elegante Veilchenparfüm, nach dem sie duftete, schien direkt von ihren Brüsten aufzusteigen.

Ihre hellblauen Augen waren Bergseen, in denen sich die Wolken spiegelten. Ihre Lippen leuchteten erdbeerrot. Die weiße Spitze war die Schlagsahne auf den Früchten. Sie könnte einen glatt dazu bringen, Orlanda für eine Weile zu vergessen, dachte Clemens.

Schade, dass sie Jüdin war.

»Der Evangelimann« war ein Triumph. Es gab neun Vorhänge, sieben Blumensträuße wurden auf die Bühne geworfen, acht weitere warteten in Clemens' Garderobe. Er hatte seine Schlussarie bravourös gemeistert, sein Duett mit der Karcher war großartig gelungen, und Veronika Weidling hatte besser gesungen denn je.

Auch das war sein Verdienst. Ein Verdienst, auf das er fast noch stolzer war als auf seine eigene künstlerische Leistung. Er hatte Veronika Weidling ihr Selbstbewusstsein wiedergegeben, er hatte sie zu ihrer früheren Größe aufgebaut. So strahlend, so mitreißend, wie sie ihre Arie »O schöne Jugendtage« dargebracht hatte, hatte man sie lange nicht mehr erlebt.

Bei der Premierenfeier entfernte er sich von den anderen, er trat an ein großes Fenster, das auf die Allee Unter den Linden hinausging, und blickte in die stille Nacht. Plötzlich stand sie neben ihm und reichte ihm ein Glas Champagner. »Danke«, flüsterte sie ihm zu, als sie einander zuprosteten.

»Wofür?«, gab Clemens zurück.

»Das weißt du genau.«

Sie hatten sich oft getroffen in den letzten Wochen. Fast jeden Abend, um genau zu sein. Clemens hatte Veronika zum Essen ausgeführt, ins Kino, ins Scala Varieté und in den Wintergarten. Vor zwei Wochen hatten sie im Esplanade Brüderschaft getrunken und sich dabei geküsst. Veronikas Lippen waren weich und feucht. Auf dem Nachhauseweg kamen sie an einem Tanzlokal vorbei. »Damenwahl«, sagte Veronika und zog Clemens an der Hand hinein und auf die Tanzfläche. Sie schlang ihre Hände um seinen Hals, er spürte ihre Fingerspitzen in seinem Nacken. Ihren Mund an seinem Hals. Wenn er sie gefragt hätte, ob sie ihn nach Hause begleiten wollte, hätte sie keine Sekunde gezögert. Er fragte sie aber nicht.

Sie war schon sechsunddreißig, das hatte er zufällig herausgefunden. Als sie erfuhr, dass er erst siebenundzwanzig war, neun Jahre jünger als sie selbst, war sie völlig überrascht. »Das hätte ich nie und nimmer gedacht.«

»So alt komme ich dir also vor«, sagte Clemens.

»So habe ich es nicht gemeint.«

»Schon gut. Das Alter macht doch keinen Unterschied.«

Aber das war natürlich gelogen. Auch wenn Veronika so spektakulär aussah, dass sich die Männer auf der Straße nach ihr umdrehten, Clemens wollte keine ältere Geliebte. Noch dazu eine, die abhängig von ihm war. Die sich an ihn klammerte wie an einen rettenden Strohhalm.

Es machte ihm Angst, wie sehr sie ihn liebte. Er musste immer an die Zeit in Duisburg denken, an die Zeit mit Fritzi. Fritzi hatte ihn genauso verehrt wie Veronika, auch wenn sie es bei weitem nicht so gezeigt hatte.

Vielleicht ist das ja das typisch Jüdische an ihnen, dachte Clemens. Dass sie sich einem Mann so hemmungslos an den Hals werfen und nicht mehr loslassen wollen, wenn sie ihn einmal in den Händen haben.

Es hätte ihm ja eigentlich gefallen müssen, aber es gefiel ihm nicht.

»Vor den Nazis den Schwanz einzuziehen und auszuwandern fällt mir gar nicht ein«, sagte Clemens. »Wenn man sich nicht einschüchtern lässt, lassen sie einen auch gewähren.«

»Mich hätten sie aber nicht gewähren lassen«, entgegnete Veronika. »Mich hätten sie rausgeschmissen, wenn du nicht gewesen wärst.«

»Ich bitte dich. Warum hätten sie dich denn entlassen sollen? Denk doch nur daran, wie dir das Publikum heute Abend zugejubelt hat.«

Veronika lächelte versonnen in die Nacht vor dem Fenster. Schneeflocken wirbelten vom Himmel und taumelten wie Insektenschwärme in die gelben Streifen, die die Scheinwerfer der Automobile auf die Straße warfen. Der Fenstersims war bereits von einem weißen Flaum bedeckt.

Draußen war es kalt, aber im Opernhaus war es warm, und in ihren Herzen war es noch wärmer. Veronika schmiegte sich an Clemens, der daraufhin einen Arm um ihre runden, weißen Schultern legte. »Du warst ganz großartig.«

»Du aber auch«, wisperte Veronika und lächelte ihn mit glänzenden Lippen an. Dieses Mal hätte er ihr nicht widerstehen können, dieses Mal hätte er sie geküsst. Er öffnete bereits seine Lippen und bewegte seinen Mund in Richtung ihres Mundes, aber im selben Moment hupte draußen ein Auto, und dann krachte es. Ein Betrunkener war über die Straße getorkelt, um ein Haar hätte ihn ein Opel erwischt. Im letzten Moment bremste der Fahrer, aber der DKW dahinter konnte nicht mehr anhalten, so dass die beiden Fahrzeuge aufeinanderprallten. Sekunden später schoss ein Borgward auf die beiden ineinander verkeilten Automobile.

»Heiliger Strohsack!«, rief Trude Karcher, die plötzlich neben Clemens aufgetaucht war. Auch die anderen Sänger, Musiker, Tänzer, Statisten, Journalisten und restlichen Gäste der Premierenfeier standen auf einmal um Clemens und Veronika herum und reckten ihre Hälse. Man wollte Blut sehen. Doch es gab keine Verletzten, nicht einen einzigen. Draußen auf der Straße schob man die zerstörten Karosserien auseinander, danach redeten die Fahrer aufeinander ein, aber da sie sich nicht prügelten, verlor das Publikum rasch das Interesse. Man bewegte sich zurück zum kalten Buffet, ernüchtert und ein wenig enttäuscht.

»Was für ein Zusammenstoß«, sagte Veronika, als sie und Clemens wieder allein waren. »Diese Wucht!«

Sie lehnte sich an ihn, lächelte und hoffte vergeblich, dass sie dort weitermachten, wo sie vorhin aufgehört hatten. Clemens merkte, dass er immer noch den Arm um ihre Schulter gelegt hatte.

»Wir begeben uns besser zu den anderen«, sagte er. »Am Ende ist das Buffet leer, bevor wir auch nur einen Bissen abbekommen haben.«

Er machte sich vorsichtig los und ging, ohne sich noch einmal nach ihr umzudrehen.

Im Weggehen atmete er auf. Meine Güte, dachte er. Meine Güte, meine Güte, meine Güte. Etwas anderes fiel ihm nicht ein.

Er war gerade noch einmal davongekommen.

Am Morgen nach einer Premiere kaufte Clemens sich immer sämtliche überregionalen Zeitungen, die der kleine Kiosk am Nollendorfplatz führte. Zu Hause kochte er sich Kaffee, und während er ihn trank, nahm er sich die Blätter, eines nach dem anderen, vor und genoss, was man über ihn schrieb. Den ganzen Vormittag pflegte er so zu verbringen, wenn er mit dem letzten Artikel fertig war, fing er wieder mit dem ersten an.

Dieses Mal verging ihm allerdings schon nach den ersten Zeilen die Lust am Lesen.

Die Kritiken zum »Evangelimann« waren allesamt verheerend.

Unter dem Titel »Verhöhnung der Bergpredigt« beschäftigte sich die *Deutsche Allgemeine Zeitung* mit der Frage, warum ein überwiegend jüdisches Ensemble die urdeutsche christliche Tradition verhunzen dürfe, ohne dass dagegen eingeschritten würde. Der *Angriff* bezeichnete die ganze Inszenierung als ein Paradebeispiel für Rassenschande. Und die *Deutsche Nationalzeitung* sprach von einem Triumph des Judentums über die deutsche Kultur. Was der *Stürmer* über die Premiere berichtete, das ersparte sich Clemens lieber.

In all den Verrissen war er selbst noch recht gut weggekommen. Eine tapfere Leistung bescheinigte ihm die *Nationalzeitung*, das *Berliner Tageblatt* sprach sogar von einem überragenden Clemens Haupt in der Titelrolle. Aber das half nichts. Auf einem sinkenden Schiff im Weltmeer konnte der beste Schwimmer nicht bestehen.

Er schob die Zeitungen von sich und musste plötzlich wieder daran denken, wie Erwin Tafel die Tür hinter ihm zugeschlagen hatte.

Es war ein Fehler, dass er sich für diese Leute starkgemacht hatte, erkannte Clemens. Was hatte ihn nur geritten, dass er sich eingebildet hatte, den ganzen Naziapparat aufhalten zu können.

Bei der Probe am Montag ging er auf Distanz zu Veronika. Als sie ihn zaghaft anlächelte, erwiderte er ihr Lächeln nicht. Nach der Probe begab er sich sofort nach Hause.

Am Mittwochabend störte ein Trupp Hitlerjungen die Vorführung. Es war wie damals beim »Schwarzwaldmädel«, sie lärmten, pfiffen und tobten so lange, bis die Vorstellung abgebrochen werden musste.

Am Donnerstag setzte man das ganze Stück ab.

»Dabei hatten die Proteste gar nichts mit dem Evangelimann zu tun«, teilte Flock Clemens mit, als sie sich mittags in der Kantine trafen. »Es ging um die Besetzung.«

Es ging hauptsächlich um Trude Karcher und um Veronika Weidling, das war Clemens klar. Die beiden waren nicht zu halten, auch das war ihm klar. »Gegen die Macht der Presse sind wir hilflos«, sagte Flock. »Und gegen die Nazistörtrupps auch.«

Die Karcher ließ sich krankschreiben, Veronika Weidling blieb den Proben ohne Angabe von Gründen fern. Wegen grober Pflichtverletzung wurde sie Ende Januar 1934 fristlos gekündigt. Trude Karcher dagegen kam ihrer Kündigung zuvor, sie teilte Flock Anfang Februar mit, dass sie sich entschlossen habe, in die Vereinigten Staaten auszuwandern.

»Weg mit Schaden«, sagte Flock erleichtert.

Im Februar kamen zwei neue Sopranistinnen und eine Altistin an die Oper. Die eine Sopranistin war fast fünfzig, viel zu alt für die Rolle der jugendlichen Heldin, die andere kam direkt vom Konservatorium und war völlig unerfahren. Die Altistin hatte eine dünne Stimme, die immer ein bisschen belegt klang. Ohne die Reichsmusikkammer und die neue Judenpolitik hätten alle drei an der Staatsoper keine Chance gehabt. Aber wie die Dinge nun einmal lagen, wurden sie von der Presse durchaus wohlwollend aufgenommen.

»Der Evangelimann« wurde mit neuer Besetzung wieder auf den Spielplan gesetzt, die Presse jubilierte, die Nazis triumphierten.

Clemens sang mit schmelzender Stimme von den Seligen, die Verfolgung litten um der Gerechtigkeit willen und versuchte dabei, nicht an Veronika Weidlings Nervenzusammenbruch zu denken, mit dem alles angefangen hatte. Er wollte gar nicht wissen, was sie jetzt machte, wo sie lebte, da sie nicht einmal mehr das Geld für die Miete ihrer schäbigen Absteige verdiente. Er verließ kaum noch das Haus aus Angst, sie vor einem der Lokale zu treffen, in die sie früher gemeinsam gegangen waren. Als er einmal am Schlesischen Bahnhof vorbeifuhr, meinte er sie dort stehen zu sehen, in ihrem weit ausgeschnittenen grünen Kleid neben den anderen Mädchen. Er schaute rasch weg. Wahrscheinlich hatte er sich getäuscht.

Er vermisste Orlanda mehr denn je. Die stolze, kluge, schöne Orlanda, die allen Weidlings dieser Welt himmelhoch überlegen war. Aus gekränkter Eitelkeit hatte er sie damals verlassen, weil sie ihn nicht hatte heiraten wollen. Er hatte gehofft, dass sie ihm reumütig folgte, sobald ihr bewusst würde, dass er es ernst meinte. Aber Orlanda war nicht gekommen. Sie war keine Frau, die einem Mann nachrannte.

Oft war er kurz davor, die Staatsoper aufzugeben und zurück nach Düsseldorf zu gehen. Wenn er die geringste Hoffnung gehabt hätte, dass sie auf ihn wartete, hätte er alles hingeschmissen.

Nachts lag er in seinem Bett und spürte Orlandas Abwesenheit als einen dumpfen Schmerz. Es war, als habe man ihm ein Organ aus dem Leib gerissen. Er genoss den Schmerz, es war der Beweis dafür, wie sehr er Orlanda liebte. Wie furchtbar sie ihn verletzt hatte.

Oder war es Veronika, die er so schmerzlich vermisste?

Sie besuchte ihn immer, kurz bevor er einschlief. Sie schwebte splitternackt durch die Dunkelheit. Vergiss Orlanda, flüsterte sie ihm zu. Nimm mich. Ich bin da. Ich liebe dich doch so sehr. Dann legte sie sich zu ihm und saugte sich mit ihren weichen, feuchten Lippen an ihm fest, ein Sukkubus, der seinen Körper und seine Seele beherrschte.

Wenn er hochfuhr und sich erschrocken nach ihr umblickte, war sie weg.

Sie wartete so lange, bis er wieder einnickte, dann kam sie zurück.

Ulmer Höh', 7. Dezemer 1942

Mein liebes Kind!
Meine Zellennachbarin Frau Weihbrecht hat von einer der Wärterinnen erfahren, dass ich schwanger bin und was mich erwartet.
Nun spüre ich ihre Ratlosigkeit. Wenn sie auf ihrem Bett liegt und ich auf dem meinen, kann ich förmlich hören, wie die Gedanken in ihrem Kopf gegeneinanderprallen. Soll ich sie darauf ansprechen, was soll ich nur sagen? Nichts, denke ich. Sag einfach nichts. Und das tut sie bislang auch.
Bestimmt hat sie Angst vor dem, was ich ihr erzählen könnte. Ich sehe die Hoffnung in ihren Augen, ich höre sie in ihrer Stimme, wenn sie von ihren Kindern erzählt, sie hat drei Kinder, die alle schon erwachsen sind. Ich erkenne sie auch in den glitzernden Sternen im Fenster. Frau Weihbrecht ist voller Hoffnung darauf, dass sie doch noch, wider alle Erwartungen, wider alle Vernunft, mit dem Leben davonkommt.
Warum hat man sie eingesperrt? Ich habe sie nicht danach gefragt, und sie hat es mir nicht erzählt.
Wenn ich meine Hände auf meinen Unterleib lege, kann ich Dich spüren. Es ist ein Gefühl, als ob Seifenblasen in mir aufsteigen und zerplatzen. Wie zart Du bist, mein Kind. Wie verletzlich.
Deine Mutter

O Tod, du bist ein bittre Gallen

Johannes spielte den Hochzeitsmarsch von Mendelssohn. Erstaunlich, dass sich Doktor Müller und Schwester Greta für Mendelssohn entschieden hatten, dachte Anna. Noch erstaunlicher, dass sie sich überhaupt kirchlich trauen ließen. Wo Müller die Kirche doch so belächelte.

Wenn man es genauer bedachte, war es natürlich nicht erstaunlich. Doktor Müller hielt zwar nichts von der Kirche und Greta im Grunde auch nicht. Aber Gretas rüschenbesetztes Spitzenkleid mit der meterlangen Schleppe forderte einen feierlichen Rahmen, den kein Standesamt bieten konnte. Zu solch einem Kleid gehörten eine Kirche, ein Pfarrer, zahllose Gäste, Blumen, Kerzen und der Hochzeitsmarsch von Mendelssohn, auch wenn er als Jude zu den verfemten Komponisten zählte.

Und das ist erst der Anfang, dachte Anna, während Johannes orgelte und Greta von ihrem schwitzenden Vater durch den Mittelgang der Friedenskirche zum Altar geführt wurde, wo Doktor Müller auf sie wartete. Vor der Kirchentür würden Kinder mit Blumenkörbchen stehen, ein Fotograf und eine mit Lilien geschmückte Hochzeitskutsche mit zwei Schimmeln im Gespann. Im Restaurant gäbe es noch mehr Lilien, zahllose Flaschen Champagner, eine mehrstöckige Cremetorte, verziert mit Rosen aus Zuckerguss, eine Tanzkapelle. Und einen Berg von Hochzeitsgeschenken.

Anna fühlte sich auf einmal sehr müde, dabei hatte die Feier gerade erst begonnen.

Gretas Vater legte Gretas weiß behandschuhte Hand in die von Doktor Müller. Danach wischte er sich mit dem Taschentuch den Schweiß von der Stirn. Vielleicht war er erleichtert, dass die Übergabe so reibungslos vonstatten gegangen war. Doktor Müller küsste Gretas Hand. Die dicke Frau, die neben

Anna in der Kirchenbank saß, reckte den Hals und seufzte. Ob sie eine Angehörige war?

Anna musste plötzlich daran denken, was Doktor Müller tags zuvor zu ihr gesagt hatte. »Sie ahnen ja nicht«, stöhnte er, als sie abends den Operationssaal verließen, »Sie ahnen ja nicht, wie viele Verwandte meine Verlobte hat. Und auch die entfernteste Großtante aus Hintertupfingen musste eingeladen werden.«

»Ein großes Fest ist doch schön«, sagte Anna, die mit Müh und Not fünfzehn Gäste zu ihrer Hochzeit zusammenbekommen hatte.

»Wenn Sie wüssten, was das kostet«, seufzte Müller. »Und dann der ganze Zinnober in der Kirche. Ich könnte darauf verzichten. Bin bloß froh, wenn die Sache überstanden ist und wir in Venedig sind.«

Und dann der ganze Zinnober in der Kirche. Warum sagte er das zu ihr? Vielleicht wollte er sie provozieren. Sie beschloss, die Bemerkung zu ignorieren.

»Seid fruchtbar und mehret euch«, fuhr Müller fort und schüttelte dabei den Kopf. »Apropos Fruchtbarkeit, da hab ich etwas, das Sie interessieren wird.«

Er zog eine dünne Broschur aus der Jackentasche und reichte sie ihr. »Das sollten Sie sich einmal zu Gemüte führen.«

»Das Gesetz zur Verhütung erbkranken Nachwuchses«, las Anna auf dem Umschlag. »Eine Handreichung für die Schulung der in den Evangelischen Anstalten wirkenden Kräfte.«

»Warum geben Sie das ausgerechnet mir?«

»Na hören Sie mal. Sie sind doch OP-Schwester. Sie wollen sich doch weiterbilden oder etwa nicht? Eigentlich müsste ich Sie und Ihre Kolleginnen allesamt auf eine Schulung schicken.«

»Vielen Dank.« Anna riss ihm das Heftchen förmlich aus der Hand und ließ es in ihrer Tasche verschwinden.

Sie wollte es wegwerfen, ohne es zu lesen, aber natürlich schaffte sie es nicht. Johannes fand sie in die Abhandlung vertieft, als er aus der Kirche nach Hause kam.

»Kein Abendessen heute?«

»Entschuldige.« Sie fuhr hoch und ließ die Broschur in den Kohleneimer neben dem Herd fallen. »Ich habe die Zeit ganz vergessen.«

Er fischte nach dem Heft. »Darüber?«

»Sterilisierung und Kastration bei Mann und Weib«, las er laut vor. »Unfruchtbarmachung durch Strahlenbehandlung. Das gerichtliche Verfahren zur Verhütung erbkranken Nachwuchses. – Das sind ja schöne Themen. Ich dachte, du bist OP-Schwester. Was hast du denn mit diesen Dingen zu schaffen?«

Sie räusperte sich. Musste sie ihm wirklich erklären, dass eine Kastration einen operativen Eingriff erforderte? Es war ihr peinlich, mit ihm darüber zu sprechen. Es erinnerte sie an die Nächte, in denen er sich ihr zuwandte. Am Anfang hatte sie das Diaphragma – ihr eigenes Diaphragma, weil sie endlich bei einem Arzt in der Stadt gewesen war – jede Nacht getragen. Aber danach war sie nachlässiger geworden. Es war ja nun auch nicht so, dass er jede Nacht Interesse zeigte. Jetzt entschuldigte sie sich, sobald er sie zu berühren begann, rannte ins Bad und setzte die Kappe ein. Wenn sie ihn in sich spürte, konnte sie an nichts anderes denken als an die Millionen und Abermillionen Spermien, die sich in wenigen Minuten auf den Weg machen würden, wie geflügelte Ameisen auf dem Hochzeitsflug. Hinterher schlief Johannes ein, aber Anna fand keine Ruhe, weil sie sich vorstellte, wie die Ameisen in ihr versuchten, die Barriere vor ihrem Muttermund zu überwinden. Dahinter wartete die Königin, Annas Eizelle. Ein einziges, winziges Spermium nur musste den Weg zu Annas Eizelle finden, dann wäre sie schwanger, und alles wäre aus.

Johannes drehte die Broschur hin und her. Als Anna nichts sagte, legte er sie weg. »Mir gefällt das nicht.«

»Mir auch nicht. Aber es muss nun einmal sein.«

»Warum?«

»Die Maßnahmen sind erforderlich, damit sich die Krankheiten nicht ausbreiten. Wenn man die Träger daran hindert, ihr geschädigtes Erbgut an ihre Nachkommen weiterzugeben, dann stirbt die Krankheit irgendwann einmal aus. Aber wenn man nicht eingreift ...«

»Seid fruchtbar und mehret euch«, sagte Johannes, dieselben Worte, die auch Müller benutzt hatte. »Ist das nicht die Devise? Ohne Einschränkungen und Auflagen?«

»Manchmal kann man die Worte der Bibel eben nicht eins zu eins nehmen.«

»Aber wo führt das hin? Wer unterscheidet zwischen denen, die kastriert und sterilisiert werden sollen, und denen, die es wert sind, Kinder zu bekommen?«

»Die Medizin«, sagte Anna.

»Du meinst, dein Doktor Müller.« Johannes lachte spöttisch. »Und wie geht es dann weiter? Am Anfang sind es nur die Träger von Erbkrankheiten, die sich nicht fortpflanzen dürfen. Und später? Die Dummen? Die Hässlichen? Die Arbeitslosen, weil sie sich als lebensuntüchtig erwiesen haben?«

»Unsinn. Bei pervertierten Sexualstraftätern wird es natürlich erwogen ...«

»... und da entscheidet dann auch Herr Doktor Müller, wer pervertiert genug ist?«

»Johannes!« Sie war jetzt wirklich wütend. »Du weißt genau, dass das nicht stimmt. Über solche Dinge kann natürlich nur ein Gericht bestimmen.«

»Der Richter möchte ich nicht sein, der eine solche Entscheidung zu treffen hat.« Johannes schenkte sich Tee ein. »Im Übrigen dachte ich, in deinem Beruf ginge es darum, Leben zu retten, und nicht, es zu verhindern.«

»Aber zum Wohle der Volksgesundheit muss man eben solche Maßnahmen ergreifen.«

»Muss man das? Ich für meinen Teil finde die Vorsichtsmaßnahmen pervertierter, als es irgendein Straftäter je sein könnte.« Er stand auf.

»Wo willst du denn hin? Du hast deinen Tee noch nicht ausgetrunken.«

»Ich gehe in die Kirche. Den Mendelssohnmarsch üben, damit dein Doktor morgen eine schöne Hochzeit hat.«

Das war natürlich blanker Hohn. Den Hochzeitsmarsch hatte Johannes schon so oft gespielt, dass er ihn im Schlaf beherrschte. Er floh in die Kirche, um sich seine Wut aus dem Leib zu spielen.

Anna, die ihn sonst immer begleitete, ging diesmal nicht mit. Sie nahm zwei Veronal, legte sich ins Bett und fiel sofort in einen bleiernen, traumlosen Schlaf.

Mitten in der Nacht wachte sie wieder auf. Johannes lag neben ihr und atmete ruhig und gleichmäßig.

Er war ihr so nahe, dass ihre Füße sich berührten. Er war ihr so fern.

Ich muss mit ihm reden, dachte Anna. Ich muss ihm sagen, dass ich auf keinen Fall Kinder will.

Gleich morgen erzähle ich ihm alles, beschloss Anna.

Aber sie wusste jetzt schon, dass sich der Vorsatz über Nacht auflösen würde wie das Veronal in ihrer Blutbahn. Viel größer als ihre Entschlossenheit war die Angst vor seiner Enttäuschung.

Jetzt nahmen Doktor Müller und Schwester Greta auf ihren blumengeschmückten Stühlen vor dem Altar Platz. Doktor Müller rückte seine Krawatte gerade. Greta nestelte an ihrem Schleier.

Sie warf Müller einen verstohlenen Blick zu, den dieser nicht erwiderte. Wahrscheinlich war er in Gedanken schon in Venedig.

Wie lange es wohl dauern würde, bis Greta schwanger wäre, überlegte Anna. Vielleicht war sie es ja schon. Immerhin sprach sie ständig von dem Kinderzimmer, das sie in ihrem neuen Haus in Kaiserswerth bereits eingerichtet hatten. »Wobei es bei *einem* Kinderzimmer nicht lange bleiben wird, so wie ich Felix kenne.«

Pastor Groß stieg jetzt auf die Kanzel. Seine Predigt rauschte an Anna vorbei, sie hatte sich längst abgewöhnt, ihm zuzuhören. Egal, welche Bibelstelle er auslegte, früher oder später kam seine Rede doch immer auf das heidnische Freidenkertum, das es mit allen Mitteln und Kräften zu bekämpfen galt.

Er geißelte die Gottlosigkeit der Menschen, die der Kirche fernblieben und bolschewistischen Irrlehren mehr Glauben schenkten als der Heiligen Schrift.

Während Anna eines der riesigen Wandbilder betrachtete, auf dem ein graubärtiger Moses Wasser aus dem Felsen schlug, pries Groß den Retter des Deutschen Reichs, Adolf Hitler, der sein Volk beherzt einer herrlichen Zukunft entgegenführte.

»Und darum wünschen wir diesen beiden Kindern Gottes, dass ihre Liebe gedeihen möge, auf dass ihre Leibesfrüchte zahlreich und gesund seien!«, rief er schließlich. Offensichtlich hatte er es in letzter Sekunde noch geschafft, den Bogen von Adolf Hitler zum Hochzeitspaar zu schlagen.

Anna konnte Doktor Müllers Gesicht nicht sehen, aber sie hätte ihre Hand dafür ins Feuer gelegt, dass er spöttisch lächelte. Müller verachtete Pastor Groß. Er zeigte seine Verachtung natürlich nicht offen, nur hin und wieder in einer abfälligen Bemerkung oder mit einem Grinsen. Wenn er sich mit dem Pastor unterhielt, war er äußerst konziliant und sprach von dem drohenden moralischen Verfall der Jugend, lobte die Konfirmation und verurteilte die kommunistische Mode der Jugendweihe aufs schärfste. Dennoch wussten alle, wahrscheinlich auch Groß selbst, dass Müller die Kirche für eine abgelebte Institution hielt, auch wenn er bislang noch nicht ausgetreten war.

»Er ist ein Wolf im Schafspelz«, sagte Johannes immer. Und er hatte recht, dachte Anna. Müller benutzte die Kirche, wenn sie ihm für seine Zwecke dienlich war, wenn es darum ging, Wähler zu mobilisieren oder die eigene Hochzeit aufzuwerten. Aber in dem Deutschen Reich, für das er kämpfte, war kein Platz für sie vorgesehen.

Der Pastor stieg wieder von der Kanzel. Johannes spielte ein Gemeindelied, das Anna nicht kannte. »Du lässt dich wieder sehen, des Volkes alter Hort, Heil allen, die verstehen dein Zeichen und dein Wort.« Die Frau neben ihr kannte das Lied dagegen auswendig. Sie sang voller Inbrunst mit, ohne auch nur einen Blick in ihr Gesangbuch zu werfen.

Die Brautleute erhoben sich, als Pastor Groß vor sie trat, um ihnen die Traufragen zu stellen.

»So frage ich euch vor Gott und dieser seiner Gemeinde«, Groß wandte sich zuerst an Doktor Müller. »Willst du diese Greta Müller, geborene Mütsch, als deine dir von Gott anvertraute Ehefrau lieben und ehren und die Ehe mit ihr nach Gottes Gebot und im Glauben an seine Verheißung führen, bis dass der Tod euch scheidet?« Doktor Müller räusperte sich, um zu antworten, aber der Pastor war noch nicht fertig. »So antworte: Ja«, fügte er rasch hinzu, als befürchtete er, dass Müller etwas anderes entgegnen könnte, *vielleicht* oder *unter Umständen* oder sogar *nein*.

Nach Müller war Greta an der Reihe, deren *Ja* im Gegensatz zu seinem laut und triumphierend durch die Kirche hallte. Sie liebte die Fragen, genauso wie sie ihr langes weißes Kleid liebte und die blumengeschmückte Kirche und die Zuschauer in den Bänken. Dieser Gottesdienst war für sie der Beginn eines neuen Lebens. Schwester Greta war Vergangenheit. Sie war jetzt Frau Doktor Felix Müller.

Als sie die Kirche verließen, regnete es in Strömen. Die Hochzeitsgäste zauberten aus dem Nichts Regenschirme hervor, nur Johannes und Anna hatten keinen mitgebracht. Sie stellten sich unter das Kirchenportal, während Müller und Greta in ihre Hochzeitskutsche stiegen. Müller spannte einen schwarzen Schirm auf, Gretas Schirm war mit lila Fliederblüten bedruckt. So fuhren sie von dannen.

»Ich habe Kopfschmerzen«, sagte Johannes.

Anna seufzte. »Wir sind zur Feier eingeladen.«

»Mein Kopf platzt fast.«

»Du willst nicht mitkommen?«

»Ich *kann* nicht mitkommen. Glaubst du mir nicht, dass es mir schlecht geht?«

Nein, sie glaubte ihm nicht. Und Doktor Müller würde es ebenfalls nicht glauben, er würde annehmen, dass Johannes aus Abscheu vor ihm nicht erschienen war. Und er hätte recht.

»Johannes«, sagte Anna leise. »Ich kann dort nicht allein erscheinen. Er ist mein Vorgesetzter. Und du bist mein Mann.«
»Wenn ich es dir doch sage. Es geht mir furchtbar übel.« Er verzog das Gesicht und griff sich an die Schläfe.

Die Hochzeitsfeier fand im Ochsen statt, einem Gartenlokal in der Altstadt. Eine Feier im Freien war undenkbar. Ein Sturmregen peitschte die Linden im Garten hin und her, nasse Blätter klatschten gegen die Fensterscheiben und rutschten dann zu Boden wie Ertrinkende.

Im Nebenraum des Ochsens waren die Tische in Form eines großen U angeordnet. An der kurzen Seite des U saß das Hochzeitspaar, flankiert von den Trauzeugen, Eltern und Schwiegereltern. Dann folgten die übrigen Gäste, aufgereiht nach Verwandtschaftsgrad und gesellschaftlichem Rang.

Anna hätte sich am liebsten zu Schwester Hildegard und Schwester Eva gesellt, die am linken Tischende zusammenstanden, aber ihre Tischkarte lag auf der rechten Seite, direkt neben der von Pastor Groß. Zu ihrer Linken hätte Johannes gesessen, wenn er denn da gewesen wäre. Zum Glück ist er nicht mitgekommen«, dachte Anna, plötzlich erleichtert. Spätestens jetzt wäre er geflüchtet. Ein Mittagessen an der Seite von Pastor Groß, das hätte ihm den Rest gegeben.

Was sich Müller wohl dabei gedacht hatte? Vermutlich gar nichts, wahrscheinlich hatte er es Greta überlassen, die Sitzordnung festzulegen. Und weil Johannes Organist war, hatte Greta ihn und Anna neben dem Pastor platziert.

Anna setzte sich, erst dann stellte sie fest, dass die meisten Gäste noch standen. Sie starrte auf die leeren Gläser und den Blumenschmuck auf dem Tisch und fühlte sich, als hätte sie sich auf ein Fest eingeschlichen, zu dem sie nicht eingeladen war.

Irgendwann nahmen auch die anderen Gäste Platz, neben ihr Pastor Groß.

Sie wechselten ein paar höfliche Worte. Pastor Groß erkundigte sich nach Johannes. Sie erzählte, dass er unpässlich sei, schon am Morgen habe er sich nicht wohl gefühlt, log sie. Groß nickte so ernst, als habe sie ihn soeben von Johannes' Ableben unterrichtet.

»Ist es nicht ein herrliches Fest«, fragte er dann.

»Vom Feinsten«, sagte Anna.

Als die Vorspeise serviert wurde, wandte Groß sich dem Tischnachbarn zu seiner Rechten zu, den Anna nicht kannte. Nach einer Ochsenschwanzsuppe gab es Würzfleisch auf Brot, als Hauptgang Forelle blau oder Kassler für diejenigen, die keinen Fisch mochten, dazu wurden Möhren, Erbsen, Kartoffeln und Salat gereicht. Zum Nachtisch servierte man Birne Helene und Schokoladenpudding.

Anna aß einen Gang nach dem anderen, während des ganzen Essens redete sie kein Wort bis auf ein »Bitte«, als sie dem Herrn gegenüber den Salzstreuer reichte.

Nach dem Essen gab es Kaffee, der furchtbar bitter schmeckte, aber Anna wollte Groß nicht nach dem Zucker fragen, er war noch immer in seine Unterhaltung vertieft.

Sie rührte dennoch unaufhörlich in ihrer Tasse, während ihr Blick über die Hochzeitsgesellschaft wanderte. Alle schienen sich prächtig zu amüsieren. Greta unterhielt sich mit ihrer Trauzeugin, die ihr frappierend ähnlich sah, wahrscheinlich war es ihre Schwester. Doktor Müller hatte seinen Arm auf die Rückenlehne von Gretas Stuhl gelegt und betrachtete sie voller Wohlgefallen, wie einen Gegenstand, den er gerade erworben hatte.

Keiner beachtete Anna. Ich könnte genauso gut gehen, dachte sie, und im selben Moment stand sie auf. »Entschuldigung«, murmelte sie, aber auch das beachtete keiner. Sie schob ihren Stuhl an den Tisch und verließ den Raum, mit jedem Schritt, den sie zwischen sich und die Hochzeitsgesellschaft legte, fühlte sie sich leichter. Als sie die Tür hinter sich schloss, wurden das Dröhnen und Lachen im Raum zu einem leisen Summen.

Vielleicht hatte Doktor Müller ihren Aufbruch bemerkt, vielleicht folgte er ihr sogar. »Es tut mir so leid«, würde sie sagen. »Aber ich muss nach meinem Mann sehen.« Er würde ihr natürlich nicht glauben.

Bevor sie das Lokal verließ, blickte sie sich noch einmal um. Er kam aber nicht.

Fritzi war jetzt Tippfräulein bei Henkel. Ihre Anstellung in der Arbeiterbibliothek in Wersten hatte sie gleich nach der Machtübernahme verloren, weil die Bibliothek von den Nazis geschlossen worden war.

»Ich wusste gar nicht, dass du Schreibmaschine schreiben kannst«, sagte Anna.

»Als ich mit der Singerei angefangen habe, haben meine Eltern darauf bestanden, dass ich auch etwas Ordentliches lerne. Und es war gut so, sonst hätte ich jetzt kein Auskommen.«

»Und die Musik? Vermisst du sie nicht?«, fragte Anna. Sie spazierten um den kleinen See im Florapark. Auf der grünbraunen Wasseroberfläche schwammen Seerosenblätter, und darunter trieben ihre Spiegelbilder. Sie kamen nur sehr langsam voran, weil es mit Fritzis Bein schlimmer geworden war.

»Ich singe wieder ein bisschen«, sagte Fritzi und lachte verlegen. »Ich habe einen jungen Mann kennengelernt ...«

»Aha«, sagte Anna.

»Nein, nicht so, wie du denkst.« Fritzi seufzte. »Er spielt Akkordeon, und gar nicht einmal so übel. Als er gehört hat, dass ich Sängerin bin, hat er nicht mehr lockergelassen. Wir haben ein paar Mal zusammen geübt. Und letzte Woche sind wir auf einem Sommerfest aufgetreten.«

»Und?«

»Die Leute waren ... angetan.«

»Das ist doch großartig!«

Fritzi senkte den Kopf. Sie trug ihr rotbraunes Haar jetzt onduliert, die weichen Wellen leuchteten in der Sonne wie ein Meer im Sonnenuntergang. »Es fehlt mir so«, flüsterte sie. »Die Arbeit an der Oper, die Auftritte. Sogar die Proben.«

Anna suchte vergeblich nach Worten. Nur nicht den Kopf hängen lassen, hatte Schwester Ingeborg neulich zu einem Patienten gesagt, der soeben erfahren hatte, dass er einen faustgroßen inoperablen Tumor in der Stirnhöhle hatte.

Fritzi starrte immer noch zu Boden. »Am meisten vermisse ich Clemens. Ist das nicht verrückt? Ich denke täglich an ihn. Dabei waren wir doch nur ein paar Wochen zusammen.«

Clemens. Anna brauchte einen Moment, um den Namen mit Orlandas verflossenem Liebhaber in Verbindung zu bringen. Clemens Haupt, der jetzt an der Berliner Staatsoper war, ein Weltstar, wie Schwester Afra letztens noch gesagt hatte. Aber was hatte Fritzi mit ihm zu tun? Anna wollte sie gerade fragen, als ihr einfiel, dass auch Clemens und Fritzi einmal ein Paar gewesen waren. Orlanda hatte ihr davon erzählt, aber Anna hatte es wieder vergessen, weil sie Fritzi damals kaum gekannt hatte.

»Du mochtest ihn nicht«, sagte Fritzi.

»Ich kannte ihn kaum«, erwiderte Anna. Obwohl er drei oder vier Jahre lang mit Orlanda ausgegangen war. »Aber er ist es bestimmt nicht wert, dass du so viel an ihn denkst.«

Fritzi lachte. »Ich weiß. Aber was soll ich machen?«

Eine kleine Fliege setzte sich auf ihren Ärmel und flirrte mit den Flügeln. Ihr Unterleib leuchtete so rot wie Fritzis Haar. Als Fritzi sich bewegte, flatterte sie hoch und ließ sich auf Annas hellem Strohhut nieder. Sie gehörte zu einer seltenen Schwebfliegenart, die in einigen Jahren aussterben würde, bevor irgendein Insektenforscher Gelegenheit gehabt hätte, sie zu benennen. Niemand wusste, dass es die Art gab, und niemand würde jemals von ihr erfahren.

»Im Grunde ist es ja gut, dass ich schon nach der Sache mit dem Bein nicht mehr auftreten konnte. Inzwischen hätten sie mich längst rausgeworfen. Wenn ich doch nur Verwandtschaft im Ausland hätte. Freunde oder wenigstens Bekannte. Ich wäre längst weg.«

»Du würdest wirklich auswandern?«

»Ohne zu zögern. Die Repressalien, die wir jetzt zu erdulden haben, sind doch erst der Anfang. Irgendwann bringen sie uns um.«

»Nun übertreib nicht. Wir leben doch nicht im Mittelalter.« Anna musste plötzlich an Doktor Teitelbaum denken, der fristlos entlassen worden war. Aber Teitelbaum war Alkoholiker gewesen, eine Gefahr für die Patienten. Bei Fritzi lagen die Dinge ganz anders.

»Scholten will mich heiraten«, sagte Fritzi.

»Was? Wer ist denn Scholten?«

»Albert Scholten. Der Akkordeonspieler, mein Kollege bei Henkel. Er meint, es wäre das Sicherste für mich.«

»Was für eine Idee! Liebst du ihn denn?«

Fritzi seufzte. »Er meint es gut mit mir. Er ist ganz verrückt nach mir. Kannst du dir das vorstellen, dass einer verrückt nach mir ist?«

»Und du? Bist du auch verrückt nach ihm?«

»Natürlich nicht. Nach Clemens war ich verrückt und bin es immer noch, aber es ist nichts aus uns geworden. Vielleicht versuche ich es nun einmal andersherum.«

»Ich weiß nicht«, sagte Anna.

»Ich auch nicht«, sagte Fritzi.

Sie schwiegen beide und sahen der roten Schwebfliege nach, die von Annas Hutkrempe in Richtung See schwirrte. Sie suchte sich eine Seerosenblüte, in die sie hundertvierundzwanzig winzige Eier legen würde.

Am Abend würde sie sterben.

Doktor Müller war nun schon die dritte Woche in den Flitterwochen in Venedig. »Man könnte Greta direkt beneiden«, sagte Schwester Eva, als sie zusammen mit Anna den Operationssaal aufräumte.

»Wegen Müller?«, fragte Anna.

»Wegen Venedig. Da wollte ich schon immer einmal hin.«

Vor Annas innerem Auge glitten Doktor Müller und Greta in einer Gondel daher. Der Gondoliere klimperte auf einer Mandoline den Hochzeitsmarsch.

»Wohin ging denn eure Hochzeitsreise?«, erkundigte sich Eva.

»Welche Hochzeitsreise?« Anna knüllte ein großes blutiges Tuch zusammen und stopfte es in einen Wäschesack. »Wir haben doch kein Geld für so was.«

»Einen Oberarzt müsste man sich angeln. Oder wenigstens sein Gehalt.«

Anna lachte. »Dann hast du ihn aber auch am Hals. Du hast doch gehört, was Pastor Groß gesagt hat: Bis dass der Tod euch scheidet.«

»Es muss ja nicht gerade Müller sein. Aber du hast recht: Die reichen Männer haben meistens einen schlechten Charakter.«

»Eben. Sei zufrieden mit dem, was du hast!«

»Mit dem, was ich habe«, wiederholte Eva abfällig. Mehr sagte sie nicht.

Anna fischte einen Wundhaken unter dem Operationstisch hervor, der ihr während der Operation aus den Händen gefallen war. Als sie wieder nach oben kam, sah sie, dass Eva weinte.

»Was ist denn los?«

»Es ist aus«, schluchzte Eva. »Er hat eine andere. Er will mich nicht mehr. Und ich dachte ... und ich wollte ...«

Anna legte den Wundhaken in eine Siebschale. Das metallische Scheppern klang wie spöttisches Gekicher.

»Hochzeitskleider hab ich mir schon angesehen, ich dumme Kuh«, stieß Eva hervor. »Ich konnte doch nicht ahnen, dass er im letzten Moment ... ich dachte, ich hätte es endlich geschafft. Ich dachte, ich könnte diese Tretmühle hier hinter mir lassen und heiraten, seine Eltern hatten uns ein Grundstück versprochen, auf dem wir unser Haus hätten bauen können. Und wir wollten auch Kinder. Verstehst du, Anna, es war ganz nah, zum Greifen nah, und jetzt ist alles aus. Und diese blöde Greta hat sich den Müller geangelt, möchte bloß mal wissen, was der an ihr findet.«

»Ach Eva«, flüsterte Anna. »Vielleicht ist es ja besser so. Du findest bestimmt einen anderen ...«

»Aber es war doch schon fast geschafft!« Eva sah Anna so anklagend an, als wäre alles ihre Schuld. »Verstehst du, ich war doch schon fast so weit.«

Die Worte hallten in Annas Ohren, als sie den Wagen mit den schmutzigen Instrumenten zurück in den Sterilisationsraum schob. *Ich war doch schon fast so weit.*

So dachten sie alle. Die anderen OP-Schwestern, die Schwestern auf der Station, selbst die kleinen Lernschwestern, die ihre Ausbildung gerade erst begonnen hatten, sie alle kannten nur dieses eine Ziel. Einen Mann zu finden, der sie aus der Berufstätigkeit erlöste, indem er sie heiratete. Selbst Fritzi, die kluge, mutige Fritzi, überlegte, einen Mann zu heiraten, den sie nicht liebte, damit er sie absicherte.

Schwester Greta war besonders erfolgreich gewesen, sie hatte gleich den Oberarzt erobert. Sie würde man nicht mehr herumkommandieren und schikanieren. Schwester Greta würde keine blutigen Binden mehr auswaschen und keine Nachttöpfe mehr ausleeren. Nicht einmal für ihre eigenen Kinder, denn das besorgte das Kindermädchen. Schwester Greta war jetzt Frau Doktor Müller. Sie war erst dreiundzwanzig und hatte alles erreicht, was man als Frau erreichen konnte.

Und ich, dachte Anna. Was will ich erreichen in meinem Leben?

»Die höchste Tugend der Frau«, hatte Pastor Brugge am letzten Sonntag gepredigt, »ist die Hingabe. Der Mann schreitet voran. Die Frau bleibt bestehen.«

Wenn Johannes wüsste, wie ich wirklich bin, dann hätte er mich niemals geheiratet, dachte Anna.

Nach der Arbeit ging sie in die Krankenhauskapelle und spielte Orgel. Sie hatte so lange nicht mehr geübt. Seit Johannes nachmittags und abends Klavierschüler unterrichtete, fielen ihre Orgelstunden immer häufiger aus. Und dann übte sie auch nicht.

Die Choräle, die sie sonntags im Gottesdienst begleitete, beherrschte sie im Schlaf. Alles andere begann ihr langsam wieder zu entgleiten, wie damals, bevor sie Johannes kennengelernt hatte.

Sie begann mit ein paar Pedalübungen, die ihr Johannes vor Wochen aufgegeben hatte, und brach sie nach wenigen Takten wieder ab. Keine Übungen, sie brauchte etwas anderes. Ein Musikstück, in dem sie sich verlieren könnte, um Schwester Eva, Doktor Müller, Greta und alles andere zu vergessen.

Sie sah durch den Stapel leicht angestaubter Notenblätter, der auf der Ablage über dem Spieltisch lag, und entschied sich schließlich für einen einfachen dreistimmigen Satz. »Der bittre Tod« hieß das Stück. »Nach Leonhard Lechner« stand in der rechten oberen Ecke, ein Name, der ihr genauso wenig sagte wie der Titel. Vielleicht wählte sie es ja deshalb aus, weil sie glaubte, dass die Musik sie mit nichts und niemandem verbinden würde.

Aber schon nach den ersten sechs Takten merkte sie, dass sie das Stück kannte. Sie hatte es nie selbst gespielt. Aber sie hatte es einmal gehört, auch wenn sie sich zuerst nicht erinnerte, wann und wo.

Sie spielte noch ein paar Takte mit der rechten Hand, nur die Melodie. Dann brach sie ab. Die Töne sanken in sie hinein, wühlten sie auf und brachten etwas zutage, das tief in ihr geruht hatte.

»O Tod, du bist ein bittre Gallen, du willst mir gar keinswegs gefallen.« Die Worte waren plötzlich in ihrem Gedächtnis. Wo kamen sie her? Unter den Noten stand kein Text. Dennoch kannte sie ihn.

Von diesem Punkt an gab es kein Zurück mehr. Die Erinnerung trat aus dem Dunkel der Vergangenheit in die Gegenwart. »Ich kann nit fröhlich werden allhie auf dieser Erden«, murmelte Anna. Und dann war alles wieder da.

Zum ersten Mal hatte sie das Lied in Saarn gehört, in der Klosterkirche Sankt Mariä Himmelfahrt. Ihr Vater hatte es gespielt. Hinter einer Säule verborgen hatte sie gelauscht. Er hatte wie gewöhnlich keine Ahnung gehabt, dass sie da war.

An diesem Tag war Anna sogar gegen seinen ausdrücklichen Befehl in die Kirche gekommen. Sie hatte die klare Anweisung erhalten, zu Hause zu bleiben, die ganze Woche schon. »Du passt hier auf, und wenn etwas ist, holst du mich«, hatte ihr Vater ihr aufgetragen.

Zehn Jahre war sie damals alt gewesen. »Ich verlasse mich auf dich, Anna«, hatte ihr Vater am Morgen noch gesagt.

Denn die Mutter war sehr unruhig gewesen in diesen Tagen. Am Abend zuvor hatten sie sogar den Arzt holen müssen. Doktor Rindermann hatte ihr eine Spritze gegeben und Tropfen verschrieben. »Glauben Sie mir, eine gute Anstalt wäre die beste Lösung für alle«, hatte er noch gesagt, bevor er gegangen war. Das sagte er immer.

Und wie immer hatte der Vater nur den Kopf geschüttelt. Er wollte seine Frau nicht fortschicken. Stattdessen ertrug er ihre Verrücktheiten, ob sie lachte oder weinte, ob sie Unsinn anstellte oder vor sich hin dämmerte.

Ottilie Mandel.

Sie war eine schöne Frau, groß, schlank und dunkelhaarig. Früher war sie fröhlich gewesen, wenigstens sah es auf dem Hochzeitsfoto so aus, das ein Jahr vor Annas Geburt vor der Saarner Dorfkirche aufgenommen worden war. Zumindest aber war sie so normal gewesen wie die anderen Mütter im Dorf. Sie hatte Kuchen gebacken, Wäsche gefaltet, Lieder gesummt und Mützen und Pullover gestrickt, aus denen nun auch Orlanda schon lange herausgewachsen war. All das wusste Anna, aber sie konnte sich nicht daran erinnern. Sie war erst drei Jahre alt gewesen, als Orlanda geboren wurde.

Mit Orlandas Geburt hatte alles angefangen.

Drei Tage lag die Mutter in den Wehen, und im Verlauf dieser drei Tage brannte ein dünner Nervenstrang, der das Vorderhirn mit dem Mittelhirn verband, einfach durch wie der Faden einer Glühbirne. Als man ihr die kleine Orlanda zum ersten Mal in die Arme legte, flüsterte sie mit schwacher Stimme: »Sieh mal an, es ist eine Kartoffel.«

Das wird sich legen, meinte die Hebamme. So eine Geburt kann einen schon mal durcheinanderbringen. Aber bei ihrer Mutter legte sich nichts. Sie hatte den Verstand verloren und sollte ihn nie mehr wiederfinden.

Meist saß sie nun von morgens bis abends in dem großen Lehnstuhl am Fenster in der Stube. Sie starrte hinaus auf die

Straße, blickte blind durch alles hindurch, was sich dort draußen bewegte. Nur hin und wieder geriet sie in Aufregung. Dann ging sie ohne einen ersichtlichen Grund in die Küche und begann Geschirr zu zerschlagen. Oder sie rannte barfuß aus dem Haus, auf die Straße und wurde fast überfahren. An solchen Tagen durfte man sie nicht allein lassen, deshalb hatte ihr Vater Anna aufgetragen, auf sie aufzupassen.

Ich verlasse mich auf dich, Anna.

Der Morgen zog sich wie zäher Hefeteig. Es waren Schulferien, draußen schien die Sonne, drinnen spielte Anna mit Orlanda nun schon zum vierten Mal Mikado. In ihrem ganzen Leben hatte sie sich noch nie so gelangweilt.

Am Donnerstag, an dem Tag, an dem sie das Musikstück zum ersten Mal hören sollte, blickte Anna morgens aus dem Küchenfenster und sah ihre Klassenkameraden. Sie rannten am Haus vorbei zu dem kleinen Weiher am Damm, in den Händen Boote aus Borkenrinde. Anna stellte sich vor, wie sie die selbstgebauten Schiffe auf das moosgrüne Wasser des Teichs setzten. Die weißen Papiersegel leuchteten in der Sonne wie grelle Lichter. Ein Boot würde irgendwann untergehen, das war immer so, und derjenige, dem es gehörte, würde vergeblich versuchen, es zu retten. Die Kinder rannten am Fenster vorbei und beachteten Anna nicht, die in der dunklen Küche stand und ihnen nachblickte.

»Ich gehe vielleicht kurz einmal hinaus«, sagte sie gedankenverloren zu Orlanda.

»Vater hat gesagt, du sollst hierbleiben«, entgegnete Orlanda.

»Nur ganz kurz. Wenn etwas ist, dann rufst du mich eben.«

»Nein, ich komme mit.«

»Das geht nicht. Einer muss bei Mutter bleiben.«

»*Du* sollst bei Mutter bleiben«, rief Orlanda, die damals gerade acht Jahre alt geworden war. »Du darfst mich nicht allein lassen!«

»Am Weiher sind nur die Großen. Das würde dir gar nicht gefallen.«

»Ich will aber mit! Vater hat gesagt …«

»Hast du nicht verstanden? Du bleibst hier!«, schrie Anna und rannte aus dem Haus.

Sie lief zum Weiher und sah den anderen dabei zu, wie sie ihre Boote fahren ließen. Sie selbst hatte kein Boot, aber das machte nichts. Sie fühlte sich wie eine Verbrecherin, verderbt, aber auch ungeheuer frei und mutig. Manchmal warf sie einen Blick über die Schulter, um zu sehen, ob Orlanda ihr nachkam. Oder gar der Vater.

Sie blieb so lange am Weiher, bis sich eines der Boote langsam mit Wasser füllte und unterging. Während der dicke Herbert ins Wasser watete, um es herauszuziehen, und die anderen Kinder johlten, wandte Anna sich ab. Sie wollte nach Hause, aber stattdessen rannte sie am Damm entlang bis zur Sankt Mariä Himmelfahrt. Sie wusste, dass ihr Vater in der Klosterkirche war. Sie wollte ihn spielen hören. Sie hatte ihn schließlich die ganze Woche noch nicht gehört.

Er übte damals für das Gemeindejubiläum, das am darauffolgenden Sonntag mit einem festlichen Orgelkonzert gefeiert werden sollte. Es wäre sein erstes Konzert seit Jahren gewesen, denn seit Orlandas Geburt hatte sich seine Organistentätigkeit auf die Begleitung in den Gottesdiensten beschränkt. Sein Repertoire umfasste Beispiele aus allen Epochen von der Renaissance bis zur frühen Romantik. Anna hatte die einzelnen Stücke schon so oft gehört, dass sie ihr vertraut waren wie gute Freunde. Nach dem Konzert, so dachte sie, würde sie sie so bald nicht wieder hören.

Als sie die Kirche betrat, spielte er ein Stück, das sie nicht kannte. Es war unendlich traurig und drohend zugleich. Es machte ihr Angst, am liebsten wäre sie aus der Kirche geflohen, aber irgendetwas zwang sie zum Bleiben, bis ihr Vater das Lied zu Ende gebracht hatte. Fünf Tage später würde sie das Stück noch einmal hören. Ihr Vater würde es auf der verstimmten Orgel der evangelischen Dorfkirche spielen und dazu singen.

O Tod, du bist ein bittre Gallen,
du willst mir gar keinswegs gefallen.
Wann ich dein denk,
dein Nam mich kränkt,
ich kann nit fröhlich werden
allhie auf dieser Erden.

Ihr Vater hatte eine wunderschöne, klangvolle Baritonstimme, die Anna bei dieser Gelegenheit zum letzten Mal vernahm. Nach dem Begräbnis seiner Frau sang er nicht mehr, er gab auch kein einziges Konzert mehr. Er begrub seine Ambitionen zusammen mit ihr auf dem Kirchhof von Saarn.

Keiner im Dorf verstand, warum ihn ihr Tod so mitnahm. Immerhin war sie in den letzten Jahren nur noch ein Gespenst gewesen, eine hohle Hülle, der die Seele entwichen war. Im Grunde war es doch höchste Zeit, sagten die Frauen im Dorf. Nun kann er sich noch einmal neu orientieren.

Aber Julius Mandel wollte sich nicht neu orientieren. Es war, als ob die Schwermut seiner Frau nach ihrem Tod auf ihn übergesprungen wäre. Bis zu seinem Lebensende konnte er sich nicht mehr davon befreien.

Kurz nachdem Anna aus dem Haus gelaufen war, war ihre Mutter aus ihrem Lehnstuhl aufgesprungen und im Zimmer auf und ab gerannt. Orlanda hatte zuerst versucht, sie zu beruhigen, dann war sie zur Nachbarin geeilt, aber die Nachbarin war nicht zu Hause, also lief Orlanda zum Weiher am Damm. Als sie dort ankam, war der dicke Herbert gerade ins Wasser gefallen. Die anderen Kinder brüllten vor Lachen und beachteten Orlanda nicht. Nachdem sie endlich zu ihnen durchgedrungen war, stellte sich heraus, dass sie keine Ahnung hatten, wo Anna hingegangen war. »Ich glaube, sie ist wieder nach Hause«, sagte ein Mädchen. Orlanda rannte heim, aber inzwischen war auch die Mutter nicht mehr da. Nun beschloss sie, ihren Vater zu holen, allerdings lief sie zuerst in Richtung der evangelischen Dorfkirche, bis ihr einfiel, dass er ja in der Klosterkirche übte.

Sie fanden die Mutter später in der Ruhr, sie war ertrunken.

Keiner würde jemals wissen, ob sie sich wirklich hatte umbringen wollen oder ob sie in ihrem Wahn geglaubt hatte, schwimmen zu können.

Anna wurde nicht bestraft, obwohl Orlanda dem Vater alles erzählte.

Das war das Schlimmste, dachte Anna jetzt, während sie die Noten vom Spieltisch nahm und tief unter den Stapel der anderen Hefte schob. Wenn ihr Vater sie bestraft hätte, wenn er ihr sieben Wochen Hausarrest gegeben oder sie sogar übers Knie gelegt hätte, dann wäre die Sache vielleicht irgendwann einmal überstanden gewesen.

Aber der Vater unternahm nichts. Er schimpfte nicht einmal mit ihr. Nach ein paar Wochen begann er, sie wieder an der Orgel zu unterrichten, als wäre nichts geschehen.

In ihrer Verzweiflung brachte Anna die Sache selbst zur Sprache. »Wenn ich zu Hause geblieben wäre, wäre das Unglück nie geschehen«, sagte sie, während sie neben ihm auf der Orgelbank saß.

Der Vater zückte einen Bleistift und malte ein Ausrufezeichen hinter eine Tempoangabe in ihren Noten. »Achte auf dieses Accelerando«, erklärte er, als habe sie nichts gesagt.

Er hat mich nie bestraft, dachte Anna jetzt, während sich die Dunkelheit durch die Fenster der Krankenhauskapelle drängte und auf sie legte wie ein schwerer Mantel. Er hat einfach nur aufgehört, mich zu lieben.

Ulmer Höh', 18. Dezember 1942

Mein liebes Kind,
gestern hat mich Deine Tante besucht. Nach mehr als drei Monaten hat man ihr endlich eine Besuchserlaubnis erteilt. Wie seltsam es war, ihr nach so langer Zeit gegenüberzusitzen, zwischen uns dickes Glas, das von einem Drahtgeflecht durchzogen ist. Sie sah fremd aus, aber nicht mehr ganz so elend wie bei der Verhandlung.

Wir suchten beide nach Worten, dann kramte sie einen Stapel Briefe aus der Tasche. Sie dürfen dem Häftling diese Schriftstücke nicht geben, rief die Wärterin hinter ihr mit scharfer Stimme. Es muss zuvor alles geprüft werden.

Ich will sie auch gar nicht haben, sagte ich, denn ich hatte die Schrift auf den Umschlägen erkannt. Nimm sie wieder mit. Verbrenn sie oder schick sie zurück.

Ich weiß natürlich, was Du mich jetzt fragen willst.
Von wem waren die Briefe? Von meinem Vater?
Ich werde es Dir nicht sagen. Und auch von Deiner Tante wirst Du nichts erfahren.

Glaub mir, es ist das Beste. (Aber Du wirst es nicht glauben, auch das weiß ich. Vielleicht wirst Du es mir ewig nachtragen, dass ich Dir die Antwort auf diese Frage schuldig bleibe.)

Deine Tante und ihr Mann werden Dich zu sich nehmen, das haben wir gestern beschlossen.

Als ich sie fragte, ob sie das für mich tun würde, begann sie zu weinen.

Entschuldige, sagte ich. Aber ich weiß einfach keinen anderen, dem ich mein Kind sonst anvertrauen könnte.

Natürlich kommt es zu uns, schluchzte sie. Du weißt doch, dass wir uns immer Kinder gewünscht haben.

Nein, das wusste ich nicht, aber ich weiß ohnehin so wenig von ihr.

Wir haben uns früher nicht gut verstanden, Deine Tante und ich.
Aber ich weiß, dass sie Dir eine gute Mutter sein wird. Eine bessere, als ich es wäre.

Zum ersten Mal seit Wochen schlafe ich froh und erleichtert ein.
Schlaf auch Du gut, mein Kind!
Deine Mutter

Dritter Teil

Die Fahne hoch

An der Rückwand der Bühne hing ein Hakenkreuz. Es war so riesig, dass es jeder im Saal sehen konnte, egal, auf welchem Platz er sich befand, egal, wie klein er war. Das Kreuz schien sich in seinem roten Ring zu drehen wie ein mächtiges Rad.

Unter dem Hakenkreuz saßen die Düsseldorfer Symphoniker, und um die Musiker herum drängte sich ein riesiger Chor, hundertdreiundsiebzig Damen, Herren, Knaben und Mädchen, die dem feierlichen Anlass entsprechend schwarz, rot und weiß gekleidet waren.

Der Kaisersaal der Tonhalle war restlos ausverkauft. Vor einer Viertelstunde war Einlass gewesen, nun saßen die Leute auf ihren nummerierten Stühlen und warteten.

Von der Mittelloge aus hatte Orlanda eine hervorragende Sicht auf die Menschenmenge im Saal. In einer der vorderen Reihen sah sie Hugo Balzer, den musikalischen Leiter der Düsseldorfer Oper, neben dem Generalintendanten Dr. Grewes. Von der politischen Prominenz in der ersten Reihe waren dagegen nur die Hinterköpfe zu erkennen. Gauleiter Florian und sogar Reichsminister Goebbels mussten darunter sein, zumindest hatte es vor einigen Tagen in der Zeitung gestanden, dass Goebbels anlässlich der Reichsmusiktage in der Düsseldorfer Tonhalle eine kulturpolitische Kundgebung halten wolle.

»Da ist Strauss«, rief Clemens.

Orlanda hatte Richard Strauss vor Jahren einmal gesehen, als er in der Duisburger Oper den »Rosenkavalier« dirigiert hatte. Sie erinnerte sich an eine große, stolze Erscheinung. Der Mann jedoch, der jetzt die Bühne betrat, war alt und kahlköpfig, durch die gebeugte Haltung wirkte er in seinem langen schwarzen Frack fast gebrechlich. Es war, als hätten die Jahre Strauss zusammengedrückt, sein Einsatz als Direktor der Reichsmusikkammer, die Auseinandersetzungen mit den

Nazis, der beständige Druck und sein ebenso beständiges Nachgeben hatten ihn klein gemacht.

Strauss verbeugte sich, dann hob er die Hände, und sofort brauste Jubel im Saal auf. Er ließ sie wieder sinken, der Jubel ebbte ab, es war, als ob er das Publikum genauso dirigierte wie das Orchester, das jetzt zu spielen begann.

Orlanda dachte an Leopold, der gar nicht erst mitgekommen war.

»Ich zahle doch keinen Eintritt, um mir dieses Faschistenpack anzusehen.«

Unten auf der Bühne begann jetzt das Orchester zu tosen wie gerade eben noch das jubelnde Publikum. »Aaaaaah!«, sang der Chor. »Oooooh!« Mehr war über dem Sturm der Instrumente nicht zu verstehen.

Clemens war vor einer knappen Woche zu den Reichsmusiktagen angereist, die vom 22. bis zum 29. Mai 1938 in Düsseldorf stattfanden. Am Sonntag nach der Eröffnung lud er Orlanda und Leopold zum Essen ein. Er schenkte ihnen zwei Opernkarten für »Don Juans letztes Abenteuer« von Paul Graener. Aber Leopold winkte ab.

»Graener ist ein Alptraum. Das tue ich mir nicht an.«

»Es ist wirklich schrecklich, was heute alles auf den Spielplänen steht«, gab Clemens zu. »Nur weil die Komponisten Nazis sind.«

Auch Orlanda hatte keine rechte Lust, sie hatte mit der Oper abgeschlossen, und Graener reizte sie erst recht nicht. Aber die Karten waren nun einmal da.

»Warum geht ihr beide nicht zusammen hin?«, schlug Leopold vor.

Warum auch nicht, dachte Orlanda. In memoriam der guten alten Zeiten.

Das Stück war tatsächlich fürchterlich. Sentimentale Arrangements, flache Texte und eine biedere Inszenierung.

»Die Oper hat sich gewandelt, und nicht zum Besten«, seufzte Clemens.

Dabei hatten ihn die Zeiten, über die er jetzt schimpfte,

überhaupt erst groß gemacht. Im Gegensatz zu Orlanda hatte es Clemens prächtig verstanden, sich mit den Nazioberen zu arrangieren.

Im Kaisersaal der Tonhalle hatte sich der Sturm inzwischen gelegt. Die Streicher und Holzbläser schluchzten leise, der Chor, der eigentlich pianissimo singen sollte, brachte immerhin ein Mezzopiano zustande. »Aaaaah«, säuselten die Sänger. »Uuuuh.« Man verstand immer noch genauso wenig wie am Anfang.

Richard Strauss stand ganz still und bewegte den Taktstock sanft von links nach rechts. Er dirigierte mit der gleichen Leidenschaft, mit der sich andere rasierten oder Butter aufs Brot strichen. Er dirigierte, als wäre er in Gedanken ganz woanders. Über ihm schwebte das Hakenkreuz.

Strauss ist mit seiner Musik im 19. Jahrhundert hängengeblieben, sagte Orlandas Schwager Johannes immer. Und obwohl sie selten einer Meinung waren, in diesem Punkt musste Orlanda ihm recht geben. Strauss war zum Gähnen langweilig – wie alles an dieser Veranstaltung.

Orlanda warf Clemens einen verstohlenen Seitenblick zu. Sie hatten sich in den letzten Jahren so gut wie nie gesehen. Clemens war ja voll und ganz damit beschäftigt gewesen, berühmt zu werden. Er war in Berlin aufgetreten und für Gastspiele in Wien, Mailand, in London und Lissabon unterwegs. Sie hatte davon in der Zeitung gelesen. Manchmal hatte sie sich vorgestellt, wie es wäre, wenn sie ihn geheiratet hätte. Frau Clemens Haupt. Mit Sicherheit stünde sie dann nicht in einem Gemischtwarenladen und verkaufte saure Gurken aus dem Fass.

Clemens war ein Weltstar. Nicht nur die typischen Opernbesucher, auch die ganz normalen Leute auf der Straße drehten sich nach ihm um. »Ist das nicht …«, hörte Orlanda sie flüstern. »Das war doch …?«

Das Präludium zog sich.

»Strauss wird immer unerträglicher«, flüsterte Clemens Orlanda zu. Sie spürte seine Lippen an ihrem Ohr.

Ob er eine Geliebte hatte? Vielleicht sogar eine Verlobte? Sie hatten über so viele Dinge gesprochen in den letzten Tagen, aber dieses Thema hatten sie gemieden.

Erst als das Publikum zu klatschen begann, wurde ihr bewusst, dass das Präludium endlich vorbei war. Der Applaus war frenetisch, einige Leute trampelten sogar mit den Füßen und jubelten, als hätten sie wie Orlanda sehnsüchtig auf das Ende gewartet.

Oberbürgermeister Dr. Dr. Otto kündigte Reichsminister Dr. Goebbels an. Beim Klang seines Namens sprangen die Leute von ihren Sitzen, zuerst in den hinteren Reihen, dann lief die Bewegung wie eine Welle nach vorn.

Klein und schmächtig trat Goebbels unter das gigantische Hakenkreuz. Ein schwerer dunkler Haarschopf drückte auf seine hohe Stirn. Er stand sehr aufrecht vor der tobenden Menge wie ein Lehrer vor einer Horde ungezogener Schulkinder.

Orlanda kannte die Stimme des Reichsministers aus dem Radio. In der Opernhauswäscherei hatten sie den Volksempfänger immer auf die maximale Lautstärke gedreht, wenn eine seiner Reden übertragen wurde. Dabei sprach Goebbels ohnehin schon sehr laut.

Auch heute hatte man den Eindruck, dass er das Mikrophon gar nicht benötigte, dass seine mächtige Stimme den riesigen Saal auch so durchdrungen hätte.

Er sprach von seiner Liebe zu den Künsten, zur Musik im Besonderen. Von der finsteren Vergangenheit, in der die Musik der deutschen Meister verhöhnt worden sei, indem man die Klassiker verkitscht und verjazzt habe. »Hier hat der Nationalsozialismus Wandel geschaffen. In einem großen Ansturm machte er die Bahn frei für das ungehinderte Schaffen deutscher Musiker und Künstler.« Goebbels' Gesicht war ganz starr. Nur sein Mund bewegte sich, seine Lippen zerhackten die Worte in einzelne Silben.

Während er redete, hielt der ganze Saal den Atem an. Sobald er aber eine Kunstpause machte, tobte der Applaus los. Die

Düsseldorfer liebten ihren Reichsminister. Für seine Entschlossenheit, für seine Kompromisslosigkeit, für seine Bedrohlichkeit. Auch weil sie Angst davor hatten, ihn nicht zu lieben.

Dr. Joseph Goebbels liebte im Gegenzug die Düsseldorfer. Er hatte Großes mit ihrer Stadt vor. Sie sollte zur Musikhauptstadt des Deutschen Reiches werden, das war der nationalsozialistische Plan. Die Tonhalle an der Schadowstraße, in der man heute feierte, sollte bald abgerissen werden, für die Tonhalle der Zukunft wollte man ein ganzes Karree südlich der Königsallee planieren. Am Corneliusplatz sollte ein riesenhaftes Opernhaus entstehen, der Hofgarten sollte einem gewaltigen Straßenkreuz weichen, und im Rheinpark sollte ein Gauleitungsgebäude mit einem dreihundert Meter hohen Turm gebaut werden. Düsseldorf sollte als Stadt ganz neu entstehen.

Und Düsseldorf entstand tatsächlich neu, wenn auch anders als geplant.

Fünf Jahre Bombenkrieg würden eine viel gründlichere Erneuerung bewirken, als Dr. Goebbels sie sich in seinen kühnsten Träumen hätte vorstellen können. Hunderttausende Sprengbomben, Luftminen, Stabbrand- und Phosphorbomben würden alles Bestehende in Schutt und Asche legen, nicht nur die Tonhalle, sondern auch die Altstadt, die Stadtmitte, Derendorf, die Südstadt und alle drei Rheinbrücken. Zweiundneunzigtausend Wohnhäuser würden zerstört werden, das Opernhaus, die Operette und alle wichtigen Konzertsäle würden dem Erdboden gleichgemacht werden, bevor der Krieg endlich verloren wäre, bevor Dr. Goebbels in einem Berliner Bunker seine sechs Kinder und sich selbst vergiftet hätte.

Nach der Rede des Reichsministers begann das Orchester die Nationalhymne zu spielen und danach das Horst-Wessel-Lied. Wie ein Wald aus entwurzelten Bäumen reckten sich die Arme in Richtung Bühne, und der Gesang des Publikums wurde zu einem Brausen, das das Orchester genauso übertönte wie den Chor. Nun schwappte die Woge der Begeisterung endlich auch in die Ränge. »Die Fahne hoch! Die Reihen fest geschlossen! SA marschiert mit ruhig festem Schritt«, sang neben Orlanda eine junge Frau mit hoher, klarer Sopranstimme. »Kam'raden, die Rotfront und die Reaktion erschossen, marschier'n im Geist in unser'n Reihen mit.« Sie kannte alle drei Strophen auswendig, während Orlanda schon nach der ersten kapituliert hätte, wenn sie denn überhaupt mitgesungen hätte. »Bald flattern Hitlerfahnen über allen Straßen. Die Knechtschaft dauert nur noch kurze Zeit«, sangen die Menschen im Saal und der Chor auf der Bühne, als ob die Naziherrschaft nicht schon seit fünf Jahren finsterste Realität wäre.

Orlanda sah Clemens an, auch er sang mit. Als er ihren Blick bemerkte, zwinkerte er ihr zu, als teilten sie beide ein Geheimnis.

»Werdet ihr euch die Ausstellung ansehen?«, fragte er Orlanda, als sie den Saal verließen.

»Welche Ausstellung?«

»Die Schau über entartete Musik. Im Kunstpalast im Ehrenhof. Hast du nicht davon gehört?«

Doch, jetzt erinnerte sie sich. Leopold hatte davon gesprochen, und es hatte auch in der Zeitung gestanden. Orlanda hatte Leopold aber nicht richtig zugehört und den Artikel nur überflogen. Irgendeine Naziaktion im Ehrenhof, na und, was interessierte sie das? Dass der Musikgeschmack der Machthaber und ihr eigener Begriff von guter Musik nichts miteinander zu tun hatten, war ja nun nichts Neues.

»Sollen wir morgen gemeinsam in die Ausstellung gehen, bevor ich wieder zurück nach Berlin muss?«, fragte Clemens.

»Nein«, sagte Orlanda. »Mein Maß an Nazipropaganda für diesen Monat ist voll.«

Clemens lachte. »Es ist vielleicht nicht uninteressant«, fuhr er dann mit gesenkter Stimme fort. »Viele der Komponisten und Interpreten sind ja jetzt verboten. Man könnte sich ein letztes Mal ein Bild von ihnen machen.«

»Eine Ausstellung über Musik. So etwas kann auch nur den Nazis einfallen.«

»Ich würde mich freuen, wenn du mitkommst. Und Leopold auch«, sagte Clemens.

Fleischwurst, Fischkonserven, Pfefferminzbonbons, Waschpulver, Brühwürfel, Nähgarn, Bullrich-Salz, Malzkaffee, Wäscheklammern und Senf, es gab nichts, was es in Adelheid Erles Gemischtwarenhandel nicht gab. Die hohen Regale bogen sich unter der Last der Waren, unten stapelten sich die leichtverderblichen Produkte, weiter oben haltbare Lebensmittel, unter der Decke lagerten Glühbirnen, Luftpumpen und Fußbälle.

Ein falscher Griff, eine falsche Bewegung konnten hier eine fatale Kettenreaktion auslösen. Denn in Frau Erles Universum hing alles miteinander zusammen, wenn eine Sache angestoßen wurde, dann kam auch die nächste ins Wanken und riss die übernächste mit sich und immer so weiter.

»Een Unjlück kütt selden alleen«, sagte Frau Erle immer. Sie war groß und stämmig wie ein Mann und trug ihr kräftiges graues Haar kurzgeschnitten. An ihrem rechten Ohrläppchen prangte eine riesige gelbbraune Warze wie ein kostbarer Ohrring. Ihre Kunden sahen sie jeden Tag in demselben graugrünen Kittelkleid, aber natürlich war es nicht dasselbe, nur das gleiche. Sie hatte nämlich direkt fünf Exemplare im Großhandel bestellt.

Orlanda hatte die Stelle in Frau Erles Gemischtwarenhandel bekommen, weil Frau Erle mit Frau Heiermann bekannt war, die wiederum eine Tochter hatte, deren Schulfreundin mit Magda Sundheim befreundet war, und Magda Sundheim arbeitete mit Orlanda in der Opernhauswäscherei. Als nun Frau Erle händeringend eine Hilfe für den Verkauf suchte, da erzählte das Frau Heiermann ihrer Tochter, die es wiederum an ihre Freundin weitergab, die es Magda Sundheim sagte, die mit Orlanda darüber sprach. Und auf dem umgekehrten Weg erfuhr Frau Erle, dass Orlanda sehr tüchtig sei, aber die Arbeit in der Wäscherei nicht mehr machen konnte, weil ihr die feuchtwarme Luft auf die Atemwege schlage.

Anfangs hatte Frau Erle gehofft, dass sich auch Orlanda ein paar dieser Kittelkleider zulegen würde oder zumindest eines, aber dabei spielte Orlanda nicht mit. »Der Kittel macht mich zwanzig Jahre älter«, protestierte sie.

Frau Erle akzeptierte das und schenkte Orlanda zur Einstellung eine weiße Schürze, denn sie war eine großzügige Frau. Vor Orlanda hatte sie schon vier andere Mädchen im Laden beschäftigt, aber jede von ihnen war nach weniger als zwei Monaten wieder entlassen worden, weil sie nicht flink genug war, zu unordentlich, ungepflegt, unpünktlich oder alles zusammen. Vor den vier Mädchen hatte Herr Erle mit Frau Erle im Laden gestanden, aber dann war er gestorben.

Nun fuhr Orlanda schon fast zwei Jahre lang sechs Mal die Woche mit dem Fahrrad in die Ackerstraße 119, band sich ihre weiße Schürze um und verkaufte Gemischtwaren von acht bis sechs, samstags bis vier. Auch nachdem sie und Leopold geheiratet hatten, wurde daran nicht gerüttelt. »Warum sollte ich den ganzen Tag zu Hause sitzen, nur weil wir jetzt einen Trauschein haben?«, hatte Orlanda erklärt. »Sogar Anna geht schließlich arbeiten.«

Heute war Montag. Bis um neun Uhr kam für gewöhnlich kaum Kundschaft, deshalb hielt Frau Erle allein an der Kasse die Stellung, während Orlanda im Lager auf einer Holzkiste saß und rauchte, obwohl sie eigentlich die neue Ware auspacken sollte. Durch ein schmales Fenster unter der Decke fiel Sonnenlicht, direkt über Orlandas Kopf trafen sich die Sonnenstrahlen mit ihrem Zigarettenrauch. In dem Lichtstreifen glänzte und glitzerte die Rauchspirale wie Gold.

Orlanda dachte an Clemens, der jetzt wieder in Berlin war. Gestern hatte sie ihn noch zu der Ausstellung im Ehrenhof begleitet. Ihr war jetzt noch übel davon.

Die Schau war eine Demonstration von Hass und Verachtung. An den Stellwänden im Museum hingen Karikaturen von Juden, die auf Trompeten bliesen, und Negerweibern, die mit Bongos rasselten. Auf einem Plakat hämmerte ein langhaariger Zwerg mit Boxhandschuhen auf ein Klavier ein. »Hindemith sagt: Behandle das Klavier als eine Art Schlaginstrument«, stand darunter.

Zwischen den Spottbildern hingen Partituren und Fotografien mit den Porträts verfemter Musiker. Clemens machte Orlanda auf die zahlreichen Kästen aufmerksam, die an den Wänden angebracht waren. Auf Knopfdruck konnte man Schallplatteneinspielungen der entarteten Werke hören. Auf der linken Seite des Hauptsaals fand man Tonproben von den atonal Entarteten wie Hindemith, Schönberg oder Strawinsky. Rechts versammelten sich mit Weill und Eisler die politisch Entarteten, und im Nebensaal bekam man einen Überblick über die rassisch Entarteten, deren Bandbreite von jüdischen Operetten- und Schlagerkomponisten bis zu amerikanischen Jazzmusikern reichte.

Kulturbolschewismus, das war das Etikett, das für alle gemeinsam galt, mit dem die Nazis alles versahen, was ihnen entweder zu hoch oder zu flach, zu kritisch oder zu frivol, zu fremd oder verdächtig vertraut erschien. Ob Musiker, Komponist, Maler, Schriftsteller, Dichter, Schauspieler oder Tänzer – alle landeten im gleichen Topf, und danach wurde der Deckel zugeschraubt. Man kam nicht heraus, aber auch nicht hinein. Als der ungarische Komponist Béla Bartók einen Protestbrief an die nationalsozialistische Regierung schrieb, in dem er aus Solidarität seine eigene Aufnahme in die Liste entarteter Künstler forderte, ignorierte man sein Schreiben einfach.

Die Musikbeispiele im Kunstpalast erfreuten sich großer Beliebtheit. Plaudernd schlenderten die Besucher von einem Kasten zum nächsten, nur in den kurzen Momenten, in denen sie den Tonfetzen lauschten, hörten sie auf zu schwatzen und verzogen angewidert das Gesicht. »Abscheulich, ganz abscheulich«, sagte eine Dame, während sie von Webern zu Korngold ging. »Da lob ich mir meinen Wagner. Das ist Musik.«

Sie hatte recht, es war auch abscheulich. In den sekundenlangen Ausschnitten verloren die Werke allen Wert und wurden wahrhaftig zu dem, was die Nazis in ihnen sahen:

unzusammenhängende, sinnentleerte, seelenlose Tonsplitter. Ob Friedrich Hollaenders »Fesche Lola« oder Hindemiths Oratorium »Das Unaufhörliche« – auf Knopfdruck verwandelte sich jedes einzelne Stück zu toter Materie. Entartet.

Als sie die Ausstellung wieder verlassen wollten, erkannten ein paar Reporter Clemens. Von einer Sekunde zur anderen ergoss sich ein Blitzlichtgewitter auf Clemens und Orlanda, eine Fülle oberflächlicher Fragen prasselte auf sie ein, auf die Clemens genauso oberflächliche Antworten gab, denn er war mit derartigen Überfällen bestens vertraut. Ein Journalist drückte Orlanda zum Abschied eine Broschur in die Hand.

Erst als sie den Kunstpalast verlassen hatte, sah sie sich das Heft genauer an. Auf dem Titel war ein Neger abgebildet. In eleganter Kleidung und mit äffisch verzerrtem Gesicht blies er in ein Saxophon. Darunter leuchtete in großen Lettern der Name der Ausstellung: »Entartete Musik«.

»Das war das Plakat von Jonny«, flüsterte Orlanda.

Clemens warf einen Blick über ihre Schulter. »Tatsächlich.« Er nahm ihr das Faltblatt aus der Hand. »Sie haben es wirklich scheußlich gut getroffen.«

Er klang fast belustigt, aber Orlanda war nicht amüsiert. Auf dem Opernplakat von »Jonny spielt auf« war ebenfalls ein Neger mit einem Saxophon abgebildet gewesen. Er hatte eine gelbe Nelke im Knopfloch getragen, die abscheuliche Nazikarikatur auf der Broschüre trug stattdessen einen Davidstern am Revers.

Neun Jahre war es erst her, dass Orlanda Clemens in dieser Oper zum ersten Mal auf der Bühne gesehen hatte. Und doch erschien es ihr wie ein anderes Leben. Wie frei sie damals gewesen waren. Wie wild und furchtlos. So etwas wie der Jonny wäre heute undenkbar, dachte Orlanda.

»Frau Ulrich!«

Frau Erle. Orlanda ließ die Zigarette fallen. Rauchen war im Lager verboten wegen der Feuergefahr, und außerdem hatte Orlanda noch keinen einzigen Karton geöffnet. Sie trat die Zigarette aus und erhob sich.

»Entschuldigung«, murmelte sie, ohne den Schuh von der Zigarette zu nehmen. Als hätte Frau Erle sie nicht schon längst gesehen.

»Maad, üsch up no vüre! Doa wadt de Frau Jeneraldirektor Steffens und will wat von üsch.«

»Von mir? Was will sie denn von mir?«

Frau Erle knetete ihre Hände, als wollte sie sie auswringen. Frau Generaldirektor Steffens war eine ihrer besten Kundinnen, sie wohnte gleich um die Ecke auf der Beethovenstraße. Normalerweise kam natürlich das Dienstmädchen. »Na, dat froach isch Sie. Is denn jet passiert?« Frau Erle starrte auf Orlandas Schuh, unter dem die Zigarette lag.

»Nicht, dass ich wüsste.«

»Ja, nu vöran, worauf warten Sie«, sagte Frau Erle, und während sich Orlanda nach vorn begab, hob sie die Zigarette auf und warf sie in eine rostige Dose, in der sich schon achtundfünfzig andere Zigarettenkippen zusammenkrümmten, dreizehn davon hatte Frau Erle selbst geraucht.

Frau Generaldirektor Steffens war eine große Frau mit üppiger Oberweite und hoch aufgetürmtem tizianrotem Haar. Ihre dunklen Augen glänzten, als wären sie mit einer dünnen Perlmuttschicht überzogen, denn nach dem Frühstück gönnte sich die Generaldirektorin immer ein Gläschen Cognac.

»Ich wusste es«, rief sie, als sie Orlanda kommen sah. »Ich wusste die ganze Zeit schon, dass wir uns kennen. Ich konnte Sie nur nicht einordnen. Aber als ich Sie heute Morgen in der Zeitung gesehen habe, da ist mir ein Licht aufgegangen. Na, Sie sind mir vielleicht ein Früchtchen.« Sie lächelte und enthüllte dabei erstaunlich schiefe Schneidezähne.

»Bitte, was?«, sagte Orlanda.

»Nun tun Sie doch nicht so, als ob nichts wäre! Also, ich muss schon sagen.«

»Entschuldigung. Ich verstehe kein Wort.«

»Liebes Kind«, sagte Frau Generaldirektor Steffens zu Orlanda, dabei war Orlanda dreißig, gerade einmal sechs Jahre jünger als die Frau Generaldirektor selbst. »Sie sind die Sängerin.«

»Ich war einmal an der Operette …«, gab Orlanda zu, worauf Frau Generaldirektor Steffens unwillig den Kopf schüttelte.

»Jazz«, widersprach sie, wobei sich das Wort bei ihr auf Platz reimte. »Sie waren Jazzsängerin. Sie sind auf der Silvesterfeier von Justizialrat Ulmen aufgetreten! Ich erinnere mich noch daran, als ob es gestern gewesen wäre.«

Justizialrat Ulmen. Der Name sagte Orlanda nichts. Oder doch?

»Kaiser-Friedrich-Ring fünfzehn«, sagte die Frau Generaldirektor.

Ein großes, rot verputztes Haus mit geschwungenem Giebel und kleinen runden Erkern. Im Inneren eine Treppe aus weißem Marmor, goldene Spiegel an den Wänden wie in einem Palast. Die Melody Girls waren am Silvesterabend 1932 für eine private Feier gebucht worden, neunzig Mark plus Spesen.

Orlanda erinnerte sich an den dicken Gastgeber, der mit seiner noch dickeren Frau einen Shimmy getanzt hatte. Um sie herum standen die anderen Gäste und klatschten und jubelten. Die Melody Girls hätten nur eine Stunde spielen sollen, stattdessen spielten sie drei oder vier, weil alle so begeistert waren, und hinterher gab ihnen der Justizialrat zweihundert Mark. »Das habt ihr euch verdient«, sagte er und zwinkerte Betty zu, die sofort zurückzwinkerte.

Orlanda erinnerte sich noch so genau an diesen Abend, weil es der Höhepunkt ihrer Karriere gewesen war. In dieser Nacht hatte ein neues Jahr, eine neue Zeitrechnung begonnen, einen Monat später wurde Hitler Reichskanzler, von da an ging es bergab. Zuerst in einer sanften Neigung, dann wurde es steiler, und nach einem halben Jahr ging es in den Abgrund.

»Treten Sie immer noch auf?«, fragte Frau Generaldirektor Steffens.

»Nein«, sagte Orlanda. Betty war kurz nach der Gründung der Reichsmusikkammer nach Frankreich gezogen, Orlanda hatte noch zwei jubelnde Postkarten von ihr bekommen. *Begreife nicht, warum ich nicht schon viel früher ausgewandert bin. C'est ci bon!* Aber seit über einem Jahr war Funkstille.

»Auch nicht ausnahmsweise? Ich habe in der nächsten Woche nämlich Geburtstag und würde mich freuen ... ach, was sage ich, ich wäre ja ganz außer mir vor Glück, wenn Sie auf meiner Feier spielen würden.«

»Es tut mir leid. Wir haben die Band aufgelöst.«

»Dann fügen Sie sie eben wieder zusammen. Meinetwegen nur für einen Abend. Wir sind sehr liberale Leute!«

Aber Ilse war ebenfalls nicht mehr verfügbar. Sie hatte vor drei Jahren ihren Chef geheiratet, kurz bevor die Nürnberger Gesetze Verbindungen zwischen Deutschrassigen und Juden verboten hatten. Orlanda und Rita waren noch auf ihrer Hochzeit aufgetreten. Seitdem hatten sie einander nicht mehr gesehen.

»Es geht wirklich nicht«, erklärte Orlanda.

»Denken Sie noch einmal darüber nach«, sagte die Frau Generaldirektor und lächelte drohend, denn sie war es nicht gewohnt, dass man ihr widersprach.

»Jetz donnt Se ör doch dä Jefalle! Die Frau Generaldirektor ist doch eine Stammkundin«, sagte Frau Erle, nachdem die Generaldirektorin weg war und nur eine Wolke Chanel N° 5 mit einer leichten Cognacnote zurückgelassen hatte.

»Aber die Band gibt es nicht mehr. Eine von uns ist weggezogen, und zwei sind jetzt verheiratet.«

»Eine Heirat ist doch wohl kein Hinderungsgrund. Und für die Weggezogene suchen Sie sich eben einen Ersatz. Ne Musicker fing Se an jeede Eck.«

»Wenn das so ist, sollte es auch kein Problem sein, eine andere Musikgruppe aufzutun«, gab Orlanda patzig zurück. Nein, die Melody Girls würden bestimmt nicht wieder auftreten.

Sie erinnerte sich an ihren letzten Auftritt. Eine Betriebsfeier Anfang Dezember 1933 in einer Fahrradreifenfabrik in Essen. Sie hatten das Angebot im Februar bekommen und hätten es damals fast abgelehnt. »Warum jetzt schon unterschreiben?«, hatte Betty gesagt. »Vielleicht sind wir im Dezember schon das

Dreifache wert und ärgern uns, dass wir für die paar Kröten auftreten müssen.«

»Der Spatz in der Hand ist besser als die Taube auf dem Dach«, widersprach Rita. »Und im Zweifelsfall verhandeln wir einfach nach.«

Nachdem dann im November die Reichsmusikkammer gegründet und ein Auftrittsverbot für jüdische Musiker erlassen worden war, wurde tatsächlich nachverhandelt, aber anders, als sie sich das vorgestellt hatten.

»In Anbetracht der veränderten Situation«, schrieb ihnen der Fabrikdirektor, »möchten wir Sie bitten, Ihre Honorarforderung noch einmal zu überdenken.« Er machte gleich einen konkreten Vorschlag und bot die Hälfte der ursprünglich vereinbarten Gage an.

»Ich bin für absagen«, sagte Rita, die inzwischen wieder als Telefonistin arbeitete. »Wir können das doch nicht mit uns machen lassen. Wenn es so weitergeht, müssen *wir* den Veranstaltern bald etwas zahlen, damit sie uns spielen lassen.«

Aber ausgerechnet Betty plädierte jetzt dafür, das Angebot anzunehmen. Sie brauchte das Geld, weil sie immer noch keine Anstellung gefunden hatte. Die meisten Schreibbüros und Geschäfte stellten inzwischen keine Juden mehr ein.

»Wir machen es so«, schlug Ilse vor. »Ihr bekommt je ein Drittel der Gage, und Betty und ich teilen uns den Rest. Ohne uns hättet ihr auch keine Probleme.«

Aber davon wollten die anderen nichts wissen.

Vor ihrem Auftritt in der Fahrradreifenfabrik empfing sie der Direktor persönlich in seinem Büro, ein großer, stämmiger Mann mit einem mächtigen Kaiser-Wilhelm-Bart. Er knetete so nervös seine Hände, als müsse er selbst gleich auftreten. »Wir sehen das nicht so eng«, erklärte er. »Machen Sie sich keine Gedanken wegen der Rassenproblematik. Das spielt hier keine Rolle.«

Am Anfang schien auch alles gutzugehen. Sie beschränkten sich auf deutsche Titel, nichts Frivoles, nichts Zweideutiges, nichts, was auch nur im Entferntesten als Kritik an den bestehenden Herrschaftsverhältnissen verstanden werden konnte.

Weil es kaum Jazzstücke gab, die diesen Anforderungen entsprachen, waren sie in den letzten Monaten dazu übergegangen, deutsche Volkslieder zu verswingen. »Wer hat dich, du guter Wald« war ihr größter Erfolg, die Leute gerieten jedes Mal ganz außer sich, wenn sie das vortrugen.

Sie hatten auch ein paar Weihnachtslieder in ihr Programm aufgenommen. Obwohl keines der Lieder dabei war, die sie damals im Pöhlen gesungen hatte, musste Orlanda die ganze Zeit an ihren letzten Auftritt mit dem Rosenland-Swingorchester denken. An den fetten Burschen mit der Nickelbrille, der auf Schlauweins Hand gesprungen war. An Fritzi, die sie an diesem Abend im Stich gelassen hatte.

Weil sie unkonzentriert war, versang sie sich. Es war nur ein kleiner Textfehler, statt »Lieder von Liebe und Freud« sang sie »Lieder von Liebe und Leid«, niemand im Saal hörte es, nur Betty warf Orlanda einen amüsierten Blick zu.

Vielleicht war es auch kein Fehler, sondern eine Vorahnung, denn wie auf ein Stichwort erhob sich plötzlich hinten im Saal eine ganze Tischbesatzung. Eine Gruppe Männer in brauner Uniform, am Oberarm die rot-weiße Binde mit dem Hakenkreuz. Es war, als ob Orlandas Erinnerung die Männer heraufbeschworen hätte.

»Aufhören!«, brüllte einer der Männer.

»Aufhören«, fielen auch ein paar der anderen ein. »Auf – hö – ren! Auf – hö – ren!«

Die Männer skandierten im Dreivierteltakt, die Melody Girls spielten dagegen einen Viervierteltakt im Offbeat. Die Männer betonten die erste Viertelnote, die Melody Girls immer die dritte Achtelnote. Die Männer stampften, die Mädchen tanzten. Die beiden Rhythmen prallten gegeneinander. Nach jedem dritten Takt der Melody Girls waren die Männer mit dem vierten fertig, dann waren alle für den Bruchteil einer Sekunde im Einklang, bevor sie erneut aufeinander losgingen.

Einige Arbeiter im Publikum begannen den Rhythmus der Swingmusik mitzuklatschen, weil sie die Melody Girls unterstützen wollten. Der Offbeat ließ sich jedoch nicht so einfach nachvollziehen wie ein Marsch oder eine Polka. Das Geklatsche brachte noch einen dritten Rhythmus ins Spiel und die ganze Angelegenheit endgültig zum Einsturz.

»Aufhören!«, rief nun auch Betty.

Ilse hörte auf zu zupfen.

Orlanda legte ihre Flüstertüte weg.

Nur Rita klimperte noch drei Takte auf dem Banjo, dann verstummte auch sie.

Für einen kurzen Moment lang war es in der Kantine still.

»Ich weiß gar nicht, was das soll!«, schrie einer der Arbeiter. »Nun lasst die Mädchen doch spielen. Die haben doch keinem was getan.«

Aber nun griffen die Braunen ihren Dreivierteltakt wieder auf und versahen ihn mit einem neuen Text. »Ju – den – raus!«, brüllten sie. »Ju – den – raus!«

»Schluss jetzt«, sagte Orlanda. »Wir hauen ab, bevor sie gewalttätig werden.«

»Und unser Geld?«, jammerte Betty, als sie in der Küche ihre Sachen zusammenpackten. »Ich hab meinem Hauswirt die Miete versprochen.«

»Ich helf dir«, sagte Rita ruhig. »Die Gage können wir vergessen.«

Als sie die Fabrik jedoch durch den Hinterausgang verließen, stand da der Fabrikdirektor mit einem Briefumschlag.

»Das war eine ganz ungeheuerliche Frechheit von den Männern«, stammelte er. »Es tut mir leid. Nehmen Sie es sich nicht zu sehr zu Herzen. Vielleicht können Sie Ihr Konzert einmal wiederholen, wenn sich die ganze Angelegenheit wieder beruhigt hat.« Seine Hände zitterten, als er Orlanda den Umschlag mit der Gage reichte. Er wusste wohl genauso gut wie sie, dass sich so schnell nichts beruhigen würde.

Es war ja damals noch gar nicht richtig losgegangen.

Am Montagmorgen war in Adelheid Erles Gemischtwarenhandel die Hölle los. Die Leute kauften ein, als wäre gerade ein Krieg zu Ende gegangen und der nächste stünde schon vor der

Tür. Bis zum Mittag fand Orlanda keine Zeit, auch nur einen Blick in eine der Tageszeitungen zu werfen, die auf einem Regal an der Tür zum Verkauf auslagen. Als man sie am Vortag im Kunstpalast mit Clemens fotografiert hatte, war sie von einem der Reporter nach ihrem Namen gefragt worden, aber bevor sie etwas sagen konnte, hatte Clemens für sie geantwortet. »Orlanda Ulrich. Geborene Mandel. Die Sängerin.« Die Sängerin. Als ob man sie kennen müsste.

Und nun war ihr Bild in einer der Tageszeitungen erschienen, mit der entsprechenden Unterzeile, sonst wüsste Frau Generaldirektor Steffens ja nicht Bescheid.

»Über Mittag machen wir die Abrechnung«, verkündete Frau Erle, als sie um halb eins den Laden abschloss. »Da bruch isch Ör Hülp.« Das war die Retourkutsche für die Zigarette im Lager und die Absage an die Frau Generaldirektor, denn normalerweise stand die Mittagspause Orlanda zur freien Verfügung.

»Sicher«, sagte Orlanda. »Ich würde nur gerne einen Blick in die Zeitung ...« Aber im selben Moment sah sie ein rundes, rotwangiges Gesicht hinter dem Fenster der Eingangstür. Hellbraunes Haar über einem mausgrauen Mantel. Wie eine handkolorierte Fotografie, bei der die Farben verblichen waren. Anna.

Ihre Schwester rüttelte an der Tür und schaute dann auf die Uhr.

»Wir haben geschlossen«, sagte Frau Erle, obwohl man das draußen nicht hören konnte.

»Es ist meine Schwester«, wandte Orlanda ein. »Vielleicht ist etwas passiert.«

Es war auch etwas passiert. Anna trug die Düsseldorfer Nachrichten unter dem Arm, das erkannte Orlanda im gleichen Augenblick, in dem Frau Erle die Tür aufschloss und Anna in den Laden trat.

Anna nickte Frau Erle kurz zu, dann fasste sie Orlanda am Arm. »Ich muss unbedingt mit dir reden«, sagte sie mit gedämpfter Stimme, als könnte Frau Erle sie dann nicht hören.

»Ich habe aber keine Zeit«, widersprach Orlanda. »Ich muss ...«

»Fott mit üsch!«, sagte Frau Erle, als ob sie genau wüsste, dass Anna für Orlanda die schlimmste Strafe war.

Sie gingen in ein kleines Café auf der Lindenstraße. Auf dem Weg sprach Anna kein Wort. Erst als sie an einem der runden Tische Platz genommen und belegte Brote und Kaffee bestellt hatten, faltete sie die Zeitung auf und schob sie über den Tisch. »Hast du das schon gelesen?«

Orlanda sah sich selbst und Clemens im Foyer des Kunstpalasts. Er hatte einen Arm um ihre Schulter gelegt, das war ihr gar nicht aufgefallen, als die Reporter sie fotografiert hatten. »Heldentenor Clemens Haupt und seine neue Muse Orlanda Mandel«, stand unter der Aufnahme. Es war ein Gefühl, als ob sämtliche Gäste im Café, die beiden Bedienungen, der Hund unter dem Nachbartisch und der blau-grüne Papagei in dem Käfig über der Theke gleichzeitig einatmeten und die Luft anhielten. Orlandas Brust wurde eng, ihr Kopf dröhnte, während sie den Artikel überflog. »Die bezaubernde Dame an der Seite des berühmten Opernsängers heißt Orlanda Mandel. Vor einigen Jahren trat die ausgebildete Altistin noch selbst auf. Als Sängerin der sogenannten Melody Girls, eines jüdisch durchsetzten Quartetts, interpretierte sie jene frivole Art von Jazzmusik, die die große Schau im Kunstpalast an den Pranger stellt.« Wir sind sehr liberale Leute, hörte Orlanda Frau Generaldirektor Steffens plötzlich wieder sagen. Das hatte sie also damit gemeint. Dass man nichts dagegen hätte, dass bei der Feier Juden auftraten.

Orlanda faltete die Zeitung wieder zusammen und gab sie Anna zurück.

»Die neue Muse. Was für ein Unsinn! Kein Wort davon ist wahr.« Ihre eigene Stimme drang aus weiter Ferne durch das Brausen in ihren Ohren.

»Warst du etwa nicht mit Haupt im Kunstpalast?«, fragte Anna streng.

»Sicher. Aber ich bin doch nicht ...«

»Wo hast du eigentlich deinen Verstand gelassen?«, unterbrach ihre Schwester sie. »Wie konntest du diesen Mann zu der Ausstellung begleiten? Wie konntest du dich auf diese Sache einlassen? Begreifst du denn nicht, dass diese Leute dich benutzen?«

»Diese Leute? Wovon sprichst du eigentlich?«

»Von Haupt und seinen Gesinnungsgenossen.«

»Haupt ist doch keiner von ihnen.« Oder doch? Vielleicht hatte Anna ja recht. Vielleicht war Clemens nur deshalb nach Düsseldorf gekommen, um Leopold und sie auszuspionieren? Was hatte sie ihm alles erzählt?

»Unsinn«, sagte sie laut, über ihre Zweifel hinweg. »Clemens findet die ganze ... Entwicklung genauso furchtbar wie du und ich.« Die letzten Worte brachte Orlanda im Flüsterton hervor. Vielleicht gehörte die dicke Dame am Nachbartisch zur Gestapo. Man konnte nie wissen.

»Ha!« Anna lachte so grell auf, dass die mutmaßliche Gestapo-Mitarbeiterin vor Schreck ihre Kuchengabel fallen ließ. Orlanda dachte mit Sehnsucht an Frau Erle, die jetzt die Liste der getätigten Einkäufe mit dem Inhalt der Registrierkasse verglich. Sie würde rechnen und gegenrechnen und immer wieder neue Ergebnisse erzielen, und am Schluss würde sie alle Listen und Abrechnungen und Kassenzettel in die Schublade unter der Ladentheke werfen und beschließen, dass der Gewinn, den ihr Laden abwarf, nicht eben üppig war, aber für ihre bescheidenen Bedürfnisse reichte er und für Orlanda auch.

»Was weißt du denn schon von ihm? Du hast diesen Haupt doch jahrelang nicht gesehen«, sagte Anna. »Vielleicht arbeitet er für Hitler persönlich.«

Die Gestapo-Frau ruckte mit dem Kopf wie der Papagei in seinem Käfig über der Theke.

»Anna«, zischte Orlanda.

Heutzutage war es schließlich lebensgefährlich, öffentlich über seine politische Gesinnung zu sprechen, sofern sie von der offiziellen nationalsozialistischen Richtung abwich. Erst letzte Woche hatten sie die Blaue Lagune auf der Birkenstraße geschlossen, wo Orlanda sonst immer zu Mittag gegessen hatte. Der Wirt war verhaftet worden. Nachdem er von einem Parteimitglied aufgefordert worden war, ein Bild des Führers im Gastraum aufzuhängen, hatte er nachgefragt, ob man Hitler wirklich aufhängen oder nicht vielleicht lieber an die Wand stellen wollte. Der Scherz war umgehend aufgeschrieben und an die Gestapo weitergeleitet worden, wo man nicht darüber lachen konnte. Jetzt saß der Wirt im Gefängnis, und die Gaststätte war geschlossen. Wenn man durch die Fenster in den leeren Schankraum blickte, sah man Adolf Hitler in einem Goldrahmen über der verlassenen Theke hängen, den letzten Gast.

»Komm doch einmal zu unserem Treffen«, sagte Anna, als sie das Café verließen. »Jeden Mittwochabend um sieben Uhr im Haus Wartburg auf der Wilhelm-Tell-Straße.«

Sie sagte nicht, wer sich dort traf und aus welchem Grund. Ihre Mittwochstreffen gehörten zu den Angelegenheiten, über die man in diesen Zeiten lieber nicht zu viele Worte verlor. Orlanda wusste aber auch so Bescheid.

Wie die ganze evangelische Kirche im Deutschen Reich hatte sich seit der Machtübernahme der Nazis auch die Düsseldorfer Friedenskirchenparochie gespalten. Auf der einen Seite standen die Deutschen Christen, auf der anderen Seite die Bekennende Kirche, der Anna und ihr Mann Johannes angehörten.

Kirchenkampf nannte man das, aber Orlanda fand die Bezeichnung lächerlich. Es gab keinen Kampf, es gab nur diese zahmen Gottesdienste und Zusammenkünfte, in denen für die Unterdrückten gebetet wurde. Hin und wieder wurde zaghaft gegen eine kirchenfeindliche Äußerung eines Nazioberen protestiert. Aber sobald die Nationalsozialisten auch nur mit den Schultern zuckten, fuhren die Bekennenden Christen zusammen und hielten sich vor Schreck selbst den Mund zu.

Das war keine Opposition, fand Orlanda, das war ein Witz.

Deshalb ließ man sie ja auch gewähren. Alle sechs Monate durchsuchte die Polizei das Büro oder das Pfarrhaus von Pfarrer Brugge, kippte den Inhalt aller Schubladen aus und warf sämtliche Bücher aus den Regalen auf den Boden, dann zogen die Beamten wieder ab. Pastor Brugge rief seine Anhänger zusammen, man schaffte gemeinsam Ordnung und betete dafür, dass der nächste Übergriff möglichst lange auf sich warten lassen möge. Mehr war offensichtlich auch von Gott nicht zu erwarten.

Einmal in der Woche gingen Anna und Johannes zu den Gemeindeabenden in der Wilhelm-Tell-Straße. Orlanda hatte sie noch niemals begleitet, obwohl Anna sie und Leopold schon oft eingeladen hatte.

»Ich passe nicht dazu«, sagte Orlanda.

»Du kennst uns doch gar nicht«, sagte Anna. »Du musst nicht meinen, dass wir ständig nur beten und singen. Oder uns gegenseitig aus der Bibel vorlesen.«

»Aber was tut ihr denn sonst?«

»Komm mit, dann weißt du es.«

Nein, sie wollte nicht. Diese Kirchentreffen waren ihr zu muffig, zu spießig, zu langweilig. Das war nicht ihre Welt.

»Ich muss jetzt wirklich zurück.« Orlanda reichte Anna die Hand. »Frau Erle wartet schon.« Das war eine glatte Lüge. Frau Erle erwartete sie nicht vor halb zwei, und bis dahin waren es noch über dreißig Minuten.

»Vergiss nicht, dass du verheiratet bist, Orlanda«, sagte Anna.

»Also wirklich, Anna! Was redest du denn da! Nur weil ich einmal mit Haupt ausgegangen bin.« Zweimal, um genau zu sein.

»Er ist der falsche Umgang für dich.«

Annas Augen glänzten graugrün wie die Essiggurken, die Frau Erle in einem großen Bottich hinter der Gemüsetheke lagerte. Orlanda hatte plötzlich auch den säuerlichen Geruch in der Nase, der aus dem Fass aufstieg, wenn man den Deckel abnahm. Sie verzog das Gesicht.

»Ich muss los«, meinte sie noch einmal, während sie sich abwandte. »Auf Wiedersehen, Anna.«

»Orlanda!«, rief Anna ihr nach.

Orlanda beschleunigte ihre Schritte. Wenn Clemens in der Nähe gewesen wäre, wäre sie sofort zu ihm gelaufen, aus lauter Wut über Anna.

Ulmer Höh', 25. Dezember 1942

Mein unbekanntes Kind,
heute ist Weihnachten. Gestern, am Heiligen Abend, hat mir Frau Weihbrecht ein kleines Stück Seife geschenkt, mit Rosenduft. Ich habe ihr nichts geschenkt, ich hatte gar nicht daran gedacht, dass ich ihr etwas schenken könnte.
Es war mir unangenehm, also habe ich ihr meine restlichen Zigaretten gegeben. Sie wollte sie zuerst nicht annehmen, aber dann akzeptierte sie sie doch. Es ist ja auch nicht gut fürs Kind, wenn Sie rauchen, erklärte sie. Es war das erste Mal, dass sie meine Schwangerschaft erwähnte.
Wir waren auch in der Kirche, Frau Weihbrecht und ich. Weil ich unseren Deutschen Christen und seinen Helden-Jesus, der auf die Welt gekommen ist, die Herrenrasse zu erhöhen, nicht mehr ertragen kann, bin ich mit Frau Weihbrecht in die katholische Messe gegangen. Es war alles auf Lateinisch, und der Pfarrer drehte uns den Rücken zu. Ite, missa est, rief er zum Schluss. Geht hin, ihr seid entlassen. Ich musste herzlich darüber lachen, in der Messe und später auch, als wir wieder in unserer Zelle waren. Frau Weihbrecht war zuerst sehr konsterniert, aber dann begann auch sie zu lachen. Wir lachten und lachten, immer lauter, bis wir weinten.
Es ist nicht gut für Dich, wenn ich rauche. Mein ganzes Leben ist nicht gut für Dich. Ich möchte Dich an einen sicheren, freien Ort bringen, an einen Ort ohne Kummer und Tränen und Angst und Zigarettenrauch. Aber es geht nicht. Dieses eine Weihnachtsfest hinter Gittern ist das einzige Fest, das wir jemals gemeinsam haben werden.
Bald gehe ich, und Du bleibst zurück.
Ite, missa est.
Deine Mutter

Let my people go

Die Straßenbahn ratterte über den Adolf-Hitler-Platz und bog dann schwungvoll in die Friedrichstraße ein, so dass Anna gegen die Dame gedrückt wurde, die neben ihr saß und einen ondulierten Pudel auf dem Schoß hielt.

»Passen Sie doch auf«, rief die Frau so empört, als habe Anna sich absichtlich auf sie geworfen.

Der Pudel knurrte.

»Ist ja gut, Burschi.« Die Frau streichelte über die rasierte Haut auf seinem Rücken.

Der Pudel starrte Anna an. Anna starrte zurück. Doktor Müller hatte ihr einmal erzählt, dass Hunde es nicht ertrugen, wenn man ihnen in die Augen sah.

Der Pudel riss das Maul auf und hechelte. Es sah aus, als ob er lachte.

Er lässt sich genauso wenig von mir beeindrucken wie Orlanda, dachte Anna.

Dieses Foto in der Zeitung, Orlanda Seite an Seite, Arm in Arm mit diesem Nazitenor. Schwester Gerda hatte es Anna in der Frühstückspause gezeigt. »Ist das nicht deine Schwester? Ich dachte, sie ist verheiratet.«

Anna war nach Flingern gefahren, um Orlanda ins Gewissen zu reden. Aber Orlanda hatte noch nie etwas auf ihre Ratschläge oder Ermahnungen gegeben. Im Gegenteil. Sie macht, was sie will, dache Anna. Und was sie will, ist immer unvernünftig und meistens falsch.

Ob sie Leopold warnen sollte? Aber wahrscheinlich würde er nur darüber lachen. Schlimmstenfalls würde er Orlanda sogar davon erzählen, dass Anna mit ihm gesprochen habe. Misch dich nicht in mein Leben ein, hörte Anna Orlanda sagen.

Es ist auch mein Leben, dachte Anna. Alles, was dich betrifft, betrifft auch mich.

Johannes und Leopold waren Freunde, seit sie sich auf Annas und Johannes' Hochzeit kennengelernt hatten. Johannes hatte eine Bemerkung über Hindemith gemacht, die Leopold aufgegriffen hatte. Von Hindemith kamen sie auf Schönberg und Eisler, von Eisler auf Weill, so weit konnte auch Anna noch folgen, aber dann fielen viele andere Namen, die sie noch nie in ihrem Leben gehört hatte. Es erstaunte sie, dass Johannes sie kannte. Wie viel er über Jazz wusste. Auch darüber hatten sie nie gesprochen.

Ein paar Wochen nach der Hochzeit luden Anna und Johannes Orlanda und Leopold zum Essen ein. Während die beiden Schwestern den Tisch deckten, legte Johannes eine Platte von Brahms auf. Sie hörten aber nur ein paar Takte, dann riss er den Tonarm wieder von der Schallplatte, weil er Leopold doch ein Stück von Smetana vorspielen wollte. Nach dem Essen fuhr Leopold nach Hause und holte einen Stapel Jazzplatten, die er aus Amerika mitgebracht hatte. Gemeinsam kauerten die beiden Männer vor dem Grammophon und horchten, diskutierten, verglichen.

Seitdem trafen sie sich zwei- bis dreimal im Monat. Meistens brachte Leopold seine Geige mit, und dann musizierten sie gemeinsam in der Friedenskirche. Anna hatte sie ein paar Mal begleitet und versucht, ihnen zuzuhören, aber es war ganz unerträglich. Die Geige fiepte und winselte, die Orgel keuchte und seufzte, es war, als ob dort oben auf der Orgelempore zwei völlig unmusikalische Menschen säßen oder zwei Taube. »Man kann sich das nicht anhören«, sagte Johannes selbst. »Wir probieren doch auch nur herum.«

Glücklicherweise war die Friedenskirche außerhalb der Gottesdienstzeiten geschlossen, sonst hätten sie bestimmt Schwierigkeiten mit der Gemeinde bekommen. Beide Pastoren schüttelten jedenfalls angewidert den Kopf, wenn sie Johannes und Leopold zufällig einmal musizieren hörten.

»Kommt ihr denn weiter?«, fragte Anna hin und wieder.

Johannes zuckte mit den Schultern. »Ich bin mir nicht sicher. Es ist ein Experiment.«

Wenn sie sich trafen, machten sie Musik oder redeten über Musik. Andere Themen schienen sie nie zu berühren.

»Meinst du, dass die beiden glücklich miteinander sind?«, hatte Anna Johannes einmal gefragt. Er sah sie an, als habe sie sich nach dem Vornamen von Leopolds Urgroßvater erkundigt.

»Wir reden nicht über solche Dinge«, entgegnete er dann fast verächtlich.

Stattdessen sprachen sie von übermäßigen Dreiklängen, Tritonussubstitutionen und vagierenden Akkorden, über Taktwechsel und Synkopen. Anna hatte mitunter das Gefühl, dass sie sich in einer Fremdsprache unterhielten.

Am Anfang hatte sie noch geglaubt, dass auch sie und Orlanda sich wieder näherkommen würden, dadurch, dass sich ihre Männer verstanden, aber das war nicht geschehen. Während Johannes und Leopold über Neue Musik und Jazz sprachen, redeten Anna und Orlanda über die neuen Milchpreise und das Wetter, aber niemals über Dinge, die sie wirklich berührten. Sie waren sich fremd, und sie blieben sich fremd.

Als Anna in den Operationssaal hastete, lag der nächste Patient schon narkotisiert auf dem Tisch. Doktor Müller beugte sich über den nackten Bauchausschnitt, den das Tuch freigab, das Skalpell in der Hand. Neben ihm standen der Assistenzarzt Korte und Schwester Sieglinde. Schwester Gudrun richtete das Licht aus.

»Sie haben schon angefangen?«, keuchte Anna.

Die Uhr über der Tür zeigte zehn Minuten nach zwei. Die Operation war für zwei Uhr angesetzt gewesen. Ein Magengeschwür.

»Was meinen Sie denn«, sagte Müller, ohne aufzublicken. »Sie sind Springer. Schwester Sieglinde assistiert.«

Wortlos ging Anna zu dem Tisch mit den Tupfern und Instrumenten. Pünktlichkeit ist das A und O im Krankenhaus, predigte sie den Schwesternschülerinnen immer. Im Operationssaal geht es um Leben und Tod. Und nun kam sie selbst zu spät.

Dabei war Anna die leitende OP-Schwester, sie konnte sich keine Nachlässigkeiten erlauben. Was sie den Schwestern vormachte, machten diese nach, und jede Schlamperei bekam sie so doppelt und dreifach wieder zurück.

Vor zwei Jahren hatte Doktor Müller Annas Beförderung gegen den Widerstand der neuen Oberin durchgesetzt. Schwester Mathilde war nämlich wie auch ihre Vorgängerin Schwester Else der Meinung gewesen, dass die leitende Position Schwester Marianne zustünde, schließlich arbeitete diese schon viel länger im OP als Anna. Aber Doktor Müller interessierte es nicht, seit wann jemand eine Arbeit machte, sondern wie gut er sie machte. Er wollte Anna, und er bekam sie.

Und nun erschien sie zu spät im OP.

»Licht«, sagte Doktor Müller und setzte das Skalpell an. Aus der Linie, die er auf die Haut zeichnete, quoll Blut.

Anna öffnete die Kiste mit den sterilen Tupfern. Es machte ihr nichts aus, als Springerin zu arbeiten. Im Operationssaal war jede Tätigkeit von Bedeutung, ob man am Tisch stand oder für die anderen die Handlangerdienste tat. Aber Sieglinde war einer so komplizierten Operation noch nicht gewachsen. Wenn Anna wenigstens neben ihr gestanden hätte, um im Notfall eingreifen zu können. Aber von ihrem Platz hinter Doktor Müller konnte sie kaum etwas erkennen.

Inzwischen hatte er die Bauchdecke durchtrennt. Assistenzarzt Korte zog die Öffnung mit den Haken auseinander. Gudrun leuchtete. Am Schaukasten an der Wand hing das Röntgenbild des Magens. Irgendwo im schwarz-grau-weißen Strudel der Strukturen lauerte das Ulcus, das Doktor Müller resezieren würde, mitsamt der Magenwand, in die es sich hineingefressen hatte. Danach sollte der Magen verkleinert und nach der ersten Billroth-Methode mit dem Darm vernäht werden, wobei auch Teile von Antrum und Korpus entfernt werden sollten.

Anna reckte den Kopf. Machte Sieglinde alles richtig? Müller brauchte so viel Bewegungsfreiheit wie möglich, die größte Gefahr bei diesem Eingriff war eine Verletzung der umliegenden Gefäße oder des Gedärms. Und wenn es zu einer unkontrollierten Blutung käme ...

»Schwester Anna.« Müller richtete sich auf und drehte sich zu ihr um. »Ich kann nicht arbeiten, wenn Sie mir ins Ohr atmen.«

»Entschuldigung.« Es war ohnehin sinnlos, von ihrer Position aus hätte sie nur dann in den Bauchraum sehen können, wenn sie sich auf einen Schemel gestellt hätte.

Sie war schweißgebadet, als der Patient endlich aus dem Operationssaal geschoben wurde.

»Gute Arbeit, Schwester Sieglinde«, sagte Müller, als er den OP verließ. »Und mit Ihnen würde ich mich gerne noch unterhalten, Schwester Anna.«

Wollte er sie etwa zurechtweisen? Das stand ihm nicht zu. Als leitende OP-Schwester war sie nur der Oberin unterstellt, auch wenn die meisten Ärzte das anders sahen. »Es tut mir wirklich leid, Doktor Müller«, begann Anna, um seinem Tadel vorzugreifen. »Es ist noch nie zuvor vorgekommen, und es wird auch nicht wieder ...«

»Nun beruhigen Sie sich mal wieder. Ist doch alles gutgegangen. Sie sind nicht die Einzige, die ihr Handwerk versteht.« Müller begann sich die Hände zu waschen.

»Wie meinen Sie das?«

»Sie müssen Ihren Schwestern schon etwas zutrauen. Schwester Sieglinde ist geschickter, als Sie denken.«

»Ich weiß.« Es ärgerte sie, dass Müller mit ihr sprach wie mit einer Schwesternschülerin im ersten Lehrjahr. »Aber Sieglinde hat noch nie zuvor bei einem derartigen Eingriff assistiert.«

Müller stellte das Wasser wieder ab und sah sie an. Der Mundschutz hatte einen feinen Abdruck in seinem Gesicht hinterlassen, der sich quer über die Nase und über beide Wangen zog. »Sie können nicht alles kontrollieren, Schwester Anna. Wenn Sie sich nicht auf andere verlassen können, dann sind Sie verlassen.«

Diese Worte hallten noch in ihrem Kopf, als sie das Krankenhaus zwei Stunden später verließ. *Sie können nicht alles kontrol-*

lieren. Was für ein Unsinn. Natürlich, Müller hatte recht, das Leben war erheblich einfacher, wenn man sich nicht für alles und jedes verantwortlich fühlte, wenn man auch einmal fünfe gerade sein lassen konnte. Aber für den OP durfte das nicht gelten, da konnte man nicht einfach ein Auge zudrücken, das musste Müller als Chirurg doch wissen. Und als leitende OP-Schwester war Anna dazu verpflichtet, alles zu kontrollieren, die Schwestern, ihre Arbeit und sämtliche Abläufe.

Wenn Sie sich nicht auf andere verlassen können, dann sind Sie verlassen.

Orlanda hätte wahrscheinlich vor Begeisterung laut gejubelt, wenn sie Müllers Worte gehört hätte.

Nichts traust du mir zu, hatte sie Anna schon so oft vorgeworfen. Alles weißt du besser.

Ja, dachte Anna. Genauso ist es auch.

Anna kannte Orlanda besser als jeder andere auf der Welt. Viel besser, als ihr Vater sie je gekannt hatte. Von der Mutter ganz zu schweigen.

Orlanda war nie erwachsen geworden, obwohl sie inzwischen dreißig war. Im Grunde hing sie immer noch ihren verstiegenen Kindheitsträumen nach. Dabei hatte sie alle ihre hochfliegenden Pläne aufgeben müssen, sie war weder ein berühmter Operettenstar geworden noch eine große Jazzsängerin. Jetzt arbeitete sie als gewöhnliches Ladenmädchen. Aber sie wollte sich nicht damit abfinden, dass das nun mal die Realität war. Dass sie mit Leopold verheiratet war und ein ganz normales Leben führte wie Anna und Johannes und Millionen anderer Menschen auch.

Wenn sie jetzt wieder mit diesem Haupt ... Anna hatte plötzlich das Bild in der Zeitung vor Augen. Ihre Gedanken waren eine Schlange, die sich selbst in den Schwanz biss.

Als Leopold zu Besuch kam, aßen Anna und Johannes gerade zu Abend.

»Setz dich und iss mit uns«, sagte Anna.

»Ich habe schon gegessen.«

Er sah aber nicht so aus. Leopold war immer dünn gewesen, aber in letzter Zeit wirkte er geradezu abgemagert. Unter seinen Augen lagen dunkle Schatten. Ob es an Orlanda lag? Oder hatte er finanzielle Probleme?

Anna hatte kürzlich gehört, dass er kaum noch arbeite. Vielleicht hatte er seine Abneigung gegen die Nazis doch zu häufig zum Ausdruck gebracht.

»Das glaube ich dir nicht.« Sie hielt ihm das Käsebrot hin, das sie für sich belegt hatte, und zu ihrer Überraschung nahm er es. Wie ein Hund, den man mit einem Stück Wurst lockt. Ein großer Biss, dann noch einer und noch einer, dann war das Brot weg.

Sie machte ihm noch eines, das er genauso hastig verschlang.

»Du bist ja doch hungrig. Bekocht Orlanda dich nicht ordentlich?«

Er schob ein paar Brotkrümel auf dem Tisch zu einem kleinen, spitzen Haufen zusammen. Sie wartete eine Weile darauf, dass er etwas entgegnete, er sagte jedoch nichts. Stattdessen öffnete Johannes den Mund, wahrscheinlich wollte er das Gespräch auf kürzestem Wege auf das Thema Musik bringen, aber Anna war schneller.

»Hast du dir die Ausstellung im Ehrenhof angesehen?«, fragte sie Leopold. Sie wünschte, er würde aufblicken und sie ansehen. Leopold pickte einen winzigen Krümel auf, legte ihn oben auf seinen Berg, und brachte dadurch alles zum Einsturz.

»Nein, ich war nicht da. Und ihr?«, fragte Leopold, immer noch ohne sie anzusehen.

Ob er wusste, dass Orlanda und Haupt zusammen im Kunstpalast gewesen waren? Vielleicht hatte er noch keine Zeitung gelesen. Vielleicht wollte er sich seinen Ärger auch einfach nicht anmerken lassen.

»Sie wird ja noch ein paar Wochen zu besichtigen sein«, sagte Johannes. »Anschauen werde ich sie mir bestimmt einmal. Auch wenn es natürlich abscheulich ist.«

»Orlanda war dort«, sagte Leopold. »Mit Clemens Haupt. Sie war ganz verstört, als sie nach Hause kam. Nein, ich werde sicher nicht hingehen. Sie haben alles, was schön und wertvoll ist, zerstört und in den Dreck gezogen.«

Also wusste er doch Bescheid.

Anna wartete darauf, dass sich ihre Unruhe legte, aber stattdessen wuchs sie weiter.

»Und du?«, fragte Leopold jetzt sie. »Wirst du dir die Schau ansehen?«

»Wenn Johannes geht, gehe ich auch«, erwiderte Anna.

Leopold wandte sich wieder seinem Krümelberg zu. Er lächelte. Aber vielleicht täuschte sie sich auch. Die Deckenlampe hing so tief, dass seine Nase einen harten Schatten auf seinen Mund warf.

Johannes stand auf und warf seine Serviette auf den Teller. »Wir können ja schon mal hinübergehen in die Kirche. Vielleicht können wir heute ein wenig eher beginnen.«

Auch Leopold erhob sich. »Man möchte nicht glauben, dass du und Orlanda Schwestern seid«, sagte er nachdenklich, als er sich von Anna verabschiedete.

»Wie meinst du das?«, fragte Anna.

Aber er antwortete nicht.

Als die Männer weg waren, räumte Anna den Tisch ab und spülte das Geschirr. Sie dachte über Leopold nach, der bei ihnen ein und aus ging, und doch war er ihr so fremd. Vielleicht ist ihm Orlanda ganz einfach gleichgültig, überlegte sie, während sie den letzten tropfenden Teller in das Holzgestell neben der Spüle stellte. Vielleicht war es Leopold vollkommen egal, was Orlanda mit Haupt anfing, weil er längst aufgehört hatte, sie zu lieben. Vielleicht hatte er sie nie geliebt.

Anna sah Leopold plötzlich wieder vor sich, sein unbewegtes Gesicht, seine schmalen Finger, die mit den Brotkrumen spielten. Er war nicht zu durchschauen.

Orlanda dagegen sprudelte über vor Emotion und Leidenschaft, vor Liebe, Hass, Begeisterung und Abscheu. Bei ihr dominierten die Gefühle alles, sie bestimmten über ihre Entscheidungen, über ihr ganzes Leben.

Man möchte nicht glauben, dass du und Orlanda Schwestern seid. Fiel Leopold erst jetzt auf, dass sie so unterschiedlich waren wie Tag und Nacht?

Anna trocknete ihre Hände ab. Sie fragte sich, wie Johannes reagieren würde, wenn sie ihm untreu werden würde. Wenn sie ihn mit seinem Freund – aber Johannes hatte keine Freunde außer Leopold. Nein, der Gedanke war absurd. Und außerdem, wer sollte sich auch für sie interessieren?

Doktor Müller hatte schlecht geschlafen. Anna sah es auf den ersten Blick, als sie sich morgens auf dem Flur begegneten. Sein Gesicht sah aus, als wäre es mit feinem Staub überzogen. »Guten Morgen, Schwester«, sagte er, während er über ihre Schulter blickte, als suchte er etwas.

»Hat man Sie heute Nacht wieder nicht in Ruhe gelassen?«, fragte Anna.

»Es ist entsetzlich. Horst hat die ganze Nacht gebrüllt. Er bekommt Zähne. Oder er will mich ärgern.« Müller rieb sich den Nacken. Eine besonders widerspenstige Strähne stand über seinem Ohr vom Kopf ab wie ein kleines Horn. Anna überlegte, ob sie ihn darauf aufmerksam machen sollte, aber dann entschied sie sich dagegen. Wenn Müller unausgeschlafen war, dann ließ man ihn mit Nichtigkeiten besser in Ruhe.

Er war jetzt oft unausgeschlafen. Greta hatte in den letzten fünf Jahren drei Kinder zur Welt gebracht und war mit dem vierten schwanger. Jedes neue Kind präsentierte sie stolz im Evangelischen Krankenhaus. Die anderen Schwestern überschlugen sich jedes Mal vor Begeisterung über die blond gelockten, pausbäckigen Geschöpfe. Anna fand, dass sie alle gleich aussahen. Ob Müller sie auseinanderhalten konnte? Immerhin unterschieden sie sich ja noch in der Größe.

Kurz nach Gretas erster Niederkunft waren Anna und Johannes einmal bei den Müllers eingeladen gewesen. Johannes hatte sich mit Händen und Füßen gegen die Einladung gewehrt, aber es war natürlich undenkbar gewesen, den Besuch abzusagen. Also fuhren sie abends mit der Schnellbahn nach

Kaiserswerth und aßen den Rehbraten, den Gretas Köchin zubereitet hatte und Gretas Dienstmädchen auftrug. Das Reh war zart, das Gespräch war zäh. Greta wirkte immer noch so dick, als wäre sie in Umständen, vielleicht war sie es ja schon wieder. Der kleine Walter – oder war es Hermann? – wurde von einem Kindermädchen hereingetragen. Seine roten Wangen glänzten, als habe man sie vorher poliert. Er rülpste, dann begann er zu weinen, daraufhin trug ihn das Mädchen wieder hinaus. »Kinder«, seufzte Greta und sah Anna dabei an, als erwartete sie, dass sie nun ebenfalls zu weinen begänne.

»Eine Plage Gottes«, ergänzte Doktor Müller und hob sein Weinglas. »Lassen Sie die Finger davon, Schwester Anna, ich beschwöre Sie. Ich schlafe seit Wochen im Gästezimmer unter dem Dach.« Er zwinkerte Johannes zu, der nicht zurückzwinkerte.

»Er ist ja selber eine Plage Gottes«, sagte Johannes, als sie endlich wieder in der Schnellbahn saßen. »Verdammter Nazi.« Ihr Abteil war glücklicherweise leer, dennoch zuckte Anna zusammen.

»Ich gehe nie mehr dahin«, sagte Johannes. »Nie mehr, hörst du?«

Sie wurden auch nie mehr eingeladen.

Manchmal, wenn sie selbst nicht schlafen konnte, stellte sich Anna Doktor Müller vor, wie er in seiner Dachkammer lag und ebenfalls keinen Schlaf fand, weil sich ein Stockwerk tiefer seine blond gelockten, rotbäckigen Kinder die Seele aus dem Leib brüllten. In Annas Vorstellung lag Müller auf einem harten Feldbett und hielt sich mit beiden Händen sein Kopfkissen gegen die Ohren.

»… später«, sagte Müller jetzt. Sie nickte, obwohl sie keine Ahnung hatte, was er gesagt hatte. *Wir sehen uns später. Es wird immer später.*

»Ich muss jetzt los«, sagte sie, denn um acht Uhr war Dienstbesprechung im Schwesternzimmer.

Doktor Müller wirkte plötzlich irritiert, als wüsste er, dass sie ihm nicht zugehört hatte.

»Bis nachher«, sagte Anna ein wenig verunsichert.

Die anderen Schwestern waren bereits versammelt, als sie das Schwesternzimmer betrat. Der Platz zwischen Schwester Eva und Schwester Sieglinde war leer, das erkannte Anna sofort. Schwester Irmgard fehlte wieder einmal.

»Guten Morgen.« Anna nahm am Kopfende des Tisches Platz.

Sie saß ganz aufrecht, und auch die anderen Schwestern richteten sich unwillkürlich gerader. Selbst diejenigen, die Anna nicht mochten, respektierten sie.

Vor zwei Jahren hatte Anna den Machtkampf um ihre Beförderung zur leitenden OP-Schwester fast gleichgültig verfolgt. Sie hatte sich nicht um die Stellung gerissen, erst als sie sie innehatte, merkte sie, wie viele Vorteile damit einhergingen. Endlich konnte sie die Dinge nach ihren eigenen Vorstellungen planen und durchführen. Nur die Oberin war ihr vorgesetzt, und Schwester Mathilde hatte weiß Gott genug andere Dinge zu tun, als sich um Annas Angelegenheiten zu kümmern.

»Nun kannst du die Hände in den Schoß legen und die Füße auf den Tisch«, hatte Schwester Eva neiderfüllt bemerkt, als sie von Annas Beförderung erfahren hatte.

Aber natürlich arbeitete Anna als leitende OP-Schwester härter als je zuvor.

»Warum delegierst du die Arbeiten nicht«, fragte auch Johannes. »Wenigstens einen Teil davon?«

»Wenn ich nicht aufpasse, dann wird nichts richtig erledigt«, erklärte Anna. »Da kann ich es auch gleich selbst machen.«

Natürlich verstand er sie nicht. Wenn Johannes eine Möglichkeit gesehen hätte, seine Arbeit zu delegieren, das sonntägliche Orgelspiel, die Kirchenchorleitung, die endlosen Gemeindefeste und Sitzungen, dann hätte er keine Sekunde gezögert und sich voll und ganz auf das Komponieren beschränkt.

Aber für Anna war ihr Beruf keine Nebensache, die man möglichst schnell hinter sich brachte, um sich den wesentlichen Dingen zu widmen. Ihr Beruf war ihr Leben.

Sie besprach mit den OP-Schwestern die Einsatzpläne für den heutigen Tag. »Operationssaal eins. Ein Leistenbruch um halb neun. Doktor Freudenreich operiert. Assistenz Doktor Schewen und Herr Walter. Am Tisch Schwester Edelgard und Schwester Emmy. Narkose: Schwester Johanna.«

Die Operationsmannschaften wurden jeden Tag aufs Neue zusammengesetzt: ein Arzt, die Assistenten, zwei oder drei OP-Schwestern und eine Narkoseschwester. Man arbeitete, wie man eingeteilt wurde. Aber es gab natürlich Vorlieben und Abneigungen. Doktor Hansen wollte immer mit Schwester Ingeborg arbeiten und lehnte Hildegard als Narkoseschwester ab. Doktor Müller war auf Anna fixiert und bestand wiederum darauf, dass Hildegard die Anästhesie übernahm. Auch die meisten Schwestern bevorzugten den einen Arzt und lehnten den anderen ab, aber im Unterschied zu den Ärzten wurden sie nicht gefragt.

»Der Eingriff wird zum zweiten Mal durchgeführt, nach der ersten Operation hat es Komplikationen gegeben«, erklärte Anna.

»Ja, aber das war mitnichten die Schuld des Krankenhauses«, rief Schwester Monika. »Im Operationssaal ist alles ordentlich vonstatten gegangen, aber danach hat der Patient die Wunde viel zu früh belastet, deshalb ist sie wieder aufgerissen.«

Anna runzelte die Stirn. Sie mochte es nicht, wenn eine Schwester ihre Ausführungen unterbrach. Wenn jede von ihnen ihre Meinung zum Ausdruck gebracht hätte, dann wäre man bis zum Abend noch nicht fertig. Aber Monika war nicht irgendeine Schwester. Sie und Schwester Elsbeth gehörten dem Verband der NS-Schwestern an, der immer mehr an Einfluss im Krankenhaus gewann. Monika war früher Rotkreuzschwester gewesen, Elsbeth hatte sogar in Kaiserswerth gelernt, aber kurz nach der Machtübernahme waren beide mit großer Begeisterung in den neuen Schwesternverband eingetreten, und jetzt trugen sie die braune Tracht mit der Hakenkreuzbrosche auf der Brusttasche. Die Braunen Schwestern erfreuten sich heutzutage größter Beliebtheit, viele Schwesternschülerinnen ließen sich gleich vom NS-Verband ausbilden, schließlich boten sich ihnen da die besten Perspektiven, aber auch von den älteren Schwestern wechselten jedes Jahr ein paar in die neue Vereinigung.

»Sie sollten den Schritt auch endlich tun, Schwester Anna«, sagte Doktor Müller immer. »Sie wollen doch nicht die letzte Blaue Schwester in ganz Deutschland sein?«

»Noch bin ich nicht allein«, entgegnete sie dann ruhig, und Doktor Müller lachte, als hätte sie etwas besonders Lustiges gesagt. Er nahm Anna ihre politische Gesinnung nicht übel. Er nahm sie einfach nicht ernst.

»Wir werden die Operation dieses Mal genauso ordentlich durchführen wie beim letzten Mal«, sagte Anna jetzt.

Schwester Monika öffnete den Mund und machte ihn wieder zu, als sie Annas Blick sah.

Während Anna fortfuhr, sah sie Schwester Irmgard durch die Tür schlüpfen. Mit gesenktem Kopf huschte sie zum Tisch und setzte sich, als würde man sie auf diese Weise nicht bemerken.

Anna blickte auf die Uhr über der Tür. Vier Minuten nach der Zeit. Sie selbst hatte sich gestern ebenfalls verspätet, aber bei Schwester Irmgard kam es inzwischen täglich vor. Wenn man alle Verspätungen zusammenzählte, wäre das pro Woche eine gute halbe Stunde. Ich muss mit ihr reden, überlegte Anna. Aber wann? Nach der Besprechung mussten die Operationssäle vorbereitet werden, und danach wäre bis zum Feierabend keine Zeit mehr, wenn es am Ende nicht sogar noch Überstunden gäbe.

Sie sprach schneller. »Operationssaal drei: Ein Zwölffingerdarm. Doktor Hilchenbach. Assistenz: Herr Schick. Am Tisch: Schwester Eva, Schwester Lieselotte.« Im gleichen Stakkato ging es weiter zu OP 4. Über der Tür tickte die Uhr. Sie beendete die Dienstbesprechung fünf Minuten früher als sonst. In dreizehn Minuten musste sie bei Doktor Müller im OP 2 sein. Blieben knapp sieben Minuten für ein Gespräch mit Schwester Irmgard.

Während der Sekundenzeiger um das Ziffernblatt hastete und den Minutenzeiger hinter sich herzog, der wiederum den Stundenzeiger im Schlepptau hatte, rechnete Anna Schwester Irmgard ihre Verspätungen vor. Sie führte solche Personalgespräche nicht gerne, aber es ließ sich nun einmal nicht vermeiden. Sie dürfen den Schwestern nichts durchgehen lassen, sonst tanzen sie Ihnen bald auf der Nase herum, hatte Doktor Müller vor kurzem einmal zu ihr gesagt, und genauso war es.

Aber anstatt zu tanzen, brach Schwester Irmgard in Tränen aus. Schluchzend erzählte sie Anna von ihrer gemütskranken Mutter, die man nicht mehr allein lassen könne. »Vor Dienstbeginn sehe ich immer nach dem Rechten. Wenn es ganz schlimm ist, geb ich ihr ein paar Tropfen gegen die Traurigkeit. Sonst tut sie sich am Ende noch etwas an«, klagte Schwester Irmgard, während der Minutenzeiger der Uhr über der Tür von einem Strich zum nächsten hüpfte.

Gemütskrank. Eine Frau in einem Lehnstuhl, an einem Fenster, das zur Straße hinausging. Die Frau war nicht viel älter als Anna selbst. Ihr Blick war leer.

Acht Uhr, siebenundzwanzig Minuten, sechzehn Sekunden. Siebzehn Sekunden. Achtzehn Sekunden.

»Was soll ich denn tun?«, fragte Irmgard. »Dies ist doch ein christliches Haus, da kann man doch eine gewisse Rücksichtnahme auf die Schwachen erwarten.«

Ein Fluss, in dem eine Frau schwamm. Sie trieb mit dem Gesicht nach unten, dunkles Haar umfloss ihren Kopf, ihr grünes Kleid schaukelte auf der spiegelnden Wasseroberfläche wie Seetang. Ein Bild, das Anna nie gesehen hatte. Nachdem ihre Mutter aus der Ruhr gezogen worden war, hatten die Frauen sie gewaschen und gekämmt. Als man Anna zu ihr geführt hatte, hatte sie aufgebahrt auf einem Kissen gelegen, die bläulichen Finger über dem weißen Kleid gefaltet, die Augen geschlossen.

»Vielleicht gibt es ja eine Möglichkeit, meine Dienstzeit um ein paar Stunden zu reduzieren. Es geht doch um meine Mutter.«

»Sollen wir Sie freistellen?«, fragte Anna. »Ich müsste mit der Oberin darüber reden ...«

»Bitte nicht!« Schwester Irmgard schrie jetzt fast. »Wir sind auf das Einkommen angewiesen. Meine Mutter bekommt doch keine Rente.«

Die Uhr tickte. Das Personal war knapp, jede Schwester wurde gebraucht, mit Leib und Seele. Wer nicht arbeiten kann, muss eben gehen, hatte Anna selbst einmal gesagt, als Schwester Ursula wegen ihres Asthmas ständig ausgefallen war.

»Ich werde sehen, was ich tun kann«, sagte sie jetzt, während sie sich erhob.

»Danke«, wisperte Irmgard, aber Anna war schon im Flur.

Das Bild der Frau im Bach begleitete Anna durch den Tag. Sie sah es vor sich, während sie Nahtmaterial einfädelte, Tupfer festklemmte, Siebe reinigte. Wenn Irmgards Mutter sich etwas antut, dann bist du schuld, sagte die Tote im Wasser.

Sie musste mit Schwester Mathilde sprechen. Aber sie kannte die Antwort der Oberin schon jetzt. Wenn ihre Mutter der Hilfe bedarf, muss sich Schwester Irmgard um sie kümmern. Familie geht vor Berufstätigkeit.

Aber sie benötigen das Einkommen, würde Anna sagen. Irmgard war ein uneheliches Kind, ihr Vater war unbekannt. Die Mutter hatte die kleine Familie mit Näharbeiten über Wasser gehalten, bis sie schwermütig geworden war.

Sie werden mit der Wohlfahrt zurechtkommen müssen.

Aber die Wohlfahrt, das wusste Anna, war ein Alptraum für Irmgard, auf die man zeit ihres Lebens heruntergeblickt hatte, bis sie die Ausbildung zur Krankenschwester gemacht hatte. Jetzt stand sie endlich auf eigenen Füßen, jetzt war sie jemand – und nun zog man ihr den mühsam eroberten Boden wieder unter den Füßen weg.

Müller, dachte sie. Müller waren die engen Kategorien, in denen die Oberin dachte, fremd. Er hatte für Anna eine Ausnahme gemacht. Obwohl sie verheiratet war, arbeitete sie nicht nur weiter als Krankenschwester, sondern war auch noch befördert worden. Vielleicht wusste er auch für Schwester Irmgard eine Lösung.

Sie beendeten ihre letzte Operation kurz vor fünf.

Müller warf seine Handschuhe und den blutigen Kittel auf den Wäschehaufen im Nebenraum. Er gähnte, so dass Anna in der Tiefe seines Mundes einen goldenen Stift aufblitzen sah.

Es war kein guter Moment, um ihm mit Schwester Irmgards Problem zu kommen. Aber morgen früh wäre es noch schlechter. Heute tickte zumindest die Uhr nicht mehr.

»Kann ich Sie kurz sprechen?«, fragte Anna.

»Wenn es denn unbedingt sein muss.« Doktor Müller wischte sich den Schweiß von der Stirn. Die Haarsträhne über seinem Ohr stand immer noch vom Kopf ab.

»Aha«, sagte Müller, nachdem Anna ihren Bericht beendet hatte. Er kniff sich mit Zeigefinger und Daumen in die Nasenwurzel, als wollte er seine Nase abreißen. »Das ist natürlich nicht gut, dass sie ständig zu spät kommt.«

»Es ist wegen ihrer kranken Mutter«, erklärte Anna.

»Was hat die Mutter denn?«

Hatte er ihr nicht zugehört? Sie hatte ihm doch soeben alles erklärt.

»Sie ist gemütskrank, sagt Irmgard.«

»Gemütskrank.« Müller zog das Wort in die Länge, als habe er es noch nie gehört.

»Schwester Irmgard befürchtet, dass sie sich etwas antun könnte.«

»Aha«, meinte Doktor Müller noch einmal.

»Ich kenne die alte Dame nicht, aber nach Schwester Irmgards Erzählungen zu schließen, leidet sie schon länger an diesen ... seelischen Störungen.«

»Dann ist es wohl an der Zeit, dass man sich um sie kümmert. Und zwar nicht auf so dilettantische Weise, sondern professionell.«

»Wie meinen Sie das?«, fragte Anna irritiert.

»Schwester Irmgard soll mir ihre Mutter einmal vorstellen. Dann werden wir schon sehen, wohin wir sie überweisen können, damit sie die notwendige ärztliche Hilfe bekommt.«

»Darum geht es nicht. Schwester Irmgard hat auch kein Geld für einen Psychiater. Sie will ihre Arbeitszeit reduzieren ...«

»Ich habe schon verstanden, was sie will«, gab Müller so scharf zurück, dass Anna zusammenzuckte. »Ich rede auch nicht davon, die Mutter zu einem Psychiater zu schicken. Sie gehört in eine Institution.«

Eine gute Anstalt wäre die beste Lösung für alle, hatte Doktor Rindermann früher immer zu ihrem Vater gesagt. Die Antwort ihres Vaters hatte Anna heute noch im Ohr. *Meine Frau kommt in kein Irrenhaus. Diese Einrichtungen machen alles nur noch schlimmer.*

»Ich werde selbst mit Schwester Irmgard sprechen«, sagte Müller.

»Nein«, rief Anna erschrocken. »Diese Unterredung ist vertraulich. Sie weiß nichts davon, dass ich Sie um Rat gefragt habe.«

Doktor Müllers Gesicht verzerrte sich plötzlich. Das lag allerdings nicht an ihm, sondern an den Tränen, die auf einmal in Annas Augen standen und alles verschwimmen ließen.

»Was ist denn nun los?«, fragte er ungeduldig und verunsichert zugleich.

»Nichts.« Sie wischte sich mit dem Ärmel über die Augen, obwohl sie den Schwestern immer predigte, dass ein Schwesternkittel kein Taschentuch sei. »Es ist nur so, dass meine Mutter ebenfalls gemütskrank war.«

Zu ihrer Überraschung erzählte sie ihm von Orlandas Geburt und von der Krankheit ihrer Mutter. Und weil Müller sie nicht unterbrach, sogar von ihrem Ende. »Weil ich nicht auf sie aufgepasst habe, ist sie ins Wasser gegangen.« Ein einziger Satz, der die ganze schreckliche Wahrheit enthielt, die sie noch nie zuvor ausgesprochen hatte.

»Sie waren damals noch ein Kind«, sagte Doktor Müller. »Man kann Ihnen keinen Vorwurf machen.«

»Ich weiß. Aber mein Vater wusste genau, was er tat, als er mir meine Mutter anvertraute. Ich war ein sehr vernünftiges Kind.«

»Das kann ich mir vorstellen. Aber gleichwohl waren Sie mit der Pflege einer Gemütskranken überfordert.«

Sie nickte.

»Genau wie auch Irmgard überfordert ist«, fuhr er fort, »weshalb man ihr helfen muss.«

»Aber eine Anstalt ist doch nicht das Richtige …«

»Natürlich ist es das Richtige!« Jetzt klang seine Stimme plötzlich wieder schneidend. »Genau wie der Operationssaal für einen Tumorpatienten das Richtige ist. Auch wenn es weiß Gott angenehmere Orte gibt. Wer krank ist, bedarf der entsprechenden Therapie.«

So wie Müller es ausdrückte, klang es einfach und nachvollziehbar. Aber Anna hatte schreckliche Dinge gehört von Nervenheilanstalten, in denen man die Patienten in Zwangsjacken steckte oder gleich ans Bett fesselte, um die Betreuung so einfach wie möglich zu machen.

»Denken Sie an Ihre eigene Mutter. Wenn Ihr Vater sie in eine Anstalt gegeben hätte, wäre sie vielleicht heute noch am Leben. Stattdessen hat er sie der Obhut eines Kindes überantwortet.« Doktor Müllers Stimme war jetzt ruhig und tief. In diesem Ton sprach er vor der Operation mit den Patienten. »Ich habe kürzlich von einer neuartigen Therapieform aus Italien gelesen, nach der man depressive Störungen mit elektrischem Strom behandelt. Ein hochinteressanter Ansatz. Die Medizin macht gewaltige Fortschritte. Aber wenn Schwester Irmgard ihre Mutter nicht einliefert, kann sie natürlich auch nicht davon profitieren.«

Elektrische Stromstöße gegen psychische Störungen, darüber hatte auch Anna vor kurzem gelesen. Bei den italienischen Probanden waren ganz erstaunliche Fortschritte erzielt worden. Vielleicht hatte Doktor Müller recht, und Annas Wissen über Nervenheilanstalten war nichts als eine Ansammlung von Vorurteilen. Sie war niemals in einer solchen Einrichtung gewesen. Sie kannte keine Psychiater und schon gar keine Insassen. Wie vieles andere auch hatte sie ihre Meinung über Nervenkliniken von ihrem Vater übernommen.

»Man müsste natürlich auch überprüfen, ob die Gemütskrankheit biologische Ursachen hat«, murmelte Müller gedankenverloren.

Anna hatte plötzlich das Gefühl, dass sein Blick sie durchdrang wie der unsichtbare Strahl eines Röntgengeräts.

Vielleicht lauerte die Krankheit auch in ihr. Vielleicht verbarg sie sich irgendwo in den Windungen ihres Gehirns, in der grauen Substanz ihres Rückenmarks, in den Ganglien und Nervensträngen, die ihren Körper durchzogen.

»Es kommt immer auf die Umstände an«, hatte Doktor Sommerau erklärt, der auf der Schwesternschule Vererbungslehre unterrichtet hatte. »Wenn die Krankheit in der Familie gehäuft vorkommt, dann kann man von einer Erbkrankheit sprechen. Besonders gefährdet sind natürlich solche Verbindungen, bei denen beide Partner die gleiche krankhafte Veranlagung tragen.«

Annas Mutter hatte keine Geschwister gehabt, und ihre Eltern waren schon lange tot. Aber nach ihrem Tod war auch der Vater schwermütig geworden. Vielleicht war es eine ganz normale Reaktion, aber unter Umständen war es auch krankhaft.

Fest stand jedoch, dass sich die Wahrscheinlichkeit des Krankheitsausbruchs erhöhte, wenn Anna ein Kind bekäme, denn mit einer Geburt hatte es ja auch bei ihrer Mutter angefangen. Und wie Anna selbst würde dann auch ihr Kind die Anlage der Gemütskrankheit tragen. Sie schauderte unwillkürlich.

»Kennen Sie denn eine Nervenheilanstalt, die man Schwester Irmgard empfehlen könnte?«, fragte Anna Doktor Müller.

»Ich kann mich erkundigen«, sagte er.

Die Treffen im Haus Wartburg begannen immer mit einem gemeinsamen Lied. Johannes begleitete sie dabei auf dem verstimmten Klavier. Heute spielte er zuerst »Du Friedefürst, Herr Jesu Christ« aus dem Gesangbuch. Sein Nachspiel ging in die Intonation eines Stückes über, das keiner kannte. Es war eine rhythmische Komposition, viel schwungvoller und mitreißender als die Choräle, die sie sonst immer sangen.

»Es ist ganz einfach zu lernen«, sagte Johannes in sein Klavierspiel hinein. »Ich übernehme die Strophen, Sie singen den Refrain.«

Befrei uns aus der Not. Das war der Kehrreim, den sie auf Johannes' Zeichen immer wiederholen sollten.

»Als Israel in Ägypten war«, sang Johannes vor und nickte ihnen zu.

»Befrei uns aus der Not«, fielen sie alle ein.

»So unterdrückt, so voller Gram«, sang er weiter.

»Befrei uns aus der Not.«

»Geh hin, Moses, geh ins Ägyptenland. Sprich zu dem Pharao!«

»Befrei uns aus der Not.«

»Das war aber flott!«, rief Fräulein Sondermann hinterher begeistert. »Das war ja ein richtiger Schlager!«

Herr Blau verzog das Gesicht. »Zu modern für meinen Geschmack.«

»Kommen Sie, Herr Blau«, rief Frau Graeter. »Sie müssen doch zugeben, dass einem der Rhythmus direkt in die Beine geht!«

»Ja, aber ich halte das bei einem Kirchenlied nicht für angemessen«, gab Blau zurück.

»Was meinen Sie, Herr Pastor?«, rief Fräulein Sondermann. »Es war doch flott, oder etwa nicht?«

Pastor Brugge wiegte den Kopf hin und her und lächelte. »Ungeheuer flott, ganz ohne Zweifel.«

»Es war aber zu modern für meinen Geschmack«, beharrte Blau.

So ging es immer bei ihnen. Wenn etwas Neues in den Mittwochabendkreis eingebracht wurde, dann fand es ein Teil von ihnen begeisterungswürdig, ein anderer hielt es für ganz abscheulich, wieder ein anderer hätte sich unter gewissen Umständen damit anfreunden können, und dem Rest war es völlig egal. Sie hatten nicht viel miteinander gemein.

Das Einzige, was sie verband, war ihr Glaube. Und die Abneigung gegen die Nazis.

Wobei auch die Gründe für ihre Abneigung völlig unterschiedlich waren.

Fräulein Sondermann verabscheute die Nazis, weil ihr Verlobter in die SS eingetreten war, kurz bevor er sie verlassen hatte. Herr Blau mochte die Nazis nicht, weil sie ihn ständig schikanierten, nur weil seine Großeltern Juden gewesen waren. Fräulein Hitzler lehnte sie ab, weil ihre Schüler jetzt statt zum Katechismusunterricht zum Heimabend des Jungvolks gingen. Frau Tegel misstraute ihnen, weil sie ein taubstummes Enkelkind hatte. Herr Schleier verdächtigte die Nationalsozialisten der Kriegstreiberei, und Herr und Frau Friedrich lehnten sie ab, weil Pastor Groß nicht in ihrem Schreibwarenladen einkaufte, sondern bei der Konkurrenz.

Ihre Abneigung gegen die Nazis und das unbestimmte Gefühl, dass es so nicht mehr weitergehen könne, hatten sie alle zusammengebracht. So trafen sie sich nun jeden Mittwoch, um zusammen zu singen und zu beten und aneinander vorbeizureden.

»Woher haben Sie denn dieses neue Lied?«, fragte Frau Graeter Johannes.

»Es ist ein Neger-Spiritual aus Amerika«, erklärte Johannes. »Wir haben es ins Deutsche übersetzt.«

Anna musste nicht nachfragen, wen Johannes mit *wir* meinte. Leopold war mit seiner Jazzband viele Monate lang durch die Vereinigten Staaten gereist und hatte dabei auch die Spirituals der Negersklaven kennengelernt. Durch ihn hatte Johannes diese Musik kennengelernt.

»Der Rhythmus ist mir zu wild. Und die Thematik widerstrebt mir auch«, sagte Herr Blau.

»Nur weil es alttestamentarisch ist«, sagte Frau Graeter. »Wenn es nach Ihnen ginge, könnte man das Alte Testament ganz vergessen.«

Anna unterdrückte ein Seufzen. Jetzt ging es wieder los. Herr Blau warf den Ball, Frau Graeter fing ihn auf und schleuderte ihn wieder zurück, und dann sprang irgendeiner der anderen danach.

»Für uns Christen hat es eben nicht die gleiche Bedeutung wie das Neue Testament. Es hat natürlich seine Berechtigung, aber man muss deswegen nicht immerzu darauf herumreiten«, meinte Herr Blau.

»Das Alte ist vergangen, es ist die Zeit des Neuen«, meinte auch Frau Friedrich. »Die gesamte jüdische Religion ist meiner Meinung nach Vergangenheit.«

»Das Jüdische hat sich zu dem Zeitpunkt überlebt, als die Juden unseren lieben Herrn Jesus ans Kreuz genagelt haben«, fiel ihr Mann ein. »Ist es nicht so, Herr Pastor?«

»So kann man das nicht sagen«, wandte Pastor Brugge ein. »Das Alte Testament ist die Grundlage unseres Glaubens.«

»Man darf auch nicht vergessen, dass Jesus ebenfalls Jude war«, gab Frau Graeter zu bedenken.

»Ja, aber nur, weil es das Christentum damals noch nicht gab, sonst wäre er auf der Stelle konvertiert«, erklärte Blau. Die antisemitische Politik der Nazis hatte ihn dazu gezwungen, sich mit der Religion seiner Vorfahren auseinanderzusetzen. Er war dabei schnell zu dem Schluss gekommen, dass ihn nichts, aber auch gar nichts mit dem Glauben seiner Großeltern verband. Herr Blau war überzeugter Christ, strenger Protestant, fleißiger Kirchgänger, er kannte seine Bibel besser als die meisten anderen Gemeindeglieder. Dennoch warfen ihn die Nazis ständig mit diesen Ungläubigen in einen Topf und schikanierten ihn wegen Dingen, an denen ihn keinerlei Schuld traf, mit denen er nichts zu tun hatte. Früher waren ihm die Juden gleichgültig gewesen, heute waren sie ihm richtiggehend zuwider, weil er ihretwillen so zu leiden hatte.

Fräulein Hitzler räusperte sich. Im Mittwochskreis vermied man das Thema Judentum, soweit es irgendwie ging, weil man Herrn Blaus Empfindlichkeit in dieser Sache kannte. Sie wollte das Gespräch so schnell wie möglich auf ein anderes Thema bringen.

»Die Elternschaft meiner Klasse fordert, dass das Kreuz im Klassenzimmer von der Wand genommen wird. Es sei eine unzulässige Verquickung weltlicher und kirchlicher Dinge. Ein religiöses Symbol habe nichts in einem Schulgebäude zu suchen.«

»So weit ist es schon gekommen«, klagte Fräulein Sondermann. »Bald verbieten sie auch noch die Kirchtürme.«

»Bald behandeln sie die Christen wie die Juden«, klagte Herr Friedrich.

Fräulein Hitzler zog scharf die Luft ein. Da steuerte man ja schon wieder auf das unselige Thema zu. Sie wollte rasch zurückrudern, aber es war schon zu spät.

»Das wird nicht geschehen«, meinte Herr Schleier. »Es gibt Auswüchse, aber dabei wird es auch bleiben. Die Christen haben ja nun einmal einen ganz anderen geschichtlichen Hintergrund als die Juden. Die ganze deutsche Kultur ist christlich, das können auch die Nazis mit ihren Sonnwendfeiern und ihrem Heidenkult nicht leugnen.«

»Christentum und Judentum, das lässt sich doch überhaupt nicht miteinander vergleichen«, mischte sich nun auch wieder Herr Blau ein. »Das Schlimme ist meiner Ansicht nach aber die Rassenideologie der Nazis. Für sie ist einer Jude, auch wenn er der Religion schon vor Generationen abgeschworen hat. Als ob die Religion eine Frage des Blutes wäre und nicht der Überzeugung und des Glaubens.«

Frau Graeter holte Luft, um zu widersprechen, aber diesmal war Fräulein Hitzler schneller. »Das Kreuz wird jedenfalls nicht abgehängt«, sagte sie mit fester Stimme. »Nur über meine Leiche.«

»Das ist recht«, sagte Frau Tegel, die schlecht hörte und deshalb nur die Hälfte verstanden hatte. »Lassen Sie sich von den Katholiken nicht unterkriegen.«

Um Punkt zehn war das Treffen zu Ende. Johannes spielte ein Schlusslied, Pastor Brugge sprach ein Gebet, dann ging man auseinander.

Anna wartete am Ausgang auf Johannes, der noch etwas mit dem Pastor zu besprechen hatte, als Frau Graeter neben sie trat. »Haben Sie noch einen Moment Zeit für mich?«

Anna zuckte mit den Schultern. Natürlich hatte sie Zeit. Johannes unterhielt sich ja noch. Frau Graeter trat noch einen Schritt näher, aber bevor sie etwas sagen konnte, kamen die Friedrichs, um sich zu verabschieden.

»Schönen Abend noch.« Nun streckte Fräulein Sondermann Anna und Frau Graeter die Hand hin. Dann ließ sie sich von Herrn Blau in den Mantel helfen, der sie nach den Treffen immer nach Hause begleitete.

Herr Schleier brachte Fräulein Hitzler und Frau Tegel heim, und als auch sie gegangen waren, räusperte sich Frau Graeter.

»Ich wollte Sie etwas fragen«, begann sie, doch dann verstummte sie wieder und knöpfte umständlich ihren Mantel zu. Frau Graeter und ihr Mann waren erst vor einem halben Jahr in die Gemeinde gezogen, seitdem besuchte Frau Graeter die Treffen im Haus Wartburg. Ihr Mann, ein blasser, stiller Zeitgenosse, der auf der Friedrichstraße eine medizinische Fachbuchhandlung betrieb, kam hin und wieder mit. Die beiden hatten keine Kinder, vielleicht suchte Frau Graeter deshalb die Nähe zu Anna.

»Was gibt es denn?«, fragte Anna, als nun auch Johannes und Pastor Brugge den Raum verließen.

»Mein Mann und ich wollten Sie und Ihren Mann einmal einladen«, sagte Frau Graeter.

Anna unterdrückte ein Seufzen. Die Graeters waren sympathische Leute, zumindest dem ersten Eindruck nach, aber Anna und Johannes hatten sich in den letzten Monaten so gut wie nie gesehen. Wenn Anna nach Hause kam, hatte Johannes Kirchenchorprobe oder irgendeine Sitzung, oder er ging zum Üben in die Kirche. Sonntags spielte Anna in der Krankenhauskapelle und Johannes in der Friedenskirche. Ihre Orgelstunden fanden höchstens einmal im Monat statt, wenn sie überhaupt dazu kamen. Sie hatten kaum Zeit füreinander und noch viel weniger Zeit für Leute, die sie kaum kannten.

»Das ist sehr freundlich«, sagte sie vorsichtig. »Aber offen gestanden wird es schwierig werden. Mein Mann ist doch so beschäftigt.«

Draußen klapperte Pastor Brugge mit dem Schlüssel. Er wollte nach Hause, genau wie Anna auch.

»Ich glaube, wir müssen.« Anna wandte sich zur Tür.

»Ich weiß, dass Sie viel um die Ohren haben«, sagte Frau Graeter leise. »Uns geht es doch nicht anders. Aber es ist wichtig.« Die letzten Worte waren nur noch ein Flüstern.

Anna sah sie überrascht an. Es ist wichtig. Was sollte es Wichtiges geben, das sie und die Graeters miteinander verband?

»Hallo!«, rief Pastor Brugge von draußen.

»Anna!« Das war Johannes.

»Kommen Sie?«, rief Brugge.

Frau Graeter nickte Anna zu, als teilten sie beide ein Geheimnis. »Sie können sich denken, warum wir Sie einladen.«

Doch, jetzt dämmerte es Anna langsam. Auch wenn sie es kaum glauben konnte. Frau Graeter. Und ihr unscheinbarer Mann, der kaum ein Wort redete. Nein, sie musste sich täuschen. Wahrscheinlich ging es doch nur um ein Nachbarschaftstreffen, das organisiert werden sollte, oder um einen Wohltätigkeitsbasar.

Aber es ist wichtig. Sie können sich denken, warum wir Sie einladen.

»Nein«, sagte Anna laut. »Worum geht es denn?«

»Nicht hier.« Frau Graeter senkte den Blick, und nun war Anna wirklich alles klar.

»Ich muss mit meinem Mann darüber reden«, meinte sie, als sie auf der Straße standen und Pastor Brugge endlich abschließen konnte.

Frau Graeter antwortete nicht, sie schloss nur kurz die Augen.

Ulmer Höh', 1. Januar 1943

Mein Kind,
ein neues Jahr hat begonnen. 1943. Statt Silvesterböllern gab es Granatenexplosionen, statt Neujahrsschüssen Bombeneinschläge.

's ist Krieg, 's ist Krieg, o Gottes Engel wehre, und rede Du darein! 's ist leider Krieg, und ich begehre, nicht schuld daran zu sein. Frau Weihbrecht deklamiert jetzt Gedichte, seit ihr ihre Tochter eine Poesiesammlung zu Weihnachten geschenkt hat. Der Claudius ist natürlich sehr sinnig, in Anbetracht der Umstände.

Frau Weihbrecht ist nicht schuld am Krieg, und ich bin es auch nicht, und dennoch sitzen wir hier ein, während die Verantwortlichen fein raus sind.

Heute Nacht habe ich von meiner Verhandlung vor dem Volksgerichtshof geträumt. Von dem Arzt im Zeugenstand. Die Untersuchungen haben bestätigt, dass eine Schwangerschaft vorliegt. *Sein Gesicht war kalt und hart, als er das sagte, er blickte nicht in meine Richtung. Auch als er mich untersucht hat, hat er mich nicht angesehen. Er kennt mein Innerstes und kann mir doch nicht in die Augen sehen. Er weiß, was mich erwartet, er will nichts damit zu tun haben. Ich will auch nichts damit zu tun haben.*

Die Geburt wird voraussichtlich Anfang Juni 1943 stattfinden, sagt der Arzt. Bis dahin sind es noch fünf Monate, einundzwanzig Wochen, hundertsiebenundvierzig Tage. Die gemeinsame Zeit, die uns bleibt.

Mein Bauch ist schon recht groß, ich trage jetzt einen Kittel, der an den Schultern und an den Armen viel zu weit ist, Hosen wie Zelte. Ich habe ständig Hunger. Sie müssen ja jetzt für zwei essen, sagte Frau Weihbrecht gestern, als sie meinen Bauch knurren hörte, und wollte mir ihr Brot abgeben. Ich habe es nicht angenommen. Ich muss nicht für zwei essen, nur für einen. Nur für Dich, mein geliebtes Kind.
Deine Mutter

Swing Heil

Seit ihrer Heirat wohnten Orlanda und Leopold in einem Mietshaus auf der Horst-Wessel-Straße, die bis 1933 Kölner Straße geheißen hatte und in ein paar Jahren auch wieder so heißen würde. Die neue Wohnung war nicht halb so elegant wie Leopolds ehemalige Zimmerflucht auf der Grafenberger Allee. Aber bis auf den Straßennamen gab es nichts daran auszusetzen, fand Orlanda. Sie hatten beide ein eigenes Zimmer, in der Küche gab es fließend Wasser; Dusche und Toilette auf dem Flur teilten sie sich mit Herrn Immer von oben und den Connys von unten.

Sie hatten es besser als Anna und Johannes, deren Wohnung noch kleiner war als ihre. Und viel besser als die Connys, die zu zweit in einer Art Rumpelkammer hausten.

Nein, Orlanda und Leopold konnten sich nicht beklagen, trotzdem war Leopold trübsinnig, seit sie hier eingezogen waren. Seine Geige packte er kaum noch aus. Und auf dem Grammophon verstaubte eine Jazzschallplatte, die er vor drei Monaten das letzte Mal abgespielt hatte. Wenn Orlanda ihm von ihrer Arbeit im Gemischtwarenladen erzählte, nickte er nur. »Was du nicht sagst.« Es interessierte ihn nicht.

Seit über einem Jahr hatte kein Musikproduzent und kein Tonstudio mehr bei ihm angerufen. Jetzt hätte man ihn auch gar nicht mehr anrufen können, denn auf der Horst-Wessel-Straße hatten sie kein Telefon. Man schrieb ihm aber auch keinen Brief. Man wollte ihn nicht mehr. Dabei war Leopold nach der Machtübernahme der Nazis noch gut im Geschäft gewesen. Jazz war nun zwar verboten, aber fähige Jazzgeiger brauchte man auch für die deutsche Tanzmusik.

Leopold galt jedoch als schwierig. Wenn man ihn buchte, dann nörgelte er ständig über die seichten Kompositionen, die dümmlichen Texten, die mangelhafte Qualität und beklagte sich über die Zensur, die jegliche künstlerische Leistung verhinderte.

Die Tonstudiobesitzer und Produzenten wollten das nicht hören. Wer die bestehenden Verhältnisse kritisierte, der konnte seinen Laden gleich dichtmachen oder dem wurde er dichtgemacht. Also verzichteten sie auf Herrn Ulrichs Mitarbeit und nahmen dafür einen anderen Violinisten, der vielleicht nicht so gut spielte, aber dafür den Mund hielt.

»Besser so«, sagte Leopold, als er merkte, dass es vorbei war. »Man kann nicht für Verbrecher arbeiten, ohne selbst zum Verbrecher zu werden.«

Das verstand Orlanda, schließlich hatte sie die Musik auch aufgeben müssen. Nach dem Ende der Melody Girls hätten sie und Rita bei einer rassisch-reinen Swingcombo einsteigen können. Orlanda war sogar einmal zu einer der Proben gegangen. Aber es ging nicht. Im Gegensatz zu Clemens konnte sie sich nicht unbegrenzt verbiegen, ohne zu zerbrechen.

Aber irgendetwas muss der Mensch ja tun, also arbeitete sie jetzt in Frau Erles Gemischtwarenhandel, anstatt zu singen.

»Irgendwann ist dieser Wahnsinn auch wieder vorbei«, sagte Orlanda. »Irgendwann wird auch der letzte Idiot merken, dass die Nazis Deutschland zu einem Gefängnis machen.«

»Dafür ist es längst zu spät«, widersprach Leopold. »Die Mauern sind hochgezogen und mit Wachposten besetzt, wer jetzt ausbrechen will, wird einfach erschossen.«

Vielleicht hatte er recht. Aber selbst dann durfte man sich nicht aufgeben.

»Such dir eine Arbeit«, riet Orlanda Leopold. »Wenn ich den ganzen Tag zu Hause säße, würde ich verrückt werden.«

Er lachte bitter. »Soll ich auch bei Frau Erle anheuern? Vielleicht an der Gemüsetheke?«

Da starrte er doch lieber stundenlang aus dem Fenster in den Innenhof, eine Tasse Kaffee in der Hand, die langsam kalt wurde.

Orlanda war froh, dass er ein paar Abende im Monat zu Johannes und Anna ging, auch wenn sie nicht begreifen konnte, was ihn dort hinzog. Sie selbst verstand sich heute noch weniger mit Anna als damals, als sie noch zusammengewohnt hatten.

Um Leopolds düsterer Stimmung zu entkommen, lud Orlanda manchmal die Connys ein.

Die Connys hießen in Wirklichkeit Konrad und Cornelia Kröncke. »Wir sind Kö-Flitzer«, hatten sie Orlanda erzählt, als sie nach ihrem Einzug von Tür zu Tür gegangen waren, um sich vorzustellen. Kö-Flitzer, das hatte Orlanda inzwischen gelernt, waren das, was die Nationalsozialisten verächtlich als Swingheinis bezeichneten. Sie liebten nicht nur die Swingmusik, sondern auch eine lässige Lebensart, und wenn sie sich auf der Straße begegneten, grüßten sie sich mit Swing Heil.

Als Kö-Flitzer kleidete man sich leger im englischen Stil – oder was man dafür hielt. Für die Connys waren Karos der Inbegriff des Englischen. Tag für Tag trugen sie die gleichen zerschlissenen karierten Jacken, die Conny aus Tischdecken geschneidert hatte, und in ihrer Rumpelkammer im dritten Stock hingen sogar karierte Vorhänge an den Fenstern.

Und aufgrund ihrer England-Begeisterung hatten beide aus ihren deutschen Namen englische Abkürzungen gemacht.

»Wir sind unabhängig voneinander auf die gleiche Idee gekommen«, erklärte Conny Orlanda. »Als wir uns kennenlernten, war alles klar. Wir sind füreinander bestimmt, das merkt ja ein Blinder mit dem Krückstock.«

»Das ist doch kleinkariert«, sagte Leopold, der die Connys oberflächlich fand.

»Sie sind ja noch jung«, widersprach Orlanda. »Und zumindest schwimmen sie nicht mit dem nationalsozialistischen Strom.«

Conny und Conny waren beide achtzehn. Sie hatten vor sechs Monaten geheiratet, und nun war Conny im vierten Monat schwanger.

»Unser Sohn soll Benny heißen«, erzählte sie Orlanda, als sie am Sonntagabend zusammen Tee tranken. Leopold musizierte mit Johannes, Conny büffelte fürs Abitur, denn er war im März zum zweiten Mal durch die Prüfung gefallen. »Aller guten Dinge sind drei«, erklärte Conny. »Im nächsten März ist er fertig, dann kann er die Brötchen verdienen.«

Zurzeit ernährte sie die Familie. Montags bis samstags fuhr sie morgens auf die Königsallee, vertauschte ihre Karojacke gegen einen Ladenkittel und verkaufte im Kaufhaus Hertie Damenstrümpfe.

»Wovon wollen Sie denn im Herbst leben?«, fragte Orlanda besorgt. »Wenn das Kind da ist, können Sie doch nicht mehr arbeiten gehen.«

»Och, es wird sich schon eine Lösung finden. Vielleicht greifen uns Connys Eltern ja doch ein bisschen unter die Arme. Immerhin schwimmen sie im Geld, und er ist ihr einziger Sohn.« Conny verzog das Gesicht. Sie stand mit ihren Schwiegereltern auf Kriegsfuß, die sich für ihren Konrad eine bessere Partie erhofft hatten als ein einfaches Ladenmädchen. »Na, wenigstens muss er nach dem Abitur nicht zum Wehrdienst, er hat ja Frau und Kind.« Conny war wie immer zuversichtlich.

Als Soldat konnte man sich Conny allerdings auch kaum vorstellen.

Er trug seine Haare fast so lang wie seine Frau. In glatten, dünnen Strähnen fielen sie ihm bis auf die Schultern. Dazu die karierten Kleider und ein Regenschirm, den er auch bei Sonnenschein ständig mit sich herumschleppte.

Das war natürlich kindisch. Aber auch liebenswert, fand Orlanda. Und darauf kam es an in diesen Zeiten.

»Es wird schon alles werden«, sagte Conny und strich gedankenverloren über ihren noch flachen Bauch. Sie hatte ein volles Gesicht, das durch ihr nach oben gekämmtes und zu einer Tolle eingeschlagenes Haar noch runder wirkte. Jetzt strahlte sie Orlanda an. »Wir haben übrigens am nächsten Wochenende etwas ganz Famoses vor. Wollen Sie nicht mitkommen?«

»Wohin denn?«

»Kennen Sie das Kettenkarussell im Nordpark, gleich hinter dem Schlageter-Denkmal? Tagsüber betreibt es der Vater von Connys Freund. Nachts ist da kein Mensch mehr.«

»Aha.« Erwartete Conny, dass Orlanda und Leopold nachts mit ihnen Karussell fuhren?

»In jedes Karussell ist eine Musikanlage eingebaut«, fuhr Conny fort. »Und Samstagnacht lassen wir da mal ordentlich Swing laufen.«

»Und der Vater von Connys Freund ist damit einverstanden?«

»Quatsch. Der hat natürlich keine Ahnung. Wir borgen uns einfach den Schlüssel, und sonntagmorgens geben wir ihn wieder zurück, ohne dass er auch nur einen blassen Schimmer davon hat.«

Ein Kettenkarussell hinter dem Schlageter-Denkmal. Einen unpassenderen Ort hätten sich die Kö-Flitzer kaum aussuchen können, um ihre Swingmusik zu spielen. Vor fünf Jahren war das Denkmal von den Nazis für Albert Schlageter errichtet worden, der 1923 auf der Golzheimer Heide wegen deutschnationaler Umtriebe erschossen worden war. Schlageter war für die Nationalsozialisten das, was der heilige Apollinaris für die Düsseldorfer Katholiken war, ein Märtyrer.

»Wenn Sie da erwischt werden, sind Sie übel dran«, sagte Orlanda.

»Wenn sie kommen, laufen wir weg.« Conny lachte. »Was ist? Haben Sie Muffensausen?«

»Ich weiß nicht. Sie sollten vorsichtiger sein. Immerhin erwarten Sie ein Kind.«

»Eben. Benny soll von Anfang an den richtigen Rhythmus ins Blut bekommen.«

»Benny?«

»So nennen wir ihn.«

»Und wenn es ein Mädchen wird?«

»Dann auch. Also, was ist? Sind Sie mit von der Partie? Ihr Mann ist immer so ernst. Würde ihm guttun, mal so richtig in Schwung zu kommen.«

»Ich frage ihn«, sagte Orlanda und seufzte.

Düsseldorf, den 3. Juni 1938

Lieber Clemens,

vielen Dank für Deine Zeilen, die mich sehr amüsiert haben. Die Geschichten aus der Staatsoper erinnern mich auf frappierende Weise an unsere Zeit im Kleinen Haus. Wie lange das nun schon her ist, dass wir dort Abend für Abend auf der Bühne standen. Du vorne und ich in der vierten Reihe im Chor. Heute stehst nur noch Du auf der Bühne, und ich bin für immer abgegangen. Nicht, dass es mir groß etwas ausmacht, wenn ich Deine Geschichten lese. Es ist lustig, sich zu erinnern, aber mich zieht nun beileibe nichts zurück.

Der Jazz, ja, das ist eine andere Sache. Wenn ich diese Zeiten wiederbeleben könnte, in denen ich mit den Melody Girls aufgetreten bin, dafür würde ich meinen linken Arm geben oder einen Fuß.

Du hast also in der nächsten Woche ein Gastspiel in Graz. Schade, ich hatte eigentlich vorgehabt, Dich hierher nach Düsseldorf zu locken. Bekannte von uns, die Dich sicherlich amüsieren würden, machen im Nordpark eine »tolle Sause«, wie sie es selbst nennen. Aber für Leopold ist die Sache zu unvernünftig, er bleibt lieber zu Hause. Wahrscheinlich hat er recht, es ist zu kindisch, was sie vorhaben, und darüber hinaus auch noch verboten. (Deine Briefe werden doch hoffentlich nicht gelesen?) Wenn Du hier wärst, würdest Du die Sache vermutlich genauso entgeistert ablehnen wie Leopold.

Du hast mir nicht geschrieben, was Du in Graz singen wirst. Was immer es ist, es wird Dir bestimmt hervorragend glücken und Deinen Ruhm noch weiter vermehren. Ich wünsche Dir viel Vergnügen – der Erfolg kommt ja in Deinem Falle ganz von selbst – und freue mich auf ein Wiedersehen, wann und wo auch immer es stattfinden wird.

Es grüßt Dich
Deine Freundin Orlanda

Graz, 11. Juni 1938

Liebste Freundin,

verzeih, dass ich Dir jetzt erst schreibe, obwohl ich nunmehr schon seit drei Tagen in Graz bin. Aber die Zeit verging mit Gesangs- und dummen Stellproben, langwierigen Verhandlungen und langweiligen Essenseinladungen.

Ich habe den kurzen Urlaub in Düsseldorf aus ganzem Herzen genossen und bin in Gedanken immer noch dort. Ein Jammer, dass das Kettenkarussell nicht in Betrieb war, wie herrlich wäre es gewesen, wenn wir zu der flotten Musik auch noch durch die Nacht hätten fliegen können. Seit ich ein kleiner Junge war, bin ich auf keinem Karussell mehr mitgefahren.

Aber wir hatten unser Karussell ja auf dem Boden. Ich hatte ganz vergessen, wie wunderbar es ist, mit Dir zu tanzen. Auch wenn wir auf dem holprigen Rasen ständig gestolpert sind. Oder gerade deshalb. Denn jedes Mal, wenn wir stolperten, hatte ich einen Grund, Dich noch fester zu halten.

Aber lassen wir das, sonst hörst Du am Ende auf zu lesen, weil Dir mein Gesülze wieder auf die Nerven und zu weit geht.

Deine kleinen karierten Freunde haben mir mit ihrer verrückten Idee eine große Freude gemacht. Kein Vorhang, kein Applaus, keine Lobeshymne der Weltpresse könnte mir etwas geben, das mich ähnlich glücklich machte. Das Allerbeste war natürlich, dass sie mich nicht erkannt haben, weil ihnen die Opernwelt nun wirklich »piepegal« ist (wie sie selbst es ausdrücken würden)

Grüß sie recht herzlich von mir, und grüß mir vor allem Leopold, dem ich gleich auch persönlich schreiben werde, so mir der Regisseur nicht einen Strich durch die Rechnung macht.

Dein s(w)ingender Freund
Clemens

Düsseldorf, den 20. Juni 1938

Lieber Clemens,

in Graz wird Dich dieser Brief nicht mehr erreichen, also schicke ich ihn gleich nach Berlin, wo er vermutlich in den Briefen Deiner Bewunderer untergehen wird.

Denk Dir nur, wen ich in der letzten Woche endlich einmal wieder getroffen habe. Fritzi, die Dich herzlich grüßen lässt.

Leopold und ich waren anlässlich Johannes' Geburtstag bei Anna und Johannes eingeladen. Man möchte meinen, dass ich mich besser mit meiner Schwester verstehen müsste, da wir nun nicht mehr zusammenwohnen, aber unser Verhältnis ist noch schlimmer geworden. Wenn wir uns sehen, dann streiten wir auch. Dabei nehme ich mir jedes Mal vor, mich nicht über ihre Ermahnungen und Vorhaltungen zu ärgern. Aber es geht nicht. Sie braucht mich nur anzusehen, und ich fühle, wie sich etwas in mir zusammenzieht, wie eine Sprungfeder, bevor sie losgeht.

Aber sie ist meine Schwester, und Johannes ist Leopolds bester Freund (ganz erstaunlich), also werde ich mit dem Gefühl leben müssen.

Außer uns waren ein Ehepaar aus der Kirchengemeinde eingeladen, der Pastor und der Kantor der Johanneskirche. Fritzi und ihr Mann kamen erst nach dem Essen, und das war klug, denn das Essen war abscheulich. Anna kann genauso wenig kochen wie ich, aber im Gegensatz zu mir versucht sie es immer wieder.

Aber zurück zu Fritzi. Das wusstest Du wahrscheinlich noch gar nicht, dass sie sich ebenfalls verheiratet hat. Sie schreibt sich jetzt Scholten. Ihr Mann arbeitet bei Henkel. Er hatte sein Akkordeon mitgebracht, weil Fritzi und er Johannes ein Ständchen darbringen wollten. Leopold und ich erwarteten das Schlimmste, aber es kam ganz anders. Scholten spielte Chansons im französischen Stil, allerdings mit deutschen Texten, die Fritzi gedichtet hat. Das Lied, das sie für Johannes geschrieben hat, hättest Du hören müssen. Wir haben uns gebogen vor Lachen, selbst Leopold hatte Tränen in den Augen, so ausgelassen habe ich ihn schon lange nicht mehr gesehen.

Ich werde sie bitten, mir die Texte aufzuschreiben, damit ich sie Dir schicken kann. Vielleicht ergibt sich ja auch bald einmal die Gelegenheit, dass Du wieder nach Düsseldorf kommst. Fritzi und Scholten treten des Öfteren auf, allerdings nur im privaten Rahmen. Sie ist ja Jüdin und darf als Musikerin kein Geld mehr verdienen.

Erinnerst Du dich noch an jenen Sonntag vor acht Jahren, als wir alle zusammen im Kino waren? Es lief »Ich küsse Ihre Hand, Madame« mit Marlene Dietrich. Du saßt neben Fritzi und ich neben Leopold. Wahrscheinlich hast du es vergessen.

Ich bin froh, dass Fritzi so einen netten, lustigen Mann gefunden hat. Nach so langer Zeit mache ich mir immer noch Vorwürfe, dass ich sie damals im Pöhlen alleingelassen habe.

Bevor das geschehen ist, waren wir die besten Freundinnen, aber danach war unsere Freundschaft zerschlagen. Und sie ist nie mehr richtig zusammengewachsen. Genau wie ihr Bein. Ich habe mir vorgenommen, sie möglichst bald zu besuchen. Vielleicht kommt Leopold mit.

In Mode und Heim *habe ich gelesen, dass Du im Herbst eine Tournee durch die Vereinigten Staaten planst. Ist das eine Zeitungsente oder fährst Du tatsächlich nach Amerika? Seit Leopold dort war, ist das mein Traum, eine Reise durch die Staaten.*

Es wird wohl ein Traum bleiben.
Es grüßt Dich Deine Freundin
Orlanda

Berlin, 25. Juni 1938

Liebe Orlanda,

Du ahnst ja gar nicht, wie froh mich Dein Brief gemacht hat. Fritzi glücklich und in guten Händen zu wissen, ist eine große Erleichterung. Der furchtbare Weihnachtsabend im Pöhlen und was er aus Fritzi gemacht hat, geht auch mir nicht aus dem Kopf.

Ich kann die Alpträume nicht zählen, in denen sie mich um Hilfe anfleht und beschwört, sie zu retten, aber ich werde von einer unsichtbaren Macht weitergezogen und lasse sie so ein zweites, drittes, ein weiteres Mal im Stich.

Meine Schuld war es, Orlanda. Meine Schuld ganz allein. Ich bin mit Fritzi nach Gerresheim gefahren, ich war für sie verantwortlich.

Ich habe gedacht, sie wäre in Sicherheit. Ich wollte, dass sie in Sicherheit wäre, weil ich mich selbst in Sicherheit bringen wollte. Und Dich auch.

Diese schreckliche Nacht war der Anfang unserer Liebe. Vielleicht hat deshalb nichts aus uns werden können, weil schon der Anfang verdorben war.

Und ob ich mich an den Kinofilm erinnere?

Als ob es gestern gewesen wäre. Ich denke oft daran – und jetzt noch lieber, da ich weiß, dass Fritzi in guten Händen ist. Und Du ja sowieso. Nur ich bin allein. Aber das fällt für Dich bestimmt wieder in die Rubrik Sülze, deshalb schließe ich

mit den herzlichsten Grüßen auch an Fritzi

Dein Clemens

PS: Ja, es ist wahr. Ich fahre Ende September für vier Monate in die Vereinigten Staaten. Ich werde Nordamerika nicht komplett bereisen, aber immerhin in New York, Chicago und Los Angeles Konzerte geben. Einige Musiker werden mich begleiten, und ich muss nun immerzu an Leopold denken. Er ist so voller Trübsinn, das bedrückt mich ebenso wie Dich. Ob es wohl vorstellbar ist, dass er mich begleitet? (Ich weiß, es ist Dein Traum, aber für ihn wäre es vielleicht die Rettung aus der Traurigkeit.)

Düsseldorf, den 20. Juli 1938

Lieber Clemens,

mehrere Wochen liegt Dein Brief schon auf meinem Nachttisch, und ich habe immer noch nicht geantwortet. Wahrscheinlich hast Du auch anderes zu tun, als auf meine langweiligen Berichte aus Düsseldorf zu warten. Ich habe gelesen, dass Du in einem KdF-Konzert gesungen hast, bei dem der Führer zu Gast war. Meine herzlichsten Glückwünsche zu diesem auserlesenen Publikum.

Ich selbst habe eine anstrengende Zeit, weil Frau Erle mich andauernd zu überreden versucht, die Melody Girls noch einmal zusammenzutrommeln, um vor einer unserer Kundinnen aufzutreten. Aber selbst wenn ich es wollte, wie sollte ich das machen? Bis auf Rita sind doch alle weg. (Das verdanken wir Deinem hochgeschätzten Publikum.)

Wenn Du möchtest, dass Leopold Dich nach Amerika begleitet, dann musst Du ihn selbst fragen. Wenn ich ihn darauf anspreche, dann kenne ich die Antwort schon im Voraus.
Es grüßt Dich
Orlanda

Köln, 2. August 1938
Liebe Orlanda!
Ich bin sehr froh, dass ich die Möglichkeit hatte, Dich und Leopold auf der Durchreise nach Köln zu besuchen. Wir hatten nicht viel Zeit, miteinander zu reden, ich hoffe dennoch, dass es mir gelungen ist, Dich mir wieder etwas gnädiger zu stimmen.
Ich nehme an, dass Du mich und Leopold ganz bewusst allein gelassen hast, damit ich Gelegenheit hatte, ihm mein Angebot zu unterbreiten. Du wirst es von ihm selbst schon gehört haben: Er hat es abgelehnt. Er wird mich nicht in die Staaten begleiten. Ich hatte allerdings den Eindruck, dass er für einen kurzen Moment zögerte, aber dann kam seine Antwort umso deutlicher und endgültiger.
Nein. Du weißt doch, dass sie Deine Auftritte für ihre Propaganda nutzen werden, sagte er. Und ich lasse mich nicht benutzen. Ich werde für diesen Unrechtsstaat meinen Kopf nicht mehr hinhalten.
Was macht es denn für einen Unterschied, ob Du Deinen Kopf hinhältst oder irgendein anderer, fragte ich. Im Ausland werden sie es noch nicht einmal bemerken.
Mich werden sie vielleicht nicht bemerken, sagte Leopold. Aber Dich schon. Du bist ein Symbol. Wofür willst Du stehen? Für ein geknechtetes, unterdrücktes Nazideutschland?
Nein, rief ich, sondern für ein Deutschland der Philosophie, der Kultur und der Aufklärung. Für ein zivilisiertes Deutschland, in dem es nicht nur sture Militaristen und Faschisten gibt. Für das Deutschland Brahms' und Schuberts, Schumanns und Liszts.
Was ist mit Mendelssohn und Meyerbeer? Was ist mit Alban Berg, hielt Leopold dagegen.

Darauf wusste ich keine Antwort. Es gibt auch keine Antwort außer dieser: Dass es reine Willkür ist und eine Ungerechtigkeit. Und dass ich ein Feigling bin.

Ja, ich gebe es zu, auch wenn ich es Leopold gegenüber abgestritten habe. Ich bin ein Feigling. Ich fürchte mich, so konsequent und mutig zu sein wie Ihr. Ich weiß aber auch, und das darfst Du nicht als Arroganz verstehen, weil es die traurige Wahrheit ist: Ich weiß, dass sie mich nicht so einfach davonkommen lassen würden wie Euch. Sie sind die Stimme des Dritten Reichs, hat Goebbels einmal zu mir gesagt.

Und wenn die Stimme nicht mehr für ihren Besitzer spricht und singt, dann wird sie zum Schweigen gebracht.

Sag Du mir, was ich tun soll.

Mit ratlosen Grüßen

Dein Clemens

PS: Arme kleine Conny. Ich bin ihr kurz im Treppenhaus begegnet, als ich euch verlassen habe. Sie sah jämmerlich aus. Es tut mir leid. Alles tut mir leid.

Düsseldorf, den 23. August 1938

Lieber Clemens,

Dein Brief hat mich sehr nachdenklich gemacht, deshalb antworte ich auch erst jetzt.

Sollte es wirklich so sein, dass für Dich andere Maßstäbe gelten als für mich und Leopold und den Rest der Welt?

Niemand verlangt von Dir, dass Du gewissen Personen Deine Verachtung und Missbilligung ins Gesicht schreist. Das bliebe heutzutage nicht ohne Konsequenzen.

Keiner will ein solches Opfer. Aber musst Du Dich von diesen Leuten als Aushängeschild benutzen lassen?

Bevor sie Dich zum Schweigen bringen, bring Dich lieber selbst zum Schweigen.

Warum Conny ihr Kind verloren hat, kann keiner sagen. Sie fing einfach an zu bluten, und als Conny mit ihr im Krankenhaus ankam, war das Kind schon tot.

Sie ist untröstlich und weint den ganzen Tag. Ich hätte nicht geglaubt, dass sie sich die Sache so zu Herzen nimmt. Immerhin ist sie noch so jung und kann schnell wieder schwanger werden, wenn Conny sein Abitur erst einmal bestanden hat.

Ich will kein anderes Kind, weinte sie, als ich sie zu trösten versuchte. Ich will Benny. Verstehen Sie, Orlanda, ich werde ihn nie kennenlernen. Er ist tot.

Sie ist wie Leopold. Er sitzt oben in der Wohnung und trauert um sein Leben, und sie sitzt unten in ihrer Rumpelkammer und trauert um ihr Kind.

Bitte schreib mir keine Briefe vertraulichen Inhalts mehr. Unser Blockwart hat gewechselt, ich befürchte, dass er unsere Post liest. Vielleicht haben sie ihn sogar eigens auf uns angesetzt. Vielleicht leide ich auch unter Verfolgungswahn.

Mit den besten Grüßen
Orlanda

Notiz in den *Düsseldorfer Nachrichten* vom 24. August 1938:
»Der Berliner Startenor Clemens Haupt hat alle Termine bis zum Ende des Jahres 1938 abgesagt. Auch die geplante USA-Tournee wird entfallen. Als Ursache werden private Gründe angegeben.

Haupt begann seine Karriere an der Duisburger Oper, von 1929 bis 1933 sang der Tenor im Kleinen Haus in Düsseldorf, bevor er an der Deutschen Staatsoper in Berlin den internationalen Durchbruch erzielte.

›Ein Auftritt in der Metropolitan Opera in New York ist die Krönung meines Erfolges‹, sagte Haupt in einem Gespräch mit den *Düsseldorfer Nachrichten* im März dieses Jahres.

Haupt hat bereits an der Mailänder Scala, der Wiener Staatsoper und dem Royal Opera House in London gesungen. Unser Führer Adolf Hitler hat den Tenor als ›Gottbegnadeten‹ bezeichnet.

Die *Düsseldorfer Nachrichten* werden weiter berichten.«

Düsseldorf, den 24. August 1938

Lieber Clemens,
die beigelegte Zeitungsnotiz fand ich soeben in den Düsseldorfer Nachrichten. Was ist geschehen?
Orlanda

Berlin, 30. August 1938

Liebste Orlanda,
ich habe die Tournee durch die Vereinigten Staaten abgesagt, weil ich nachdenken muss. Wie Du in dem Bericht gelesen hast, werde ich bis zum Jahresende nicht mehr auftreten. Über die Gründe dafür können wir uns vielleicht bald in Düsseldorf unterhalten. Oder was haltet Ihr von einem Besuch in der deutschen Hauptstadt? Ich habe ja jetzt viel Zeit, und Ihr seid herzlich eingeladen.
Dein Freund Clemens

Düsseldorf, den 6. September 1938

Lieber Clemens,
ich bin froh und erleichtert über Deine Entscheidung und bin sehr überzeugt, dass es die richtige war. Ich möchte Dich gerne sehen und würde lieber heute als morgen nach Berlin kommen, wo ich noch nie war – einmal dieser Tristesse hier entfliehen! –, aber Leopold möchte auf keinen Fall fahren.
So musst Du Dich eben doch irgendwann nach Düsseldorf bequemen, wenn Du mit mir sprechen willst.
Es grüßt Dich recht herzlich
Deine Orlanda

Ich mach alles mit den Beinen

Clemens stand an Bord der Columbus und blickte auf die grauschwarzen Wellen des Atlantiks. Am Horizont schien dunkelblaue Farbe aufzusteigen, die sich in den Himmel hineinzog wie Tinte in ein Blatt Papier. Über dem Schiff trieben Möwen, als ob sie an unsichtbaren Fäden befestigt wären. Bald würden sie abdrehen und zum Land zurückfliegen.

Er fuhr zusammen, als einer der Vögel durchdringend kreischte. Vielleicht war es auch eines der Kinder von den unteren Decks. Clemens beugte sich über die Reling und blickte direkt in das Dekolleté einer Dame, die sich unter ihm an die Brüstung lehnte. Erschrocken richtete er sich wieder auf.

»Schon seekrank?«, fragte Wolfgang von Rippstein, der plötzlich neben ihm stand.

Von Rippstein war Violinist und einer der drei Solisten, die Clemens auf seiner Tournee begleiteten. Clemens konnte ihn wegen seiner Aufdringlichkeit nicht ausstehen.

Clemens tat, als habe er die Frage nicht gehört, und ging mit langen, schnellen Schritten an Rippstein vorbei zum hinteren Teil des Schiffes. Er hoffte, dass von Rippstein ihm nicht folgte. Vom hinteren Deck konnte er nur noch in den Salon ausweichen. Am Heck lehnte er sich gegen die Reling und spürte, wie der Fahrtwind in seinen Rücken drückte, als wollte er ihn über Bord drängen …

Inzwischen stünde es in allen Zeitungen, dass seine Tournee wie geplant stattfinden würde. Die Meldung sollte erst erscheinen, wenn er schon an Bord wäre, das war die einzige Bedingung, die Clemens am Schluss noch gestellt hatte. Wenn es schon früher verbreitet worden wäre, dann hätte ihm Orlanda sofort einen Brief geschickt. Vielleicht hätte sie ihn sogar angerufen. »Kannst du mir das *bitte* erklären?« Clemens hatte eine Erklärung. Aber die durfte er ihr nicht geben.

Vor drei Wochen hatte Dr. Goebbels ihn in sein Büro im Ministerium am Wilhelmplatz bestellt. »Ich höre, Sie haben Ihre Tournee abgesagt? Geht es Ihnen nicht gut?«

Clemens räusperte sich. »Nein.«

»Was ist los? Gesundheitliche Probleme?«, fragte der Reichsminister für Volksaufklärung und Propaganda. Über seinem Schreibtisch war eine überdimensionierte Hakenkreuzfahne angebracht, auf dem Tisch stand ein Bild des Führers, die Fotografien von Frau Goebbels und den fünf Kindern waren dagegen auf einem Nebentisch aufgebaut. Die Vornamen der Kinder begannen alle mit einem H, das hatte Dr. Goebbels Clemens in einem früheren Gespräch einmal erzählt. H wie Hitler. Ob das ein Zufall war?

»Ja«, erwiderte Clemens, obwohl es nicht stimmte, aber es machte die Sache erheblich einfacher.

»Warum erklären Sie dann der Presse gegenüber, dass das Ganze persönliche Gründe habe? Ein innerer Konflikt, schreibt die Nationalzeitung.« Das Wort *Konflikt* stieß Goebbels so scharf hervor, dass das K und das T zusammenknallten wie die Hacken eines dienstbeflissenen Unteroffiziers angesichts seines Vorgesetzten.

Clemens überlegte einen Moment lang, ob er das Ganze zum Presseirrtum erklären sollte, eine Ente, aber die Aussage hatte ja nicht nur in der *Nationalzeitung* gestanden, sondern auch in allen anderen. Und außerdem hätte er in diesem Falle ja einfach dementieren können, was er aber nicht getan hatte.

»Ich bin überarbeitet«, sagte Clemens. »Erschöpft. Wenn ich keine künstlerische Pause einlege, werde ich am Ende gar nicht mehr singen können.«

»Erschöpft«, wiederholte der Reichsminister nur verächtlich. »Hat die Erschöpfung vielleicht etwas mit der kleinen Sängerin aus Düsseldorf zu tun?«

Clemens' Brust zog sich zusammen, als wäre ihm mitten in einer langen Koloratur die Luft ausgegangen. Woher wusste Goebbels von Orlanda? Ließ der Reichsminister ihn etwa beobachten?

»Das ist kein guter Umgang«, sagte Dr. Goebbels jetzt. »Das wissen Sie doch auch. Seien Sie froh, dass Sie sie los sind. Sie ist übrigens inzwischen auch verheiratet, falls Ihnen das entgangen sein sollte.«

Was erlauben Sie sich, wollte Clemens fragen und öffnete den Mund, aber er brachte keinen Ton heraus. Der Reichsminister wollte auch gar nichts hören, er wollte Clemens einschüchtern, damit er seine Tournee anträte, denn Clemens war ein kulturelles Aushängeschild des Nationalsozialismus, und davon gab es in diesen Zeiten nicht mehr allzu viele.

»Nun vergessen Sie mal den ganzen Blödsinn. Die amerikanischen Veranstalter wissen bislang nichts von Ihren Sperenzchen, wir haben Ihre Absage vorläufig zurückgehalten. Also, fassen Sie sich ein Herz, Mann. Wie stehen wir denn sonst im Ausland da, wenn Sie kneifen?«

Wie ein Land, das seine besten Musiker durch eine blödsinnige Kulturpolitik vergrault, dachte Clemens, aber auch diese Worte brachte er nicht heraus, glücklicherweise, denn wenn er sie ausgesprochen hätte, dann wären es mit Sicherheit seine letzten gewesen.

»Sie fahren natürlich, es sei denn, ein Arzt diagnostiziert Ihnen eine Lungenentzündung oder einen Beinbruch«, erklärte Dr. Goebbels. »Und den Arzt möchte ich sehen.«

»Ich bin aber viel zu erschöpft, um zu reisen«, wandte Clemens ein. Seine Stimme klang dabei so krächzend schwach, als sei er wirklich auf dem Weg zu einer Lungenentzündung.

»Sie lieben Ihre Orlanda doch?«, fragte Dr. Goebbels und schob wie beiläufig ein Foto über den Tisch, das Clemens und Orlanda vor dem Ehrenhof zeigte, er hatte seinen Arm um ihre Schulter gelegt. Clemens kannte das Bild natürlich, er hatte es aus der Zeitung ausgeschnitten, gerahmt und auf seinen Nachttisch gestellt. »Wir wissen aus erster Hand, dass die Kleine eine Menge Unsinn redet. Kritische Äußerungen, die sie in ernsthafte Schwierigkeiten bringen könnten.« Er hob den Kopf und starrte Clemens aus seinen dunklen, runden Vogelaugen an. »Wenn Sie nicht vernünftig sind.«

Um dich zu schützen, bin ich gefahren, dachte Clemens jetzt, während er auf das schäumende Wasser blickte, das vom Bug des Schiffes wegströmte, zurück zum Land wie die Möwen, die jetzt über ihm abdrehten. Aber du wirst niemals erfahren, dass ich es dir zuliebe getan habe, sondern wirst mich dafür verachten.

Er dachte an Orlandas lange schmale Finger in seiner Hand, an ihr Lachen, als sie im Nordpark zu der Swingmusik der Kö-Flitzer getanzt hatten. Während die anderen wild und ekstatisch um das Kettenkarussell herumwirbelten und die jungen Männer ihre Mädchen über die Hüften warfen und um sich schleuderten wie Sandsäcke – kein Wunder, dass Conny ihr Kind verloren hatte –, glitten Clemens und Orlanda Arm in Arm unter den Bäumen entlang. Orlanda summte die Melodie mit und schmiegte sich dabei unwillkürlich enger an ihn. Clemens versenkte sein Gesicht in ihr Haar. Noch jetzt hatte er den süßen Aprikosenduft in der Nase.

Clemens' Hände umklammerten die Reling, er starrte auf seine Fingerknöchel, die langsam weiß wurden wie sein Gesicht, wenn er sich nach der Vorstellung abschminkte.

»Schon seekrank?« Diesmal war es eine Frauenstimme, die ihm die gleiche dumme Frage stellte.

Frau Häusler. Sie war die Frau des Oboisten und begleitete ihren Mann. In der Regel nahmen Musiker ihre Ehegattin oder Verlobte nicht mit, aber Frau Häusler hatte wohl Beziehungen.

»Nein«, sagte Clemens. »Ich denke nur nach.«

»Worüber denn?«, fragte Frau Häusler. Sie hatte ein rundes, hübsches Gesicht, rote Wangen, die die frische Seeluft poliert hatte wie glänzende Äpfel. Der Ausschnitt ihrer weißen Spitzenbluse zeigte einen Leberfleck, der tief auf ihrer linken Brust saß. Es sah aus, als wollte er in ihr Kleid kriechen.

Kümmern Sie sich um Ihren eigenen Dreck und lassen Sie mich in Ruhe, hätte Clemens gerne geantwortet. Aber er schluckte die Worte hinunter, wie so vieles andere auch. Er war ja ein Gentleman. Oder vielmehr ein Feigling.

»Ich störe, ich weiß«, seufzte Frau Häusler. »Das ist mein Schicksal auf dieser Reise.«

»Warum sind Sie denn auch mitgekommen?« Das klang nun wirklich unhöflich, aber Frau Häusler schien nicht beleidigt.

»Das möchten Sie nun gerne wissen«, sagte sie und ließ seine plumpe Art dadurch wie Neugier wirken. »Aber das verrate ich Ihnen erst, wenn wir uns ein bisschen besser kennen.« Frau Häusler drehte sich schwungvoll um und stolzierte davon. Ihr rundes Hinterteil bewegte sich dabei von links nach rechts, als winkte es ihm zum Abschied zu.

Seit Frau Generaldirektor Steffens endlich eingesehen hatte, dass die Melody Girls nicht für sie auftreten würden, schickte sie ihr Dienstmädchen immer zu Collmann's Gemischtwaren auf der Uhlandstraße.

»Die blöde Jans«, sagte Frau Erle verächtlich. »Beim Collmann ist ständig die Milch sauer und der Salat welk. Dat hätt se dann dovun!«

Entgegen Orlandas Erwartung richtete sich ihr Zorn nicht gegen Orlanda, sondern allein gegen die Generaldirektorin. Orlanda war sehr stolz auf Frau Erle, der sie so viel Trotz und Würde gar nicht zugetraut hätte. Auch auf sich selbst war sie stolz. Ich habe nicht nachgegeben, obwohl meine Existenz auf dem Spiel stand, dachte sie. Clemens wäre sofort eingeknickt. Wahrscheinlich hätte er keine Sekunde gezögert.

Clemens war wie die Hakenkreuzfahne, die der neue Blockwart an nationalen Festtagen aus dem Fenster hängte. Kam der Wind von Ost, wehte sie nach West, änderte er seine Richtung, wechselte auch sie den Kurs. Erst hatte er laut getönt, dass er nachdenken müsse und umdenken wolle und ganz gewiss den richtigen Weg einschlagen würde. Und dann war er doch abgereist.

Einfach so. Ohne eine Erklärung. Ohne eine Entschuldigung. Eine kurze Meldung in den *Düsseldorfer Nachrichten*, die Orlanda zuerst übersehen hatte, bis Leopold sie darauf aufmerksam machte:

»Wie kurz vor Drucklegung bekannt wurde, wird die Nordamerika-Tournee des Berliner Tenors Clemens Haupt entgegen früheren Meldungen doch stattfinden. Nach Angaben der Leitung der Deutschen Staatsoper hat sich der Sänger bereits gestern nach Bremerhaven begeben, wo er sich heute nach New York einschiffen wird. Gründe für die Wiederaufnahme der Tournee sind nicht bekannt.«

»Dieser erbärmliche Feigling«, sagte Orlanda empört, während sie die Zeitung auf den Tisch warf.

»Was hast du anderes erwartet«, meinte Leopold gleichgültig. »Sie haben ihn unter Druck gesetzt. Da hat er den Schwanz eingezogen.«

Natürlich hatte man ihn unter Druck gesetzt. Wen setzte man heutzutage nicht unter Druck, dachte Orlanda. Sie selbst wog ja auch nicht aus purer Begeisterung Tilsiter-Käse ab, anstatt zu singen.

Schade, dachte sie. Sie hatte Clemens für mutiger gehalten. Sie hatte gehofft, dass er mutiger wäre. Sie vermisste ihn. Die Briefe, die er ihr aus Berlin geschrieben hatte. Wie sie sich jedes Mal gefreut hatte, wenn wieder ein Kuvert mit seinem Absender im Briefkasten gelegen hatte. Sie vermisste es, ihm in ihren Antwortbriefen ihr Leben zu erzählen. Dieser Gedankenaustausch war zu einem Teil ihres Lebens geworden, lange nachdem sie seine Briefe gelesen hatte, hatten sie noch in ihr nachgeklungen wie Lieder, deren Melodien einem nicht aus dem Kopf gehen. Das war nun zu Ende.

Sie dachte oft an den Abend, als Clemens sie zum Kettenkarussell im Nordpark begleitet hatte. Wenn Leopold überhaupt mitgekommen wäre, dann hätte er sich den ganzen Abend an einer Flasche Bier festgehalten, die kleinkarierten Kö-Flitzer spöttisch beobachtend. Clemens dagegen hatte mit ihr getanzt. Sie hatte fast vergessen, wie schön es war zu tanzen. Und was für ein wunderbarer Tänzer er war.

Clemens hatte Leopold mit nach Amerika nehmen wollen. Leopold hatte abgelehnt. Orlanda kannte seine Gründe nur aus dem Brief, den Clemens ihr danach geschrieben hatte. *Ich lasse mich nicht benutzen. Ich werde für diesen Unrechtsstaat meinen Kopf nicht mehr hinhalten.*

Er hat recht, dachte Orlanda. Und Clemens hat unrecht. Und dennoch. Sie vermisste Clemens.

Das Klingeln des Telefons bohrte sich in Clemens' Kopf, mit jedem neuen Bimmeln drehte es sich ein bisschen tiefer in seine Gehirnwindungen. Anstatt abzunehmen, blieb er regungslos und mit geschlossenen Augen in seiner Koje liegen. Der Anruf kam vom Schiff, weiter reichte die Leitung nicht. Wahrscheinlich war es der Steward, der sich nach seinen Wünschen fürs Abendessen erkundigen wollte. Aber Clemens hätte auch nicht abgenommen, wenn Goebbels persönlich am Apparat gewesen wäre.

Er war seekrank. Er musste flach und gleichmäßig atmen, das war entscheidend. Hin und wieder brach ihm der kalte Schweiß aus. Wenn er den Kopf hob, um ihn abzuwischen, musste er sich sofort übergeben.

Nach einer Weile verstummte das Telefon, stattdessen klopfte es an der Tür.

»Herein.« Clemens' Stimme klang wie die seines Großvaters, kurz bevor er gestorben war.

Der Steward brachte heiße Brühe, Wasser, Saft und Ingwer, obwohl Clemens nichts bestellt hatte. »Ein uraltes Mittel gegen die Seekrankheit.« Aber kaum hatte Clemens den Ingwer im Mund, da überschlug sich sein Magen, wie die Wellen draußen auf dem Atlantik. Der Steward reichte ihm geistesgegenwärtig den Eimer. Dann zog er sich diskret zurück. Die Kabine drehte sich um Clemens.

»Du Ärmster«, hörte er Orlanda sagen. »Das hast du nun davon, dass du die Tournee nicht aufgegeben hast.«

Sie sagte es aber nicht verächtlich oder gar wütend, sondern amüsiert. Ein bisschen mitleidig. Clemens übergab sich.

Am dritten Tag der Seekrankheit konnte er das Bett nicht mehr verlassen, weil seine Beine ihn nicht mehr trugen. Er kam sich vor wie der Suppenkaspar aus dem Struwwelpeter, die Geschichte hatte ihm seine Mutter immer vorgelesen, wenn er als Kind nicht hatte essen wollen.

»Ich schicke Ihnen den Arzt«, sagte der Steward besorgt, denn Clemens' Gesicht war inzwischen nicht mehr bleich, sondern grau wie die Wände in den Gängen der dritten Klasse unten im Schiff.

»Der kann mir auch nicht mehr helfen«, stieß Clemens hervor, bevor er wieder über dem Eimer hing.

Niemand konnte ihm helfen. Er würde sterben, hier auf diesem Schiff. Vor seinem geistigen Auge sah er die Zeitungsmeldungen. *Clemens Haupt tot! Die Opernwelt trauert.* Ob Orlanda um ihn weinen würde?

Der Gedanke gefiel ihm. Sein eigener Tod machte ihm plötzlich keine Angst mehr, im Gegenteil, er freute sich fast darauf. Er würde diesen jämmerlichen Körper, die bedrückende Gegenwart, das ganze Elend verlassen und ins Jenseits übergehen, in eine bessere Welt, in der er auf Orlanda warten würde.

»Wenn es nur schon vorbei wäre«, murmelte er und spürte plötzlich Orlandas kühle Hand auf seiner Stirn. Sie tupfte ihm den Schweiß ab, dann ergriffen ihre schmalen Finger seine rechte Hand. Er spürte, wie sie zuerst die Fingerspitze seines Daumens, danach den Zeigefinger und dann den Mittelfinger presste.

»Das hilft«, sagte sie sanft, und es stimmte. Es half tatsächlich. Die Übelkeit verschwand wie eine Wolkenwand, die sich ausgeregnet hat.

Orlanda hatte ihn geheilt.

Orlanda?

Clemens schlug die Augen auf.

An seinem Bett saß Frau Häusler und lächelte ihn an. »Na, sehen Sie. Ich weiß, wie man mit Seekrankheit umgeht.«

»Was machen Sie in meiner Kabine?« Clemens zog die Bettdecke über seinen verschwitzten Pyjama.

Sie erhob sich. »Sie gehen ja nicht ans Telefon. Da wollte ich mal nach dem Rechten sehen.«

Sie reichte ihm eine Tasse. »Trinken Sie. Sie brauchen Flüssigkeit, Ihr Körper ist ja schon ganz ausgetrocknet.«

Er trank und wartete darauf, dass ihn die Brühe auf dem gleichen Wege wieder verließ, auf dem er sie zu sich genommen hatte. Aber sein Magen gurgelte nur leise.

»Morgen Abend gibt es Tanz«, sagte Frau Häusler, während sie sich erhob. »Ich erwarte doch, dass Sie sich für meinen Beistand mit einem Foxtrott revanchieren.«

»Wenn ich dann noch lebe, gerne.«

Nein, er konnte sich wirklich nicht vorstellen, dass er jemals wieder tanzen würde.

Er streckte ihr seine Hand hin, aber anstatt sie zu ergreifen, strich sie mit dem Zeigefinger zart über seinen Handrücken. »Rufen Sie mich, wenn es Ihnen wieder schlechter geht«, sagte sie. »Obwohl ich nicht glaube, dass das notwendig sein wird.«

Jeden Abend spielte eine Fünf-Mann-Kapelle im Salon auf dem Oberdeck zum Tanz auf. Die Musiker hatten im Deutschen Reich längst Auftrittsverbot, aber auf der Columbus spielten sie nach Lust und Laune, dieselben Lieder, die auch die Kö-Flitzer im Nordpark aufgelegt hatten. Das Schiff fuhr zwar unter deutscher Flagge, aber sobald man auf dem offenen Meer war, wurden alle kulturpolitischen Bedenken und nationalsozialistischen Einschränkungen über Bord geworfen.

Ein Steward trug ein Tablett mit Cocktails an Clemens vorbei, Clemens griff sich einen. Er hatte mittags drei Tassen Brühe getrunken, nachmittags hatte es Zwieback mit Tee gegeben, und am Abend war er mit den anderen ins Restaurant gegangen und hatte sich das Menü schmecken lassen. Jetzt fühlte er sich sehr satt, aber ihm war kein bisschen übel.

Vom anderen Ende des Raums winkte von Rippstein. Seine erhobene Hand wedelte durch die Luft, als wollte er sich Luft zufächeln. Kommen Sie zu uns herüber, hieß das. Bloß das nicht, dachte Clemens und drehte sich so abrupt, dass er fast mit der Häusler zusammenstieß.

»Na, Ihnen scheint's ja wieder besser zu gehen.«

»Danke. Sie haben mich tatsächlich geheilt.« Er lachte über seinen Scherz, aber die Häusler nickte nur, ohne eine Miene zu verziehen.

»Nichts zu danken. Das mit dem Alkohol würde ich aber heute schön bleibenlassen.«

Sie nahm ihm den Cocktail aus der Hand und lenkte ihn dann mit sanftem Druck zur Bar, wo ihr Mann saß, ein Bierglas in der Hand.

Clemens hatte plötzlich das Gefühl, dass der Boden unter seinen Füßen schwankte. Dabei hatte er doch noch keinen Tropfen Alkohol getrunken. Vielleicht war es ja das Schiff. Diese verdammte Überfahrt, wenn sie doch nur schon zu Ende wäre.

Er hielt sich an der Bar fest, während er einen Hocker erklomm. Neben ihm ließ sich Frau Häusler nieder. »Ober, bringen Sie dem Mann ein Glas Tee!«

»Nun lass doch den armen Kerl in Ruhe. Reicht es nicht, dass du mich die ganze Zeit schikanierst?« Häuslers laute Stimme drang durch den halben Salon. Nur Frau Häusler schien nichts gehört zu haben.

Sie lächelte Clemens aufmunternd zu. »Zitrone? Oder lieber Zucker?«

»Nehmen Sie's mir nicht übel. Ich hasse Tee.«

Thomas Häusler lachte dröhnend, als habe er noch nie einen besseren Witz gehört. Dann stand er abrupt auf. Er nahm sein Bierglas und ging damit quer durch den Raum zu von Rippstein.

»Prost!«, Frau Häusler hob ihr Cocktailglas.

Clemens stieß mit seinem Teeglas an, aber dann stellte er es wieder ab, ohne daraus zu trinken. »Eine Bloody Mary«, rief er dem Barmann zu.

»Bloody Mary ist gut gegen Seekrankheit«, erklärte er, nachdem er den Cocktail in Empfang genommen hatte. Sie zog die Nase kraus, aber nach kurzem Zögern prostete sie ihm doch noch einmal zu.

»Ich mach alles mit den Beinen«, sang der Sänger in seine Flüstertüte. »Alles mit den Beinen, lachen oder weinen. Selbst die heil'ge Liebe will mir so nur halb so heilig scheinen. Ich kann ihre Peinlichkeit mit meiner Beinlichkeit vereinen.«

»Sie wollten doch mit mir tanzen«, erinnerte Frau Häusler Clemens.

Bevor er etwas entgegnen konnte, legte sie ihre Hand in seine und führte ihn zur Tanzfläche. Sie tanzte genauso, wie er es sich vorgestellt hätte, wenn er vorher darüber nachgedacht hätte. Sie schmiegte sich an ihn, ohne ihn dabei zu berühren, es war, als ob ihr Körper einen Hohlraum ausfüllte, den sein Körper bildete. »Läge mir im Weg ein Herz, tanzt ich drüber ohne Schmerz, ohne Weinen – mit meinen Beinen, mit meinen Bei-hei-nen«, säuselte der Sänger.

»Warum sind Sie denn eigentlich mitgekommen?«, fragte Clemens Frau Häusler, während sie und er wie ein Körper über die Tanzfläche glitten. »Für die Ehefrauen ist so eine Konzertreise ja kein Vergnügen. Die ständigen Proben und Vorstellungen und so weiter. Ihr Mann wird gar keine Zeit für Sie haben.«

Sie blickte an seiner Schulter vorbei zum Kronleuchter. Hatte sie ihn nicht gehört?

»Frau Häusler?«

»Heidrun«, korrigierte sie ihn.

Heidrun. So hieß Goebbels' vierte Tochter. Oder war es die fünfte? Und wieso kam er ausgerechnet jetzt auf Goebbels?

»Im Übrigen können Sie sich den Atem sparen.«

»Bitte was?«

»Sie erfahren nichts von mir. Bevor ich nicht mehr von Ihnen weiß.«

»Was wollen Sie denn wissen?«, erkundigte er sich gönnerhaft.

»Mit wem schlafen Sie?«

Die Frage verwirrte ihn so, dass er den Kopf senkte, um ihrem Blick auszuweichen. Dadurch fiel eine Haarsträhne in sein Gesicht. Er hob seine Hand, um sie zurückzustreichen, dabei blieb sein Ärmel am Verschluss ihrer Perlenkette hängen und riss ihn auf. Fünfundfünfzig echte Südseeperlen prasselten auf die Tanzfläche, sprangen, hüpften, kullerten und rollten in alle Richtungen auseinander. Dreiunddreißig Perlen wurden noch im Laufe des Abends wiedergefunden, einundzwanzig weitere würde der Schiffsjunge am nächsten Morgen beim Fegen entdecken.

Die letzte Perle war in einen Spalt geraten und von dort unter das Parkett gerutscht. Dort würde sie noch liegen, wenn das Schiff im Dezember 1939 auf der Überfahrt von Mexiko nach Deutschland von einem britischen Zerstörer entdeckt und beschossen werden würde. Weil die Columbus seit dem Kriegsausbruch in Veracruz festgelegen hatte, wären keine Passagiere an Bord, weshalb die Besatzung beschlösse, dass der Feind den Dampfer nicht bekommen sollte. Man würde sämtliche Ventile öffnen, die Rettungsboote zu Wasser setzen und das Schiff verlassen.

Nach dem Sinken des Schiffes würde die Perle aus dem Wrack gespült werden. Sie triebe eine Weile lang durchs Meer, bevor sie in einem Korallenriff zu Boden sänke. Während sich oben auf der Meeresoberfläche die Deutschen, Briten und Amerikaner einen entsetzlichen Seekrieg lieferten, würde sie auf einem Korallenpolypen ruhen, erst glatt und weiß und bald von grünem Moos bewachsen.

Clemens ärgerte sich über sich selbst. Wie ein Schuljunge war er auf dem Boden herumgerutscht und hatte nach den Perlen gesucht, während Thomas Häusler mit verschränkten Armen auf seinem Stuhl sitzen geblieben war und ihn mit einem süffisanten Lächeln beobachtet hatte. Dabei war es seine Frau und damit auch seine verdammte Perlenkette.

»Hier«, Clemens ließ eine Handvoll Perlen aus der ausgestreckten Hand in ein leeres Sektglas fallen, es klang wie ein spöttisches Lachen. »Mehr finde ich beim besten Willen nicht.«

»Na dann prost.« Die Häusler hob das Perlenglas und tat, als wollte sie trinken.

In diesem Moment ging ein Steward an ihnen vorbei, auf dessen Tablett eine Bloody Mary stand. Der Cocktail war nicht für Clemens bestimmt, das wusste Clemens, aber sein Magen wusste es nicht. Der Magen erinnerte sich nur daran, dass ihm schon der erste Drink nicht gut bekommen war. Also beschloss er, Clemens zu warnen, indem er die erste Bloody Mary mit ein paar Erdnüssen und einem Teil des Abendessens durch den Mageneingang in die Speiseröhre presste, mit so viel Druck, dass alles entgegen der Erdanziehungskraft nach oben schoss und sich durch Clemens' Mund auf den Boden ergoss. Ein Schwall spritzte auch auf Häuslers handgenähte Rahmenlederschuhe, aber Clemens fühlte sich zu elend, um sich darüber zu amüsieren.

Er stieß eine Entschuldigung hervor und eilte dann mit der Hand vor dem Mund aus dem Salon.

Schlaflos lag er in seiner Koje, spürte das leise Vibrieren des Schiffs und ärgerte sich wieder über sich selbst. Vor der versammelten Gesellschaft hatte er sich übergeben, nachdem er zuvor auf allen vieren übers Parkett gekrochen war. Zum Glück war kein Journalist an Bord, wenn jemand in dieser Situation ein Foto gemacht und in die deutschen Illustrierten gebracht hätte …

»Entsetzlich«, flüsterte Clemens.

Was die Häusler wohl von ihm dachte? Heidrun, er sollte sie ja Heidrun nennen.

Mit wem schlafen Sie?

Vielleicht hatte er sich verhört. Vielleicht hatte sie ihn etwas ganz anderes gefragt. *Mit wem lachen Sie. Mit wem tanzen Sie.* Das ergab nur alles keinen Sinn.

»Blöde Ziege«, flüsterte er in die Dunkelheit hinein. Sie will mich nur reizen, und wenn ich dann zugreifen will, dann zieht sie sich zurück und lacht mich aus.

Wollte er denn zugreifen?

Er dachte an ihren weichen, geschmeidigen Körper, wie sie jede seiner Bewegungen aufgegriffen und erwidert hatte. Seit Fritzi hatte er mit keiner Frau so gut getanzt.

Wollte er zugreifen?

Unsinn, dachte Clemens. Orlanda ist die Frau meines Lebens. Wenn ich sie nicht haben kann, dann will ich keine.

Irgendwo über ihm hörte er das *Wubwubwub* des Kontrabasses, das Winseln einer Geige.

Dann Schritte. Vor seiner Kabinentür verebbte das Geräusch. Vielleicht der Steward, der sich nach seinem Befinden erkundigen wollte. Oder die Häusler. Heidrun.

Vielleicht stand sie da draußen, mit ihren heilkundigen, weichen Hände, die sie auf seinen Körper legen wollte, um alle Übelkeit daraus zu vertreiben.

Du liebst doch Orlanda, ermahnte ihn eine innere Stimme.

Aber Orlanda war weit weg. Und er war hier, mitten auf dem Atlantischen Ozean.

Orlanda hatte Leopold und dachte gar nicht daran, Clemens zu erhören. Und er hatte keine Frau mehr gehabt, seit er vor über einem Jahr die Affäre mit einem der Ballettmädchen beendet hatte, an dessen Name er sich kaum noch erinnerte.

Er hörte die Häusler draußen vor der Kabinentür atmen. Er sah sie vor sich. Ihre Lippen waren leicht geöffnet und glänzten feucht.

Heidrun.

Komm zu mir, dachte Clemens und schloss die Augen, trotz der Dunkelheit im Raum.

Er wartete darauf, dass sich die Tür öffnete oder dass sich die Schritte entfernten, aber nichts geschah. *Wubwubwub* machte der Kontrabass. *Dockdockdock* machte sein Herz.

Irgendwann hielt er es nicht mehr aus. Mit zwei Sprüngen war er aus dem Bett, an der Tür, riss sie auf.

Der Flur war leer.

Dieser Ozean. Egal, in welche Richtung man blickte, breitete er sich aus wie ein frisch gewaschenes blaues Tischtuch, das man noch nicht gebügelt hatte.

Auch wenn die Seekrankheit ihn inzwischen nicht mehr plagte, so sehnte sich Clemens nach irgendeinem Gegenstand, der fest stand, anstatt sanft zu schaukeln. Ein Haus, ein Baum oder wenigstens ein Felsen am Horizont. Es wäre das erste und letzte Mal, dass er nach Amerika reiste, beschloss er. Wenn die

Amerikaner ihn in Zukunft hören wollten, dann mussten sie sich eben nach Europa bequemen.

Dieser Gedanke heiterte ihn dermaßen auf, dass er auf einem der Deckstühle Platz nahm, die er sonst immer mied, weil man todsicher sein konnte, dass sich irgendein Langweiler oder Angeber zu einem gesellte, sobald man sich einmal niedergelassen hatte.

Aber heute war das Oberdeck fast leer, ein kühler Nordwind blies. Nur zwei ältere Damen lagen in ihren Stühlen, dicke Wolldecken bis zum Kinn gezogen, die Augen gen Himmel gerichtet, als wären sie tot.

Clemens atmete tief ein und wieder aus. Die Seeluft, ja das war wirklich herrlich, viel besser als die so hochgerühmte Berliner Luft, die schon durch tausend Kehlen und Lungen ein- und wieder ausgegangen war. Ein tiefer Atemzug. Clemens konnte richtig spüren, wie ihn der letzte Rest an Übelkeit verließ, zusammen mit dem Gift, das er in der letzten Zeit in sich aufgenommen hatte.

Wenn nur das ewige Schaukeln nicht wäre.

Vielleicht war er eingenickt und hatte nicht mitbekommen, was um ihn herum geschah, vielleicht hatte sie sich lautlos genähert. Auf jeden Fall lag plötzlich die Häusler im Stuhl neben seinem, als er die Augen wieder aufschlug.

»Guten Morgen«, sagte sie lächelnd, obwohl es bereits mittags war.

»Guten Morgen.« Clemens richtete die Augen nach oben in den glasblauen Himmel. Er musste auf einmal daran denken, wie er in der letzten Nacht in seinem Bett gelegen hatte und darauf gewartet und gehofft hatte, dass die Häusler zu ihm hereinkäme. Ganz abscheulich kam ihm das jetzt vor. Sie war schließlich verheiratet, und er war verliebt in Orlanda.

»Man hat alle Perlen wiedergefunden, bis auf eine«, teilte sie ihm mit. »Ich werde mir die Kette in New York neu fassen lassen, dann ist sie so gut wie neu.«

»Für die Kosten komme ich selbstverständlich auf«, sagte er steif, ohne den Blick vom Himmel zu wenden.

Sie lachte ein Triangellachen, klirrend und gekränkt. Er wandte unwillkürlich den Kopf zur anderen Seite. Ein Steward betrat das Oberdeck, mit einem Tablett voller Kaffeetassen. Das erweckte die beiden alten Damen in ihren Liegestühlen auf der Stelle von den Toten, gierig reckten sie ihre Hände nach den Tassen.

Clemens drehte den Kopf wieder zurück zu Frau Häusler. »Möchten Sie auch einen Kaffee?«

Er bekam aber keine Antwort. Sie war weg.

Ulmer Höh', 30. Januar 1943

Mein Kind,

den ganzen Januar habe ich keine Zeile an Dich geschrieben. Warum auch? Vermutlich wirst Du diese Briefe ohnehin nie erhalten. Sie werden sie einfach vernichten, so wie mich auch.

Und selbst wenn sie Dich erreichen: Auf die Frage, die Dich am meisten interessiert, kann ich Dir keine Antwort geben. Die Frage nach Deinem Vater. Ich weiß, sie lässt Dich nicht los. Ein Mensch will wissen, wo seine Wurzeln liegen. Auch wenn die Wahrheit noch so unbefriedigend ist. Alles ist besser als die Ungewissheit.

Du wirst es nie erfahren. Eine unbekannte Mutter, an deren Gesicht Du Dich niemals erinnern wirst, deren Stimme Du niemals hören wirst, das ist alles, was ich Dir zu bieten habe. Über Deinen Vater weiß ich dagegen selbst so gut wie gar nichts – nicht einmal, ob er noch am Leben ist oder tot wie so viele andere auch.

Ich weiß nur, dass er es war, der uns verraten hat. Elisabeth, Hans, Karl und auch Dich. Ich hätte ihm nicht vertrauen dürfen, aber ich habe es getan, und nun müssen wir alle dafür bezahlen.

Du willst wissen, ob ich Beweise dafür habe. In dubio pro reo, sagst Du. Wenn Du keine Beweise hast, kannst Du ihn auch nicht verurteilen.

Aber ich bin nicht die Richterin, sondern die Verurteilte, vergiss das nicht. Also ziehe ich einen klaren Strich, auf der einen Seite steht er, auf der anderen stehen Du und ich und die anderen, die schon tot sind.

Aber meine Gedanken hören nicht auf, um diese eine Frage zu kreisen. Hat er mir das angetan? Hat er uns das angetan?

Mein armes Kind, was soll nur aus uns werden.
Deine Mutter

Postskriptum: Deine Tante hat mich nun schon zum zweiten Mal besucht. Ihr Mann ist jetzt kriegsversehrt, er hat für Führer und Vaterland einen Fuß verloren, aber immerhin sein Leben behalten.

Variation 1

In ihrer Gruppe waren sie zu siebt. Anna und Johannes, das Ehepaar Graeter und die Medizinstudenten Hempels, Fahrenbeck und Schmidt, die Herr Graeter über seine Fachbuchhandlung kennengelernt hatte.

»Sieben sind gerade genug«, sagte Frau Graeter, als Johannes am Anfang Bedenken geäußert hatte, ob ihre Gruppe nicht zu klein wäre, um etwas zu bewirken.

Eine kleine Gruppe war besser als eine zu große, das hatte Johannes inzwischen auch erkannt. In einer kleinen Gruppe wurde weniger diskutiert und gestritten, man einigte sich schneller, und man musste auch keine so große Angst vor Spitzeln haben. Eine kleine Gruppe war handlungsfähig. »Schlagkräftig«, sagte Herr Graeter, der ihre Vereinigung so straff und autoritär wie eine militärische Einheit führte, trotz seiner pazifistischen Gesinnung.

Im Gegensatz zum Mittwochskreis wurde bei den Graeters weder gebetet noch gesungen noch gejammert. Man traf sich, um sich über die aktuelle politische Situation auszutauschen und sich darüber abzustimmen, wie man dagegen vorgehen konnte.

»Zwei Dinge sind äußerst entscheidend«, sagte Herr Graeter, der Anna früher so blass und weich vorgekommen war, aber da hatte sie sich gründlich getäuscht. »Wir müssen der deutschen Bevölkerung zum einen klarmachen, dass es eine Opposition gibt. Dass diejenigen, die gegen das nationalsozialistische Unwesen Bedenken tragen, damit nicht allein sind. Wir müssen unter allen Umständen den Anschein erwecken, dass wir zahlreich und entschlossen sind. Dass wir wissen, was wir tun. Und die zweite Sache ist, dass wir den Bedrängten helfen.«

»Den Bedrängten?«, fragte Johannes.

»Juden«, sagte Graeter. »Jeder weiß doch, was da los ist.«

Er sah Johannes prüfend an, während er das sagte. Vielleicht wartete er darauf, dass dieser zusammenzuckte oder das Gesicht verzog. Aber Johannes nickte nur.

»Und den Kommunisten. Sie werden doch genauso verfolgt. Oder den Zeugen Jehovas. Alle, die eine andere Meinung oder Lebensart haben, sind heutzutage nicht mehr erwünscht«, sagte Frau Graeter.

»Man muss natürlich darauf achten, dass man nicht zu weit geht«, sagte Anna vorsichtig. »Nicht, dass wir uns am Ende für ganz gemeine Verbrecher starkmachen, nur weil die Nazis sie verfolgen.«

»Wer Unbill erleidet, nur weil er anders ist, der verdient unsere Hilfe«, beharrte Frau Graeter. »Ich ziehe vor keinem einen Schlussstrich.«

»Wie soll das konkret aussehen?«, wollte Hempels wissen. »Wir können ja schwerlich die halbe Stadt retten.«

»Ein Schritt nach dem anderen. Zuerst machen wir uns bemerkbar«, sagte Herr Graeter. »Wir müssen unsere Meinung in klare Worte fassen. Ich werde bis zum nächsten Mal einen Entwurf erarbeiten, über den wir uns dann gemeinsam abstimmen wollen. Ich habe eine Druckerpresse organisiert, damit können wir ihn vervielfältigen. Dann kann über die Verteilung gesprochen werden.«

»Ist es nicht gefährlich, wenn wir uns immer hier treffen?«, fragte Fahrenbeck. »Wenn nun einer der Nachbarn Verdacht schöpft. Drei Studenten, ein Buchhändler und seine Frau, eine Krankenschwester und ein Organist – welchen Grund hätten wir, uns regelmäßig zu treffen, wenn es nicht um die Politik ginge?«

»Ein Gebetskreis«, sagte Frau Graeter. »Wir treffen uns zum gemeinsamen Bibelstudium. Deshalb bitte ich, zum nächsten Treffen Bibeln und Gesangbücher mitzubringen. Sie haben ganz recht, Herr Fahrenbeck. Man kann nicht vorsichtig genug sein.«

Fahrenbeck gab an, dass er keine Bibel besäße.

»Dann besorgen Sie sich eine«, empfahl ihm Frau Graeter. Sie war keine schöne Frau, ihre schräg stehenden Augen passten nicht recht zu den geschwungenen Brauen, die ihrem Gesicht den trauernden Ausdruck einer gotischen Madonna verliehen. Ihre schmalen Lippen und das kurzgeschnittene Haar ließen sie hart und männlich erscheinen, dabei trug sie nie Hosen. Aber ihre Blusen waren immer bis zum obersten Knopf geschlossen, die Röcke kurz und kastenförmig.

Sie und ihr Mann hatten sich 1930 im Bund Religiöser Sozialisten Deutschlands kennengelernt, der mit der Machtübernahme der Nazis verboten worden war. »Aber unsere politische Gesinnung tut nichts zur Sache«, hatte Frau Graeter Anna erklärt. »In unserer Gruppe geht es nicht um Sozialismus oder Kommunismus oder Pazifismus, sondern allein um den Widerstand gegen den Hitlerterror. Alles andere kommt später.« Der BRSD war so gründlich zerschlagen worden, dass es keinen Kontakt mehr zwischen den einzelnen Mitgliedern gab. Die Männer saßen im Gefängnis, und die meisten Frauen hatten sich ins Privatleben zurückgezogen.

»Die Frage ist natürlich: Wo stellen wir die Druckerpresse auf?«, überlegte Herr Graeter jetzt. »In der Buchhandlung ist es zu gefährlich. Dort sieht sie jedermann. Und hier in der Wohnung ...«

»Das geht auch nicht«, unterbrach ihn seine Frau. »Was ist mit der Kirchengemeinde? Im Keller des Gemeindehauses. Da fällt sie nicht auf.«

Dabei sah sie Johannes an, der nicht reagierte. Anna wusste, dass er wieder an das Konzert dachte, das er am nächsten Abend zusammen mit Leopold in der Friedenskirche geben wollte. Vor ein paar Wochen hatten sie sich ganz plötzlich dazu entschlossen. »Keine große Sache«, erklärte Johannes immer, wenn sich Gemeindeglieder nach dem Konzert erkundigten. »Nur ein kleines Vorspiel vor Freunden.« Aber je näher der 9. November rückte, desto nervöser wurde er. Als Anna ihn jetzt mit dem Ellenbogen anstieß, zuckte er erschrocken zusammen.

»Was?«

»Ob wir die Druckerpresse im Haus Wartburg aufstellen können. Im Keller vielleicht«, sagte Anna.

»Ich weiß nicht«, meinte Johannes voller Unbehagen.

»Es muss ja keiner wissen, dass sie noch betriebsfähig ist«, sagte Anna. »Wir stellen sie einfach in den Keller, und wenn uns jemand danach fragt, sagen wir, dass sie defekt ist. Und dass man sie vielleicht reparieren könne.«

Johannes runzelte die Stirn.

»Kein Mensch geht in den Keller«, erklärte Anna. »Außer dem Küster. Und der interessiert sich bestimmt nicht für eine kaputte Druckerpresse.«

»Also gut. Obwohl ...«

»Das Haus Wartburg wäre der ideale Ort«, sagte Frau Graeter schnell. »Auf eine Kirchengemeinde fällt so schnell kein Verdacht. Und Pastor Brugge ist auf unserer Seite.«

»Er darf aber nicht eingeweiht werden«, wandte ihr Mann ein. »Wir können das nicht riskieren.«

»Warum nicht?«, fragte Johannes. »Wenn Brugge von der Presse wüsste, wäre mir erheblich wohler. Und Brugge gehört zu den Bekennenden Christen.«

»Nein«, beharrte Graeter. »Je weniger von der Sache wissen, desto besser. Hier geht es nicht nur um ein paar kritische Gebete und Lieder. Hier geht es um Leben und Tod.«

Johannes war nervös. Die Sache mit der Druckerpresse gefiel ihm nicht, auch wenn er schließlich doch eingewilligt hatte, sie im Haus Wartburg aufzustellen. Darüber hinaus war es später geworden als gedacht. »Ich hätte die Stücke noch einmal durchspielen sollen«, murmelte er, während er zuerst seine Hosen auszog und dann seine Socken. »Es war bestimmt ein Fehler, dass wir die Generalprobe auf morgen Vormittag verschoben haben.«

»Es wird schon schiefgehen«, meinte Anna.

»Vielleicht sollten wir die Sache absagen.«

»Bist du verrückt?«, fragte Anna. »Jetzt könnt ihr doch nicht mehr zurück. Es gibt auch keinen Grund zum Absagen. Es wird bestimmt ganz hervorragend.« Sie sagte es mit mehr Überzeugung, als sie wirklich empfand. In den letzten Wochen hatte sie Johannes und Leopold manchmal spielen hören, aber die Musik, die sich von der Orgelempore in der Friedenskirche breitmachte, klang immer noch sehr befremdlich.

»Wenn Groß Wind von der Presse bekommt, dann bin ich meine Anstellung als Organist los, aber auf der Stelle. Er kann mich ohnehin nicht leiden.« Johannes wanderte ohne eine Atempause von seinem Konzert zur Druckerpresse und zurück.

»Wahrscheinlich fällt es gar nicht auf.« Anna stellte ihre Pantoffeln neben ihre Seite des Bettes. Einen Schuh links, den anderen rechts, so dass sie am nächsten Morgen nur hineinzuschlüpfen brauchte.

Johannes machte es mit seinen Pantoffeln auf seiner Seite des Bettes genauso. Danach löschte Anna das Licht. Sie waren erst fünf Jahre verheiratet, dennoch spulte sich ihr Leben im immergleichen Einerlei ab wie die Lieder eines Leierkastenmannes. Morgens schlüpfte Anna in ihre Pantoffeln, ging in die Küche und setzte den Kaffee auf, während Johannes sich rasierte. Sie wusch sich, er schnitt das Brot. Sie frühstückten, dann ging sie aus dem Haus, und er räumte den Tisch ab und spülte das Geschirr. Ihre Zahnbürste stand in einem Glas auf der rechten Seite, seine auf der linken, dazwischen die Zahnpasta. Blendax.

Anna hörte Johannes neben sich atmen und wusste, dass er gleich einschlafen würde. Sie schliefen nur an den Wochenenden miteinander. Sonntagmorgens vor dem Gottesdienst. Gleich nach dem Aufwachen legte Anna ihr Diaphragma ein. Woche für Woche, die gleichen Handgriffe, die gleichen Abläufe, die gleichen Rituale. Es war gut so. Es war immer so gewesen.

Annas Leben war so aufgeräumt wie die Siebe, die sie für die Operationen vorzubereiten hatte. Alles war an seinem Platz, so dass man jederzeit wusste, woran man war. Und Annas Ordnung hatte sich auch auf Johannes übertragen, der zur Nachlässigkeit und zum Chaos neigte.

Wenn wir ein Kind hätten, wäre das anders, dachte sie. Ein Kind, das wusste Anna von den Schwestern, die sich verheiratet hatten und Mutter geworden waren, brachte alles durcheinander. Es stellte das Leben seiner Eltern auf den Kopf, riss die Bücher aus dem Regal, die Wäsche aus den Schränken und die Blumenerde aus den Töpfen.

Ein Kind würde uns guttun, dachte Anna nicht zum ersten Mal. Und dann überlegte sie, wie so oft in letzter Zeit, ob sie das Diaphragma einfach wegwerfen und alle Vorsicht vergessen sollte. Einfach schwanger werden wie Tausende, Millionen anderer Frauen auch. Vielleicht ging ja doch alles gut. Und Johannes wäre so glücklich.

Wäre er auch glücklich, wenn ich über der Geburt meinen Verstand verlöre, fragte sich Anna dann. Oder wenn das Kind schwachsinnig wäre? Tun Sie es nicht, Schwester Anna, hörte sie Doktor Müller sagen. Sie haben eine andere Aufgabe als die Mutterschaft, das wissen Sie doch.

Neben sich hörte sie Johannes murmeln. Ob er immer noch an diese Druckerpresse dachte? Oder wieder an das Konzert? Sie hob den Kopf. »Schläfst du?«

Er wälzte sich auf den Rücken. Sie sah sein Profil, schwarz im Grau des Raumes. »Es ist verrückt, worauf wir uns da einlassen«, flüsterte er. »Das kann uns das Leben kosten.«

»Aber man muss doch etwas tun. Der Terror wird von Jahr zu Jahr schlimmer. Sie wollen einen Krieg, sie wollen die ganze Welt beherrschen. Dabei kann man doch nicht einfach zusehen.«

»Aber können wir es aufhalten, indem wir ein paar Plakate drucken und Parolen auf Hauswände malen?«

»Vielleicht«, murmelte Anna.

Vielleicht. Das war nicht viel, dieses Vielleicht. Das war eine morsche Holzbrücke über einem reißenden Fluss. Und doch hatten sie keine Wahl, sie mussten hinüber.

»Wir kennen diese Leute doch kaum. Können wir ihnen wirklich vertrauen?«

»Ich weiß es nicht.«

»Wenn nun ein Gestapo-Spitzel darunter ist?«

»Willst du aussteigen?«, fragte sie.

Jetzt drehte er sich zu ihr und sah sie an, aber in der Dunkelheit war sein Gesichtsausdruck nicht zu erkennen. »Ich bin kein Held, Anna. Ich bin Musiker.«

»Willst du aussteigen?«, fragte sie noch einmal.

Er antwortete nicht.

»Ich kann dich nicht dazu zwingen mitzumachen. Und das will ich auch gar nicht«, sagte Anna. »Aber ich kann nicht zurück. Das ewige Lamentieren im Mittwochkreis genügt mir nicht. Ich will etwas tun. Auch wenn es vielleicht sinnlos ist.«

»Auch wenn es vielleicht ins Verderben führt.«

»Auch dann. Denn wenn wir nichts tun, dann führt der Weg ganz sicher dorthin. Fritzi hat erzählt, dass ihr ihre Hauswirtin inzwischen verbietet, ihre Wäsche im gemeinsamen Trockenkeller aufzuhängen. Den übrigen Hausbewohnern wäre das nicht länger zuzumuten.«

»Das ist ja ungeheuerlich. Lässt ihr Mann sich denn das so einfach gefallen?«

»Was soll er denn tun?«

Johannes schwieg.

»Es ist, wie Graeter gesagt hat. Wir müssen Zeichen setzen, zeigen, dass wir da sind«, sagte Anna. »Wir sind nicht allein. So wie wir denken viele.«

»Aber keiner wagt, etwas zu sagen.«

»Irgendwann schon. Wenn aus den vielen noch mehr werden, dann ist die Empörung nicht mehr aufzuhalten.«

»Ach, Anna«, sagte Johannes. »Wenn ich mir da so sicher wäre.«

Wenn wir uns da so sicher wären, wäre es einfach, dachte Anna. Dann wäre der Kampf schon gewonnen. Aber wir sind uns nicht sicher, und das ist das Problem. Die Ungewissheit, die Bedenken und der stille Verdacht, dass jeglicher Widerstand zwecklos ist. Dass die Sache bereits zu unseren Ungunsten entschieden ist.

Johannes griff nach ihr, wie ein Ertrinkender nach dem Rettungsring greift, und hielt sie fest. Anna spürte sein Herz schlagen, lauter und schneller als gewöhnlich. Er hatte Angst. Das Pulsieren seines Herzens erinnerte sie an den Anfang seines

Orgelwerkes, an das Stück, das er nie zu Ende geschrieben hatte. »Lamentationes Jeremiae Prophetae.« In seiner Musik wurde aus dem Pulsieren ein leises Winseln, das sich zu einem entsetzlichen Wehklagen steigern würde.

Sie schmiegte sich enger an ihn, aber sie konnte ihm die Angst nicht nehmen. Vor ihnen war nichts als Dunkelheit. Und dahinter lag ein Abgrund.

Als Anna den Besprechungsraum betrat, saß Schwester Irmgard schon am Tisch. Sonst huschte sie immer als Allerletzte atemlos in den Raum, wenn sie überhaupt eintraf, bevor die Dienstbesprechung begonnen hatte.

»Was ist denn geschehen?«, erkundigte sich Anna beiläufig, als sie das Zimmer zusammen verließen.

»Was meinen Sie?«, gab Schwester Irmgard verwundert zurück. Das war allerdings die Höhe, diese Verwunderung. Als wäre sie nicht wochenlang ständig zu spät gekommen.

Anna blieb stehen. Schwester Irmgard hastete noch ein paar Schritte weiter, bis sie es bemerkte und ebenfalls stehen blieb. Die Schwestern, die nach ihnen kamen, strömten um sie herum, ohne langsamer zu werden. Die große Krankenhausmaschine hatte bereits angefangen zu summen, gleich würden die Hebel gezogen werden, dann würden die Motoren losrattern, die Räder rollen, die Fließbänder laufen. In OP 3 wartete eine Patientin auf eine Brustoperation. In OP 4 musste ein Überbein entfernt werden. Die Zeit drängte, aber Anna blieb einfach stehen und sah Schwester Irmgard an, deren Gesicht sich rot verfärbte. »Was ist denn?«

»Das frage ich Sie«, sagte Anna. »Sie waren heute Morgen zum ersten Mal seit Wochen pünktlich.«

»Doktor Müller war am Sonnabend bei mir.« Irmgard flüsterte, als wäre es ein ungeheures Geheimnis, das keiner wissen durfte.

»Doktor Müller? Bei Ihnen zu Hause?«

»Er wollte meine Mutter sehen. Weil er ... er hat gehört, wie es um sie steht.«

»Tatsächlich?«

»Wirklich«, bestätigte Schwester Irmgard. »Und als er meine Mutter so sah, sie war nämlich am Sonnabend wieder sehr erregt und unruhig, da hat er wohl verstanden, warum ich oft … warum ich manchmal zu spät komme.« Jetzt sah sie Anna vorwurfsvoll an, als ob Doktor Müller etwas begriffen hätte, was Anna immer entgangen war.

»Und?«, fragte Anna, obwohl sie längst Bescheid wusste. Sie selbst hatte Müller ja auf die missliche Situation aufmerksam gemacht und kannte seine Einstellung.

Irmgard räusperte sich. »Er schlägt die Provinzial Heil- und Pflegeanstalt in Grafenberg vor. Er kennt den Vorsteher persönlich.«

Es sind doch alles Irrenhäuser, hörte Anna ihren Vater sagen. Egal, was sie einem erzählen.

»Er sagt, es sei die beste Lösung.« Schwester Irmgard klang gekränkt, als habe Anna ihr einen Vorwurf gemacht. »Die Anstalten sind nicht so, wie man sich das immer vorstellt. In Grafenberg werden die Patienten nicht fixiert, sondern zu nützlicher Arbeit angehalten.«

Vielleicht war es wirklich die beste Lösung für Irmgards Mutter, dachte Anna. So wie es bislang war, konnte es ja auch nicht mehr weitergehen. In Grafenberg würde sie betreut werden und wäre unter professioneller Beaufsichtigung. Und unter das Erbschutzgesetz fiel die alte Dame auch nicht mehr. In ihrem Alter würde man sie bestimmt nicht sterilisieren.

Schwester Irmgard trat von einem Fuß auf den anderen. »Ich müsste dann wirklich los.«

Anna zuckte zusammen. »Natürlich. Bitte halten Sie mich über alle weiteren Entwicklungen auf dem Laufenden.«

Schwester Irmgard nickte und hastete zum Operationssaal 4. Anna eilte ebenfalls weiter.

Sie versuchte, Schwester Irmgards Mutter zu vergessen, aber die alte Frau ließ sich nicht so einfach abschütteln. Sie folgte Anna bis in den OP und blickte ihr über die Schulter, während sie Tupfer einklemmte und Nahtmaterial anreichte. Wenn du dich nicht eingemischt hättest, käme ich nicht in die Anstalt, wisperte sie ihr zu. Sei still, wies Anna sie in Gedanken zurecht. Es ist für alle die beste Lösung.

Für alle?, fragte die Alte und kicherte.

»Pinzette«, forderte Doktor Müller.

Anna legte sie ihm in die offene Hand.

»Die chirurgische!« Müller warf die anatomische Pinzette auf den Tisch mit den schmutzigen Instrumenten. Mit zitternden Fingern griff Anna nach der Pinzette mit den spitzen Enden, die Müller benötigte, um eine Gewebeprobe zu entnehmen.

»Alles in Ordnung mit Ihnen?«, fragte Müller, als der Patient aus dem OP geschoben wurde.

»Natürlich.« Sie zog die Mullbinde vom Kopf, die ihre Haare zurückhielt. »Tut mir leid.«

»Sie sind so blass, Schwester Anna. Werden Sie vielleicht krank?«

Sie zuckte mit den Schultern.

»Gehen Sie mit mir essen?«, fragte er, während er seinen blutigen Kittel auszog.

»Ich ... äh ...« Sie wollte in der Mittagspause eigentlich nach Hause, um Johannes' weißes Hemd zu bügeln, am Abend war ja sein Konzert.

Sie gingen ins Gasthaus Jäger auf der Kirchfeldstraße, wo Doktor Müller offensichtlich Stammgast war, denn der Kellner brachte ihm unaufgefordert ein Altbier, kaum dass sie Platz genommen hatten. Anna bestellte eine Sinalco und zum Essen ein Rührei.

»Also, dann erzählen Sie mal«, sagte Müller, als der Kellner wieder gegangen war.

»Was soll ich erzählen?«

»Was mit Ihnen los ist. Vorhin bei der Operation haben Sie ausgesehen, als hätten Sie ein Gespenst gesehen.«

Der Kellner brachte die Zitronenlimonade. Anna nahm einen großen Schluck, dadurch musste sie Müller nicht antworten.

Müller breitete seine Serviette über seine Hose, obwohl das Essen noch gar nicht da war. Sein weißes Hemd war frisch gestärkt und strahlte vor Sauberkeit. Das hatte bestimmt nicht Greta gebügelt, sondern die Zugehfrau oder das Dienstmädchen. Müller jedenfalls brauchte sich nicht darum zu kümmern, er griff morgens einfach in den Kleiderschrank und zog ein frisches Hemd heraus, das er abends in die Wäsche warf. Johannes trug seine Hemden immer drei Tage lang, aber heute Abend musste er unbedingt ein frisches haben. Hoffentlich kam sie pünktlich nach Hause, um es noch bügeln zu können.

»Wo sind Sie denn jetzt wieder mit Ihren Gedanken?«, fragte Müller in so scharfem Ton, dass sie das Hemd, das sie in Gedanken gerade auf den Bügeltisch gelegt hatte, schnell zur Seite schob.

»Entschuldigung. Ich dachte an … nichts.«

»Sie dachten an nichts«, wiederholte er spöttisch. »Na, dann wird es vielleicht einmal Zeit, das zu ändern.«

»Bitte was?«

»Sie sind so verkrampft, Schwester Anna. So freudlos und angespannt. Dabei sind Sie doch noch jung. Führt Ihr Mann Sie denn nicht aus?«

Das war unverschämt. Auf diese Frage würde sie gar nicht erst antworten.

»Ich habe Opernkarten«, sagte Doktor Müller. »Wäre das nicht einmal eine Abwechslung?«

»Für mich und meinen Mann?«, fragte Anna verständnislos.

»Für mich und meine Frau«, erwiderte Müller. »Aber meine Frau fühlt sich nicht wohl.« Greta hatte vor ein paar Wochen ihr viertes Kind zur Welt gebracht, einen Knaben, oder war es ein Mädchen? Müller hatte es ihr erzählt, und die Schwestern hatten auch darüber gesprochen, aber Anna erinnerte sich nicht mehr.

»Deshalb wollte ich Sie fragen, ob Sie mich nicht begleiten wollen. Am Dreißigsten dieses Monats.«

»Am Dreißigsten? Das sind ja noch mehr als drei Wochen hin. Bis dahin fühlt sich Greta … fühlt sich Ihre Frau doch längst wieder wohl.«

»Das glaube ich nicht«, sagte er kurz und machte dabei ein Gesicht, als habe ihm der Kellner Essig in sein Bier gekippt. Dann kam das Essen, ein Schnitzel nach Jägerart für Müller, das Rührei für Anna. Das gelbliche Glänzen erinnerte sie an das Karzinom, das sie am Vormittag von einer Nebenniere entfernt hatten.

»Was meinen Sie? Sie sind doch so ein großer Musikliebhaber, wäre das nichts für Sie?«

Müller zerlegte sein Schnitzel mit chirurgischer Präzision in dreieckige Stücke. »Oder erlaubt Ihnen das Ihr Mann nicht?«

Die Gabel mit dem Karzinom-Rührei näherte sich ihrem Mund. Sie ließ sie wieder sinken. Natürlich würde es Johannes nicht gefallen, wenn sie mit Müller in die Oper ginge. *Ausgerechnet mit diesem Nazi. Ich verstehe gar nicht, wie du den erträgst.*

»Warum sollte mein Mann mir etwas verbieten?«

Müller zuckte mit den Schultern und lächelte süffisant, während er sich über sein Schnitzel beugte.

»Ich weiß wirklich nicht, wie Sie auf so etwas kommen«, fuhr Anna wütend fort. »Mein Mann vertraut mir, das dürfen Sie mir schon glauben.«

»Tut er das?«

»Natürlich.«

»Nun, wenn das so ist, dann ist die Sache also abgemacht.«

Warum widersprach sie ihm nicht? Tut mir leid, gerade ist mir eingefallen, dass wir für den Dreißigsten eine Essenseinladung haben, die wir unmöglich absagen können. Bedauerlicherweise kommen meine Schwiegereltern zu Besuch. Leider haben wir für diesen Abend selbst schon Konzertkarten. Jede dieser Ausreden hätte Müller akzeptieren müssen, auch wenn er sie ihr nicht abgenommen hätte.

»Sie gehen mit mir in die Oper«, sagte Müller jetzt. »Das finde ich ganz wunderbar.«

Dabei lächelte er so warm, dass es aussah, als freute er sich wirklich.

Seit sie ihr Kind verloren hatte, wollte Conny nicht mehr tanzen gehen. »Wenn ich vorher besser aufgepasst hätte, wäre es nicht passiert«, klagte sie immer.

Vorher, das war die Zeit, in der sie mit Benny schwanger und glücklich gewesen war. *Vorher* war jetzt vorbei, genau wie ihre Schwangerschaft. »Meine Mutter hat von Anfang an zu mir gesagt, dass man sich schonen müsse, wenn man in Umständen sei.«

»Sie sind doch noch so jung«, widersprach Orlanda. »Genießen Sie Ihr Leben noch ein bisschen, bis Sie wirklich Mutter sind. Dann ist es nämlich vorbei mit dem Tanzen und Verrücktsein. Also ich für meinen Teil würde gerne wieder einmal zum Kettenkarussell im Nordpark.«

Aber das stimmte nicht. Seit Clemens in Amerika war, gab es niemanden mehr, der mit Orlanda getanzt hätte. Leopold verbrachte inzwischen fast jeden Abend mit Johannes in der Friedenskirche, und tags übte er Geige.

Um Conny aufzuheitern, hatte Orlanda sie zu dem Konzert eingeladen, das Leopold und Johannes am 9. November in der Friedenskirche geben wollten. »Ich weiß allerdings nicht, ob es Ihnen gefallen wird. Es klingt furchtbar kompliziert, was die beiden da vorhaben.«

»Anhören kann man es sich ja mal«, hatte Conny geantwortet.

Anna stand am Eingang der Friedenskirche und verteilte Programmzettel. Sie trug ein unvorteilhaftes, hellblaues Kleid, das sie fülliger erscheinen ließ, als sie in Wirklichkeit war. Ihr Haar glänzte fettig, und ihr Gesicht war rot vor Aufregung. Für einen solchen Abend hätte sie sich ja ein bisschen zurechtmachen können, dachte Orlanda.

Die Friedenskirche war zur Hälfte gefüllt. Orlanda hielt nach Fritzi Ausschau und sah sie in einer der vorderen Reihen, es war jedoch kein Sitzplatz mehr in ihrer Nähe frei.

Leopold war nirgends zu sehen, vielleicht war er schon oben auf der Orgelempore.

»Wir setzen uns hierhin.« Sie zog Conny neben sich in eine Bank.

Dann wurden die Türen geschlossen, Anna nahm neben Conny Platz, und Johannes trat aus der Sakristei in den Chorraum. Conny hob die Hände, um zu applaudieren, und ließ sie wieder sinken, als keiner zu klatschen begann. Johannes stand sehr gerade, die Arme hingen links und rechts von seinem Körper nach unten wie bei einem Hampelmann, bevor man an der Schnur zieht.

»Meine sehr verehrten Damen und Herren«, begann er. Dann räusperte er sich. »Ich freue mich, dass Sie gekommen sind.« Er machte wieder eine Pause, wobei sein Blick über das Publikum in den Kirchenbänken glitt, als suche er jemanden. Er räusperte sich erneut, bevor er endgültig den Faden verlor.

Orlanda warf einen Blick auf den Programmzettel, den Anna ihr gegeben hatte. »Neun Variationen über ein Thema«, las sie. »Komponiert von Johannes Bredelin. Ausführende: Leopold Ulrich (Violine), Johannes Bredelin (Orgel).«

Sie blickte wieder nach vorn. Vom Triumphbogen über dem Chor grüßte sie die Hand Gottes. Friede sei mit euch, verkündeten die zwei erhobenen Finger. Mit der gleichen Geste würde Winston Churchill in viereinhalb Jahren vor das englische Volk treten, nachdem die alliierten Bomber Düsseldorf und die Friedenskirche zerstört hätten. Victory, verkündete Churchill. Gracious Lord, oh bomb the Germans.

»Wir haben ein paar Stücke für Sie einstudiert«, sagte Johannes so artig wie ein kleiner Junge, »und wünschen Ihnen ...«, wieder ein Räuspern, »... erbauliche Unterhaltung.«

Orlanda rang nach Luft. Das war ja nicht zum Aushalten. Wenn ihr früher jemand erzählt hätte, dass Leopold in dieser düsteren Kirche auftreten würde, gemeinsam mit einem verschrobenen Organisten, sie hätte ihn ausgelacht. Leopold, die erste Geige, um den sich die Opernhäuser und Tonstudios einmal gerissen hatten.

Über ihre Gedanken legte sich der erste Ton der Orgel, der jetzt in die weite, dunkle Leere der Friedenskirche strömte wie ein langer Atem. Unter der Kirchendecke schien er sich zu verdichten und Gestalt anzunehmen. Eine Weile lang schwebte er über den Köpfen der Zuhörer, bis ihm eine Reihe von kleinen, schnellen Tönen folgten, die ihn anstießen und davontrieben. Orlanda kannte das Thema, sie kannte es sogar gut. Sie hatte die Melodie selbst einmal gesungen, die Johannes jetzt auf der Orgel intonierte. Aber sie konnte sich nicht daran erinnern, woher sie sie kannte. Vielleicht war es ein Kirchenlied, ein Choral, den ihr Vater früher immer in der Dorfkirche gespielt hatte.

Orgelmusik langweilte Orlanda. Orgeln gab es nur in Kirchen, und in der Kirche hatte sie sich schon als Kind nicht wohl gefühlt, ganz im Gegensatz zu Anna, die gar nicht genug davon bekommen konnte. Aber Orlanda hatte im Unterschied zu Anna früh verstanden, dass sie die Gunst ihres Vaters nicht an der Orgel gewinnen würde. Orgel spielen konnte er selbst besser als alle anderen Organisten im Umkreis. Anna hatte dennoch versucht, es ihm gleichzutun. Tag für Tag war sie in die evangelische Dorfkirche in Saarn gerannt und hatte geübt, bis ihr fast die Hände abgefallen waren. Ihr Vater hatte es kaum zur Kenntnis genommen. Und Orlanda hatte mit ihrem jämmerlichen Blockflöten-Gefiepse mehr Begeisterung und Lob errungen als Anna mit den schwierigsten Bach-Fugen.

Zu allem Überfluss hatte Anna nach dem Tod ihres Vaters sogar einen Organisten geheiratet. Orlanda fragte sich, ob ihr Vater das nicht als Affront empfunden hätte, wenn er es noch erlebt hätte. Als Organist konnte ihm sein Schwiegersohn zweifellos das Wasser reichen. Johannes spielte nicht auf der Orgel, er spielte mit der Orgel, eine hohe Flötenstimme zwitscherte nun das Thema. Woher kannte sie es bloß, überlegte Orlanda. Es war kein Choral, es passte auch nicht richtig in eine Kirche. Ob es aus einem der Lieder stammte, die sie damals im Operettenhaus einstudiert hatte? Wie hell und fröhlich die Orgel die Melodie wiedergab. Weitere Vogelstimmen kamen dazu, ein ganzer Vogelchor jubilierte frühlingshaft.

Orlanda suchte eine bequemere Haltung, aber die schmale, harte Kirchenbank ließ es nicht zu. In den Vogelgesang mischte sich jetzt ein unangenehmes Schnarren, das das Thema aufgriff, höher, lauter, schriller als die anderen Stimmen. Die neue Stimme übernahm die Führung, sie brachte nach und nach den ganzen Vogelchor zum Keifen, zum Hacken und Streiten. *Ichichich* zeterten auf einmal alle Stimmen in immer heftigeren Disharmonien. Das Zetern wurde zu einem Dröhnen, Johannes schien alle Register gezogen zu haben, die die Friedenskirchenorgel zu bieten hatte. Alles Heitere und Fröhliche war jetzt verschwunden. Orlanda drehte den Kopf, wo blieb eigentlich die Geige? Hatte Leopold seinen Einsatz verpasst, oder war er bereits geflüchtet?

Da brach die Violinstimme plötzlich hell aus dem Orgelgetöse hervor. Klar und strahlend und so selbstverständlich, als wäre sie die ganze Zeit über schon da gewesen. Und jetzt erkannte Orlanda die Melodie. Es war ein amerikanisches Stück, das Leopold ihr vor Jahren beigebracht hatte. »I've got a feeling I'm falling.« Das war der Titel. Sie erinnerte sich an einen Auftritt, bei dem sie das Lied gesungen hatte. In einem Gartenlokal in Kettwig, sie hatte ein blau-weiß kariertes Kleid getragen, selbst das fiel ihr plötzlich wieder ein. »I'm flying high, but I've got a feeling I'm falling«, jauchzte die Geige, wie ein langes blaues Seidenband schwang sich ihr Klang durch die Kirche, strich sanft und tröstend über die verschreckten Gesichter der Zuhörer. Dieses Stück war purer Jazz, seit Jahren verboten, kein Wunder, dass Johannes weder den Titel noch den Komponisten im Programm genannt hatte.

Langsam begann sich das Gezeter der Orgelpfeifen zu beruhigen. Die Geigenklänge streichelten über Orlandas Haar und küssten ihre Wangen, wie Leopold sie schon lange nicht mehr gestreichelt und geküsst hatte.

Erst als Conny sie befremdet ansah, merkte Orlanda, dass sie die Melodie mitsummte, aber dann ging ihr Summen in einem neuerlichen Aufbrausen der Musik unter. Die Orgel klang auf einmal wie die Wurlitzer-Orgel, die im Kino Central in Saarn immer die Stummfilme begleitet hatte. War das wirklich Johannes, der dort oben spielte? Mit so viel Leidenschaft, mit so viel Mut? Ihre Füße wippten auf dem Holzboden der Kirchenbänke, als führten sie ein Eigenleben.

»Das ist ganz große Klasse«, flüsterte Conny in eine Pause hinein. »Das hätte ich nicht erwartet.«

Wie zornig Johannes war. Man hörte es seinem Orgelspiel an, seine Enttäuschung über Anna und die Wut auf sie. Um vier Uhr hatte man eine komplizierte Darmverschlingung in den OP gerollt, die Müller bis kurz vor sieben operiert hatte, und Anna hatte assistiert. Danach hatte sie sich umgezogen und war schnurstracks zur Friedenskirche gerannt, wo Johannes ihr die Programmzettel in die Hände gedrückt hatte, ohne sie dabei anzusehen. Er trug das weiße Hemd, das sie ihm gewaschen, aber nicht gebügelt hatte. Offensichtlich hatte er es selbst einigermaßen geplättet, zumindest wirkte die Front glatt, und mehr war unter seinem Jackett nicht zu sehen.

»Entschuldige, Johannes«, stieß Anna atemlos hervor. »Ich konnte einfach nicht früher weg.«

Lass mich in Ruhe, sagte sein Gesicht. Ich kann es nicht mehr hören.

»Der Eintritt ist frei. Wir erbitten aber eine Spende«, erklärte er ihr nur und wandte sich dann ab.

Nun saß sie hier, neben dem fremden Mädchen, das Orlanda mit zum Konzert gebracht hatte, und verwünschte alle. Johannes dafür, dass er kein Verständnis für ihre Situation zeigte. Er musste doch begreifen, dass sie in ihrem Beruf nicht einfach alles stehen und liegen lassen konnte wie andere Leute. Doktor Müller, weil er immer nur mit ihr arbeiten wollte, niemals mit einer anderen OP-Schwester. Am allermeisten aber verwünschte sie sich selbst. Warum konnte sie nicht einfach einmal nein sagen. Nein, Herr Doktor Müller. Heute nicht. Nein. Vier Buchstaben, die alle anderen Schwestern mühelos über die Lippen brachten. Nein. Den Ärzten fiel es sogar noch leichter.

Nein, das müssen Sie verstehen.

Nein, tut mir leid.

Aber sie schaffte es nicht.

Die Orgelstimmen fielen übereinander her wie ungezogene Kinder, dann begann die Geige zu jubeln. Anna versuchte sich auf die Musik zu konzentrieren, aber auch das gelang ihr nicht. Wenn sie die Augen schloss, sah sie den verschlungenen Dickdarm, bläulich in der blutigen Bauchöffnung. Sie sind so verkrampft, Schwester Anna, hörte sie Müller sagen. So freudlos und angespannt.

Sie riss die Augen wieder auf, ihr Blick fiel auf das junge Mädchen neben ihr, sie wirkte bleich und verschreckt, aber wahrscheinlich bildete sie sich das nur ein, weil sie ihren eigenen Gemütszustand auf die andere übertrug.

Ich wollte Sie fragen, ob Sie mich begleiten wollen, sagte Doktor Müller.

Zwei Reihen vor ihnen saßen Frau Graeter und ihr Mann, Frau Graeter hielt die Augen gesenkt, ihr sonst so hartes Gesicht wirkte eigenartig sanft. Sie hört zu, sie alle hören zu, dachte Anna, nur an mir fließt die Musik einfach so vorbei, dabei geht es mich doch am meisten an. Ich bin doch Johannes' Frau. Sie schloss wieder die Augen.

Mein Mann vertraut mir, das dürfen Sie mir schon glauben.

Die Musik steigerte sich noch einmal, in übermütigen Synkopen, die nicht zu einer Kirchenorgel passen wollten, galoppierte sie zu einem wilden Fortissimo. Dann war es plötzlich zu Ende.

Das Mädchen zwischen Anna und Orlanda hob die Hände, um zu klatschen. Dann ließ sie sie wieder sinken. In einer Kirche applaudierte man nicht.

Neun Variationen über ein Thema. Die erste hatte Anna gerade verpasst.

Ulmer Höh', 14. Februar 1943

Mein liebstes Kind!
Frau Weihbrecht hat mir von einem Säugling erzählt, der zweieinhalb Monate vor der Zeit geboren sei und überlebt habe. Es sei das Kind einer Nachbarin, sagte sie, sehr klein und zart, und mit der Atmung habe es anfänglich Probleme gegeben, aber es geht, mit der Zeit geht es. Und mit den Ohren, fragte ich sie. War mit seinem Gehör alles in Ordnung?
Diese Frage verwirrte sie ganz offensichtlich, weil sie wie die meisten Menschen der Meinung ist, dass das Gehör nicht entscheidend ist. Die Atmung muss funktionieren, die Beweglichkeit aller Gliedmaßen, und blind sollte ein Mensch nicht sein. Hören könne er auch, sagte sie nach kurzem Überlegen. Er sei nur ein bisschen schwerer von Begriff als seine Geschwister, ansonsten sei alles in Ordnung mit ihm.
Vielleicht kannst Du ja auch schon hören. Vielleicht hast Du gehört, was ich gehört habe. Das Konzert in der Gefängniskapelle. Ein Streichquartett, der katholische Pastor hat es organisiert, zur Erbauung der Gefangenen. Die Musiker spielten sieben Stücke, es begann mit Brahms, dann kam etwas von Bartók, jedenfalls klang es für mich nach Brahms und Bartók, denn die Komponisten und Titel der Musikstücke wurden nicht genannt. Im Verlauf des Konzerts wurde es auch immer klarer, warum die Komponisten anonym bleiben mussten, denn es war moderne Musik, die hier aufgeführt wurde, entartete Musik. Verbotene Musik. In einem Gefängnis, mitten im Krieg, Musikstücke aufzuführen, die von der Obrigkeit verboten sind, dazu bedarf es natürlich einiger Frechheit. Aber vielleicht waren es ja doch keine verfemten Komponisten, nur unbekannte, die man noch nicht mit dem Aufführungsverbot belegt hatte? Ich hätte es nicht sagen können, und den vier Gefängniswärtern, die mit verschränkten Armen neben der Tür standen und dem Konzert lauschten, ging es offensichtlich genauso. In einer Pause berieten sie sich leise, dann gab sich einer von ihnen einen Ruck und ging mit knarrenden Schuhen nach vorn, trat vor Pastor Meier, der in der

ersten Reihe saß. Er beugte sich zu ihm hinunter und flüsterte ihm etwas ins Ohr. Pastor Meier lächelte und flüsterte etwas zurück, das den Beamten wohl zufriedenstellte, immerhin ging er wieder zurück an seinen Platz, und das Konzert konnte ungehindert fortgesetzt werden. Bevor sie mich in meine Zelle brachten, fragte ich Pastor Meier, was für Stücke das gewesen seien. Sein rundes Jungengesicht über dem weißen Priesterkragen war glatt und unschuldig, als er mir antwortete. »Es waren Eigenkompositionen, einer der Musiker hat sie geschrieben.« Welcher von den vieren es gewesen sei und wie er heiße, wollte ich wissen, aber nun schüttelte Pastor Meier den Kopf. Ach, er hat so viele Namen, sagte er, und mit einem Mal wirkte er nicht mehr jung und unschuldig, sondern sehr alt.

Es war so ein wunderbares Konzert. Jedes Stück stand für sich allein und unterschied sich von den anderen, aber in einem waren sie alle gleich: Sie waren ergreifend, weil sie alle Erwartungen enttäuschten und übertrafen, weil sie das Gewohnte zerrissen und offenlegten, was sich dahinter verbarg. Der düstere Abgrund der Realität.

Es war mein letztes Konzert und für Dich das erste. Bewahre es in Deinem Herzen.

Deine Mutter

Der Fliegende Holländer

Das zweite Stück begann, wie das erste geendet hatte. Die Orgel klang wie eine kleine Jazzcombo. Das Mädchen neben Anna zuckte im Takt dazu mit den Beinen. Ihre Schuhspitzen tippten gegen die Rückseite der Vorderbank.

»Sofort aufhören!« Auf der anderen Seite des Mittelgangs erhoben sich zwei Männer. Der größere von ihnen zog einen Zettel aus der Innentasche seines Mantels und wedelte damit in der Luft herum.

»Die Veranstaltung wird abgebrochen!«, rief er in das übermütige Jauchzen der Geige hinein, die soeben wieder eingesetzt hatte und nun genau wie die Orgel verstummte. Gestapo, dachte Anna. Sie suchte unwillkürlich den Blick von Frau Graeter, die sie jedoch ignorierte.

»Ich muss doch sehr bitten!«, protestierte jetzt Pastor Brugge, der sich von der ersten Reihe erhoben hatte. »Das ist eine kirchliche Veranstaltung, Sie haben kein Recht, uns zu stören.«

Oben an der Orgelempore tauchten die Köpfe von Johannes und Leopold auf.

»Reichsmusikkammer«, rief der größere Mann. Sein Kollege hatte inzwischen einen Ausweis aus der Tasche geholt und streckte ihn nach oben, obwohl von der Orgelempore aus nichts zu erkennen war. »Zeigen Sie uns doch, bitte schön, Ihre Genehmigung.«

»Was für eine Genehmigung?«, fragte Johannes irritiert.

»Jede Kulturveranstaltung muss beantragt und genehmigt werden. Ohne Genehmigung ist die Aufführung widerrechtlich.«

»Das ist ja ...«, begann Brugge und blickte dann hilfesuchend zu Johannes empor, der mit den Schultern zuckte.

»Ich komme herunter.«

Die beiden Männer schoben sich aus der Kirchenbank und gingen zum Orgelaufgang, wo sie Johannes empfingen, einer links, der andere rechts der Tür, als befürchteten sie einen Fluchtversuch.

»Hätten wir das nicht vor dem Konzert erledigen können? Oder hinterher? Es gibt doch wirklich keinen Grund, die Veranstaltung dermaßen zu stören.« Johannes wirkte ganz ruhig, nur seine Stimme war ein bisschen heller als sonst.

»Haben Sie nun eine Genehmigung?«, fragte der größere.

Es gab keine Genehmigung, das war die traurige Wahrheit, weil auch nie ein Antrag gestellt worden war. »Das ganze Konzert wurde quasi improvisiert«, erklärte Johannes. »Es ist eher privater Natur. Die Anwesenden sind Bekannte, Freunde, Familienangehörige.«

Lautes Gemurmel der Gemeinde bestätigte seine Worte, aber die beiden Herren beeindruckte das wenig.

»Ganz privat«, sagte nun auch Pastor Brugge. »Das ist richtig, das kann ich bestätigen.«

»Seien Sie mal lieber vorsichtig mit dem, was Sie so alles bestätigen«, riet ihm der kleinere Beamte. »Es wurden nämlich Handzettel gedruckt, um für die Veranstaltung zu werben. Dadurch ist die private Natur der Sache widerlegt.«

»Das ist nur ein Programm«, sagte Anna schnell. »Keine Werbung.«

»Die Zettel lagen in der letzten Woche bereits hier aus«, widersprach der andere. »Somit ist es Werbung. Wer ist der Verantwortliche für diese Sache?« Sein Blick glitt von Brugge zu Johannes und zu Leopold, der inzwischen ebenfalls heruntergekommen war.

Schweigen.

Die beiden Männer wechselten einen Blick. Der größere kramte ein Blatt Papier aus der Jacke.

»Johannes Bredelin«, sagte er nach einem Blick darauf.

»Hier.«

»Sie sind der Kantor der Friedenskirche?«

»Richtig.«

»Also sind Sie zuständig für alle Angelegenheiten der Kirchenmusik?«

»Ja, aber ich …«

»Kommen Sie bitte einmal mit auf die Dienststelle.« Seine Stimme klang so heiter und freundlich, als wollte er Johannes zu einem Kaffeekränzchen einladen.

»Jetzt? Aber … das Konzert?«, stammelte Johannes.

»Das«, meinte der Mann sanft, »sollte nun Ihre geringste Sorge sein.«

»Wo bringen Sie meinen Mann hin?«, rief Anna, als die beiden Herren mit Johannes in ihrer Mitte auf den Ausgang zusteuerten. »Was machen Sie mit ihm?« Ihre Stimme flatterte zwischen den hohen Wänden hin und her wie einer der Vögel, die manchmal durch ein offenes Fenster in die Kirche gelangten und den Weg hinaus nicht wieder fanden.

Einer der Männer drehte den Kopf zu ihr, ohne dabei stehen zu bleiben. »Keine Angst. Wir möchten uns nur ein bisschen mit ihm unterhalten.«

Anna hatte die ganze Nacht nicht geschlafen. Bis morgens um sieben wartete sie vergeblich auf Johannes, ging in der Wohnung auf und ab, vom Fenster im Schlafzimmer durchs Wohnzimmer in den Flur zur Tür und wieder zurück. Als es hell wurde, beschloss sie, ihn zu suchen. Von der Post aus rief sie im Krankenhaus an und meldete sich krank, zum ersten Mal seit acht Jahren. In der Straßenbahn in die Stadt fielen ihr die Augen zu, ihr Kopf sackte zur Seite, als er an die schmierige Fensterscheibe stieß, wachte sie wieder auf. Sie starrte unter schweren Augenlidern auf die vorübergleitende Straße, bis der Schlaf wieder nach ihr griff, so wie die beiden Männer von der Reichsmusikkammer nach Johannes gegriffen hatten, als er sich am Ausgang der Friedenskirche bücken wollte, um seinen Schnürsenkel zu binden. »Unterlassen Sie das«, hatte der größere ihn angefahren.

Anna wollte zu ihm, er war doch unschuldig, was erlaubten sich diese Männer, aber Frau Graeter hielt sie an der Schulter zurück.

»Lassen Sie. Wir können jetzt nichts für ihn tun.«

Nachdem man Johannes abgeführt hatte, bat Frau Graeter alle Anwesenden um großzügige Spenden, man werde es brauchen, sagte sie, als ob sie schon unzählige Male in dieser Situation gewesen wäre.

Orlanda und Leopold brachten Anna nach Hause. »Willst du nicht lieber mit zu uns kommen?«, fragte Orlanda, aber Anna wollte nicht.

»Johannes kommt vielleicht gleich zurück«, sagte sie, obwohl sie ahnte, dass das nicht geschehen würde. Warum haben sie nur ihn mitgenommen und nicht auch Leopold, fragte sie sich, aber sie sprach die Frage nicht aus, weil sie wusste, dass Leopold und Orlanda sie sich ebenfalls stellten.

»Diese Kulturbanausen«, sagte Orlanda. »Saßen im Konzert und haben nichts gehört. Die Musik war atemberaubend, ich hätte nie geglaubt, dass man so etwas auf einer Orgel zustande bringen kann.«

Leopold nickte und antwortete nicht, während Orlanda zu summen begann, eine Melodie, die Anna nur vage bekannt vorkam, weil auch sie wie die Banausen von der Reichsmusikkammer im Konzert gesessen und nichts gehört hatte. Sie hatte das ganze erste Stück verpasst, weil sie in Gedanken noch im Operationssaal gestanden und mit Doktor Müller geredet hatte.

Vielleicht würde sie die Variationen nie wieder zu Gehör bekommen.

Dann fuhr sie hoch, sie hätte fast ihre Haltestelle verpasst.

Am Eingang der Dienststelle der Reichsmusikkammer saß ein Portier hinter einem Schiebefenster und rauchte.

»Ich suche meinen Mann«, sagte Anna in das Loch in der Scheibe, durch das sein Zigarettenrauch nach draußen quoll. »Johannes Bredelin. Zwei Beamte Ihres Hauses haben ihn gestern ...«, sie suchte nach dem richtigen Wort, »... abgeführt.«

»Wie bitte?«, sagte der Portier. »Ich glaube, Sie vertun sich. Das hier ist die Reichsmusikkammer.«

»Sie wollten ihn befragen. Aber dann ist er die ganze Nacht nicht nach Hause gekommen.«

»Hier ist er aber bestimmt nicht. Wir sind eine Behörde, kein Untersuchungsgefängnis.«

»Wo haben ihn die Beamten denn dann hingebracht?«

»Nennen Sie mir die Namen der Herren, dann kann ich Ihnen vielleicht helfen.«

»Die kenne ich nicht. Können Sie nicht herausfinden, wer gestern Abend in der Friedenskirche war?«

»Wie stellen Sie sich das vor, Kindchen«, erwiderte der Mann streng. »Ich bin Portier. Ich kann doch nicht durchs Haus laufen, auf der Suche nach irgendwelchen Phantomen.« Er schnippte eine winzige Aschenflocke von dem Hakenkreuz auf seiner Brusttasche. »Versuchen Sie es doch mal bei der Polizei. Vielleicht hat er sich widersetzt und musste inhaftiert werden.«

»Na, hören Sie mal! Mein Mann doch nicht«, rief Anna empört.

»Erzählen Sie das mal der Polizei.« Der Portier fischte gleichgültig eine neue Zigarette aus seinem Etui. »Mir ist das nämlich schnuppe. Im Übrigen werden die Beamten Besseres zu tun haben, als Ihren Mann lange festzuhalten. Nach dem, was heute Nacht alles los war.«

»Wovon sprechen Sie?«

Er schenkte ihr nur einen rauchumwölkten Blick aus tränenden Augen. »Gehen Sie mal die Kasernenstraße entlang, dann wissen Sie es.« Dann zog er das Schiebefenster schwungvoll zu, ohne sich von ihr zu verabschieden.

Anna versuchte sich Johannes in Handschellen vorzustellen, hinter Schloss und Riegel in einer Gefängniszelle, aber es gelang ihr nicht. Einen Organisten einzusperren, wer kommt denn auf solch eine hirnrissige Idee, dachte sie, als die Straßenbahn plötzlich am Anfang der Kasernenstraße anhielt. »Endstation«, rief der Schaffner laut und öffnete die Türen. »Die Bahn endet hier. Die Kasernenstraße ist gesperrt.«

Die Kasernenstraße ist gesperrt. Im Aussteigen fielen Anna die Worte des Pförtners wieder ein. Dann roch sie das Feuer. Ein unangenehmer, beißender Brandgeruch wie von schwelendem Gras. Es war aber kein Gras, sondern die Synagoge und die angrenzende Jüdische Schule, die brannten, das erkannte Anna, als sie weiterging, denn Fußgänger durften passieren. Dicht an dicht gedrängt umstanden Gaffer das imposante Bauwerk. Man plauderte, lachte, einige Männer fotografierten, ein paar Frauen hielten sich Taschentücher vors Gesicht, als ob das die beißenden Dämpfe hätte abhalten können. Neben einer Handvoll Polizisten hatten sich ein paar Feuerwehrmänner aufgebaut. Zwei Löschwagen standen vor der riesigen neugotischen Synagoge mit ihren zahlreichen Giebeln und Kuppeln und wirkten ganz verloren. Dieses lächerliche Feuerwehraufgebot würde den Brand nicht bezwingen können, man versuchte es nicht einmal ernsthaft. Wie ein grobmaschiges glitzerndes Netz ergoss sich das Wasser auf die Mauern der brennenden Gebäude, man wollte den Übertritt des Feuers auf die umliegenden Häuser abwenden. Die Jüdische Schule und die Synagoge selbst hatte man längst aufgegeben.

»Wie ist das denn passiert?«, fragte Anna eine Frau.

Die zuckte mit den Schultern. »Man weiß es nicht. Aber von allein ist das Feuer gewiss nicht ausgebrochen. Das haben sie nun davon, diese Drecksjuden.«

»Wovon?«, fragte Anna verständnislos, aber die Frau hatte sie nicht gehört oder wollte sie nicht hören, sie starrte auf das Feuer, als hinge es allein von ihren Blicken ab, ob die Flammen verlöschten oder höher schlugen. Annas Blick durchsuchte die Menschenmenge nach Fritzi, dabei ging Fritzi nie in die Synagoge, warum sollte sie also ausgerechnet heute hier sein.

Ein paar Passanten applaudierten, als das kreisrunde romanische Fenster in der Synagogenfront splitternd in sich zusammenbrach. »Zurücktreten!«, rief ein Polizist und rollte dabei das R im Gaumen wie Orlanda in den Liedern, die sie im Kleinen Haus gesungen hatte. Unwillkürlich folgten alle dem Befehl, selbst die Feuerwehrleute.

Anna ging weiter. Glas knirschte unter ihren Füßen, die Scherben einer Flasche, die einer der Randalierer in der letzten Nacht hatte fallen lassen. In einigen Jahren wäre nicht nur ein Teil des Bürgersteigs, sondern gleich die ganze Kasernenstraße von Scherben und Asche bedeckt. Statt stolzer Stadthäuser säumten nun rauchende Ruinen den Weg, und auf dem Grundstück der Synagoge stünde ein Luftschutzbunker.

Anna eilte weiter zum Adolf-Hitler-Platz, wo sie in eine Straßenbahn nach Bilk einstieg. Ganz in der Nähe wohnten die Graeters, einen Moment überlegte sie, ob sie wieder aussteigen sollte, um sie um Hilfe zu bitten. Aber dann fiel ihr wieder ein, wie Frau Graeter gestern in der Kirche Annas Blick gemieden hatte, als die beiden Männer aufgestanden waren. Sind Sie von Sinnen, hätte sie gesagt, wenn Anna jetzt bei ihr erschienen wäre. Man darf uns nicht in Verbindung miteinander bringen.

Ich kann gar nicht mehr klar denken, vor Angst und Müdigkeit, dachte Anna und beschloss, erst einmal nach Hause zu fahren.

»Johannes?«, rief sie, als sie die Wohnungstür aufschloss. Ihre Stimme klang erstaunlicherweise ganz ruhig, als ob sie von der Arbeit nach Hause käme, um das Abendessen zu kochen.

»Anna!« Johannes' Stimme war schwach und müde wie die eines alten Mannes. »Ich bin im Schlafzimmer.«

Er lag angezogen auf dem Bett, in der schwarzen Wollhose, die er am Abend zuvor getragen hatte, und dem Hemd, über dessen Vorderseite sich kreuz und quer die Falten zogen wie Messerschnitte. Das Hemd, das Anna nicht gebügelt hatte.

»Wo warst du nur die ganze Nacht?« Anna ließ sich neben ihm nieder und berührte sanft seine Wange.

»Sie haben mich zuerst verhört und dann auf die Polizeiwache gebracht und in eine Ausnüchterungszelle stecken lassen. Wie einen Säufer oder Randalierer. Wer weiß, wie lange ich festgehalten worden wäre, wenn sie die Zelle nicht für andere Zwecke benötigt hätten. Die Wache ist voller Juden, die sie in Schutzhaft nehmen mussten, damit man sie nicht erschlägt.«

»Die Synagoge brennt.«

»Ich weiß. Ein Jude hat den deutschen Botschafter in Paris erschossen. Jetzt kocht die deutsche Volksseele.«

»Wegen eines Verrückten in Frankreich zünden sie in Düsseldorf die Synagoge an?«

Johannes verschränkte die Arme hinter dem Nacken, starrte zur Decke und antwortete nicht.

»Warum haben Sie dich eingesperrt? Hast du dich ihnen widersetzt?«

Er zuckte mit den Schultern, als könnte er sich nicht erinnern.

In Annas Schädel dröhnte die Müdigkeit, ein Basso continuo unter ihren Gedanken. Sie strich mit der Hand über Johannes' Hemd, strich die Falten glatt, die sich nach ihrer Berührung sofort wieder aufrichteten.

Johannes schob ihre Hand zur Seite und setzte sich auf. »Ich habe furchtbaren Hunger.«

Sie ging in die Küche und briet ihm ein paar Spiegeleier. Während er sie aß, saß sie ihm gegenüber und konzentrierte sich darauf, ihre Gedanken festzuhalten, damit sie nicht in alle Richtungen davonstoben.

»Diese verdammten Schweine«, sagte Johannes langsam und nachdenklich. »Wenn sie uns das Konzert wenigstens hätten beenden lassen. Wie hat dir das erste Stück gefallen?«

»Es war atemberaubend«, sagte Anna mit Orlandas Worten. »Ganz ungewöhnlich.«

Er nickte müde, als ahnte er, dass es nicht ihre eigenen Empfindungen waren.

»Und jetzt?«, fragte Anna. »Hat die Geschichte ein Nachspiel?«

Er hob den Kopf und sah sie mit großen, befremdeten Augen an. »Ein Nachspiel? Wenn du mich fragst, war das erst das Vorspiel. Das eigentliche Konzert steht uns noch bevor.«

Nach dem Konzert in der Friedenskirche war Leopold wieder in seine frühere Lethargie verfallen. Er verstaute seine Violine im Geigenkasten und packte sie nicht mehr aus. Er spielte nicht, er hörte keine Musik, er redete so gut wie gar nicht mehr mit Orlanda. »Warum haben sie mich nicht eingesperrt?«, fragte er einmal. »Ob ich hier sitze oder im Gefängnis, macht doch gar keinen Unterschied.«

»Für mich macht es einen Unterschied«, beteuerte sie, aber das stimmte nicht, sie lebte ihr Leben längst ohne ihn. Das wusste er so gut wie sie.

Johannes hatte seine Stelle als Organist an der Friedenskirche verloren. Zwei Tage nach dem Konzert hatte Pastor Groß eine Presbyteriumssitzung einberufen lassen und die Mehrheit davon überzeugt, dass Johannes als Organist untragbar sei. Man erteilte ihm Hausverbot, das war das Schlimmste. Denn seit Johannes nicht mehr auf der Orgel spielen konnte, war er fast genauso trübsinnig wie Leopold.

»Nun haben wir beide einen Mann zu ernähren«, scherzte Orlanda, als Anna ihr von Johannes' Entlassung erzählte. Zu ihrer Überraschung reagierte Anna nicht ärgerlich, sondern lächelte sogar.

»Das wird sich ändern«, meinte sie nur. »Pastor Brugge will sich für Johannes einsetzen. Vieles wird sich ändern. So kann es ja nun wirklich nicht weitergehen.«

»Glaubst du das wirklich?«, fragte Orlanda. »Dass sich heutzutage noch etwas ändert? Sie reden jetzt alle von Krieg, das ist das einzige Neue, was uns erwartet.«

Anna war in der Mittagspause in den Gemischtwarenladen gekommen und hatte Orlanda abgeholt. Jetzt saßen sie wieder in dem Café auf der Lindenstraße, nur der blau-grüne Papagei war nicht mehr da. Er war vor zwei Wochen tot von seiner Stange gefallen, seitdem war der Käfig neben der Theke leer.

»Ich habe mit Fritzi gesprochen«, wechselte Anna das Thema. »Hast du es schon gehört?«

»Was denn?« Als ob Anna nicht wüsste, dass Orlanda und Fritzi sich nicht mehr trafen.

»Sie will sich von ihrem Mann trennen.«

»Wie bitte, was? Hat sie den Verstand verloren? Ohne ihren Mann ist sie doch geliefert!«

»Ich weiß. Ich habe alles versucht, sie zur Vernunft zu bringen, aber sie erträgt das Gefühl nicht, dass sie ihm im Weg steht. Er wird nicht mehr befördert, seit sie verheiratet sind. Man droht sogar damit, ihn zu entlassen. Man hat ihm eine Scheidung nahegelegt.«

»Und darauf will er sich einlassen? Er wusste doch, was ihn erwartet, als er sie geheiratet hat.«

»Wer weiß das schon so genau«, entgegnete Anna ruhig. »Im Übrigen kenne ich nur Fritzis Einstellung.«

»Und nun? Wirst du mit ihm reden?«

Anna seufzte. »Du kennst doch Fritzi. Sie ist so verflixt stolz.«

Orlanda schloss die Augen und hörte Fritzi plötzlich wieder singen. Sie sang die Arie »Meine Seele hört im Sehen« von Georg Friedrich Händel, die sie für die Abschlussprüfung einstudiert hatte. »Meine Seele hört im Sehen, wie den Schöpfer zu erhöhen, alles jauchzet, alles lacht.« Am Konservatorium hatte sie die Bestnote mit Auszeichnung dafür bekommen, während Orlanda nur mit einem *Gut* abgeschlossen hatte. Aber dann hatte man Fritzi weder an der Duisburger Oper noch am Großen Haus in Düsseldorf genommen, nicht einmal im Kleinen Haus wollte man sie haben, obwohl man Orlanda gleich beim ersten Vorsingen akzeptiert hatte. Als Fritzi aufging, dass es an ihrer Körpergröße lag, dass man sie nur deshalb nicht nahm, weil sie das optische Einheitsbild des Chores störte, da war sie so gekränkt, dass sie den Beruf gleich ganz an den Nagel hängen wollte. Glücklicherweise kam im letzten Moment doch noch eine Zusage vom Duisburger Opernhaus.

In einem Lied, das Fritzi an Annas Geburtstag zum Besten gegeben hatte, hatte sie sich darüber lustig gemacht: »Immer auf die Kleinen, ist es nicht zum Weinen, dass die Größeren den Kleinen immer überlegen scheinen«, sang sie. Es klang so amüsant, dabei war es ihr durchaus ernst. Fritzi ertrug keine Herablassung und kein Mitleid, sie wollte keine Almosen und schon gar keine Gnade. Und nun war sie in jeder Beziehung abhängig von ihrem Mann, nachdem sie ihre Arbeit nach der Heirat hatte aufgeben müssen.

»Hast du gehört, dass sie Herrn Blau ausgewiesen haben?« Anna wechselte schon wieder das Thema.

Herr Blau? Wer war Herr Blau?

»Aus dem Mittwochskreis«, half Anna ihr.

»Ich war nie im Mittwochskreis.«

»Er war früher auch im Presbyterium.«

»Mag sein. Ich kenne ihn nicht. Was ist mit ihm?«

»Seine Vorfahren sind Juden. Ein Teil der Familie kam ursprünglich aus Polen. In der Nacht, in der die Synagoge brannte, ist die SA in seine Wohnung eingedrungen. Sie hätten ihn totgeschlagen, wenn nicht ein Nachbar dazwischengegangen wäre. Man hat ihn auf die Polizeiwache gebracht und zwei Tage später in einen Zug nach Polen gesteckt. Eine Nachbarin durfte ihm noch einen Koffer mit ein paar Habseligkeiten packen, alles andere musste er zurücklassen.«

»Das Gleiche kann auch Fritzi blühen.«

»Es wird immer schlimmer werden. Wenn sie nicht bei ihrem Mann bleibt, gibt es nichts, was sie noch schützt.«

Orlanda schob ihre Tasse von sich. Die Vorstellung war absurd, Fritzi in einem Konzentrationslager.

Aber die Sache mit diesem Blau war ja nicht weniger widersinnig. Plötzlich meinte sich Orlanda doch wieder an ihn zu erinnern. Ein dürrer, mürrischer Kirchgänger und Spießbürger, der in der Friedenskirche immer in der ersten Bankreihe gesessen hatte, das Gesangbuch in der Rechten, die Bibel in der Linken. Aber nun saß er in Polen, wo es weit und breit keine protestantische Kirche gab, ohne Eigentum, ohne Rechte, ohne Familie oder Freunde.

»Wenn sie wirklich Ernst macht«, sagte Anna in Orlandas düstere Vorstellungen hinein, »dann müssen wir ihr helfen.«

»Aber wie?«

»Ich weiß es nicht. Irgendwie.«

Vielleicht sind das alles ja nur leere Drohungen, dachte Orlanda, während sie zurück zum Laden ging. Vielleicht nimmt Fritzi Vernunft an und bleibt bei ihrem Mann. Vielleicht kommt der Wahnsinn zum Stillstand, bevor er zur Katastrophe anwächst. Vielleicht wird alles gut.

Über den Ereignissen der letzten Wochen hatte Anna Doktor Müllers Einladung in die Oper ganz vergessen. Oder vielleicht nicht ganz, aber fast. Jedenfalls tat sie so, als ob sie sie vergessen hätte, sie sprach Müller nicht darauf an, und er erwähnte die Sache auch nicht mehr. Wahrscheinlich bereute er es längst, dass er ihr die Opernkarte angeboten hatte, dachte Anna. Vermutlich hatte er sich an dem Tag mit Greta gestritten, und aus seiner schlechten Laune heraus hatte er Anna den Vorschlag gemacht, ihn zu begleiten.

Doch am Freitagmorgen kam er in den Vorbereitungsraum neben dem OP, wo Anna gerade Mullbinden aufrollte. »Sie denken doch noch daran? Wir gehen heute Abend in die Oper.«

»Heute Abend?« Eine fertig gewickelte Mullbindenrolle glitt ihr aus den behandschuhten Händen und floh über den Tisch, wobei sie eine lange weiße Spur hinter sich herzog. Kurz vor der Tischkante fing Anna sie wieder ein. »Das ist mir ganz entfallen.«

»Na, gut, dass ich Sie noch einmal erinnert habe. Soll ich Sie zu Hause abholen?«

»Bestimmt nicht.« Seit man Johannes fristlos entlassen hatte, war er so trübsinnig, und wenn er nun auch noch erführe, dass Anna mit Doktor Müller ausging ... »Ihre Frau möchte nun vielleicht doch selbst in die Oper?«

Greta war in der letzten Woche im Evangelischen Krankenhaus erschienen und hatte ihren jüngsten Spross präsentiert, einen strammen Jungen namens Winfried. Ich bin im siebten Himmel, beteuerte sie den verschwitzten OP-Schwestern, die sich ihretwegen versammelt hatten, und sah dabei kein bisschen erschöpft aus. Dem Kind lief der Speichel aus dem Mund, ein glasartiger Faden zog sich von dessen Lippen zum Ärmel von Gretas Spitzenbluse, aber sie schien es nicht zu bemerken.

»Meine Frau hält nichts von Opernmusik«, sagte Müller, wobei er einen Punkt an der Wand fixierte, der ein Stück über Annas Kopf lag. »Ich hoffe doch nun sehr, dass Sie mich nicht im Stich lassen. Sonst hätte ich die Karten anderweitig vergeben.« Jetzt sah er sie an.

»Nein«, sagte Anna. »Keineswegs. Sie müssen mich aber nicht abholen. Ich komme mit der Straßenbahn zur Oper.«

»Wie Sie meinen. Ich erwarte Sie dann um Viertel vor sieben im Foyer. Wollen wir doch mal sehen, ob wir Sie nicht aufheitern können.«

Vor der Vorstellung kaufte er ihr Nüsse und ein Glas Champagner, an dem sie jedoch nur nippte, dann schlug auch schon der Gong zum Einlass, und das Glas durfte man nicht mit in die Ränge nehmen. Sie wusste nicht einmal, was gegeben wurde. Irgendeine Oper von Wagner, wenn sie sich nicht täuschte. Ausgerechnet Wagner. Im Gegensatz zu Orlanda ließen Anna die meisten Opern kalt, für ihren Geschmack enthielten sie zu viel Dramatik, Pathos und Leidenschaft. Wagner fand sie besonders abgeschmackt, schon allein deshalb, weil der Führer sich so für ihn begeisterte.

Was die Opernkarten wohl gekostet haben mochten, überlegte sie, als sie vor der geschwungenen Brüstung im zweiten Rang Platz nahmen. Mit dem Geld für ihre Karte hätte sie für sich und Johannes Eintrittskarten für ein wirklich schönes Konzert kaufen können, vielleicht sogar für zwei. Aber andererseits schafften sie es ohnehin nicht mehr in Konzerte, weil Anna so viel arbeitete.

Das Parkett war gut gefüllt, in den Reihen wechselte sich stets ein ondulierter Damen- mit einem pomadeglänzenden Herrenkopf ab. Doktor Müller hatte ein Programmheft gekauft und legte es vor sich auf die Brüstung. »Der Fliegende Holländer«, las Anna und unterdrückte ein Seufzen.

Die Bühne war ein rot verhängtes Halbrund am anderen Ende des Saales. Anna blinzelte, ihre Augen schienen schlechter geworden zu sein, sie musste sie endlich einmal überprüfen lassen. Müller reichte ihr sein Opernglas.

»Haben Sie den Holländer schon einmal erlebt?«, fragte er, während man im Parkett schon zu applaudieren begann, obwohl sich der Vorhang nicht bewegt hatte.

Sie schüttelte den Kopf. »Sie?«

»Bereits fünf Mal.«

Sie sah ihn ungläubig an, ob er sich über sie lustig machte, aber im selben Moment ging es wirklich los.

Die Ouvertüre rauschte an ihr vorbei, so wie Johannes' Konzert vor drei Wochen an ihr vorbeigerauscht war, nur dass sie sich dieses Mal gar nicht bemühte zuzuhören. Sie dachte an den Klumpfuß, den sie vorhin noch mit Doktor Hilchenbach operiert hatte, wie sehr sie gehofft hatte, dass sich dieses eine Mal eine Komplikation ergeben könnte, so dass sie gezwungen wäre, länger zu bleiben. »Bedauerlich«, hätte sie Müller erklärt. »Aber unvermeidbar. Sie wissen ja, wie die Dinge sind.«

Doch dann war die Operation planmäßig verlaufen, um Viertel vor fünf räumte Anna den OP auf, um fünf verließ sie pünktlich das Krankenhaus, zum ersten Mal seit langer Zeit. Sie erzählte Johannes nicht, was sie vorhatte. »Ich treffe mich mit Orlanda«, erklärte sie ihm nur und hoffte und betete, dass er sich nicht ausgerechnet an diesem Abend mit Leopold verabredet hatte.

Die Ouvertüre schwappte vor sich hin wie ein stilles Meer, hin und wieder wogte ein Bläsereinsatz auf, Pauken donnerten, Streicher blitzten, dann glättete sich der Meeresspiegel wieder. Wenn es doch nur schon vorüber wäre, dachte Anna.

Sie warf Müller einen verstohlenen Blick zu. Er hatte die Augen geschlossen und wirkte dadurch eigenartig verletzlich.

Nach der Ouvertüre öffnete sich der Vorhang und enthüllte ein düsteres Szenario. Vor dem Bühnenhintergrund zeichnete sich schwarz das Heck eines Schiffes ab, ein bedrohliches, spitzwinkliges Dreieck vor einem dunkelblauen, stürmisch bewegten Nachthimmel. Nebel wallte über die Bühne und umfasste den Kutter, an dessen Reling nun zerlumpte Gestalten auftauchten. Windlichter in den Händen, die die Nebelschwaden in ein fahles, kaltweißes Licht tauchten, schwankten und hinkten sie von Bord. »Jojohe, jojohe«, sangen die Männer. Es waren Seeleute, die Schiffbruch erlitten hatten.

Anna verschränkte die Arme vor der Brust. Sie war fest entschlossen, sich nicht beeindrucken zu lassen. Diesen Wagner mit seiner schwülstigen Musik priesen die Nazis in den Himmel, während sie Musiker wie Hindemith, Weill und Webern der Bühne verwiesen. Wenn es doch nur schon vorüber wäre, dachte Anna wieder. Auf der Bühne trat jetzt der Kapitän des gestrandeten Kutters vor die Seeleute. »Sieben Meilen fort trieb uns der Sturm vom sich'ren Port«, sang er. Müller reichte ihr erneut sein Opernglas, sie ergriff es widerwillig, und der Kapitän erschien direkt vor ihr, so dass sie erschrocken zurückzuckte. Sie nahm das Glas bis zum Ende der Arie nicht mehr fort.

Sie wollte sich nicht beeindrucken lassen, aber sie konnte sich nicht widersetzen. Die Musik, die Dramatik, die Bilder ergriffen sie, sosehr sie sich auch dagegen wehrte. Noch bevor der Fliegende Holländer zum ersten Mal auftrat, war sie gefesselt, überwältigt vom Schicksal des verzweifelten Untoten, der bis in alle Ewigkeit das Kap der Guten Hoffnung umschiffen müsste, so ihn nicht die treue Liebe eines Mädchens von seinem Fluch erlöste.

Als in der dritten Szene das riesige Geisterschiff langsam aus der Versenkung auftauchte, bis es den gestrandeten Kutter bei weitem überragte, schlug Annas Herz so schnell wie lange nicht mehr. »Die Frist ist um«, sang der verzweifelte Holländer, dem schwarzrotes Blut aus der Schläfe quoll. »Und abermals verstrichen in sieben Jahr.«

»Ergreifend«, sagte Doktor Müller, als er ihr in der Pause noch ein Glas Champagner brachte. »Das ist es doch, oder?«

»Es ist atemberaubend«, sagte sie und war sich gar nicht bewusst, dass sie dieselben Worte auch über Johannes' Konzert gesagt hatte. Aber im Gegensatz zu damals raubte ihr der Holländer wirklich den Atem. Sie konnte es kaum erwarten, dass die Pause zu Ende war.

Im zweiten Teil wurde die Wand des Geisterschiffes durchsichtig, es begann von innen heraus zu leuchten, man sah Totenschädel im Bauch des Schiffes tanzen. »Johohe«, sang jetzt die schöne Stella, die dem Holländer längst verfallen war und es nur noch nicht wusste.

Am Ende stürzte sie sich von einem Felsen ins Meer. Der Holländer fand Erlösung, der Jäger Eric, der Stella geliebt hatte, blieb dagegen allein zurück. Das Publikum applaudierte frenetisch. Der rote Vorhang fiel einmal, zweimal, dreimal, viermal. Doktor Müller wischte sich eine Träne aus dem Auge, oder war es nur der Schweiß?

»Ich bringe Sie nach Hause«, sagte er, als sie die Oper verließen.

»Unsinn.« Ihre Stimme drang nur mit einer gewissen Mühe durch die Musik, die in ihrem Kopf immer noch wirbelte und toste. »Meine Wohnung liegt doch gar nicht in Ihrer Richtung. Ich nehme eine Straßenbahn.«

»Na, hören Sie mal. Natürlich fahre ich Sie.«

Sie hätte lieber die Bahn genommen, auch wenn es inzwischen schon kurz nach elf war. Aber gegen Müller kam sie nicht an, also versuchte sie es gar nicht erst.

Sie fuhren schweigend durch die nächtliche Stadt. In einem Fenster stand ein brennender Lichterbogen, in zwei Tagen war der erste Advent. Anna hatte in diesem Jahr keinen Kranz gebunden, sie war nicht in Weihnachtsstimmung.

»Sehen Sie. Nun hat es Ihnen doch gefallen. Es war ganz unnötig, dass Sie sich so gesträubt haben«, erklärte Doktor Müller, als er den Wagen in der Florastraße zum Halten brachte.

»Es war sehr schön. Vielen Dank noch einmal für die Einladung.«

»Ich danke Ihnen für die Begleitung. Vielleicht hilft Ihnen die Musik ja.«

»Wobei?«

»Wobei wohl? Lockerer zu werden und die Dinge nicht immer so verkrampft zu sehen. Ich habe übrigens mit Pastor Groß gesprochen.«

»Worüber?«

»Über dieses bedauerliche Konzert, das zur Entlassung Ihres Mannes geführt hat.«

»Ach! Dieser erbärmliche Heuchler. Das Konzert war bestimmt nicht daran schuld, sondern ganz allein Groß selbst!«

Doktor Müller blickte auf die Regenschnüre, die aus dem dunklen Nachthimmel heranwehten und gegen die Windschutzscheibe klatschten. Jeder einzelne Tropfen barst beim Aufprall, das Wasser spritzte zu allen Seiten weg und rann dann nach unten.

»Sie bewegen sich auf sehr dünnem Eis«, sagte er nachdenklich, und sofort beschleunigte sich Annas Herzschlag. Was meinte er damit? Sprach er von Johannes, oder spielte er auf ihre Treffen bei den Graeters an? Aber davon wusste Groß nichts, davon konnte er nichts wissen. Oder doch?

»Pastor Groß hat sich neulich sehr besorgt über Sie geäußert.«

Das war ja wohl der Gipfel. Ihr Herz schlug jetzt noch schneller, aber nun war ihre Wut stärker als ihre Angst. »Sie können ihm ausrichten, dass das ganz unnötig ist.«

»Ich bitte Sie, Schwester, nun seien Sie doch nicht so unvernünftig. So kenne ich Sie ja gar nicht. Sie können die Schuld an der Entlassung Ihres Mannes beileibe nicht allein auf Groß schieben. Ihr Mann trägt die Verantwortung für sein Tun, niemand sonst. Er hätte sein Konzert anmelden müssen ...«

»Wenn er es angemeldet hätte, hätten sie es verboten«, fiel sie ihm ins Wort.

»Stellen Sie sein Urteil und Ihr eigenes über das Gesetz?«, fragte Müller. »Sie pflegen den falschen Umgang, Schwester Anna. Die sogenannten Bekennenden Christen beginnen nämlich langsam, gehörig über ihr Ziel hinauszuschießen. Die Kirche hat sich um das Seelenheil ihrer Mitglieder zu kümmern«, fuhr Müller fort. »Von der großen Politik sollte sie sich aber fernhalten.«

Sie schüttelte den Kopf und wollte widersprechen, aber im letzten Moment fiel ihr wieder ein, was Herr Graeter neulich bei einem ihrer Treffen gesagt hatte. »Wir dürfen nicht auffallen. Es ist besser, die Zähne zusammenzubeißen und den Arm zum Hitlergruß zu heben, als dass wir Anstoß und Misstrauen erregen.«

Doktor Müller kannte Annas Widerwillen gegen die Nationalsozialisten und die Deutschen Christen. Bislang hatte er ihre politische Meinung aber einfach nicht ernst genommen. Und das sollte so bleiben, sie durfte sich nicht mit ihm anlegen. Auch wenn es ihr zutiefst widerstrebte, klein beizugeben.

»Die große Politik interessiert mich nicht. Das wissen Sie doch.«

Seine Augen wurden schmal. Das Einlenken kam zu plötzlich, das nahm er ihr nicht ab. »Seien Sie vorsichtig, Schwester Anna. Sagen Sie hinterher nicht, dass ich Sie nicht gewarnt hätte.«

Hinterher. Ob er bluffte? Ob er mehr über sie wusste, als sie ahnte? Anna tastete nach dem Türgriff. Warum hatte sie sich bloß so erregt, sie hatte viel zu viel von sich preisgegeben. »Ich muss nun wirklich ... vielen Dank noch einmal für die Einladung.«

»Gute Nacht.« Er nickte kurz. Sie wartete darauf, dass er ebenfalls ausstieg, um sie zur Tür zu bringen, aber er blieb sitzen und starrte auf den Regen hinter dem Fenster. »Gute Nacht«, sagte Anna und warf die Tür von außen zu. Weil sie ihren Schirm vergessen hatte, hielt sie ihre Handtasche über den Kopf und hastete zur Haustür. Plötzlich hörte sie den Fliegenden Holländer wieder singen. »Euch, des Weltmeers Fluten, bleib ich getreu, bis eure letzte Welle sich bricht und euer letztes Nass versiegt.«

Hinter ihr sprang der Wagen des Doktors an und ratterte davon. Müller war der Fliegende Holländer, dachte Anna plötzlich, wie er in seinem Wagen durch die Regenfluten trieb. Aber im Gegensatz zu Stella würde Anna sich bestimmt nicht für ihn opfern. »Es ist aus mit uns beiden, Herr Doktor«, murmelte sie.

Dabei war doch gar nichts zwischen ihnen gewesen.

Ulmer Höh', 1. März 1944

Geliebtes Kind!
Deine Tante war hier und hat mir furchtbare Nachrichten überbracht. Wieder ist jemand durch meine Schuld zu Tode gekommen. Auch wenn keiner mir den Mord nachweisen kann, so fühle ich mich doch, als hätte ich selbst die Pistole in der Hand gehalten und den Auslöser gedrückt.
Mein Leben ist eine Folge von Fehlern, Irrtümern, falschen Entscheidungen. Wenn ich auf meine Verfehlungen zurückblicke, fallen mir unwillkürlich die Worte aus der Bibel ein, von dem eifrigen Gott, der da heimsucht der Väter Missetat an ihren Kindern.
Nicht nur der Väter, sondern auch der Mütter Missetat sucht er heim. Könnte ich Dich nur vor seinem Zorn beschützen. Aber wenn Du Deinen Weg suchst, werde ich Dir nicht mehr helfen können.
Frau Weihbrecht hätte in dieser Woche ihren Prozess gehabt, sie sitzt ja schon seit vier Monaten ein. Aber nun hat sie eine Lungenentzündung und ist nicht verhandlungsfähig. Man hat sie auf die Krankenstation gebracht, wo sie sich entweder erholen oder sterben wird. Wenn sie gesund wird, bringt man sie wieder hierher, was macht es also letztlich für einen Unterschied? Besser als Tote begraben werden als bei lebendigem Leibe.
Ihre Poesiesammlung liegt neben ihrem leeren Bett, sie ist zu krank, um Gedichte zu lesen. Das rote Lesebändchen mitten im Buch. Ich schlug die Stelle auf, die es bezeichnete, und las:

Über allen Gipfeln ist Ruh,
In allen Wipfeln spürest du
Kaum einen Hauch;
Die Vögelein schweigen im Walde.
Warte nur, balde
Ruhest du auch.

Deine Mutter

La donna è mobile

Die Vereinigten Staaten von Amerika waren eine Zumutung. Die hässlichen Wolkenkratzer in New York, die Straßenschluchten voller stinkender Automobile. Die vielen Bettler in den Hauseingängen, die endlosen braunen Brachflächen vor der Stadt, auf denen im Sommer wahrscheinlich Weizen oder Mais wuchs. All das war abscheulich, am abscheulichsten aber fand Clemens die Amerikaner selbst, mit ihrem protzenden Gehabe, ihrem lauten Lachen, mit ihrer Oberflächlichkeit und Dreistigkeit. Ausgerechnet ihn, Clemens Haupt, machten sie verantwortlich für alles Unrecht und jegliche Schmach, die in Deutschland den Juden angetan wurden. Als ob er ein Repräsentant der deutschen Regierung wäre, dabei lag ihm doch nichts ferner als die deutsche Nazipolitik.

Du bist ein Symbol, hatte Leopold zu ihm gesagt, als Clemens ihm damals angeboten hatte, ihn auf der Tournee zu begleiten. Wofür willst du stehen? Für ein geknechtetes, unterdrücktes Nazideutschland?

Ganz gewiss wollte er das nicht. Er wollte den Amerikanern vielmehr zeigen, dass das andere, zivilisierte, schöngeistige Deutschland nicht ausgestorben war, sondern weiterlebte in Künstlern wie ihm selbst.

Einige von ihnen schienen es ja auch zu begreifen. Sein Antrittskonzert in der Metropolitan Opera in New York war ein Triumph gewesen, am Ende der Vorstellung war das Publikum von den Sitzen aufgesprungen und hatte ihm zugejubelt. Dafür war das Konzert in Providence nur sehr spärlich besucht gewesen, und in Boston hatten sie ihn sogar ausgebuht. »I'm not a political person«, hatte er das Publikum zu beschwichtigen versucht, vergeblich.

»Es liegt nicht an Ihnen«, erklärte Will Ribstruck, der das Ensemble auf der Tournee durch die Vereinigten Staaten begleitete. »Es ist nur eine Frage der Nationalität. Die Amerikaner hören eine Menge Unsinn über die Dinge, die heutzutage angeblich in Deutschland vor sich gehen, und lassen es dann an unschuldigen Musikern aus.« Will Ribstruck hieß eigentlich Wilhelm Rübenstrunk und kam aus Leipzig, das erzählte er Clemens am zweiten Abend nach dem dritten Bier. Jetzt lebte er mit seiner amerikanischen Frau und vier Kindern in Manhattan und organisierte Rundreisen für deutsche Gruppen. »Oder eben Tourneen. Bei mir ist das eine wie das andere in besten Händen.«

Er lachte ein breites Amerikanerlächeln, das Clemens ohne besonderen Enthusiasmus erwiderte. Wenn ich nur schon wieder zu Hause wäre, dachte er jeden Morgen nach dem Aufwachen, jeden Abend vor dem Einschlafen und des Öfteren während des Tages. Die Überfahrt hatte ihm fürchterlich zugesetzt, aber nun sehnte er sich förmlich nach dem Tag, an dem er wieder an Bord ginge. Nein, wenn er auch nur den Schimmer einer Ahnung gehabt hätte, wie die Dinge in Amerika aussahen, hätte er diese Reise niemals angetreten. Fahren Sie doch selbst, wenn es Ihnen so verdammt wichtig ist, hätte er Dr. Goebbels stattdessen entgegengeschleudert.

Vor den anderen riss er sich zusammen und ließ sich nichts anmerken. Bald ist es vorbei, sagte er sich, wenn der Überdruss besonders stark wurde. Bald lachst du über dieses amerikanische Intermezzo, bald verpackst du das hier Geschehene in lustige Anekdoten, die du vor der deutschen Presse und deinem Publikum in Berlin zum Besten geben kannst.

Einiges von dem, was er hier erlebt hatte, bot einen hervorragenden Stoff für Anekdoten. Aber anderes, das wusste er schon jetzt genau, würde er niemals irgendjemandem erzählen, sondern so lange verdrängen, bis er es selbst vergessen hätte.

Über die Wimpel, Tücher, Flaggen und Banner mit den Stars und Stripes, die ihm hier überall entgegenwehten, würde er sich im Nachhinein amüsieren. Die Pfiffe des Publikums, die leeren Wassereimer hinter der Bühne, die vergeblich auf Blumensträuße von seinen Bewunderern warteten, würde er dagegen mit keinem Wort erwähnen. Genauso wenig wie die Autogrammstunde, die ein amerikanischer Konzertveranstalter für ihn angesetzt hatte und zu der nur ein altes Weiblein erschienen war, das Clemens aus unerfindlichen Gründen mit Benjamino Gigli verwechselt hatte.

All diese Dinge sollten niemals an die Öffentlichkeit dringen, weil sie Clemens an eine Zeit erinnerten, an die er nicht erinnert werden wollte. Die Jahre nach dem Konservatorium, als er von Opernhaus zu Opernhaus getingelt war, auf der Suche nach einem Engagement, einer winzigen Rolle, einem Strohhalm.

Wenn er heute Journalisten davon erzählte, wie aus einem Jungen aus kleinbürgerlichen Verhältnissen ein Weltstar geworden war, dann erwähnte er diese Phase der Verzweiflung und Erniedrigung nicht. Dann beschrieb er im Gegenteil einen schnurgeraden Weg, der mit den ersten Stimmübungen im Knabenchor begann und an der Berliner Staatsoper endete. Ohne näher darauf einzugehen, ließ er durchklingen, dass seine Eltern ihn lieber in einem anderen Beruf gesehen hätten, dass sie sogar versucht hätten, ihm den Gesangsunterricht auszureden, damit er stattdessen eine Lehre als Buchhalter oder Kaufmann anfinge. Diese Geschichte hatte er inzwischen so oft erzählt, dass er sie schon beinahe selbst glaubte.

Dabei hatte zumindest seine Mutter alles dafür getan, um ihn auf die Bühne eines Opernhauses zu bringen. Im Alter von vier Jahren hatte sie Clemens in der Knabenkantorei des Domchors in Münster angemeldet. Man nahm dort zwar erst Knaben ab fünf, aber sie hatte so lange auf den Chorleiter eingeredet, bis er eingewilligt hatte, es einmal mit Clemens zu versuchen. Er hatte ihn dann auch im Chor belassen, nicht weil ihn seine Stimme so überzeugte, sondern weil seine Mutter so hartnäckig war und weil Clemens außerdem ein ruhiges, schüchternes Kerlchen war, das keinen störte. Da Frau Haupt überzeugt war, dass man das wahre Talent ihres Sohnes in der Knabenkantorei verkannte, ließ sie ihn nebenbei auch noch von einem privaten Gesangslehrer ausbilden und schickte ihn zum Klavierunterricht. Aber trotz der zusätzlichen Stunden blieb der Dirigent des Knabenchors gänzlich unbeeindruckt von Clemens' Gesang. »Recht dünn und ausdruckslos«, hörte Clemens ihn einmal abfällig sagen.

Mit Schaudern erinnerte er sich heute noch an die Weihnachtskonzerte der Kantorei, die seine Mutter immer furchtbar aufbrachten, weil ein anderer Knabe den Solopart sang, der ihrer Meinung nach einzig und allein ihrem Sohn gebührte.

Um Clemens eine bessere stimmliche Ausbildung zu ermöglichen, erwog sie sogar einen Umzug in eine andere Stadt. Doch in diesem Punkt machte ihr Mann, Clemens' Vater, nicht mit. »Singen kann der Junge auch hier«, erklärte er. »Aber eine Anstellung als Oberamtsmeister im Polizeipräsidium bekomme ich anderswo nicht so schnell.«

Warum war seine Mutter so versessen darauf, aus Clemens einen berühmten Sänger zu machen? Ihr Vater, Clemens' Großvater, hatte in Hannover an der Oper gesungen. Clemens hatte den alten Herrn nicht mehr kennengelernt, er wusste aber, dass er keinesfalls berühmt gewesen war. Was sein Großvater nicht erreicht hatte, das sollte Clemens jetzt vollbringen.

Als Clemens neun Jahre alt war, ging sein Chorleiter in den Ruhestand, und ein neuer Dirigent nahm seinen Platz ein, der Clemens' Talent – endlich, endlich – zu schätzen wusste. Zumindest war das Frau Haupts Interpretation der Dinge. In Wirklichkeit war es aber so, das ging Clemens im Rückblick auf, dass der neue Chorleiter vor allem die großzügigen Spenden zu schätzen wusste, mit denen die Haupts den Chor bedachten. Auch wenn es darum ging, die Chorhemden zu flicken oder zu waschen oder einen Kuchen für die Sänger zu backen, war Frau Haupt mit Begeisterung zur Stelle. Und anders als der frühere Leiter fand der neue nichts Anstößiges dabei, dieses Engagement zu belohnen, indem er Clemens die entsprechenden Solopartien gab.

Ab sofort war Clemens der Star der Weihnachtskonzerte, der Messen und Liederabende. Der Knabe, der früher immer die Soli gesungen hatte, hatte ausgedient. Er hatte zwar zweifellos die bessere Stimme, aber seine Eltern scherten sich nicht um seine Singerei, sie kamen nicht einmal zu den Konzerten.

Frau Haupt dagegen saß immer in der ersten Reihe und wischte sich verstohlen eine Träne aus dem Auge, wenn Clemens aus der Masse der anderen Chorknaben heraustrat, die feuchten Haare zur Seite gescheitelt und schräg aus der Stirn gekämmt, den ernsten Blick abwechselnd auf die Noten und auf den Dirigenten gerichtet. »Kyrie eleison«, säuselte er. »Hosanna in excelsis.«

Frau Haupt schniefte lautlos. Sie hatte ein ganz erstaunliches Gehör, wenn es darum ging, im Gesang der anderen einen schrillen Ton, eine falsche Note zu entdecken. Bei Clemens dagegen blendete sie alles Unschöne aus.

Clemens merkte, dass sich die anderen Jungen über ihn und seine Mutter lustig machten. Muttersöhnchen, nannten sie ihn, wenn sie ihm wieder einmal seinen Schal nachtrug und ihn ihm auch noch umband, damit er sich nicht erkältete.

Nachts lag er oft lange wach und stellte sich vor, wie er den Wortführer der anderen nach einer Probe abpassen und verprügeln würde. Und wie die anderen Knaben ihn dafür bewunderten und endlich achteten. In Wirklichkeit aber versuchte er nicht einmal, sich zu wehren. Der andere war ja auch viel stärker als er.

Zu jener Zeit wusste er schon, dass er das Singen nicht einfach aufgeben konnte, so wie man eine lästige Gewohnheit aufgibt. Auch wenn er nicht das begnadete Talent war, für das ihn seine Mutter hielt, so war der Gesang doch sein Leben. Er hätte genauso gut auf das Essen oder auf das Atmen verzichten können.

Um seine Mutter zu quälen, drohte er ihr gegenüber aber des Öfteren damit, dass er alles hinschmeißen wolle. »Die Musik bietet doch keine Zukunftsaussichten. Ich habe mir deshalb überlegt, mich doch für ein naturwissenschaftliches Studium einzuschreiben«, teilte er seinen Eltern eines Abends kurz vor dem mündlichen Abitur mit, obwohl er bereits einen Termin zum Vorsingen am Konservatorium hatte.

»Du könntest dich auch bei uns im Präsidium vorstellen«, meinte sein Vater sofort, der sich noch nie für Musik interessiert hatte und dem die Ambitionen seiner Frau schon lange suspekt waren.

Daraufhin wurde Frau Haupt ganz hysterisch und beruhigte sich erst wieder, als Clemens ihr zusicherte, dass er die Aufnahmeprüfung zumindest versuchen würde.

Er bestand sie und studierte Gesang und wurde ein berühmter Opernsänger, genau wie seine Mutter es sich immer ausgemalt hatte. Leider erlebte sie seinen Erfolg aber nicht mehr. In dem dritten Jahr, das Clemens hoffnungslos und abgebrannt von einem Vorsingen zum nächsten pilgerte, das er von Gelegenheitsjobs lebte und manchmal sogar unter Brücken schlief, war seine Mutter einem plötzlichen Herzanfall erlegen.

Sie war aus Enttäuschung und Sorge um ihn gestorben, das wusste Clemens ganz genau. Natürlich war er nicht schuld an ihrem Tod, Erfolg konnte man ja nun einmal nicht erzwingen oder durch Fleiß erarbeiten. Dennoch zerrte die Erkenntnis an ihm und machte ihn noch wütender auf seine Mutter, als er es als Chorknabe in Münster gewesen war. So wütend, dass er beschloss, seine Mutter zu vergessen. Immer, wenn sie ihm ins Gedächtnis kam, lenkte er seine Gedanken schnell in eine andere Richtung, summte eine Arie, trällerte eine Melodie oder wischte Staub. Es funktionierte, zumindest tagsüber. Des Nachts erschien seine Mutter ihm mitunter in seinen Träumen, aus denen er schweißgebadet erwachte.

Auf der Tournee durch die Vereinigten Staaten ließ sich die Erinnerung jedoch nicht mehr zurückhalten. Sie traf Clemens wie ein gewaltiges Pendel, das jahrelang in die andere Richtung geschwungen war, nur um am höchsten Punkt umzudrehen und auf ihn zurückzuprallen. In den Konzertsälen, in denen die Leute johlten und buhten, sah er seine Mutter sitzen und ihm traurig zunicken. Ich habe alles versucht, sagte ihre bittere Miene, aber es war doch zu wenig.

Die Verachtung des amerikanischen Publikums bestätigte den Verdacht, den Clemens schon lange in sich trug, auch wenn er ihn sich bisher nie eingestanden hatte. Die Leute haben recht, sagte sein Verdacht. Die Amerikaner haben erkannt, was mein erster Chorleiter sofort gehört hat, was auch der zweite gemerkt hat und was bald auch dem Rest der Welt aufgehen wird. Ich bin ein Blender. Meine Stimme ist mittelmäßig, mein Talent ist erbärmlich. Durch die Hartnäckigkeit meiner Mutter, durch Leopolds Intrige und meine eigene Verbissenheit konnte ich das deutsche Publikum zwar bislang täuschen. Aber irgendwann wird dieser Betrug auffliegen, dann stehe ich da wie der nackte Kaiser vor seinen Untertanen.

Clemens sehnte sich danach, nach Deutschland zurückzukehren, aber stattdessen schickte man ihn nur noch tiefer ins verhasste Amerika. Seit Tagen schon ratterte der Zug in Richtung Detroit. Heute Morgen hatten sie Rochester verlassen, wo ihr Konzert mäßig besucht gewesen war. Aber die Leute hatten zumindest applaudiert, anstatt faule Tomaten auf die Bühne zu werfen wie in Utica. Gegen Mittag hatten sie die Niagarafälle besichtigt, Clemens' Schädel dröhnte jetzt noch vom Rauschen der Wassermassen. Nun glitt der Zug am Ufer des Eriesees entlang. Gegen Abend würden sie Cleveland erreichen, aber auftreten würden sie dort erst morgen.

»Ein Sandwich?« Auf dem freien Platz neben ihm saß plötzlich Heidrun Häusler und hielt ihm ein Tablett mit belegten Broten hin. Unter dem verlockend duftenden Schinken verbarg sich eine Brotscheibe, die so weiß und weich war wie nasses Papier, das wusste Clemens aus unguter Erfahrung. »Nein, danke.«

Er wandte den Kopf zum Fenster, vor dem das Blau glitzerte. Ein paar Möwen trieben über dem Wasser, hin und wieder stürzte eine plötzlich herab, als wollte sie die Sonnenstrahlen einfangen, die wie Pailletten auf den Wellen glitzerten.

»Was ist denn los mit dir?«

»Ich habe keinen Hunger«, erwiderte er, ohne Heidrun anzusehen. Das war eine Lüge, er hatte sehr wohl Hunger, sein Magen knurrte sogar. Er hatte Hunger auf deutsches Schwarzbrot, auf rheinischen Sauerbraten und Düsseldorfer Senfrostbraten, er verzehrte sich nach einem Glas Altbier und nach echtem deutschen Kaffee, sogar nach Schwarzwälder Kirschtorte sehnte er sich, obwohl er weder Sahne noch Kirschen mochte.

»Etwas anderes vielleicht?«, fragte Heidrun. »Einen Apfel? Wenn du möchtest, besorge ich dir einen.«

»Nein, danke. Ich möchte nichts.« Die Möwe, die gerade eben im Sturzflug nach unten geschossen und in den See eingetaucht war, müsste doch langsam wieder auftauchen. Clemens' Augen suchten den See ab, aber er konnte den Vogel nirgendwo sehen. Konnten Möwen unter Wasser schwimmen?

»Na, dann eben nicht«, sagte Heidrun und verschwand genauso lautlos, wie sie erschienen war. Clemens schloss die Augen. Gerade eben noch hatte er ihre Anwesenheit kaum ertragen können, aber jetzt, wo sie weg war, hätte er sie am liebsten wieder zurückgerufen. Ob er ihr nachgehen sollte? Der Zug war halb leer, irgendwo gab es bestimmt ein Abteil, in dem sie ...

Clemens erhob sich, aber dann sah er Thomas Häusler den Gang entlangkommen und an seinem Abteil vorbeigehen. Vielleicht suchte er seine Frau.

Clemens ließ sich wieder in seinen Sitz fallen.

Vor dem Fenster zogen Wolken auf und verwandelten das Blau des Sees in bleiernes Grau. Beinahe sieben Wochen schlief Clemens nun schon mit Heidrun Häusler. Er brauchte sie. Ohne Heidrun hätte er die Amerikatournee bestimmt nicht überstanden.

Angefangen hatte alles auf der Columbus.

Clemens war morgens mit leichten Rückenschmerzen aufgewacht, deshalb beschloss er nach dem Frühstück, den Gymnastikraum aufzusuchen, um seine Brust- und Bauchmuskulatur zu dehnen, denn das war das beste Gegenmittel.

Er ließ sich vom Steward den Schlüssel geben, aber als er ihn im Schloss drehen wollte, merkte er, dass die Tür schon offen war. Im Halbdunkel der kleinen Halle stand die Häusler. Sie trug ein weißes, tief ausgeschnittenes Gymnastikkleid und schwang ein Paar Keulen. Sie stellte sich auf ihre Zehenspitzen und reckte den Kopf, wenn sie die Keulen zur Decke hob, und sank in sich zusammen, wenn sie sie wieder nach unten schwingen ließ. Die Keulen schienen ein Eigenleben zu führen und an ihren Armen zu ziehen und an ihrem weichen runden Körper zu zerren.

Clemens wollte sich sofort wieder zurückziehen. Noch hatte sie ihn nicht bemerkt, oder tat sie nur so, als habe sie ihn nicht bemerkt? Jetzt holte sich die Häusler noch eine Keule, dann legte sie den Kopf in den Nacken und begann zu jonglieren. Die Keulen sausten durch die Luft, überschlugen sich am höchsten Punkt und landeten wieder in Heidruns Händen, um sich unverzüglich von Neuem auf die Reise zu machen. Nun bewegte sie sich sogar, ihre Füße trippelten nach vorn und wieder zurück wie ein Seiltänzer auf dem Hochseil, wie ein Zirkuspferd in der Manege. Der Flug der Keulen beschleunigte sich noch, und wieder sah es so aus, als habe die Häusler gar nichts damit zu tun, als berührten die Keulen auf ihrem Flug durch den Raum nur kurz ihre Hände. Wo hatte sie so jonglieren gelernt?, fragte sich Clemens. Ob sie in einem Zirkus aufgewachsen war? Sie war dunkelhaarig wie eine Zigeunerin, aber ihre Haut war sehr zart und hell.

Clemens fuhr zusammen, als eine der Keulen an ihrer rechten Hand vorbeisauste und auf den Holzboden knallte.

Als sie sich bückte, um sie aufzuheben, konnte er in die dunkle, tiefe Schlucht zwischen ihren weißen Brüsten blicken. Während sein Blick noch dort verweilte, richtete sie sich wieder auf und sah ihn an.

»Herr Haupt«, sagte sie, ohne eine Spur von Überraschung in der Stimme. »Sie bringen mich ganz durcheinander, sehen Sie?«

Sie kam auf ihn zu. Auf ihrer weißen Haut glänzte ihr Schweiß wie morgens das Meerwasser auf den weißen Planken des Decks. Ihre Lippen schimmerten. Jetzt stand sie so dicht vor ihm, dass er spüren konnte, wie sich ihre Brust beim Atmen hob und wieder senkte. Aber das war ja gar nicht möglich, dachte er dann, sie berührten einander ja gar nicht.

»Clemens«, sagten ihre schimmernden Lippen.

Sie war recht groß, so dass er sich nicht sehr tief hinunterbeugen musste, um sie zu küssen. Hinter ihren Lippen tat sich ein ebensolcher Abgrund auf wie zwischen ihren Brüsten.

Ohne seinen Mund von ihrem zu lösen, zog er sie in die kleine Kammer neben der Turnhalle, oder war sie es, die ihn dorthin führte? Sie bettete ihren weißen Körper auf eine Gymnastikmatte aus brüchigem, zerstoßenem Leder, und er legte sich in sie hinein. Ihre Untiefen verschlangen ihn, er sank durch ihren Mund in ihren Körper, an den dunkelroten Korallenbänken ihrer Eingeweide vorbei in ihr Innerstes. Dort schwamm er lange umher und verlor sich im Gewirr ihrer Adern und Blutgefäße. Am Anfang konnte er gar nicht genug davon bekommen, aber dann ging ihm die Luft aus, wenn er nicht ersticken wollte, musste er zurück, hinaus, weg von ihr, aber er fand den Weg nicht mehr. Nun erschien es ihm auf einmal so, dass ihre inneren Organe nach ihm griffen wie Tintenfische nach kleinen Meerestieren, die so unvorsichtig gewesen waren, sich in die Nähe ihrer Tentakel zu begeben. »Was ist mit dir?«, fragte sie zärtlich, als er schließlich keuchend und nach Atem ringend aus ihrem Leib auftauchte. »Hat es dir nicht gefallen?«

Doch, es hatte ihm gefallen, auch wenn es unheimlich gewesen war. So gut hatte es ihm gefallen, dass er immer wieder in sie eintauchen wollte.

Von nun an trafen sie sich jeden Morgen in der Turnhalle unter dem Oberdeck. Am 15. Oktober 1938 legte das Schiff im Hafen von New York an, ohne dass sie noch Gelegenheit gehabt hätten, sich zu sehen. Sein Körper lechzte den ganzen Tag nach ihrem, wie ein Rauschgiftsüchtiger nach Opium. Abends schlich sie sich in sein Hotelzimmer.

»Wird dein Mann denn nicht misstrauisch?«, fragte er sie, als sie ihn am zweiten Abend wieder aufsuchte.

»Doch, natürlich«, entgegnete sie. »Er ist ganz außer sich vor Eifersucht. Aber das ist mir gleichgültig.«

Denn Thomas Häusler, das erfuhr Clemens jetzt, hatte seine Frau jahrelang mit einer Musikstudentin betrogen. »Letztes

Jahr hat er ihr ein Kind gemacht, das war natürlich nicht geplant«, erklärte sie ihm. »Er wollte die Sache dann schnell beenden, er gab ihr Geld, aber anstatt es wegmachen zu lassen, kam sie zu mir und hat mir alles erzählt.«

»Aber das hat ihr nichts genützt. Er hat sich ganz offensichtlich für dich entschieden.«

Heidrun lachte. »Weil mir das Haus gehört und alles andere auch. Ich bin reich, er ist arm. Es war das Bequemste für ihn, deshalb ist er geblieben, nicht aus Liebe.«

»Deshalb bist du mitgefahren. Um dich an ihm zu rächen.«

Sie zündete sich eine Zigarette an und blies den Rauch über ihren nackten Körper.

Um ihren Mann zu bestrafen, schlief sie mit Clemens. Die Vorstellung widerte ihn an, gleichzeitig erregte sie ihn auch.

Wenn er nun in sie eindrang, stellte er sich vor, dass Häusler ihnen dabei zusah. Nach dem desaströsen Auftritt in Boston, als ihn das Publikum ausgebuht hatte, brachte Heidrun ihm ein Glas Champagner in die Garderobe, daraufhin packte er sie, schob ihren Rock nach oben, drückte sie gegen die Wand und nahm sie, obwohl jeden Moment die Maskenbildnerin hätte hereinkommen können.

Die Sonne hatte sich hinter schmutziggraue Wolken verzogen. Das Wasser des Eriesees war jetzt braun, vom Wind zerwühlt wie ein frisch gepflügtes Feld. Am Horizont fiel Regen in die Wellen. Clemens gähnte. Noch eine Stunde bis Cleveland. Noch vier Wochen, bis er endlich wieder zu Hause war.

»Na? Wie stehen die Aktien?« Die Schiebetür des Abteils öffnete sich und ließ eine Woge aus Lärm, den Geruch von gebratenem Fleisch und Will Ribstruck herein.

Clemens nickte, obwohl das die Frage nicht beantwortete, aber das fiel Ribstruck gar nicht auf. Wie alle Amerikaner erkundigte er sich zwar ständig nach Clemens' Befinden – wie stehen die Aktien, how do you do, wie geht's uns denn heute –, aber er erwartete keine Antwort, im Gegenteil. Wenn Clemens wirklich etwas erwiderte – danke der Nachfrage, aber seit gestern Abend habe ich ein leichtes Kratzen im Hals –, wurde Ribstruck nervös, räusperte sich und wechselte schnell das Thema.

Jetzt wedelte er ein Blatt Papier in der Luft hin und her. »Fernschreiben aus Cleveland.«

»Gibt es hier im Zug einen Fernschreiber?«

»Sie fragen nach einer Programmänderung.« Ribstruck ignorierte die Frage, vielleicht fand er Fernschreiber in Zügen selbstverständlich, oder er trug das Schreiben schon den ganzen Tag mit sich herum und hatte nur vergessen, es Clemens zu geben.

»Was?« Clemens erhob sich und streckte die Hand nach dem Fernschreiben aus, aber im selben Moment zog Ribstruck das Blatt wieder zurück.

»Der Konzertveranstalter in Cleveland will ein Programm, das weniger deutsch ist.«

»Weniger deutsch? Was soll das denn heißen?«

»No Wagner«, erklärte Ribstruck. »Stattdessen schlagen sie Verdi oder Berlioz vor.«

»Für das Konzert, das ich morgen Abend singen soll? Ich habe aber weder Verdi noch Berlioz im Programm.«

»Dann eben irgendeinen anderen Franzosen anstatt Wagner.«

»Es sind aber gleich vier Stücke, die ich ersetzen müsste. Wie soll ich das denn anstellen?«

Ribstruck zuckte mit den Schultern. »Sie haben ja noch einen Tag Zeit bis zum Konzert.«

»Eine neue Arie kann man aber nicht einfach vom Blatt singen, sondern muss sie richtig erarbeiten.«

Clemens' Herz hämmerte gegen seine Rippen wie ein Gefangener gegen seine Kerkerwände. Musste er sich so etwas wirklich bieten lassen? Wenn das amerikanische Publikum keinen Wert auf seine Darbietung legte, dann fuhr er eben wieder zurück nach Deutschland, anstatt sich hier zu verbiegen, bis sein Rückgrat brach.

»Vielleicht lässt sich ja noch etwas machen«, sagte Ribstruck zweideutig und ließ ihn allein.

Zwei Wagner-Arien behielt Clemens bei, aber »Mein lieber Schwan« und »Im fernen Land« ersetzte er durch Arien aus »La Traviata«, außerdem nahm er zwei Stücke von Berlioz und Puccini auf, die er vor einem Jahr einstudiert hatte und noch einigermaßen erinnerte. Er hatte kein gutes Gefühl dabei, aber der Direktor des Konzerthauses hatte sehr deutlich gemacht, dass man nach den jüngsten Ereignissen in Deutschland kein deutsches Programm wünschte.

»One German song might be acceptable«, erklärte er kühl.

»Andernfalls will er das Konzert lieber absagen«, erläuterte Ripstruck, nachdem der Direktor den Raum wieder verlassen hatte.

Solomon hieß der Direktor, Mordechai Solomon. Das erklärte ja wohl alles.

Eine Stunde vor dem Auftritt entdeckte Clemens in den Unterlagen, die ihm der Konzerthausdirektor zur Verfügung gestellt hatte, auch die Partitur von »La donna è mobile«. Den »Rigoletto«, aus dem diese Arie stammte, hatte man vor kurzem mit großem Erfolg an der Berliner Staatsoper aufgeführt, Clemens hatte zwar nicht mitgesungen, weil er zum Zeitpunkt der Premiere in Wien gewesen war, er hatte sich die Aufführung aber angesehen. Die Arie fand beim Publikum immer den größten Anklang. Er beschloss, sie anstelle von »Dir töne Lob« vorzutragen.

Es war natürlich vermessen, das Stück in einer Stunde erarbeiten zu wollen. Clemens hatte gerade einmal das erste Drittel einigermaßen einstudiert, als ihn die Maskenbildnerin in die Garderobe rief. Während sie ihn schminkte, trällerte er das zweite Drittel, den dritten Teil nahm er sich erst richtig vor, als er bereits auf der Bühne stand.

Es war das schlechteste Konzert, das er jemals gegeben hatte. Nicht nur bei »La donna è mobile«, sondern auch bei den anderen Stücken hatte er Texthänger und sang ganze Phrasen im falschen Tempo. Er interpretierte die Arien mit übertriebenem Pathos, viel zu süßlich, viel zu schmelzend. Sein Gesang war wie eine Zuckertorte, bei der alle Früchte und Aromen fehlten, seine Stimme hatte keine Tiefe, keine Substanz. Er schämte sich, aber gleichzeitig erfüllte ihn sein schaler Gesang mit einer eigenartigen Befriedigung. Das habt ihr nun davon, dachte er. Mein deutsches Repertoire wolltet ihr nicht hören. Ihr habt es nicht anders verdient.

Nach jedem Stück erwartete er, dass es nun losginge. Dass einer aufstehen würde, um den Saal zu verlassen, und dann noch einer und noch einer, so dass sich die Ränge lichteten wie das Fell eines räudigen Hundes.

Aber keiner erhob sich. Man blieb sitzen und hörte seine süßliche falsche Darbietung an, und nach der letzten Arie brandete kein Protest auf, man warf auch nicht mit Tomaten und rohen Eiern, sondern applaudierte frenetisch. Jetzt sprangen die Zuschauer sogar von ihren Sitzen, aber anstatt aus dem Saal zu stürmen, spendeten sie im Stehen den Beifall, der Clemens in den letzten Konzerten immer verwehrt worden war.

»Bravo, bravissimo!«, brüllte der ganze Saal.

Clemens verbeugte sich, ein Mal, zwei Mal, drei Mal, und jedes Mal, wenn er sich wieder aufrichtete, war er sich sicher, dass die Stimmung im Publikum nun umgeschlagen hatte, aber nie war es der Fall. Man liebte ihn, einzig und allein dafür, dass er seine Lieder auf Französisch und Italienisch gesungen hatte anstatt auf Deutsch. Die Qualität seiner Darbietung spielte keine Rolle. Dieses Land widert mich an, dachte er, als er die Bühne verließ.

Nach dem Konzert gab es auf dem Marktplatz ein Feuerwerk, nicht zu Ehren des deutschen Ensembles, sondern weil irgendein Jubiläum gefeiert wurde, der hundertzwanzigste Jahrestag der Stadtgründung oder der Geburtstag des Bürgermeisters, worum es genau ging, hatte Clemens nicht verstanden. Er hatte wenig gegessen, dafür aber mehrere Gläser Champagner getrunken, ihm war ein bisschen schwindlig, als sie auf den Balkon des Konzerthauses hinaustraten, um das Spektakel zu betrachten. Es war eiskalt, so dass sich ihr Atem in der Nachtluft zu dichten weißen Wolken zusammenballte.

Zu Clemens' Rechten stand der Konzerthausdirektor, zu seiner Linken stand Heidrun und goss ihm immer wieder Champagner nach, als verdiente sie an jedem weiteren Glas, das er trank.

Am Anfang ihrer Liaison war Clemens immer sehr nervös gewesen, wenn sie sich in der Öffentlichkeit begegnet waren. Wenn ihr Mann in der Nähe war, hatte er es kaum gewagt, sie anzusehen, aus Angst, sich zu verraten.

Heidrun dagegen war vollkommen sorglos. »Ich tue nichts, was er sich nicht schon längst herausgenommen hat.«

Und da Heidruns Mann niemals Einspruch erhob, auch dann nicht, wenn sich Heidrun wie jetzt im Beisein der anderen an Clemens anschmiegte, wurde auch Clemens gelassener. Offensichtlich interessierte es Häusler gar nicht, was seine Frau mit Clemens trieb. Vielleicht war er erleichtert, dass sie ihm Gleiches mit Gleichem vergalt, weil es ihm das schlechte Gewissen über den eigenen Fehltritt nahm.

»Heute ist der Funke endlich übergesprungen«, sagte Heidrun und schenkte Clemens noch einmal Champagner nach. »Ein bisschen Kulturverständnis haben die Amerikaner also doch.«

»Na ja.« Clemens trank einen Schluck und stellte das Glas dann auf die Brüstung des Balkons, von dem aus sie das Feuerwerk betrachten wollten. Sein Kopf dröhnte leise. Er hatte wirklich genug getrunken.

»So what do you think …«, begann Mordechai Solomon neben ihm, diese ersten fünf Worte verstand Clemens noch, dem Rest seiner kleinen Rede konnte er allerdings nicht mehr folgen. Hilfesuchend blickte er sich nach Ribstruck um, der auch prompt neben ihm erschien wie die gute Fee im Märchen.

»Mister Solomon möchte wissen, was Sie von den jüngsten Entwicklungen in Deutschland halten«, übersetzte er.

»Die jüngsten Entwicklungen in Deutschland«, wiederholte Clemens ratlos. »Sie meinen in politischer Hinsicht?«

Ribstruck übersetzte, Solomon nickte. Clemens blickte sich um. Die anderen Musiker standen ein Stück von ihm entfernt, sie konnten ihn nicht hören. Nur Heidrun Häusler hing andächtig an seinen Lippen.

»Furchtbar«, antwortete Clemens. »Es ist barbarisch, was dort geschieht.«

Aus lauter Vorsicht hatte er aber so leise gesprochen, dass weder Ribstruck noch Solomon ihn verstanden.

»Ich bin kein politischer Mensch«, sagte er lauter. »Aber die Dinge erscheinen mir sehr problematisch.«

Solomon verzog sein Gesicht, als er Ribstrucks Übersetzung hörte und fragte dann zurück, was Clemens zu den Tausenden Juden sage, die das Land Hals über Kopf hatten verlassen müssen, nachdem die Nazis ihr gesamtes Vermögen konfisziert hatten.

»Tausende sind ja wohl ein bisschen übertrieben«, erwiderte Clemens.

»Soll ich das übersetzen?«, fragte Ribstruck. »Wenn ich Ihnen einen Tipp geben darf: Stimmen Sie ihm einfach zu. Sonst lässt er den ganzen Abend nicht locker.«

Vor ihnen explodierte die erste Feuerwerksrakete, eine Kaskade aus grünen Lichtern, die sich im Fallen rosarot verfärbten.

»Ooooh«, machte Heidrun verzückt und rückte noch näher an Clemens heran.

»Das ist ein Skandal«, sagte Clemens zu Solomon. »Da bin ich ganz Ihrer Meinung.«

Das Gespräch plänkelte noch eine Weile hin und her, Solomon bekundete seine Missbilligung an der Nazipolitik, Ribstruck übersetzte, Clemens nickte. Dann zog sich Solomon zurück, um einem anderen Ensemble-Mitglied auf die Nerven zu gehen, und Ribstruck folgte ihm auf dem Fuß, er war ja der Übersetzer.

Heidrun stand jetzt so nah neben Clemens, dass er ihren warmen Atem an seinem kalten Hals spüren konnte. Vor ihnen explodierte ein gelb-rotes Feuerrad und besprenkelte ihre Gesichter. Heidrun stellte ihr Glas ebenfalls auf die Balkonbrüstung, sie nahm Clemens' Hände und umklammerte sie mit größter Leidenschaft, so wie sie in viereinhalb Jahren die Hände ihres Mannes umklammern würde, kurz bevor sie beide im Feuersturm von Hamburg ihr Leben verlören.

»Lass uns von hier verschwinden«, flüsterte sie Clemens zu.

Er umfasste ihre Taille und wollte sie mit sich ziehen, aber dann bemerkte er Häusler, der an der Balkontür lehnte, die Arme vor der Brust verschränkt. Er beobachtete Clemens und seine Frau mit kühlem Interesse, so wie ein Forscher ein Paar Ratten in einem Laufrad beobachtet. Als er Clemens' Blick auffing, hob er sein Sektglas und prostete ihm zu, ohne zu lächeln.

Hinter Clemens ergoss sich ein Regen aus gelben und weißen Funken, als ob alle Sterne am Himmel ihren Halt verloren hätten und ausgerechnet hier in Cleveland, Ohio, zu Boden stürzten. Er ließ Heidrun wieder los und fühlte sich plötzlich schwindlig, so dass er sich an der Brüstung festhalten musste, um nicht zu stürzen. Dass er hier mit Heidrun Häusler turtelte, in Anwesenheit ihres Mannes, das war ja ganz abscheulich. Wenn sie keinen Anstand und kein Schamgefühl hatte, dann bedeutete das ja noch lange nicht, dass auch er sich dermaßen gehenlassen musste. Er liebte schließlich Orlanda, sie war die Frau seines Lebens. Wie hatte er sich nur jemals auf Heidrun einlassen können?

Hör doch auf mit der Heuchelei, hörte er Orlanda sagen. Und im Übrigen bedeutest du mir nichts.

Das ist mir ganz gleichgültig, ob du mich liebst. Ich werde mich von nun an auf keine andere mehr einlassen. Du bist es, die ich will.

Das sagst du jetzt, aber dann kippst du um, sobald eine neue Häusler auftaucht und dir zuzwinkert. Du nimmst, was du kriegen kannst. Deshalb hast du dich auch so gut mit den Nazis arrangiert.

»Was ist denn los mit dir?«, fragte Heidrun. »Willst du noch Champagner?«

»Damit ist jetzt Schluss«, erklärte Clemens. »Ich mache nicht mehr mit.«

»Was? Wobei?«

»Ich bin doch kein Hampelmann!«, schrie Clemens in das schäumende, sprudelnde, blitzende Feuerwerk hinein, das sich über Cleveland ausbreitete wie ein fliegender Teppich. »Jeder schiebt und zerrt und reißt mich in irgendeine Richtung, als ob ich keinen eigenen Willen hätte.« Er hörte hinter sich jemanden lachen, vielleicht war es Häusler oder Ribstruck, der Clemens' Auftritt für einen Scherz hielt.

»So beruhige dich doch«, sagte Heidrun und legte eine Hand auf seine Schulter.

Er riss sich mit mehr Wucht los, als nötig gewesen wäre. »Geh zu deinem Mann«, schrie er, während sie erschrocken zurückwich. »Lass dich von ihm vögeln, dafür hast du ihn doch geheiratet.«

»Du bist widerlich«, hörte er Heidrun schreien, dann fiel die Tür zum Treppenhaus hinter ihm zu.

Widerlich, ja, das bin ich wirklich, dachte Clemens, während er die Treppen ins Foyer hinunterstürmte und dann hinaus in die eisige Stadt. Aus dem bunt blitzenden Himmel taumelten jetzt vereinzelte Schneeflocken wie Betrunkene auf ihn zu. Er wollte zurück ins Hotel, aber er erinnerte sich nicht mehr genau an die Richtung, war es die Straße dort drüben oder eine weiter? Egal, dachte er, er würde die Gegend absuchen, bis er es gefunden hatte.

Und gleich morgen früh würde er die Rückreise nach Deutschland antreten. Die schrecklichen Erfahrungen, die er in Amerika gemacht hatte, in den Opernhäusern und Konzertsälen und mit sich selbst, die sollten nicht umsonst gewesen sein. Er würde die Tournee abbrechen und sein Leben ändern. Ob das Orlanda beeindruckte oder nicht, auch das war ihm völlig egal. Und was Dr. Goebbels davon hielt, das war ihm noch viel gleichgültiger.

Mit einem mächtigen Kanonendonner jagte eine weiße Feuerwerkskugel in den Nachthimmel und zersprang dort in winzige weiße Funken.

Cleveland ist mein Damaskus, dachte Clemens. Von nun an wird sich alles ändern.

Ulmer Höh', 17. März 1943

Mein Kind!

Gestern wurde ein Paket für mich abgegeben, ein Korb, gefüllt mit Dauerwurst, Orangen, Schokolade und Kuchen.

Der Absender möchte anonym bleiben, sagte die Wärterin.

Ich weiß natürlich, von wem die Sendung kommt.

Ich wollte sie zurückweisen, aber Frau Weihbrecht überredete mich, sie zu behalten. Sie ist seit ein paar Tagen wieder gesund und zurück in der Zelle. Seitdem redet und redet sie, als wären wir alte Freundinnen, dabei verbindet uns nichts außer der Gefangenschaft.

Denken Sie doch an das Kind, sagte sie, aber in Wirklichkeit dachte sie wohl an sich selbst. Abends begannen wir zu essen, alles war so süß und fett und köstlich. Wir aßen viel zu schnell. Mir wurde schlecht, und Frau Weihbrecht aß alleine weiter.

Sobald sie eine kurze Pause machte, versuchte sie herauszubekommen, von wem das Paket war.

Ich sage Ihnen doch, ich weiß es nicht.

Kommen Sie. Diese Lebensmittel sind ein Vermögen wert heutzutage. Sie müssen doch eine Ahnung haben. Zwischen den einzelnen Worten leckte sie sich Orangensaft und Schokolade von den Fingern.

Ich antwortete nicht. Sie ekelte mich an, und ich selbst ekelte mich auch an.

Denken Sie doch einmal an Ihr Kind, sagte Frau Weihbrecht wieder. Von so einem Gönner könnte es doch nur profitieren.

Ich legte mich auf meine Pritsche und zog mir die dünne Decke bis zum Kinn.

Bitte, jeder, wie er will, murmelte sie.

Ich schlief ein und träumte von meiner Freundin F. In meinem Traum suchte ich sie verzweifelt, ich spürte, dass sie ganz in meiner Nähe war. Ich rief sie und wusste, dass sie mich hörte, aber sie antwortete nicht. Weil irgendjemand sie daran hinderte oder weil sie es nicht wollte.

Auf der Suche nach ihr verirrte ich mich in einem Spiegellabyrinth. Ich stand vor zahllosen Ebenbildern meiner selbst und wusste nicht weiter. Wo ist sie, schrie ich. Wo haltet ihr sie versteckt?

Sie ist in dir, sagte eine Stimme hinter mir. Ich drehte mich um und erkannte Margarete. Ihr Haar war kurzgeschoren, wie damals, als ich sie zum letzten Mal sah. Weißt du das denn nicht, fragte sie.

Und im Traum blickte ich an mir herunter, auf meinen geschwollenen Leib und verstand, dass ich mit F. schwanger war. Im Traum erschien mir das ganz wunderbar. F. war in mir, sie war in Sicherheit.

Das war die Botschaft meines Traums: F. ist nicht mehr da, aber ich trage sie in mir, genauso wie ich Dich in mir trage. Ich werde meiner Schwester sagen, dass sie Dich nach ihr benennen soll.

F. soll Deine Patin sein, auch wenn Du sie wahrscheinlich genauso wenig kennenlernen wirst wie mich.

Deine Mutter

Meine Seele hört im Sehen

Die Düssel war zu einem harten Band gefroren, das sich von einem Ufer zum anderen spannte. Das Eis war mit weißen Kratzern überzogen, wie die Fäden eines Spinnennetzes waren sie in die Oberfläche eingesponnen.

Orlanda und Anna hatten sich zum Spazierengehen verabredet. Als Orlanda leicht verspätet zu dem vereinbarten Treffpunkt im Zoopark kam, wartete dort auch Fritzi auf sie. »Hoffentlich hast du nichts dagegen, dass ich mich euch anschließe«, erklärte sie. »Aber mir war so nach dir.« Als ob das ganz alltäglich wäre, dass sie und Orlanda sich trafen.

Anna überreichte Orlanda ein Geschenk. »Frohe Weihnachten nachträglich.«

»Ich hab gar nichts für dich«, sagte Orlanda betroffen.

»Das ist doch egal.«

Anna hatte ihr einen roten Schal gestrickt, den Orlanda gleich umlegte.

Fritzi trug den gleichen Schal. Früher hatte sie ihre Lippen im selben leuchtenden Rot geschminkt, erinnerte sich Orlanda, heute hob sich ihr blasser Mund kaum von ihrem Gesicht ab. Auch ihr Haar strahlte nicht mehr feurig, das Braun wirkte müde und kraftlos. Beim Gehen stützte sie sich jetzt schwer auf ihren Stock. Ihr rechtes Bein war inzwischen vollkommen steif.

»Weißt du noch, wie wir früher immer im Volksgarten Schlittschuh laufen waren?«, fragte sie Orlanda.

Ja, daran musste Orlanda immer denken, wenn sie irgendwo eine glitzernde Eisfläche sah. In ihrer Zeit am Buths-Neitzel-Konservatorium hatten sie und Fritzi oft den Gesangsunterricht geschwänzt, um mit ihren Schlittschuhen zu dem kleinen See im Volksgarten zu fahren. Orlanda hatte das Geräusch der Kufen auf dem Eis noch in den Ohren.

Aber nun schielte sie auf Fritzis rechtes Bein, das deutlich dünner und kürzer war als das linke. Für Fritzi war es mit dem Schlittschuhlaufen ein für alle Mal vorbei.

Sie schien Orlandas Blick jedoch nicht zu bemerken und wies mit ihrem Stock auf die Düssel. »Das Eis trägt ganz bestimmt schon. Ob wir es einfach mal ausprobieren?«

»Bist du verrückt?«, fragte Anna.

Fritzi hob einen großen Kieselstein auf und schleuderte ihn zur Mitte des Bachs. Der Kiesel hüpfte über das Eis, überschlug sich und schlitterte weiter, bis er schließlich liegen blieb.

»Siehst du?«, meinte sie. »Das Eis ist dick und fest. Jot, wenn ehr nit wollt.« Sie warf den Kopf in den Nacken und ging weiter. Ihr Gang hatte etwas Stolzes, fast Majestätisches. Trotz ihres Hinkens.

»Wie geht es Leopold?«, erkundigte sich Anna, als sie den Eingang zum Zoo passierten. »Ist er immer noch so trübsinnig?«

»Besser ist es bestimmt nicht geworden.« Orlanda wollte nicht über Leopold reden. Aus irgendeinem Grund musste sie plötzlich daran denken, wie Fritzi sie vor ihm gewarnt hatte, vor vielen Jahren auf der Premierenfeier an der Duisburger Oper, als sie ihn das erste Mal gesehen hatte. »Und Johannes?«, wandte sie sich an Anna. Nicht weil es sie wirklich interessierte, sondern um das Thema zu wechseln.

»Pastor Brugge hat dafür gesorgt, dass er wieder Zugang zur Orgel hat. Seitdem komponiert er. Ach, im Grunde ist er jetzt sehr viel glücklicher als vorher.«

»Dann ist ja alles gut.«

»Außer dass wir die Wohnung nicht mehr bezahlen können. Jetzt, wo Johannes nichts mehr dazuverdient.«

»Also müsst ihr umziehen. Könnt ihr euch denn etwas anderes leisten?«

»Kaum.« Anna seufzte. »Pastor Brugge will sich für uns einsetzen. Vielleicht können wir ja doch noch bleiben. Zumindest eine Weile lang.«

»Bei uns im Haus wird eine Wohnung frei. Soll ich mich einmal für dich erkundigen?«, bot Fritzi an.

Anna verzog das Gesicht. »Lass mal. Oberkassel können wir uns bestimmt nicht leisten. Und außerdem hätte ich es von dort zu weit zum Krankenhaus. Nein, wir müssen etwas in der Gemeinde finden.«

»Habt ihr übrigens schon meine neue Kennkarte gesehen?« Fritzi zog plötzlich ihren Ausweis aus der Handtasche. »Ich muss sie jetzt immer bei mir tragen. Schick oder etwa nicht?«

»Lass mal sehen.« Orlanda nahm ihr das Papier aus der Hand und blieb stehen. Anna beugte sich ebenfalls über die Kennkarte, so dass ihre Köpfe fast zusammenstießen.

»Scholten, geb. Abendroth«, stand in der Rubrik Nachname. Das war das Erste, was Orlanda auffiel. Dass Fritzi nun ihren Familiennamen wieder zurückbekommen hatte, den sie damals in Albrecht hatte ändern lassen, um sich von ihrer jüdischen Herkunft zu distanzieren. Ob ihr die fünfundzwanzig Mark, die sie für die Umschreibung hatte bezahlen müssen, auch wieder zurückgegeben worden waren? Wahrscheinlicher war, dass sie nur von neuem für die Änderung hatte bezahlen müssen.

Dann erst bemerkte sie den Vornamen. »Friederike Sara« hieß Fritzi nun. Friederike Sara Scholten, geb. Abendroth. Und unter diesen fremden Namen prangte drohend ein großes graues J. J wie Jude. Es war, als ob die Nazis Fritzis wahre Identität ausgelöscht und durch ein jüdisches Klischee ersetzt hätten.

»Der Fingerabdruck«, murmelte Anna. »Wie bei einem Verbrecher.« Denn neben dem Lichtbild, auf dem Fritzi ernst und unglücklich aussah, klebten zwei kleine, ovale, dunkelblaue Abdrücke, wie die Spuren eines Kindes, das mit einem Tintenfass gespielt hat.

»Du darfst deinen Mann nicht verlassen«, sagte Orlanda, obwohl Fritzi ihr bisher noch gar nichts von ihren Scheidungsplänen erzählt hatte. »Es wäre der reine Selbstmord.«

»Ich verlasse ihn ja auch gar nicht.«

Orlanda sah Anna an. Anna zog die Augenbrauen hoch.

»Ich bin schwanger«, erklärte Fritzi so beiläufig, als spräche sie wieder über das Eis auf der Düssel oder über das Abendessen, das sie später kochen wollte.

Ihre Worte hallten in Orlandas Kopf, wie ein Echo, das nicht leiser, sondern immer lauter wurde. Es dauerte dennoch eine Weile lang, bis sie das Gesagte wirklich begriff.

»Aber das ist …«, begann Anna, brach wieder ab und schüttelte den Kopf.

»Ich weiß. Die Schwangerschaft war nicht geplant. Aber nun ist es eben so gekommen.«

»Und was sagt dein Mann dazu?«

»Er freut sich.«

»Und du?«, fragte Anna.

»Ich weiß nicht.« Fritzi nahm Orlanda die Kennkarte wieder aus der Hand und steckte sie ein. »Es ist natürlich Wahnsinn. Als Jüdin ein Kind zu bekommen.«

»Zum Glück hast du einen deutschen Mann.«

»Einen deutschen Mann«, wiederholte Fritzi verächtlich. »Als ob ich selbst keine Deutsche wäre. Das Jüdische ist doch keine Rasse oder Nationalität, auch wenn uns die Nazis das einreden wollen. Es ist eine Religion wie das Christentum, und ich für meinen Teil habe sie längst abgelegt.«

So wie deinen Nachnamen, dachte Orlanda, aber nun fällt alles wieder auf dich zurück, ob du es willst oder nicht.

»Vielleicht ist es am Ende ganz gut so«, überlegte Anna. »Vielleicht ist es ein Glück, dass du ausgerechnet jetzt schwanger bist.«

»Natürlich ist es ein Glück«, erwiderte Fritzi scharf.

Einen Moment lang schwiegen sie alle drei. Dann hakte sich Fritzi bei Orlanda unter und zog sie zum Rand des Flusses. Eine kleine Böschung führte hinunter zu der gefrorenen Wasseroberfläche. Durch die kristallene Helligkeit des Eises schimmerte eine schwarze Ungewissheit, die Orlanda Angst machte.

»Als Kind konnte ich beim Schlittschuhlaufen sogar Pirouetten drehen«, murmelte Fritzi sehnsüchtig.

Das Eis wirkte fest und sicher, aber vielleicht sah es nur so aus. Vielleicht war es in Wirklichkeit hauchdünn. Orlanda streckte vorsichtig einen Fuß nach vorn, nach unten. Sie spürte die harte Glätte unter ihrer Sohle. Dann zog sie den zweiten Fuß nach.

Fritzi streckte ihr die Hände entgegen wie ein kleines Kind. »Hilf mir herunter, bitte.«

»Habt ihr den Verstand verloren?«, rief Anna hinter ihnen, als sie sah, wie Orlanda Fritzi aufs Eis zog. »Was macht ihr denn? Fritzi, in deinem Zustand!«

In deinem Zustand, sagte sie, als ob es allein Fritzis eigener Leichtsinn wäre, der sie bedrohte, und nicht die Nazis, die sie als Jüdin abstempelten und ihr alle Rechte nahmen. Das war so widersinnig, dass sich tief in Orlandas Leib ein Lachen löste und nach oben perlte wie ein Luftbläschen im Wasser.

Fritzi fing es auf und begann ebenfalls zu kichern.

Arm in Arm taten sie den ersten vorsichtigen Schritt auf dem Eis, dann noch einen, und mit jedem Schritt verlor das Eis an Bedrohlichkeit. Wie durch eine Kristallkugel konnte man durch die glatte Oberfläche in die Tiefe des Baches sehen, bis sich der Blick im undurchdringlichen Schwarz verlor. Gelbe Blätter und dürre Zweige schwebten schwerelos in eisiger Starre.

»Komm, Anna«, rief Fritzi über die Schulter zurück. »Es ist wunderbar!«

Zu Orlandas Überraschung folgte ihre Schwester Fritzis Aufforderung. Sie kletterte die Böschung hinab und schob sich dann zu ihnen, so behutsam, als könnte sie durch vorsichtiges Auftreten das Eis am Brechen hindern.

Anna und Orlanda nahmen Fritzi in die Mitte und schlitterten los. Tief unter der Eisschicht, über die ihre Füße glitten, gab es noch zwei Handbreit Wasser. Ein kleiner Schwarm Neunaugen trieb darin, reglos schaukelnd im stillen Wasser. Bis zum nächsten Frühling würden sie im Wachschlaf verharren, ohne Nahrung, ohne Fortpflanzungstrieb, ohne Angst vor Feinden. Etwa zehn Meter weiter schwebte ein regloser Barsch. Im Sommer jagte er die Neunaugen, jetzt nahmen seine starren Fischaugen sie nicht einmal zur Kenntnis. Es war nicht die Zeit zu jagen.

Anna, Fritzi und Orlanda hielten sich aneinander fest. Ihr

Atem malte drei weiße Fahnen in die Luft. »Wir gehen übers Wasser«, sagte Fritzi. »Wie Jesus über den See Genezareth.«

Später begann sie zu summen, und Orlanda erkannte die Melodie, die Fritzi sang. »Meine Seele hört im Sehen.«

> *Höret nur,*
> *des erblüh'nden Frühlings Pracht*
> *ist die Sprache der Natur,*
> *die sie deutlich durchs Gesicht*
> *allenthalben mit uns spricht.*

Ein Frühlingslied zu dieser Jahreszeit, dachte Orlanda. Allein darum ging es. Den Winter zu überstehen, bis das Tauwetter endlich einsetzte. Unten im Kies des Bachbetts lagen die Laichgruben, in denen die Eier der Neunaugen und des Barsches ruhten. Das war die Zukunft, das Eis aber wäre bald Vergangenheit.

Fritzi würde ein Kind bekommen. Diese Erkenntnis sank langsam in Orlandas Bewusstsein, während sie die Treppe zu ihrer Wohnung hochstieg. Sie war schwanger geworden, obwohl sie Jüdin war und die Nazis sie und ihr Leben bedrohten. Dabei waren die Zeiten ganz und gar nicht danach, ein Kind in die Welt zu setzen. Alle redeten ständig von einem neuen Krieg, als könnten sie sich an den letzten nicht mehr erinnern.

Die Schwangerschaft war nicht geplant, sagte Fritzi. Aber nun ist es eben so gekommen.

Jetzt fand sie sich nicht nur damit ab, sondern freute sich auch noch darüber. Denn Fritzi empfand wie Conny und die meisten anderen Frauen auch: Mutter zu werden war das höchste der Gefühle. *Natürlich ist es ein Glück.*

Nur für Orlanda nicht. Früher hatte sie immer geglaubt, dass der Kinderwunsch irgendwann ganz plötzlich über sie kommen würde, so wie Hunger oder Durst oder ein unerklärlicher Schmerz. Inzwischen war sie dreißig Jahre alt, aber nichts war über sie gekommen. Sie wollte heute genauso wenig ein Kind wie vor zehn Jahren.

Früher war in ihrem Leben auch kein Platz für Kinder gewesen. Wer Abend für Abend in Revuetheatern und Jazzkellern auftrat, konnte sich so etwas nicht leisten.

Heute trat sie jedoch längst nicht mehr auf, genauso wenig wie Leopold. Und dennoch verspürte sie immer noch keine Lust, ein Kind zu gebären, das dann gestillt, gewickelt und ausgeführt werden musste. Das mit seinen Launen und Nöten jahrelang ihr Leben bestimmen würde.

Ob Leopold sich insgeheim nach einem Sohn oder einer Tochter sehnte? Auf jeden Fall hatte er den Wunsch noch nie geäußert.

Wie mutig Fritzi ist, dachte Orlanda, während sie die Tür zu ihrer Wohnung aufschloss. »Leopold?«

Keine Antwort. Er war nicht da, der Platz in der Küche, auf dem er für gewöhnlich saß und vor sich hin starrte, war leer.

Es erschreckte Orlanda, wie sehr sie seine Abwesenheit erleichterte.

Sie stellte sich ans Fenster und blickte hinunter auf die sonntagsleere Horst-Wessel-Straße. In einem der Hauseingänge spielten zwei Kinder mit einem Kreisel. Orlanda wandte sich ab und ging zurück in die Küche. Sie fragte sich, warum sie auf einmal so unzufrieden war. Ob es die Sorge um Fritzi war?

Nein, stellte Orlanda fest. Es war Neid.

Fritzi wusste, was sie wollte. Sie ging aufs Eis, auch wenn sie sich nicht richtig auf den Beinen halten konnte. Auch wenn sie nicht sicher war, dass das Eis sie überhaupt tragen würde.

Orlanda dagegen blieb am Ufer stehen und wartete darauf, dass das Leben endlich begann.

Frau Erles Gemischtwarenladen war der Garten Eden. Vor Orlanda türmten sich Bananen und Ananas, Apfelsinen, Limonen und Zitronen in leuchtend bunten Pyramiden. Frau Erle war sehr stolz auf ihr großes Angebot an Südfrüchten. Sogar Frau Generaldirektor Steffens ließ jetzt wieder bei ihr einkaufen, weil ihr nirgendwo sonst ein ähnlich reichhaltiges Sortiment geboten wurde.

»Die Melone, sin die suur?«, fragte ihr Dienstmädchen und stieß mit dem Zeigefinger gegen die dunkelgrün glänzende Schale, als erwartete sie, dass ihr die Frucht selbst antwortete.

»Sie sind ganz hervorragend«, gab Orlanda zurück. »Zuckersüß.«

In Wirklichkeit hatte sie keine Ahnung, wie die Melonen schmeckten. Frau Erle hätte sie erschlagen, wenn sie es gewagt hätte, eine der Früchte aufzuschneiden und zu probieren.

Das Dienstmädchen verzog das Gesicht. Orlanda mochte sie wegen ihrer Pingeligkeit nicht leiden, dabei gab sie vermutlich nur das nach unten weiter, was sie von oben empfing. Vielleicht hatte sie auch die Anweisung erhalten, Orlanda nach bestem Vermögen auf die Nerven zu gehen. Gestern hatte sie an der Kasse darauf bestanden, dass der Käse noch einmal ausgepackt und erneut abgewogen wurde, weil sie sich plötzlich sicher war, dass Orlanda eine Scheibe Tilsiter zu wenig eingepackt hatte.

»Möchten Sie jetzt die Melone oder lieber doch nicht?«, fragte Orlanda.

»Schnieden Se misch emoal e Stück aff, datt isch probiere kann«, schlug das Mädchen vor.

Orlanda hackte die Melone mit ihrem größten Messer auseinander, dann schnitt sie ein Stück ab und reichte es auf der flachen Klinge über den Obsttisch.

»Bitte schön.«

Das Dienstmädchen griff zu, kaute und schluckte. Es sah aus, als würde sie ein Stück blutiges Fleisch verschlingen. »Danke.«

»Danke, was?«, fragte Orlanda.

»Nä, danke! Die is misch zu suuer, di sollten för hüt oawend sin, do näm isch leever de Appelsine!«

»Möchten Sie die auch probieren?«, fragte Orlanda, wobei sie das Messer aufrecht vor sich hielt. Roter Melonensaft tropfte von der Messerspitze zu Boden.

Nein, das Mädchen hatte jetzt genug. »Acht Stück«, sagte sie hastig und bedankte sich sogar noch, als Orlanda die Tüte mit den Früchten über den Tisch reichte.

Orlanda hätte sich jetzt gerne für ein paar Minuten ins Lager verzogen, um eine Zigarette zu rauchen, aber der nächste Kunde trat schon an den Ladentisch.

»Ist die Melone denn noch zu haben?«, fragte eine Männerstimme. Das war ungewöhnlich, vormittags kauften eigentlich nur Frauen ein.

»Sicher. Möchten Sie sie probieren?« Sie wischte das Messer an einem Tuch ab.

»Probieren Sie sie für mich und sagen Sie mir, wie sie Ihnen schmeckt«, sagte der Herr, und nun blickte Orlanda auf und sah ihn an.

»Clemens.« Ihr Herz plumpste melonenschwer von ihrer Brust in den Bauch.

»Orlanda.« Dieses Lächeln. Ihr Herz rutschte auf der Stelle weiter in die Kniekehlen.

»Ich dachte, du bist in Amerika.«

»Dann wäre ich ja nicht hier.«

»Warum bist du zurückgekommen?«

»Aus Sehnsucht.«

»Unsinn.«

»Kein Unsinn.«

»Du hast dich wochenlang nicht bei mir gemeldet.«

Jetzt verschwand das Lächeln aus seinem Gesicht. »Ich muss mit dir reden, Orlanda. Wann beginnt deine Mittagspause?«

»Um halb eins.«

»Ich warte draußen auf dich.«

Als Clemens den Laden verließ, kam Frau Erle hinter der Kasse hervorgeschossen, als wäre Feuer im Laden ausgebrochen. »Wär woar dat denn?« Ihre Nasenflügel bebten wie bei einem Hund, der eine interessante Fährte wittert.

»Niemand. Ein alter Bekannter.« Orlandas Herz kletterte langsam wieder nach oben. »Er ist ja schon wieder weg.«

»War das nicht Clemens Haupt? Aber der ist doch auf Tournee in Amerika, hatten Se nit so jet verzällt?«

Nein, das hatte Orlanda bestimmt nicht erzählt. Seitdem sie gelesen hatte, dass Clemens seine Reise doch angetreten hatte,

hatte sie nicht mehr von ihm gesprochen und so wenig wie möglich an ihn gedacht. Aber bevor Frau Erle die Illustrierten Zeitungen auf den Ständer neben der Tür einsortierte, las sie sie immer selbst, wobei sie sorgfältig darauf achtete, keine Seite zu knicken und kein Blatt zu beschmutzen.

»Jetz hässe misch doa lieje«, murmelte Frau Erle kopfschüttelnd. »Ein Weltstar in meinem Laden. Wenn ich es nicht selbst gesehen hätte, isch wööd et nit jlööwe!«

Orlanda legte die aufgeschnittene Melone zur Seite, die Clemens nun doch nicht gekauft hatte. Sie wartete darauf, dass sich ihr Herz wieder beruhigte. Dann blickte sie auf die Uhr neben der Tür. Kurz nach zehn. Noch zweieinhalb Stunden. Clemens war zurück. Das Warten hatte wieder begonnen.

»Ich habe in einem Restaurant in Kaiserswerth einen Tisch reservieren lassen«, erklärte Clemens, als Orlanda in seinen Wagen eingestiegen war.

»Kaiserswerth ist aber zu weit. Ich habe nur eine Stunde Pause.« Woher kannte er das Lokal überhaupt? Mit ihr war er jedenfalls niemals in Kaiserswerth gewesen.

»Das schaffen wir schon. Keine Angst.«

Wie er den Wagen lenkte und schaltete und kuppelte, er wusste ganz genau, was er tat. Seine Selbstsicherheit machte sie schwindlig. Sie wandte den Blick von ihm ab und schaute stattdessen nach vorn auf die Straße, die als graues Band auf die Kühlerhaube des Automobils zuraste und darunter verschwand. Warum redete er nicht weiter?

Sie hatten sich über drei Monate nicht gesehen, da gab es doch eine Menge zu erzählen. Warum er zum Beispiel so plötzlich aufgebrochen war und ihr die ganze Zeit über niemals geschrieben hatte.

»Wie geht es Leopold?«

Leopold! Wollte er allen Ernstes über Leopold reden? »Gut.«

»Und dir? Wird dir das Obstabwiegen nicht langsam fad?«

»Was ist los, Clemens? Warum tauchst du plötzlich hier auf, nachdem du dich die ganze Zeit über nicht gemeldet hast?«

Er starrte so konzentriert nach vorne, als habe er noch nie eine Landstraße gesehen.

»Wenn du nicht mit mir reden willst, kannst du mich auch aussteigen lassen.«

Er lenkte den Wagen so abrupt zum Straßenrand und brachte ihn zum Stehen, dass sie fast vom Sitz fiel. Wollte er sie wirklich hier absetzen, im Niemandsland zwischen Stadt und Kaiserswerth? Bis sie ein Taxi bekäme, wäre ihre Mittagspause längst vorbei. Als sie nach dem Türhebel griff, hielt er sie zurück. »Warte.«

Er holte seine Zigaretten aus der Tasche, bot ihr eine an, sie lehnte ab.

»Clemens! Nun rede doch endlich, zum Teufel.«

Nein, zuerst musste er sich seine Zigarette anzünden und einatmen und den Rauch zur Decke blasen.

»Ich habe meine Tournee abgebrochen und bin frühzeitig nach Deutschland zurückgekommen. Vor zwei Wochen bin ich einfach so abgereist, ohne den anderen Bescheid zu geben. Von einem Moment zum anderen.«

»Du hast das Ensemble im Stich gelassen?«

»Ich habe jahrelang immer nur das gemacht, was man von mir erwartet hat. Damals in Düsseldorf und dann an der Deutschen Staatsoper und bei allen meinen Konzerten. Wenn der Intendant oder der Propagandaminister oder gar der Führer persönlich mit dem Finger schnippte, bin ich gesprungen. Ich war ihr Lieblingskünstler, ihr Aushängeschild, ihr dressierter Pudel. Ich habe niemals protestiert, ich habe gesungen, was sie hören wollten, und alles andere aus meinem Repertoire gestrichen. Ich wollte die Tournee durch die Vereinigten Staaten absagen, aber Goebbels hat darauf bestanden, also bin ich doch aufgebrochen.«

»Das war wirklich erbärmlich«, stimmte Orlanda ihm zu.

»Das findest du erbärmlich? Nun, wahrscheinlich würdest du das Ganze noch viel erbärmlicher finden, wenn du wüsstest, dass Dr. Goebbels mir ein Bild von dir vorgelegt hat. Das ist kein guter Umgang für Sie, hat er mir erklärt. Und dass dich deine kritischen Äußerungen in ernsthafte Schwierigkeiten bringen könnten, wenn ich nicht ganz schnell einlenken würde.«

»Was willst du damit sagen?«, fragte Orlanda verständnislos. »Als ob Minister Goebbels sich für jemanden wie mich interessiert.« Sie stieß ein Lachen aus, das spöttisch gemeint war, aber dünn und nervös klang.

»Er hat eine Zitatensammlung voller unvorsichtiger Äußerungen von dir. Er weiß alles über dich, mit wem du verheiratet bist, wie viel Miete ihr zahlt, wo du arbeitest, was du verdienst, wahrscheinlich könnte er mir auch sagen, was ein Pfund Bierschinken bei Frau Erle kostet.«

»Du machst wohl Witze.« Orlanda hatte plötzlich das Gefühl, dass das Automobil schwankte, dabei standen sie doch. »Warum sollte den Reichsminister das kümmern?«

»Du bist der Hebel, mit dem er mich bewegt. Er will sicherstellen, dass ich auch weiterhin springe, wenn er pfeift.«

Er zog den Aschenbecher auf, der sich unten am Armaturenbrett befand, und drückte seine glühende Zigarette in den Berg aus Kippenstummeln. Danach zuckten seine Finger zurück zu dem Etui, das zwischen ihnen lag.

Orlanda seufzte. »Gib mir auch eine.«

Es war eine ausländische Marke, die er offensichtlich aus Amerika mitgebracht hatte. Orlanda schloss die Augen und spürte, wie der würzige, starke Rauch tief in ihre Lunge drang. Sie stellte sich einen Cowboy vor, der über eine endlose Prärie ritt. Am Horizont loderten Lagerfeuer. Warum um alles in der Welt war Clemens nach Deutschland zurückgekommen?

»Du hattest das Ganze doch schon hinter dir. Wieso bist du nicht in Amerika geblieben? Kein Hitler der Welt hätte mehr Einfluss auf dich.«

Als sie die Augen wieder öffnete, begegnete sie seinem ungläubigen Blick.

»Hätte ich dich hier im Stich lassen sollen? Sie hätten ihre Wut über mich an dir ausgelassen.« Aus Liebe zu mir ist Clemens zurückgekehrt, dachte Orlanda. Oder machte er sich und ihr selbst nur etwas vor? »Und was jetzt? Willst du dich bei ihnen entschuldigen? Und das ganze Spiel weiterspielen?«

»Nein«, sagte er. »Deshalb bin ich hier. Ich will das nicht mehr. Ich ertrage mich selbst nicht mehr.«

»Gut.«

»Nichts ist gut. Sie werden dich verfolgen. Vielleicht sogar einsperren.«

»Wofür? Ich habe wirklich nichts getan, weswegen sie mich verhaften könnten.«

»Sie finden schon etwas, verlass dich drauf.«

Er tut nur so, als wolle er sich ändern, dachte Orlanda. In Wirklichkeit hat er keine Angst um mich, sondern um sich selbst.

»Du denkst doch gar nicht ernsthaft darüber nach, deine Karriere aufzugeben, Clemens! Wovon willst du denn leben? Willst du bei Frau Erle Melonen aufschneiden und Käse abwiegen?«

»Warum nicht?«, gab er zurück, obwohl er sich kurz zuvor noch über ihre Arbeit lustig gemacht hatte.

»Sie würde dich nicht einstellen.«

»Ich kann am Duisburger Hafen anfangen. Nächsten Montag.«

Sie lachte ungläubig, aber er blieb ganz ernst.

»Das ist doch nicht dein Ernst. Am Hafen! Willst du Kohle schippen und Schiffe entladen? Das kannst du doch gar nicht.«

»Damit habe ich früher meinen Unterhalt verdient, bevor ich berühmt wurde. Und jetzt mach ich es eben wieder. Arbeit schändet nicht.«

Clemens hatte früher im Hafen gearbeitet? Davon hatte er ihr nie etwas erzählt. Selbst wenn es stimmte, war die Idee hirnverbrannt. Er war keine zwanzig mehr und hatte jahrelang keine körperliche Arbeit mehr verrichtet.

»Orlanda, ich bin nicht dumm und auch gewiss nicht naiv. Man muss sich entscheiden, ob man mitmachen will oder nicht, ein Dazwischen gibt es nicht. Da hat Leopold ganz recht. Ich hätte dir ja auch nichts von der Sache erzählt, wenn sie nicht auch dich ...«

»Mach dir wegen mir keine Sorgen.«

»Ich mache mir aber Sorgen.«

Wie er sie jetzt ansah! Wie sein Blick durch ihre Brust drang, als wäre sie aus Butter, und ihr Herz griff und festhielt!

»Also gut«, sagte sie. »Von mir aus. Jedenfalls habe ich dich gewarnt. Du wirst als Hafenarbeiter genauso wenig glücklich werden wie als Obstverkäufer. Du bist Musiker und wirst es immer bleiben.«

»Die Musik als Beruf habt ihr alle aufgeben müssen. Du, Leopold, Fritzi. Warum eigentlich sollte es mir anders ergehen?«

»Denk doch nur einmal nach. Meinst du, dass wir froh und zufrieden sind mit unserem Schicksal?«

»Nein«, sagte er nachdenklich, während er sich noch eine Zigarette anzündete. »Aber man kann es sich nicht aussuchen. Und ich bin lange genug davongelaufen.«

Herr Graeter brachte einige Textentwürfe für Plakate und Flugblätter mit in die Gruppe. Sie diskutierten kurz darüber, nahmen eine paar kleine Änderungen vor, dann wurden seine Formulierungen verabschiedet. In der Mittwochsgruppe wären wir niemals zu irgendeinem Ergebnis gekommen, dachte Anna. Und hier geht alles ganz schnell.

Die Studenten fertigten Schablonen an, um die Parole »Nieder mit Hitler« an verschiedene Hauswände zu malen. Die Übrigen sollten die Flugblätter in öffentlichen Einrichtungen auslegen.

Sie beredeten lange, welche Orte die geeigneten wären.

»Das Treppenhaus des Schwesternwohnheims«, schlug Anna vor.

»Das Haus Wartburg«, sagte Frau Graeter.

»Im Görres-Gymnasium«, meinte einer der Studenten. »Oder im Lichthof der Universität.«

»Je weiter entfernt, desto besser«, sagte Herr Graeter. »Man darf keinen von uns mit der Propaganda in Verbindung bringen.«

»Tut mir leid, Anna«, sagte Johannes später, als sie nach Hause gingen. »Ich bin bei dieser Sache nicht dabei. Ich habe einfach zu viel Angst.«

Sie verstand ihn. Nach einem neuerlichen Gesetzesverstoß würde man ihm den Zugang zur Friedenskirche endgültig entziehen.

»Es gefällt mir auch nicht, dass du mitmachst«, erklärte er. »Wirklich nicht.«

Auch das verstand sie. Aber sie würde es dennoch tun.

Das wusste er so gut wie sie.

Es gab wichtigere Dinge als die Musik.

Für Anna jedenfalls.

Ein paar Tage später entdeckte sie auf dem Heimweg vom Krankenhaus eine ihrer Parolen. Die Farbe glänzte noch feucht, sie war gerade eben erst aufgetragen worden.

Anna ging einfach weiter, als habe sie nichts gesehen. Ihr Herz klopfte jedoch so laut, dass man es in der ganzen Straße hätte hören müssen. Das ist der Anfang, dachte sie. Wir werden siegen.

Am nächsten Morgen strahlte die Häuserwand wieder weiß und unbefleckt. Man hatte die Parole übermalt, keine Spur war mehr davon zu sehen.

Aber unter der weißen Tünche standen die Worte noch und würden niemals verschwinden, das wusste Anna. Das wussten auch alle anderen, die die Parole gesehen hatten.

Im März 1939 trennte sich Leopold von Orlanda. Er zog aus ihrer gemeinsamen Wohnung in der Horst-Wessel-Straße aus und in ein möbliertes Zimmer auf der Bilker Allee, das Johannes ihm vermittelt hatte.

Anna fiel aus allen Wolken, als sie von Johannes davon erfuhr. »Warum machen sie denn so etwas?«, fragte sie fassungslos. »Warum gibt Leopold so schnell auf, warum lässt Orlanda ihn gehen, warum hat sie nicht wenigstens einmal mit mir gesprochen?«

Johannes zuckte auf jede der Fragen hilflos die Schultern. Woher sollte er das wissen, er hatte Leopold nicht gefragt. Was

Leopold und Orlanda miteinander machten oder nicht machten, das wollte Johannes gar nicht wissen, das ging ihn nichts an. Er war froh und erleichtert darüber, dass Leopold wieder mit ihm musizierte. Nachdem sie jetzt beide eine Menge Freizeit zur Verfügung hatten, trafen sie sich wie früher zweimal in der Woche auf der Orgelempore und spielten, was Leopold zuvor komponiert hatte. Vermutlich würden sie die Musik niemals aufführen. Aber das war nicht so wichtig.

Dass sie sie überhaupt spielten, darauf kam es an.

»Ich muss mit Orlanda reden«, murmelte Anna. Aber sie wusste, dass es keinen Sinn hatte. Orlanda würde ihr die Tür vor der Nase zuschlagen, wenn sie sie aufsuchte. Vielleicht wäre es besser, mit Leopold zu sprechen, dachte Anna. Leopold war nicht so aufbrausend und dünnhäutig und unvernünftig wie Orlanda.

»Man kann doch nicht gleich bei den ersten Schwierigkeiten die Flinte ins Korn werfen«, erklärte Anna, als sie ihn in seiner neuen Bleibe besuchte. Leopold lehnte an seinem schmutzigen Waschbecken, die Arme vor der Brust verschränkt und musterte sie misstrauisch. Wie kahl und trostlos es hier war. Ein windschiefer Tisch mit zwei wackligen Stühlen, ein kleiner Schrank, ein fadenscheiniges Sofa – das war das ganze Mobiliar. Der Strauß Veilchen, den Anna mitgebracht hatte, steckte auf dem Fensterbrett in einem viel zu kleinen Wasserglas. Die Wohnung, in der er mit Orlanda gelebt hatte, erschien im Vergleich zu dieser Absteige wie ein Palast. Auch die winzige Wohnung auf der Kirchfeldstraße, in die Anna und Johannes Anfang des Monats eingezogen waren, wirkte dagegen großzügig.

Er stieß sich vom Waschbecken ab und kam auf sie zu. Einen Moment befürchtete sie, dass er sie hinauswerfen wollte.

»Setz dich doch«, sagte er stattdessen. »Ich kann dir leider nichts anbieten. Nicht einmal Tee.«

»Ich will auch keinen Tee. Ich will dich zur Vernunft bringen. Orlanda und du ...«

»Es ist aus, Anna«, unterbrach er sie sanft, während er selbst Platz nahm. »Es tut mir leid.«

»Das ist doch nicht dein Ernst. Ich weiß, Orlanda ist stur und uneinsichtig wie ein Maulesel, aber du bist ihr Mann, und sie liebt dich.«

»Sie liebt einen anderen«, sagte er, ohne sie dabei anzusehen.

»Wen?«

Sie kannte die Antwort, bevor er sie aussprach. Clemens Haupt.

Im Grunde wunderte sie sich, dass es so lange gedauert hatte, bis Orlanda wieder zu Haupt zurückgekehrt war. Seit Anna Orlanda und Haupt vor fast einem Jahr in der Zeitung gesehen hatte, hatte sie darauf gewartet. Und gebangt. Und gebetet, dass sie sich täuschte.

Aber sie hatte sich nicht getäuscht. Sie täuschte sich nie in Orlanda, wenn sie das Schlimmste annahm.

»Das kannst du doch nicht so einfach hinnehmen, Leopold«, meinte sie tonlos. »Du musst um sie kämpfen.«

Er schüttelte den Kopf. »Ich habe den Kampf längst verloren, Anna«, sagte er. »Bevor er richtig angefangen hat, hatte ich ihn schon verloren.«

Sie streckte ihre Hand über den Tisch und streichelte über seinen Handrücken, über den dicke Adern krochen wie blaue Schlangen. Wie alt seine Hände aussahen. Viel älter als der Rest seines Körpers. Das war ihr noch nie zuvor aufgefallen.

Er zog seine Hand zurück und versteckte sie unter dem Tisch.

Fritzis Sohn kam am 1. September 1939 zur Welt. Es war eine schwere Geburt, weil bei dem Überfall im Pöhlen nicht nur Fritzis Bein verletzt worden war, sondern auch ihr Unterleib, und das Ganze war nie mehr richtig verheilt.

»Außerdem war das Kind viel zu groß«, erklärte Schwester Ernestine, die Hebamme, als die Sache um sieben Uhr in der Frühe endlich überstanden war. Ihre Stimme klang vorwurfsvoll, so als wäre es Fritzis Schuld, dass sie kein kleineres Kind bekam. »Wir hätten von vornherein einen Kaiserschnitt machen sollen, aber gut, hinterher ist man immer klüger.«

Fritzis Fruchtblase war am Morgen des Vortages gesprungen, fast auf die Minute genau vierundzwanzig Stunden vor der Entbindung. Kurz nachdem sie im Krankenhaus eingetroffen war, hatten die Wehen eingesetzt. Nun hätte das Kind eigentlich kommen können, aber es kam nicht.

Als Anna nach ihrem Dienst um fünf Uhr in den Entbindungstrakt hastete, kauerte Fritzi auf einem der Stühle, auf denen sonst immer die Ehemänner warteten und schwitzten. Nur Fritzis eigener Ehemann war nirgendwo in Sicht.

»Was machst du denn hier so ganz allein?«, fragte Anna entsetzt.

Im gleichen Moment verdrehte Fritzi die Augen und krümmte sich vor Schmerzen, ohne jedoch einen Laut von sich zu geben. Anna sah sich erschrocken um. Am Ende des Flurs hing ein gerahmtes Bild, auf dem ein blond gelockter Jesus lächelnd beide Arme hob. *Kommt her zu mir, alle, die ihr mühselig und beladen seid, ich will euch erquicken.*

»Sie haben gesagt, dass ich noch ein bisschen spazieren gehen soll, damit es endlich richtig losgeht«, erklärte sie, nachdem die Wehe vorüber war.

»Du kannst doch in diesem Zustand nicht mehr spazieren gehen.«

»Es ist schon gut. Ich hätte es da drin auch nicht mehr ausgehalten.« Fritzi wischte sich mit einem durchnässten Taschentuch den Schweiß von der Stirn. »Sie wollten eine Schwesternschülerin mitschicken, aber ich hatte keine Lust auf Begleitung.«

»Das geht doch nicht. Wenn dir nun etwas passiert wäre«, sagte Anna.

»Hör bloß auf. Und geh jetzt heim, es dauert bestimmt noch eine ganze Weile.«

»Du spinnst wohl. Wo ist überhaupt dein Mann?«

»Zu Hause. Er kann mir hier nicht helfen. Und du auch nicht.«

»Ich bleibe hier. Jedenfalls so lange, bis es richtig losgeht.«

Um elf Uhr kamen die Wehen in noch kürzeren Abständen. Schwester Annegret holte Fritzi jetzt in den Kreißsaal. »Dann wollen wir mal«, sagte sie gönnerhaft, als wäre sie ein Klempner und Fritzi das verstopfte Waschbecken.

»Soll ich deinem Mann Bescheid sagen?«, rief Anna aufgeregt, bevor sich die Tür hinter den beiden schloss.

»Wieso? Es gibt doch noch gar nichts zu sagen!«

Es ist doch sein erstes Kind, dachte Anna. Und Fritzi ist so klein und schwach. Warum ist er nicht hier?

Sie selbst wartete fast noch eine Stunde und meinte die ganze Zeit, Schreie aus dem Kreißsaal zu hören, aber wenn sie genauer hinhörte, war alles still. Kurz vor Mitternacht ging sie nach Hause und versuchte vergeblich zu schlafen. Um halb fünf kochte sie sich einen starken Kaffee und schleppte sich zurück ins Krankenhaus.

»Immer noch keine Veränderung. Es zieht sich«, erklärte Schwester Elisabeth, als sie den Kreißsaal kurz verließ und Anna draußen warten sah.

»Was sagt der Doktor?«, fragte Anna. »Kann ich ihn einmal sprechen?«

»Der Doktor?« Elisabeth zog die Augenbrauen so hoch, dass sie fast unter ihrem Häubchen verschwanden. »Der ist doch noch gar nicht da.«

»Aber die Patientin liegt seit gestern Morgen in den Wehen. Da muss man doch einen Arzt hinzuziehen. Ich muss sofort die Hebamme sehen.«

Aber eine Hebamme war ebenfalls nicht anwesend. Schwester Annegret hatte Feierabend, und die nächste Hebamme hatte ihren Dienst noch nicht begonnen. »Wir haben drei Ausfälle«, sagte Schwester Elisabeth. »Hier ist der Teufel los.« Dabei war Fritzi die einzige Entbindende auf der ganzen Station.

Anna war hin- und hergerissen, ob sie selbst in den Kreißsaal gehen sollte, um sich ein Bild von der Lage zu machen, oder gleich zur Oberin, um sich über die skandalösen Zustände zu beschweren. Aber bevor sie zu einer Entscheidung gelangt war, kam Schwester Ernestine, die diensthabende Hebamme, um die Ecke geschoben.

Sie runzelte nur pikiert die Stirn, als Anna sie mit ihren Vorwürfen überfiel. »Ich weiß gar nicht, was Sie wollen. Wir tun ja unser Bestes. Es ist doch nicht das erste Kind, das hier zur Welt kommt.«

Anna ließ sich auf einen der Ehemänner-Stühle an der Wand sinken. Von Scholten fehlte immer noch jede Spur. Wahrscheinlich lag er zu Hause im Bett und schlief. Sie merkte jetzt, dass sie die ganze Nacht kein Auge zugetan hatte. Die Müdigkeit stürzte sich von allen Seiten auf sie wie Ameisen auf ein Marmeladenbrot, das auf den Boden gefallen war.

In dem Halbschlaf, in dem sie vor sich hin dämmerte, träumte Anna davon, dass sie selbst ein Kind hatte, eine kleine Tochter. Sie hatte dunkles, lockiges Haar, ihre geschlossenen Augen sahen aus wie hellblaue Halbmonde. Sie war in eine rosafarbene Decke gewickelt. Anna hielt sie in ihrem Arm wie ein großes Paket. Ich bin Mutter, wie konnte ich das nur vergessen, dachte Anna in ihrem Traum. Ich muss Johannes Bescheid sagen, er wird außer sich vor Freude sein. Sie selbst war auch außer sich vor Freude. Sie hörte sich leise lachen, oder war es das Kind, das lachte?

Ein Schrei aus dem Kreißsaal ließ Anna mit einem Ruck nach oben fahren. Aber jetzt war alles wieder still.

In ihrem Leib spürte sie ein leises Ziehen, ein schmerzhaftes Reißen, das Kind in ihren Armen war wieder weg. Schade, dachte Anna. In den letzten Monaten war ihr Diaphragma des Öfteren in der kleinen Schachtel geblieben, die sie im Bad hinter einem Stapel Handtücher aufbewahrte. Dennoch blutete sie jeden Monat, als machte es für ihren Körper keinen Unterschied, ob sie das Diaphragma einlegte oder nicht.

Hinter der Tür des Kreißsaals war jetzt alles wieder still. Warum war bloß kein Arzt da? Scholten hatte doch bestimmt genügend Geld, um Fritzi als Patientin erster Klasse unterzubringen. In der ersten Klasse spielte es keine Rolle, ob man Jude oder Arier war, jedenfalls kaum.

Für Juden dritter Klasse war es dagegen schwierig. »Man kann einem reinen deutschen Patienten ja schwerlich zumuten, dass er sich einen Krankensaal mit einem Juden teilt«, hatte Schwester Juliana kürzlich in der Dienstbesprechung gesagt, die wie zehn andere Schwestern inzwischen die Tracht der Braunen Schwestern trug.

Schwester Juliana hatte auch dafür gesorgt, dass im Besprechungszimmer der OP-Schwestern ein großes Plakat hing. »Jeder Kranke muss von den gesunden Volksgenossen mitgeschleppt werden«, schrie es Anna jeden Morgen entgegen.

Juden, Kranke, Asoziale, Krüppel, Alkoholiker und Schwermütige. Wenn die Nationalsozialisten so weitermachten, dann gäbe es bald keine Krankenhäuser mehr, dann würden die Schwachen und Elenden einfach weggesperrt.

So wie Schwester Irmgards depressive Mutter, die mit Müllers Hilfe in Grafenberg untergebracht worden war. Irmgard nickte immer nur hastig, wenn Anna sich nach ihr erkundigte. »Alles bestens, danke.«

Um sieben hörte Anna endlich einen dünnen Kinderschrei durch die Tür, kraftlos und wütend zugleich.

»Es ist ein Junge«, sagte Schwester Ernestine, als sie die Tür öffnete, um Anna hereinzulassen. »Herzlichen Glückwunsch.« So als wäre Anna der Vater, aber der war immer noch nicht aufgetaucht.

Fritzi lag auf einem großen Bett, ein weißes Laken bedeckte ihren kleinen Körper bis zum Hals. Unter ihren Augen lagen dunkle Ringe wie Schmutzflecken. Das Kind war nirgendwo zu sehen. Wahrscheinlich badete man es gerade.

»Du hast es geschafft«, sagte Anna. »Gottes Segen für euch beide.«

Ihr eigenes Lächeln kam ihr plötzlich falsch vor.

»Ja, ja. Danke sehr.« Fritzis Stimme klang im Gegensatz zu Annas vollkommen ungerührt. »Jetzt kann auch Scholten kommen. Gibst du ihm Bescheid?« Scholten, sagte sie, als wäre er nicht ihr Mann, sondern nur ein flüchtiger Bekannter.

Erst nachdem man Fritzi aus dem Kreißsaal geschoben hatte, fiel Anna ein, dass sie keine Ahnung hatte, wie sie Scholten erreichen konnte. Ihr Dienst begann in zehn Minuten, sie konnte bestimmt nicht nach Oberkassel fahren, um ihn aufzusuchen.

Es war aber auch gar nicht nötig. Fritzis Mann kam Anna auf der Treppe entgegen, einen großen Strauß gelber Nelken im Arm.

»Na endlich«, sagte Anna anstelle einer Begrüßung.

»Ich hab es nicht mehr ausgehalten!« Seine Augen waren rotgerändert und glänzten fiebrig. »Wie geht es ihr?«

»Sie schläft jetzt.«

Seine Augen wurden groß und weit, es sah aus, als risse man eine Wunde auf.

»Sie haben einen Sohn«, sagte Anna schnell. »Herzlichen Glückwunsch. Kommen Sie, ich bringe Sie zur Säuglingsstation.«

Die Säuglingsschwester präsentierte das Kind wie der Fischhändler auf der Sedanstraße seine Forellen. *Beachten Sie die Augen. Ganz klar. Allerbeste Ware.* Sie waren aber durch eine Glasscheibe getrennt, so dass Anna und Scholten gar nicht hören konnten, was sie wirklich sagte. Das Neugeborene hatte ein blaurotes Gesichtchen und wirkte furchtbar zerdrückt. Winzig klein, obwohl es doch angeblich viel zu groß gewesen war.

»Ein hübscher Junge«, sagte Anna zu Scholten, der mit einem fast entsetzten Gesicht auf seinen Stammhalter starrte, als habe er etwas vollkommen anderes erwartet.

Er hörte sie gar nicht. Er blickte immer nur auf sein Kind, bis es die Säuglingsschwester wieder fortbrachte.

Dann erst wandte er sich Anna zu. »Es gibt Krieg«, sagte er mit matter Stimme.

»Wie bitte?«

»Die Wehrmacht ist in Polen einmarschiert. Es geht wieder los.«

»Woher wollen Sie das wissen?«

»Die ganze Stadt spricht doch davon. Seit heute Morgen, fünf Uhr fünfundvierzig, wird zurückgeschossen.«

»Du liebe Zeit.« Annas Beine fühlten sich plötzlich an wie betäubt.

Gegen alles Wissen und jegliche Vernunft hatte sie gehofft, dass es vielleicht doch an ihnen vorübergehen könnte. Dass die Anzeichen trogen, die Züge wieder ganz normal fahren und die Lebensmittelrationierungen wieder zurückgenommen werden würden. Aber wenn nun tatsächlich Schüsse gefallen waren, dann würde sich der Krieg nicht länger verdrängen lassen, dann würden der angestaute Hass und die Wut über Deutschlands Grenzen quellen und auf die Nachbarländer niederprasseln wie ein Unwetter.

Johannes würde eingezogen werden. Er hatte keine Arbeit, bei der er unabkömmlich war, sie hatten ja nicht einmal ein Kind, für das er hätte sorgen müssen.

Auch alle anderen würde es treffen. Ganz egal, ob einer schießen wollte oder nicht, wenn das Vaterland rief, dann mussten die Männer folgen.

»Sie wollte nicht, dass ich hier bin«, sagte Scholten mit tonloser Stimme. »Sie hat es mir richtiggehend verboten. Dabei bin ich doch ihr Mann.«

Anna fand keine Antwort, weil sie in Gedanken bei Johannes war, der nun Soldat werden musste.

»Sie wollte mich verlassen«, fuhr Scholten fort. »Das kann sie doch nun nicht mehr tun, oder?«

Sein Blick war auf einmal voller Hoffnung, als erwartete er wirklich, dass Anna eine Antwort hätte.

»Nun seien Sie doch erst einmal froh, dass alles so gut gelaufen ist«, erwiderte sie nach kurzem Zögern. »Und alles andere wird auch wieder werden.«

Aber sie merkte, dass er ihr nicht glaubte, und sie selbst glaubte sich auch nicht.

Ulmer Höh', 10. April 1943

Mein liebes Kind,

gestern hatte Frau Weihbrecht ihre Gerichtsverhandlung. Sie ist zu drei Jahren Zuchthaus verurteilt worden und soll in den nächsten Tagen verlegt werden. Ich weiß immer noch nicht genau, für welches Vergehen man sie angeklagt hat. Es hat mit Lebensmitteln zu tun, die sie entwendet hat. Sie spricht nicht darüber, und ich werde sie gewiss nicht drängen. Ich will es auch gar nicht wissen.

Was immer sie getan hat, sie muss es aus purem Eigennutz getan haben. Wenn ein anderer davon profitiert hätte, ein politisch Verfolgter oder gar ein Jude, dann wäre die Strafe um vieles härter ausgefallen. Dann hätte es auch sie den Kopf gekostet. Aber dass sie aus reiner Selbstsucht gehandelt hat, das verschafft ihr mildernde Umstände.

Sie selbst sieht es aber nicht so, sie heult sich die Augen aus dem Kopf, weil sie das Urteil als hart und ungerecht empfindet. Offensichtlich hatte sie mit einem Freispruch gerechnet. Die halbe Nacht hörte ich sie schniefen und schluchzen, ich habe getan, als ob ich sie nicht hörte. Was hätte ich auch sagen sollen?

Tagsüber geht mir ihr ständiges Geplapper und Geschwätz auf die Nerven, aber nachts werde ich sie vermissen. Die Wochen, in denen sie auf der Krankenstation gelegen hat, waren sehr ruhig, aber nun vergeht kaum eine Nacht ohne Fliegeralarm.

Der Feind hat es auf das Gefängnis abgesehen, jammerte Frau Weihbrecht gestern im Luftschutzkeller, den Kopf unter den Händen vergraben, als könnte sie das vor den Bomben schützen. Das ist natürlich Unsinn, sie haben es auf das Rheinmetall-Werk abgesehen, das nur ein paar Meter von hier entfernt ist. Wenn dadurch auch ein paar Zuchthäusler daran glauben müssen – bedauerlich, aber nicht zu vermeiden.

Meine größte Angst ist, dass man auch mich in meiner Zelle vergessen könnte wie neulich die alte Frau in Zelle 7. Die ganze Nacht musste sie allein im ersten Stock ausharren, während die feindlichen Leuchtschirme die Stadt taghell erleuchteten.

Dasselbe könnte auch mir passieren, denn sie haben mich im Grunde bereits abgeschrieben. Es stimmt natürlich: ich bin schon fast tot, da kommt es auf ein paar Wochen früher oder später nicht an.

Aber wenn ich gehen muss, dann will ich Dich nicht mitnehmen.

Du sollst, Du musst leben!

Deine Mutter

Vierter Teil

Meerstern, ich dich grüße

Blitzkrieg. Ein plötzliches Vordringen ins Feindesland, ein schnelles Zuschlagen, der rasche Sieg. Das war es, was man ihnen vor drei Jahren versprochen hatte.

Aber inzwischen kämpfte Deutschland gegen die ganze Welt. England, Russland, Jugoslawien, Griechenland, die Vereinigten Staaten und China. Neue Gebiete mussten erobert und die bereits besetzten gehalten werden. Wenn man einmal kurz innehielte und darüber nachdächte, wäre es jedem aufgefallen, dass es der reine Wahnsinn war, zum Scheitern verurteilt, aber keiner hielt inne. Alle waren viel zu sehr damit beschäftigt, den anderen die Köpfe einzuschlagen. Ihre eigene Haut zu retten.

Wenn einer fiel, nahm sein Nebenmann seine Waffe auf und kämpfte weiter. Wenn er es nicht tat, wurde er selbst erschossen. Vom Feind oder von den eigenen Leuten. Ein deutscher Soldat kapituliert nicht. *Solang ein Tropfen Blut noch glüht, noch eine Faust den Degen zieht und noch ein Arm die Büchse spannt, betritt kein Welscher diesen Strand.*

Auf dem Land lagen die Felder brach, weil die Männer, die sie hätten bewirtschaften sollen, an den Fronten im Westen, Osten, Norden oder Süden kämpften. Dafür liefen die Stahlwerke und die Fabriken der Rüstungsindustrie auf höchsten Touren, denn auf Brot und Kartoffeln konnten die Deutschen zur Not verzichten, aber nicht auf Bomben und Granaten. Der Krieg hatte ein gieriges Maul, das ständig neue Nahrung forderte.

Deshalb wog auch Orlanda längst keine Südfrüchte mehr ab. Vor elf Monaten war sie zum Arbeitsdienst bei Rheinmetall abkommandiert worden. Nun stand sie zwischen einer Polin und einer Russin am Fließband und fräste Metallschalen auseinander. Jede Schale musste in eine spezielle Schneidevorrichtung eingefügt werden, dann schloss Orlanda zwei Klappen, zog einen Hebel, und die beiden Schalenteile fielen unten aus der Maschine auf ein Förderband und wurden wegtransportiert, ihrer weiteren Bestimmung entgegen. Orlanda hatte keine Ahnung, was mit den Metallteilen geschah, ob sie mit Sprengstoff gefüllt und wieder zusammengefügt wurden wie Pralinees oder ob man sie zu Kanonenkugeln verarbeitete. Es war ihr auch egal.

Ihr Körper war zu einem Teil der Maschine geworden, ihr Herz griff den Puls des Schneidewerks auf und pumpte in dessen Rhythmus Blut in ihre Gliedmaßen. Aber während ihre Hände arbeiteten, lösten sich ihre Gedanken von ihrem Leib und flogen aus dem lauten, heißen Fabriksaal hinaus ins Unbestimmte.

Sie flogen zu Clemens, der in Paris war. Früher war er dort an der Oper aufgetreten, heute sorgte er als Soldat dafür, dass die Ausgangssperre eingehalten wurde und das Pariser Nachtleben zum Erliegen kam. Jede Woche schrieb er ihr einen langen glühenden Brief, in dem er ihr immer wieder aufs Neue versicherte, wie sehr er sie liebe, wie sehr er sich nach ihr sehne, wie treu er ihr sei. Vom Leben in der besetzten Stadt, von seinen Kameraden und dem Krieg schrieb er kein Wort. Als ob nichts davon eine Rolle spielte.

Am Anfang hatte sie jeden seiner Briefe unzählige Male gelesen. Bis sie die Zeilen auswendig konnte. Ihre Finger glitten über das Papier, das er berührt hatte. Sie stellte sich vor, es wäre sein Gesicht. Aber mit der Zeit schlug ihr Herz nicht mehr ganz so wild, wenn sie einen Umschlag mit seiner Schrift im Briefkasten fand. Er schrieb ja immer das Gleiche, und da sie seine ersten Briefe auswendig konnte, merkte sie, dass sich seine Formulierungen wiederholten. Es gab ja wohl auch nur eine begrenzte Anzahl an Möglichkeiten, denselben Inhalt auszudrücken: Ich liebe dich.

Was machst du in Frankreich den ganzen Tag?, erkundigte sie sich in ihren Antwortbriefen. *Habt ihr genug zu essen, habt ihr Angst vor Sabotageakten, Anschlägen, Rache und Vergel-*

tung? Sind die Französinnen wirklich so süß, wie man immer hört?

Sie sind süß, schrieb er zurück. *Aber nicht halb so süß wie du.* Auf die übrigen Fragen ging er nicht ein. Einmal erwähnte er, dass sie Gänseleberpastete gegessen hatten. So schlimm konnte es mit dem Hunger also nicht sein. Oder hatte er die Pastete nur deshalb erwähnt, weil es ansonsten unerträglich war?

In ewiger Liebe, schloss Clemens seine Ausführungen immer. *Dein Dich schmerzlich vermissender Mann.*

Dabei war er gar nicht ihr Mann. Leopold war ihr Mann, ihre Ehe war ja nie geschieden worden. Aber von Leopold wusste sie nur, dass er irgendwo an der Ostfront kämpfte. Im tiefen Schnee vor Moskau, während Clemens in Frankreich Gänseleberpastete aß.

Obwohl sie beide in der gleichen Armee kämpften, hatte es Clemens gut getroffen, während Leopold die ganze Härte des Krieges zu spüren bekam.

Wer hätte das früher erwartet, dachte Orlanda. Damals an der Duisburger Oper war Leopold der Überflieger gewesen, die erste Geige, der wusste, wo es langging, und der Clemens erst auf den richtigen Weg bringen musste. Aber seinen eigenen Weg hatte er nicht gemacht, sondern war mitten auf der Strecke ausgestiegen und stehen geblieben und hatte einfach resigniert.

Es war die Naziherrschaft, die sein Leben so verändert hatte, dachte Orlanda, während ihre Hände eine neue Halbkugel in die Maschine schoben. Sie schloss die Klappe, zog den Hebel, die beiden Hälften fielen auf das Band. Dann öffnete sich die Maschine wieder mit leisem Zischen und bot Orlanda ihr leeres Inneres dar wie einen Opferschrein, in den sie wieder eine Metallschale legte.

Und wenn es auf einmal vorüber wäre mit der Diktatur?, überlegte sie. Wenn Hitler einem Attentat zum Opfer fiele, wenn irgendein beherzter Offizier ihn erschösse, anstatt ihm Mantel, Mütze und Handschuhe nachzutragen? Ob Leopold dann wieder ganz der Alte wäre?

Natürlich nicht. Was geschehen war, hatte seine Spuren in jedem von ihnen hinterlassen.

Der Krieg übernahm den Rest.

Vielleicht würde sie ihn niemals wiedersehen, dachte sie. Vielleicht war Leopold schon lange tot. Sie horchte in sich hinein, was dieser Gedanke in ihr auslöste. Aber sie spürte nichts.

Die Werkssirene ließ sie zusammenfahren. Feierabend, jetzt schon. Es erschreckte sie immer wieder aufs Neue, wie schnell die Tage inzwischen verflogen. Am Anfang hatten sie sich noch gezogen wie klebriger Sauerteig. Inzwischen verschmolz ein Fräsvorgang mit dem anderen, und ohne dass Orlanda es merkte, entglitt ihr langsam ihr Leben und verschwand im Nichts, so wie die Metallkugelhälften auf dem Fließband. Nichts blieb zurück, keine Eindrücke, keine Erkenntnisse, keine Erinnerungen.

Zuerst hatte ihr Hitler die Musik genommen. Dann hatte er ihre Ehe zerstört. Und zum Schluss raubte er ihr die Unabhängigkeit. Denn nachdem keine Südfrüchte, Himbeerbonbons, Kaffeebohnen und Kakao mehr geliefert wurden und verkauft werden mussten, brauchte Frau Erle auch kein Ladenmädchen mehr und musste Orlanda entlassen, so leid es ihr tat. Im Reichsarbeitsdienst bei Rheinmetall, den Orlanda daraufhin antreten musste, verdiente sie sehr viel weniger, so dass sie ihre Miete nicht mehr bezahlen konnte. Früher hatte sie immer gesagt, dass sie lieber auf der Straße leben wollte, als noch einmal mit Anna zusammenzuwohnen, aber jetzt, wo es ernst wurde, nahm sie das Angebot ihrer Schwester doch an und zog zu ihr in die Kirchfeldstraße.

»Ich bitte dich«, sagte Anna immer. »Es hat doch durchaus seine Vorteile. Allein würde mir hier die Decke auf den Kopf fallen, und dir geht es genauso, da ist es doch so am besten.«

Sie redete, als ob sie ein Anwesen mit acht Schlafzimmern bewohnte, in Wirklichkeit waren es aber nur zwei Räume und ein Badezimmer, das zu klein war, um sich darin umzudrehen.

»Für uns beide reicht es«, erklärte Anna. »Und wir haben alles, was wir brauchen. Wir können zufrieden sein.«

Wir können zufrieden sein. Das hatte Orlanda auch immer zu Leopold gesagt, als sie damals in die Horst-Wessel-Straße gezogen waren. *Uns geht es doch gut, ich verstehe gar nicht, was du hast.*

Aber nun verstand sie, wie er sich gefühlt haben musste, wenn er am Küchenfenster gesessen und mit trüber Miene in den Innenhof hinuntergestarrt hatte. Es gibt kein kleines Glück in der großen Verzweiflung, dachte Orlanda.

Vielleicht war es doch nicht Hitler gewesen, der ihre Ehe zerstört hatte. Vielleicht hatte Orlanda das selbst verschuldet. Durch ihr Unverständnis. Weil sie nichts begriffen hatte.

Anna war schon zu Hause, als Orlanda die Tür aufschloss. Sie stand in der Nische im Flur am Herd und kochte Kohl.

Annas Anblick in Verbindung mit dem Kohlgeruch sorgte dafür, dass Orlandas Stimmung in sich zusammenfiel wie ein Gugelhupf, den man zu früh aus dem Ofen zieht. Normalerweise hatte sie die Wohnung eine Stunde für sich allein, bevor Anna nach Hause kam. Manchmal kam ihre Schwester auch noch später. Ihre Arbeitszeiten verlängerten sich mit dem Kriegsverlauf.

»Wir hatten früher Feierabend«, erklärte sie. »Es war kein Arzt mehr frei, der eine Operation hätte übernehmen können. Das haben sie nun davon, dass sie jeden zweiten Chirurgen ins Lazarett schicken. Nun können die ganz normalen Patienten nicht mehr versorgt werden.«

»Dieser verdammte Krieg«, sagte Orlanda.

Anna blickte sich alarmiert um, als wäre sie sich nicht sicher, ob sie wirklich allein in der Wohnung waren.

»Ich hasse Hitler«, setzte Orlanda noch hinzu. »Wenn ich könnte, würde ich ihn in die Luft sprengen.« Sie genoss es, wie Anna zusammenzuckte. Wie Orlanda ihre Schwester für ihre Feigheit verachtete. Seit Johannes vor über drei Jahren nach seinem Konzert mit Leopold verhaftet worden war, war Annas politischer Widerstand einfach verpufft, als ob er nie da gewesen wäre. Inzwischen ging sie nicht einmal mehr in den

Mittwochskreis der Bekennenden Gemeinde, angeblich aus Zeitgründen. Früher habe sie wenigstens Orlanda gegenüber auf die Missstände geschimpft, über die Unterdrückung geklagt, heute hatte sie sich einfach damit abgefunden. Wahrscheinlich betete sie nicht einmal mehr dafür, dass der Terror endlich aufhört, aus Angst, dass auch Gott sie verraten könnte.

»Hör doch auf«, sagte Anna.

»Warum?« Orlanda schob sich an Anna vorbei in ihr Zimmer, das früher einmal Annas und Johannes' Wohnzimmer gewesen war. Mit dem Fuß schob sie die halboffene Tür zu, obwohl Anna auf diese Weise mit den Kohldünsten im fensterlosen Flur eingesperrt war.

Sie ließ sich rücklings auf ihr Bett fallen und schloss die Augen. Schlafen, dachte sie sehnsüchtig. Ich möchte einschlafen und nie mehr aufwachen.

Aber natürlich ließ sich Anna nicht von einer geschlossenen Tür abhalten.

»Was soll das eigentlich, kannst du das erklären?« Es war zum Verrücktwerden! Warum konnte sie sie nicht einfach in Ruhe lassen?

»Was denn?«

»Dieses Geschwätz«, fuhr Anna fort, »dass du Hitler in die Luft sprengen willst.« Sie machte die Tür hinter sich zu, aber es war zu spät, der Kohlgestank hing ohnehin schon in jedem Winkel des Raumes.

»Das ist kein Geschwätz. Wenn ich wüsste, wie man Bomben baut, würde ich es tun. Ich würde diesen verdammten Mistkerl aus dem Weg räumen. Wenn sie mich hinterher dafür aufhängen, was soll's.«

»Das ist doch Stuss, Orlanda. Du willst mich ärgern, das ist alles.«

Orlanda verschränkte die Hände im Nacken, schloss die Augen wieder und antwortete nicht. Sie spürte, wie Anna zögerte.

»Ich hoffe, dass du diese Sprüche in der Fabrik für dich behältst. Wenn das nur ein Falscher hört …«

Orlanda riss die Augen wieder auf und fuhr nach oben. »Hältst du mich für schwachsinnig? Oder für kindisch?«

Der Kohldunst roch plötzlich beißend und verbrannt. Anna schoss zurück in den Flur.

Orlanda schloss wieder die Augen und versuchte sich vorzustellen, dass sie auf einem Floß über eine Südseebucht trieb. Es gelang ihr nicht.

Der Topf war zerstört. Wie eine Teerschicht klebte der verbrannte Kohl auf dem Boden und ließ sich nicht lösen, sosehr Orlanda auch kratzte und scheuerte. Sie warf die Drahtbürste mit Schwung zurück ins Spülbecken, so dass der Seifenschaum in alle Richtungen spritzte. Eine weiße Schaumflocke landete oben auf dem Brett, auf dem die Kochbücher standen, und als Orlanda sich streckte, um sie abzuwischen, fiel eines der Bücher herunter. Im Fallen rutschte ein Briefumschlag aus den Seiten und segelte quer durch den Flur. Vor der Tür blieb er liegen.

Orlanda hob das Kuvert auf und überflog zuerst die Adresse: *Evangelisches Krankenhaus am Fürstenwall, z. Hd. OP-Schwester Anna Bredelin,* dann den Absender, und im selben Moment erkannte sie auch die Handschrift.

> *Leopold Ulrich*
> *3. Kompanie*
> *Infanterie-Bataillon 12*
> *43. Division*

Leopold schrieb an Anna. Aber Anna hatte Orlanda gegenüber mit keinem Wort erwähnt, dass sie einen Brief von ihm erhalten hatte.

Sie redeten niemals über Leopold. Sie redeten ohnehin so gut wie gar nicht.

Bevor Orlanda darüber nachdachte, was sie tat, hatte sie den Brief schon aus dem aufgeschnittenen Umschlag gezogen.

Russland, den 22. Dezember 1941

Liebe Anna,

acht Wochen hab ich nun schon nicht von mir hören lassen, aber nun sollst Du endlich wieder Nachricht von mir erhalten. Ein Kamerad fährt auf Urlaub nach Düsseldorf, ich werde ihm den Brief mitgeben, also kann ich offen schreiben.

Es ist kalt hier. In meinem ganzen Leben habe ich noch nie so gefroren wie in diesen Tagen in Russland. Es ist ein wahres Wunder, dass uns das Blut nicht in den Adern gefriert und die Augäpfel in den Höhlen. Meine Füße sind eine einzige Frostbeule, sie tragen mich kaum mehr.

Sie müssen mich zurzeit auch gar nicht tragen. Seit dem 16. Dezember steht die Front still, Befehl von ganz oben. Es ist uns nicht gelungen, Moskau einzunehmen, das habt Ihr in Deutschland bestimmt gehört. Oder halten sie die Niederlagen im Gegensatz zu den Siegen lieber geheim?

Im Herbst sah es hier so aus, als sei bald die letzte Schlacht geschlagen und Russland unser, aber jetzt wendet sich das Blatt. Kaum einer von uns wird lebendig nach Hause kommen, und doch. Wenn wir sterben und das Dritte Reich mit uns, dann ist es die Sache wert.

Hier ist ein Geistlicher in der Truppe, mit dem ich mich oft über diese Dinge unterhalte. Er gehört zur Bekennenden Kirche, und was er sagt, erinnert mich an Dich und Johannes, allein dafür bin ich ihm dankbar. Er will immer mit mir beten, aber ich sage ihm, dass es schon jemanden gibt, der das für mich tut. Tust Du es?

Hast Du Nachricht von Johannes? Weißt Du, wo seine Einheit steht, wie es ihm geht? Der Krieg muss ihm fürchterlich zusetzen.

Und wie geht es Dir selbst dabei?

Du fragtest in Deinem letzten Brief nach meiner Gemütsverfassung. Sie ist nicht eben gut, das kannst Du Dir denken. Aber auch nicht schlechter als vor dem Krieg. Vielleicht liegt es daran, dass nun die äußeren und inneren Umstände so vortrefflich zusammenpassen.

Ob Dich meine Antwort überhaupt erreicht? Wenn sie sie lesen, machen sie kurzen Prozess mit mir. Was soll's, es wäre eine Erleichterung. Ich hasse Hitler.
Sei vorsichtig und Gott befohlen – auch wenn es ihn nicht gibt.
Leopold

Orlanda faltete das Blatt wieder zusammen und steckte es zurück in den Briefumschlag.
Ich hasse Hitler.
Dieselben drei Worte, die sie vorhin noch zu Anna gesagt hatte. Aber Leopold hatte sie nicht aufgeschrieben, um Anna zu schockieren, sondern weil ihm alles egal war. *Sollen sie, es wäre eine Erleichterung.*

Aber warum um alles in der Welt hatte Anna den Brief nicht gleich vernichtet, sondern aufbewahrt?

Damit ich ihn finde, dachte Orlanda.

Aber das war Unsinn. Wenn Anna gewollt hätte, dass Orlanda den Brief las, hätte sie ihn ihr ja ganz einfach geben können.

Warum schreibt Leopold ihr, überlegte sie. Und warum hat er mir bisher nicht geschrieben, nicht ein einziges Mal? Warum erwähnt er mich nicht einmal in seinem Brief an Anna? Er erkundigt sich nach ihrem Befinden und nach Johannes, aber wie es mir geht, das scheint ihn nicht zu interessieren.

Acht Wochen hab ich nun schon nicht von mir hören lassen, schrieb er. Das konnte ja wohl nur bedeuten, dass er für gewöhnlich öfter schrieb. Ob Anna seine anderen Schreiben auch in den Kochbüchern aufbewahrte?

Orlanda hastete in ihr Zimmer und zog einen Stuhl in die Diele. Sie holte alle Kochbücher aus dem Regal und blätterte sie durch. Aber sie fand nichts außer Fettflecken und einer Menge Staub.

Anna war in ihrem Zimmer und las oder schrieb an Johannes. Oder vielleicht auch an Leopold. Ob sie sie zur Rede stellen sollte?

Wie kommst du dazu, hinter meinem Rücken an meinen Mann zu schreiben?

An deinen Mann? Dass ich nicht lache!

Nein, es hatte keinen Sinn. Anna würde Orlanda zurechtweisen, sie würden sich streiten, Orlanda würde nichts erfahren.

Ich muss hier weg, dachte sie.

Sie riss ihren Mantel von der Garderobe und rannte aus der Wohnung. Als die Tür ins Schloss fiel, hörte sie, wie Anna ihren Namen rief, aber vielleicht täuschte sie sich auch.

Der Mond stand wie eine Frostbeule am Himmel, darum herum bildeten die Sterne eine Gänsehaut. Die Kälte klammerte sich an Orlanda, riss an ihren Kleidern und kroch durch die Knopflöcher ihres Mantels. Orlanda suchte in ihrer Manteltasche nach ihrer Wollmütze, fand aber nur ein Kopftuch, das sie sich mit klammen Fingern umband.

Es ist ein wahres Wunder, dass uns das Blut nicht in den Adern gefriert und die Augäpfel in den Höhlen.

Vielleicht hatte Leopold unrecht, vielleicht gab es doch einen Gott, der diesen Frost über das Land gesandt hatte, um die Deutschen an ihre Soldaten zu erinnern, die vor Moskau lagerten und fast erfroren. Es war der kälteste Winter seit Jahrzehnten.

Sie beschleunigte ihre Schritte. Zumindest war die Luft hier draußen frisch und klar, es stank nicht nach verbranntem Kohl. Und es gab keinen Bombenalarm. Orlanda hasste den Luftschutzkeller am Ende der Straße, in den sie sich meist mitten in der Nacht flüchten mussten, wenn es wieder losging. Sie hasste das Gejammer der Frauen, die heulenden Kinder, den Gestank von ungeputzten Zähnen, ungewaschenen Füßen, verschwitzten Achselhöhlen. Angst. Sie hasste die Enge und die Ungewissheit, was einen draußen erwarten würde, hinterher. Früher waren die Wände des Kellers mit schweren Holzbalken abgestützt gewesen, seit einigen Monaten waren sie durch eine Kalksteinwand verstärkt. »Auf Staatskosten«, erklärte Herr Kohler stolz, dem das Gebäude gehörte. Man richtete sich auf einen langen Krieg ein.

Orlanda blies eine weiße Atemwolke in die Luft. Sie hätte gern eine Zigarette geraucht, aber sie hatte keinen Tabak mehr. Außerdem wären ihre Finger wahrscheinlich abgestorben und wie Eiszapfen zu Boden gefallen, wenn sie sie aus den Taschen gezogen hätte.

Ihre Schritte hallten, als sie über die menschenleere Bilker Allee ging, an einem Kellerlokal vorbei, in dem früher ein Jazzclub untergebracht gewesen war. Orlanda war einmal mit den Melody Girls hier aufgetreten. Nachdem die Nazis das Lokal geschlossen hatten, war eine Wäscherei in die Räume eingezogen. Die großen Schaufenster waren von dicken Eisblumen überzogen wie von feinen Rissen. Orlanda klingelte in der Elisabethstraße 9 bei Kröncke. Inzwischen war es fast acht, vielleicht hatte Conny ja Lust, mit ihr ein Bier trinken zu gehen, wenn ihr Mann auf die Kinder aufpasste.

Es dauerte eine ganze Weile, bis die Haustür endlich aufgeschlossen wurde. Orlanda erwartete Connys rundes rotwangiges Gesicht, aber stattdessen stand eine hagere, ältere Frau im dunklen Flur. Misstrauisch starrte sie Orlanda an.

»Wer sind Sie? Was wollen Sie?«

Die Frau war Connys Schwiegermutter, jetzt erkannte Orlanda sie wieder. Sie waren sich vor Monaten einmal vorgestellt worden. »Ich bin eine Freundin von Conny. Orlanda Ulrich.«

»Sie bringt gerade die Kinder zu Bett«, sagte Frau Kröncke und starrte Orlanda durchdringend an, als erwartete sie, dass sie wieder verschwände. Als Orlanda sich nicht rührte, drehte sie sich wortlos um und stieg die Treppen nach oben.

Orlanda folgte ihr. Im Treppenhaus roch es nach Kohl.

Die Connys, die nicht mehr Connys hießen, sondern Herr und Frau Kröncke, hatten inzwischen zwei Kinder. Herr Kröncke arbeitete als Prokurist in einem Betrieb für Sprungfedern, Frau Kröncke kümmerte sich um die Zwillinge, Hannelore und Elmar.

»Ich hätte darauf geschworen, dass ihr euch englische Namen aussucht«, sagte Orlanda, als sie die Namen zum ersten Mal hörte.

»Hätten wir auch. Aber das kannst du so einem Würmchen ja nicht antun«, hatte Conny entgegnet. »In den heutigen Zeiten.«

Hannelore und Elmar, diese Namen passten nicht zu den verrückten Connys, also wandelten sie sich und wurden vernünftig. Kurz nach der Geburt zogen sie aus der Horst-Wessel-Straße nach Bilk. Connys Eltern bezahlten die Möbelpacker und die Schrankwand im Wohnzimmer, die Kinderbettchen und Strampelanzüge und die halbe Miete, jedenfalls am Anfang, inzwischen verdiente Konrad als Prokurist selbst genug. Er trug die Haare kurz und schwarze Anzüge statt karierter Jacken. Nach und nach verschwanden auch alle karierten Gegenstände aus dem Haushalt. Zum Schluss riss Conny die Tischdecken-Vorhänge herunter und ersetzte sie durch geraffte Spitzenstores. »Die Nachbarn glotzen einem immer so ins Zimmer«, erklärte sie Orlanda.

Seit die Zwillinge da waren, schlief sie keine Nacht mehr durch, auch tagsüber kam sie kaum zur Ruhe, aber trotz aller Hektik nahm sie kein Pfund ab, sondern ständig zu. Sie wirkte immer noch wie eine Schwangere, als sie jetzt aus dem Kinderzimmer schoss, um zu sehen, wer gekommen war. Durch die geöffnete Tür gellte das Gebrüll der Zweijährigen in den Flur, es klang, als würden sie dort drinnen am Spieß gebraten.

»Du? Was willst du denn hier?«, fragte Conny wie vorhin ihre Schwiegermutter.

»Ich wollte nur mal nach dir sehen. Soll ich wieder gehen?«
»Nein, nein. Unsinn!«
»Was ist denn mit deinen Kindern los? Sind sie krank?«
»Nichts.« Conny verzog das Gesicht. »Sei so lieb, setz dich einen Moment. Ich singe ihnen noch ein Lied vor.«

Sie verschwand wieder im Kinderzimmer, in dem sich die Lautstärke bei ihrem Eintreten vom Forte zum Forte fortissimo steigerte. Wenn sie tatsächlich vorhatte zu singen, würde keiner sie hören.

Orlanda wollte ins Wohnzimmer, aber Frau Kröncke hielt die Küchentür auf. »Hier herein, bitte schön. Das Wohnzimmer ist in einem unerträglichen Zustand, das kann man keinem zumuten.«

Die Küche blitzte dagegen vor Sauberkeit, als wäre sie noch nie benutzt worden. Als Orlanda am Küchentisch Platz nahm, spiegelten sich ihre Hände in der polierten Oberfläche.

In der Ferne heulten die Kinder.

»Sie ist viel zu nachlässig mit ihnen«, sagte Frau Kröncke.

In der Küche war es sehr kalt, aber vielleicht war es auch Frau Krönckes Stimme, die Orlanda frösteln ließ. Sie hatte eine Strickarbeit aufgenommen, ihre Hände arbeiteten, ihre schmalen, missbilligenden Augen musterten Orlanda streng.

»Kinder brauchen eine harte Hand«, fuhr sie fort. »Junge Bäume, die man nicht richtig stutzt und bindet, geraten später aus der Form.«

»Wuuaaahh«, machten die Zwillinge. »Huuuuuäähhh.«

Frau Kröncke stand auf. Sie faltete ihre Handarbeit zu einem gleichschenkligen Dreieck, legte Nadel neben Nadel und schüttelte mit dem Kopf. Dann verließ sie die Küche.

Kurz darauf legte sich das Gebrüll.

»Gut, dass du gekommen bist.« Conny leckte den Schaum von ihrem Bier, als wäre es Schlagsahne. »Ich werde noch ganz verrückt in dieser Wohnung.«

»Warum wirfst du sie nicht einfach raus?«

»Die Zwillinge?«

»Deine Schwiegermutter, natürlich.«

»Warum sollte ich sie rauswerfen? Sie ist die Einzige, die die Ungeheuer unter Kontrolle hat. Und sie hilft mir im Haushalt. Ohne sie wäre ich längst im Chaos ertrunken.«

»Macht es dir nichts aus, dass sie dir überall reinredet?«

Conny seufzte. »Keine Rose ohne Dornen, das weißt du doch. Man muss sie nehmen, wie sie ist.«

»Wie vernünftig du geworden bist.«

Conny zuckte mit den Schultern. »Das machen die Kinder.« Sie nippte an ihrem Bier. »Ich hab mir so sehr Kinder gewünscht, weißt du?«

Natürlich wusste Orlanda das. Wie hätte sie es jemals vergessen können?

»Und jetzt könnte ich sie aus dem Fenster werfen.«

»Nun sag doch nicht so etwas«, meinte Orlanda erschrocken.

»Du weißt ja gar nicht, wie das ist mit Kindern. Noch dazu mit zweien. Ich wünschte …«

»Was?«

»Wir könnten einmal wieder tanzen gehen. Wie damals im Nordpark oder irgendwo anders. Zu richtig guter Musik. Das wär's doch.«

»Ja«, sagte Orlanda. »Das wünschte ich auch. Hat denn dein Conny keine Verbindungen zur Swingszene? Irgendwer macht bestimmt mal was los.«

»Konrad? Der hat doch nur noch seine Firma im Kopf.«

Draußen begann eine Sirene zu heulen.

»Luftschutzalarm?«, fragte Conny. »Verdammt. Ich muss sofort zurück.« Sie warf ein paar Münzen auf den Tisch und rannte nach draußen, ohne auf Orlanda zu warten.

Auf der Straße sah Orlanda sie mit einem Luftschutzwart diskutieren. Conny wollte nach links, zurück nach Hause, der Mann schickte sie nach rechts in den nächsten Luftschutzkeller. »He!«, schrie Orlanda, als er Conny plötzlich packte und am Oberarm festhielt. »Lassen Sie sofort die Frau los!«

Er lockerte den Griff, ohne ihn ganz zu lösen. »Sie gehen jetzt schön in den Keller, sonst lass ich Sie abführen. Haben Sie das verstanden?«

Irgendwo ganz in der Nähe schlug eine Bombe ein und erleuchtete den Himmel taghell.

Conny kreischte auf, oder war es die Frau neben Orlanda, die geschrien hatte? Auf jeden Fall war die Straße plötzlich voller Menschen, Frauen mit Kindern im Arm, Kinder mit Teddybären im Arm, alte Männer, die sich an ihren Stöcken festhielten.

»Na, sehen Sie!«, schrie der Luftschutzwart, ganz so als sei die Explosion Connys Schuld. »Nun bringen Sie sich endlich in Sicherheit.«

»Ich muss aber doch nach Hause«, jammerte Conny.

»Deine Schwiegermutter ist doch bei den Kindern. Vielleicht warten sie schon im Schutzraum auf uns.«

Aber für Connys Haus war ein anderer Keller vorgesehen. Die Luftschutzräume und Bunker überzogen die ganze Stadt wie ein feinmaschiges Sieb, wo immer man sich gerade aufhielt, war ein Zufluchtsort in der Nähe, denn jeder deutsche Bürger hatte im Bombenhagel Anspruch auf einen sicheren Hort. Nur für Juden war der Zutritt verboten.

»Wenn ihnen nur nichts passiert, wenn ihnen nur nichts passiert«, wiederholte Conny ein ums andere Mal.

Sie saßen auf einer schmalen Holzbank, neben Orlanda hockte eine Frau, die ein Vogelbauer auf den Knien hielt, in dem ein toter Kanarienvogel lag. Er hatte den Schnabel leicht geöffnet, als wäre er mitten beim Trällern gestorben.

»Meerstern, ich dich grüße«, begann eine hagere, schwarz gekleidete Frau am anderen Ende des Raums zu singen.

Orlanda blickte irritiert zu ihr hinüber, aber die anderen Leute im Keller hoben nicht einmal die Köpfe, sondern fielen sofort ein: »O Maria, hilf!«

Es schien ein Ritual zu sein, die schwarze Vorsängerin übernahm die Liedzeilen, wobei sich ihr starrer Blick in die gegenüberliegende Wand bohrte, als sähe sie dort eine Erscheinung, vielleicht die Muttergottes persönlich. Die anderen sangen die Hilferufe und den Refrain. »Maria, hilf uns allen aus dieser tiefen Not.«

Nur Orlanda und Conny sangen nicht mit. Orlanda kannte das Lied nicht, und Conny war damit beschäftigt, das Schicksal ihrer Kinder zu beschwören. *Wenn ihnen nur nichts passiert.* Orlanda legte ihren Arm um Connys Schulter und zog sie an sich. Sie spürte Connys warmen Atem und dachte an Fritzi, die jetzt allein in der Wohnung saß, denn ihre Hauswirtin ließ sie nicht in den Luftschutzkeller. Am liebsten hätte sie auch Scholten und das Kind ausgeschlossen, den jüdischen Bastard, wie Fritzi sie ihren Sohn einmal hatte nennen hören. Aber weil Scholten Arier war, schützte ihn das Gesetz, genau wie sein Kind.

Draußen fielen GP-Bomben aus dem Bauch britischer Flugzeuge auf die verdunkelte Stadt. Ein Todesengel schwebte unsichtbar neben dem Flieger und zeigte mit seinem knochigen Finger auf die Häuser, die getroffen werden sollten. Dieses, jenes nicht, aber das daneben. Wie von unsichtbaren Fäden gezogen rasten die Bomben in ihr Ziel und ließen es in Flammen aufgehen. Noch waren es vereinzelte Explosionen, brennende Boote, die auf dem nächtlichen Meer der Stadt schwammen.

Erst zu Pfingsten 1943 würden die britischen Bomber einen Feuerteppich über die ganze Stadt ausbreiten. Luftminen würden die Hausdächer abdecken, danach schleuderten die Flieger Brandbomben in die offenen Dachstühle. Zuerst würden sich die Flammen am Holz der Balken und Böden nähren, züngeln, lecken, fressen, wachsen. Dann nahmen sie Witterung auf, denn Feuer ist gierig, ein Brandherd sucht die Vereinigung mit dem anderen. Die Flammen würden sich ausdehnen, recken und strecken und schließlich aufeinander zustreben wie leidenschaftliche Liebende. Sie drängten durch Fensteröffnungen, Mauerdurchbrüche und schmale Gassen, durch Ritzen in Keller und Bunker, sie rollten in Wellen übers Wasser, über den Kö-Graben und die Düssel, durch die Altstadt, die Friedenskirche und die Gänge des Evangelischen Krankenhauses. Sie brüllten und verschlangen alles, was sich ihnen in den Weg stellte, Häuser, Bäume, Menschen. Bis endlich eine Flamme die andere fand, bis Feuer es mit Feuer trieb. Oben auf dem lodernden Rathausturm saß der Todesengel und stöhnte laut vor Lust über diese Orgie der Zerstörung.

Die Feuerströme flossen weiter, bald brannte das ganze Deutsche Reich – von der Maas bis an die Memel, von der Etsch bis an den Belt. Dann erst hob der Todesengel die Hand. Seine Stimme heiser vor Erschöpfung. Es ist genug. Jedenfalls für dieses Mal.

Ulmer Höh', 14. April 1943

Geliebtes Kind,
ich bin jetzt allein in der Zelle. Allein mit Dir und meinen düsteren Gedanken.

Sie haben Frau Weihbrecht verlegt. Sie soll ihre restliche Strafe in einem Gefängnis in Hilden absitzen, kein Mensch weiß, warum man sie ausgerechnet nach Hilden bringt.

Als sie sich von mir verabschiedete, brach sie in Tränen aus. Mein liebes, gutes Kind, weinte sie, als ob ich ihre Tochter wäre. Sie dürfen die Hoffnung nicht aufgeben, sagte sie. Das war natürlich lächerlich, aber ich lachte nicht. Ich weinte auch nicht. Ich gab ihr die Hand und wünschte ihr alles Gute.

Ein neues Paket mit Lebensmitteln ist für mich angekommen, aber diesmal habe ich es zurückgewiesen. Es fiel mir nicht schwer, ich habe kaum noch Hunger, obwohl ich inzwischen die Ausmaße eines Elefanten angenommen habe.

Bevor sie ging, schenkte mir Frau Weihbrecht ihre Gedichtsammlung. Auch das Buch wollte ich zuerst nicht anrühren, aber jetzt blättere ich jeden Tag darin. Soeben las ich Martin Opitz:

Schönheit dieser Welt vergehet,
Wie ein Wind, der niemals stehet,
Wie die Blume, so kaum blüht,
Und auch schon zur Erden sieht,
Wie die Welle, die erst kömmt
Und den Weg bald weiter nimmt.
Was für Urteil soll ich fällen?
Welt ist Wind, ist Blum und Wellen.

Gott schütze Dich, mein Kind.
Deine Mutter

Sing, Nachtigall, sing

Das Schlimmste war die Ungewissheit. Alle paar Wochen bekam Anna einen Brief aus Russland, der genaue Ort blieb unbenannt, weil es die Zensur nicht erlaubte. *Wie geht es Dir? Habt Ihr genug zu essen? Bist Du guten Mutes, oder hast Du ihn schon verloren*, erkundigte sich Johannes jedes Mal. Von sich selbst schrieb er nur wenig. Ein paar dürre Worte zum Stand der Dinge – *heute Morgen gab es wieder Feuer* –, über seine Gesundheit, seine Verfassung, seine Gefühle kein Wort.

Angst – das Wort suchte sie auch in den Briefen vergeblich, die ihr Leopold schrieb, und Orlanda würde es in Clemens' Schreiben bestimmt auch nicht finden. Über seine Angst schrieb ein deutscher Soldat genauso wenig wie über seine Verdauung oder die Prostituierten, die als Nachhut mit jeder Einheit zogen. Über zwei Jahre war Johannes nun schon weg. Dreimal drei Wochen hatte sie ihn in dieser Zeit gesehen, das letzte Mal lag auch schon wieder fünf Monate zurück.

Anna fiel es manchmal schwer, sich an sein Gesicht zu erinnern. Ihr Hochzeitsfoto, das früher in einem Rahmen auf dem Nachttisch gestanden hatte, trug sie jetzt immer in ihrer Handtasche mit sich. Sie nahm es mit zur Arbeit, zum Einkaufen, in den Luftschutzkeller. Am liebsten hätte sie es auch mit in den OP genommen. Sie hatte das Gefühl, dass er in dem Moment sterben würde, in dem ihr sein Gesicht entglitt.

In ihren eigenen Briefen an die beiden Männer erwähnte sie ebenfalls nichts von Angst, Hunger und Not. Sie tat so, als ob alles bestens wäre, als ob es keine Bombenangriffe und keine Luftschutzkeller gäbe. Als ob der Krieg draußen auf den Schlachtfeldern stattfände und sie gar nicht berührte. *Orlanda und ich mussten uns in den letzten Wochen ordentlich zusammenraufen*, schrieb sie an Leopold. *Aber nun geht es besser.*

Im Krankenhaus fehlten vier von acht Chirurgen. Doktor Müller war noch da, obwohl er sich gleich bei Kriegsanbruch freiwillig gemeldet hatte. Man hatte ihn aber nicht genommen, weil er im Operationsbetrieb unverzichtbar war.

»Das war doch wohl nicht Ihr Ernst«, sagte Anna vorwurfsvoll, als er ihr von dem ablehnenden Bescheid erzählt hatte. »Ohne Not in den Krieg zu ziehen! Und denken Sie doch bloß einmal an Ihre Frau und die sechs Kinder.«

»Meine Frau hat zwei Dienstmädchen und eine Kinderfrau, die ihr zur Hand gehen.« Müller kniff die Augen zusammen und zog die Nase kraus, als wollte er niesen. »Und an der Front werden Ärzte gebraucht.«

»Hier aber auch.« Deshalb stand Müller ja auch Tag für Tag zehn Stunden im OP. Meistens stand Anna neben ihm, denn er konnte keine andere Schwester mehr ertragen.

Er war übermüdet, gereizt, launisch, unerträglich. »Stehen Sie eigentlich auf Ihren Ohren?«, zischte er die Schwestern an, wenn sie seinen Anweisungen nicht augenblicklich Folge leisteten. »Können Sie nicht mitdenken?«

Früher hatten sich die Schwestern darum gerissen, mit Müller zu arbeiten. Jetzt verdrehten sie die Augen, wenn sie ihm zugeteilt wurden. Oder verweigerten gleich die Arbeit wie Schwester Irmgard.

Anfang November 1941 hatte ihr ihre Nachbarin abends ein Paket übergeben, das sie für sie angenommen hatte. Als Irmgard es öffnete, fand sie darin eine Urne mit der Asche ihrer Mutter. *Bedauerlicherweise ist es an uns, Sie vom Ableben Ihres Angehörigen unterrichten zu müssen.* Auf dem Totenschein, der von einem Arzt unterschrieben war, dessen Namen Irmgard nicht kannte, war als Todesursache *Typhus* verzeichnet. *Prompte Einäscherung wegen Ansteckungsgefahr geboten*, stand darunter.

Die Mutter sei der Krankheit außergewöhnlich schnell erlegen und habe nicht gelitten, teilte man Irmgard in der Heil- und Pflegeanstalt Grafenberg mit. Man habe gar keine Zeit mehr gehabt, Irmgard von der Infektion zu unterrichten. Im

Übrigen sei es vielleicht das Beste, dass die alte Frau es hinter sich hätte, in diesen schlimmen Zeiten.

Irmgard packte die restlichen Habseligkeiten ihrer Mutter in einen Korb, fuhr wieder nach Hause und erlitt einen Nervenzusammenbruch. Zwei Tage erschien sie nicht zur Arbeit, ohne sich zu entschuldigen. Anna schickte eine Lernschwester zu ihr, die ihr mitteilte, dass Irmgard die Tür nicht geöffnet habe.

Also ging Anna selbst hin. »Ich weiß genau, dass Sie da sind«, rief sie durch die geschlossene Tür. »Wenn Sie nicht augenblicklich aufmachen, lass ich die Tür aufbrechen.«

Schwester Irmgard empfing sie im Nachthemd, ihre Augen waren geschwollen und glänzten fiebrig. Sie verströmte einen süßlichen, kranken Geruch, als habe sie sich an der Asche ihrer Mutter infiziert. »Ich kann diesem Schwein nicht mehr ins Gesicht sehen«, erklärte sie. »Ich kündige.«

»Aber Schwester. Doktor Müller ist doch nicht an den Zuständen in Grafenberg schuld. Und außerdem: Wovon wollen Sie denn leben? Bleiben Sie meinetwegen bis zum Wochenende zu Hause, und erholen Sie sich. Dann sehen wir weiter.«

»Nichts sehen wir. Müller ist schuld. Er hat mich nach Grafenberg verwiesen. Wenn er nicht gewesen wäre, wäre meine Mutter noch am Leben.«

Sie hatte recht, dachte Anna. Man muss den gesunden Volkskörper vor Geisteskranken, Krüppeln, Senilen und anderen Kranken schützen. Wenn wir hier nicht hart bleiben, verjudet das ganze Reich, hatte Müller kürzlich noch zu ihr gesagt.

Müller hatte genau gewusst, dass man Irmgards Mutter in der Nervenheilanstalt nicht therapieren oder gar heilen würde. Und Anna hatte es zumindest geahnt, auch wenn sie niemals ernsthaft versucht hatte, Irmgard zu warnen.

Nach dem Wochenende trat Schwester Irmgard ihren Dienst wieder an, als ob nichts geschehen wäre. Der Tod ihrer Mutter wurde nicht mehr erwähnt, Anna erkundigte sich nur einmal danach, ob Irmgard die Urne bestatten wollte, woraufhin Irmgard mit bebender Unterlippe erklärte, dass die Asche das Einzige sei, das ihr von ihrer Mutter geblieben sei, das könne sie doch nun nicht aufgeben.

In den ersten Wochen füllten sich Irmgards Augen mit Tränen, wenn sie Doktor Müller auch nur von Weitem sah. Ein paar Mal begann sie wild zu schluchzen, als er sie ansprach. Anna begann darüber nachzudenken, ob es nicht besser wäre, Irmgard auf eine andere Station zu versetzen. Sie hatte sich fast schon dazu entschlossen, als Irmgard sich ganz offensichtlich zusammenriss. Von da an ließ sie sich nichts mehr anmerken.

Wenn Doktor Müller über die Verjudung des Deutschen Reichs schimpfte und von dem Heil schwärmte, das Hitler über die ganze Welt bringen würde, dann schwieg Anna. Sie runzelte nicht die Stirn, sie verdrehte nicht die Augen, sie verzog keine Miene. Er wollte sie provozieren, aber sie ließ sich niemals zu einer unbedachten Äußerung hinreißen. Sie dachte an Fritzi, die auf sie angewiesen war, und natürlich an die Gruppe.

Herr Graeter war vor zwei Jahren eingezogen worden, genau wie zwei der Studenten, aber Frau Graeter führte die Gruppe in seinem Sinne weiter. Sie trafen sich jetzt im Gemeindesaal der evangelischen Kirchengemeinde, offiziell studierten sie die Bibel und beteten, das dachte auch Pastor Brugge, aber in Wirklichkeit entwarfen sie Druckschriften und vervielfältigten sie auf der Druckerpresse im Keller. An verschiedenen Orten in der Stadt hatten sie vier Juden versteckt. »U-Boote« nannte man sie damals auch in Annas Gruppe.

Fritzi war nicht darunter, sie lebte ja mit Scholten in einer privilegierten Mischehe. Wobei die Bezeichnung *privilegiert* der blanke Hohn war. Seit August 1941 musste Fritzi den gelben Stern tragen, wenn sie das Haus verließ. Jeder Hitlerpimpf, jeder Straßenjunge, jeder Besoffene hatte das Recht, sie anzupöbeln, anzuspucken, zu demütigen. Sie bekam keine Kleiderkarten mehr, auch Genussmittel wie Schokolade oder Tabak wurden ihr nicht mehr zugeteilt, und die Ration an allgemeinen Lebensmitteln war um die Hälfte gekürzt worden. »Aber das macht nichts«, erklärte sie. »Ich kann ja ohnehin kaum noch etwas einkaufen.«

Die wenigen Geschäfte, die zu betreten Juden noch gestattet war, durfte sie erst ab elf Uhr aufsuchen. Frisches Obst und Gemüse wurden aber morgens um acht ausgeliefert und waren zu dieser Zeit längst ausverkauft.

Scholten konnte die Einkäufe nicht übernehmen, sein Dienst begann schon um halb acht. Aber Anna und Orlanda gaben Fritzi immer einen Teil ihrer Obst- und Gemüserationen ab.

»Das kann ich doch nicht annehmen«, sagte Fritzi jedes Mal. »Ich kann mich doch nie im Leben dafür revanchieren.«

»Nun hör schon auf«, erwiderte Anna. »Du würdest das Gleiche doch auch für uns tun.«

Fritzi litt unter der Ungerechtigkeit und den Demütigungen, am meisten aber bedrückte sie das Gefühl, dass es Scholten und ihrem Sohn viel besser ergehen würde, wenn sie nicht da wäre.

»Aber dein Mann liebt dich doch, Fritzi«, sagte Anna. »Und Liebe bedeutet, dass man auch in schweren Zeiten zueinandersteht.«

»Liebe bedeutet aber auch, dem anderen Kummer und Leid zu ersparen.«

Der kleine Georg war inzwischen zwei Jahre alt, ein hübscher, kluger Junge. Scholten bringe ihm das Akkordeonspielen bei, hatte Fritzi Anna kürzlich erzählt. Das war natürlich lächerlich. Georg schaffte es ja nicht einmal, das Akkordeon zu halten, geschweige denn darauf zu spielen. Aber sein Vater hatte es sich nun einmal in den Kopf gesetzt, ihn frühzeitig zum Musiker auszubilden, und Fritzi war offensichtlich ganz seiner Meinung. »Vielleicht wird er später ja auch Sänger«, sagte sie verträumt. »Er hat eine so schöne, kraftvolle Stimme.«

Anna musste sofort an Clemens Haupt denken, den sie verabscheute und über den Fritzi nie hinweggekommen war, jedenfalls vermutete Anna das. Sie fragte sich wie so oft, was Fritzi und Orlanda an diesem Blender fänden. Wegen ihm hatte sich Orlanda sogar von Leopold getrennt. Nachdem sie vor Jahren Haupt verlassen hatte, um Leopold zu heiraten.

Nun waren sie beide im Krieg, und Leopold schrieb seine Feldpost an Anna, statt an Orlanda. Er schickte die Briefe ins Evangelische Krankenhaus, z. Hd. OP-Schwester Anna Bredelin. *Ich hatte Deine neue Adresse nicht im Kopf*, hatte er in seinem ersten Brief geschrieben. Aber auch den nächsten und übernächsten und alle weiteren Briefe sandte er ans Krankenhaus, obwohl Annas Privatadresse immer auf ihren Briefumschlägen stand. Vielleicht hoffte er, dass man die Post einer Krankenschwester weniger kontrollierte als die anderer Personen. Vielleicht wollte er auch einfach nicht, dass Orlanda die Briefe fand.

Im Vergleich zu Leopold hatte Johannes Glück gehabt. Er kämpfte nicht an der vordersten Front, das Gewehr in der Hand, sondern hinter den Reihen. Er war Funker.

Gleich bei der ersten Gefechtsübung in seiner Grundausbildung hatten seine Vorgesetzten erkannt, dass er im unmittelbaren Fronteinsatz unbrauchbar wäre. In der Infanterie oder Artillerie, als Panzerfahrer, Späher oder Schütze hätte er nicht nur sein eigenes Leben, sondern auch das seiner Kameraden gefährdet. »Was können Sie denn eigentlich?«, brüllte ihn sein Hauptmann an.

Musik, antwortete er ganz unbedarft, aber dafür war natürlich kein Bedarf. Mathematik, fügte er nach kurzer Überlegung noch hinzu. Immerhin war er in der Schule ein guter Rechner gewesen.

Daraufhin ließen sie ihn zum Funker ausbilden.

Johannes verstand am Anfang nicht, was das Funken mit Mathematik zu tun hatte. Erst später, als er an einer Enigma-Kodiermaschine saß und Nachrichten verschlüsselte und entschlüsselte, begriff er es. Man brauchte einen gewissen Sinn für Algebra, um die Enigma zu bedienen. Die Nachrichten mussten erst abgeschrieben werden, jedes Satzzeichen wurde zu einem X, jedes CH zu einem Q, auch wenn er den Grund dafür nie verstand. Die Buchstaben wurden in Fünfergruppen aufgeteilt, dann wurde die Maschine eingestellt. Es gab einen Tagesschlüssel, der allen Heereseinheiten der deutschen Wehrmacht bekannt war, nach dieser Vorgabe verstöpselte Johannes mittels elektrischer Drähte jeden Buchstaben auf der Tastatur der Enigma mit einem anderen. Danach wurden gemäß dem Tagesschlüssel drei der fünf Walzen ausgewählt, die oben an der Maschine angebracht waren. Außerdem gab es Rotorscheiben, die ebenfalls entsprechend der Vorgabe in unterschiedliche Stellungen gebracht wurden, so dass die Buchstaben am Ende bis zu fünfmal vertauscht wurden, wobei sich die Position der Walzen nach jeder Eingabe änderte, wodurch immer wieder neue Verbindungen entstanden.

Sogar die Sprache ist im Kriegszustand, dachte Anna, als Johannes ihr einen der verschlüsselten Funksprüche zeigte, den er in sein Notizbuch kopiert hatte. XUISH ETHSD OGUDH WZQPO FLSJG. Alles ist zerhackt, verdreht, verstört.

Für gewöhnlich bedienten drei Funker eine Enigma. Einer gab den Text ein, ein anderer notierte die Kodierung, ein dritter übersetzte das Ganze in Morsezeichen. Johannes arbeitete allein. So hatte es sich ergeben.

In der Woche, in der er mit dem 3. Bataillon des Infanterieregiments 77 nach Russland gezogen war, waren die beiden anderen Funker ausgefallen. Der eine hatte sich einen Arm gebrochen, der andere hatte sich aufgehängt, aus Gründen, die keiner kannte.

Das Leben ging aber weiter oder vielmehr der Krieg, deshalb übernahm Johannes auch die anderen beiden Positionen. Es fiel ihm nicht schwer. Die Arbeit an der Enigma erinnerte ihn an das Registrieren einer Orgel. Die Kodiermaschine wie auch die Orgel boten ein nahezu unerschöpfliches Spektrum an Variationsmöglichkeiten. Die fünf Walzen bei der Enigma standen für Hauptwerk, Rückpositiv, Ober-, Schwell- und Pedalwerk der Friedenskirchen-Orgel. Die Rotorscheiben entsprachen den Registern, mit denen jedes der fünf Werke ausgestattet war und die sich ebenfalls aus Reihen von Zungen- oder Lippenpfeifen zusammensetzten.

»Du bist ja verrückt«, sagte Anna, als er sie auf die Parallelen hinwies.

»Ja«, gab er zu. »Man verliert wirklich den Verstand im Krieg. Aber man braucht etwas, an dem man sich festhalten kann.«

Andere hielten sich an der Erinnerung an ihre Familie fest oder an ihrem Glauben. Johannes hielt sich an die Enigma. Wie das Orgelspiel erforderte sie seine ganze Konzentration und hielt ihn vom Grübeln ab.

Anna hatte ihre Arbeit im OP, die sie aufrecht hielt. Als leitende OP-Schwester konnte sie sich keine Schwäche leisten, denn auch das Krankenhaus ähnelte inzwischen einem Schlachtfeld. Nachdem noch zwei weitere Assistenzärzte eingezogen worden waren, wurden auch komplizierte Operationen oft mit der Hälfte der Besetzung durchgeführt.

Manchmal mussten Patienten an andere Kliniken verwiesen werden, doch da sahen die Dinge nicht viel besser aus. Die Hälfte der Ärzte, Assistenten, Pfleger und Narkoseschwestern war an der Front.

Sie waren alle ständig müde. Es dauert nicht mehr lange, bis wir den ersten schwerwiegenden Fehler machen, dachte Anna.

Sie hatte eigentlich geplant, nach der Arbeit noch eines der U-Boote zu besuchen. Aber die letzte OP hatte sich über drei Stunden hingezogen, und ihre Erschöpfung war einfach zu groß. Sie würde am nächsten Morgen früher aufstehen und vor der Arbeit nach dem Rechten sehen, beschloss sie.

Als sie im Treppenhaus um die letzte Biegung kam, sah sie den Soldaten auf den Stufen vor ihrer Wohnung. Seine schweren Wehrmachtsstiefel streckten sich ihr entgegen, glänzend die Schäfte, nur an der Sohle klebte noch ein wenig Dreck aus den russischen Wäldern. Johannes, dachte sie und ließ vor Freude und Aufregung fast ihre Tasche fallen.

»Ich ... äh!« Er schoss nach oben, als wäre sie sein Vorgesetzter, der ihn bei etwas Verbotenem ertappt hatte. Seine Rechte hob sich, als wollte er salutieren, aber im letzten Moment ließ er sie wieder sinken.

Er war so groß, viel größer als Johannes, der im Übrigen auch einen Wohnungsschlüssel hatte und nicht im Treppenhaus auf sie gewartet hätte.

Es war Clemens Haupt.

»Entschuldigen Sie vielmals, wenn ich Sie erschreckt habe«, stammelte er.

Wie verändert er aussah. Obwohl Anna nicht hätte sagen können, worin die Veränderung bestand.

»Schon recht. Ich habe Sie im ersten Moment gar nicht erkannt. Ist Orlanda noch nicht zu Hause?«

»Es macht keiner auf.«

»Normalerweise ist sie um diese Zeit da.« Anna zögerte einen Augenblick. »Möchten Sie auf sie warten?«

»Gerne.«

Sie kochte ihm Tee. Als das Wasser zu brodeln begann, ging der Schlüssel in der Wohnungstür. Sie atmeten beide erleichtert auf.

»Clemens!« Täuschte sich Anna, oder schwang in Orlandas Stimme mehr Überraschung als Freude mit?

»Störe ich dich?« Er klang gekränkt. Offensichtlich hatte er es auch gehört.

»Unsinn. Ich habe nur nicht mit dir gerechnet.« Sie trat zu ihm, umarmte ihn, reckte ihr Gesicht dem seinen entgegen. Er küsste sie.

Anna blickte hastig weg, auf die Teekanne, aus deren angeschlagener Tülle weißer Dampf quoll. Orlanda war nach wie vor mit Leopold verheiratet, und dennoch schämte sie sich nicht, diesen Mann in Annas Gegenwart zu umarmen.

Anna holte drei Tassen aus dem Schrank, mit mehr Klappern als notwendig, und trug sie zusammen mit dem Tee in Orlandas Zimmer, in dem immer noch der Esstisch stand, in der engen Diele war kein Platz dafür.

»Bitte schön«, meinte sie steif, als sie zurückkam.

Orlanda löste sich von Clemens wie ein Magnet von einem Metallstück.

»Bemüh dich nicht«, sagte Orlanda. »Wir gehen aus.«

»Was habt ihr denn jetzt noch vor? Um diese Zeit, bei diesem Wetter?«

Natürlich bekam sie keine Antwort. Auf derartige Fragen hatte Orlanda noch nie etwas entgegnet.

Albert Scholten hatte ein Theremin gekauft.

Es war natürlich verrückt, in diesen Zeiten, in denen man stets zu wenig zu essen hatte, noch dazu, wenn man mit einer Jüdin verheiratet war und ein kleines Kind zu versorgen hatte. Aber er hatte nicht widerstehen können, als ihm ein Kollege, mit dem er früher Musik gemacht hatte, das Instrument im Tausch gegen ein kaputtes Fahrrad angeboten hatte.

Als Fritzi die Tür öffnete, um Orlanda und Clemens einzulassen, heulte das Theremin im Wohnzimmer wie ein getretener Hund auf, nur weil der kleine Georg ein wenig näher getreten war.

Das Theremin, das lernten jetzt auch Orlanda und Clemens, war das erste und einzige Instrument der Welt, das man spielte, ohne es zu berühren. Das Gerät war aus Kirschbaumholz und sah aus wie ein Sekretär. Es war mit zwei Antennen ausgestattet, von denen die eine die Tonhöhe, die andere die Lautstärke regelte. Auf jede Bewegung im Umfeld der elektromagnetischen Strahlung reagierte das Instrument mit einem schwachen Winseln oder einem lauten Jaulen, je nachdem, wie weit der Impuls entfernt war.

»Musik kann man das ja wohl nicht nennen«, sagte Fritzi verächtlich, als Scholten den beiden Besuchern das Theremin voller Besitzerstolz vorführte. »Es klingt wie eine abgehalfterte Sopranistin, die zu viel getrunken hat.«

Die Melodie, die Scholten jetzt spielte, erinnerte tatsächlich an eine zittrige, dünne Sopranstimme mit unglaublichem Vibrato. »Ich beherrsche das Theremin ja auch noch nicht«, erklärte Scholten über das Heulen hinweg. »Ich übe noch. Aber wenn man es kann, dann ist es faszinierend.« Er ließ die Hände sinken, wodurch das Instrument sofort verstummte, und blickte auf die Uhr über der Tür.

»Gleich kommt der Kollege, von dem ich das Gerät bekommen habe. Vielleicht gibt er uns eine kleine Vorstellung, dann versteht ihr, was ich meine.«

Fritzi brachte Georg ins Bett, Scholten öffnete währenddessen die Flasche Bordeauxwein, die Clemens mitgebracht hatte, und füllte vier Gläser. »Sehr zum Wohl.«

»Prosit.« Als Orlanda ihr Glas hob, brachte die Bewegung das Theremin wieder zum Wimmern.

»Hoppla.« Scholten beugte sich nach vorn, um das Instrument auszuschalten. Orlanda entdeckte ein paar graue Haare an seiner Schläfe, die früher nicht da gewesen waren.

Er habe vor ein paar Tagen seine Einberufung erhalten, erzählte er, nachdem sie alle einen Schluck Wein getrunken hatten. »Deshalb ist Fritzi so ungehalten. Ist ja auch blöd, ein Musikinstrument zu kaufen, wenn man in den Krieg muss. Sie macht sich natürlich Sorgen.«

»Es wundert mich ohnehin, dass es so lange gedauert hat, bis man Sie einzieht«, sagte Clemens.

»Du«, bot Scholten an. »Wir sind doch jetzt Kameraden, da können wir uns auch duzen.«

»Kameraden«, wiederholte Clemens. »Ja, das stimmt. Vielleicht schicken sie uns sogar zusammen los. Unsere Einheit versetzen sie Mitte Februar auch nach Russland. Schade, das angenehme Leben in Frankreich hat nun ein Ende.«

Orlanda trank noch einen Schluck und spürte, wie sich ihr Mund zusammenzog, von der Säure des Weins oder aus Schreck über Clemens' Mitteilung. Nun musste er auch nach Russland, an die Ostfront, ins Gefecht. Vielleicht traf er dort auf Leopold.

»Wird schon alles gutgehen«, erklärte Clemens. »Vielleicht haben wir Glück, und die Sache ist vorüber, bevor wir an der Front angekommen sind. Der Krieg geht ja nun auch schon lange genug.«

Darauf stießen sie noch einmal an, dann erklärte Scholten, dass ihn sein Arbeitgeber bislang geschützt habe, indem er ihn auf die Liste der unverzichtbaren Mitarbeiter gesetzt hatte. »Aber nächste Woche kommen neue Fremdarbeiter aus Russland nach Düsseldorf. Man hat sie Henkel nur unter der Bedingung zugeteilt, dass die Liste zusammengestrichen wird. Tja, da rollt eben auch mein Kopf. Obwohl ich mich ernsthaft frage, wie das funktionieren soll. Soll einer dieser Bolschewisten etwa meinen Posten in der Finanzbuchhaltung übernehmen? Dann dauert es wirklich nicht mehr lange, bis hier alles den Bach runtergeht.«

Kurz nachdem Fritzi aus dem Kinderzimmer zurückgekehrt war, kam Scholtens Kollege, der ehemalige Thereminbesitzer, ein älterer Mann mit Bierbauch und Halbglatze. Adolph Schnuck hieß er. »Mich hat es auch erwischt«, erklärte er Scholten anstatt einer Begrüßung. »Anfang Februar ist es soweit.«

»Ist es nicht verrückt?«, fragte Clemens, während Scholten noch eine Weinflasche entkorkte. »Uns schicken sie nach Russland, um dort zu kämpfen, und die Russen holen sie hierher, dass sie unsere Arbeit tun.«

»So ist der Krieg«, seufzte Schnuck. Er hob sein Glas und prostete ihnen zu. Dann schaltete er das Theremin an und begann zu spielen.

Im Gegensatz zu Scholten konnte er mit dem Instrument umgehen. Bei ihm schwangen die Töne rein und ohne übertriebenes Vibrato, in den Tiefen klang es wie ein Cello, in den Höhen wie eine sehr hohe, sehr künstliche Stimme, die ein Lied ohne Worte sang. Schnucks Hände tasteten, griffen, öffneten und schlossen sich in der Luft. Am Anfang spielte er eine langsame, unendlich traurige Melodie, die Orlanda nicht kannte. Dann wurden seine Handbewegungen schneller, die Finger begannen zu tanzen wie auf den Saiten eines unsichtbaren Zupfinstruments. Scholten setzte sich ans Klavier und begann ihn zu begleiten. Jetzt kam Schwung in die Sache. Clemens verbeugte sich förmlich vor Orlanda und forderte sie zum Tanz auf.

»Das kann doch einen Seemann nicht erschüttern«, sang Scholten, und Schnuck fiedelte und juchzte dazu auf dem Theremin.

Aus dem Augenwinkel sah Orlanda, wie Fritzi ihr Weinglas leerte und von Neuem vollschenkte. Alles brachte die fröhliche, perlende Musik zum Schweben, nur Fritzi nicht, obwohl sie die Kleinste und Leichteste von ihnen war. Orlanda blieb stehen, obwohl das Lied, zu dem sie getanzt hatten, noch gar nicht zu Ende war.

»Was ist denn?«, fragte Clemens, aber dann folgte er ihrem Blick und verstand.

Er ließ Orlanda stehen und ging zu Fritzi hinüber. »Ich bitte um den nächsten Tanz«, sagte er förmlich, mit einem Diener und einem leichten Grinsen.

»Ich kann doch gar nicht mehr tanzen«, sagte Fritzi traurig, ohne den Blick von ihrem Weinglas zu wenden.

»Das werden wir ja sehen«, meinte Clemens.

»Also gut.« Sie stellte ihr Weinglas weg und stand auf. Ihr rechtes Bein zitterte viel stärker als gewöhnlich, als stünde es unter elektrischer Spannung wie das Theremin.

Vorsichtig machten sie die ersten Schritte, wobei Clemens Fritzi nicht nur festhielt, sondern zu heben schien, ihre Füße berührten den Boden nur ganz leicht. Er tanzte mit ihr, und Scholten hörte auf zu singen und tanzte mit Orlanda, und dann hämmerte es an die Tür.

»Wissen Sie eigentlich, wie spät es ist?«, zeterte eine Frauenstimme, als Scholten aufmachte.

»Noch nicht einmal neun«, gab Scholten zurück, woraufhin die Frau noch lauter schimpfte und keifte.

»Das ganze Haus leidet unter Ihren Judensitten, wie lange wollen Sie uns eigentlich noch belästigen, so was wie Sie sollte man doch …«

»Nun halten Sie mal die Luft an«, unterbrach Scholten sie mit erstaunlicher Ruhe und Selbstbeherrschung, dann schloss er die Tür vor ihrer Nase.

Orlanda suchte Fritzis Blick, obwohl sie sie eigentlich gar nicht ansehen wollte.

Sie stand neben Clemens, das rechte Bein zitternd, die Augen weit offen vor Zorn oder Abscheu oder Schreck. Neben dem großen Clemens wirkte sie noch kleiner als gewöhnlich, fast zwergenhaft.

»Meine Herrschaften«, sagte Scholten traurig, »ich befürchte, wir müssen Schluss machen.«

»Ach, Unsinn«, entgegnete Schnuck. »Es hat doch gerade so gut angefangen.«

Scholten schüttelte den Kopf. »Die Frau ist bösartig. Wenn wir weitermachen, ruft sie die Polizei.«

Schnuck schaltete das Theremin aus. »Bist du in den letzten Tagen mal am Rhein gewesen?«, fragte er. »Zugefroren, von einem Ufer zum anderen. Der ideale Tanzboden.«

Während ihn die anderen anstarrten, holte er seinen Mantel von der Garderobe, zog ihn an, legte den Schal um, setzte den Hut auf, dann ging er zu Scholtens Akkordeon, das in der Zimmerecke stand, und hängte es sich um. Danach verließ er die Wohnung. Im Treppenhaus hörten sie ihn pfeifen. *Das kann doch einen Seemann nicht erschüttern.*

»Auf den Rhein?«, fragte Orlanda. »Ist das sein Ernst?«

Scholten zuckte mit den Schultern und nickte fast gleichzeitig.

»Also, worauf warten wir noch?«, fragte Clemens.

Der Rhein war nicht komplett zugefroren. Er war von großen Eisplatten bedeckt, die sich gegeneinander verschoben, ineinander verhakten. Zwischen den scharfkantigen Rändern gurgelte schwarz der Fluss. Die Wasseroberfläche glitzerte im Mondlicht wie die Augen von Raubtieren.

Schnuck betrat die Eisfläche ohne Zögern, so als ginge er immer übers Wasser nach Hause.

»Also, das ist doch ...«, murmelte Orlanda.

Fritzi lachte. Sie schien ihre Traurigkeit völlig vergessen zu haben. Dabei hatte sie zuerst gar nicht mitkommen wollen, weil sie Georg nicht allein zu Hause lassen wollte. Aber zum Schluss hatte Scholten sie doch überredet.

Nun reichte sie ihm ihren Arm und ließ sich von ihm auf die Eisplatte führen, die leise schwankte, als sie sie betraten.

Orlanda und Clemens warteten so lange, bis sie den Block wieder verlassen hatten, bevor auch sie den ersten Schritt taten. Schnuck war mit dem Akkordeon schon weit draußen, als er es auseinanderzog, hörten sie es leise aufjaulen.

Es war kalt, so kalt, dass sich Orlandas Gesicht anfühlte, als habe sich die Haut auf die Hälfte der sonstigen Oberfläche zusammengezogen. Sie hätte ihre Mütze gerne tiefer über die Ohren gezogen, aber dazu hätte sie Clemens loslassen müssen, sie hatte jedoch Angst davor, ohne Halt auf der schwankenden glatten Eisplatte zu stehen. Also schmiegte sie sich so eng an ihn, dass sie das Gefühl hatte, seinen Herzschlag durch seinen Mantel hindurch spüren zu können.

Draußen auf dem Fluss waren sie zu fünft allein. Es war, als ob sie die Stadt kilometerweit hinter sich gelassen hätten, aus den zugeklebten Fenstern am Ufer drang kein Lichtschimmer ins Schwarz der Nacht. Dafür strahlten die Sterne und der Mond über ihnen, denn am Himmel hatten die Nazis die Verdunklungspflicht nicht durchsetzen können.

Das weiße Mondlicht verlieh der Szenerie etwas Gespenstisches. Es verwandelte die Metallflächen des Akkordeons in flüssiges Silber, brachte den gelben Stern auf Fritzis Mantel zum Leuchten und ließ sie alle wie Tote erscheinen, die sich nicht bewusst waren, dass sie ihren letzten Atem längst ausgehaucht hatten.

Schnuck begann zu spielen. Scholten und Fritzi tanzten auf der einen Scholle, eng umschlungen und langsam, Orlanda und Clemens auf der anderen. Am Anfang wagten auch sie nur kleine, vorsichtige Schritte, aber dann lösten sie sich voneinander, bewegten sich freier und schneller. Aber so weit Orlanda sich auch von Clemens entfernte, er ließ ihre Hand nicht los, als ob er Angst hätte, dass sie plötzlich in den Fluss rutschen oder ins Dunkel der Nacht davonfliegen könnte.

Sing, Nachtigall, sing ein Lied aus alten Zeiten,
Sing, Nachtigall, sing, rühr mein müdes Herz!

Schnuck sang zu der Akkordeonmusik. Seine Stimme war sehr weich und zärtlich, sie passte nicht zu seinem Bierbauch und seiner Halbglatze. Aber in dieser Nacht passte ohnehin nichts zum anderen.

Sing, Nachtigall, sing von tausend Seligkeiten:
Sing, Nachtigall, sing, sing vom Liebesschmerz!

Später gingen Scholten und Fritzi nach Hause, um nach Georg zu sehen. Schnuck spielte noch eine ganze Weile weiter für Orlanda und Clemens und für sich selbst. Er spielte die verbotenen Lieder, die Orlanda mit dem Rosenland-Swingorchester gesungen hatte und danach mit den Melody Girls. Orlanda legte ihr Gesicht an Clemens' Brust, schloss die Augen und ließ sich von ihm führen. Das Jauchzen des Akkordeons schwang sich in den Himmel und flog über ihren Köpfen von Stern zu Stern. Clemens blickte ihm nach, dann sah er auf Orlandas Haar, das im fahlen Licht leuchtete. Am liebsten hätte er jetzt auch gesungen, aber er wusste, dass er mit seiner Stimme das Glück, das er fühlte, nie hätte ausdrücken können.

An den Rändern der Scholle war das Eis aufgerieben und schneeweiß, wie aufgespritzte Sahne türmte es sich nach oben. In der Mitte drehten sich Clemens und Orlanda wie ein Zuckerpärchen auf einer gigantischen Hochzeitstorte.

Ulmer Höh', 28. April 1943

Mein Kind,

sie haben mir wieder eine neue Zellennachbarin zugeteilt. Frau Freude aus Unterrath, die fast so dick ist wie ich, nur dass sie kein Kind erwartet.

Im Gegensatz zu Frau Weihbrecht redet Frau Freude kaum ein Wort, sie steht den ganzen Tag am Fenster und starrt durch das Gitter in den Hof.

Nachts schnarcht sie fürchterlich. Es ist, als ob all die unausgesprochenen Gedanken und Gefühle aus ihrem Körper herausbrechen. Bis zum Morgengrauen finde ich keinen Schlaf.

Als ich sie gestern Nacht prusten und schnaufen hörte, setzten plötzlich meine Wehen ein. Sie kamen zuerst langsam und in großen Abständen und dann immer schneller. Ich war das Ufer, die Wehen rollten vom Meer heran und zerbrachen an meinen Klippen. Es war viel zu früh, fünf Wochen vor der Zeit. Warum tut Gott mir das an, dachte ich. Warum kann er mir nicht wenigstens die erbärmliche Lebenszeit lassen, die man mir zugestanden hat, warum muss er mich vor der Zeit töten? Die Wehen rauschten und überschlugen sich und zerfielen.

Das ist das Ende, dachte ich voller Verzweiflung. Zum Glück, hörte ich plötzlich Margarete sagen, so klar und deutlich, als ob sie neben mir stand. Das erbärmliche Kerkerleben ist nun vorbei. Das Eingesperrtsein, die Grausamkeit, die Willkür der Wärter. Der Hunger, der Durst, die Angst.

Mit dem Tod verlieren sie ihre Macht über dich, sagte Margarete. Du bist frei.

Ich hörte ihre schöne, sanfte Stimme, während mich die Wellen hin und her warfen. Nichts kann dir geschehen, sagte sie.

Ich hätte ihr gerne geglaubt, aber ich schaffte es nicht.

Glaub mir, mein Kind, nichts ist schlimmer als der Tod, wenn er plötzlich vor Dir steht und seine Krallen nach Dir ausstreckt.

Gestern Nacht bin ich noch einmal davongekommen. Auf dem Höhepunkt meiner Angst legten sich die Schmerzen. Die Wellen ebbten ab. Es war vorbei.

Ich schlief voller Erschöpfung ein und träumte davon, dass Frau Weihbrecht neben meinem Bett kniete und mich anlächelte.
Der Herr wird die Tränen von allen Angesichtern abwischen, flüsterte sie.
Was für ein widersinniger Traum. Aber vielleicht ist es doch wahr.
Deine Mutter

Das ist ein Flöten und Geigen

Seit mehr als zwei Jahren war Clemens nun schon Soldat, und dennoch hatte er bisher vom Krieg so gut wie nichts mitbekommen. Es war, als hielte ein mächtiger Gott seine Hände über ihn. Kurz bevor sich die Einheit, in der Clemens diente, der Schusslinie auch nur näherte, wurde sie auf wundersame Weise abkommandiert, umgeleitet, gerettet.

Erstaunlicherweise hatten die Nazis es einfach so hingenommen, dass Clemens seine Opernkarriere aufgegeben hatte, obwohl seine Begründung mehr als dürftig gewesen war. »Ich benötige eine schöpferische Pause«, hatte er in einem Brief an die Deutsche Staatsoper geschrieben, mit Durchschlag an das Büro von Reichsminister Dr. Goebbels.

Als er den Brief in den Kasten geworfen hatte, war ihm ganz schwindlig geworden. Er war überzeugt, dass man versuchen würde, ihn mit allen Mitteln zum Weitermachen zu zwingen, so wie ihn Goebbels auch zu der Tournee durch die Vereinigten Staaten gezwungen hatte. Wochenlang rechnete er täglich mit einem Anruf aus dem Reichsministerium. *Minister Goebbels möchte Sie umgehend sprechen.*

Aber das passierte nicht. Stattdessen wurde Clemens ohne weitere Umstände auf unbestimmte Zeit beurlaubt. Der entsprechende Brief kam aus Furtwänglers Büro und trug auch Furtwänglers Unterschrift, in dem Schreiben fehlte aber jede persönliche Note. Nicht einmal Walter Flock, der Personaldirektor, meldete sich bei Clemens, dabei waren sie doch so etwas wie Freunde gewesen oder zumindest gute Bekannte. Kurz nach Clemens' Beurlaubung brach der Krieg aus, darüber gerieten er und seine Beweggründe vollends in Vergessenheit. Im Winter 1938 war er auf dem Höhepunkt seiner Berühmtheit gewesen, im Winter 1939 war er bereits Schnee von gestern, ein Rekrut, nach dem kein Hahn mehr krähte.

Ein sauberer Schnitt, sagte er sich, kurz und schmerzlos. Aber tief in seinem Innersten kränkte ihn die Nonchalance, mit der ihn sowohl die Politik als auch die Öffentlichkeit aus ihrem Bewusstsein gestrichen hatten. Hin und wieder dachte er, hoffte er sogar, dass seine vergleichsweise komfortable Lage im Krieg der Umsicht Hitlers oder Goebbels' geschuldet sei, dass man ihn also nicht ganz vergessen hatte, aber auch damit war es nun vorbei.

Denn jetzt sah es nicht mehr so aus, als würde der Kelch noch einmal an ihm vorübergehen. In zwei Wochen würde seine Einheit nach Russland versetzt werden. Wenn Clemens nach vorn blickte, sah er nichts als blendendes Weiß. Schnee, so weit das Auge reichte, auf Straßen, Wiesen, Feldern, auf Hausdächern und Baumwipfeln, auf Hügeln und in Tälern. Darüber ein silbriggrauer Himmel, bedeckt von schweren Wolken, in denen noch mehr Schnee hing. Es war derselbe Schnee, in dem schon Napoleons Soldaten versunken und erfroren waren.

Man durfte sich keine Illusionen machen. Die ersten Triumphe, die aus Russland gemeldet worden waren, waren doch nur ein Lockmittel, das die Russen für die Deutschen ausgelegt hatten. Um sie tief in die Eingeweide des russischen Hinterlandes zu ziehen, überließ man ihnen ein paar Dörfer und Weiler und warf ihnen ein paar Bäuerchen und Matroschkas zum Opfer vor. Sobald die Wehrmacht aber weit genug im russischen Leib steckte, im Niemandsland zwischen Ural und Sibirien, zwischen Wolga, Taiga und Baikalsee, würde der Rachen zuklappen, die Falle zuschlagen. Dann könnten sie toben und um sich schlagen, wie sie wollten, am Ende würden sie doch anstands- und spurlos verdaut.

Unser Einsatz in Russland ist ein Selbstmordkommando, dachte Clemens, genau wie viele seiner Kameraden. Aber jeder von ihnen behielt seine Überzeugung für sich.

Wenn man sich mit einem anderen über seine Befürchtungen austauschte, wenn man seine Gedanken auch nur einem Tagebuch anvertraute, dann landete man schnell wegen Wehrkraftzersetzung vor einem Kriegsgericht.

Abends, wenn Clemens auf seiner Pritsche lag und die Männer neben sich schnarchen hörte, erinnerte er sich immer an eine Arie aus der Oper »Cardillac«, die er zu Beginn seiner Karriere einmal gesungen hatte. »Waagschalen dieser Welt! Auf der einen liegt die Nacht der Liebe und auf der anderen die Nacht des Todes.«

Wenn er dann endlich schlief, träumte er davon, dass er sich durch einen raschelnden Wald schlug, das MG im Anschlag. Plötzlich tauchte ein Russe vor ihm auf, grinsend von Ohr zu Ohr, einen Karabiner im Arm, dessen Mündung auf Clemens gerichtet war. Schieß doch, schieß, worauf wartest du, zum Teufel!, hörte Clemens sich selbst brüllen, aber seine Finger folgten seinem eigenen Befehl nicht, sein Gewehr ging nicht los. Stattdessen sah er wie in einem Spiegel, wie der Zeigefinger des Russen den Auslöser umfasste und er ihn dann durchzog. Der Schuss traf Clemens mit großer Wucht. Im Bauch, im Kopf, in den Beinen und Armen zugleich.

Er spürte die Macht des Aufpralls noch, lange nachdem er aufgewacht war.

Neben ihm schnarchten die anderen Männer. Er hörte wieder die Arie aus »Cardillac«, bis er einschlief und die Träume von neuem begannen.

Er musste in diesen Tagen oft an Leopold denken. An jene Zeit, als sie beide in Duisburg gesungen hatten, als Orlanda in ihr Leben getreten war und ihre Freundschaft erst noch fester zusammengefügt und dann zerbrochen hatte. Ich habe sie viel mehr geliebt als du, deshalb ist es nur gerecht, dass ich sie nun auch für mich behalte, argumentierte Clemens in einem imaginären Streitgespräch mit Leopold.

In seiner Vorstellung lachte Leopold kurz und spöttisch auf. Das war seine Antwort. Er hatte natürlich recht. Das Spiel war noch nicht entschieden. Es würde immer weitergehen, bis es nicht mehr weiterging.

Er fragte sich, ob Orlanda und Leopold einander schrieben. *Was* sie einander schrieben. Und ob Orlanda sich wieder Leopold zuzuwenden begann. In der Vergangenheit war es stets so gewesen. Immer wenn Clemens gemeint hatte, Orlanda zu besitzen, war sie in Gedanken bereits wieder zu Leopold zurückgekehrt.

Leopold tauchte jetzt immer öfter in Clemens' Träumen auf, häufiger noch als der russische Soldat mit dem Karabiner. Die Träume verliefen ganz unterschiedlich, aber irgendwann stieß Clemens immer plötzlich auf Leopolds Leiche. Er fand ihn an den unterschiedlichsten Orten, in einem Schützengraben, einem Brunnen, in einer Höhle, in einem breiten Himmelbett, in dem gerade eben noch die nackte Orlanda gelegen hatte. Leopolds Gesicht war grün vor Verwesung, wie das des Franzosen, den sie vor ein paar Wochen in einem Keller bei Caen gefunden hatten.

Nun ist es also vorbei, dachte Clemens in seinem Traum, während er sich daranmachte, ein Grab für Leopold auszuheben. Aber bevor er ihn bestatten konnte, wachte er meistens auf. Jedes Mal verspürte er danach ein Gefühl der Erleichterung, vermischt mit Schuld, bis ihm bewusst wurde, dass es nur ein Traum gewesen war. Leopold war ja gar nicht tot.

Oder vielleicht doch? Wer konnte das so genau wissen, in diesen Tagen.

Um halb eins wurden in den Fertigungshallen bei Rheinmetall die Maschinen abgestellt. Die Mittagspause dauerte nur eine halbe Stunde und reichte gerade aus, um einen Teller Suppe zu essen, in die man eine Scheibe Brot tunkte, zwei Zigaretten zu rauchen und auszutreten. Während die Frauen aßen und rauchten, redeten sie ununterbrochen. Sie erzählten, wann es wo welche Lebensmittel zu kaufen gäbe, welche Häuser beim letzten Fliegerangriff in Flammen aufgegangen seien, was ihre Männer von der Front schrieben. Sie lasen sich gegenseitig die Briefe vor. Alles, auch die Sätze, die nun wirklich privater Natur waren. »Dein Hintern, ich träume immer von deinem schönen, weißen Hintern und von deinen prachtvollen Titten«, schrieb Helmas Verlobter, und in diesem Stil ging es weiter.

Helma gab seine frivolen Phantasien vor den anderen zum Besten, als wären es romantische Liebesgedichte. Sie erzählte ihren Kolleginnen, wie sie es einmal in der Speisekammer seiner Mutter getrieben hatten, und als ihr Verlobter zum Höhepunkt gekommen sei, hätten sie draußen die Schwiegermutter gehört. »Da ist alles in ein Fass mit Sauerkraut gespritzt, das gerade frisch angesetzt worden war. Die Alte war später ganz verrückt nach dem Kraut«, erklärte Helma, während die anderen vor Begeisterung kreischten.

Orlanda trank ihren Tee, den sie in einer Thermoskanne von zu Hause mitbrachte. Sie versuchte, nicht an Clemens zu denken und an Leopold auch nicht. Sie versuchte, an überhaupt nichts zu denken.

»Seit Tagen Angriffe in den frühen Morgenstunden«, las die schöne Elsbeth aus dem Brief ihres Mannes vor. »Gestern Nacht haben ich und die Möller-Brüder zwei Iwans aufgespürt, wie sie an einem T-34 lehnten und Wodka tranken. Haben die Knilche in der Luft zerfetzt.«

In der Luft zerfetzt. Orlanda stellte sich die beiden Iwans vor, junge Russen, die sich einen Schluck Wodka teilten und dabei rauchten und redeten oder schwiegen. Wem wohl ihr letzter Gedanke gegolten hatte, bevor die Deutschen sie in der Luft zerfetzt hatten? Ihren Mädchen, ihren Eltern, der Frau? Wenn Elsbeths Mann und die beiden Möllers sie nicht erledigt hätten, hätten die Russen sie erledigt. *Es gibt nur diese zwei Möglichkeiten, dass du draufhältst oder selbst ins Gras beißt*, schrieb Elsbeths Mann, mit dem sie ganze vier Tage verheiratet gewesen war, bevor er in den Krieg hatte ziehen müssen.

»Weg mit den Scheißkerlen«, sagten die Frauen in der Mittagspause bei Rheinmetall und ließen sich von Ursula Apfelschnaps in die Teetassen kippen, obwohl Alkohol bei der Arbeit streng verboten war. Ein paar Meter weiter saßen die Russinnen und unterhielten sich flüsternd in ihrer Muttersprache, auch das war verboten. Wahrscheinlich sagten sie genau dasselbe. *Es gibt nur diese zwei Möglichkeiten, dass du draufhältst oder selbst ins Gras beißt.*

Hoffentlich halten unsere Männer drauf, dachten sie alle, hoffentlich beißen die anderen ins Gras.

Seit sie damals Leopolds Brief im Kochbuch gefunden hatte, hatte Orlanda mehrmals begonnen, an ihn zu schreiben. Sie war aber nie über die ersten Zeilen hinausgekommen. Es war nicht so, dass sie keine Worte fand, im Gegenteil, sie quoll über vor Fragen, die sie ihm gerne gestellt hätte, Gedanken, die sie ihm mitteilen wollte. Aber wollte er sie auch hören?

Der Krieg tobte jetzt in ganz Europa und Nordafrika. Jeder kannte inzwischen einen, der gefallen war, und zig weitere, die noch fallen würden. Die kleinen Mädchen in der Schule strickten Handschuhe für die Soldaten. Die Jungen holten sich verbogene Metallstangen vom Schuttberg im Hinterhof von Rheinmetall, legten sie an ihre runden Knabenwangen und schossen sich gegenseitig die Schädeldecken weg.

Die Frauen versuchten, ohne ihre Männer auszukommen, am Anfang fiel es ihnen schwer, aber dann gewöhnten sie sich daran, wie man sich an alles gewöhnt. Wenn die Männer schließlich zurückkommen würden, nach Krieg und Gefangenschaft, dann hätten sich die Lücken, die sie hinterlassen hatten, bereits wieder geschlossen, so dass viele keinen Platz mehr fänden.

Tagsüber war Orlanda bei Rheinmetall damit beschäftigt, Waffen zu produzieren, damit das Morden weitergehen konnte. Abends dachte sie darüber nach, wie man den Wahnsinn stoppen könnte.

Allein konnte sie nichts ausrichten. Man musste sich in einer Gruppe zusammenschließen und gemeinsam zuschlagen. Aber wie sollten sich Gleichgesinnte zusammenfinden, wenn man nach der leisesten kritischen Äußerung unweigerlich im Gefängnis landete? Es gab einen Widerstand, das bewiesen die Zeichen an der Wand. »Weg mit Hitler!«, glänzte eines Morgens in nasser Ölfarbe an der roten Klinkermauer vor der Fabrik. Mittags war die Inschrift wieder überpinselt, aber da war sie schon in Orlandas Kopf eingedrungen. Wer sind diese Leute, die so etwas wagen, fragte sich Orlanda. Wie kann ich sie finden?

Abends ging Orlanda immer zuerst zum Briefkasten, um zu sehen, ob Post aus Russland angekommen war. In regelmäßigen Abständen fand sie Briefe von Johannes und Clemens, aber nie etwas von Leopold. Natürlich nicht. Sie hatten sich ja voneinander getrennt, bevor er eingezogen worden war. Warum sollte er also an sie schreiben. Und die Briefe an Anna schickte er nicht zu ihnen nach Hause, wo Orlanda sie hätte finden können, sondern ins Evangelische Krankenhaus.

Je länger sie darüber nachdachte, desto wütender machte sie diese Vorstellung. Der Gedanke, dass Leopold Anna heimlich Briefe schrieb, dass die beiden hinter ihrem Rücken eine Beziehung pflegten. Eine Affäre, dachte Orlanda, obwohl das Wort nun wirklich lächerlich klang in Verbindung mit Anna.

Was will er denn von ihr?, fragte sie sich, wenn sie sich nachts auf ihrem Bettsofa hin und her wälzte und keinen Schlaf fand. Ihr Körper und ihr Geist waren in diesen Tagen so überreizt, als tränke sie Kannen von Kaffee, dabei gab es seit über einem Jahr nur noch Muckefuck-Pulver aus Gerstenmalz und gerösteten Bucheckern. Sie schlief niemals vor zwei Uhr morgens ein, oft riss sie danach der Luftschutzalarm wieder aus der traumlosen Ohnmacht. Tagsüber bei Rheinmetall fielen ihr vor Müdigkeit die Augen zu. Manchmal lehnte sie ihr Gesicht an das kühle Metall der Fräsmaschine und döste zwischen zwei Fräsvorgängen ein, bis sie fast vom Hocker fiel.

Nachts stellte sie sich vor, wie Leopold Anna küsste. Deine Schwester hat mir den Blick auf dich verstellt, flüsterte er ihr zu. Aber jetzt ist sie weg, jetzt kann ich dich endlich sehen. Er erzählte Anna alles, worüber er mit Orlanda nie gesprochen hatte. Er teilte mit ihr alle seine Gefühle.

In ihren schlaflosen Nächten erschien Orlanda die Vorstellung vollkommen plausibel. Am nächsten Morgen kam es ihr natürlich lachhaft vor. Leopold und eine Krankenschwester.

Was könnte er von ihr bekommen, das ich ihm nicht geben kann, überlegte Orlanda zornig. Die Antwort lag allerdings auf der Hand, auch jetzt, im klaren Licht des Tages.

Verständnis, Geduld. Liebe.

Als Anna einmal nicht da war, durchsuchte Orlanda die Wohnung. Sie durchkämmte Annas Kleiderschrank, die Schublade mit ihrer Unterwäsche, die Kiste mit den Socken. Den Geschirrschrank, die Kommode mit den Vorräten, die Schuhputzkiste. Unter Annas Bett stieß sie auf eine Schachtel mit Blättern, Zetteln, Bildern. Liebesbriefe von Johannes, Gruppenaufnahmen von Schwesternschülerinnen. Ein Foto ihrer Eltern.

Aber auch nachdem sie alle Bücher aus dem Regal genommen hatte und jedes einzelne geschüttelt hatte, fand sie nichts, außer einem Brief, den sie selbst einmal an Anna geschrieben hatte, kurz nachdem ihr Vater gestorben war.

Saarn, den 4. Januar 1926 stand da in einer runden, leicht nach links geneigten Mädchenhandschrift, die Orlanda heute vollkommen fremd war.

Liebe Anna,
 wie geht es Dir?
 Über mich selbst kann ich gar nichts Neues schreiben, es ist ja alles so fad und langweilig hier, noch viel fader und langweiliger, als Du es in der Erinnerung hast, denn die malt ja bekanntlich in goldenen Farben.
 Wenn sich das einrichten ließe, dass ich am Konservatorium vorsingen könnte, obwohl ich noch keine siebzehn Jahre bin, das wäre ganz traumhaft.
 Frag nur recht oft nach, und frag auch im Krankenhaus, ob sie Dir gestatten, aus dem Schwesternheim auszuziehen und mich zu Dir zu holen. Da wir nun Vollwaisen sind, müssen sie uns doch zusammenlassen!
 O Anna, wenn es klappt, was hätte ich für ein wunderbares Leben. Den ganzen Tag am Konservatorium singen, und abends kochen wir gemeinsam in unserer eigenen Küche und laden uns auch manchmal Freunde ein. Ich kann es kaum abwarten, dass Du mir schreibst und mir mitteilst, dass alles wahr wird, wie ich es mir wünsche.
 Es grüßt Dich
 Deine Schwester Orlanda

Orlanda ließ das Blatt zurück in die Schachtel gleiten und schob sie zurück unters Bett. Sie konnte sich nicht mehr daran erinnern, dass sie den Brief geschrieben hatte. Oder was sie damals gefühlt, gedacht, gehofft hatte. *Ich kann es kaum abwarten, dass Du mir schreibst und mir mitteilst, dass alles wahr wird, wie ich es mir wünsche.*

Sie hatte aber plötzlich wieder ein Lied im Kopf, das sie in dieser Zeit für die Aufnahmeprüfung einstudiert hatte.

»Das ist ein Flöten und Geigen« von Robert Schumann.

> *Das ist ein Flöten und Geigen,*
> *Trompeten schmettern drein;*
> *Da tanzt den Hochzeitsreigen*
> *Die Herzallerliebste mein.*

Das war ihre Vorstellung vom Leben gewesen. Ein endloses Flöten und Geigen, ein Klingen und Singen, hin und wieder stolperte man vielleicht, aber am Ende des Weges lag unweigerlich und unvermeidbar das Glück.

Wie fremd ihr das alles heute war. Wie weit sie sich von dem kleinen Mädchen entfernt hatte, das aus seinem Schlafzimmerfenster in den Sternenhimmel über Saarn gestarrt und vom Hochzeitsreigen geträumt hatte. Von dem Wunderbaren, das vor ihm lag. Von einer Zukunft, die sich nie ereignen würde.

Orlandas absurder Verdacht setzte etwas in Gang, das nicht mehr aufzuhalten war. Danach reihte sich ein Ereignis an das andere wie die Glieder einer Kette, und das Schlussglied bildete der Tod. Wenn Orlanda Anna nicht bedrängt hätte, hätte sie nie von der Gruppe erfahren, wenn sie nichts von der Gruppe gewusst hätte, hätte sie Elisabeth nicht kennengelernt, wenn sie Elisabeth nicht kennengelernt hätte, hätte sie sie nicht verraten. Vielleicht hätten beide Schwestern den Krieg überlebt.

Aber Orlanda war geradezu besessen von der Idee, dass Leopold Anna etwas gab, das er ihr selbst immer verweigert hatte. Dass er sich Anna gegenüber öffnete, dass er ihr seine Gefühle zeigte, seine Verwundbarkeit und Verletztheit.

Am Montag nahm Orlanda sich vor, mit Anna zu reden, aber abends hatte sie der Mut wieder verlassen. Am Dienstagabend verschob sie es auf den Mittwoch und von Mittwoch auf Donnerstag, aber am Donnerstagabend ging Anna direkt von der Arbeit zum Bibelabend im Haus Wartburg.

Am Freitag kam Anna noch später als gewöhnlich nach Hause, das Gesicht grau vor Erschöpfung. Es war der denkbar schlechteste Zeitpunkt für eine Konfrontation, aber Orlanda wollte nicht mehr warten. Sie wollte endlich Gewissheit.

»Ich muss mit dir reden«, sagte sie. »Ich will wissen, was du vor mir verbirgst.«

»Bitte, was?«, fragte Anna zurück. Sie ging an Orlanda vorbei ins ehemalige Wohnzimmer, das jetzt Orlandas Schlafzimmer war, und ließ sich in einen Sessel fallen, ohne die Kleider, Blusen, Strümpfe zur Seite zu räumen, die sich darauf türmten. Sie streckte die Beine von sich und schloss die Augen.

Orlanda setzte sich ihr gegenüber auf die Kante ihres Bettes.

»Du weißt genau, was ich meine«, sagte sie, dabei wusste sie plötzlich selbst nicht mehr, was sie meinte.

»Was ist denn los?«, fragte Anna, ohne die Augen zu öffnen. In den letzten Monaten hatte sie deutlich abgenommen, ihr Gesicht war jetzt viel schmaler als früher, dadurch wirkten die Lippen voller, und ihre Züge waren klar definiert durch ihre schön geschwungenen Wangenknochen. Der Krieg stand ihr gut.

»Tu doch nicht so. Du benimmst dich immer so bieder, aber in Wirklichkeit bist du ... hast du ...« Orlanda schluckte. »Ich will jetzt alles wissen.«

Anna schlug die Augen wieder auf. Ihr Blick war plötzlich sehr wachsam und dunkel. Vor Unsicherheit oder Misstrauen oder schlechtem Gewissen.

»Orlanda. Ich verstehe beim besten Willen nicht, wovon du sprichst. Ich habe den ganzen Tag im OP gestanden und Müller assistiert, ich will etwas essen oder, noch besser – einfach nur ins Bett.« Dieses leichte Tremolo an den Satzenden, zitterte Annas Stimme tatsächlich, oder bildete sich Orlanda das nur ein? Ihr Ton war ganz beiläufig, genau wie ihre Worte, aber ihre Augen schossen von einem Punkt im Raum zum anderen wie ein Tier auf der Flucht.

»Ich habe ...«, begann Orlanda erneut. *Leopolds Brief gefunden*, wollte sie sagen, aber einer plötzlichen Eingebung folgend, sagte sie etwas anderes: »Ich habe dich beobachtet. Ich bin nicht so dumm, wie du denkst.«

Es war nur leeres Gerede, ein Stochern im Nebel, ein Tasten im Dunkeln, aber dabei fand Orlanda den Hebel, der die magische Pforte öffnete, hinter der sich die Wahrheit verbarg.

Anna wurde bleich.

»Bist du verrückt, Orlanda?«, fragte sie mit gesenkter Stimme. »Bitte, halt dich aus diesen Dingen raus. Das ist kein Kinderspiel. Es ist gefährlich.«

Gefährlich. Also hatte Orlanda sich getäuscht. Das Geheimnis hatte nichts mit Leopold zu tun. Es ging um etwas Größeres.

Gefährlich war vor allem eins in diesen Tagen. Protest. Aber die brave, fleißige, stille Anna protestierte doch nicht, sie hatte sich sogar aus der Bekennenden Gemeindearbeit zurückgezogen, nachdem Johannes verhaftet worden war.

Vielleicht hat sie sich ja auch gar nicht zurückgezogen, dachte Orlanda. Vielleicht ist Anna nach dem Konzert nur entschlossener geworden. Und klüger.

»Du bist in einer Widerstandsgruppe«, flüsterte sie. »So ist es doch, oder?«

Sie sah Anna an, und diesmal wich Anna ihrem Blick nicht aus, sondern hielt ihm stand.

Es war der Abend des 20. März 1942, als die beiden Schwestern dieses Gespräch führten, als Anna Orlanda endlich von der Gruppe erzählte, der sie seit fast vier Jahren angehörte, als Orlanda merkte, dass sie ihre Schwester noch weniger kannte, als sie immer angenommen hatte.

Es war ein regnerischer Frühlingstag, ein wenig zu kühl für die Jahreszeit.

Am Morgen um halb acht hatten SS-Männer in der ukrainischen Stadt Rohatyn das jüdische Ghetto umstellt und die Bevölkerung zusammengetrieben. Mehr als zweitausend Männer und Frauen, Greise, Kranke und Kinder mussten sich am Rande der Stadt an Gruben entlang aufstellen. Man nahm ihnen die Wertsachen und bessere Kleidungsstücke ab, danach tötete man sie mit Maschinengewehren. Die Kinder wurden überwiegend lebend ins Grab geworfen. Jüdische Arbeiter mussten die Leichen stapeln, am Ende des Tages wurden auch sie erschossen.

Am Vormittag um neun jagte eine Gruppe SS-Männer in der polnischen Stadt Zgierz sämtliche Bewohner aus ihren Häusern und wählte willkürlich einhundert verschreckte Bürger aus der Menge. Die Männer und Frauen wurden vor der Stadt gesammelt und erschossen, weil ein paar Tage zuvor Unbekannte zwei deutsche Polizisten ermordet hatten.

Noch eine Stunde später wurde in Auschwitz-Birkenau, Oberschlesien, die erste Gaskammer in Betrieb genommen. In einem ehemaligen Bauernhaus, das wegen der unverputzten Ziegelfassade das Rote Haus genannt wurde, war die Vernichtungsanlage Bunker Nr. 1 eingerichtet worden. Die Türen des Gebäudes waren verstärkt und abgedichtet, die Fenster zugemauert. Im Mauerwerk der Außenwände waren in Kopfhöhe Schlitze angebracht. »Zum Bad« verkündete die Inschrift neben der Tür.

Die Lagerwärter führten achthundert arbeitsunfähige Juden ins Rote Haus. Im Bunker mussten sie sich entkleiden und wurden dann auf die beiden Räume verteilt. Aufgrund der großen Enge brach Panik aus, die Menschen versuchten zu fliehen, woraufhin sie mit Stockhieben zurückgetrieben wurden. Die Wärter schlossen die Türen und warfen offene Dosen durch die Mauerschlitze, aus denen Zyklon B quoll. Danach wurden die Leichen in Massengräbern verscharrt.

Der 20. März 1942 war ein ganz gewöhnlicher Tag im Dritten Reich, einer von viertausendeinhundertdreiundvierzig Tagen.

»Warum hast du mir nie etwas von eurer Gruppe erzählt?«, fragte Orlanda ihre Schwester.

»Weil es kein Abenteuer ist und auch kein Spaß. Weil es mir große Angst macht, aber ich muss es tun, sonst zerreißt es mich.«

»Weiß Johannes davon?«

»Natürlich.«

»Und Leopold?«

Anna zögerte einen kleinen Moment. Dann nickte sie.

Das war natürlich ein Fehler. Anna hätte Orlanda niemals von der Gruppe erzählen dürfen. Sie hätte sich doch an fünf Fingern ausrechnen können, was nun passieren würde.

»Ich will bei euch mitmachen«, sagte Orlanda.

Mitmachen. Als ob es um einen Kindergeburtstag ginge.

»Ich kann dich da nicht einfach so mitbringen«, erklärte Anna. »Ich muss zuerst die anderen fragen. Bevor wir ein neues Mitglied in die Gruppe aufnehmen, müssen alle damit einverstanden sein.«

»Dann frag sie doch«, erklärte Orlanda. »Sag ihnen, dass ich deine Schwester bin, dass sie mir vertrauen können. Ich bin zu allem entschlossen, Anna.«

Das war ja gerade das Problem. Orlanda war tatsächlich zu allem entschlossen, sie stellte sich die Arbeit in der Gruppe wie ein Räuber-und-Gendarm-Spiel vor. Aber so war es nicht. Abgesehen von den wenigen Momenten, in denen man Flugblätter verteilte oder Plakate klebte, war der Widerstand eine langweilige, mühsame Angelegenheit. Eine Angelegenheit, bei der man sich höllisch konzentrieren musste, um nicht in eine Falle zu tappen oder einem Verräter aufzusitzen. Besonders gefährlich waren die Greifer, von denen man in letzter Zeit immer öfter hörte. Jüdische Spitzel, die die Gestapo unter Druck gesetzt hatte und die nun ihre eigenen Leute verrieten.

»Ich bin dagegen«, sagte Frau Graeter sofort, als Anna bei ihrem nächsten Treffen vorsichtig erwähnte, dass Orlanda mitmachen wollte. »Je größer wir werden, desto unsicherer wird die Sache.« Frau Graeter kannte Orlanda flüchtig aus der Kirchengemeinde, vielleicht war das der Grund für die prompte Antwort.

»Wir brauchen aber dringend Verstärkung«, wandte Gustav Hempels ein, der inzwischen sein Medizinstudium abgeschlossen hatte und als Assistenzarzt im Evangelischen Krankenhaus arbeitete, allerdings auf der gynäkologischen Station. Schmidt und Fahrenbeck, die beiden anderen Studenten, hatten ihr Studium nicht so rasch zu Ende gebracht wie er, deshalb waren sie beide vor dem Examen eingezogen worden. Sie dienten nun als Sanitäter in Nordafrika, wo Fahrenbeck in ein paar Monaten seinen rechten Arm verlieren würde, Schmidt würde 1946 in russischer Gefangenschaft an einer Malaria-Fieberattacke sterben.

Hempels war das einzige männliche Gründungsmitglied der Gruppe, das nicht an der Front kämpfte, und dieses Glück lastete schwer auf ihm. Vielleicht war das der Grund, warum er sich mit Leib und Seele in den Kampf gegen Hitler stürzte. Der Widerstand gab seinem Leben einen Sinn und eine Berechtigung. Er hatte zwei neue Medizinstudenten angeworben und war ständig auf der Suche nach weiteren Mitgliedern. Denn zusammen mit Herrn Schleier, den Frau Graeter vor kurzem aus dem Mittwochskreis dazugeholt hatte, waren sie nur zu sechst.

»Wir sind zu wenige«, sagte Hempels. »Wir schaffen es ja kaum, die U-Boote zu versorgen.«

Das war in der Tat ein Problem, das wusste auch Frau Graeter. Sie waren alle berufstätig, auch die Studenten arbeiteten neben dem Studium in der Uniklinik, keiner hatte richtig Zeit, den Widerstand zu organisieren. Frau Graeter, die die Fachbuchhandlung nur noch halbtags geöffnet hielt, übernahm die meisten Aufgaben. Sie entwarf die Texte für Plakate und Flugschriften, sammelte heimlich Kleider- und Essensspenden für versteckte Juden und verteilte sie.

»Warum soll Frau Bredelins Schwester nicht mitmachen?«, bohrte Hempels weiter. »Immerhin ist sie Ihnen lang vertraut. Es wäre doch ideal.«

Es gab einen ständigen Wettstreit zwischen den beiden, Frau Graeter, die die Gruppe leitete, seit ihr Mann an der Front war, und Hempels, der immer alle ihre Beschlüsse anzweifelte und Gegenvorschläge machte, bevor er sich fügte oder auch nicht.

Seit man ihm im Krankenhaus eine Oberarztstelle in Aussicht gestellt hatte, war es noch schlimmer geworden. Vielleicht fand er es unwürdig, sich einer Frau unterzuordnen. Wahrscheinlich hätte er viel lieber seine eigene Gruppe gegründet und geführt, aber das schaffte er zeitlich nicht neben seiner anstrengenden Arbeit.

»Was meinst du, Anna?«, fragte Frau Graeter mit einem leisen Seufzen, und jetzt erst fiel Anna wieder ein, dass sie und Frau Graeter nach dem letzten Treffen vereinbart hatten, dass sie sich künftig duzen wollten. Elisabeth hieß sie. »Ist deine Schwester vertrauenswürdig?«

Was für eine Frage.

»Natürlich ist sie das«, meinte Anna. »Aber sprunghaft. Und unvernünftig. Sie ist noch ziemlich …« Jung, wollte sie sagen, aber sie schluckte das Wort im letzten Moment hinunter. Orlanda war nicht mehr jung, Orlanda war dreiunddreißig, in dem Alter bekamen andere Frauen ihr siebtes Kind.

»Also, was denn nun?«, fragte Hempels ungeduldig. »Wenn man sich nicht auf sie verlassen kann, dann sollten wir uns natürlich nach anderen umsehen. Aber wir brauchen Verstärkung, das steht außer Frage.«

Anna nickte erleichtert, aber diese Lösung gefiel Elisabeth auch nicht. »Nicht so schnell. Wir haben uns ja noch nicht gegen Frau Ulrich entschieden.« Sie sah Anna nachdenklich an. »Immerhin kennen wir ihre Schwächen. Vielleicht ist es besser, sie anzulernen und gründlich zu überwachen, als mit jemandem zusammenzuarbeiten, der uns fremd ist.«

Was sie damit beabsichtigte, lag auf der Hand. Die unzuverlässige Orlanda war ihr immer noch lieber als irgendein Medizinstudent oder Assistent, den Hempels anschleppte. Mit jedem neuen Mitglied, das Hempels in die Gruppe brachte, verlor Elisabeth an Einfluss auf die Gruppe, denn er würde bestimmt nur Männer anwerben, die ganz in seinem Sinne handelten und abstimmten.

»Ich denke, wir sollten es mit Frau Ulrich versuchen, eine gewisse Zeitlang«, überlegte Elisabeth. »In der wir sie beobachten.«

»Wie sollte das denn funktionieren?«, fragte Anna. »Wer soll sie beobachten? Also, ich habe keine Zeit dafür.«

»Wir übertragen ihr die Verantwortung für eines der U-Boote. Die anderen Unternehmungen und Aktivitäten der Gruppe sind strikt vor ihr geheim zu halten. Und wenn sie ihre Sache gut macht, dann können wir sie nach und nach auch weiter einbeziehen.«

Hempels sträubte sich noch eine Weile lang, wie er sich immer sträubte, wenn Elisabeth etwas vorschlug. Aber dann stimmte er doch zu. »Hoffen wir, dass es gutgeht. Ich weiß nämlich über eine Kontaktperson von einem weiteren Juden, der untergetaucht ist und Hilfe braucht.«

»Wir versuchen es also mit Frau Ulrich«, beschloss Elisabeth. »Und bis sie in die Gruppe integriert ist, sollten keine weiteren Mitglieder geprüft werden.«

Sie sah Hempels an, der widerstrebend nickte. Dann wanderte ihr Blick zu Anna.

»Einverstanden?«, fragte sie.

Auch Anna nickte, es war ja auch wirklich nichts gegen den Vorschlag einzuwenden.

Und dennoch gefiel er ihr nicht. Sie hatte das Gefühl, das Orlanda für eine Sache benutzt wurde, die keiner von ihnen überblickte.

Jeden zweiten Tag ging Orlanda nun nach der Arbeit in Elisabeths Schrebergarten zu Frau Weiß. Bislang hatte sich Frau Graeter um sie gekümmert, die die Schrebergartenparzelle auch offiziell gepachtet hatte.

»Die Ärmste haust zwischen Harken, Gießkannen und Rattengift«, erklärte Orlanda aufgeregt, als sie nach ihrem ersten Besuch im Schrebergarten nach Hause kam. »Die Laube ist gar nicht richtig isoliert, geschweige denn geheizt. Ich weiß gar nicht, wie sie es im Winter dort ausgehalten hat.«

»Sie ist erst im Februar untergetaucht«, erklärte Anna.

»Ach ja, richtig.« Orlanda holte einen halben Laib Brot und vier Kartoffeln aus der Tasche. »Das hat mir Elisabeth ja schon erzählt. Ich hatte es ganz vergessen.«

»Elisabeth?«, fragte Anna befremdet.

Orlanda blickte von ihrer Tasche auf. »Frau Graeter«, sagte sie.

Elisabeth. Anna und Frau Graeter hatten sich vier Jahre lang gekannt, bevor sie sich entschlossen hatten, sich bei den Vornamen zu nennen und zu duzen. Und nun hatte Frau Graeter – Elisabeth – Orlanda offenkundig einfach mir nichts, dir nichts das Du angeboten. Oder war es Orlanda, die Elisabeth damit überfallen hatte? Nein, dachte Anna, Elisabeth war die Ältere, und die grundlegenden Regeln der Höflichkeit beherrschte ihre Schwester.

»Was ist denn?«, fragte Orlanda.

»Nichts. Sind das alle Kartoffeln? Du hattest doch noch zwei Kilo auf deiner Karte.«

»Ja, aber ich habe ein paar bei Frau Weiß gelassen, weil sie so erbärmlich dran ist«, erklärte Orlanda.

»Du darfst dich nicht von deinem Mitleid leiten lassen, wenn du bei uns mitmachst. Sonst gehst du daran zugrunde.« Auch wenn es kalt und herzlos klang, genauso war es. Diese Lektion musste jede Krankenschwester am Anfang ihrer Ausbildung lernen, in langen, oft schmerzhaften Lektionen. Die Krankheiten, Geschwüre, Wunden, Entzündungen und Schmerzen der Patienten waren fremde Probleme. Manche konnte man lindern, manche sogar heilen, doch niemals durfte man sie sich aneignen und verinnerlichen, sonst war man verloren. »Frau Weiß bekommt genügend zu essen, dafür ist gesorgt. Aber wir können sie nicht über unsere Karten mitverpflegen. Wir müssen schließlich schon an Fritzi denken.«

»Natürlich.« Orlandas Gesicht zeigte keine Regung.

Anna fragte sich wie so oft, ob ihre Worte in sie eingedrungen oder an ihrer Oberfläche abgeprallt waren.

»Lass uns etwas essen«, meinte sie schließlich. »Ich habe Bohnensuppe gemacht.«

»Danke, ich möchte nichts. Ich gehe schlafen. Mein ganzer Körper tut weh von der Gartenarbeit.«

Denn wer sich um Frau Weiß kümmerte, der musste auch gleichzeitig den Schrebergarten bestellen, Unkraut jäten und gießen. Die Gruppe brauchte das Obst und Gemüse aus dem Garten dringend für die Verpflegung der untergetauchten Juden. Zudem kontrollierte der Vereinsvorstand der Kleingartenanlage auch regelmäßig, ob die Parzellen ordentlich bepflanzt und gepflegt wurden. Wer seinen Pflichten als Pächter nicht nachkam, wurde enteignet, schließlich herrschte Krieg.

»Du kannst doch nicht ohne Essen ...«, protestierte Anna. Aber Orlanda war schon in ihrem Zimmer verschwunden.

Orlanda öffnete das quietschende Eingangstor von Parzelle 75a, trommelte mit den Fingerspitzen das vereinbarte Klopfzeichen an die verstaubte Fensterscheibe der Gartenlaube und betrat dann die Hütte.

Frau Weiß hockte in einem Gartenstuhl mit Segeltuchbezug, vor sich einen winzigen Gartentisch, auf den sie die Ellenbogen stützte. Sie war eine hässliche, kleine Frau mit starren, dunklen Augen, die in tiefen Höhlen lagen, gelblicher Haut und einem Witwenbuckel. Sie hockte in der Dunkelheit der Gartenlaube wie ein Käfer in einer Mauerritze, lauernd, wachsam.

An der Wand hinter ihr stand eine Pritsche mit ihrem Bettzeug, in dem Koffer darunter bewahrte sie ihre Kleider auf. Sie schlief tagsüber und nachts, wenn die übrigen Kleingartenbesitzer ihre Lauben verlassen hatten, kochte und aß sie, wusch ihre Kleider, flickte und nähte im Dämmerschein einer kleinen Petroleumlampe. Bevor sie Licht machte, verklebte sie die Fensterscheiben der Laube mit schwarzer Pappe.

Das wusste Orlanda von Elisabeth. Frau Weiß ist einfach unermüdlich, hatte Elisabeth erzählt. Sie arbeitet die ganze Nacht durch. Aber Orlanda fiel es sehr schwer, sich das vorzustellen. Wenn sie kam, saß die alte Frau immer in exakt derselben Haltung am Tisch, so dass Orlanda den Eindruck gewann, dass sie auch den Rest des Tages und in der Nacht in dieser Position verharrte.

»Wie geht es Ihnen heute?«, fragte Orlanda und kam sich dabei vor wie eine Krankenschwester. Kein Mitleid, hatte Anna zu ihr gesagt. Sonst gehst du daran zugrunde. Aber Mitleid war nicht Orlandas Problem. Sie empfand einfach gar nichts für die alte Frau, sosehr sie sich auch darum bemühte, sich in sie einzufühlen.

»Danke«, sagte Frau Weiß, als wäre das eine Antwort.

Orlanda packte die Vorräte aus, die sie vor der Arbeit bei Elisabeth abgeholt hatte. Ein Kanten Brot, ein kleine Flasche Milch, ein Zipfel Dauerwurst. »Mehr habe ich heute leider nicht.«

Frau Weiß nickte gleichgültig. Seit Orlanda zu ihr kam, hatte sie sich noch nie über irgendetwas beklagt. Auf der anderen Seite zeigte sie aber auch keine Freude über eine Sonderration Butter, ein Glas Marmelade oder den Strauß Primeln, den Orlanda ihr neulich mitgebracht hatte. Sie macht es einem nicht leicht, sie zu mögen, hatte Elisabeth Orlanda gewarnt. Sie ist misstrauisch und zutiefst verletzt. Ihre ganze Familie wurde in die polnischen Schutzgebiete abtransportiert, die beiden Töchter sind schon tot, angeblich an einer Lungenentzündung gestorben. Von den Söhnen und Enkelkindern gibt es keine Nachricht.

Es ist furchtbar, was sie erlebt hat, sagte sich Orlanda. Aber das Gefühl drang nicht in die Tiefe, es schwamm wie Öl auf der Oberfläche ihres Bewusstseins.

»Ich gehe jetzt in den Garten«, erklärte sie laut, während Frau Weiß an ihr vorbei durch das Fenster starrte, als hätte sie die kahlen Beete und blühenden Obstbäume dort draußen noch nie gesehen.

Orlanda hatte keine Erfahrung mit Gartenarbeit. In Saarn hatte sich keiner um den Garten hinter dem Haus gekümmert, und auf den langen, schmalen Beeten war nichts als Unkraut gewuchert. Nur die Apfelbäume hatten jedes Jahr von neuem voller Kläräpfel gehangen, die Anna und Orlanda dann immer zu ernten vergessen hatten, also waren die Früchte abgefallen und im Gras verrottet.

Im Gegensatz dazu wurde im Schrebergarten an der Grashofstraße auch der kleinste Flecken Erde genutzt. In dem Beet am Zaun trieben Kartoffeln, in den Töpfen am Fenster wuchsen Tomaten- und Salatsetzlinge, auf dem Komposthaufen breiteten sich Kürbisranken aus, daneben standen Johannisbeersträucher. Alles, was hier wuchs, erfüllte einen Zweck, nichts war dem Zufall überlassen.

Trotzdem fühlte sich Orlanda ständig an den alten Garten in Saarn erinnert, an die meterhohe Unkrautwildnis zwischen flechtenbewachsenen Stämmen. Vielleicht war es die alte Frau am Fenster. Dieses Gefühl, dass sie dort saß und Orlanda beobachtete, so wie die Mutter sie früher immer beobachtet hatte, wenn sie im Garten gespielt hatte. Auch die Mutter hatte niemals Anteil an Orlanda genommen, sie hatte über sie hinweg, durch sie hindurch geblickt, so wie jetzt Frau Weiß durch sie hindurchblickte.

Elisabeth hatte Orlanda gebeten, die wilden Brombeeren zu beschneiden, die hinter dem Kompost wucherten. Aber wie sollte sie die Ranken kürzen? Einen Meter oder zwei oder ganz bis zum Boden? Orlanda blickte zur Gartenhütte. Das spinnwebenüberzogene Fenster starrte blind und schwarz zurück. Ob sie noch einmal zurückgehen sollte, um Frau Weiß um Rat zu fragen?

Du schaffst das schon, hatte Elisabeth gesagt, als Orlanda ihr erklärt hatte, dass sie keine Ahnung von Gartenarbeit habe. Was trocken ist, wird gegossen, was verwelkt ist, abgeschnitten, was zu schlimm wuchert, muss gekappt werden, das sind die wichtigsten Regeln, nach denen alles im Garten gedeiht. Das klang einfach, aber aus Elisabeths Mund klang alles einfach.

Alles, was in Orlandas Kopf wild durcheinanderwucherte, war bei Elisabeth in schönster Form und Ordnung, wie die Rabatten und Hecken eines französischen Gartens. Sie wusste genau, was sie wollte, und ließ sich nicht davon abbringen.

»Dieser wahnwitzige Krieg muss beendet werden«, sagte sie. »Bevor es zur Katastrophe kommt. Deshalb müssen wir Hitler loswerden.«

Sie war eine einzigartige Frau, das hatte Orlanda sofort gemerkt. Elisabeth war nur ein paar Jahre älter als Orlanda, aber um so vieles verständiger und lebensklüger.

Es war seltsam, dass Anna Elisabeth schon fünf Jahre kannte und dass Orlanda ihr in dieser Zeit niemals begegnet war. Oder waren sie sich doch begegnet, ohne dass Elisabeth Orlanda aufgefallen war?

Jetzt kannten sie sich. Und Orlanda hatte das Gefühl, dass sie etwas gefunden hatte, nach dem sie ihr ganzes Leben lang gesucht hatte. Elisabeth war die Schwester, die Anna nie gewesen war. Die Mutter, die Orlanda nie kennengelernt hatte. Sie war, wie Orlanda sein wollte.

Ulmer Höh', 10. Mai 1943

Mein Kind!

Die Tage in der Gefangenschaft, am Anfang zogen sie sich ins Unendliche. Aber nun, da es auf den Tod zugeht, fliegt die Zeit. Vielleicht liegt es an Dir, Du wächst jeden Tag ein Stück, ich kann es spüren, wie es Dich auf die Welt drängt. Ich möchte Dich warnen, ich will Dich zurückhalten, um meinetwillen natürlich, aber auch um Deinetwillen. Aber Du hörst nicht auf mich. Du wirst niemals auf mich hören.

Mein Leben verläuft in immer engeren Kreisen. Ich schlafe, ich esse, ich trinke, ich verdaue, ich lese Gedichte, ich gehe zehn Runden im Hof, ich starre an die Decke über meinem Bett, ich schlafe, ich esse … Ich bewege mich in einer Spirale auf mein Ende zu.

Heute Morgen kam eine neue Wärterin in unsere Zelle.

Ich bin ab sofort für euch zuständig, erklärte sie. Wärterin Edel ist gestern Abend leider von uns gegangen. Herzversagen, ganz plötzlich.

Sie sah uns an, als erwartete sie, dass wir in Tränen ausbrechen.

Herzversagen. Ein Stechen in der Brust, Engegefühl, Atemnot. Dann der Tod. Wenn ich an Wärterin Edel denke, erinnere ich mich vor allem an den Gesichtsausdruck, mit dem sie mich manchmal betrachtete, wenn sie sich unbeobachtet fühlte. Diese Mischung aus Verachtung und Triumph.

Und nun ist sie tot, und ich lebe, obwohl keiner gedacht hätte, dass sie vor mir sterben würde.

Keiner kann sagen, welches Ende unsere Geschichte nehmen wird.

Bis zuletzt ist alles offen.

Vielleicht ist ja doch noch Hoffnung.

Deine Mutter

Ubi caritas et amor Deus ibi est

Hinterher waren sich alle einig, dass sich Schwester Irmgard die ganze Zeit über seltsam verhalten hatte. Man hätte etwas merken müssen, sagten die Schwestern und meinten Anna damit. Warum ist mir nichts aufgefallen, fragte sich auch Anna selbst. Aber abgesehen von der plötzlichen Gemütsruhe nach Irmgards erster Erschütterung über den Tod ihrer Mutter hatte es keine Anzeichen gegeben, die darauf hindeuteten, was sie vorhatte. Sie arbeitete genauso gewissenhaft für Doktor Müller wie für die anderen Ärzte.

Niemand konnte ahnen, was in ihr vorging, während sie Tupfer auswusch, Siebe desinfizierte und Wundhaken hielt. Dass aus dem Kummer in ihrem Inneren ein Keim trieb, der sich blass und bleich durch ihren Körper schob und ans Licht drängte. Der Wurzeln bildete, die sich fest in ihrem Leib verankerten. Der Trieb nährte sich aus einer Mischung aus Hass, Einsamkeit und Schuld, denn tief in ihrem Herzen war Irmgard überzeugt, dass sie selbst den Tod der Mutter verursacht hatte. Wenn sie nicht so bereitwillig, so überaus erleichtert auf Müllers Vorschlag eingegangen wäre, dann hätte niemand ihrer Mutter ein Haar gekrümmt, dann wäre sie heute noch am Leben.

Am Morgen operierten sie eine Schussverletzung, die sich wieder und wieder entzündet hatte. »Das ist der letzte Versuch, bevor wir amputieren«, erklärte Müller finster.

Anna stand mit Müller am Tisch, Schwester Irmgard war Springerin und außergewöhnlich unaufmerksam, das fiel Anna sofort auf. »Was ist denn heute nur los mit Ihnen?«, fragte sie, als sie ihr zum dritten Mal das falsche Instrument anreichte.

Während des Vormittags gab es zweimal Fliegeralarm, den sie ignorierten. Sie konnten die Patienten ja nicht narkotisiert auf dem Tisch liegen lassen, während sie selbst in den Luftschutzkeller gingen. »Bald macht es keinen Unterschied mehr, ob wir hier oder an der Front sind«, knurrte Müller und blickte dabei missmutig nach oben, als könnte er die Bomber durch die Decke des Raumes hindurch sehen.

In letzter Zeit gab es so häufig Alarm, dass man die Eingriffe künftig unterirdisch vornehmen wollte. Zwei Kellerräume wurden gerade zum Not-Operationssaal umgebaut.

Dann fiel die Beleuchtung aus, ohne dass das Notstromaggregat einsprang. Schwester Brigitte, die das Licht einstellte, sah Anna an, Anna sah Doktor Müller an, Doktor Müller zuckte mit den Schultern und knurrte etwas. Es klang wie verdammter Krieg, aber das konnte er nicht gesagt haben, das war ja unpatriotisch.

Sie warteten ein paar Minuten lang, bis Doktor Müller wieder mit den Schultern zuckte. »Ich muss hier weitermachen, es hilft nichts. Wir können die OP jetzt nicht abbrechen.«

»Aber Sie können doch nicht ohne Licht operieren«, sagte Anna.

»Die Verletzung ist am Oberarm, es müsste gehen.«

Müller beugte sein Gesicht dicht über die Wunde. Schwester Irmgard machte ein leises Geräusch, es klang wie ein Jaulen. Anna sah sie irritiert an. Irmgard räusperte sich und lächelte dünn. Auf ihrer Stirn glitzerte Schweiß.

Sie öffnete den Mund wie ein Ertrinkender, der um Hilfe rufen will, aber im gleichen Moment ging das Licht wieder an.

Die Sache wäre um ein Haar ins Auge gegangen, und zwar in Doktor Müllers Auge. Dass am Ende doch alles glimpflich verlief, hatte nichts mit Annas Geistesgegenwart zu tun, wie Müller meinte. Es war allein Gottes unbegreiflicher Wille. Er hatte Anna zur richtigen Zeit an den richtigen Ort gestellt. Er hatte seine schützende Hand über Doktor Müller gehalten und Schwester Irmgard davor bewahrt, ein furchtbares Verbrechen auf sich zu laden.

Warum der gnädige Gott Müller verschonte und Schwester Irmgard zurückhielt, dafür aber am selben Tag Hunderte von

Juden, Zigeunern und Kommunisten, Soldaten, Kriegsgefangenen und Fremdarbeitern zwischen seinen Fingern zerdrückte, blieb ein Rätsel, über das man ein Leben lang nachdenken konnte und das man doch niemals lösen würde.

Vor ihrer Mittagspause ging Anna noch einmal zurück zum Besprechungsraum, in dem sie ihre Tasche vergessen hatte. So kam sie an dem kleinen Aufenthaltsraum vorbei, in dem die Ärzte die Zeit zwischen den Operationen verbrachten. Weil die Tür offen stand, warf sie unwillkürlich einen Blick hinein. Sie sah Müller mit dem Rücken zum Fenster stehen, in seiner kraftlos herunterhängenden Hand hielt er eine brennende Zigarette, von der in diesem Augenblick eine zentimeterlange, filigrane, grau-orange Aschenglut abbröselte und zu Boden fiel. Sie wollte ihn darauf aufmerksam machen und trat näher, und dabei hörte sie ihn sprechen.

»Machen Sie sich doch nicht unglücklich«, sagte er ruhig.

»Halten Sie den Mund!«, zischte eine Frauenstimme, die Anna nicht erkannte. »Sie werden jetzt für alles büßen, was Sie uns angetan haben.«

»Alles in Ordnung, Doktor?«, fragte Anna laut und trat in den Raum. Hinter der Tür stand Schwester Irmgard und zielte mit einer Blasenspritze auf Doktor Müllers Augen.

Da war etwas in ihrem Gesicht, das Anna noch nie gesehen hatte. Eine Mischung aus Verzweiflung, Entschlossenheit, Hass, so viel Hass, und enttäuschter Liebe, aber das wurde Anna erst später bewusst.

Als die Polizei Anna zu der Sache verhörte, gab sie zu bedenken, dass Irmgard vielleicht niemals abgedrückt hätte. Sie war jedoch überzeugt, dass Irmgard es getan hätte. Jeder, der ihr Gesicht gesehen hätte, wäre dieser Meinung gewesen.

»Ich danke Ihnen«, sagte Doktor Müller. Er hatte Anna in sein Dienstzimmer holen lassen. Auch jetzt rauchte er, aber diesmal fiel die Asche nicht zu Boden.

»Sie sind die besonnenste Frau, die mir jemals begegnet ist«, sagte er. Dann drückte er seine Zigarette in einem Aschenbecher aus, obwohl er sie erst zur Hälfte geraucht hatte. Er kam um den Schreibtisch herum auf sie zu. Sie wich einen Schritt zurück, bis zur Wand. Er trat dennoch näher und legte ihr seine Hände auf die Schultern, die eine links, die andere rechts. Sie roch den Zigarettenrauch in seinem Atem und das Lysol, mit dem er seine Hände desinfiziert hatte.

Schwester Irmgards Blasenspritze war ebenfalls mit Lysol gefüllt gewesen, das sie mit Salpetersäure vermischt hatte. Wenn sie Doktor Müller damit in die Augen getroffen hätte, wäre er erblindet, und sein Gesicht wäre von der Salpetersäure verätzt worden. So wäre die Hässlichkeit, die Schwester Irmgard in ihm sah, nach außen getreten, offenkundig für alle.

Auf die Idee mit der Salpetersäure war Irmgard gekommen, als sie ein kleines Mädchen operiert hatten, dessen rechter Arm verätzt worden war, weil sie versehentlich eine Flasche mit Bleiche umgestoßen hatte. Die Haut des Kindes war aufgequollen und aufgeplatzt wie eine Bratwurst, unter der glasigen Epidermis glänzte das rohe Fleisch. Man hatte Haut von der Innenseite ihres Oberschenkels entnehmen und auf den offenen Oberarm verpflanzen müssen. Die Operation war gut gelungen. Dennoch werde die Kleine noch monatelang unter Schmerzen leiden, sagte Müller, als man das Mädchen aus dem OP schob. Vielleicht sogar ihr Leben lang.

Vielleicht sogar ihr Leben lang. Während die anderen Schwestern noch seufzten, hatte Irmgard erkannt, dass das die ideale Lösung war. Sie würde Doktor Müllers Augen verätzen. Er sollte nicht sterben. Er sollte entstellt und blind sein. Er sollte sein Leben lang daran erinnert werden, was er ihrer Mutter angetan hatte. Und er sollte seinen Beruf als Chirurg nicht mehr ausüben können.

Aber das hatte Anna nun verhindert, weil sie zur richtigen Zeit am richtigen Ort gewesen war. Sie war neben Schwester Irmgard getreten und hatte ihr die Spritze einfach aus der Hand genommen, als wäre es ein Tupfer oder eine sterile Binde.

Später fand die Polizei in Irmgards Schürzentasche eine Blausäurekapsel. Offensichtlich hatte sie geplant, ihrem Leben nach der Tat ein Ende zu setzen. Sie hatte aber nicht einmal versucht, das Gift zu nehmen. Ihr Plan war auf der ganzen Linie gescheitert.

Während Irmgard von vier Polizisten abwechselnd verhört wurde, stand Doktor Müller vor Anna, berührte sie an den Schultern und sah ihr in die Augen.

»Anna«, sagte er.

Nicht Schwester Anna. Nur Anna.

So wie sie es sich eine ganze Zeitlang erträumt hatte, und ein kleiner Teil hatte nie aufgehört, davon zu träumen, das stellte sie jetzt voller Überraschung fest.

»Mein Leben ist so verfahren«, sagte Doktor Müller. »Manchmal denke ich, dass es nicht das Schlimmste wäre, wenn plötzlich alles vorüber wäre.«

Was meinen Sie damit, wollte Anna fragen. Warum sollte Ihr Leben verfahren sein? Sie haben eine schöne Frau, sechs gesunde Kinder, ein großes Haus, einen wunderbaren Beruf. Sie sind reich. Sie haben alles, und Schwester Irmgard hat nichts, nicht einmal mehr ihre Mutter. Sie haben kein Recht, unzufrieden zu sein.

Aber sie sagte nichts von alldem, weil sie in diesem Moment in Doktor Müllers Seele blicken konnte und die Leere darin sah.

»Suchen Sie die Erfüllung nicht bei anderen«, erwiderte sie. »Sie finden sie nur in sich selbst oder gar nicht.« Sie merkte an seinem Blick, dass er sie nicht verstand.

»Seien Sie vorsichtig«, gab Müller zurück. »Man kennt Ihre Gesinnung und beobachtet Sie. Ich habe bisher meine Hand über Sie gehalten. Aber ich weiß nicht, wie lange ich Sie noch schützen kann. Ich halte Ihre Einstellung auch für falsch, aber das wissen Sie ja.«

»Warum schützen Sie mich dann?«

Anstelle einer Antwort küsste er sie. Es war ein sehr vorsichtiger, zarter Kuss, wie sie ihn nie von ihm erwartet hätte.

Vermutlich hatte er gedacht, dass sie sich wehren würde, aber sie wehrte sich nicht. Nach einer Weile entzog sie sich ihm und ging.

Orlanda tanzte mit Clemens auf einer Eisscholle, die über ein dunkles Meer trieb. Leopold stand auf einer anderen Eisscholle und spielte auf seiner Geige »Warum fühl ich mich so kreuzfidel« aus »Die Herzogin von Chicago«.

»Wieso kann ich mich nicht für einen von euch entscheiden?«, fragte Orlanda Clemens, der darauf keine Antwort wusste. Es war auch gar nicht Clemens, mit dem sie tanzte, merkte sie jetzt, sondern Leopold, und Clemens begleitete sie dazu auf dem Theremin. Während Leopold und Orlanda in die eine Richtung trieben, trieben Clemens und das Theremin in die andere.

»Ich verstehe es einfach nicht«, rief Clemens aufgebracht zu ihnen herüber. »Es will mir beim besten Willen nicht in den Kopf.«

Dann wachte Orlanda auf und merkte, dass die Stimme in Wirklichkeit aus dem Flur kam. Sie warf ihren Morgenmantel über, hastete hinaus und traf dort auf Anna, Fritzi und Scholten in Wehrmachtsuniform. Fritzi hatte einen großen Schal über den gelben Stern auf ihrem Mantel drapiert. Nach Einbruch der Dämmerung durften Juden nicht mehr auf die Straße.

»Was ist denn los?«, fragte Orlanda benommen. »Was wollt ihr denn hier?«

Scholten presste die Lippen zusammen, Fritzi starrte zu Boden, Anna zuckte mit den Schultern.

»Warum hast du denn jetzt schon Fronturlaub?«

Man hatte ihn wegen einer Familienangelegenheit nach Hause geschickt. Fritzi hatte vor ein paar Tagen die Scheidung eingereicht, ohne vorher einer Menschenseele davon zu erzählen. Noch nicht einmal Anna hatte davon gewusst.

»Ich konnte nicht anders«, sagte sie so ruhig, als wäre ihr nur die Milch übergekocht oder die Bratkartoffeln angebrannt.

»Aber warum?«, rief Scholten. »Weshalb willst du dich von mir trennen? Bin ich so garstig, so unerträglich, dass du lieber ins Lager gehst, als bei mir zu bleiben?«

»Scholten«, sagte Fritzi und legte ihre Hand auf seinen Arm. »So ist es nicht, und das weißt du auch. Ich muss gehen, weil ich ohnehin verloren bin. Wenn ich aber bleibe, dann reiße ich dich mit ins Verderben und Georg auch.«

Denn seit Scholten an der Front war, machte die Hauswirtin mit Fritzi, was sie wollte. Sie ließ sie und Georg nachts nicht in den Luftschutzkeller. Eine Nachbarin hatte sich angeboten, das Kind mitzunehmen, aber Georg wehrte sich mit Händen und Füßen dagegen. Nun rannte Fritzi über sechs Straßen und vier Kreuzungen in einen Bunker, in dem Juden der Zutritt nicht verwehrt wurde. »Aber bis wir dort sind, ist der Alarm oft schon vorüber.«

»Ich rede noch einmal mit der Hauswirtin. Und mit dem Blockwart«, sagte Scholten. »Wir kriegen das hin.«

»Es ist nicht nur das«, erklärte Fritzi. »Die anderen Kinder lassen Georg nicht mehr mitspielen. Einer hat ihn neulich auf der Straße angespuckt. Er wird nicht mehr eingeladen. Die Mutter seines besten Freundes hat ihrem Sohn verboten, sich mit Georg zu treffen. Sie habe nichts gegen Juden, sagt sie, aber es bringe dem Kind nur Probleme. Ihrem Kind, wohlgemerkt.«

»Wir wussten vorher, dass es nicht leicht wird«, sagte Scholten. »Das wussten wir von Anfang an.«

»Nun ist es nicht nur schwer, sondern unerträglich. Und es gibt Abhilfe.«

»Aber wer soll sich um Georg kümmern, wenn du nicht mehr da bist?«, fragte Anna. »Hast du dir darüber einmal Gedanken gemacht?«

Aber natürlich hatte Fritzi sich darüber Gedanken gemacht und alles sorgfältig geplant. »Wenn ich nicht mehr da bin, muss Scholten für Georg sorgen. Er hat keine Eltern mehr und auch sonst keine Angehörigen, die Georg zu sich nehmen könnten. Das bedeutet, dass sie ihn wieder nach Hause schicken müssen.« Sie sah Anna triumphierend an. »Zwei Fliegen mit einer Klappe.«

»Und du?«, fragte Scholten leise. »Und wir beide? Was ist mit uns beiden? Ich liebe dich. Ich habe dich geheiratet, weil ich mein Leben mit dir verbringen will. Ich habe dich so lange gesucht, und dann habe ich dich gefunden. Ich will mich nicht von dir scheiden lassen.«

Fritzis Gesicht blieb unbewegt und hart. »Ich weiß, Scholten. Aber die Zeiten lassen es nicht zu, dass wir uns lieben. Einmal bin ich weich geworden, und danach habe ich Georg bekommen. Nun bin ich eine Mutter, nun kann ich mir keine Sentimentalität mehr leisten. Ich muss vernünftig sein.«

Beim letzten Wort überschlug sich ihre Stimme leicht wie bei einem Sänger, der von der Brust- in die Kopfstimme wechselt.

»Was machen wir denn jetzt mit dir?«, fragte Anna, nachdem sie alle am Tisch Platz genommen hatten. »Unsere Unterkünfte sind allesamt belegt, wir haben erst gestern noch darüber gesprochen, dass wir niemanden mehr aufnehmen können.«

»Sie muss untertauchen«, sagte Scholten. »Nach dem Scheidungsantrag ist sie vogelfrei. Sie können jeden Tag kommen, um sie zu holen.«

Anna nickte. »Aber wohin? Hier kannst du nicht bleiben. Bei uns suchen sie dich zuerst. Kennt ihr niemanden?«

»Was ist mit diesem Thereminspieler?«, fragte Orlanda. »Schnuck, oder wie er hieß.«

»Er ist in Russland.« Scholten schüttelte den Kopf. »Ich bin alle unsere Bekannten in Gedanken durchgegangen, zigmal, hundertmal. Ich weiß keinen.«

»Wir bräuchten jemanden, der einen eigenen Keller oder ein einsames Gartenhaus hat«, überlegte Anna laut. »Irgendeinen Raum, den sonst keiner betritt.«

»Er bräuchte vor allem Mut«, sagte Scholten. »Wer heute dabei erwischt wird, dass er einen Juden versteckt, dem geht es an den Kragen, aber gründlich.«

»Ich weiß vielleicht jemanden«, sagte Orlanda.

»Wen?«, fragte Anna.

»Georg ist schon so lange alleine zu Hause«, sagte Fritzi. »Wenn er nun aufwacht und sich ängstigt. Willst du nicht nach ihm schauen, Scholten?«

»Warum sollte er ausgerechnet heute aufwachen? Er schläft doch so tief.«

»Trotzdem. Vielleicht hat er gemerkt, dass etwas nicht in Ordnung ist, und macht sich nun Sorgen.«

»An wen hast du denn gedacht?«, fragte Anna Orlanda.

»Es war nur so eine Idee. Ich müsste natürlich erst einmal mit ihr sprechen. Aber ich könnte mir vorstellen, dass Frau …«

»Scholten«, unterbrach Fritzi sie. »Ich möchte wirklich, dass du nach Georg siehst.«

Scholten stand abrupt auf. »Ich habe verstanden«, sagte er. »Ich Hornochse.«

»Bitte, was?«, fragte Anna.

»Du willst nicht, dass ich weiß, wo sie dich verstecken. Das ist es doch, oder?«

»Denk doch einmal nach.« Jetzt erhob auch Fritzi sich. »Wir sind kein Paar mehr, versteh das doch. Sie lassen uns nicht. Je weniger wir voneinander wissen, desto besser ist es für uns beide.«

»Vertraust du mir nicht? Denkst du, dass ich dich verrate?«

»Du hast ein Kind. Unser Kind. Du bist angreifbar. Was du nicht weißt, können Sie auch nicht aus dir herausholen.«

Er nickte, dann schüttelte er den Kopf.

»Sie hat recht, Scholten«, sagte Anna. »Je weniger von dem Versteck wissen, desto besser. Und dass die Gestapo dich ordentlich in die Mangel nimmt, darauf kannst du Gift nehmen. Pack ein paar Sachen für Fritzi zusammen und bring sie mir ins Krankenhaus. Das ist das Unauffälligste. In der Zwischenzeit werden wir sehen, dass wir einen sicheren Platz für sie finden. Irgendwann kommen wieder bessere Zeiten. Glaub mir.«

Scholtens Hand zitterte, als er sie Fritzi zum Abschied hinstreckte. Sie schüttelte sie, als wären sie sich gerade erst vorgestellt worden.

»Auf Wiedersehen«, sagte er mit rauer Stimme.

»Sollen wir euch für einen Moment allein lassen?«, fragte Anna.

»Nein«, sagte Fritzi.

Sie stand sehr aufrecht da und sah Scholten dabei zu, wie er zur Tür ging, die Schultern ein wenig nach vorn gebeugt, als wäre ihm plötzlich der eigene Kopf zu schwer.

Frau Erle erklärte sich sofort bereit, Fritzi in ihrem Lagerraum unterzubringen. »Worüm sind Se nit flück hütt Naacht jekumme?«, meinte sie. »Hier ist genügend Platz, ich brauche jetzt nur noch ein Viertel des Lagers, wenn überhaupt, es wird doch kaum noch etwas geliefert. Un bei ünne zuhuss söken di doch als Eeschtes.«

»Ich wusste doch gar nicht, ob Sie damit einverstanden sind«, meinte Orlanda. »Es ist ja auch nicht gerade ungefährlich.«

»Jetz äwer Schluss! Sie kennen mich doch. Meinen Sie, ich habe Angst vor denen? So weit kommt's noch! Hab schon länger daran gedacht, dass das der ideale Ort ist, um jemanden zu verstecken. Als sie den Sohn meiner Bekannten eingezogen haben, hab ich ihm angeboten, dass er hier untertaucht. Was haben wir auf ihn eingeredet. Aber der Bengel weigerte sich, er wollte ja unbedingt Krieg spielen, und nun ist er von Kopf bis Fuß gelähmt. Es ist ein Jammer. Na, außer ihm kannte ich keinen, der untertauchen musste. Konnte ja schlecht eine Anzeige in die Zeitung setzen.«

»Ich weiß gar nicht, was ich sagen soll. Also, wir sind Ihnen wirklich dankbar.«

»Jetz äwer Schluss«, sagte Frau Erle noch einmal. »Eine Matratze hab ich selbst noch übrig, die werd ich heute Abend hier reintragen. Et Beste wör, Se kumme, wenn et dunkel is.«

Ab sofort wohnte Fritzi also zwischen einem halbleeren Fass Sauerkraut, zwei Mehlsäcken und einer Kiste mit schrumpeligen Kartoffeln. Dort, wo ihre Matratze lag, hatten früher geräucherte Schinken und Dauerwürste gehangen. »Heute gehen Wurst und Fleisch direkt in den Verkauf«, sagte Frau Erle. »Wenn Se ruuke wolle, dont se't. Et is nix mi doa zum Ömjonn.«

Aber Fritzi hatte das Rauchen aufgegeben, nachdem den Juden die Tabakrationen gestrichen worden waren.

»Erstaunlich«, sagte sie, als Frau Erle gegangen war. Sie hockte mit angezogenen Beinen auf ihrer Matratze, die Arme um die Knie geschlungen

»Dass sie uns einfach so hilft?«, fragte Orlanda. »Ich war mir auch nicht ganz sicher. Man lernt einen Menschen eben erst in der Not richtig kennen.« Das ist das einzig Gute an einer Zwangslage, hatte die alte Friedel früher immer zu Orlanda gesagt. Da trennt sich die Spreu vom Weizen, und hinterher kennt man seine wahren Freunde. Und dass es weit weniger Weizen als Spreu gab, hatte auch ihr Vater feststellen müssen, nachdem die Mutter nach Orlandas Geburt den Verstand verloren hatte. Die wenigen Freunde hatten sich damals allesamt verdrückt, nur Pfarrer Köster hatte sich noch um ihn gekümmert, aber wahrscheinlich auch nur deshalb, weil Nächstenliebe sein Beruf und Orlandas Vater sein Organist war.

Vielleicht war es aber auch ganz anders, überlegte Orlanda. Vielleicht hat Vater alle vertrieben, die ihm helfen wollten. So, wie Fritzi Scholten wegtreibt, weil sie ihre eigene Schwäche nicht ertragen kann.

»Nein«, sagte Fritzi in Orlandas Gedanken hinein. »Das meinte ich gar nicht.«

»Sondern?«

»Was aus uns geworden ist. Aus unserem Leben. Aus unseren Träumen.«

»Ja, das ist in der Tat erstaunlich.«

»Ich dachte immer, die Musik kann einem keiner nehmen. Aber es geht doch.«

Und wie es ging. Fritzi, Orlanda, Leopold, Clemens, Johannes, sie alle hatten für die Musik und von der Musik gelebt, bis die Nazis einen Schlussstrich darunter gezogen hatten.

»Scholten ist ein netter Kerl«, wechselte Orlanda das Thema.

Fritzi seufzte. »Das stimmt. Viel besser, als ich es verdient habe. Vermutlich wären wir miteinander glücklich geworden, wenn die Zeiten anders wären.«

»Vielleicht werdet ihr miteinander glücklich, wenn die Zeiten anders werden.«

Orlanda zündete zwei Zigaretten an und gab eine davon weiter, obwohl Fritzi doch gar nicht mehr rauchte. Sie nahm sie aber trotzdem. Oben auf dem Balken neben dem Fenster fand Orlanda die rostige Dose, die Frau Erle immer als Aschenbecher benutzt hatte.

»Wovon hast du früher geträumt?«, fragte Fritzi.

»Ich wollte berühmt werden. So berühmt wie Clemens. Ich wollte reich sein und an den großen Opernhäusern der Welt singen.«

Fritzi lachte und nickte.

»Und später wollte ich abwechselnd Leopold und Clemens. Immer wenn ich den einen hatte, wollte ich den anderen.«

Aus Fritzis Nasenlöchern strömte Zigarettenrauch.

»Ich wollte immer nur Clemens«, sagte sie nachdenklich. »Aber auch das ist jetzt vorbei. Jetzt will ich nur noch Scholten. Und Georg natürlich.«

»Warum zeigst du Scholten nicht, dass du ihn liebst?«, fragte Orlanda. »Du bist so kalt zu ihm.«

»Ich kann nicht anders. Abstand macht die Sache leichter. Für mich. Aber auch für ihn. Er muss mich vergessen. Anders geht es nicht.«

Und wenn das wirklich der Abschied fürs Leben war, dachte Orlanda. Wenn sie dich finden und in ein Lager stecken und umbringen, wie die anderen auch? Wenn Scholten nichts mehr von dir bleibt als die Vergangenheit? Und die Erinnerung daran, wie du ihn von dir gestoßen hast. Meinst du wirklich, dass ihm das die Sache erleichtert?

»Was?«, fragte Fritzi. »Worüber denkst du nach?«

»Über nichts«, erwiderte Orlanda. Was hätte sie Fritzi schon raten können? Ausgerechnet sie.

Die Stadt im Krieg. Über den Dächern heulten die Flugzeuge, deutsche Flugzeuge auf dem Weg an die Front, feindliche Flugzeuge auf der Suche nach Zielen. Tagsüber warfen die Späher ihre Schatten auf die Dächer und Straßen, nachts warfen die Bomber Bomben. Sie kamen nicht jede Nacht, noch nicht. Manchmal lagen mehrere Monate zwischen einem Angriff und dem nächsten. Monate, in denen alles auflebte. Aber die Ruhe war trügerisch und dauerte immer nur so lange, bis sich die Menschen an sie gewöhnt hatten. Bis sie nicht mehr in geduckter Haltung über die Straßen hasteten, sondern ihre Köpfe hoben und tief durchatmeten. Dann ging es wieder los.

Orlanda war jetzt ein Teil der Gruppe. Sie ging nur noch zweimal in der Woche zu Frau Weiß in den Schrebergarten, am Wochenende kümmerte sich Elisabeth um sie. Einmal in der Woche besuchte Orlanda Fritzi, ein weiteres Mal schaute Anna bei ihr vorbei. »Nit no öfter«, hatte Frau Erle gesagt. »Sonst wird die Nachbarschaft misstrauisch. Sie wissen ja, wie die Leute sind.«

Heute Abend hatte Orlanda frei. Es war ein milder Juniabend, das Sonnenlicht floss weich wie Milch über die Hausdächer. Früher wären die Leute am Rhein spazieren oder tanzen gegangen, aber heute war kaum ein Mensch draußen zu sehen.

Orlanda zog nichts in ihre düstere, enge Wohnung, also ging sie an ihrem Haus vorbei und bog in die Florastraße ein. Sie wollte ein paar Schritte durch den Florapark gehen, aber das Eingangstor war abgeschlossen. »Öffnungszeiten: Morgens ½ 9 Uhr bis abends 6 Uhr.«

Statt durch den Park ging Orlanda durch menschenleere Straßen, denen man den Krieg noch nicht ansah. Nur hier und da klaffte ein Loch im Pflasterstein, war ein Hausdach beschädigt oder ein Fenster mit heftpflasterbrauner Pappe verklebt. Der Glockenturm der romanischen Kirche in der Bachstraße reckte sich in den Abendhimmel. Eine Seitentür stand offen. Es war eine Einladung, und Orlanda nahm sie an.

Während sie aus der warmen Abendsonne in das kühle Dunkel der alten Kirche schlüpfte, versuchte sie sich zu erinnern, wann sie das letzte Mal eine Kirche betreten hatte. Es musste damals bei Johannes' und Leopolds Konzert in der Friedenskirche gewesen sein, vor fast fünf Jahren. Nach dem ersten Stück hatten die Herren der Reichsmusikkammer Johannes verhaftet. Vielleicht war das gescheiterte Konzert das endgültige Aus für ihre Ehe mit Leopold gewesen, dachte Orlanda, während sie in einer der hinteren Kirchenbänke Platz nahm.

Es war eine katholische Kirche, vor dem Tabernakel hinter dem Altar flackerte das rote Auge des Ewigen Lichts. Durch die hohen Bleiglasfenster tropfte die Abendsonne bunt in den Chorraum. In den vorderen Bankreihen knieten in einigem Abstand voneinander drei alte Weiblein, die Köpfe über die gefalteten Hände gesenkt, murmelnd. Orlanda legte den Kopf in den Nacken. Die rund gewölbte Decke war mit Fresken bedeckt, die im Halbdunkel des Raums kaum zu erkennen waren.

Hinter ihr hörte sie ein lautes Räuspern, dann ein vielstimmiges Wispern und Flüstern. Sie fuhr erschrocken zusammen, wandte den Kopf, sah aber niemanden.

»Aaahh«, machte eine Männerstimme. »O-o-o-o-o.«

»Ahhhh. O-o-o-o-o«, wiederholten ein paar andere Stimmen.

Ein Männerchor, der oben auf der Orgelempore probte. Man sang sich ein, mit denselben Übungen, mit denen sich Orlanda und Fritzi schon am Konservatorium eingesungen hatten und später im Kleinen Haus und an der Duisburger Oper. Es war kein großer Chor, nur eine Handvoll Sänger, die offenkundig bisher vom Krieg verschont geblieben waren.

Orlanda schloss die Augen. Konnte man denn heutzutage nirgendwo seine Ruhe haben?

»Mimimimimimi«, sang der Vorsänger auf der Orgelempore. »Mimimimimimi«, sangen die anderen mit Inbrunst, als wäre es das Glaubensbekenntnis.

Danach wurden raschelnd Notenblätter verteilt, und die Probe begann. Orlanda wollte gehen, sie machte sich nichts aus Kirchenmusik, seit ihrer Kindheit waren ihr Choräle und Motetten zuwider. Sie hatte sich fast schon erhoben, als die Männer auf der Empore einen weichen lateinischen Singsang anstimmten. Ein sanftes, einstimmiges Auf und Ab ohne große

Notensprünge, ohne plötzliche Tempowechsel oder dynamische Sprünge. Gregorianik. Im Konservatorium hatte Orlanda eine Einführung in den mittelalterlichen Chorgesang gehört, ein paar Kommilitonen hatten daraufhin sogar einen kleinen Gregorianik-Chor gegründet, aber Orlanda hatte sich nie für diese Musik interessiert.

Jetzt jedoch berührte sie der lateinische Singsang, der in weichen Wellen durch die romanische Kirche strömte, auf eine eigenartige Weise. Es war, als ob Stein und Klang, Raum und Gesang ineinander zerflössen. So ist es immer gewesen, so wird es immer sein, sangen die Männerstimmen, auch wenn unsere Körper längst verwest sind, wenn diese Mauern zu Staub zerfallen sind, wenn unser Erdball nicht mehr existiert. Diese Worte, diese Klänge gelten auch dann. »In saecula saeculorum.«

Orlanda schloss die Augen.

»Ubi caritas et amor Deus ibi est«, sang der Chorleiter.

»Ubi caritas et amor Deus ibi est«, wiederholten die anderen Sänger.

Mit geschlossenen Lidern saß Orlanda da und sah eine Frau, die an einem Fenster saß und in einen Garten starrte, in dem ein kleines Mädchen spielte. Sie sah Fritzi, die in einem leeren Lagerraum tanzte und »Making whopee« sang. Anna, ernst und nervös, an der Orgel der Dorfkirche in Saarn, im Hintergrund trat ihr Vater den Balg und hörte ihr missbilligend zu. Sie sah Clemens und Leopold, wie sie am Rhein saßen und rauchten, und zwischen ihnen saß sie selbst.

»Ubi caritas et amor Deus ibi est.« Wo Güte und Liebe sind, da ist Gott.

Der ruhige Strom der Männerstimmen brachte auch Orlanda zum Zerfließen, ihr Gesicht war plötzlich tränennass. Sie weinte, weil ihr bewusst wurde, wie viel sie schon verloren hatte und wie viel sie noch verlieren würde.

Bis nichts mehr übrig wäre, nicht einmal sie selbst.

Ulmer Höh', 13. Mai 1943

Mein liebes Kind!
Wir haben keine Uhr in der Zelle, und dennoch meine ich in den letzten Tagen immer ein Ticken zu hören. Deine Zeit kommt. Meine Zeit läuft ab.
Die Angst nimmt zu und wieder ab wie der Mond, den ich schon so lange nicht mehr gesehen habe. Manchmal raubt sie mir fast den Atem. Dann wieder sehne ich mich fast nach dem Ende. Wenn es nur schon überstanden wäre, denke ich.
Mitunter verfluche ich mich selbst. Dass ich mich in den Widerstand stürzen musste, anstatt einfach abzuwarten. Irgendwann in naher Zukunft ist der Krieg vorbei. Sieg oder Niederlage entscheiden über die Zukunft Deutschlands – unsere lächerlichen Aktionen sind dagegen vollkommen bedeutungslos, auch die letzte hätte nichts bewirkt.
Die Vorstellung, wegen solcher Kindereien zu sterben. Wie sinnlos und dumm.
Und doch.
Wenn sie mich freiließen, würde ich es wieder tun.
Deine Mutter

Nocturne in g-Moll

Von Johannes bekam Anna alle paar Wochen einen Brief von der Front. Es waren ruhige Briefe von dem Leben als Soldat und seiner Arbeit als Funker. *Ich danke meinem Gott jeden Tag dafür, dass ich hier nur Buchstaben vertausche und nicht auf Menschen schießen muss.*

Von Leopold hörte sie dagegen gar nichts mehr. Ende Mai 1942 hatte ihr die Buchhalterin im Krankenhaus den letzten Brief von ihm übergeben, jetzt war es Anfang August. Sie versuchte sich einzureden, dass es ein gutes Zeichen war. In seinen Briefen hatte er immer so düster und verzweifelt geklungen, vielleicht ging es ihm nun besser. Wenn ihm etwas geschehen wäre, wenn er verwundet worden wäre oder gar gefallen, hätte man es Orlanda ja mitgeteilt, immerhin waren sie noch verheiratet. Auch wenn er vermisst würde, hätte sie es erfahren, dachte Anna. Keine Nachricht war im Krieg meist eine gute Nachricht.

Zwei Wochen nach ihrem gescheiterten Angriff auf Doktor Müller besuchte Anna Schwester Irmgard im Gefängnis Ulmer Höh'. Obwohl Irmgard nie eine ordentliche Gerichtsverhandlung bekommen hatte, trug sie nun gestreifte Häftlingskleidung wie eine verurteilte Verbrecherin.

Statt einem Richter war sie einem Nervenarzt vorgeführt worden, der nach seiner Untersuchung eine schwere psychotische Störung diagnostizierte, erblich bedingt. Er empfahl die Einweisung in die geschlossene Abteilung der Provinzial Heil- und Pflegeanstalt in Grafenberg.

Als Irmgard Anna jetzt gegenübersaß, zwischen ihnen eine Glasscheibe, die von einem Drahtgitter durchzogen war, wirkte sie zum ersten Mal seit Monaten gelöst, fast glücklich.

»Wie geht es Ihnen, Schwester Anna?«, fragte sie, so als ob sie selbst gekommen wäre, um Anna zu besuchen, und nicht umgekehrt.

»Gut«, sagte Anna. »Aber Sie. Ich habe immer geglaubt, dass Sie mir vertrauen. Warum haben Sie denn nie mit mir gesprochen?«

Irmgards Gesicht blieb vollkommen unbewegt, ein leises Lächeln lag auf ihren Lippen, so als ob Anna gar nichts gesagt hätte.

»Sie müssen schon durch das Loch in der Scheibe sprechen, durch das Panzerglas kann Sie der Häftling sonst nicht hören«, erklärte die Wärterin, die hinter Anna an einem kleinen Tisch saß und jedes ihrer Worte mitstenographierte.

Anna beugte sich also zu der ovalen Öffnung und wiederholte ihre Worte noch einmal.

»Ach«, meinte Irmgard. »Das hätten Sie nun doch nicht verstanden. Ich konnte mich ja selbst kaum verstehen.«

Hinter ihr saß eine andere Wärterin, die wiederum Irmgards Worte aufschrieb. Wahrscheinlich wurden die beiden Teile der Unterhaltung hinterher zu einem Dialog zusammengefügt.

»Wie geht es Ihnen denn jetzt?«

»Besser«, sagte Irmgard, noch immer milde lächelnd. »Ich habe es versucht. Es hat nicht funktioniert. Aber versucht habe ich es immerhin.«

Anna seufzte.

»Die Anstalt in Grafenberg ist nicht der richtige Ort für Sie. Sie müssen die Ärzteschaft davon überzeugen, dass man Sie so schnell wie möglich wieder entlässt. Auch wenn man Sie für einige Jahre ins Gefängnis schickt. Aber die geschlossene Abteilung ... Sie wissen doch ...«

Die Wärterin hinter Anna räusperte sich. Anna drehte sich nervös zu ihr um, aber die Frau hob ihre Augen nicht von ihrem Block.

»Die Anstalt in Grafenberg ist der einzig richtige Ort für mich«, antwortete Irmgard sanft. »Und bald bin ich wieder mit meiner Mutter vereint.«

»Was ist mit Doktor Müller?«, erkundigte sie sich nach einer Weile, in der Anna vergeblich nach einer Erwiderung gesucht hatte.

»Er hat uns verlassen.« Es klang, als ob er gestorben wäre. »Doktor Müller hat sich freiwillig zum Kriegsdienst gemeldet. Er wird künftig in einem Lazarett an der Ostfront operieren.« Müller hatte erneut einen Antrag auf die Aufnahme in die Wehrmacht gestellt, und nun hatte man ihm stattgegeben. Anfang der Woche hatte er seinen Abschied genommen, still und leise, nicht einmal zu einem letzten Umtrunk hatte er noch eingeladen. Die Zeiten seien nicht danach, meinte er. Auch von Anna hatte er sich nur kurz und wortkarg verabschiedet. *Man sieht sich ja sicherlich bald wieder, meines Erachtens ist der Krieg spätestens bis zum Winter beendet.* Ein kurzer Händedruck, ohne ihr dabei in die Augen zu sehen.

Anna hätte Müller zu gerne gefragt, was er damals gemeint hatte, als er sie gewarnt hatte. *Man kennt Ihre Gesinnung und beobachtet Sie. Ich habe bisher meine Hand über Sie gehalten.* Wer beobachtete sie? Wer wusste von ihrer Arbeit?

»An der Ostfront also«, sagte Irmgard und lächelte zufrieden, als ob sie wüsste, dass Müllers Ende nur noch eine Frage der Zeit war, genau wie ihr eigenes.

Früher hatte Anna angenommen, dass Elisabeth ganz bewusst Abstand zu ihr hielt, um ihre Arbeit nicht zu gefährden. Außerhalb der Gruppenabende im Haus Wartburg trafen sie sich so gut wie nie. Hin und wieder begegneten sie sich im Gottesdienst in der Friedenskirche, wenn Anna nicht in der Krankenhauskapelle orgelte. Dann grüßten sie sich kurz wie flüchtige Bekannte. Es war keine Freundschaft, die sie verband, sondern der gemeinsame Widerstand gegen Hitler.

Aber seit Orlanda in der Gruppe war, hatte sich das geändert. Seit Orlanda in der Gruppe war, kam Elisabeth oft abends vorbei, angeblich um irgendwelche Dinge mit ihnen zu besprechen, bezüglich der U-Boote oder der Untergrundarbeit. Sie redeten aber immer nur kurz über diese Angelegenheiten, dann trieb das Gespräch zu anderen Themen. Wie man den Krieg beenden konnte, bevor noch mehr Schaden angerichtet werden würde. Dass man mit dem Feind in Kontakt treten müsste, um den Alliierten zu vermitteln, dass nicht alle Deutschen Nazis seien. Wie es weitergehen sollte, wenn Hitler erst einmal beseitigt wäre.

»Man muss eine ganz neue Verfassung finden und festlegen«, sagte Elisabeth. »Eine neue sozialistische Gesellschaftsform.«

»Ganz genau«, sagte Orlanda. Das war für gewöhnlich ihr Beitrag zu Elisabeths Überlegungen, Vorschlägen und Gedanken. *Ganz genau. Das meine ich auch. Da hast du wirklich recht.* Dabei hatte sie sich noch nie für Politik interessiert, vermutlich wusste sie nicht einmal, was das Wort Verfassung genau bedeutete.

»Dass der Sozialismus nicht funktioniert, das sieht man doch bestens in Russland«, widersprach Anna laut. »Und im Übrigen hatten wir vor Hitler schon eine demokratische Verfassung. Wir müssen die Dinge also nicht ganz neu erfinden.«

»Doch«, konterte Elisabeth. »Denn die alte Verfassung hat ja ganz offensichtlich nicht funktioniert. Es kann auch nicht der Weisheit letzter Schluss sein, dass wir die Verhältnisse der anderen Länder einfach kopieren. Man muss etwas Neues, etwas Besseres schaffen.«

»Aber was soll denn nun am Sozialismus besser sein?«, fragte Anna. »Wenn man einen Umsturz macht und den Reichen den Besitz wegnimmt und ihn willkürlich verteilt, dann schafft man doch nur Durcheinander, in dem nichts gedeiht.«

»Es geht um eine neue Form des Sozialismus«, beharrte Elisabeth. »Auf der Grundlage der Religion. Eine Gesellschaftsordnung, die von Christen und Juden gleichermaßen mitgestaltet und getragen wird.«

Orlanda nickte enthusiastisch, als spräche Elisabeth aus, was sie selbst schon zahllose Male gedacht hatte. Dabei war es nichts als ein fürchterlicher Blödsinn. Eine neue Form des Sozialismus. Als ob man dem Chaos nur einen anderen Namen geben musste, damit sich alles fügte.

»Ich verstehe dich nicht.« Anna erhob sich. »Ich glaube aber auch, dass es nicht an uns sein wird, diese Dinge zu entscheiden und zu lösen. Das müssen andere machen.«

»Aber das haben wir ja gesehen, wohin das führt, wenn man derart gewichtige Entscheidungen anderen überlässt«, sagte Elisabeth.

»Ich denke, ich gehe jetzt schlafen.« Anna gähnte demonstrativ. Sie wartete darauf, dass sich auch die anderen beiden erhöben, doch weder Orlanda noch Elisabeth machten Anstalten dazu.

Anna zögerte einen Moment lang. Natürlich konnte sie Elisabeth nicht wegschicken oder Orlanda ins Bett befehlen wie ein kleines Kind. Und nachdem sie selbst schon aufgestanden war, konnte sie sich auch nicht wieder zu ihnen setzen. Es gefiel ihr jedoch nicht, die beiden allein zu lassen. Seit sie Orlanda mit in die Gruppe gebracht hatte, wurde sie das Gefühl nicht mehr los, dass die Sache ihr zu entgleiten begann.

Der Lindenblütentee in ihren Tassen schimmerte hellblau wie der Himmel über der Stadt. Orlanda nahm mit spitzen Lippen einen kleinen Schluck. Der Tee war heiß und geschmacklos wie Wasser.

Sie stellte ihre Tasse auf die Brüstung von Elisabeths Balkon und zündete sich eine Zigarette an.

»Manchmal wäre ich am liebsten weit weg«, sagte Elisabeth.

»Und wo?«

»Egal wo. In irgendeinem Land, in dem kein Krieg herrscht.«

»Das gibt es nicht mehr. Der Krieg ist inzwischen überall. Sogar Amerika kämpft gegen uns.«

»Irgendwann ist er zu Ende.«

»Vielleicht auch nicht.« Orlanda legte ihren Kopf in den Nacken und blies den Zigarettenrauch gen Himmel. Es war ein Gefühl, als ob sie unter Wasser wäre und die Luft langsam in Blasen aus ihrem Körper nach oben steigen ließe. »Vielleicht geht es immer so weiter, bis die ganze Welt in Trümmern liegt.«

»Irgendwann wird es schon zu Ende sein. Auch wenn man es sich kaum vorstellen kann.« Elisabeth blies in ihren Tee, so dass sich der Wasserdampf mit Orlandas Zigarettenrauch vermischte. »Deutschland muss den Krieg verlieren.«

Dieser Gedanke war ungeheuerlich, fand Orlanda. Dieser Wunsch, dass die eigene Nation vom Feind überwältigt werden sollte. Die Väter, Brüder, Söhne, Männer, die ihr Leben riskierten für ihr Vaterland. Als ob es nur um Hitler ginge und nicht um ihr ganzes Land und alle Menschen, die darin lebten.

»Wenn wir den Krieg verlieren, dann bezahlen wir alle für den Terror, den die Nazis angerichtet haben.«

»Zu Recht. Hitler hat das doch nicht alles allein angerichtet. Wir sind alle schuldig. Also werden wir auch alle bezahlen.«

»Du sagst das, als ob es nichts wäre. Wenn nun die Russen das Land besetzen. Oder die Amerikaner. Stell dir das einmal vor. Wir wären Sklaven im eigenen Land. Wie die Neger, die sie damals nach Amerika verschifft haben. Ohne Rechte, ohne Eigentum.«

»Ach, und was sind wir heute? Freie Bürger etwa? Schlimmer als jetzt kann man uns doch kaum unterdrücken. Denk doch nur an deine arme Freundin in ihrem Lagerraum oder an Frau Weiß. Sie hausen in Löchern wie Ratten, damit die Nazis sie nicht kriegen und erschlagen.«

Elisabeth hatte natürlich recht. Für die versteckten Juden und alle anderen Gefangenen in den Konzentrationslagern, Zuchthäusern und Arbeitslagern wäre es natürlich das Beste, wenn das Land so schnell wie möglich erobert werden würde. Und dennoch. Wer sein Vaterland verrät, verrät seine Eltern, seine Familie, seine Ahnen, hatte ihr Lehrer in der Dorfschule in Saarn immer gesagt. Blut ist dicker als Wasser, ein Spruch, den sie damals nicht verstanden hatte, aber inzwischen schon.

»Am besten wäre es, wenn Deutschland kapituliert«, sagte Elisabeth. »Und zwar lieber heute als morgen.«

Orlanda drückte ihre Zigarette in einem Kasten mit verwelkten Geranien aus. »Grandiose Idee. Warum schreibst du nicht einen Brief an Hitler und schlägst es ihm vor? Man fragt sich allerdings, warum er bisher nicht selbst darauf gekommen ist.«

Aber Elisabeth nahm ihre Ironie gar nicht zur Kenntnis. »Solange es einigermaßen läuft, machen sie weiter. Aber an der

Front sind die Dinge ja bereits ins Wanken geraten. Man hört, dass es vor Stalingrad Schwierigkeiten gibt.«

»Na und? ›Reich wie an Wasser deine Flut ist Deutschland ja an Heldenblut.‹ Kennst du diese Liedzeilen nicht? Wir kämpfen, bis der letzte Mann daniedersinkt.«

»Ach was. Solange sie die Hoffnung auf den Sieg haben, marschieren alle mit. Aber sobald sie merken, dass die Zerstörung und das Sterben und das Elend umsonst sind, dass die Wehrmacht zum Scheitern verurteilt ist, dann springen sie ab.«

»Und wie willst du ihnen das klarmachen, dass wir kurz vor dem Scheitern stehen? Wir können Flugblätter drucken und Brückenköpfe und Häuserwände beschmieren, soviel wir wollen, und kommen doch nicht gegen Goebbels' Volksempfänger und die Propaganda der Regierung an.«

»Ich weiß. Das ist nutzlos. Wir müssen einen ganz neuen Weg einschlagen.«

»Und der wäre?«

Elisabeth nahm einen Schluck Tee und schloss die Augen. Ihr Gesicht wirkte wie aus Marmor gemeißelt. Die gerade Nase, die schmalen Lippen. Hinter den blassen Lidern schimmerten bläulich die Augäpfel.

Orlanda tastete wieder nach ihren Zigaretten, aber sobald sie das Etui in der Hand hatte, steckte sie es wieder zurück in die Tasche. Sie rauchte viel zu viel, ihre Tabakration war fast aufgebraucht, und die Woche hatte gerade begonnen.

»Sabotage«, sagte Elisabeth so beiläufig, als spräche sie über das Wetter. Ihr Blick war jetzt auf die Dachfirste gerichtet, die sich schwarz und hart gegen den immer noch hellblauen Abendhimmel abzeichneten.

»Bitte?«

Elisabeth antwortete nicht. Sie starrte auf die Dächer, als müsste sie sich das Gewirr der Formen für immer einprägen.

»Meinst du ... bei Rheinmetall?«, fragte Orlanda. »Ich soll die Maschinen manipulieren?«

»Nicht du. Du wüsstest doch gar nicht, an welchen Schrauben du drehen solltest. Du musst den Weg in die Fabrik ebnen. Sorg dafür, dass ein Fenster offen stehen bleibt, wenn du abends das Werk verlässt.«

»Ich weiß nicht ...«

»Hast du Angst?«

»Nein!«, entgegnete Orlanda empört.

»Es ist gefährlich.«

»Ich habe trotzdem keine Angst. Aber das ändert doch nichts am Kriegsverlauf, wenn an einer Maschine eine Schraube fehlt.«

»Wenn jedoch an vielen Maschinen die Schrauben fehlen, dann schon. Eins kommt zum anderen. Ich habe Kontakt zu Ingenieuren, die uns helfen wollen.«

»Aber was können die schon ausrichten?«

»Es wird seine Kreise ziehen wie ein Stein, den man ins Wasser wirft. Wichtig ist nur, dass du zu niemandem ein Wort sagst.«

»Selbstverständlich. Es bleibt in der Gruppe.«

»Nein«, sagte Elisabeth. »Die Gruppe darf nichts davon wissen. Auch deine Schwester nicht.«

Traust du der Gruppe nicht, wollte Orlanda fragen. Glaubst du, dass einer von ihnen uns verraten könnte? Anna vielleicht? Aber sie sprach die Fragen nicht aus. Elisabeth traute ihnen nicht, das war entscheidend. Aber sie hatte Orlanda eingeweiht und mutete ihr das Außergewöhnliche zu. Einen Moment lang machten sie diese Erkenntnis und der Stolz darüber ganz schwindlig.

»Wir müssen neue Wege einschlagen«, sagte Elisabeth. »Immer weiter. So lange, bis wir irgendwann am Ziel sind.«

»Es ist aber nicht ganz einfach«, murmelte Orlanda. »Die Fenster in der Fabrik sind vergittert, und die Türen werden ständig kontrolliert.«

»Du wirst einen Weg finden. Ein Fenster, ein Tor, irgendeine Luke.«

Orlanda nickte. Sie würde einen Weg finden.

Sie fand einen Weg. Es war viel einfacher, als sie es sich vorgestellt hatte. Zwar wurden sämtliche Türen verriegelt, nachdem abends der letzte Arbeiter das Werk verlassen hatte. Aber unten im Keller, neben dem Abort, führte eine schmale Tür nach draußen, und in der Tür steckte ein Schlüssel. Vor ihrem Feierabend ging Orlanda noch einmal hinunter, drehte den Schlüssel im Schloss und steckte ihn dann ein. Über Nacht ließ Elisabeth einen Abdruck anfertigen, und am nächsten Morgen brachte Orlanda den Schlüssel wieder zurück. Während des Vormittags war sie noch voller Nervosität. Aber niemand fragte nach, niemand schien etwas gemerkt zu haben.

»Was macht ihr?«, fragte sie Elisabeth. »Wann geht es los?«

Aber anstelle einer Antwort legte Elisabeth nur den Finger auf die Lippen. »Je weniger der Einzelne weiß, desto sicherer ist das große Ganze.«

Drei Tage später standen morgens die Maschinen still. Die große Anlage in Halle 4 war defekt. Maschinenschaden, hieß es. Bis zum Mittag wurde in den anderen Hallen noch gearbeitet, aber als sich die Wagen mit den vorgefertigten Teilen im Flur zu stapeln begannen, schickte man die Arbeiter nach Hause.

»Sie haben genau die zentrale Stelle gefunden, den wunden Punkt der Fabrik«, jubelte Orlanda, als sie Elisabeth abends wieder besuchte. »Bestimmt kann morgen auch noch nicht weiterproduziert werden.«

Aber am nächsten Morgen ging die Arbeit wie gewohnt weiter. Zwei Tage lang. Dann brach die nächste Maschine zusammen.

»Das geht doch nicht mit rechten Dingen zu«, schimpfte Helma. »Irgendjemand hat doch da seine Finger im Spiel.«

»Und wir kriegen unseren verdammten Lohn gekürzt«, murrte Gerti. »Schon wieder früher nach Hause. Dabei ist es doch nicht unsere Schuld, wenn hier alles kaputtgeht.«

Man würde die Produktion den ganzen nächsten Tag lang aussetzen und dafür am Sonntag arbeiten, teilte ihnen der Vorarbeiter mit, bevor sie das Werk verließen.

Den lauten Protest der Frauen, der daraufhin einsetzte, ignorierte er einfach. »Sie wissen jetzt Bescheid«, sagte er nur und wandte sich grußlos ab.

»Wenn ich den erwischte, der uns das eingebrockt hat«, drohte Helma.

Orlanda musste ihre ganze Willenskraft aufbringen, um nicht stolz zu lächeln.

»Wo gehobelt wird, fallen Späne«, erklärte Elisabeth, als ihr Orlanda abends von der Reaktion der Frauen berichtete. »Später werden sie uns noch dankbar sein.«

Später, das war die Zeit, in der die sozialistische Gesellschaft, von der sie träumte, endlich verwirklicht worden wäre.

»Jetzt ist nicht die Zeit, über diese Dinge zu reden«, sagte Elisabeth. »Wenn die anderen das Wort *sozialistisch* auch nur hören, gehen sie schon an die Decke. Wie deine Schwester neulich. Dabei will es mir nicht in den Kopf, wie man Christ sein kann, ohne Sozialist zu sein. Das eine bedingt das andere doch geradezu. Ein Blick in die Bibel, und es ist offensichtlich. Man kann sich aus den sozialen und politischen Konflikten nicht heraushalten. Wir müssen die radikalste Vorhut bilden, die die Veränderung in Gang setzt. Das ist die Botschaft des Evangeliums.«

Orlanda lauschte und nickte und verstand. Sie hatte das Gefühl, dass jedes von Elisabeths Worten direkt in ihr Herz drang und dort eine Leere füllte, die sie gespürt hatte, seit sie auf der Welt war. Eine sozialistische Gesellschaft, in der alle Menschen, Frauen und Männer, Juden und Christen, Arier und Nicht-Arier gleich viel wert wären, in der es keine Reichen und Armen gäbe, sondern nur Menschen. Das war das Ziel, das man im Auge behalten musste, bei allem, was man unternahm.

»Das Reich Gottes kann auf Erden nicht ganz verwirklicht werden«, erklärte Elisabeth. »Erst bei der Wiederkunft des Herrn wird es wirklich allumfassend gelten. Aber bis dahin müssen wir alles dazutun, uns ihm anzunähern.«

Ja, dachte Orlanda, genauso ist es, und dafür lohnt es sich zu leben.

Seit der zweiten Sabotageaktion wurde das Werk nachts von Wachposten umstellt. Auch tagsüber sah man jetzt häufig Polizisten in der Fabrik. Sie hielten die Hände auf dem Rücken überkreuzt und gingen mit großen Schritten und finsterem Blick die Gänge zwischen den Anlagen auf und ab, als warteten sie darauf, dass ein Saboteur vor ihren Augen auf eine der Maschinen zusprang, um sie zu zerstören.

»Aber die Schlösser haben sie meines Wissens nicht ausgewechselt«, berichtete Orlanda Elisabeth.

»Wir ändern dennoch erst einmal den Einsatzort. So lange, bis die Wachsamkeit wieder nachlässt, dann schlagen wir erneut zu.«

Das gefiel Orlanda nicht, sie wollte weitermachen, sie wollte, dass sich endlich etwas bewegte. »Wenn wir jetzt nachlassen, dann verläuft sich doch alles wieder. Wir müssen den Leuten klarmachen, dass wir da sind. Dass wir nicht aufgeben.«

»Das tun wir ja auch. Aber an einem anderen Ort.«

»Und ich? Was kann ich tun, wie kann ich mich nützlich machen?«

»Gar nicht«, sagte Elisabeth. »Im Augenblick kannst du gar nichts tun. Und im Übrigen ist Ungeduld ein schlechter Ratgeber.«

Wenn sie sich trafen, dann redeten sie über Politik. Über ihren Widerstand gegen Hitler, über die möglichen Maßnahmen und Aktionen, über die sozialistische Zukunft, von der nun nicht nur Elisabeth, sondern auch Orlanda träumte. Über ihre Männer sprachen sie so gut wie nie. Orlanda erwähnte weder Clemens noch Leopold, weil sie überzeugt war, dass Elisabeth ihre Geschichte nicht verstehen würde. Sie verstand sie ja selbst nicht, jetzt noch weniger, da beide Männer weg waren.

Auch Elisabeth sprach nur sehr selten von ihrem Mann. Er schrieb ihr häufig, das bekam Orlanda mit, aber im Gegensatz zu den Frauen in der Fabrik las Elisabeth die Briefe niemandem vor. Orlanda fragte sich, ob sie ihn vermisste. Wie sehr sie ihn vermisste. Aber irgendetwas hielt sie davon ab, Elisabeth darauf anzusprechen. So nahe sie sich in der einen Hinsicht waren, so weit entfernt voneinander waren sie in anderen Dingen.

Als der Brief mit der Meldung kam, dass Elisabeths Mann

vor Stalingrad gefallen sei, wurde Orlanda bewusst, wie wenig sie Elisabeth kannte. Vorher hätte sie geschworen, dass Elisabeth die Nachricht ruhig entgegennehmen würde. Dass sie kein Gefühl zeigen würde, aber so war es nicht.

Elisabeth war außer sich vor Kummer und Schmerz. Sie weinte hemmungslos wie ein kleines Kind, sie raufte sich die Haare, sie rannte von der Küche ins Schlafzimmer, ins Wohnzimmer, auf den Balkon und lehnte sich dort so weit über die Brüstung, dass Orlanda es mit der Angst bekam. In ihrer Ratlosigkeit lief sie in die Kirchfeldstraße, um Anna zu holen. »Ich weiß nicht, was ich mit ihr machen soll«, meinte sie. »Am Ende tut sie sich noch etwas an, so verzweifelt, wie sie ist.«

Anna packte ein paar Beutel Schwarztee, vier Zuckerwürfel und ein kleines Fläschchen Rum ein, Kostbarkeiten, die sie offensichtlich seit Wochen aufgespart hatte. »Für Notfälle«, erklärte sie Orlanda, während sie den Tee aufbrühte. Der süße Punsch tat seine Wirkung, jedenfalls begann Elisabeth ruhiger zu atmen, und das Weinen verebbte. »Vielleicht ist es ein Irrtum«, flüsterte sie, wobei sie Anna und Orlanda den Brief mit der Todesnachricht fast anklagend hinstreckte.

Russland, den 2.9.42

Sehr geehrte Frau Graeter!

Ich erfülle die traurige Pflicht, Ihnen mitteilen zu müssen, dass Ihr Mann, der Obergefreite Dietrich Nikolaus Graeter, geb. 26.3.1901, bei Angriffskämpfen um die russische Stadt Stalingrad sein Leben getreu seinem Fahneneid im Kampf für den Führer und unser Vaterland geopfert hat. Er fiel beim Sturm auf den russischen Brückenkopf nördlich der Stadt. Er wurde durch einen Granatsplitter in den Kopf getroffen und war sogleich tot.

Ich möchte Ihnen versichern, dass ich und alle Kameraden den Tod Ihres Mannes aufs tiefste bedauern. Ihnen und Ihren Angehörigen möge es ein Trost sein, dass Ihr Mann sein Leben gegeben hat als tapferer Soldat im Kampf für den Bestand seines Vaterlandes. Uns verpflichtet sein Tod zu einem weiteren bedingungslosen Einsatz für den Sieg.

Ihr Mann wurde auf dem Heldenfriedhof von Rossoschka von Kameraden beigesetzt. Er ruht im Block rechts, 5. Reihe, 10. Grab von links. Ich spreche Ihnen nochmals mein …

Den Rest des Schreibens konnte Orlanda nicht mehr lesen, weil Elisabeth das Blatt wieder zurückzog.

Sie faltete den Brief zusammen, Ecke auf Ecke, Kante auf Kante, strich den Falz sorgfältig glatt, faltete das Ganze noch einmal und begann das Papier in lauter winzige Stücke zu zerreißen.

Danach schlief sie ein. Orlanda und Anna setzten sich auf den Balkon. Hinter der Brüstung fiel leise der Regen. Orlanda rauchte. Anna hatte die Hände gefaltet. Vielleicht betete sie. Später setzte sie sich ans Klavier und spielte die Nocturne in g-Moll von Chopin, die Orlanda seit ihrer Kindheit nicht mehr gehört hatte. Es war ein einfaches, langsames Stück, das Anna schnörkellos und fast ohne Pedaleinsatz wiedergab. Ihre Hände glitten über die Pianotasten, als führten sie ein Eigenleben und fänden den Weg von ganz allein.

»Wir hatten so viel vor«, sagte Elisabeth, als sie gegen Abend wieder aufwachte. »Wir wollten zusammen Hitler überwinden und einen neuen Staat aufbauen, und nun lässt er mich im Stich. Ich kann es aber ohne ihn nicht.«

»Du bist ja nicht allein«, sagte Anna. Das wäre eigentlich Orlandas Satz gewesen, sie war ja diejenige, der Elisabeth vertraute, aber Orlanda stand nur stumm dabei, während Anna Elisabeth den Schweiß von der Stirn tupfte, Tee kochte oder einfach nur die Hand hielt.

Anna schien genau zu wissen, was zu tun war, als ob sie schon unzählige Male in dieser Situation gewesen wäre, dabei war sie doch OP-Krankenschwester, ihre Patienten waren narkotisiert und bedurften keines Zuspruchs.

»Ich wollte nicht, dass er Soldat wird. Ich konnte es nicht verstehen, dass er sich darauf eingelassen hat«, flüsterte Elisabeth. »Wir sind doch Pazifisten. Wir lehnen den Krieg ab.«

»Was hätte er denn tun sollen?«, meinte Anna. »Den Kriegsdienst verweigern? Dann wäre es ihm schlecht ergangen.«

»Sie hätten ihn ins Gefängnis geworfen, na und? Nun ist er tot«, sagte Elisabeth. Sie zog die Knie an den Körper, legte den Kopf darauf und wimmerte wie ein kleines Kind.

Orlanda sah Anna dabei zu, wie sie Elisabeth tröstete. Es war, als sähe sie einen Kinofilm, dessen Hauptdarsteller sie kannte. Die Gesichter, Stimmen, Gesten waren ihr vertraut. Aber sie waren unerreichbar weit weg.

Am nächsten Morgen wirkte Elisabeth so ruhig und gefasst, als läge die Nachricht vom Tod ihres Mannes in weiter Vergangenheit. Anna ging zur Arbeit, obwohl sie die ganze Nacht so gut wie nicht geschlafen hatte.

»Ich rufe in der Fabrik an und melde mich krank«, erklärte Orlanda. »Ich kann dich doch jetzt nicht allein lassen.«

»Das ist nicht nötig«, erwiderte Elisabeth. »Es geht schon besser, vielen Dank.«

Wie gut der Abwärtsschwung ihrer Augenbrauen, der ihrem Gesicht schon immer einen trauernden Ausdruck verliehen hatte, auf einmal passte. Als hätten ihre Züge die schmerzhafte Nachricht längst vorausgeahnt.

Der Schmerz über den Tod ihres Mannes verwandelte sich in einen Panzer, der sich um sie legte und sie noch härter und entschlossener machte, als sie es vorher schon gewesen war. Früher hatte sie ihre Hoffnung auf die Zeit nach dem Krieg gerichtet, auf die neue Gesellschaft, die sie gemeinsam mit ihm und ihren Gesinnungsgenossen aufbauen wollte. Der Kampf gegen den Naziterror war das Mittel zu diesem Zweck gewesen. Jetzt interessierte sie das Ziel nicht mehr, sondern nur noch der Weg. Aus Widerstand wurde ein Akt der Rache.

»Es muss endlich etwas geschehen«, sagte sie zu Orlanda. »Nicht nur hier und da, sondern im großen Stil.«

Gemeinsam mit den beiden Ingenieuren, die die Maschinen bei Rheinmetall sabotiert hatten, begann sie, die Aktion mit dem Zug zu planen.

Ulmer Höh', 16. Mai 1943

Geliebtes, fremdes Kind!
Du bist nun schon so groß, ein Mensch mit Armen und Beinen, mit Fingern und Zehen und mit einem Gesicht. Mit einer Seele.
Und dennoch ist es unvorstellbar, dass ich Dich in wenigen Wochen oder Tagen gebären werde.
Wenn sie Dich mir nur nicht gleich wegnehmen, wenn ich Dich wenigstens kurz halten und ansehen kann.
Ein Sohn oder eine Tochter? Vielleicht werde ich es nie erfahren.
Deine Mutter

That old black magic

Nichts hatte sich verändert. Sobald Clemens Orlanda aus dem Fabriktor treten sah, überwältigte ihn die Macht seiner Gefühle. Wie ein Strudel, der ihn mitriss und unter Wasser zog. Er schnappte nach Luft. Orlanda dagegen nahm ihn gar nicht zur Kenntnis. Sie hatte ja auch keine Ahnung, dass er hier auf sie wartete. Dass er überhaupt in der Stadt war.

Sie war schmaler geworden. Ihre Gesichtszüge waren noch klarer gezeichnet, die Nase wie ein Ausrufezeichen in ihrem ernsten Gesicht, die Wangenknochen hoch, die Augen groß und dunkel. Ihr Haar trug sie jetzt wieder wie früher, straff zurückgekämmt, hochgebunden, nichts lenkte von der kühlen Strenge ihrer Züge ab. Sie sah zauberhaft aus, noch schöner, als er sie in Erinnerung gehabt hatte.

Die anderen Frauen gingen in Gruppen, scherzend, plaudernd, rauchend durch die dünnen Sonnenstrahlen, die durch die dichten Regenwolken am Himmel stachen. Orlanda war allein. Ihr Kopf war stolz erhoben, als habe sie nicht neun Stunden am Fließband in einer Waffenfabrik gestanden, sondern auf einer Bühne. Als empfinge sie jetzt den Applaus für ihren Auftritt, einen Jubel und Beifall, den nur sie allein hörte und sonst keiner.

Clemens rang nach Atem. Es wunderte ihn selbst, dass er überhaupt noch zu so viel Liebe fähig war, nach allem, was er hinter sich hatte. Nach den fürchterlichen Wochen, Monaten, in denen er sich durch die russischen Wälder geschlagen hatte, das MG im Anschlag, die Ohren gespitzt, den Blick abwechselnd zur Seite, nach oben, nach unten, nach vorn gerichtet. Jeder Fehltritt auf einen dürren Ast, ein trockenes Blatt konnte sein letzter sein. Die Nächte, in denen sie sich an die russischen Lager herangepirscht hatten, die Dunkelheit wie ein Sack, den jemand über sie geworfen und zugezogen hatte.

Dreimal war er in größere Kampfhandlungen hineingeraten. »Nur drei lächerliche Male?«, hatte der Kamerad gelacht, den er auf der Rückfahrt im Zug getroffen hatte. »Wir sind in den letzten Wochen fast jeden Tag im Einsatz gewesen!«

So gesehen, hatte Clemens natürlich Glück gehabt. Er war nicht erledigt worden, sondern hatte stattdessen selbst ein paar Russen erledigt. Iwans, wie die Männer den Feind nannten, um ihn auf Distanz zu halten. So als ob nicht jeder der Russen einen eigenen Namen, eine Geschichte, ein Gesicht hätte.

Seinen Kameraden waren die Zehen abgefroren, die Schultern durchschossen oder die Beine amputiert worden, sie lagen in Reih und Glied auf Soldatenfriedhöfen oder einsam und allein in wilden Büschen und Sümpfen. Clemens selbst war gesund und hatte noch alle Gliedmaßen. Er war am Leben. Was konnte man mehr erwarten in diesen Zeiten?

Als Orlanda an der Mauer vorüberging, an der er lehnte, meinte er ihren Duft riechen zu können. Diesen herben und zugleich fruchtigen Rotweinduft, der ihn früher schon verrückt gemacht hatte.

Erschreck sie nicht, warnte ihn eine Stimme in seinem Kopf, aber seine Begierde war stärker. »Guten Abend, Orlanda.«

Sie fuhr zusammen und starrte ihn an wie einen Fremden. Einen Augenblick lang hatte er das entsetzliche Gefühl, dass sie am liebsten vor ihm geflohen wäre. Aber im selben Moment leuchtete die Überraschung in ihrem Gesicht auf und so etwas wie Freude, oder bildete er sich das nur ein? Er fühlte sich schwindlig. Die Leidenschaft bohrte sich wie ein Schmerz in seinen Leib. Er musste stehen bleiben und tief durchatmen. Es war zu viel, viel zu viel.

»Clemens! Was machst du denn hier? Hast du Urlaub?«

Sonderurlaub. Goebbels persönlich hatte ihn von der Front zurückgeordert. Am Montagmorgen sollte er im Reichsministerium in Berlin vorstellig werden, dann würde er erfahren, was man von ihm wollte. Aber heute war erst Samstag, und er war in Düsseldorf bei Orlanda.

»Ich musste dich sehen. Ich bin so froh, dass es dir gut geht.«

»Ich bin auch froh. Du bist gesund, das bist du doch, oder? Vor ein paar Tagen hat eine liebe Freundin die Nachricht vom Tod ihres Mannes erhalten. Seitdem ist die Sorge um ... dich noch viel stärker.«

Dieses winzige Zögern vor dem Wort *dich*. Was hatte sie ursprünglich sagen wollen – *um Leopold* oder wenigstens *um euch*?

Sie gingen in ein abscheuliches Café in der Nähe des Hauptbahnhofs. Vor den Fenstern hingen Spiralen aus klebrigem Papier, auf denen dicht an dicht Fliegen klebten wie Pailletten auf einem Operettenkostüm. »Kaffee ist alle«, erklärte die Bedienung lapidar, als Clemens seine Lebensmittelmarken zückte. Stattdessen servierte sie ihnen Muckefuck, der nach angebrannter Hafergrütze stank.

Clemens schob seine volle Tasse im selben Moment wie Orlanda zur Tischmitte, so dass die Unterteller klirrend zusammenstießen.

»Was wirst du tun, wenn Goebbels dir ein Angebot macht?«, fragte sie ernst.

»Was sollte er mir schon anbieten?«, fragte er zurück.

Sie schüttelte verächtlich den Kopf. »Das kannst du dir doch wohl vorstellen. Dass du wieder für sie auftrittst. Dafür entlassen sie dich dann aus dem Kriegsdienst. Vielleicht setzen sie deinen Namen sogar auf die Liste der Gottbegnadeten wie Furtwängler und Orff.«

Er lachte, als wäre das eine völlig absurde Überlegung, dabei hatte er selbst sofort an dasselbe gedacht, als man ihm den Brief aus dem Reichsministerium übergeben hatte. *Die Liste der Gottbegnadeten*. Wer sich darauf wiederfand, der war gerettet, der musste kein Gewehr mehr in die Hand nehmen und keine Russen mehr erschießen.

»Was würdest du tun?«, fragte Orlanda. Ihre dunklen Augen waren glänzende Abgründe, die ihn einluden, aber wozu? Er hätte sie jetzt lieber geküsst, anstatt über Dinge mit ihr zu reden, von denen sie keine Ahnung haben konnte.

Sie konnte nicht wissen, wie es war, einen Menschen zu erschießen, gegen den man keinerlei Hass, nicht einmal Abneigung verspürte, aber wenn man es nicht tat, dann war man selbst dran. Und hinterher wartete man auf ein Gefühl der Reue, des Entsetzens, der Verzweiflung und empfand doch nichts außer einer vagen Erleichterung. Vom empfindsamen Künstler wurde man zur seelenlosen Mördermaschine. Und nach einer Weile gab es kein Zurück, dann war man für immer im Roboterwesen des Kriegers gefangen. Denn wie sollte einer überzeugend von Liebe und Leidenschaft und großen Gefühlen singen, der zuvor mit den Zähnen Handgranaten entsichert hatte, um sie durch geöffnete Fenster und eingetretene Türen zu schleudern, hinter denen sich genauso gut Partisanen verbergen konnten wie verängstigte Frauen und Kinder?

In seinen ersten Wochen an der Ostfront hatte Clemens abends immer seine Lieblingsstücke gehört. Nachdem das Licht gelöscht worden war, lag er auf seiner Pritsche, die Arme hinter dem Kopf verschränkt, und dann ging es los. Er hörte »Gott, welch Dunkel hier!«, »Im fernen Land, unnahbar euren Schritten« und »Pi× che penso alle fiamme del core«, und jedes Lied erklang in seiner Erinnerung so klar und schön, so als stünde neben ihm ein Grammophon, auf dem die Lieder abgespielt würden. So oft hatte er die einzelnen Arien gesungen, dass sie ein Teil von ihm geworden waren.

Bei »O soave fanciulla«, das er an der Berliner Staatsoper im Duett mit Trude Karcher gesungen hatte, dachte er immer an Orlanda. Vor dem Hintergrund der Musik tauchte ihr schönes Gesicht aus der Dunkelheit der Nacht auf und schwebte über ihm, zum Greifen nah. Und vor dem Einschlafen sang er sich selbst das wunderbare »Ruhe, meine Seele« von Strauss.

*Nicht ein Lüftchen regt sich leise,
sanft entschlummert ruht der Hain;
durch der Blätter dunkle Hülle
stiehlt sich lichter Sonnenschein.*

*Ruhe, ruhe, meine Seele,
deine Stürme gingen wild,*

hast getobt und hast gezittert,
wie die Brandung, wenn sie schwillt.

Aber mit jedem Tag, den er an der russischen Front verbrachte, wurden die Lieder in seinem Kopf leiser, einzelne Töne, ganze Passagen begannen aus seiner Erinnerung zu verschwinden. Die Musikstücke lösten sich langsam auf, und mit der Musik würde er sich auch selbst verlieren.

Wenn er nicht im Blutbad des Krieges ertrinken wollte, dann musste er dort weg, erkannte er. Und in diesem Moment warf ihm Goebbels den Rettungsring hin, als habe er ihn die ganze Zeit beobachtet. Clemens brauchte nur zuzugreifen, und er griff zu.

Er würde nach Berlin fahren und sich anhören, was ihm der Reichsminister vorzuschlagen hatte, beschloss er ohne Zögern. Davon konnte ihn niemand abhalten, auch nicht Orlanda, die jetzt ihre schöne große Nase kräuselte, als ob sie etwas Ekelerregendes röche.

Nein, das wahre Gesicht des Krieges kannte Orlanda nicht, das kannte keiner, der nicht an der Front gewesen war. Und somit hatte sie auch kein Recht, über ihn zu urteilen.

Dieses Mal stand sein Entschluss fest. Er würde alles tun, was er konnte, um seine Seele zu retten.

»Was machen deine kleinen karierten Freunde?«, fragte Clemens, nicht weil ihn die Connys wirklich interessierten, sondern um das Thema zu wechseln.

»Conny ist wieder in Umständen. Obwohl sie schon die Arbeit mit den Zwillingen kaum bewältigt. Zu allem Überfluss hat Konrad nun auch noch seinen Einberufungsbefehl bekommen. Jetzt ist Conny mehr denn je auf ihre Schwiegermutter angewiesen. Ich mag sie gar nicht mehr besuchen, sie ertrinkt ja förmlich in ihren Hausfrauenpflichten.«

»Dann wird also nicht im Nordpark getanzt?«, fragte Clemens und erinnerte sich wehmütig an jene Sommernacht, in der er sich mit Orlanda um das Kettenkarussell hinter dem Schlageter-Denkmal gedreht hatte. An jenem Abend hatte sie ihm ganz gehört, obwohl sie damals noch mit Leopold zusammengelebt hatte. Jetzt war sie wieder dabei, sich von ihm zu entfernen. Er spürte es ganz deutlich. Es lag aber nicht daran, dass er sich nun entschlossen hatte, wieder einen Schritt auf Goebbels zuzugehen. Es hatte nichts mit ihm selbst zu tun. Das war das Schlimmste. Dass es gar nichts mit ihm zu tun hatte.

Am Abend besuchten sie Fritzi in ihrer Lagerhalle hinter Frau Erles Laden, der die Bezeichnung Gemischtwarenhandlung schon lange nicht mehr verdiente. In dem großen, düsteren Raum hockte Fritzi auf einer Matratze zwischen einem Fass mit sauren Gurken und einem Radioapparat. Sie las. Als sie sie kommen hörte, schoss ihr Kopf in die Höhe, dann begann ihr Gesicht zu leuchten.

Sie rappelte sich hoch, strich ihre zerknitterte Bluse glatt und hinkte ihnen entgegen. Wie immer, wenn Clemens vor ihr stand, war er überrascht, wie klein sie war.

»Guten Abend, Fritzi.«

Ihre Kinderhand in der seinen. Diese strahlenden blauen Augen. Kaum zu glauben, dass sie inzwischen selbst einen Sohn hatte, dass sie so viel durchgemacht hatte.

»Guten Abend, Clemens.« Nur ihre Stimme schien in den letzten Monaten älter geworden zu sein, aus der Sopranstimme von früher war ein rauchiger Alt geworden.

Orlanda hatte Zigaretten mitgebracht und Clemens zwei Flaschen Wein und einen Brandy. Den Alkohol hatte er gegen ein fast neues Paar Schuhe eingetauscht, ein unverschämter Wucherpreis, wenn man bedachte, dass es kein besonders guter Wein war, sondern ein säuerlicher Fusel. Das stellte er allerdings erst jetzt fest, als er den ersten Schluck genommen hatte.

»Tut mir leid. Ich hätte euch gerne etwas Besseres geboten«, meinte er betroffen.

Orlanda sah Fritzi an, dann begannen beide gleichzeitig loszuprusten.

»Was ist denn los?«, fragte er verwirrt.

»Nichts.« Orlanda wedelte mit ihren Händen in der Luft herum, als wäre sie am Ertrinken. »Ist schon gut.«

Fritzi biss sich auf die Lippen, versuchte sich zu beruhigen und schaffte es nicht.

Clemens stand auf. Er trat unter das schräge Oberlicht, auf dem der blaue Abendhimmel lag wie aufgeklebtes Seidenpapier. Während die beiden Frauen hinter ihm kicherten, starrte er in das wolkenlose Wasserblau und kam sich dumm vor.

»Entschuldige!«

»Nicht böse sein.«

Jetzt standen sie plötzlich neben ihm, Orlanda rechts, Fritzi links.

»Es ist nur ... du bist so ein Gentleman. So formvollendet. Und die Situation ist so erbärmlich«, erklärte Orlanda.

»Man muss aus jeder Lage das Beste machen«, erwiderte er steif. Zu seinen Füßen lag ein rechteckiges Stück schwarze Pappe wie ein Schatten des Fensters. Wahrscheinlich verklebte Fritzi damit die Scheibe, bevor sie Licht anmachte.

»Da hast du recht«, meinte Orlanda versöhnlich. Dann nahm ihn Fritzi an der Hand und zog ihn zurück zu ihrer Matratze, und Orlanda folgte ihnen.

Am Anfang war es seltsam, an Fritzis Bett zu sitzen, als wäre sie krank. Aber nachdem sie die zweite Flasche Wein geleert hatten und der Brandy geöffnet war, erschien es ihm auf einmal ganz normal. Fritzi drehte so lange an dem kleinen Volksempfänger, bis sie einen englischen Sender gefunden hatte, der Swingmusik spielte, allerdings quietschte und rauschte das Radio so fürchterlich, dass man der Melodie kaum folgen konnte.

»Nä, wat is dat en Freud, dat ihr hee sid!«, sagte Fritzi. »Die Zeit zieht sich wie ein ausgeleiertes Strumpfband, wenn man hier tagaus, tagein so allein sitzt. Dabei ist Frau Erle eine Seele von Mensch, sie holt mir jeden Samstag vier Bücher aus der Bücherei und tut, was sie kann, um mich bei Laune zu halten. Um mir die Zeit zu vertreiben, hat sie mich zu zwei Fernlehrgängen angemeldet, Latein und Philosophie. Also pauke ich am Vormittag Vokabeln und fresse mich am Nachmittag durch dicke Wälzer, fülle dann die Aufgabenbögen aus, und Frau Erle schickt sie unter ihrem Namen an die Lehrer, die sie korrigieren und dann wieder zurückschicken. Wenn die wüssten, dass sie eine Jüdin unterrichten.«

Orlanda erzählte von ihrer Arbeit bei Rheinmetall. »Es ist durch und durch widerlich, was wir dort machen«, sagte sie. »Wir bauen Bomben für Hitler, das muss man sich einmal vorstellen.«

»Die Zeiten sind schlimm«, erwiderte Clemens. »Aber was will man machen?«

»Man kann es stillschweigend hinnehmen. Oder man kann sich widersetzen«, entgegnete Orlanda angriffslustig.

»Ach ja? Und wie?«, erkundigte er sich.

Da berichtete Orlanda ihm von ihrer Untergrundarbeit. Ihre Schwester habe sie in eine Widerstandsgruppe eingeführt und nun plane sie mit diesen Leuten die tollkühnsten Aktionen. Sie schmierten Parolen an Hauswände, druckten Flugblätter und versteckten Juden in Schrebergärten und auf Dachböden. Ihre Schilderungen wurden immer wilder. Sie berichtete von zwei Sabotageakten im Rheinmetall-Werk, an denen sie selbst mitgewirkt hatte. »Und das ist erst der Anfang«, schloss sie verheißungsvoll.

»Nun lass es aber gut sein«, sagte Fritzi leise, aber das stachelte Orlanda nur noch mehr an.

Sie erzählte Clemens von einer Bombe, die sie in der Untergrundgruppe gebaut hatten und mit der sie einen Zug entgleisen lassen wollten.

»Die Aktion wird in Kürze stattfinden«, erklärte sie stolz.

»Das ist ja Wahnsinn«, sagte Clemens. »Weißt du eigentlich, wie gefährlich so etwas ist? Wenn sie dich erwischen, dann … Mit den Nazis ist nicht zu spaßen.«

»Das ist mir bewusst«, gab sie schnippisch zurück. Dieser Blick, mit dem sie ihn dabei bedachte. Stolz und verächtlich, als ob er ein kleiner dummer Junge wäre, der von den wahren Problemen des Lebens keine Ahnung hätte. Aber wer von ihnen war noch vor ein paar Tagen in Russland gewesen, wer von ihnen hatte seinen Kopf hingehalten und sein Leben riskiert?

»Und was ihr da mit dem Zug plant. Ich kann mir gar nicht vorstellen, dass Anna so etwas unterstützt. Deine Schwester ist doch sonst so besonnen.«

»Nein«, sagte Orlanda hastig. »Von dieser Sache weiß sie nichts. Das betrifft nur einen kleinen, ausgewählten Kreis.« Sie wirkte auf einmal sehr betroffen, wahrscheinlich wurde ihr jetzt erst bewusst, dass sie viel zu viel ausgeplaudert hatte, obwohl die Verschwörer untereinander strengstes Stillschweigen vereinbart hatten.

Clemens schenkte allen noch einmal Brandy nach. Er atmete ruhig durch. Wenn er sich jetzt echauffierte, dann erreichte er gar nichts, dann würde Orlanda nur die Beherrschung verlieren. Im Grunde war es doch ein hoffnungsvolles Zeichen, dass sie ihm von ihren Plänen erzählt hatte. Sie vertraute ihm instinktiv.

»Mach dir bitte keine Gedanken«, sagte er, während er ihr ihre eigenen Zigaretten anbot. »Ich werde nichts verraten. Bestimmt nicht.«

»Ich auch nicht.« Fritzi zog sich ebenfalls eine Zigarette aus Orlandas Etui. »Wem auch?«

Orlanda schob ihr Glas zur Seite und schüttelte den Kopf. »Verdammt.«

»Orlanda.« Clemens legte seine Hand auf ihre. »Du wirst doch wohl nicht glauben, dass ich irgendetwas …«

»Du triffst dich doch am Montag mit Goebbels.« Sie zog ihre Hand weg. »Das wäre doch die ideale Gelegenheit, dich wieder lieb Kind bei ihm zu machen.« Ihre Stimme leierte wie ein Grammophon, dass aufgekurbelt werden musste. Die Brandyflasche war fast leer. Sie hatten alle drei zu viel getrunken.

Clemens erhob sich. Das himmelblaue Seidenpapier über dem Dachfenster hatte sich inzwischen ins Dunkelblau verfärbt. Er hob die schwarze Pappe vom Boden auf, klemmte sie in die Öffnung und stand plötzlich im Finstern, denn der Schein des Windlichts reichte nicht zu ihm herüber. Auf diese

Weise konnte Orlanda sein Gesicht nicht sehen. Wie sehr ihn ihr Misstrauen kränkte. Er war ihr Mann, er liebte sie mehr als sein Leben, und sie hielt ihn für fähig, sie zu verraten.

Er drehte sich wieder zu ihr um und fuhr zusammen, als er sie direkt vor sich stehen sah.

»Geh nicht nach Berlin. Lass dich nicht wieder auf diese Verbrecher ein.« Wie ihre Zunge über die Worte stolperte. Er hätte sie zu gerne geküsst.

»Orlanda, wenn ich mich am Montag nicht in Berlin melde, dann bin ich fahnenflüchtig. Ich muss ihn treffen. Aber ich werde nichts von euren Plänen verraten. Ich bin auf eurer Seite. Verdammt, wie kannst du auch nur annehmen, dass es anders wäre.«

»Streitet euch nicht«, sagte Fritzi mit rauer Stimme. »Ich bin so schrecklich einsam hier, so allein, das könnt ihr euch gar nicht vorstellen. Ich muss ständig an Georg denken, und dass ich ihn vielleicht nie mehr wiedersehe. Und dann diese Angst, dass mich einer hier findet. Ist es nicht erstaunlich, wie sehr man sich an sein Leben klammert, so erbärmlich es auch sein mag? Ich bin so froh, dass ihr heute da seid und mich ablenkt.«

Auch sie holperte durch den Satz wie ein Infanterist über ein frisch gepflügtes Feld. Neben ihr quietschte und seufzte der Volksempfänger, als sei er ebenfalls betrunken.

Orlanda drehte sich ruckartig um, ging mit schwankenden Schritten zurück und drehte am Senderknopf. Ein paar Fetzen Marschmusik, Rauschen, Pfeifen, Säuseln, eine zackige Männerstimme, die eine Parole brüllte, eine Sopranistin hauchte ein paar Takte, Pfeifen, Rauschen, dann wieder der englische Swingsender, es sang eine wehmütige Männerstimme.

That old black magic's got me in its spell
That old black magic that you weave so well.

»Würdest du mit mir tanzen?« Clemens verbeugte sich vor Fritzi. Als er sich wieder aufrichtete, drehte sich das Lager um ihn herum.

»Nein. Mein Bein ist so schlimm geworden, jetzt kann ich es wirklich nicht mehr. Außerdem bin ich viel zu blau. Nämm disch et Orlanda, isch kück üsch zu.«

Es war kein Vorschlag, sondern ein Befehl, also tanzten sie miteinander. Clemens senkte sein Gesicht in Orlandas Haar. Wenn sie den Kopf gehoben hätte, er hätte sie geküsst.

Fritzi trank den letzten Rest Brandy, dann ließ sie sich auf ihre Matratze fallen und schloss die Augen. Was wohl in ihr vorging, fragte sich Clemens, ob sie neidisch war, wehmütig oder ein bisschen getröstet? Ob sie ihn immer noch liebte, tief in ihrem Herzen? Aber dann wandte er sich wieder Orlanda zu. Ihr Haar duftete so gut. Vielleicht war es aber auch nur der Brandy, den er roch.

Clemens schwitzte vor Nervosität, als er Orlanda fragte, ob sie mit in sein Hotel kommen wolle, aber sie willigte ohne weiteres ein. Vermutlich war es die Wirkung des Alkohols. Sei's drum, dachte Clemens, Hauptsache, sie kommt mit. Er hätte nicht gewusst, wie er die Nacht ohne Orlanda hätte überstehen sollen.

»Meine Frau«, erklärte er dem Portier im Breidenbacher Hof auf der Königsallee, der ihm wortlos einen Anmeldezettel zuschob.

Es war ein großer, schöner Raum mit einem breiten Doppelbett und einem eigenen Badezimmer. Clemens hatte mehr als die Hälfte seines angesparten Soldes für die Übernachtung investiert. Am Montag würde ihm Goebbels ein Angebot machen, also gab es keinen Grund mehr, auf irgendetwas zu verzichten.

Orlanda ließ sich ein Bad ein, aber nachdem die Wanne halb voll war, versiegte das Wasser.

»Es ist Krieg«, verteidigte sich der Portier, als Clemens sich beschwerte. »Das ist höhere Gewalt.« Höhere Gewalt. Niedere Gewalt, hätte es doch wohl eher heißen müssen.

Als er wieder zurückkam, lag Orlanda in der halbvollen Wanne, wusch eines ihrer langen Beine mit einem Schwamm und seufzte vor Behagen.

Er zog sich aus und stieg zu ihr ins Wasser. Er hatte ein bisschen Sorge, dass er zu viel getrunken haben könnte, aber sein Körper war so voller Gier auf Orlandas Körper, den er so lange vermisst hatte. Die Lust verdrängte alles andere aus seinem Bewusstsein.

Danach trug er sie zu dem großen Doppelbett und liebte sie noch einmal. Dabei musste er plötzlich an Fritzi denken. An ihr schönes herzförmiges Gesicht unter dem rotbraunen Haar, die vollen Lippen, die er vor vielen Jahren geküsst hatte. Es wäre uns allen besser ergangen, wenn ich bei ihr geblieben wäre, dachte er. Im Gegensatz zu Orlandas Liebe waren Fritzis Gefühle für ihn echt und treu. Er hätte sich auf sie verlassen können, und Orlanda wäre ohne ihn vielleicht mit Leopold glücklich geworden. Clemens hätte Fritzi geheiratet, und im Gegensatz zu Scholten wäre er bei ihr geblieben und sie bei ihm, allen Widrigkeiten zum Trotz. Vielleicht wäre die Sache mit ihrem Bein nie passiert. Vielleicht wären sie zusammen ausgewandert, in irgendein Land, in dem es keinen Hitler und keinen Judenhass gibt. Aber nun war es dafür zu spät. Die Erkenntnis machte ihn wütend, auf sich selbst und auf Orlanda, so dass er sich unwillkürlich schneller bewegte. Orlanda stöhnte und legte ihren Kopf in den Nacken. Ihr weißer Hals, wie der eines Tieres, das sich dem anderen unterwirft.

Er konnte gar nicht anders, sein Innerstes drängte sich nach ihr. Er ergoss sich zum zweiten Mal in sie und erkannte im selben Moment, dass er nie eine Wahl gehabt hatte. Er begehrte Orlanda und keine andere. Er würde niemals von ihr loskommen.

Im Laufe des Tages wuchs die Angst. Wenn Anna das Krankenhaus verließ, begann ihr Herz zu rasen, ihre Finger schwitzten und zitterten immer stärker, je näher sie der Briefkastenreihe unten im Hausflur kam. Manchmal dauerte es mehrere Minuten, bis sie es endlich schaffte, den kleinen Schlüssel in das Schloss des Kastens zu stecken und die Klappe zu öffnen.

Die Angst vor dem Ende. Dem letzten Brief.

Nein. Es würde nicht geschehen, Johannes war nicht im Einsatz an vorderster Front wie Graeter, er war Funker und saß irgendwo weitab vom Kampfgeschehen vor seiner Enigma-Maschine. Er war in Sicherheit.

In Sicherheit. Im Krieg. Das war ein Paradoxon.

Johannes' Leben lag in Gottes Hand. Aber was, wenn Gott seine Hand schloss und ihn zerdrückte, so wie er Graeter zerdrückt hatte und Zigtausende andere auch?

Orlanda kam nur noch selten zu den Gruppentreffen. Sie schien das Interesse am politischen Widerstand genauso schnell wieder verloren zu haben, wie es in ihr aufgekommen war. Nach Graeters Tod hatte sich auch ihr Verhältnis zu Elisabeth abgekühlt, jedenfalls kam Elisabeth abends nicht mehr vorbei.

Vermutlich war Orlanda gelangweilt, weil die Arbeit in der Gruppe nicht halb so aufregend war, wie sie sich das vorgestellt hatte. Besser so, dachte Anna, und dennoch ärgerte sie sich über Orlandas Oberflächlichkeit. Als ob sie es nicht vorher gewusst hätte.

Orlanda kam nicht mehr zu den Gruppentreffen, dafür blieb sie abends immer öfter lange weg. Am Samstag kam sie nach der Arbeit nur kurz nach Hause, um sich umzuziehen.

»Clemens hat Urlaub«, rief sie Anna zu, bevor sie wieder verschwand. »Du brauchst heute Nacht nicht mit mir rechnen.«

Clemens Haupt war in der Stadt, und ausgerechnet an diesem Wochenende tauchte auch Leopold wieder auf. Anna erkannte ihn im ersten Moment gar nicht, als sie ihm die Tür öffnete. Sie hatte ihn länger als ein Jahr nicht gesehen und seit Monaten nichts mehr von ihm gehört.

»Störe ich?«, fragte er, nachdem sie ihn ein paar Sekunden lang verständnislos angestarrt hatte.

»Nein, nein, ich ... Leopold!« Sie zog ihn am Ärmel in die Wohnung. »Warum hast du so lange nichts mehr von dir hören lassen? Ich dachte, du wärst ...« Was? Tot, verschollen, untergetaucht? Sie ließ den Satz unvollendet.

»Ich war krank. Typhusfieber. Aber jetzt ...«, er hustete nervös, »... ist es wieder besser.«

Es sah aber nicht danach aus. Wie hager er war, sein Gesicht schmal wie ein Totenkopf. Die Wangen grau von Bartstoppeln, die Augen schwarz umschattet.

»Meine Vermieterin hat mein Zimmer weitergegeben. Da dachte ich ...«

»Natürlich kannst du hier wohnen«, sagte Anna. Wie sollte sie ihm erklären, wo Orlanda steckte? Ob er wusste, dass sie sich immer noch mit Clemens traf?

»Nein«, wehrte er rasch ab. »Ich nehme mir ein Hotelzimmer. Ich wollte dich nur kurz sehen.«

»Orlanda?«, fragte er, während sie Teewasser aufsetzte.

»Sie ist nicht da.« Als ob ihm das noch nicht aufgefallen wäre, die Wohnung war ja nun wirklich nicht groß. Zu ihrer Erleichterung fragte er nicht weiter. Vielleicht war ihm Orlanda inzwischen ebenso gleichgültig wie er ihr.

Er erzählte ihr in dürren Worten von der Front, den letzten Wochen, in denen er im Lazarett gelegen hatte. »Das waren andere Zustände als bei euch im Evangelischen Krankenhaus«, sagte er, als die Wohnungstür aufging.

Orlanda.

Leopold schoss nach oben, seine Hände schnappten nach seiner Mütze, die Augen rasten durch den Raum, als wollte er fliehen. Erst als sie ihm gegenüberstand, wurde er ruhiger.

»Orlanda. Ich bin es, Leopold.«

»Das weiß ich doch.« Ihre Antwort klang wie ein Schluchzen.

Er wollte noch etwas sagen, aber mitten im ersten Wort musste er schlucken, also brach er wieder ab.

Sie ist ihm nicht gleichgültig, dachte Anna. Ganz und gar nicht.

Ulmer Höh', 27. Mai 1943

Geliebtes Kind,
die Frage bleibt, wer mich verraten hat. Neun Monate lang habe ich sie nun hin und her gedreht und von allen Seiten betrachtet und doch keine Antwort gefunden.
Vielleicht war es Dein Vater. Vielleicht wurden wir schon lange von der Gestapo beobachtet. Vielleicht war es einfach nur ein dummer Zufall.
Ich habe viel zu spät beschlossen, die Sache fallenzulassen.
Richte Deinen Blick nach vorn, mein Kind, niemals nach hinten.
Deine Mutter

Lamentationes Jeremiae Prophetae

Wie unendlich froh sie war, ihn wiederzusehen. Clemens, Fritzi, Elisabeth, Anna, die ganze Welt war auf einmal bedeutungslos. Leopold war zurückgekehrt.

Er lebte. Auch wenn er elend aussah.

Orlanda hätte ihn gerne umarmt und geküsst, so wie sie vor einer halben Stunde noch Clemens geküsst hatte, aber sie wagte es nicht. Er war so dünn, das Gesicht grau von Müdigkeit und Erschöpfung. Von den Schrecken des Krieges. Das Haar, das er früher länger getragen hatte, zog sich wie ein verfilzter, löchriger Teppich über seinen Schädel. Seine Augen lagen in dunklen Höhlen wie polierte Kieselsteine.

Er stand vor ihr, leibhaftig und wirklich. Orlanda streckte ihre Hand aus und fuhr mit dem Zeigefinger über seinen Handrücken. Auf seinem Arm bildete sich eine Gänsehaut. Sie zog ihre Hand wieder zurück.

Wie vertraut ihr Clemens gewesen war, als sie ihn gestern vor Rheinmetall wiedergesehen hatte. Im Guten, vor allem aber im Schlechten. Dass er sich jetzt wieder mit Goebbels treffen wollte, das war natürlich zu erwarten gewesen, aber es enttäuschte sie dennoch. Sieben Monate an der Front reichten, um Clemens einknicken zu lassen. Er würde den Nazis künftig aus der Hand fressen, er würde alles dafür tun, dass Goebbels ihn nie mehr wieder fallenließ.

Leopold dagegen. Er war ihr immer fremd gewesen, weil er nie über seine Gefühle gesprochen hatte. Nun wusste sie gar nichts mehr von ihm. Sie hatte keine Ahnung, was er in den letzten Jahren durchgemacht hatte, wo er gewesen war. Ob er sich nach ihr gesehnt hatte, ob er sie überhaupt je geliebt hatte.

Anna räusperte sich. »Tee?«

Orlanda schüttelte den Kopf. Nein, sie wollte keinen Tee.

Einen starken Kaffee. Oder einen Brandy, obwohl ihr von dem Gelage am Abend zuvor noch der Kopf dröhnte.

Leopold. Was sie wirklich wollte, war Leopold.

Sie mieteten ein Zimmer in einer Absteige in der Nähe des Hauptbahnhofs. Im Gegensatz zu dem diskreten Portier im Breidenbacher Hof bestand der Mann an der Rezeption hier auf die Vorlage einer Heiratsurkunde. »Wir sind schließlich kein Bordell.«

Sie hatten sie nicht dabei, aber glücklicherweise akzeptierte er schließlich auch ihre Kennkarten.

Als das Licht aus dem Korridor durch die geöffnete Zimmertür in den Raum fiel, sahen sie eine Handvoll Kakerlaken, die in alle Richtungen davonschossen. Sie verkrochen sich in den Ritzen des Holzbodens und hinter den Staubflocken in den Zimmerecken.

»Was für ein Loch«, murmelte Leopold.

Er ließ sich auf der Bettkante nieder und sah sie zum ersten Mal richtig an.

»Und nun?«

Darauf wusste sie auch keine Antwort.

Er erhob sich wieder. Einen Augenblick lang befürchtete sie, dass er sie einfach wegschicken könnte.

»Lass uns abhauen von hier. Ich ertrage diesen Raum nicht.«

Sie nahmen die Schnellbahn nach Duisburg, die seit Wochen nur noch sporadisch fuhr. Oft blieben die Wagen einfach mitten auf der Strecke stehen, ohne ersichtlichen Grund.

»Wo fahren wir hin?«, fragte Orlanda, als sie die letzten Häuser von Düsseldorf hinter sich gelassen hatten.

Er nickte, als beantwortete das ihre Frage, dann stiegen sie aus. Zielstrebig bog er in eine kleine Straße ein, die an ein paar Bauernhäusern vorbeiführte. Nach einigen hundert Metern verwandelte sie sich in einen Feldweg, der sich durch die hügligen Wiesen schlängelte. Am Wegrand standen Apfelbäume, deren Zweige sich unter der Last der Früchte bogen. Orlanda pflückte einen Apfel, biss hinein und verzog das Gesicht, weil er so sauer war. Sie aß ihn aber trotzdem bis zum Kerngehäuse auf. Man bekam so wenig frisches Obst in diesen Zeiten.

Als auch der Feldweg endete, schlug Leopold einen Trampelpfad zum Rhein ein. Sie fragte sich, ob er den Weg zum Fluss durch Zufall gefunden habe oder ob er schon öfter hier gewesen sei. Vielleicht mit einer anderen Frau.

Am Ufer lagen zwei große Felsblöcke, als habe sie jemand für sie bereitgestellt. Er ließ sich auf einem nieder. Orlanda setzte sich auf den anderen.

Sie hatte nicht die geringste Ahnung, was in ihm vorging.

Clemens hätte jetzt eine Flasche Wein oder eine Schale Erdbeeren aus der Tasche gezaubert. Leopold saß einfach nur da und starrte auf den Fluss, der sich braun und träge dahinwälzte. Über die ölig glänzende Oberfläche glitten Schiffe wie Schießbudenfiguren. Er schien sie vollkommen vergessen zu haben.

Als sie eine Bewegung machte, fuhr er zusammen, seine Hände griffen nach seinem Rucksack, als wollte er weg.

»Keine Angst«, sagte sie. Aber warum sollte er auch Angst vor ihr haben? Sie stand auf und setzte sich neben ihn. Er legte seinen Kopf an ihre Schulter und schloss die Augen. Er verströmte einen unguten, kranken Geruch nach kaltem Zigarettenrauch, Schweiß, altem Fett.

Als ob er sich dessen selbst bewusst geworden war, sprang er plötzlich auf.

»Ich gehe schwimmen.«

»Was? Das Wasser ist bestimmt eiskalt.«

»Egal.«

Sie sah ihm schaudernd dabei zu, wie er sich bis auf die Unterhose entkleidete und in den Fluss sprang.

»Es ist ganz wunderbar.« Er tauchte unter und danach prustend wieder auf. Wasser tropfte von seinen Haaren, flüssiges Gold im schrägen Licht der Spätsommersonne.

Bevor sie darüber nachdachte, was sie tat, zog sie sich ebenfalls aus. Auf einem vorbeifahrenden Dampfer gerieten ein paar Matrosen völlig außer sich, als sie Orlanda im Unterrock sahen. Sie grölten, schrien und winkten so aufgeregt, dass einer von ihnen fast über Bord ging. Orlanda stieg rasch in den Fluss, dann ließ sie sich nach vorne fallen. Das Wasser war so kalt, dass es sich im ersten Moment anfühlte, als habe sie sich verbrüht. »Du musst dich bewegen. Sonst ist es nicht auszuhalten«, rief Leopold und lachte zum ersten Mal an diesem Sonntag.

Er holte ein zerschlissenes Handtuch aus seinem Rucksack, mit dem sie sich trockenrieben. Danach breitete er es hinter den Büschen in der Sonne aus. »Leg dich hin«, sagte er.

Er schlief mit ihr, ohne sich vorher umzusehen, ob Bauern oder Spaziergänger in der Nähe waren. Ohne zu fragen, ob sie es auch wollte. Die Steine unter dem Handtuch bohrten sich in ihren Rücken, aber nach einer Weile spürte sie sie nicht mehr. Der Fluss hatte alle Gerüche von ihm abgewaschen, seine Haut fühlte sich kalt und frisch an wie die ihre auch.

Auch während sie sich liebten, blieb Leopold auf eine eigentümliche Weise distanziert. Am Vortag hatte Clemens mit ihrem Körper gespielt wie ein Musiker auf seinem Instrument, voller Leidenschaft und Begierde. Er kannte sie und ihre Bedürfnisse inzwischen so gut wie seine eigenen.

Leopold dagegen verlor sich nicht in seiner Lust. Er schlief mit Orlanda, so wie er auch mit einer anderen Frau geschlafen hätte. Ein Teil von ihm ist anderswo, dachte sie. In Russland, in der Vergangenheit oder in der Zukunft. Weit weg.

Wer bin ich für dich, fragte sie sich, als Leopold leise, kaum hörbar stöhnte.

Während er sich im Fluss wusch, reckte sie ihr Gesicht in die Abendsonne. Sie fühlte, wie sein Samen aus ihrem Körper rann, warm auf den Innenseiten ihrer kalten Schenkel. Sie war ein Stück Treibgut, das die Strömung ans Ufer gespült hatte. Es hätte sie nicht erstaunt, wenn er sie einfach liegen gelassen hätte und allein in die Stadt zurückgefahren wäre.

Aber dann saß er plötzlich neben ihr, zog ihren Kopf in seinen Schoß und die Nadeln aus ihrem Haar. Ihre dunklen Strähnen fielen wie Wasser über seine nackten Beine. Er streichelte ihre Haare, ihr Gesicht, ihre Wangen und summte dabei leise eine Melodie, die sie nicht kannte.

»Wann musst du zurück?«, fragte sie.

»Ich habe zwei Wochen Urlaub.«

»Du musst nicht in diesem Hotel bleiben. Du kannst bei uns wohnen.«

»Es ist zu eng. Ich schlafe schlecht.«

»Das ist mir egal.«

Er kniff die Augen zusammen und rieb sie mit den Fäusten, so als ob ihm eine Fliege hineingeraten wäre.

Offensichtlich war das Thema für ihn beendet.

Sie schwiegen eine Weile, dann erzählte sie ihm von der Arbeit in der Gruppe und danach von ihren und Elisabeths Plänen.

Während sie redete, fragte sie sich selbst, warum sie das tat. Gestern bei Fritzi war sie betrunken gewesen, heute dagegen war sie klar und nüchtern. Vielleicht wollte sie Leopold beweisen, wie sehr sie sich verändert hatte. Wie erwachsen und verantwortungsbewusst sie geworden war. Dass er sich mit ihr genauso ernsthaft unterhalten konnte wie mit Anna.

Vielleicht wollte sie auch, dass er es erfuhr, weil Clemens ebenfalls davon wusste. Clemens, der sich am Montag mit Goebbels treffen würde.

»Du bist verrückt«, sagte Leopold, als er hörte, was sie vorhatten. »Das kann nur schiefgehen. Und selbst wenn es funktioniert, was sollte es bringen? Ein paar unschuldige Soldaten werden verletzt oder sterben sogar. Aber die Kriegsmaschinerie haltet ihr dadurch nicht auf.«

»Es ist unsere einzige Chance«, widersprach sie. »Flugblätter und Parolen sind nicht genug. Wir brauchen Aufmerksamkeit. Wir müssen den deutschen Bürgern und der ganzen Welt zeigen, dass es einen Widerstand gegen Hitler gibt. Mächtigen Widerstand.«

»Und dafür geht ihr über Leichen?«

»Es wird keine Toten geben.« Das hatte zumindest Elisabeth behauptet. Noch nicht, hatte sie gesagt.

»Das ist doch Blödsinn. Wenn der Zug tatsächlich entgleist, dann sind die Folgen nicht abzuschätzen.«

»Und wenn schon? An der Front fallen die Deutschen zu Tausenden. Auch wenn unsere Aktion ein paar Menschenleben kostet ...«

»Du meinst, darauf kommt es auch nicht mehr an?« Er lachte spöttisch und stand auf.

»Warte!«

»Was?«

»Wir verstecken Leute«, sagte Orlanda.

»Was für Leute?«

»Das kannst du dir ja wohl denken. Wenn du nicht wieder zurück an die Front willst ... vielleicht finden wir auch für dich einen Platz. Bei Fritzi oder anderswo.«

Er zögerte. »Nein«, meinte er dann. »Es gibt andere, die es nötiger haben als ich.« Wieder kniff er die Augen zusammen und rieb sie.

»Das glaube ich nicht.«

Er ließ die Hände sinken und sah sie an.

»Warum?«, fragte er. »Warum würdest du so etwas für mich tun?«

»Du bist mein Mann«, sagte sie.

Erst als sie zurück in die Stadt fuhren, fiel ihr Clemens wieder ein. Sie hatten sich für den Nachmittag verabredet, bevor er am Abend den Nachtzug nach Berlin nehmen wollte. Inzwischen war es fast sieben Uhr, falls er wie vereinbart in der Hotellobby auf sie gewartet hatte, war er bestimmt sehr verärgert.

Sie wollte ihn nicht sehen. Aber sie konnte auch nicht einfach wegbleiben. Er wusste viel zu viel über sie, und wenn er Goebbels davon erzählte ...

Das würde er niemals tun, dachte sie.

Oder vielleicht doch? Sie durfte kein Risiko eingehen. Sie musste ihn noch ein letztes Mal treffen, bevor er abreiste.

»Ich muss noch einmal weg«, erklärte sie Leopold. »Ich habe eine Verabredung, die ich ganz vergessen habe. Aber hinterher komme ich zu dir.«

Er zuckte nur mit den Schultern.

»Wenn du willst, dass ich komme.«

»Natürlich will ich das«, entgegnete er ruhig.

Sie trennten sich am Hauptbahnhof. Eine Anwohnerin, die an einem der Häuser am Bahnhofsplatz am Fenster stand, sah, wie sie sich küssten, der große, schlanke Soldat und die junge schöne Frau. Sie lächelte verträumt, denn auch ihr Verlobter war Soldat und seit einem Jahr in Afrika an der Front.

In drei Tagen würde ein Bombenregen den Hauptbahnhof und die angrenzenden Häuser binnen weniger Stunden in schwarz verkohlte Mauergerippe verwandeln, die Frau käme gerade noch mit dem Leben, einem Koffer voller Kleider und einer Kiste Silberbesteck davon.

Ihren Verlobten, der im Winter in Nordafrika fallen würde, würde sie nie mehr wiedersehen, genauso wenig wie Orlanda Leopold wiedersehen würde. Sie hatten sich gerade eben zum letzten Mal geküsst.

Clemens erwartete Orlanda ungeduldig vor dem imposanten Eingangsportal des Breidenbacher Hofs. Er war nicht verärgert, sondern außer sich vor Sorge. »Gott sei Dank! Ich dachte schon, es wäre dir etwas zugestoßen!«

»Tut mir leid! Ich wollte … ich wurde aufgehalten.«

»Was ist denn geschehen? Ich hab schon befürchtet, dass man dich …«

»Clemens, ich bitte dich«, unterbrach sie ihn. »Vergiss, was ich dir gestern erzählt habe. Ich war betrunken. Es ist alles gar nicht wahr.«

»Ich weiß überhaupt nicht, wovon du sprichst«, entgegnete er mit so viel Befremden in der Stimme, dass sie sich fragte, ob er ihre Enthüllungen wirklich vergessen hatte. Immerhin waren sie alle betrunken gewesen.

»Dann ist es ja gut«, sagte sie hastig. »Wann geht dein Zug?«

Zum Glück war es weniger als eine Dreiviertelstunde bis zur Abfahrt.

Sie bot ihm an, ihn zum Bahnhof zu begleiten, aber zu ihrer Erleichterung lehnte er ab. »Wir sehen uns bestimmt recht bald wieder.«

Sie nickte und lächelte, obwohl sie es besser wusste. Was immer sie in der Vergangenheit für Clemens empfunden hatte, es war vorbei. Leopold war ihr Mann, das ewige Hin und Her hatte ein Ende. Sie war angekommen, nach so langer Zeit hatte sie sich endlich entschieden.

Bevor Clemens in die Droschke stieg, küsste Orlanda ihn ebenfalls ein letztes Mal, und dann war auch diese Geschichte zu Ende.

Leopold hatte sein Zimmer in der Absteige am Hauptbahnhof bezahlt und war abgereist. »Woher soll ich wissen, wo er hin ist«, erklärte der mürrische Portier. »Sie sind doch seine Frau.«

In ihrer Verzweiflung ging Orlanda zu Fritzi, obwohl sie vereinbart hatten, dass sie sich nicht öfter als einmal in der Woche sehen wollten. »Ich konnte nicht nach Hause zu Anna«, erklärte sie.

Fritzi rückte zur Seite, um Platz für Orlanda auf ihrer Matratze zu machen.

»Meinetwegen kannst du gerne bleiben.«

»Warum um alles in der Welt ist Leopold abgereist?«, fragte Orlanda. »Ich verstehe es nicht. Ohne ein Wort der Erklärung, ohne einen Abschiedsbrief.«

»Der Krieg verändert die Menschen«, erwiderte Fritzi. »Das sagst du doch selbst. Vielleicht hat er etwas Furchtbares erlebt. Vielleicht fehlten ihm die Worte, um darüber zu reden.«

»Er hat mit mir noch nie über irgendwas geredet, das ihn bewegt. Ich habe keine Ahnung, was in ihm vorgeht. Im Vergleich dazu ist Clemens ein offenes Buch. Auch wenn man es manchmal nicht lesen will.«

»Hast du Leopold erzählt, dass Clemens in der Stadt ist?«, fragte Fritzi. »Vielleicht war er ja eifersüchtig.«

»Leopold eifersüchtig? Um eifersüchtig zu sein, müsste er sich erst einmal für mich interessieren.«

»Was soll ich dir sagen? Ich kenne ihn noch viel weniger als du.«

»Du hast ihn nie gemocht.«

Die Dunkelheit hing unter dem Dach wie dick verstaubte Spinnweben. Mit jeder Minute wurde sie dichter, schwerer, um sich schließlich langsam auf sie herabzusenken.

»Er kam mir immer so zynisch vor«, sagte Fritzi nachdenklich.

»Zynisch«, wiederholte Orlanda. »Das ist er, das stimmt. Aber ist das verwunderlich, wenn man sieht, was die Nazis aus ihm gemacht haben? Zumindest kollaboriert er nicht mit ihnen wie Clemens, der nun wieder zu Goebbels zurückkriecht wie ein geprügelter Hund.«

»Aber Leopold war früher schon so«, widersprach Fritzi. »Schon damals an der Duisburger Oper. Die Sache mit dem armen Willi, den er betrunken gemacht hat, damit Clemens seine große Rolle bekommt. Ich habe mich damals gefragt, wozu er sonst noch fähig ist.«

Orlanda zündete sich eine Zigarette an. »Das sind doch nun wirklich uralte Kamellen.«

Sie konnte Fritzi nicht mehr richtig sehen, aber sie spürte, wie sie mit den Schultern zuckte.

»Ich wünschte, du hättest Clemens nichts von euren Sabotageplänen erzählt«, wechselte Fritzi nach einer Weile das Thema. »Er ist so schwach. Hoffentlich verrät er dich nicht.«

»Das würde er niemals tun«, sagte Orlanda mit mehr Überzeugung, als sie wirklich fühlte. Sie fragte sich die ganze Zeit schon, ob sie Clemens wirklich so gut kannte, wie sie ihn zu kennen meinte.

Zu allem Überfluss hatte sie auch noch mit Leopold über ihr Vorhaben gesprochen. Vielleicht war er deshalb so überstürzt abgereist. Weil er Angst hatte, in die Sache verwickelt zu werden.

»Du musst mit deiner Bekannten reden«, sagte Fritzi. »Ihr müsst die Sache abblasen. Es ist zu gefährlich.«

»Dazu ist es jetzt zu spät.« Wenn Elisabeth erführe, dass sie die Sache nicht nur einmal, sondern gleich zweimal ausgeplaudert hatte, dann würde sie außer sich geraten. Es wäre das Ende ihrer Freundschaft. Ich muss mich auf dich verlassen können, hatte Elisabeth mehr als einmal zu ihr gesagt. Sie hatten sich immer wieder gegenseitig beschworen, dass strengste Geheimhaltung erste Voraussetzung für ihren Erfolg sei. Nicht einmal Anna hatten sie sich anvertraut. Und nun wussten Clemens und Leopold davon.

Aber der Versorgungszug, der Waffen, Munition, Verpflegung und Soldaten von Düsseldorf an die russische Front befördern sollte, war bereits ausgewählt, die Bombe gebaut, jetzt kam es nur noch darauf an, sie zum festgelegten Zeitpunkt in einer Grube neben den Schienen zu platzieren. Sie sollte gezündet werden, bevor der Zug die Stelle passierte.

»Ein Warnschuss«, nannte Elisabeth das. »Beim nächsten Mal geht es nicht so glimpflich ab.«

Orlanda sollte die Bombe zu den Gleisen transportieren, in einem Kinderwagen versteckt. Das Loch, in dem sie den Sprengkörper verbergen sollte, hatten die Männer bereits ausgehoben.

Ein perfekter Plan. Nichts konnte mehr schiefgehen.

Als Orlanda aufwachte, war alles dunkel. Dennoch sah sie Fritzi klar und deutlich, wie sie unter dem Oberlicht stand, das Gesicht zum Nachthimmel gereckt. Orlanda wollte sie ansprechen, aber dann hörte sie, dass Fritzi leise sang. Seltsamerweise war es dasselbe Lied, das Leopold gesummt hatte, als er am Nachmittag am Rhein ihr Haar gestreichelt hatte.

»Bleib bei uns, denn es will Abend werden«, sang Fritzi. »Und der Tag hat sich geneigt.« Dann erkannte Orlanda, dass es gar nicht Fritzi war, die dort stand und sang, sondern ihre eigene Mutter, die seit vielen Jahren tot war, und sie verstand beim Träumen, dass sie träumte.

Orlanda kam am Montagabend nicht nach Hause, aber Anna machte sich keine Sorgen um sie. Sie wusste nicht genau, mit wem sie zusammen war, Clemens oder Leopold. Aber der eine oder der andere würde auf sie aufpassen.

Vermutlich war sie bei Leopold geblieben, sie war ja mit ihm zusammen losgegangen, um ein Hotel zu suchen. Das war gut, sagte sich Anna, denn mit Leopold war Orlanda verheiratet, und eine Frau gehörte an die Seite ihres Mannes, generell und in diesen Zeiten ganz besonders.

Vielleicht hatte sie Leopold aber auch im Hotel zurückgelassen und war zu Clemens gegangen.

Die Vorstellung störte Anna nicht mehr so sehr wie noch vor zwei Tagen.

Leopold hatte sich so verändert. Die Unruhe in seinen Augen, sein Blick wie der eines gejagten Tieres. Er hatte sich mit keinem Wort nach Johannes erkundigt, auch nach Annas Befinden hatte er nicht gefragt. Das Soldatenleben lastete schwer auf ihm, das war offensichtlich. Vielleicht hatte es letztendlich doch etwas Gutes, dass sich Orlanda schon vor dem Krieg von ihm getrennt hatte. Clemens Haupt war nun wirklich kein Mann nach Annas Geschmack. Aber Leopolds verstörtes Wesen hatte sie beunruhigt.

Als sie am Montagabend vom Krankenhaus nach Hause kam, fand sie einen Brief von Johannes im Postkasten. *Es geht mir gut*, schrieb er. *Auch wenn es dir vielleicht seltsam erscheint. Westlich und östlich von uns toben die schrecklichsten Kämpfe, die man sich vorstellen kann, hier ist alles ruhig. Ich verbringe die Tage mit meiner Enigma, aber sei nicht eifersüchtig, in meinen Nächten sehne ich mich nach dir.* Im November käme er auf Urlaub nach Hause, er freue sich jetzt schon darauf. Sie legte den Brief unter ihr Kopfkissen und schlief zum ersten Mal seit Wochen tief und fest.

Dröhnendes Hämmern an der Wohnungstür riss sie aus dem Schlaf. Zwei Gestapo-Beamte stürmten in die Wohnung, sobald Anna die Tür einen Spalt geöffnet hatte. Sie fiel taumelnd gegen die Wand.

Der eine hielt sie am Oberarm fest, ihr Nachtkleid fest im Griff, der andere durchsuchte die Wohnung, die Pistole im Anschlag. »Sauber«, erklärte er schließlich.

»Sie sind Frau Bredelin?«, fragte der erste, der nicht viel größer war als Anna. »Wir müssen Sie mitnehmen.«

»Sie müssen sich irren. Was wollen Sie denn von mir? Ich muss zur Arbeit. Ich werde mich beschweren!« Ihre Fragen, ihre Einwände, ihre Drohungen beeindruckten die beiden Männer nicht im mindesten. Sie schienen sie gar nicht zu hören. Anna zog sich hastig an, und die Männer brachten sie ins Gestapo-Hauptquartier in der Prinz-Georg-Straße, dort verhörte man sie vier Stunden lang.

Man hatte Orlanda verhaftet, das war alles, was Anna selbst erfuhr.

Am Anfang war sie überzeugt, dass die Gruppe aufgeflogen war. Vor allem als die Beamten sie nach Elisabeth fragten.

Anna antwortete, dass man sich aus der Kirchengemeinde kenne. Ihre Stimme klang dabei erstaunlich ruhig. »Wir treffen uns donnerstags in einem Bibelkreis.« Einer der Gestapo-Beamten rümpfte seine Nase, als habe sie etwas sehr Ungehöriges gesagt.

Danach bohrten sie weiter, aber jetzt war es offensichtlich, dass sie mit ihren Fragen im Dunkeln herumstocherten. Sie fragten nach Pastor Brugge, Johannes, der Bekennenden Gemeinde, sie erkundigten sich mehrmals nach Fritzi, woraufhin Anna jedes Mal die Schultern hob und wieder fallen ließ. Tut mir leid, keine Ahnung. Ihr Herz raste. Die Männer fragten nach diesem und jenem Gemeindeglied. Sie wussten nichts. Dennoch hatten sie Orlanda verhaftet. Warum?

»Sagen Sie mir doch bitte, was Sie meiner Schwester vorwerfen!«, rief Anna voller Verzweiflung, als sie sie gegen Mittag endlich entließen.

»Hochverrat«, sagte der eine kleine Beamte, der sie am Morgen abgeholt hatte. »Die Anklage lautet auf Hochverrat.«

Anna konnte sich nicht erklären, was geschehen war. Und sie konnte auch keinen der anderen fragen. Gustav Hempels, der ebenfalls im Evangelischen Krankenhaus arbeitete, hatte ausgerechnet in dieser Woche Urlaub – oder hatte man ihn ebenfalls verhaftet? Die Gestapo ließ Anna beobachten, morgens, wenn sie zur Arbeit ging, sah sie einen Mann auf der anderen Straßenseite an einer Litfaßsäule lehnen und Zeitung lesen. Nachdem sie an ihm vorübergegangen war, faltete er die Zeitung diskret zusammen und folgte ihr bis zum Krankenhaus. Wenn sie nach der Arbeit wieder herauskam, wartete schon einer seiner Kollegen auf sie und begleitete sie wieder heim. Anna bezweifelte, dass sie die ganze Nacht vor dem Haus Wache hielten, aber sie wagte es trotzdem nicht, einen aus der Gruppe aufzusuchen. Am Donnerstag schickte sie eine der Lernschwestern in Graeters Fachbuchhandlung, angeblich um ein Buch für einen der Ärzte zu besorgen, aber in dem Umschlag, den sie ihr für Elisabeth mitgab, war natürlich keine Bestellung.

»Die Buchhandlung ist geschlossen«, erklärte die Schülerin, als sie wieder zurück war und ihr den Umschlag reichte.

Am Abend besuchte Pastor Brugge sie. »Es tut mir leid, dass ich erst jetzt komme«, sagte er. »Aber diese Schurken haben mich doch tatsächlich zwei Nächte eingesperrt.«

»Wer? Die Gestapo?«, fragte Anna entsetzt.

»Wer sonst. Schutzhaft nennen sie das. Aber lassen wir das. Das ist ja gar nichts gegen die Sache mit Ihrer Schwester.«

Anna wollte etwas entgegnen, aber stattdessen begann sie zu weinen.

Während sie nach einem Taschentuch suchte, nickte er begütigend, als wüsste er alles. Er wusste ja auch alles.

»Frau Graeter ist ebenfalls verhaftet worden«, erklärte er mit verschwörerisch gesenkter Stimme, nachdem Anna sich wieder beruhigt hatte. »Den anderen ist dagegen nichts geschehen. Schleier und Hempels und dem Rest der Gruppe. Ich habe mir allerdings erlaubt ...«, seine Stimme wurde noch leiser, »... die Druckerpresse aus dem Keller des Gemeindehauses entfernen zu lassen. Es wäre zu gefährlich gewesen, sie zu behalten.«

Anna starrte ihn an. »Heißt das, Sie wussten die ganze Zeit, was wir ...?«

»Natürlich. Halten Sie mich für blind oder senil? Doktor Hempels lässt Ihnen ausrichten, dass Sie sich in der nächsten Zeit bei der Versorgung der ...«, er räusperte sich, »... U-Boote zurückhalten mögen. Aus Sicherheitsgründen.«

Anna nickte.

»Gibt es etwas, das wir für Ihre Schwester tun können?«, fragte Brugge. »Oder für Frau Graeter?«

Nichts. Es gab nichts, was sie tun konnten. Außer abzuwarten.

Fritzi ging es gut. Das erfuhr Anna am Samstag, als sie all ihren Mut zusammennahm und in Frau Erles Gemischtwarenhandlung ging. »Bei mir war keiner«, erklärte Frau Erle. »Du liebe Zeit, Frau Ulrich hinter Gittern. Also, ich wöar froh, di hä die Bombe in dor Reichsdach jeschmisse und se wören all erledischt!«

Denn Orlanda, das wusste mittlerweile auch Frau Erle, hatte gemeinsam mit Elisabeth und zwei anderen Männern versucht, einen Zug in die Luft zu sprengen. Das hatte man Anna schließlich auf wiederholte Nachfrage mitgeteilt. Niemand sonst aus der Gruppe hatte von der Sache gewusst. »Das war der reine Wahnsinn«, sagte Hempels, als Anna ihm davon erzählte. »Was haben sie sich nur dabei gedacht?«

Was haben sie sich nur dabei gedacht. Das fragte sich auch Anna ununterbrochen. Was war in Orlanda vorgegangen, in den letzten Tagen und Wochen, in den letzten Monaten und Jahren? Sie hatten so eng zusammengelebt, und doch waren sie einander so fremd wie zwei Menschen auf unterschiedlichen Kontinenten.

Nach ihrer Verhaftung mussten Orlanda und Elisabeth neun Wochen lang auf ihren Prozess warten, der vor dem Volksgerichtshof verhandelt wurde. Am 15. November 1942 sah Anna ihre Schwester im Gerichtssaal zum ersten Mal wieder, bis dahin wurde ihr, genau wie allen anderen, das Besuchsrecht verweigert. Orlanda hatte ihr einmal aus der Untersuchungshaft geschrieben. *Ich bin guter Dinge, auch wenn Du es vielleicht nicht glauben kannst. Ich möchte Dir gerne so vieles schreiben, aber ich finde keine Worte. Vielleicht kannst Du mich bald einmal besuchen.*

Am Morgen der Verhandlung nahm Anna zwei Veronal, weil sie um keinen Preis weinen wollte. Sie war das Medikament aber nicht gewöhnt und fühlte sich benommen, fast berauscht, als acht Polizisten Orlanda, Elisabeth und die anderen beiden Angeklagten in den Gerichtssaal führten. Orlanda hatte abgenommen, aber ansonsten wirkte sie zuversichtlich und erstaunlich gesund. Nach den Zeugen der Anklage rief die Verteidigung einen Arzt in den Zeugenstand, der ihre Schwangerschaft enthüllte. Neben Anna schnappte Pastor Brugge hörbar nach Luft. Es dauerte eine ganze Weile, bis die Erkenntnis auch in Annas Bewusstsein gedrungen war. Orlanda erwartete ein Kind. Zweifellos war es am Wochenende vor Orlandas Verhaftung gezeugt worden. Aber wer war der Vater – Leopold oder Clemens?

»Das wird ihr das Leben retten«, flüsterte Pastor Brugge und drückte ermutigend Annas Hand.

»Im Namen des deutschen Volkes ergeht folgendes Urteil«, verkündete der Richter nach der Beratungspause. »Die Angeklagten haben im Krieg Hochverrat, Wehrkraftzersetzung und Sabotage betrieben.«

Sie wurden alle vier zum Tode verurteilt.

Vor der Vollstreckung des Urteils sollte Orlanda ihr Kind austragen dürfen, das gestand ihr der Richter zu.

Als man die Angeklagten abführte, wischte sich Brugge die Tränen aus den Augen. Anna dagegen spürte nichts, keine Trauer, kein Entsetzen, keinen Schmerz. Ihre Gefühle lagen hinter einer Mauer aus Veronal.

»Ich werde ein Gnadengesuch stellen«, verkündete der Verteidiger nach der Verhandlung. »Aber machen Sie sich nicht zu viele Hoffnungen. Das Urteil ist juristisch nicht anfechtbar.«

»Der Volksgerichtshof ist die letzte Instanz«, hatte Pastor Brugge schon vor dem Prozess erklärt. »Zumindest in dieser Welt.«

Anna versuchte alles, um eine Besuchserlaubnis für Orlanda zu bekommen. »Nun haben Sie meine Schwester doch schon zum Tode verurteilt«, erklärte sie der Beamtin im Gefängnisbüro. »Was für einen Grund gibt es denn jetzt noch, mich weiterhin von ihr fernzuhalten?«

»Über diese Dinge entscheide nicht ich«, gab die Beamtin zurück, ohne den Blick von ihren Unterlagen zu heben. »Sie bekommen in ein bis zwei Wochen Bescheid.«

Als Anna sitzen blieb, hob sie den Kopf. »Gibt es noch etwas?«

»Ich möchte noch einen weiteren Antrag stellen«, sagte Anna mit zitternder Stimme. »Für Frau Elisabeth Graeter.« Sie hatte das Formular bereits ausgefüllt und schob es nun ebenfalls über den Schreibtisch.

Die Frau senkte den Blick wieder und stempelte das Blatt, ohne es zu lesen.

»Ein bis zwei Wochen«, wiederholte sie, als Anna noch immer nicht aufstand.

»Frau Graeter wird übermorgen exekutiert«, sagte Anna. »Ich brauche die Erlaubnis sofort.«

»In welchem Verwandtschaftsverhältnis stehen Sie zu dem Häftling?«

»In keinem. Aber sie hat sonst niemanden. Ihre Eltern sind tot. Ihr Mann ist an der Front in Russland gefallen.«

»Der Antrag wird bearbeitet. Sie bekommen nach Ablauf der Frist Bescheid.«

Die Frau schob das Blatt in einen Locher und hackte – *krack!* – zwei Löcher in den Rand.

Ihr eigener Mann war ebenfalls in Russland gefallen, sie hatte drei kleine Kinder zu ernähren und eine alte pflegebedürftige Mutter, um die sie sich kümmern musste. Sie konnte sich keine Sentimentalitäten leisten.

Kurz nach der Verhandlung verlor Johannes seinen rechten Fuß durch eine Tretmine. Einige Wochen lag er in Russland im Lazarett, im Dezember 1942 schickte man ihn nach Hause. »Immer wenn ich glaube, es geht nicht mehr schlimmer, kommt ein neuer Schlag«, sagte Anna zu Fritzi, die sie nun endlich wieder zu besuchen wagte.

»Wart einmal ab«, meinte Fritzi. »Vielleicht ist es das Beste, was ihm passieren konnte.«

Anna war gekränkt, weil sie die Bemerkung als herzlos empfand. Erst als Johannes nach Hause kam, verstand sie sie.

Johannes hatte seinen Fuß verloren und dadurch sein Leben gerettet. Er konnte nicht mehr zurück an die Front. Nicht als Funker und schon gar nicht als gewöhnlicher Soldat.

»Sobald es Ihnen besser geht, stellen wir Sie wieder an der Friedenskirche an«, erklärte Brugge, als er ihn das erste Mal besuchte. »Das ist bereits mit dem Presbyterium vereinbart. Ich werde mich in dieser Sache auch auf keinen Kompromiss mehr einlassen. Was genug ist, ist genug.«

»In ein paar Monaten kann man die Prothese anpassen«, prophezeite Orlanda. »Du wirst schon sehen, bald spielt er wieder Orgel, als ob nichts gewesen wäre.«

Es war das zweite Mal, dass sie und Anna sich in dem Besucherraum des Gefängnisses auf der Ulmer Höh' gegenübersaßen.

»Johannes geht es jetzt schon erstaunlich gut«, erwiderte Anna. Und er freut sich so sehr auf das Kind, hätte sie fast noch hinzugefügt, aber stattdessen schwieg sie betroffen. Die Geburt von Orlandas Kind zog ja unweigerlich ihren Tod nach sich.

Orlanda nickte. »Ihr werdet ihm gute Eltern sein.«

Sie hatte Anna immer noch nicht gesagt, wer der Vater war. Vielleicht wusste sie es selbst nicht.

»Es ist ja auch vollkommen gleichgültig«, erklärte Johannes. »Selbst wenn es von Haupt ist. Das Kind kommt zu uns, das ist doch keine Frage.«

Hoffentlich ist es keine Frage, dachte Anna. Hoffentlich erhebt nicht einer der beiden nach der Geburt Ansprüche auf das Kind.

In den ersten Wochen nach Orlandas Verhaftung waren stapelweise Briefe von Clemens Haupt eingetroffen. Er war jetzt wieder groß im Geschäft und gab Konzerte in Deutschland und in den besetzten Gebieten. Anna hatte die ungeöffneten Umschläge mit ins Gefängnis genommen, als sie Orlanda das erste Mal besuchte. »Zerreiß sie«, sagte Orlanda. »Oder verbrenn sie. Ich will sie nicht haben.«

»Und Leopold?«, wollte sie dann wissen.

»Nichts«, sagte Anna. »Ich habe nichts von ihm gehört.« Sie erzählte nicht, dass sie ihm von Orlandas Verhaftung und dem Prozess geschrieben und keine Antwort erhalten hatte. Orlanda fragte auch nicht weiter.

Ende Februar kam die Nachricht aus Russland. Der Brief war an Orlanda adressiert, aber nachdem Anna den Absender gelesen hatte, riss sie das Kuvert einfach auf und las.

Sehr geehrte Frau Ulrich!

Leider ist es an mir, Ihnen die traurige Nachricht zu überbringen, dass Ihr Mann, der Gefreite Leopold Ulrich, geb. am 4. 4. 1907, seinem Leben am 1. 2. 1943 mit seiner Armeepistole eigenhändig ein Ende gesetzt hat. Alle seine Kameraden bedauern seinen Tod. Wir möchten Ihnen und allen Angehörigen unsere Anteilnahme und unser Beileid aussprechen. Sein persönlicher Besitz wird Ihnen in einer getrennten Paketsendung zugestellt.

Ich grüße Sie, Heil Hitler!

Gustav Wiedekamp, Oberleutnant und Kompanieführer

Anna zögerte lange, ob sie Orlanda überhaupt von Leopolds Selbstmord berichten sollte. Alles in ihr sträubte sich dagegen, ihr jetzt diese furchtbare Nachricht zu überbringen. »Du musst es ihr sagen«, meinte Johannes.

Also sagte sie es ihr. Orlanda nahm es erstaunlich ruhig auf, fast gefühllos. »Ich habe schon damit gerechnet«, sagte sie nur. »Er schien so verstört, das letzte Mal, als wir uns getroffen haben. Nun ist er mir also vorausgegangen, und ich sehe ihn im Jenseits wieder.«

»Ja«, sagte Anna mit belegter Stimme. »Das wirst du wohl.«

»Wenn es so etwas gibt. Aber das werde ich ja nun bald wissen.«

Kurz danach war Fritzi verschwunden. Als Anna eines Morgens am Krankenhaus ankam, wartete Frau Erle auf sie, das Gesicht über dem graugrünen Kittelkleid rot vor Aufregung. »Hütt morje woar et Lager leer. Äwer isch jlöw nit, dat die

Jestapo de Frau Scholten affjeholt hätt. Sons häen se misch jlisch mitjenomme!«

Sie reichte Anna ein Blatt Papier. Anna erkannte Fritzis große Handschrift, noch fahriger und unordentlicher als sonst.

Liebe F. E., liebe A.,
 ein guter Freund hat mich auf eine Reise eingeladen. Betet für mich. Danke für alles!
 F.

»Eine Reise? Was meint sie damit?«

Frau Erle zuckte die Schultern.

»Die Tür war nicht aufgebrochen. Wer immer sie besucht hat, muss das vereinbarte Klopfsignal gekannt haben, sons hä se nit objemaat.«

»Haben Sie das Signal irgendeinem Ihrer Bekannten verraten?«

»Jetz äwer! Niemand weiß davon!«

Ein guter Freund, dachte Anna. Einer, der das Klopfsignal kannte. Dem Fritzi vertraute.

»Clemens Haupt hat sie geholt.« Abends sprach Johannes aus, was sie dachte. »Er ist außer uns der Einzige, der wusste, wo sie sich verbirgt. Und der das Klopfsignal kennt. Nicht einmal die anderen aus der Gruppe wussten Bescheid.«

»Aber warum sollte Clemens Fritzi zu sich holen?«

»Und wohin hat er sie gebracht?«

Zumindest die zweite Frage beantwortete ein Telegramm, das Anna eine Woche später zugestellt wurde.

+++ paket aus gemischtwarenhandel sicher bei familie unki angekommen +++ stop +++ empfänger sendet herzliche gruesse +++ stop +++ clemens +++

»Das Paket aus dem Gemischtwarenhandel«, sagte Anna. »Das ist Fritzi. Aber was bedeutet Familie Unki?«

»United Kingdom«, sagte Johannes. »Fritzi ist in England. Gelobt sei Gott.«

»Wenn es denn nur auch wirklich wahr ist.« Anna musste sich setzen.

Ihr war in der letzten Zeit so oft schwindlig, als wäre sie selbst schwanger. Gewissermaßen war es ja auch so. Sie erwartete ein Kind. Ihre Stellung als OP-Schwester am Evangelischen Krankenhaus kündigte sie zum ersten Mai, auch wenn Orlandas Kind erst im Juni zur Welt kommen sollte.

»Hoffentlich haben Sie sich das alles gut überlegt«, sagte die Oberin, als Anna ihr das Kündigungsschreiben übergab.

Anna schwieg. Was hätte sie auch entgegnen sollen? Es gab nichts zu überlegen.

Seit Johannes seine Prothese bekommen hatte, spielte er wieder Orgel. Es fiel ihm nicht leicht, die Wunde bereitete ihm immer noch große Schmerzen, und an der Front waren seine Finger steif und ungelenk geworden.

»Aber es wird, es wird«, sagte er glücklich, wenn er aus der Friedenskirche nach Hause kam.

Wie früher saß Anna häufig im Kirchenschiff und hörte ihm beim Spielen zu. Wenn er die vertrauten Choräle und Improvisationen anstimmte, wurde sie unweigerlich in die Vergangenheit gezogen. Sie wanderte zurück in die Zeit, in der sie Johannes kennengelernt und sich in ihn verliebt hatte, sie reiste durch ihre Jugend bis in ihre Kindheit.

Jedes Musikstück war ein Stein im Mosaik ihres Lebens. Manches passte nicht recht zusammen, vieles fehlte noch, das endgültige Bild würde sich erst viel später ergeben.

All die Abende, in denen Anna im Schiff der Friedenskirche saß und Johannes zuhörte, wartete sie auf ein bestimmtes Stück. Johannes' Klagelied. »Lamentationes Jeremiae Prophetae.«

Als er es endlich spielte, erkannte sie es zuerst nicht wieder. Daran merkte sie, wie sehr auch er sich in den letzten vierzehn Jahren gewandelt hatte. Die Lamentationes klangen jetzt ganz anders als früher.

Die schluchzenden, klagenden Oberstimmen bedrängten einander noch immer wie eh und je, sie fiepten, winselten, schluchzten und heulten. Sobald auch nur ein Hauch von Sicherheit aufkam, wurde sie von den wechselnden Tonarten, den verschiedenen Taktarten wieder zerschlagen.

Aber in der Dissonanz schwang etwas Neues mit. Es war die Pedalstimme, die Johannes nur mit einem Fuß spielte und die sich wie ein dunkler, ruhiger Herzschlag durch das Stück zog. Später zog er die Prothese hinzu, und der Bass tropfte sanft wie Regen.

Ein Trost.

Der Krieg wütete schlimmer denn je. Die nächtlichen Fliegerangriffe auf Düsseldorf fanden inzwischen im wöchentlichen Rhythmus statt. Die Hälfte der Altstadt war zerstört, die Rheinmetall-Fabrik, in der Orlanda gearbeitet hatte, und große Teile von Flingern. Vor den Suppenküchen wurden die Schlangen der Obdachlosen immer länger.

Es gab keinen Grund zur Zuversicht. Der Höhepunkt war noch nicht erreicht.

Aber Anna hatte keine Angst mehr. Leopold war tot. Orlanda saß im Gefängnis und würde ebenfalls getötet werden. Fritzi hatte ihre Heimat verloren, Johannes war Invalide. Anna hatte keinen von ihnen beschützen können.

Vielleicht würden sie alle den Krieg nicht überleben. Vielleicht trug das Kind, das in Orlandas Körper heranwuchs, die Geisteskrankheit in sich, an der seine Großmutter zu Grunde gegangen war. Auch das würde Anna nicht verhindern können.

Was geschehen war, war geschehen.

Was geschehen würde, würde geschehen.

Aber irgendwann wäre der Krieg zu Ende. Man würde neue Häuser, Kirchen und Städte errichten, sich verlieben, heiraten, Kinder zeugen. Auf den Ruinen der Vergangenheit, auf den Richtplätzen, Heldenfriedhöfen und Massengräbern würde zuerst Unkraut wuchern, dann Büsche und Bäume. Der Tod war nur ein Übergang, aus dem neues Leben drängte. Es ließ sich von den Menschen genauso wenig aufhalten, wie sich die Musik verbieten ließ.

Wir sind ein Teil des Ganzen, erkannte Anna. Nichts ist verloren.

Auch nachdem Orlanda tot war, würde ihr Lied weitergehen.

Alles ging immer weiter.

Ulmer Höh', 3. Juni 1943

Meine Tochter,
Du bist da. Ich habe Dich in meinen Armen gehalten, eine Weile lang war ich ganz allein mit Dir. Dein weicher, verletzlicher Kopf ruhte auf meiner Brust. Deine Hand hielt meinen Zeigefinger. Hinter Deinen geschlossenen Lidern glitten Deine Gedanken vorbei. Ich werde Dich nie kennenlernen.
Sie kommen mich holen.
Möge Gott Dich beschützen.
Deine Mutter

5. Juni 1964

Manche der Briefe las Friederike mehrmals. Andere überflog sie nur. Ein paar brach sie in der Mitte ab. Es war alles zu viel.
Und gleichzeitig zu wenig.
Sie wusste nichts über ihre Mutter. Ihre Zieheltern hatten ihr erzählt, dass sie Sängerin gewesen sei und bei einem Fliegerangriff ums Leben gekommen wäre. Das entsprach nicht der Wahrheit.
»Warum habt ihr mich belogen?«, wollte Friederike wissen. Inzwischen war auch ihr Onkel nach Hause gekommen. Er saß neben der Tante auf dem Sofa, sehr aufrecht und angespannt, als müsse er eine mündliche Prüfung ablegen.
»Weil die Wahrheit für ein Kind einfach zu schrecklich ist«, erwiderte ihre Tante ruhig.
Friederikes Kopf dröhnte.
Die Frage nach Deinem Vater. Ich weiß, sie lässt Dich nicht los. Ein Mensch will wissen, wo seine Wurzeln liegen. Auch wenn die Wahrheit noch so unbefriedigend ist. Du wirst es nie erfahren.
Friederike hatte bisher immer geglaubt, dass ihr Vater als Soldat vor Stalingrad gefallen sei. Leopold Ulrich. Aber das hatten ihre Zieheltern vermutlich ebenfalls erfunden, um sie zu schonen.
»Was ist mit meinem Vater? Wer war er?«
»Leopold Ulrich war Orlandas Mann und dein Vater«, sagte ihr Onkel.
»Jedenfalls auf dem Papier«, schränkte ihre Tante ein. »Wer dich wirklich gezeugt hat, das wusste Orlanda selbst nicht. Vielleicht war es Leopold. Vielleicht war es Clemens.«
»Welcher Clemens? Doch nicht etwa Clemens Haupt?« Clemens war ein alter Bekannter ihrer Eltern, ein berühmter Tenor. Er lebte in England und war mit einer Jugendfreundin ihrer Tante verheiratet, einer Jüdin, die während des Krieges

aus Deutschland geflohen war. Friederike hatte Clemens' Frau niemals kennengelernt, weil sie sich weigerte, auch nur einen Fuß auf deutschen Boden zu setzen. Aber ihre Tante hatte ihre Freundin in den letzten Jahren ein paar Mal besucht. »Weiß er, dass er mein Vater sein könnte?«

»Wir haben mit ihm vereinbart, dass wir dir die Geschichte erst enthüllen, wenn du erwachsen bist.«

Clemens Haupt ihr Vater. Was für eine Vorstellung. Früher hatte er sie öfter besucht, wobei er Friederike jedes Mal großzügig beschenkt hatte. Aber in den letzten Jahren hatte sie ihn nicht mehr gesehen. Er reiste sehr viel, auch wenn er inzwischen nicht mehr so oft auftrat. Friederike mochte ihn nicht besonders.

»Aber … wenn er mein Vater ist, dann hätte er sich doch um mich kümmern müssen.«

»Er wusste aber, dass das nicht in Orlandas Sinn gewesen wäre. Sie hat ihm nie verziehen, dass er mit den Nazis kollaboriert hat.«

»Offensichtlich war seine eigene Frau da großzügiger, obwohl sie Jüdin ist. Sonst hätte sie ihn ja wohl nicht geheiratet. Fritzi. Ist sie die F., von der meine Mutter schreibt? Nach der sie mich nennen wollte?«

»Fritzi. Friederike. Ja, das stimmt.«

Friederike kaute an ihrem Daumennagel, wie immer wenn sie nervös war.

»Und mein offizieller Vater? Leopold Ulrich? Lebt der etwa auch noch?«

Ihre Tante und ihr Onkel wechselten einen nervösen Blick. »Nein, er ist tot. Er ist in Russland gestorben. Er hat sich erschossen«, sagte der Onkel schließlich.

»Warum?«

»Friederike«, begann ihr Onkel. »Dein Vater …«, wieder wechselte er einen Blick mit seiner Frau. »Er war ein guter Mensch. Mein Freund, der beste, den ich jemals hatte.«

Friederike nickte, ein wenig ungeduldig. Das hatte sie schon so oft gehört. »Aber warum hat er sich umgebracht?«

»Der Abschiedsbrief hat uns sehr spät erreicht«, erklärte ihre Tante. »Der Kamerad, der Leopold gefunden hat, hatte ihn an sich genommen. Nach dem Krieg wollte er uns aufsuchen, aber wir waren kurz nach deiner Geburt in den Schwarzwald evakuiert worden. 1946 hat dein Onkel hier in der Stadt die Anstellung als Organist und Musiklehrer gefunden. Als das Rote Kreuz uns schließlich ausfindig gemacht hatte, war es ein großer Schreck für uns beide. Auch deshalb haben wir die Geschichte so lange vor dir bewahrt.«

»Was steht denn in dem Brief?«, fragte Friederike.

Die Tante reichte ihr einen weiteren Umschlag.

Friederike hatte große Mühe, die Schrift zu entziffern. Der Brief war mit Bleistift geschrieben, das flüchtige Gekritzel war fast verschwunden von dem groben, vergilbten Papier.

7. 2. 1943

Ich schreibe diesen Brief, weil ich vor meinem Tod ein Geständnis ablegen will.

Ich bin kein Mensch, sondern ein Tier. Der Krieg hat mich dazu gemacht.

Im Mai 1942 habe ich mit angesehen, wie acht Männer meiner Einheit in der Nähe von Stalingrad eine russische Bäuerin überfielen, die auf dem Feld arbeitete. In Gegenwart ihrer kleinen Kinder bestiegen sie sie wieder und wieder, traten und quälten sie, dann erschossen sie sie. Danach erschlugen sie auch die Kinder und warfen die Leichen in einen Graben. Ich habe das alles beobachtet, ohne einzugreifen. Ich habe es auch hinterher nicht gemeldet.

Das ist nur ein Ereignis von vielen, die ich in mir trage.

Ich habe zudem meine Frau Orlanda umgebracht.

Während meines Heimaturlaubes habe ich beobachtet, wie sie sich mit ihrem Liebhaber getroffen hat, da habe ich sie bei der Gestapo angezeigt. Sie ist schwanger (von ihm oder von mir, ich weiß es nicht) und wird nach der Entbindung exekutiert werden. Ich habe sie verraten, weil ich nicht länger ertragen konnte, dass sie mir niemals ganz gehören würde.

Ich werde mir jetzt eine Kugel in den Kopf schießen, um alles zu vergessen.
Leopold Ulrich

»Es tut mir leid«, flüsterte ihre Tante, als Friederike den Brief sinken ließ.

»Er war kein schlechter Mensch«, sagte ihr Onkel. »Nicht schlechter als du und ich. Es war dieser verdammte Krieg. Und das, was die Nazis vorher mit ihm gemacht haben. Dass sie ihm seine Musik genommen hatten. Das hat ihn zerbrochen.«

»Er hat niemanden an sich herangelassen«, fügte ihre Tante hinzu. »Auch deine Mutter nicht.«

»Ist es wahr, dass sie sich mit ihrem Liebhaber getroffen hat?«

»Sie wollte Clemens verlassen und zu Leopold zurückkehren«, sagte ihre Tante nachdenklich. »Das hat sie mir erzählt, als ich sie im Gefängnis besucht habe. Aber er hat es wohl fehlgedeutet.«

Mein Vater hat meine Mutter ermordet, dachte Friederike. Der Gedanke ließ sie seltsam kalt, wie eine Zeitungsmeldung, die nichts mit ihrem Leben zu tun hatte.

»Was für sinnlose Tode«, sagte sie traurig.

»Ja«, sagte ihre Tante. »Und nein. Ich kann es nicht erklären. Aber es war nicht vergeblich.«

Später setzten sie sich auf die Terrasse hinter dem Haus. Über den Dächern der Kleinstadt ging die Sonne unter. Das Blau des Himmels verblasste, die Dachziegel wurden dunkel. Die Farben verschwanden wie Badewasser in einem Abfluss.

»Wie habt ihr die Briefe meiner Mutter überhaupt bekommen?«, fragte Friederike. »Warum haben die Gefängniswärter sie nicht vernichtet?«

»Sie hat sie dem katholischen Seelsorger anvertraut, als er sie kurz vor dem Tod besucht hat«, erklärte ihre Tante. »Und Pastor Meier hat sie mir gegeben.« Dann erhob sie sich. »Ich habe noch ein Geschenk für dich.«

Sie holte ein flaches Paket aus dem Haus. »Von Fritzi. Ich habe ihr geschrieben, dass ich dir heute die Briefe geben will.«

Es war eine Langspielplatte des Jazzgeigers Stephane Grappelli.

Meine liebe Namensschwester, schrieb Fritzi. *Möge dir die Musik genauso flott aus der Geige fließen. Have a good birthday and many happy returns! Fritzi*

»Soll ich sie auflegen?«, fragte der Onkel.

»Ich habe mich entschlossen, mein Studium aufzugeben«, erklärte Friederike.

»Was?« Ihre Tante riss die Augen auf.

»Das ist doch nicht dein Ernst!« Das war ihr Onkel. »Nach allem, was du erreicht hast?«

»Ich will nicht mehr. Es ist nicht das Richtige für mich. Ich werde im Sommer eine Ausbildung zur Hebamme beginnen. Wenn sie mich im Krankenhaus akzeptieren.«

»Du willst in einem Krankenhaus arbeiten?«, fragte ihr Onkel entgeistert.

»Ja, na und? Tante war doch auch Krankenschwester, bevor ihr mich damals zu euch genommen habt.«

»Wenn das deine Mutter wüsste«, sagte ihre Tante leise.

»Meine Mutter ist tot«, meinte Friederike. »Und ich bin erwachsen. Ich muss selbst wissen, was richtig für mich ist.«

Ihre Zieheltern schwiegen. Die Tante starrte auf ihre Hände, der Onkel in den dunklen Himmel. Keiner von ihnen wusste, was der andere dachte.

»Es ist, wie es ist«, sagte Friederike. »Und es ist gut so. Und jetzt leg die Platte auf, Onkel.«

»Ich möchte mehr von meiner Mutter wissen«, erklärte Friederike, als er wieder aus dem Haus humpelte, gefolgt von juchzenden, schluchzenden, hüpfenden Violinläufen. »Und von meinen beiden Vätern.«

»Du sollst alles wissen, was wir wissen«, sagte ihre Tante. Dann begann sie zu erzählen.

Danke

»Das Lied meiner Schwester« ist ein Buch über Musik – Musik, die von den Nazis als »entartet« bezeichnet und verboten wurde. Das Spektrum der Entartung war so breit wie vielschichtig – es reichte von den Werken politischer Komponisten wie Kurt Weill oder Hanns Eisler über die Operetten und Schlager jüdischer Musiker bis hin zur atonalen Neuen Musik. Über diese Musik kann man nur schreiben, wenn man sie kennt, und man lernt sie nur kennen, wenn man sie hört. In den Monaten, in denen ich an meinem Roman gearbeitet habe, habe ich sehr viel »entartete« Musik gehört – das meiste davon auf CD, manches in Konzerten. Mir ging es dabei wie Anna in meinem Buch: Am Anfang fand ich viele Klänge und Harmonien ausgesprochen befremdlich und verstörend. Aber dann begann die Musik in mir Wurzeln zu schlagen und zu wachsen. Die Faszination und Freude daran bleiben mir erhalten, nachdem die Arbeit an diesem Roman nun schon lange abgeschlossen ist.

Danke an dieser Stelle an meine Familie, Ralf, Paul und Ida Kretschel, die diese neue Musikerfahrung wohl oder übel mit mir geteilt haben. Mein Mann war sogar so mutig, mich zu einigen Konzerten zu begleiten, bei denen die Musiker auf der Bühne dem Publikum zahlenmäßig überlegen waren.

Bei der Recherche war mir vor allem die Ausstellung »Das verdächtige Saxophon – ›Entartete Musik‹ im NS-Staat«, die vom Januar bis zum März 2008 in der Düsseldorfer Tonhalle stattgefunden hat, eine große Hilfe. Der hervorragende Ausstellungskatalog (überarbeitete Ausgabe Düsseldorf 2007) hat meine Arbeit maßgeblich beeinflusst. Vielen Dank auch an den Herausgeber Albrecht Dümling, der mir bei einigen Fragen persönlich weitergeholfen hat.

Dr. Claus Levacher hat sich sehr viel Zeit genommen, um mir das Prinzip der Orgel zu erklären. Vielen Dank für die praktische und theoretische Einführung, für das geduldige Beantworten meiner Fragen, seine Nachforschungen und für das kritische Gegenlesen der entsprechenden Textstellen.

Marcel Reginatto hat mich vor allem im Jazzbereich mit vielen Erläuterungen, Literatur und immenser Geduld unterstützt und nebenbei auch noch Unmengen an CDs für mich gebrannt. Auch ihm danke ich fürs Recherchieren, Kritisieren, Inspirieren und Nachhaken.

Für sachkundige Unterstützung in Musikfragen danke ich außerdem Susanne Hiekel, Kay Immer und – last but not least – meinem Therminator Christoph Verhoeven.

Das »Kleine Haus« an der Jahnstraße in Düsseldorf, in dem Orlanda in meinem Roman im Operettenchor auftritt, bestand von 1925 bis zu seiner Zerstörung 1944. Meine Informationen über den Operettenbetrieb habe ich im Archiv des Düsseldorfer Theatermuseums gefunden. Frau Zimmermann und Dr. Michael Matzigkeit ist es zu verdanken, dass ich in den Dschungel an Theaterzetteln und historischen Dokumenten nicht nur hinein-, sondern mit den gesuchten Informationen auch wieder herausgefunden habe.

Am Duisburger Schauspielhaus hat mich Petra Dobler-Wahl ins Archiv begleitet.

Die Musik ist die eine Seite meines Buches. Ein anderer Schwerpunkt ist Annas Arbeit als OP-Schwester im Evangelischen Krankenhaus. Hier war mir meine Schwiegermutter Lore Kretschel, die als Schwester Lore selbst ihr halbes Leben im Operationssaal zugebracht hat, eine unschätzbare Hilfe. Von ihr habe ich erfahren, wie Operationen geplant, vorbereitet und durchgeführt, Operationssiebe gepackt und Mullbinden sterilisiert wurden. Durch die Arbeit an meinem Buch habe ich ein ganz neues Verständnis von ihrem früheren Leben gewonnen, auch dafür bin ich sehr dankbar. Meine erfundene Anna hat übrigens nicht nur den Beruf von Schwester Lore übernommen, sondern auch ihre Arbeitseinstellung und viele Charakterzüge. Ob das reale Vorbild sich in ihr wiederfindet?

Unterstützung in medizinischen Fragen bekam ich auch von Dr. Magdalena Bühler, Dr. Andrea Roschlau und Dr. Uwe Roschlau, die die OP-Szenen im Buch gegengelesen und durch ihren beherzten Eingriff einigen Patienten das Leben gerettet haben.

Im Archiv des Evangelischen Krankenhauses habe ich mich über die Krankenhausgeschichte informiert. Vielen Dank an Sandra Lopez-Bravo, die sich Seite an Seite mit mir durch die Unterlagen wühlte. Erwähnt sei auch die Dokumentation »Ich bin krank gewesen ... Das Evangelische Krankenhaus Düsseldorf 1849–1999« von Helmut Ackermann (Düsseldorf 1999).

Die Fliedner-Kulturstiftung hat mir mit Literatur zur Geschichte der Krankenpflege im Dritten Reich weitergeholfen. Mein Dank geht besonders an Dr. Norbert Friedrich, der sich wieder einmal viel Zeit für mich genommen hat.

Dr. Ferdinand Schlingensiepen war als Bonhoeffer-Experte und Zeitzeuge mein Lotse durch das dunkle Fahrwasser der evangelischen Kirchengeschichte im Dritten Reich. Seine Literatur, vor allem aber unsere Gespräche haben mir sehr dabei geholfen, mir ein Bild vom Kirchenkampf zwischen Bekennenden und Deutschen Christen zu machen. Dr. Ferdinand Schlingensiepens Buch »Dietrich Bonhoeffer 1906–1945: Eine Biographie« (München 2006) sei allen ans Herz gelegt, die tiefer in das Thema einsteigen möchten.

Danke auch an Christiane Immer, die ihr »ererbtes« Wissen über die Bekennende Kirche mit mir geteilt hat. Bei meiner Recherche haben mir vor allem die Bücher »Tut um Gottes willen etwas Tapferes – Karl Immer im Kirchenkampf« (hrsg. von Bertold Klappert und Günther van Norden, Neukirchen-Vluyn 1989) und »Meine Jugend im Kirchenkampf« von Leni Immer (Stuttgart 1994) geholfen.

Die ehemalige Evangelische Friedenskirche wurde 1943 bis auf die Grundmauern zerstört. Mein Bild von dem unwiederbringlich Verlorenen ist geprägt von der Dokumentation »100 Jahre Evangelische Friedenskirche Düsseldorf 1899–1999« (hrsg. von Martin Kammer, Düsseldorf 1999).

Viele andere haben mir dabei geholfen, mir einen Eindruck von den Dreißigern und Vierzigern in Düsseldorf zu verschaffen. Sehr beeindruckt war ich von Lore Erkrath, die mir ihre Erfahrungen als junge Frau im Dritten Reich geschildert hat. In ihrer Autobiographie »Soldaten, immer Soldaten« beschreibt sie, wie sie mit ihrem damaligen Freund 1942 zur verbotenen Swingmusik auf dem zugefrorenen Rhein tanzte. In meinem Buch findet sich diese Szene wieder, hier tanzen Orlanda und Clemens auf einer Eisscholle, bevor Clemens wieder in den Krieg zieht.

Peter Stegt danke ich für Informationen und Bilder aus dem alten Gerresheim. Silvia Prange hat mir wie immer mit Dialektübersetzungen geholfen. Meine Eltern und meine Schwester Ruth Mayer haben meine Arbeit von Anfang an begleitet und wie viele andere meiner Freunde das fertige Manuskript gelesen, korrigiert und kommentiert.

»Das Lied meiner Schwester« ist nun schon mein zweites Buch im Aufbau Verlag. Vielen Dank an meine Lektorin Nele Holdack für ihre Geduld und Gründlichkeit, an Reinhard Rohn, Julia Oellingrath von der Presseabteilung und Monika Rettich, die meine Lesungen organisiert.

Und zum Schluss (aber gewiss nicht zuletzt) danke ich meinem Fels in der Brandung: meinem Agenten Dr. Harry Olechnowitz.

Gina Mayer

Zitronen im Mondschein

Leseprobe

Anfang März, kurz bevor der Zirkus loszog, fragte er sie, ob sie ihn heiraten wollte. »Wurde ja auch langsam Zeit«, sagte Domenica spitz, als Maria beim Frühstück davon erzählte.

»Hättet ihr euch das nicht früher überlegen können? Hier in Freiburg hattet ihr doch alle Zeit der Welt. Aber wenn wir jetzt wieder losziehen, wird es schwierig«, meinte Eva.

Eva hatte recht. Bevor man sich verheiraten konnte, musste man beim Bürgermeisteramt das Aufgebot bestellen, das mindestens vier Wochen öffentlich angeschlagen sein musste. Und das war schwierig, weil keiner so recht wusste, wo der Zirkus in vier Wochen gastieren würde.

»Vermutlich Rottweil«, sagte Lombardi, als Ludwig ihn fragte. »Aber es hängt natürlich davon ab, wie groß der Zulauf in den anderen Städten ist. Wenn es schlecht läuft, sind wir eher dort, und wenn es gut geht, kommen wir später.«

Ludwig nahm sich dennoch zwei Tage frei und reiste nach Rottweil, um das Aufgebot zu bestellen.

Abends übte Maria auf einem Bogen Papier ihre zukünftige Unterschrift. Sie füllte das ganze Blatt mit den zwei Worten. *Maria Wunder, Maria Wunder, Maria Wunder.* Dann starrte sie lange auf das Papier und fragte sich, wer das war – Maria Wunder.

Am nächsten Tag wartete sie im Wahrsagerzelt auf Besucher, aber stattdessen kam Mirko herein und nahm auf dem Stuhl auf der anderen Seite des Tisches Platz. »Soll ich dir die Zukunft weissagen?«, spottete sie, aber er blieb ganz ernst und streckte ihr seine Hand über den Tisch, die Handfläche nach oben.

»Unsinn, Mirko, du weißt doch, dass ich es mir nur ausdenke«, meinte sie etwas unbehaglich.

»Ich will aber wissen, was wird«, beharrte er.

»Was meinst du damit?«

»Wenn du dich verheiratest, wirst du dann mit ihm gehen?«

»Mit Ludwig?«, fragte Maria, als gäbe es noch zig andere, die ihr einen Antrag gemacht hätten.

»Er bleibt bestimmt nicht hier. Er redet doch immer davon, dass er nach Paris will oder Berlin.«

Maria kaute auf ihrer Unterlippe. Ludwig hatte so viel über seine Pläne und Ziele gesprochen, aber was sie in den nächsten Monaten vorhatten, darüber hatten sie nie geredet. Vielleicht wollte Ludwig den Zirkus wirklich sofort verlassen und erwartete, dass sie mit ihm käme.

»Wir haben doch gar kein Geld«, sagte sie laut. »Nein, wir bleiben hier.« Es ist auch sicherer so, dachte sie. Hier habe ich eine Unterkunft und ein Auskommen, wenn … Da war er wieder, der schreckliche Gedanke. »In jedem Fall werde ich dir frühzeitig Bescheid geben, wenn wir gehen, damit du dich nach einer anderen Hellseherin umsehen kannst«, fügte sie noch hinzu.

Mirko betrachtete sie sehr aufmerksam.

»War sie noch einmal da?«, fragte er leise.

»Nein«, sagte Maria. »Vielleicht war es ja doch nur ein leerer Wahn, in jener Nacht.«

»Vielleicht«, sagte Mirko, aber seine Augen sagten etwas anderes.

Am 12. April kam Ludwig zurück aus Rottweil. Danach hatten sie noch drei Wochen, bevor alles zu Ende war.

Der Frühling hatte begonnen, und die Welt war grasgrün, himmelblau, leuchtend gelb wie die Himmelschlüssel und Trollblumen an den Flussufern und die Sonne über den Bergspitzen. An ihrem letzten gemeinsamen Sonntagmorgen packten Maria und Ludwig einen Korb mit Kuchen, hart gekochten Eiern, Schinken und Wein und wanderten vom Zirkusplatz ein Stück ins Tal. Auf einer Wiese am Fluss breiteten sie eine Decke aus.

Maria machte eine Kette aus Gänseblümchen und setzte sie Ludwig auf die dunklen Haare. Ludwig küsste sie. Sie streichelte seine Hände, die schmal und gleichzeitig sehr kräftig waren. Auf seinem rechten Handrücken waren drei winzige Leberflecken, die ihr noch nie zuvor aufgefallen waren. Sie tranken Wein, dann schlief Maria ein.

Als sie wieder aufwachte, war Ludwig weg. Auch die Sonne war jetzt nicht mehr zu sehen, stattdessen bedeckte ein Teppich aus grauen Wolken den Himmel. Sie setzte sich auf und schlang die Arme um ihre Schultern. Ihr war kalt. »Ludwig?«, rief sie und sah sich um. Neben ihr stand der Korb mit der leeren Flasche, vor ihr war der Bach, dahinter der Wald. Ludwig antwortete nicht. Vielleicht war er ein paar Schritte gegangen und würde gleich zurückkommen.

Sie stand auf und faltete die Decke zusammen. Es gefiel ihr nicht, dass er weggegangen war, während sie schlief, dass er sie so einsam und schutzlos zurückgelassen hatte.

»Ludwig!«, rief sie noch einmal. Wieder keine Antwort.

Sie würde nicht auf ihn warten, sondern zurück zum Zeltplatz gehen, beschloss sie. Als sie die Wiese fast überquert und den kleinen Pfad erreicht hatte, der durch den Wald zum Ort führte, sah sie die Gestalt unter den Bäumen. Es war nicht Ludwig, das erkannte sie sofort, und sie bekam Angst.

»Fürchte dich nicht«, hörte sie eine Frauenstimme – eine vertraute Frauenstimme.

»Madame Argent!«

»Ich bin es.« Die Wahrsagerin trat aus dem Schatten der Bäume. Sie war wieder dunkel gekleidet, das Haar schwarz und glanzlos, straff aus der Stirn gekämmt.

»Warum sind Sie gekommen? Ist es wegen Ludwig?«

»Wegen dir und Ludwig«, sagte Madame Argent. »Du willst ihn also heiraten? Also gut. Ihr seid ein schönes Paar, und ihr liebt einander, das habe ich wohl gesehen.«

»Aber? Deshalb sind Sie doch nicht erschienen, um mir das zu sagen!«

»Was meinst du, warum ich gekommen bin?«

»Er muss sterben, das ist es doch.«

»Er muss sterben, du musst sterben, ihr müsst alle sterben. Nur ich nicht, ich habe es hinter mir.«

»Aber Ludwig ... Sein Tod steht unmittelbar bevor. Das wollen Sie mir sagen.«

»Es ist etwas in dir, das ihm den Tod bringt.«

»Es ist etwas in mir ...? Was soll das heißen?« Marias Stimme zitterte. »Was soll ich tun?«

»Du weißt, was du tun sollst. Geh deinen Weg, Maria.« Madame Argent lächelte sanft und mitleidig und ein bisschen spöttisch, aber gleichzeitig sah Maria, wie ihre Konturen vor dem schwarzgrünen Hintergrund der Bäume verschwammen und sich ihre Gestalt langsam auflöste.

»Gehen Sie nicht!«, schrie sie so laut, dass die Worte durchs ganze Tal hallten. »Lassen Sie mich nicht so zurück!«

Aber Madame Argent war schon verschwunden.

Maria ließ die Decke und den Korb fallen und rannte los, kopflos, ziellos, immer weiter den Pfad entlang, in den Wald hinein, bis sie sich so sehr in der Wildnis verirrt hatte, dass sie niemals mehr zurückfinden würde.

Dann wachte sie auf.

Es war nicht einfach, sich von Ludwig zu trennen. Alle redeten auf Maria ein. Ob sie von Sinnen sei, ob sie den Verstand verloren habe, ob Ludwig sie betrogen habe.

Sie antwortete in jedem Fall kurz und knapp, dass sie es sich anders überlegt habe. Auch Ludwig gegenüber sagte sie das, aber natürlich glaubte er ihr nicht. »Du hast etwas geträumt, und deshalb willst du mich nicht mehr haben«, sagte er.

»Es geht nicht, Ludwig«, sagte sie. »Du machst alles nur noch schlimmer, wenn du versuchst, mich von etwas anderem zu überzeugen.«

»Maria«, sagte er und versuchte sie dabei festzuhalten, aber sie wich ihm aus. »Es war doch nur ein Traum, ein Hirngespinst, nichts Reales.«

Sie presste die Lippen zusammen und schüttelte den Kopf. Er flehte und bettelte, weinte und drohte, sie zeigte keine Regung mehr. Sie wusste, dass das die einzige Möglichkeit war, die Sache zu beenden.

Alles andere würde er nicht verstehen. Keiner verstand das. Dass der Traum, den sie geträumt hatte, durchaus real gewesen war, realer als manch anderes, das man mit den Händen anfassen und hin und her drehen und von allen Seiten betrachten konnte. Dass da etwas in ihrem Inneren war, das ihn vernichten würde. Dabei hatte er es doch eigentlich schon erkannt, in dem Bild, das er von ihr gemalt hatte – ihr schroffes, hartes Inneres.

Eine Woche vor dem angesetzten Hochzeitstermin verließ Ludwig Wunder den Zirkus. An einem Morgen packte er seine Sachen und ging, ohne sich von irgendjemandem zu verabschieden – auch nicht von Maria.

Mirko kam am Abend in Marias Zelt. Maria wollte ihn nicht sehen, sie wollte überhaupt keinen sehen außer Ludwig Wunder, der aber war nun weg. So hatte sie es ja gewollt. Die anderen Zirkusleute wollten Maria auch nicht sehen. Sie machten einen Bogen um ihr Zelt und rückten von ihr ab, wenn sie zu den Mahlzeiten ans Feuer kam oder um Kaffee zu holen. Ludwig Wunder war beliebt gewesen, obwohl er von außen dazugekommen war. Wie Maria, die man schließlich auch mit offenen Armen empfangen hatte. Jetzt aber hatte sie die Verlobung gelöst, kurz vor der Hochzeit, ohne einen Grund, ohne eine Erklärung, und das gefiel den Leuten nicht.

Mirko nahm auf dem kleinen Schemel Platz, und Maria setzte sich aufs Bett, da es keinen zweiten Stuhl gab. Sie schwiegen sehr lange, weil Mirko niemals ein Gespräch begann, wenn es sich irgendwie vermeiden ließ, und weil Maria es ihm so schwer wie möglich machen wollte. Vielleicht geht er wieder, dachte sie, während sie ihn durch den grauen Schleier ihrer Wimpern hindurch beobachtete, ohne den Kopf dabei zu heben. Er war so klein, dass seine Füße eine Handbreit über dem Boden baumelten, obwohl der Schemel wirklich niedrig war. Sein Körper war der eines achtjährigen Kindes, aber sein Kopf war erwachsen, er wirkte im Vergleich zu dem schmächtigen Rest sogar noch riesiger. In den letzten Wochen hatte er sich einen Bart stehen lassen, das dunkelbraune Haar gab seinem Gesicht etwas

Würdevolles und ließ die Gestalt insgesamt noch seltsamer, noch lächerlicher erscheinen.

»Was hat sie dir gesagt?«, fragte er schließlich.

Sie zögerte einen Moment lang, aber dann merkte sie, wie froh und erleichtert es sie machte, dass er Bescheid wusste und dass sie ihm nichts vormachen musste. »Sie hat gesagt, dass etwas in mir ist, das ihm den Tod bringt«, flüsterte sie und spürte, wie ihr dabei ein Schauer über den Rücken lief.

»Das hat sie gesagt?« Mirko schien ehrlich überrascht, er schüttelte den Kopf und dachte eine ganze Weile lang darüber nach. »Vielleicht hast du sie falsch verstanden.«

»Nein, das hat sie gesagt und nichts anderes.«

»Deshalb hast du deinem Kerl also den Laufpass gegeben?« Deinem Kerl, sagte er, als ob Ludwig irgendein dahergelaufener Bursche gewesen wäre. »Oder hat sie dir das auch befohlen?«

Sie fragte sich plötzlich, was Mirko von Ludwig hielt. Ob er ihn gemocht hatte. Und ob er sie, Maria, überhaupt mochte oder ob er sie nur akzeptierte, weil sie zusammen gutes Geld verdienten. »Nein«, sagte Maria. »Aber wie könnte ich ihn heiraten, wenn ich ihm doch den Tod bringe?«

Der große Kopf starrte auf die kleinen spitzen Knie. Sie hatte das Gefühl, dass Mirko ihr etwas sagen wollte und nach den richtigen Worten suchte.

Plötzlich kam ihr ein Gedanke. »Ist sie dir etwa auch erschienen?«

Er hob den Kopf und sah sie an. Seine braunen Augen schienen plötzlich stumpf und erschrocken, aber vielleicht täuschte sie sich auch, vielleicht war es nur die Dunkelheit, die von draußen in das Zelt drang und sich wie ein Schleier zwischen sie und alles andere legte.

»Keineswegs«, sagte er dann.

Sie wusste, dass er log. Sie war sich ganz sicher, dass Madame Argent auch bei ihm gewesen war.

Sie hätte alles dafür gegeben, um zu erfahren, was Madame Argent Mirko über sie gesagt hatte, aber sie wusste, dass es sinnlos war. Je mehr sie in ihn dringen würde, desto weiter würde er sich in sich selbst zurückziehen. Sie würde nichts aus ihm herausbekommen.

Es ist auch ganz gleichgültig, dachte sie dann. Meine Entscheidung ist getroffen, und meine Entscheidung war richtig.

Mirko ging, und Maria blieb allein zurück. Sie faltete ihre Hände und versuchte sich das lebendige Gesicht der Muttergottes wieder ins Gedächtnis zu rufen. Komm und sprich zu mir!, betete sie, aber sie bekam keine Antwort.

Um sie herum schloss sich die Dunkelheit wie eine riesige Hand. Sie trennte Maria von allem anderen, von Mirko und den Zirkusleuten, von Ludwig, der irgendwo dort draußen war, von der Jungfrau Maria und von Gott.

Alles ging weiter. Maria war oft schlecht, und sie weinte viel in diesen Wochen. Sie versuchte, so wenig wie möglich an Ludwig zu denken. Nach zwei Monaten stellte sie mit Erschrecken fest, dass sie sich nicht mehr richtig an sein Gesicht erinnern konnte. Nach vier Monaten merkte sie, dass der Gedanke an ihn ihr keine Schmerzen mehr bereitete. Von nun an blieb er an ihrer Seite, wo immer sie war, was immer sie tat. Bevor sie eine Entscheidung traf, fragte sie ihn um Rat.

Mitte September brachte ihr Mirko einen kleinen Kuchen mit zwei Kerzen ins Zelt. Er stellte ihn auf den Tisch und war verschwunden, bevor sie fragen konnte, was das zu bedeuten hatte. Dann verstand sie. Heute vor zwei Jahren hatte Madame Argent ihr die Zukunft vorausgesagt, seit diesem Tag war sie beim Zirkus Lombardi. In diesen zwei Jahren hatte sie Madame Argent kennengelernt und Ludwig Wunder, und danach hatte sie beide wieder verloren.

Sie war jetzt ein Teil des Zirkus, auch wenn viele der Zirkusleute ihr die Trennung von Ludwig immer noch übelnahmen. Die missbilligenden Blicke wurden jedoch seltener, und irgendwann saß sie wieder mit den anderen am Feuer und trank ihren Kaffee und redete über dies und das.

»Und wie geht es damit?«, fragte Silvia und wies dabei mit dem Pfeifenstiel auf Marias immer runder werdenden Bauch.

Auch das war neu, dass sie die Frauen jetzt darauf ansprachen, als wäre es die normalste Sache der Welt.

»Gut«, sagte Maria. »Ich kann es jetzt schon spüren, wie es sich bewegt.«

Silvia nickte und zog an ihrer Pfeife, so dass sie leuchtend rot aufglühte, und dann nickte sie noch einmal.